KB121856

홈 랜 드

HOMELAND

홈 랜 드

코리 닥터로우 지음 최세진 옮김

아작

나를 완벽하게 해주는
앨리스와 포이지를 위하여

1

'버닝맨' 축제에 참여하면 나는 세상에서 가장 많이 사진을 찍히는 사람이면서, 동시에 현대 세계에서 가장 적게 감시당하는 사람이 된다.

나는 '버누스'라고 부르는 아라비아식 망토를 매만져서 코와 입을 덮고, 긁힌 자국투성이의 커다란 고글 아래쪽 테두리에 스카프를 밀어 넣었다. 태양이 머리 위로 높이 솟고, 기온이 40도를 훌쩍 넘겼다. 수를 놓은 면 스카프로 입을 막고 숨을 쉬니 더 답답하게 느껴졌다. 하지만 바람이 거세지면서 플라야 모래가 사방에서 일었다. 믿기 힘들 정도로 부드럽고 고운 가루지만, 눈에 화상을 입히고 피부를 쩍쩍 갈라지게 하는 알칼리의 석고 모래다. 사막에서 이틀을 보내고 난 뒤에야, 질식보다는 열기가 낫다는 사실을 알게 되었다.

아주 많은 사람이 온갖 종류의 카메라를 들고 있었다. 물론 대부분은 휴대폰이었지만, 커다란 SLR 카메라도 있었고 구식 필름 카메라도 있었다. 진짜 골동품 감광판 사진기를 들고 온 사람도 있었는데, 모래를 피해 커다란 검은 천을 두른 그의 모습은 보는 것만으로도 더웠다. 모든 물건은 불어오는 고운 모래를 막기 위해 방진 조치를 해야 했는데, 대개는 간단하게 지퍼락에 넣는 것으로 해결했다. 나도 휴대폰을 지퍼락에 넣었다. 난 전경을 담기 위해 천천히 돌다가, 디지털 비디오카메라를 매단 거대한 헬륨 풍선의 줄을 잡고 내 옆을 지나가는 남자를 봤다. 100미터 상공 위에 띄워놓은 풍선을 붙잡은 그 남자는 벌거벗고 있었다.

뭐, 완전히 벗은 건 아니었다. 남자는 신발을 신고 있었다. 난 그 모습이 이해가 됐다. 플라야 사막을 맨발로 걷는 건 힘든 일이기 때문이다. 흔히 '플라야 무좀'이라고 하는데, 알칼리성의 모래가 피부를 너무 건조하게 해서 처음엔 갈라지다가 이내 피부가 벗겨진다. 플라야 무좀이 엿 같다는 데에는 아무도 이견이 없다.

버닝맨은 매년 9월 노동절 주말에 네바다 주의 블랙록 사막 한가운데에서 열리는 축제다. 5만 명의 사람들이 이 거칠고 뜨겁고 먼지투성이의 환경에 나타나 거대한 도시를 세운다. 그게 블랙록시티다. 그리고 사람들은 직접 참여한다. '구경꾼'이라는 말은 블랙록시티에서 지독한 모욕이다. 모든 사람은 뭔가 일을 해야 하고, 또 다른 사람들의 일을 존중해야 한다(그래서 그렇게 많은 카메라가 있는 것이다). 버닝맨에서는 모든 사람이 볼거리다.

난 발가벗지는 않았지만, 노출된 부위는 보디페인팅 물감을 이용해 정성스럽게 그린 만다라로 장식했다. 아침에 홀치기염색으로 무늬를 그려 넣은 웨딩드레스 차림의 엄마 또래 여성이 그려줬는데 솜씨가 아주 좋았다. 버닝맨에서 중요한 게 또 하나 있는데, 이 도시가 '선물 경제'로 굴러간다는 사실이다. 이는 멋진 물건을 낯선 사람들에게 선물을 나눠주듯 제공하며 돌아가는 구조라는 의미다. 선물 경제는 놀랍도록 즐거운 환경을 만든다. 그 화가가 그려준 도안이 나를 멋지게 만들어줬다. 9시 방향을 향해 툭 터진 사막을 느릿느릿 가로지르는 동안 수없이 많은 카메라가 나를 찍었다.

블랙록시티는 아주 현대적인 도시다. 공중위생 시설이 있으며(변기에 휴지 외에는 아무것도 넣지 말라는 난잡한 시로 장식된 이동용 화학식 화장실), 전기와 인터넷 서비스도 되고(6시 광장, 원 모양의 도시 가운데에 있는 주 광장에서만), 정부 비슷한 것도 있었고(버닝맨을 운영하는 비영리 단체), 지역 신문도 몇 개 있었으며(모두 현실 세계의 신문들보다 월등히 낫다!), 10여 개의 라디오 방송국과 자원 경찰대도 있었으며(블랙록 레인저스라고 부르는데, 이들은 발레용 치마 '튀튀'를 입거나, 닭 모양 탈을 쓰거나, 번쩍거리는 분장을 하고 순찰했다), 그 외에도 현대 세계에 어울리는 많은 편의시설이 있었다.

하지만 블랙록시티에는 공식적으로 감시가 없었다. CCTV도 없고, 검문소도 없고(입구에는 표를 받는 곳이 있지만, 일단 안에 들어오면 없었다), 신분증도 없고, 검문검색도 없고, RFID 전자태그 판독기도 없고, 이용자들의 이동 상황을 기록하는 통신회사도 없다. 블랙록시티에는 휴대폰 서비스가 되지 않았고, 차를 몰고 다니는 사람도 없었다. 단, '돌연변이 차량국'에 등록된 기묘한 예술차만은 예외다. 그러므로 자동차 번호판을 읽는 카메라도 없고, 교통카드 판독기도 없다. 무선랜은 누구든 이용할 수 있고, 이용기록을 남기지 않는다. 버닝맨에 참여하는 사람들은 자신들이 찍은 사진을 허가 없이 상업적으로 사용하지 않겠다고 약속한다. 그리고 인물 사진을 찍기 전에는 미리 묻는 게 일반적인 예의다.

나는 그런 곳에 있었다. 온종일 파란색과 은색의 버누스 아래에 고정해둔 뭉뚝한 빨대로 벨트에 달린 물통에서 물을 쪽쪽 빨아 마시면서, 불어오는 모래바람 사이로 사진에 찍혔다. 우리는 보는 사람이면서 볼거리였고, 사람들은 보지만 감시당하지 않았다. 그건 매우 유쾌한 경험이었다.

"와우!" 나는 사막과 예술차, 벌거벗은 사람들, 그리고 내 앞에 펼쳐진 사막 한가운데의 피라미드 위에 팔을 쭉 벌리고 서 있는 거대한 사람 형상을 향해 소리쳤다. 저 거대한 형상이 버닝맨이다. 우리는 사흘 내로 그 형상을 태울 것이다. 그래서 이 축제를 '버닝맨'이라고 부르는 것이고, 나는 그 모습을 빨리 보고 싶었다.

"기분이 좋은 모양이네." 내 뒤에서 〈스타워즈〉의 자와인이 말했다. 먼지차단용 마스크에 음성변조장치를 넣어놨음에도 망토를 뒤집어쓴 사막인의 목소리는 대단히 귀에 익었다.

"앤지?" 내가 아침에 해돋이를 보기 위해(정말 환상적이었다) 앤지보다 한 시간 일찍 일어나서 천막에서 살금살금 빠져나온 뒤로, 우리는 천막에 돌아갈 때마다 다음엔 어디로 가는지 계속 메모를 남기며 온종일 서로를 찾아다녔다. 앤지는 여름 내내 자와인 망토를 만들며 보냈다. 망토는 땀을 빨아들여 증발시키기 좋은 쿨링타올로 만들었는데, 증발을 더 촉진하기 위해서 등 쪽에 홈을 팠다. 그리고 수작업으로 얼룩덜룩한 갈색으로 염색한 뒤, 자와인의 캐릭터에 맞게 수도사의 망토 모양으로 재단하고 탄띠를 덧붙였다. 탄띠 때문에 가슴이 두드러졌는데, 그 결과 전체적으로 아주 멋있었다. 지금껏 앤지는 사람들 앞에서 이 망토를 입지 않았었다. 그런데 이제 사막 한가운데에 내리쬐는 햇볕 아래에서 이렇게 입으니, 지금껏 봤던 자와인 중 단연 최고였다. 나는 앤지를 끌어안았다. 그러자 앤지가 특유의 레슬링식 포옹으로 너무 꽉 끌어안아서 숨이 컥 막혔다.

"나 때문에 네 보디페인팅이 뭉개져버렸네." 우리가 포옹을 풀고 나서 앤지가 음성변조장치를 통해 말했다.

"내 페인트가 네 망토에 묻었어." 내가 말했다.

앤지가 어깨를 으쓱하더니 말했다. "그게 뭐가 중요해! 우린 끝내주게 멋있어. 이보게, 젊은이, 지금까지 어디에서 뭘 봤고 뭘 했는고?"

"어디서부터 말해드리면 좋을까요?" 나는 원형 도시를 가로지르는 방사형 거리를 이리저리 싸돌아다녔다. 거리에는 기묘한 볼거리로 가득한 커다란 천막들이 줄이어 있었다. 한 천막에서는 거대한 얼음 덩어리와 멋진 얼음 분쇄기로 솜씨 좋게 빙수를 만들어서 원하는 사람들에게 나눠줬다. 다른 천막에선 리놀륨이 깔린 미끄럼틀을 높게 만들어 놓았는데, 리놀륨 위로 중수(中水)를 한 통 부으면 엄청나게 미끄러워져서, 썰매를 타듯 비닐 마술 양탄자를 타고 내려갈 수 있었다. 이건 중수를 소비하는 아주 영리한 방법이었다. 중수는 샤워나 설거지를 한 물을 의미한다. 버닝맨의 또 다른 규칙은 '흔적을 남기지 말라'이다. 그래서 우리는 떠날 때 블랙록시티에 가져왔던 모든 쓰레기를 남김없이 가져간다. 거기엔 중수도 포함된다. 미끄럼틀은 중수를 증발시키는 초대형 건조기 역할을 했다. 미끄럼을 타는 사람들이 중수를 증발시켜주는 덕분에 그 많은 중수를 챙겨서 리노까지 가져가야 할 필요가 없어졌다.

'변태' 천막에서는 연인들에게 서로를 묶는 방법을 가르쳤다. '정크푸드 용광로'에서는 건강에 해롭고 수수께끼 같은 음식을 대접받기 위해 입을 벌려야 했다. 나는 점성술 기호들처럼 생긴 코코넛 마시멜로가 들어있는 엄청 달콤한 아침 식사용 시리얼을 한입 가득 받아먹었다. 한 천막에서는 플라야 자전거를 무료로 제공했다. 플라야 석고 먼지가 뽀얗게 덮인 낡은 자전거는 반짝이와 인조 모피, 그리고 기묘한 페티시와 종들로 장식되어 있었다. 찻집 천막에서는 생전 들어본 적 없는 일본 차를 만들어줬는데 정말로 맛있고 매력적이었다. 기발한 생각이 가득한 천막, 물리학이 가득한 천막, 착시가 가득한 천막, 남자와 여자가 가득한 천막, 준 감독 상태로 야외놀이를 하며 소리 지르는 아이들이 가득한 아동 천막. 그런 게 존재하는지 상상도 할 수 없었던 것들이었다.

그래도 나는 블랙록시티의 극히 일부분밖에 보지 못했다.

나는 앤지에게 최대한 기억나는 대로 말해줬다. 앤지는 고개를 끄덕이거나, '우' 혹은 '아' 소리를 내거나, 어디서 봤냐고 물었다. 그러고 나서 앤지가 내게 자기가 본 걸 이야기해줬다. 윗옷을 벗은 여성들이 서로의 가슴에 보디페인팅을 그려주는 천막, 관악대가 공연하는 천막, 그리고 중세 시대의 투석기를 세워놓고 낡고 망가진 피아노를 날리는 천막도 있었는데, 관객은 피아노가 딱딱한 사막의 바닥에 떨어지며 산산이 부서지는 화려한 충돌을 숨죽이며 기다렸다고 한다.

"이런 곳이 있다는 게 믿어져?" 앤지가 흥분해서 폴짝폴짝 뛰자 탄띠가 짤랑거렸다.

"그러게, 우리가 여길 다 보려면 아직도 멀었다는 게 믿어져?"

나는 늘 버닝맨이 불타는 모습을 보러 오려고 벼렸었다. 어찌 됐든 난 버닝맨 참가자들이 세계에서 몰려드는 가장 큰 집결지 샌프란시스코에서 자랐으니까. 하지만 버닝맨에 참여하려면 준비해야 할 게 많았다. 먼저 캠핑 여행을 위한 짐을 싸는 게 문제였다. 사막 한 가운데에서 캠핑하려면 물을 포함해서 온갖 것들을 다 준비해 가져 가야 한다. 그리고 돌아갈 때는 이동식 화장실에 버리지 못하는 모든 것들을 다시 전부 싸서 가져가야 한다. 게다가 버닝맨에는 가져 올 수 있는 물건에 대한 아주 엄격한 규칙이 있었다. 거기에 '선물 경제'를 위한 준비도 해야 하므로, 사막에 가져갈 수 있는 물건 중 다른 사람들이 원할 만한 것들이 어떤 게 있을지 궁리해야 했다. 또 복장도 문제였다. 사람들에게 보여줄 만한 예술적이고 창의적인 의상…. 나는 이 문제들을 생각할 때마다 신경 쇠약으로 마무리되곤 했다.

매년 그렇게 보낸 끝에 올해는 드디어 해냈다. 올해 부모님이 모두 일자리를 잃었다. 그리고 나는 학자금대출을 더 받는 대신 대학을 중퇴했다. 그 뒤 일자리를 찾아 사방을 뛰어다니며 문을 두드렸다. 나는 뭐라도 할 각오가 되어 있었지만, 코딱지만 한 일자리조차 구하지 못했다.

"돈은 없지만 시간은 남아도는 아이들의 능력을 절대 과소평가 하지 말라." 앤지가 엄숙한 목소리로 말하더니, 한 손으로 마스크를 내리고 다른 손으로 나를 꽥 잡아당겨 입맞춤했다.

"마음에 쏙 드는 구호야. 그걸 티셔츠에 새겨." 내가 말했다.

"아, 그 이야길 들으니까 기억났다. 티셔츠를 하나 얻었어!"

앤지가 망토를 열어 빨간 티셔츠를 자랑스럽게 내보였다. '아름다운 예술을 만들어, 불태워버려라'라고 쓰였는데, 2차 세계대전 당시 영국의 '평정심을 유지하고, 하던 일을 계속하라' 포스터처럼 글자가 배치되어 있었고, 왕관이 있을 자리에 버닝맨 로고가 담겨 있었다.

"지금이 바로 그걸 할 때야." 내가 거만한 표정을 지으며 말했다. 이 말은 그저 해보는 실없는 농담이 아니었다. 출발하기 직전에 우리는 배닝에 '비밀 프로젝트 X-1' 부품을 실을 공간을 만들기 위해, 본래 가져올 계획이었던 옷가지 절반을 두고 오기로 했다. 그래서 몇 벌 없는 옷을 갈아입는 사이에 우리는 하루에 한 번씩 아기용 물티슈로 말라붙은 땀과 보디페인팅, 자외선 차단제, 그리고 그 외 잡다한 것들을 닦아냈다. 그래서 둘 다 향내가 그리 아름답지 않았다.

앤지가 어깨를 으쓱했다. "플라야가 주는 거야." 이건 우리가 첫날 배운 버닝맨의 모토였다. 우리가 서로 상대방이 자외선 차단제를 가져왔을 줄 알고 안 챙겼다는 사실을 알게 된 뒤, 이에 대해 말다툼을 시작하려던 찰나, '자외선차단' 천막 앞에 우리의 발이 멎었다. 거기에서 착한 사람들이 우리에게 자외선 차단지수 50의 차단제를 듬뿍 발라주고, 봉투에 담아주기까지 했다. "플라야가 주는 거야!" 그들은 그렇게 말하며 우리에게 행운을 빌어줬다.

나는 앤지의 어깨에 팔을 둘렀다. 앤지는 고개를 들어 내 옆구리에 코를 박더니, 과장된 동작으로 마스크를 다시 썼다.

앤지가 말했다. "자, 성전으로 가자."

성전은 이리저리 불규칙하게 뻗은 거대한 2층 구조물로, 외곽은 여러 개의 지지대가 떠받치고 있고, 높은 탑들이 삐죽삐죽 솟았다. 성전 안을 가득히 채운, 로봇으로 작동되는 티베트 징들이 온종일 뎅그렁뎅그렁 낯선 가락을 연주했다. 오늘 아침 태양이 사막을 빛바랜 주황색으로 변화시키는 모습을 보며 사막을 거닐 때 먼 거리에서 성전을 보긴 했지만, 가까이 다가가지는 않았었다.

성전의 바깥 부속 건물은 하늘을 향해 열린 모양이었는데, 공들여 만든 성전의 소용돌이 구조 건축물과 마찬가지로 나무로 만들어졌다. 벽을 따라 벤치들이 놓였고 벽감과 구석방들이 설치되었는데, 모든 벽면이 서명과 포스터, 사진, 글로 뒤덮여 있었다.

대부분은 죽은 사람들에 관한 이야기였다.

벽을 따라 걸으며 물감이나 페인트로 쓰이거나 스테이플로 고정된 추억들을 읽을 때 앤지가 감탄사를 뱉었다. 난 어떤 여성이 자신의 부모에게 보낸 30페이지 분량의 손편지를 읽었는데, 부모가 그녀를 아프게 하고 비참하게 만들고 삶을 파괴했던 모든 방법, 그리고 부모가 돌아가셨을 때 그녀가 어떻게 느꼈는지, 자신에게 스며든 광기 때문에 결혼 생활이 어떻게 망가졌는지 쓰여 있었다. 거친 비난에서 가벼운 분노로, 노여움으로, 후회로, 감정의 롤러코스터가 흘러갔다. 봐서는 안 되는 뭔가를 훔쳐보는 느낌이 들긴 했지만, 성전에 있는 모든 것들은 사람들이 볼 수 있도록 개방되어 있었다.

성전의 모든 벽면에는 어떤 물건이나 사람에 대한 추억이 가득했다. 아기의 신발과 할머니의 사진, 목발 한 쌍, 말린 꽃이 장식된 리본을 두른 낡은 카우보이모자 같은 것들이 있었다. 발가벗거나 세상 끝에서 온 서커스 단원처럼 옷을 차려입고 엄숙한 얼굴을 한 버닝맨 참가자들이 벽 주위를 돌며 읽고 있었는데, 많은 사람의 뺨을 타고 눈물이 흘러내렸다. 얼마 지나지 않아 나도 눈물을 흘렸다. 성전은 그 전에는 전혀 경험해보지 못했던 방식으로 내 마음을 흔들었다. 이 성전이 일요일 밤에 불태워질 것이기 때문에 더욱 그랬다. 그리고 우리는 블랙록시티를 허물고 집으로 돌아간다.

앤지는 모래 바닥에 앉아 어두운 그림이 빼곡하게 그려진 스케치북을 보기 시작했다. 나는 어슬렁거리며 성전의 중앙실로 들어갔다. 천장이 높고 바람이 잘 통하는 중앙실은 벽에 티베트 징이 줄줄이 달려 있었다. 바닥에는 사람들이 가득했는데, 장엄한 분위기에 흠뻑 젖어 눈을 감고 앉거나 누워있었다. 어떤 이들은 가볍게 미소를 짓고, 어떤 이들은 눈물을 흘리고, 어떤 이들은 더할 나위 없이 평온한 표정을 지었다.

나도 예전 고등학교 연극 시간에 명상해본 적이 있긴 했지만, 그때는 잘되지 않았었다. 당시엔 아이들이 끊임없이 키득거리고 문밖의 복도에서도 아이들의 고함이 들려왔다. 벽에 달린 시계는 큰 소리로 째깍거리며 시간이 흘러가고 있다고 내게 상기시켰다. 큰 소리로 버저가 울리고 다음 수업시간에 우르르 몰려가는 수천 명의 아이가 쿵쾅거리는 발소리와 고함이 들려오곤 했다. 하지만 명상에 대해 많이 읽었기 때문에 그게 얼마나 좋은지는 안다. 이론적으로는 아주 쉬웠다. 그냥 앉아서 아무 생각도 하지 않으면 된다.

그래서 이번에는 그렇게 했다. 앉을 때 엉덩이에 배기지 않도록 장비들이 달린 벨트를 옆으로 틀고 바닥에 빈자리가 날 때까지 기다렸다가 앉았다. 높이 달린 창문을 뚫고 들어온 햇빛이, 반짝거리며 춤추는 먼지를 담은 회금색의 날카로운 창을 내리꽂았다. 춤추는 티끌을 바라보다가 눈을 감았다. 나는 모서리가 날카롭고 굵직한 까만 테두리로 둘러싸인 단조로운 하얀 정사각형을 네 개 그렸다. 마음의 눈에서 사각형을 하나 지웠다. 또 하나 지웠다. 또 하나 지웠다. 이제 사각형은 하나밖에 남지 않았다. 나는 그 사각형도 지웠다.

이제 아무것도 없었다. 말 그대로 아무것도 생각하지 않고 있었다. 그때 나는 아무것도 생각하지 않은 일에 대해 생각하며, 스스로 축하를 하고 있었다. 그래서 나는 내가 다시 뭔가를 생각하고 있다는 사실을 깨달았다. 나는 사각형 네 개를 머릿속에 그리고, 다시 시작했다.

거기에 얼마나 오래 앉아 있었는지 모른다. 하지만 세상이 사라지면서 동시에 어느 때보다도 더 생생하게 존재하는 순간이 내게 왔다. 나는 바로 그 순간에 살고 있었다. 나중에 일어날 일을 앞서서 생각하지 않고, 과거에 일어났던 일에 대해서 생각하지 않고, 바로 거기 그 순간에 존재하고 있었다. 그런 순간이 유지되는 시간은 매번 지극히 짧았지만, 그 각각의 파편적인 순간들은… 음, 아주 특별했다.

나는 눈을 떴다. 천천히 한결같은 운율로 나를 감싸고 도는 징소리에 따라 숨을 쉬었다. 어깨에 복잡한 방정식을 새겨 넣은 소녀가 앞에 있었다. 그을린 피부 때문에 수학 기호와 숫자들이 더욱 두드러져 보였다. 어떤 이에게서는 대마초 냄새가 났다. 어떤 이는 조용히 흐느꼈다. 성전 밖의 어떤 이가 누군가를 소리쳐 불렀다. 어떤 이는 웃었다. 시간이 내 주위를 천천히 끈적거리는 당밀처럼 흘렀다. 아무것도 중요하지 않고, 모든 게 놀라웠다. 나는 모르고 있었지만, 평생 갈구했던 게 바로 이것이었다. 나는 미소를 지었다.

"안녕, 마이키." 목소리가 내 귀에 속삭였다. 아주 부드럽고, 아주 가까운 소리였다. 입술이 내 귓불을 스치고 숨결이 간질거렸다. 그 목소리가 내 귀를 간지럽히고, 내 기억도 간지럽혔다. 아주 오랜만에 듣는 목소리였지만, 난 이 목소리를 안다.

나는 나무처럼 긴 모가지의 기린이 그러듯 천천히 고개를 돌려 쳐다봤다.

"안녕, 마샤." 내가 부드럽게 말했다. "여기서 만나게 되다니 놀

17

랍네."

마샤가 내 손 위에 자기 손을 얹었다. 그러자 마지막 만났을 때 마샤가 일종의 무술을 이용해서 내 손목을 비틀었던 일이 떠올랐다. 하지만 마샤가 내 팔을 등 뒤로 꺾어 발끝으로 긷게 하며 성전 밖으로 몰고 갈 수 있으리라고는 생각하지 않았다. 내가 도움을 요청하면, 버닝맨 참가자들 수천 명이… 뭐, 마샤의 몸뚱이를 갈기갈기 찢어놓지는 않더라도, 뭔가 조처를 할 것이다. 플라야에서 납치는 명백한 규칙 위반이다. 플라야 십계명 중에 그런 내용이 있을 게 틀림없다고, 나는 거의 확신했다.

마샤가 내 손목을 잡아당겼다. "가자." 그녀가 말했다. "빨리."

나는 자유롭게 내 의지로 일어나 마샤를 따랐다. 일어날 때 겁이 나지 않은 건 아니지만, 살짝 흥미도 일었다. 당연한 이야기지만, 이건 지금 버닝맨에서 일어나고 있는 일이다. 몇 년 전 나는 사람들이 바라곤 하는, 혹은 바랄 수 있는 어떤 일보다 흥미진진한 일의 한복판에 있었다. 국토안보부(DHS)에 맞서 일군의 테크노 게릴라들을 풀어놓았고, 한 소녀를 만나 사랑에 빠지고, 체포되어 고문을 받고, 명성을 얻고, 정부를 고발했다. 그때 이후로 상황은 묘하게 내리막길로 치달았다. 물고문은 상상 이상으로 끔찍하고 지독했다. 난 아직도 악몽을 꾼다. 하지만 물고문은 시작되자마자 끝났다. 그 뒤 우리 부모님은 서서히 파산의 나락으로 떨어졌다. 누구도 일자리를 구할 수 없는 힘겹고 괴로운 도시의 현실이 펼쳐졌다. 나처럼 그런저런 대학을 중퇴한 사람은 말할 것도 없었다. 게다가 나는 매달 학자금대출을 갚아야 했다. 매일 나를 짓누르는 비참한 상황은 사라질 기미가 전혀 없었다. 이건 오래전에 일어난 전쟁 이야기처럼 극적이거나 역동적인 재난이 아니었다. 이건 실제로 벌어지는 현실이었다.

현실은 엿 같았다.

나는 마샤와 함께 갔다. 마샤는 젭과 함께 '지하'로 내려가 2년 가까이 은밀하게 살아왔으므로, 지금 어떤 사람이 되었든 짜릿한 이야기들을 무수히 들려줄 것이다. 마샤의 현실도 엿 같았겠지만, 절망적인 무일푼의 어린애가 자기 일기장에 알아보기 힘든 필체로 단조롭게 끄적거리는 수준이 아니라, 거대하고 화려한 네온 불빛으로 번쩍거리는 경험이었을 것이다.

마샤는 나를 성전 밖으로 이끌었다. 아까보다 바람이 더 심하게 불었다. 모래바람에 시야가 완전히 가려진 화이트아웃 수준이라서 나는 고글을 내려쓰고 스카프를 다시 둘렀다. 그렇게 해도 앞이 거의 보이지 않았다. 숨 쉴 때마다 버누스에서 마른 침 냄새가 났고, 석고 가루가 입안에 가득 찼다. 마샤의 머리카락은 이제 밝은 핑크색이 아니라 칙칙한 갈색이 도는 금발이었다. 석고 모래 때문에 회색으로 덮인 머릿결은 오리 새끼처럼 짧은 솜털이 뽀송뽀송했다. 이발기를 이용해서 깎으면 혼자서도 저런 짧은 머리를 유지할 수 있다. 나도 사춘기 시절에 종종 저렇게 머리로 자르곤 했다. 마샤의 머리는 부드럽고 약해 보였다. 피부는 광대뼈 위로 잡아당겨 펼친 종잇장처럼 얇았다. 불거진 목의 힘줄과 움찔거리는 턱 근육이 눈에 들어왔다. 마샤는 마지막 본 뒤로 살이 많이 빠졌다. 그리고 피부는 단순히 여름 햇볕에 그을린 정도보다 훨씬 짙은 갈색이었다.

우리는 성전에서 고작 열 걸음을 걸어나갔을 뿐이었지만 1킬로미터는 걸어간 느낌이었다. 석고 모래바람 속에서 길을 잃었다. 주

19

변에 사람들이 있었지만, 성전의 창문들을 스치는 바람의 무시무시한 신음에 묻혀서 그들의 말을 알아들을 수 없었다. 고글과 땀에 젖은 뺨 사이로 고운 석고 가루가 스멀스멀 파고들어 눈물과 콧물이 흘러내렸다.

"이 정도면 충분할 것 같아." 마샤가 내 손목을 놓고 양손을 마주 잡으며 말했다. 왼손의 손가락 끝이 기형적으로 뒤틀리고 짓눌리고 굽은 게 보였다. 이사 트럭 안에서 마샤가 나를 쫓아올 때 손 위로 문을 닫아버렸던 일이 선명하게 떠올랐다. 당시 마샤는 나를 납치하듯 끌고 갈 생각이었는데, 나는 절친 대릴이 국토안보부에 납치되었다는 증거물을 가지고 도망치려 했었다. 하지만 문에 손이 으깨질 때 마샤가 내지르던, 놀라고 고통스러운 비명이 아직도 잊히지 않았다. 마샤는 내 눈길을 알아채고, 입고 있던 헐렁한 면 셔츠의 소매 속으로 손을 집어넣었다.

"어떻게 지내, 마이키?" 마샤가 물었다.

"요즘은 마커스로 지내고 있어. 그럭저럭 괜찮아. 넌 어때? 다시 보게 될 줄은 생각도 못 했어. 더군다나 버닝맨에서 말이야."

고글을 쓴 마샤의 눈살에 주름이 잡혔다. 그리고 마샤의 베일이 바람에 펄럭이자 미소를 짓고 있는 얼굴이 보였다. "이런, 마이키…. 마커스, 널 찾는 건 정말 쉬웠어."

올해 내가 버닝맨에 참여하는 건 그다지 비밀이 아니었다. 난 지난 몇 달 동안 생활정보 사이트와 해커스페이스* 메일링 리스트를

---

* Hackerspace, 지역공동체나 단체가 운영하는 일종의 공방으로서 컴퓨터, 기계, 목공 등 다양한 작업을 할 수 있는 공간이다.

통해 '플라야까지 차로 태워주실 분'을 찾고 '캠핑카를 빌리고 싶습니다'라는 메시지를 올리며, 시간이 많고 결단력은 넘치는데 돈은 없는 젊은이에 대한 흔한 말을 증명해보려 노력했다. 내가 노동절 주말 동안 어디에 있을지 알고 싶은 사람은 3초만 검색해봐도 내 위치를 대략 알 수 있을 것이다.

"음. 이것 봐, 마샤. 있잖아, 너 때문에 살짝 놀랐어. 날 죽이거나, 뭐 그런 걸 하러 온 거야? 젭은 어디에 있어?" 내가 물었다.

마샤가 눈을 감았다. 옅은 모래바람이 우리 둘 사이에 날아들었다. "젭은 플라야를 즐기고 있어. 내가 마지막 봤을 때는 카페에서 자원 활동을 하고 요가 수업에 가려고 기다리고 있었어. 젭은 썩 괜찮은 바리스타라서, 요가 수행자보다는 바리스타 역할을 할 때가 훨씬 낫긴 하지만 말이야. 난 너를 죽일 생각이 없어. 너한테 줄 게 있어. 그걸 어떻게 할지는 네가 알아서 해."

"나한테 줄 게 있다고?"

"응. 여긴 선물 경제로 돌아가잖아. 들어봤지?"

"네가 나한테 주려는 게 정확히 어떤 거야, 마샤?"

마샤가 고개를 가로저었다. "내가 넘겨주기 전까지는 네가 모르는 게 나아. 더 정확하게 말하자면, 네가 모르는 게 너한테 더 좋아. 세상사라는 게 다 그렇지." 마샤가 자신에게 하는 말처럼 보였다. 비밀스러운 삶이 마샤를 바꿔놓았다. 왜 그런지는 딱 꼬집어 말할 수 없지만, 마샤는 어쩐지 수상해 보였다. 뭔가 잘못됐거나, 꿍꿍이가 있거나, 당장에라도 도망치려는 사람처럼 보였다. 예전에도 마샤는 자신감과 과단성이 넘치고 쉽게 속내를 보이지 않았지만, 지금은 반쯤 미친 사람 같았다. 4분의 1은 미치고, 4분의 1은 겁에 질려있는 사람 같기도 했다.

"오늘 저녁 8시에 사람들이 알렉산드리아 도서관을 불태울 거야. 도서관이 타고 나서 쓰레기 울타리 쪽으로 걸어와. 12시 방향으로. 네가 도착했을 때 내가 없으면 기다려. 난 먼저 해야 할 일이 있거든." 마샤가 말했다.

"알았어. 그렇게 할게. 젭도 거기로 올 거야? 다시 보고 인사라도 나누고 싶어."

마샤가 눈동자를 굴리며 말했다. "젭이 거기에 있을 수도 있지만, 네가 볼 수 있을지는 모르겠어. 혼자 와야 해. 그리고 어둠 속으로 걸어와. 손전등은 안 돼. 알았지?"

"아니, 싫어. 너도 알겠지만, 난 앤지랑 갈 거야. 앤지가 가고 싶다고만 하면. 난 앤지 없이 아무 데도 안 가. 손전등이 안 된다고? 말도 안 되는 소리야."

블랙록시티는 오락거리와 열정적인 예술, 거대한 돌연변이 기계들과 함께 5만 명의 사람들이 있는 도시치고는 사망률이 지극히 낮은 곳이다. 하지만 도시 안에서는 위험을 비웃을 수 있어도, 어두워진 후 손전등도 없이 걸어 다니는 건 거의 정신병으로 취급된다. 오히려 사람들은 등을 여러 개 달고 다니는 걸 좋아했다. 버닝맨에서 할 수 있는 가장 위험한 짓은 밤에 조명 없이 플라야를 걷는 것이다. 그런 사람들을 '어둠의 바보'라고 부르는데, 어둠을 좋아하는 바보들은 깜깜한 밤에 사막을 요란하게 달리는 예술 오토바이에 칠 위험이 있으며, 거대한 예술차에 치일 수도 있다. 그러면 넘어지고 튕겨서 거의 곤죽이 될 것이다. 버닝맨의 비공식적인 구호가 '안전보다는 재미'이긴 하지만, 어둠의 바보를 좋아하는 사람은 아무도 없었다.

마샤는 눈을 감을 채고 조각상처럼 가만히 서 있었다. 바람이 조금 가라앉긴 했어도, 나는 아직도 활석 가루를 한 움큼 집어먹은 느낌이었고, 눈은 최루가스라도 맞은 듯 따끔거렸다.

"꼭 그래야 한다면 네 여친도 데려와. 하지만 손전등은 안 돼. 마지막 예술차가 지나간 후에 나와도 안 돼. 네가 혼자 오지 않은 탓에 너희 둘이 함께 곤란한 상황에 빠지면, 그게 누구의 책임일지는 너도 알겠지."

마샤는 발을 돌려 모래바람 속으로 걸어 들어가더니, 이내 시야에서 사라졌다. 나는 서둘러 성전으로 들어가 앤지를 찾았다.

2

버닝맨에서는 많은 물건을 태운다. 물론 버닝맨 그 자체도 토요일 밤에 태울 예정이다. 나는 지금껏 다양한 버닝맨이 타는 모습을 담은 동영상을 백 가지의 각도로 백 번은 봤다(버닝맨은 매년 다르게 생겼다). 요란하고 원초적인 광경이었다. 버닝맨의 받침대에 숨겨놓은 폭탄이 터질 때는 커다란 버섯구름이 일었다. 버닝맨이 타는 모습이 광적이고 열정적이라면, 일요일 밤에 성전이 타는 모습은 조용하고 장중했다. 하지만 그 둘을 태우기 전에도 '자잘한 물건들'을 많이 태운다.

전날 밤에는 각 지역의 예술 작품을 태웠다. 미국과 캐나다, 그리고 다른 나라의 버닝맨 동호회들이 공원 벤치 크기부터 3층 높이의 기상천외한 탑들까지 여러 가지 아름다운 나무 구조물을 설계하고 세웠다. 이 구조물들은 블랙록의 중앙에 있는 공터에 원형으로 줄지어 있었다. 우리는 도착한 날 그곳으로 가서 구조물들을 구경했다. 그 작품들을 가장 먼저 태운다는 이야길 들었기 때문이다. 실제로 그랬다. 모두 한꺼번에 태웠는데, 지금껏 보지 못했던 광경이었다. 버닝맨 참가자들이 둘러싸고 있을 때 구조물들이 각기 독특한 방식으로 불태워졌다. 불이 안정된 형태로 주저앉을 때까지 블랙록 레인저스가 참가자들을 안전한 거리 너머로 접근하지 못하게 했다. 플라야에 설치된 소각대들 위에서 수많은 목재가 타올랐다. 불태우는 모든 것들은 반드시 소각대 위에서 태운다. '흔적을 남기지 말라'는 말은 불탄 자국조차도 남기지 말라는 의미이기 때문이다.

어젯밤도 아주 볼만했지만, 오늘 밤엔 알렉산드리아 도서관을 태운다. 물론 원래의 그 도서관은 아니다. 기원전 48년 율리우스 카이사르(혹은 다른 사람)가 알렉산드리아 도서관을 불태워서, 그 당시 전 세계의 어떤 도서관보다 많이 소장하고 있던 두루마리 책들이 소실되었다. 알렉산드리아 도서관은 누군가 불태운 첫 번째 도서관도 아니었고 마지막 도서관도 아니었지만, 지식에 대한 부당한 파괴의 상징이 되었다. 버닝맨 알렉산드리아 도서관은 지원자 수백 명이 앞에 달린 밧줄을 당겨 플라야 위를 끌고 다닐 수 있도록 12개의 축과 24개의 커다란 바퀴 위에 세워졌다. 기둥이 늘어선 도서관 내부에는 책장이 줄이어 있고 손으로 쓴 두루마리들로 채워져 있었다. 각 두루마리는 구텐베르크 프로젝트에서 다운받은 서적들을 자원 활동자들이 1년 내내 긴 종이 두루마리에 손으로 옮겨 적었다. 5만 권의 책이 그런 방식으로 두루마리로 옮겨졌다. 그 두루마리들이 모두 불탈 것이다.

'도서관이 불탄다.' 이 글이 알렉산드리아 도서관 여기저기에 불규칙적으로 찍혀 있었다. 도서관에 들어가면 자원 활동을 하는 사서들이 자랑스럽게 두루마리로 이끌고 가서 원하는 작품을 찾을 수 있도록 도와줬다. 나는 도서관에서 마크 트웨인의 작품을 읽었다. 학교에서 재미있게 읽었던 이야기였는데, 그가 농업 신문의 편집장을 지내던 시절에 썼던 단편이었다. 누군가 빈 공책을 수백 미터씩 이어 붙여 두루마리로 만들고 그 단편을 손으로 쓰는 수고를 해주었다는 사실을 알게 되어 나는 아주 기뻤다.

사서는 마크 트웨인의 작품이 정말로 재미있다는 사실에 동의했다. 두루마리를 둘둘 말아서 치우는 사서를 도와주면서 내가 무심코 말했다. "이 두루마리를 다 태워버린다니, 너무 안타까운데요."

사서가 씁쓸히 웃으며 말했다. "그러게요. 하지만 그게 바로 이 도서관을 지은 이유잖아요. 현재 저작권으로 보호받는 작품 중 90퍼센트가 '고아'예요. 저작권이 누구의 소유인지 아무도 알 수 없어서 다시 인쇄할 수 없다는 이야기죠. 그 사이 우리가 알고 있는 원고들은 삭거나 사라져버려요. 창작한 책의 90퍼센트가 모여 있는, 세상에서 가장 큰 도서관이 느린 화면으로 불타고 있는 셈이죠. 도서관들이 불타고 있어요." 사서가 어깨를 으쓱하더니 계속 말했다. "바로 그런 짓이 지금 일어나고 있어요. 하지만 언젠가 수없이 많이 복제하는 방법을 알아내면, 인류의 창조적인 작품들이 불타서 사라지지 않게 되겠죠."

나는 마크 트웨인의 작품들을 읽다가 도서관이 발밑에서 흔들거리는 것을 느꼈다. 밧줄을 이끄는 수백 명의 자원자가 알렉산드리아 도서관을 플라야의 이곳에서 저곳으로 끌고 다니며 사람들에게 도서관이 불타기 전에 올라타서 읽어보라고 권했다. 내가 도서관에서 나갈 때 사서가 USB 메모리를 줬다. "구텐베르크 프로젝트 자료실을 압축한 파일이 담겨 있어요. 5만 권이 넘는데, 지금도 계속

늘고 있죠. 그 안에는 우리가 가지고 있지 않은 공유 서적의 목록과 도시들에서 찾을 수 있는 도서관의 목록도 담겼어요. 그 자료는 마음껏 복사하고, 스캔하고, 가공하세요."

이 작은 메모리는 기껏해야 삼사십 그램 정도밖에 되지 않았다. 하지만 주머니에 엄숙하게 집어넣을 때는 책으로 이루어진 산의 무게가 느껴졌다.

그리고 곧 알렉산드리아 도서관을 태울 시간이 되었다. 또다시.

도서관이 소각대 위로 끌려 올라왔다. 견인 밧줄은 둘둘 말아서 도서관 현관 앞에 얌전히 두었다. 경비대 모자와 기묘한 옷들을 입은 블랙록 레인저스들이 도서관을 큰 원으로 둘러싸고 너무 가까이 접근해서 어슬렁대는 사람들에게 물러나라고 엄격하게 경고했다. 앤지와 나는 앞줄에 서서 토지관리국 공무원들이 도서관의 구조 점검을 마무리하는 모습을 지켜봤다. 도서관 안의 모습이 보였는데, 내부를 따라 규칙적으로 설치된 화약과 책장에 있는 두루마리들이 눈에 들어왔다. 앞으로 일어날 일을 생각하자 이상하게 눈에 눈물이 고였다. 경외심과 슬픔과 기쁨의 눈물이었다. 앤지가 알아채고 눈물을 닦아주더니 내 귀에 입을 맞추며 속삭였다. "괜찮아. 도서관들은 늘 불에 타."

그때 세 사람이 군중 속에서 걸어 나왔다. 한 사람은 카이사르처럼 로마식으로 헐거운 하얀 망토를 걸치고 왕관을 썼는데, 화려하게 비웃음을 날렸다. 다음 사람은 수도사처럼 차려입고 큰 십자가가 달린 뾰족한 주교관을 썼다. 당시 알렉산드리아의 총대주교였던 테오필루스가 틀림없다. 그 역시 알렉산드리아 도서관을 태운 것으로 의심받고 있는 사람 중 하나다. 그는 행복한 얼굴로 군중을 쳐다보더니, 카이사르에게 고개를 돌렸다. 마지막으로 뾰족한 수염이 달리고 터번을 쓴 사람이 나타났다. 칼리프 오마르인데, 역사상 가장 악명 높은 방화범으로 불린다. 그 셋은 악수를 하더니 각자 허리춤에서 횃불 막대를 꺼내 도서관의 현관 중앙에 있는 화로에서 불을 붙였다. 그들은 서로 다른 방향으로 걸어가서 도서관의 뒤편 중앙과 양옆의 벽 앞에 자리를 잡았다. 그리고 관객들이 소리치고 고함을 질러댈 때, 도서관의 벽 아래에 만들어 놓은 작은 구멍 속으로 횃불을 흥겹게 집어넣었다.

일종의 섬광제 같은 걸 설치해놓은 모양이었다. 세 사람이 허둥지둥 그 자리에서 도망치자 불꽃이 커다란 포물선을 그리며 뿜어나오더니 도서관 벽에 불이 붙었다. 벽이 경쾌하게 타오르며 나무 타는 냄새와 화약 냄새가 났다. 바람이 세차게 불어오자 불꽃이 우리를 향해 펄럭거렸다. 군중의 소리가 점점 커졌다. 어느새 나도 그 합창에 동참해서 길게 늘어지는 즐거운 비명을 질러대고 있었다.

그때 화약이 터지고, 거의 동시에 도서관의 기둥 사이로 불의 봉우리가 활짝 폈다. 불꽃이 지글지글 타오르는 종잇조각과 책의 파편에 혀를 날름거리며 밤하늘을 향해 치솟아 올랐다. 뜨거운 바람이 몰아쳐서 우리는 다들 조금씩 뒷걸음질 쳤다. 곧 하늘에서 타다 남은 재가 쏟아졌다. 우리 주변으로 잿빛 비처럼 쏟아지며 반짝거렸다. 사람들이 느린 파도처럼 움직이며 바람과 불의 빗줄기에서 슬금슬금 물러났다. 머리카락과 인조 모피가 타는 냄새가 났는데, 타잔 팬티 같은 천을 간단히 두른 키 큰 남자가 내 등덜미를 찰싹 내려치며 소리쳤다. "미안해요! 불이 붙었어요." 나는 그에게 괜찮다고 손을 흔들었다. 뭔가 감사의 말을 하기엔 주변이 너무 요란하고 시끄러웠다. 다시 슬금슬금 뒤로 물러났다.

그때 불꽃놀이가 시작됐다. 7월 4일 독립기념일에 수없이 봤던 불꽃놀이와는 달랐다. 그 불꽃놀이는 정교하게 맞춰진 순서에 따라서 하나씩 하나씩 터트렸지만, 이건 훨씬 빨랐다. 발사기가 하늘을 향해 쉴 새 없이 비명을 질러대며 폭죽을 쏘아 올려 거의 한꺼번에 터졌다. 군중 뒤편의 거대한 예술차들에서 천둥소리처럼 울리는 덥스텝과 펑크, 그리고 빠른 박자의 스윙과 도저히 알아듣기 힘든 가스펠까지 꽝꽝거리는 음악과 눈이 따가울 정도로 화려한 폭발이 끊임없이 이어졌다. 사람들이 늑대 울음소리를 냈다. 나도 늑대 울음소리를 냈다. 불꽃이 치솟아 혀를 날름거리고, 종이가 열기를 따라 높이 떠올라 사막의 밤을 밝게 비추며 타올랐다. 연기에 목이 메고, 춤을 추는 사람들이 사방에서 눌러왔다. 나는 수천 개의 다리와 눈과 목구멍과 목소리를 가진 대형 유기체의 일부분이 된 느낌이 들었다. 불꽃이 점점 높이 올랐다.

곧 새까만 구조물 지지대의 골격만 남은 도서관이 격렬한 주황색과 붉은색 불꽃에 둘러싸였다. 건물이 기우뚱거리고 지붕이 떨리더니, 기둥이 흔들거리며 틀어졌다. 건물이 무너지려 할 때마다 군중이 숨을 죽였지만, 매번 건물의 중심이 다시 잡혀서 우리는 '우우' 하는 실망의 함성을 질렀다.

그때 기둥 하나가 쓰러지더니 두 번째 기둥이 우지끈 부러지고, 반대편 구석의 지붕이 찢기며 다른 기둥들에서 벗어나 아래로 떨어졌다. 그러자 다른 기둥들까지 연이어 넘어지고, 도서관 전체가 와르르 무너지면서 불타는 종이 뭉치를 날렸다. 블랙록 레인저스가 철수했다. 우리는 앞으로 달려가 목재와 종이와 재가 불타며 타닥

타닥 소리를 내는 잔해를 둘러쌌다. 음악 소리가 더 커졌다. 예술차들이 가까이 다가온 탓이었다. 그리고 달아오른 발사기에서 날아가 목재 더미에 박혀있던 길 잃은 불꽃놀이 폭죽이 가끔 꽝꽝 터졌다. 매우 유쾌하고 미친 듯한 광경이었다.

도서관이 다 탔다. 이제 움직일 시간이 됐다.

"가자." 내가 앤지에게 말했다. 앤지는 마샤 소식을 차분하게 듣더니, 마샤가 나를 만나고 싶어 한다는 말을 하자 이렇게 말했다. "너 혼자 가게 놔두지 않을 거야."

"나도 마샤한테 그렇게 말했어." 내가 말했다. 그러자 앤지가 발끝으로 서서 내 머리를 쓰다듬었다.

"그래야 내 남친이지." 앤지가 말했다.

우리는 나무 타는 냄새와 대마초 연기, 땀 냄새, 파촐리 냄새(앤지는 이 냄새를 좋아하지만, 난 싫어했다), 재, 석고 먼지를 얼굴 가득히 뒤집어쓰고 웃으며 춤추는 사람들 사이로 지나갔다. 어느새 우리는 사람들에게 벗어나 예술차들 사이에 있었다. 익살맞은 예술차들이 빼곡하게 오가는 교통체증 상황이었다. 수백 대의 돌연변이 차들이 완전히 뒤죽박죽으로 얽혀있었다. 기중기로 59년형 엘카미노 트럭의 몸체와 승객들을 지상 3미터 높이로 들고 있는 탱크, 이리저리 흔들리며 안장 위에 이상한 사람들을 태우고 커다란 눈이 열 개 달린 전기 코끼리, 그리고 탱크와 코끼리 사이로 3층 높이의 바퀴 달린 유령 같은 해적선이 항해했다. 플라야 자전거의 이동은 상황을 더 복잡하게 만들었다. 고글을 쓰고 웃고 소리 지르며 무모할 정도로 흥에 겨운 사람들이 자전거를 타고 밤의 어둠 속으로 끊임없이 내달리며, 멀리서 이상하게 빛나는 LED, 야광봉, 발광선의

혜성이 되었다.

발광선(EL wire)은 버닝맨에서 없어서는 안 될 액세서리다. 값이 싸고, 여러 가지 색이 있으며, 배터리가 지속하는 한 밝게 빛을 낸다. 발광선은 머리카락을 묶어도 되고, 옷에 붙이거나 핀으로 꽂아도 되며, 아무 데나 매달아도 된다. 앤지는 자와인 탄띠에 색색으로 반짝거리는 발광선을 얼기설기 누볐다. 그리고 한 가닥을 후드의 가장자리에 조심스럽게 집어넣고, 망토의 옷단에 또 한 가닥을 집어넣었다. 그래서 멀리서 보면 선으로 그린 사람처럼 빛났다. 내 발광선은 모두 공짜로 얻었다. 다른 사람들이 버린 발광선을 모아 절단된 부분과 잘못된 부분을 찾아 공들여 고치고 테이프로 둘렀다. 나는 군화의 끈을 발광선으로 매고, 다기능 벨트를 따라 둘둘 감았다. 그래서 우리 둘은 멀리에서도 잘 보였는데도 몇몇 자전거들이 거의 우리를 칠 뻔했다. 그들은 매우 정중하게 사과했지만, 다들 들떠 있었다. 플라야에서는 모든 사람이 항상 들떠 있었다.

하지만 우리가 위험을 무릅쓰고 사막으로 더 깊이 들어갈수록 사람들의 숫자가 줄어들었다. 블랙록시티의 경계는 도시와 사막 사이를 둥그렇게 가르고 있는 '쓰레기 담장'으로 나뉘었는데, 사막을 둘러싼 산맥에서 그리 멀지 않았다. 사람들의 천막에서 바람에 날아온 모든 물건이 이 담장에 걸려 수거되고 분류되었다. '흔적을 남기지 말라.' 쓰레기 담장에서 블랙록시티의 중앙까지는 약 3킬로미터 정도의 툭 터진 사막이었다. 거의 단조로운 사막이었지만, 여기저기에 사람들과 예술과 다양하고 놀라운 일들이 점점이 박혀 있었다. '6시 광장'이 태양이라면, 버닝맨과 성전과 천막들은 내부 태양계를 이루고, 쓰레기 담장은 일종의 소행성대나 명왕성(여기서 잠깐만 멈추고 할 말이 있으니 양해해주기 바란다. "명왕성도 행성이다!")이라고 할 수 있다.

이제 우리는 아무것도 없는 공간을 걷고 있는 기분이었다. 어깨너머에서 벌어지고 있는 축제를 돌아보지만 않는다면, 지구 위에 우리밖에 없는 척할 수 있었다.

뭐, 거의 그랬다. 우리는 텅 빈 거대한 공간에서 담요 위에 벌거벗고 누워 꿈틀거리는 연인들에 걸려서 여러 차례 넘어질 뻔했다. 즐거운 시간을 보내기엔 위험한 방법이긴 했지만, 성관계라면 '어둠의 바보짓'을 하더라도 그럭저럭 양해가 되었다. 그들은 대체로 아주 싹싹했다. "미안해요." 그들을 지나면서 나는 어깨너머로 소리쳤다. "이제 우리도 어둡게 해야 해." 내가 말했다.

"그런 거 같네." 앤지가 탄띠 위에 있는 배터리 스위치를 만지작거렸다. 잠시 후 앤지가 빛을 잃으며 사라졌다. 나도 똑같이 했다. 갑작스러운 어둠이 너무 깊어서 눈을 감으나 뜨나 전혀 차이가 없었다.

"위를 봐." 앤지가 말했다. 나는 시키는 대로 했다.

"이런 세상에, 별이 가득해." 하늘에 별이 많을 때마다 내가 항상 하는 농담이었다. 이건 본래 소설 《2001 스페이스 오디세이》에 나오는 죽여주는 대사인데, 바보들이 영화에서는 그 대사를 빠트렸다. 그렇지만 이렇게 별이 가득한 하늘은 처음 봤다. 하늘이 맑고 달이 없는 밤에도 대개 희끄무레한 선으로밖에 보이지 않는 은하수가 하늘을 가르는 은빛 강물이 되어 환하게 빛났다. 이전에 나는 한두 번 쌍안경으로 화성을 본 적이 있었는데, 하늘에 있는 다른 별들보다 살짝 붉은 수준이었다. 그런데 오늘 밤 사막 한가운데에서 석고 모래바람이 가라앉은 순간 보이는 화성은 외눈박이 거인 키클롭스의 눈에 박힌 숯불처럼 이글거렸다.

나는 할 말을 잃고 고개를 완전히 젖혀 밤하늘을 바라보고 서 있었다. 그러다 뭔가 이상한 소리가 들렸다. 물방울이 돌에 부딪히는 듯한….

"앤지, 너 오줌 싸는 거야?"

앤지가 나를 조용히 시켰다. "플라야에 오줌을 살짝 누는 것뿐이야. 화장실에 가려면 저기까지 돌아가야 하잖아. 아침까지 다 증발할 거야. 까다롭게 굴지 마."

온종일 물을 마시면 온종일 소변을 봐야 하는 문제가 생긴다. 버닝맨 참가자 중 운이 좋은 사람들은 멋진 개인 화장실이 딸린 캠핑카를 천막으로 사용했지만, 나머지 우리 대부분은 '소변 천막'으로 가야 했는데, 칸마다 '화장실 시(詩)'가 테이프로 붙어 있어서 아주 즐거운 독서가 되었다. 엄밀히 말하면, 사막에서 소변을 누면 안 되지만, 이렇게 멀리 떨어진 곳에서 잡힐 가능성은 사실상 제로였다. 그리고 화장실까지 돌아가기엔 진짜로 너무 멀었다. 앤지가 내는 소리를 듣고 있으니 나도 소변이 누고 싶어졌다. 그래서 우리는 먹물처럼 깜깜하고 따스한 어둠 속에서 함께 즐겁게 사막에 오줌을 갈겼다.

어둠 속을 계속 걸었지만, 쓰레기 담장에 얼마나 가까워졌는지 전혀 알 수 없었다. 우리 앞에는 그저 검은색밖에 없었다. 별이 빛나는 하늘의 살짝 밝은 검은색을 배경으로 더 검은 산맥의 검은색이 솟았을 뿐이었다. 그런데 조그맣게 깜빡거리는 불빛이 조금씩 보이기 시작했다. 아마도 촛불인 것 같았다. 길게 줄지은 불빛이 우리 앞쪽에서 흔들거렸다.

가까이 다가가서 봤더니 촛불이 맞았다. 흔한 초를 깡통과 유리잔 안에 넣은 초롱불이었는데, 적어도 50명은 앉을 수 있을 정도로 길고 커다란 민친용 식탁에 일정한 간격으로 놓여 있었다. 식탁 위에는 개인별 식기와 수저 세트, 포도주잔, 개어놓은 린넨 냅킨도 놓여 있었다. "이게 대체…?" 내가 조용히 말했다.

앤지가 키득거렸다. "누군가의 예술 프로젝트인가 봐. 쓰레기 담장에 만찬 식탁이라니, 와우."

"안녕." 어둠 속에서 목소리가 들렸다. 그림자 하나가 식탁에서 떨어져 나오더니 발광선이 켜지며 밝은 자줏빛 머릿결과 조끼 형태로 자른 가죽 재킷을 입은 젊은 여성이 모습을 드러냈다. "어서 와." 갑자기 더 많은 그림자가 사람으로 바뀌었다. 세 명의 젊은 여성이 더 있었다. 녹색 머릿결 하나와 파란색 머릿결 하나, 그리고….

"안녕, 마샤." 내가 인사했다.

마샤가 가볍게 인사를 했다. "우리 천막 친구들이야. 실은 너도 예전에 만났던 아이들이야, 다리가 폭파되던 날."

그렇군. 그렇겠지. 이 여자애들은 마샤의 '하라주쿠 펀 매드니스' 팀으로 게임을 하다가 텐더로인에서 우리와 마주쳤었다. 그 직후 알 수 없는 단체에 의해 베이교가 폭파됐다. 그때 내가 저 애들을 뭐라고 불렀더라? 맞다, 별사탕 특공대. "다시 만나서 반가워. 이쪽은 앤지야." 내가 말했다.

마샤가 살짝 고갯짓으로 인사했다. "가벼운 대화를 나누려고 착한 사람들에게서 이 식탁을 빌리긴 했지만, 여기서 시간을 길게 보내고 싶지는 않아. 많은 사람이 나를 찾고 있거든."

"젭은 왔어?"

"오줌 싸러 갔어. 곧 돌아올 거야. 그래도 바로 이야기를 시작하자, 괜찮지?" 마샤가 말했다.

"그러자." 앤지가 말했다. 내가 마샤에게 인사를 할 때 앤지가 옆에서 긴장하는 게 느껴졌었다. 그래서 나는 앤지가 겉으로는 괜찮은 척해도 이 만남을 불편하게 생각하는 거라 짐작했다. 하긴, 이만남을 좋아할 이유가 없었다.

마샤는 자기 친구들을 놔두고 식탁 끝부분으로 우리를 데리고 갔다. 자리에 앉고 보니, 빵바구니라고 생각했던 통에는 쉽게 상하지 않는 히피식 정크푸드가 담겨 있었다. 트레이더 조에서 판매하는 통밀 팝타르트, 유기농 소고기 육포, 그리고 순무처럼 생긴 건집에서 만든 귀리빵이었다. 햇볕에 상하지 않는 고에너지 음식들이었다. 내가 그 먹거리들을 바라보고 있다는 사실을 마샤가 알아챘다. "괜찮아. 먹으라고 있는 거야. 마음껏 먹어." 나는 육포를 찢었다. 포장지는 나중에 천막에 가서 버리려고 다기능 벨트에 쑤셔 넣었다. 선물 경제로 얻은 간식거리를 먹고 그 자리에 쓰레기를 놔두는 건 정말로 예의가 아니기 때문이다. 앤지는 팝타르트를 먹었다. 그때 마샤가 몸을 숙이더니 식탁을 가로질러 초롱의 작은 유리문을 열고 촛불을 입으로 불어서 껐다. 이제 우리는 가장 가까운 인류에게서 멀어져서 검은 밤에 보이지 않는 흐릿한 검은 얼룩이 되었다.

손이 느껴졌다. 마샤의 손이었다. 마샤는 어둠 속에서 내 팔을 움켜잡더니 손까지 더듬어 내려가 작고 단단한 뭔가를 내 손에 밀어 넣고 사라졌다.

"USB 메모리야. 작은 거지. 4기가바이트짜리 토렌트 파일을 푸는 암호 열쇠가 들었어. 파이럿 베이(https://thepiratebay.org)나 다른 토렌트 사이트 십여 개에서 검색해보면 그 토렌트의 마그넷 링크를 찾을 수 있을 거야. 파일 이름은 insurancefile.masha.torrent야. 체크섬도 USB에 있어. 네가 그 파일을 받아서 뿌려주면 고맙겠어. 그리고 네가 믿을 수 있는 사람들에게도 똑같이 부탁해줘."

"그렇다면." 난 어둠 속에서 마샤가 앉아 있는 방향을 향해 말했다. "암호화되어 인터넷을 떠돌고 있는, 뭔가로 가득 찬 커다란 토렌트 파일이 있는데, 무슨 일이 일어나면 암호를 해제할 수 있는 그 열쇠를 뿌려달라는 말이지?"

"응. 대충 그런 이야기야." 마샤가 말했다. 나는 그 '보험 파일'에 뭐가 들어있을지 상상해보려 애썼다. 협박용 사진일까? 기업 비밀? 51구역에 있는 외계인의 사진? 빅풋이 존재한다는 증거?

"여기에 뭐가 들었어?" 앤지가 물었다. 살짝 날카롭고 긴장한 목소리였다. 앤지는 감추려 했지만, 나는 앤지가 긴장하고 있다는 사실을 알 수 있었다.

"그걸 정말로 알고 싶어?" 마샤가 물었다. 목소리에는 전혀 감정이 실리지 않았다.

"우리가 이 USB를 불 속에 던지지 않고 뭔가 해주길 바란다면 말해주는 게 좋을 거야. 난 너를 믿을 이유가 전혀 없어. 단 하나도."

마샤가 아무 말도 하지 않았다. 그리고 한숨을 뱉더니 병의 뚜껑을 열어 뭔가를 마시는 소리가 들렸다. 위스키 냄새가 났다.

마샤가 입을 열었다. "이것 봐. 너도 알다시피, 예전에 난 국토안보부에 있었잖아. 거기에 있으면 많은 사실을 알 수밖에 없어. 많은 일을 봤지. 많은 사람을 알게 되기도 했고. 그 사람들 중에는 아직도 국토안보부에서 일하면서 나와 접촉하는 사람들이 있어. 국토안보부에 일하는 사람들이 죄다 미국이 경찰국가가 되길 바라는 건 아니야. 진짜로 나쁜 녀석들을 잡고, 진짜 범죄와 맞서 싸우고, 진짜 재난을 막으려 노력하면서 그저 묵묵히 자기 일을 하는 사람들도 있어. 하지만 이런 일을 하다 보면 그다지 내키지 않는 사실들을 알게 될 수밖에 없지. 그러다 정말로 끔찍한 사실과 마주하고 나면, 뭔가를 하지 않고는 거울에 비치는 자기 얼굴을 바라볼 자신이 없어지는 거야.

그래서 파일을 복사해서 증거를 모으게 되지. 이런 생각을 하면서 말이야. '언젠가 누군가는 이 문제에 대해 반대 의견을 말하는 사람이 생길 거야. 그때 이 파일들을 조용하게 슬그머니 건네줘야지. 그러면 내 양심도 내가 이런 썩어빠진 짓을 하는 조직의 일원이라는 사실을 용서해줄 거야.'

그러다 이런 일이 일어나지. 함께 일했던 사람, 부당한 대우를 받고 지하로 잠적해서 활동하는 사람, 믿을 수 있는 사람, 바로 그런 사람이 깊은 지하로부터 연락해서 자기가 이 모든 자료를 보관해주겠다고, 또 다른 사람들의 자료도 함께 모아서 흥미로운 연결고리가 있는지 살펴보겠다고 하는 거야. 이제 그 사람이 이 자료들에서 손을 떼게 해줄 거야. 그리고 자료를 세탁해서 그게 어디에서 나온 건지 아무도 알지 못하게 만들어 줄 거야. 그러다 때가 되면 자료들을 풀어놓겠지. 이건 고통을 받는 관료들을 위해 제공되는 썩 괜찮은 서비스야. 그들이 밤에 푹 잘 수 있도록 해주면서 월급봉투도 지켜주니까.

은밀하게 소문이 돌았어. 불명예스럽게 도망친 녀석에게 자신의 양심을 외주로 넘기는 게 유용하다는 사실을 많은 사람이 깨달았지.

그러자, 뭐, 자료가 하나둘 들어오기 시작하더니, 곧 무더기로 쏟아져 들어왔어. 얼마 지나지 않아 그런 자료를 몇 기가바이트나 깔고 앉아 있게 됐어."

"그게 어쩌다 보니 4기가바이트나 되었다는 거지?" 내가 말했다. 나는 얼핏 아찔한 기분이 들었다. 마샤는 지금 내게 미국 정부의 가장 추악한 비밀의 암호를 풀 수 있는 열쇠를 주고 있다. 국토안보부에서 성실한 직원들조차도 겁을 집어먹고 몰래 내보내야겠다고 생각한 자료들이다. 마샤는 지금 너무 위험한 존재라 사실상 방사성 물질이나 다름없다. 하늘에서 우주 레이저가 번쩍하고 내려와 마샤를 앉아 있는 그 자리에서 죽여 버리지 않는 게 오히려 의아할 정도였다. 그러면 나는? 뭐, 암호 열쇠를 받았으니, 그 사람들은 내가 보험 파일을 다운받아 내용을 봤을 거라고 생각할 것이다. 즉, 나도 기본적으로 사형선고를 받은 셈이다.

"그런 셈이지." 마샤가 말했다.

"젠장, 고맙네."

"너한테는 이럴 짓을 할 권리가 없어. 네가 뭘 하려는지 모르겠지만, 넌 우리를 위험한 상황으로 몰아넣고 있어. 우리한테 물어보지도 않고, 우리에게 미리 말해주지도 않고 말이야. 어떻게 그럴 수가 있어?" 앤지가 말했다.

마샤가 날카롭게 "쉿!" 소리를 내며 앤지의 말을 막았다.

"내 말을 자르지…." 앤지가 다시 입을 떼었을 때, 마샤가 앤지의 손을 꽉 움켜잡는 모습이 들리고/느껴지고/보였다.

"닥쳐." 마샤가 낮게 말했다.

앤지가 입을 다물었다. 나는 숨이 멎었다. 멀리서 예술차가 틀어대는 끔찍한 덥스텝 음악의 웅웅거리는 소리, 바람이 쓰레기 담장에 부딪히며 살랑거리는 소리가 희미하게 들렸다. 그리고 이건… 발자국 소린가? 머뭇머뭇 비틀거리는 건가, 어두워서? 부드럽게 저벅이는 소리. 다시 저벅, 저벅, 이제 더 가까워졌다. 마샤가 몸을 움츠리고 도망칠 준비를 하는 게 느껴졌다. 나는 목구멍에서 위산과 함께 올라온 육포의 맛이 느껴졌다. 귀에서는 맥박이 망치 두들기는 소리처럼 쿵쿵거리고, 뒷덜미에서 흘러내린 땀이 금세 얼음처럼 차갑게 말라붙었다.

저벅, 저벅. 발소리가 실제로 우리를 향해 오고 있었다. 그때 쾅소리가 나서 깜짝 놀랐다. 마샤가 식탁에서 뛰어나가며 의자를 넘어뜨려서 난 소리였다. 마샤가 플라야의 어둠 속으로 달려나갔다.

그때 눈부신 빛이 내 얼굴을 정면으로 비춰서 앞이 보이지 않았다. 그리고 내 쪽으로 손이 뻗어왔다. 나는 그 손길을 뿌리치면서 앤지를 움켜잡고, 말로 표현할 수 없는 공포감에 뭔가 소리를 질렀다. 앤지도 소리쳤다. 그러자 목소리가 말했다. "이봐, 마커스! 거기 서! 나야!"

오래전에 차베스 고등학교 앞에서 잠깐 들어봤던, 내가 아는 목소리였다.

"젭?" 내가 말했다.

"어이!" 젭이 소리쳤다. 그리고 나를 꽉 움켜잡더니 고약한 냄새를 풍기며 포옹을 하고 구레나룻이 덥수룩한 볼로 내 얼굴을 짓눌렀다. 젭의 헤드램프 때문에 앞이 보이지 않았지만, 젭이 거대한 고양잇과 동물이나 비버와 비슷한 수준으로 수염을 기르고 있다는 사실은 알 수 있었다. 공포감은 빠져나갔어도 신경이 계속 곤두서있던 탓인지, 나는 요란하게 웃음을 터트렸다.

갑자기 작고 힘센 손이 우리를 갈라놓더니, 젭이 사막 위를 뒹굴었다. 마샤가 발로 걷어서 넘어트린 것이었다. 마샤는 다시 돌아와서 젭의 목소리를 알아차린 게 틀림없었다. 마샤는 젭을 땅바닥에 내다 꽂으며 온갖 욕이란 욕은 다 했다. 그리고 젭의 가슴 위에 걸터앉아 그의 팔을 자신의 팔꿈치로 눌렀다.

"미안, 미안해!" 젭이 말했다. 그리고 웃음을 터트렸다. 마샤도 웃고, 앤지도 웃었다. "미안해. 됐지! 너를 방해하지 않으려고 그랬던 거야. 네 친구들이 네가 여기에 있다고 이야기해줬어. 불을 켜면 분위기를 망가트릴 것 같았어."

마샤가 젭을 일으키고 수염이 약간 듬성듬성한 볼에 뽀뽀를 했다.

"넌 진짜 바보야." 마샤가 말했다. 젭이 다시 웃음을 터트리더니 마샤의 머리를 마구 헝클었다. 마샤는 젭하고 있을 때는 완전히 다른 사람이 되었다. 장난스럽고 더 어려 보여서, 그렇게 살벌하지 않았다. 그런 마샤의 모습이 훨씬 더 보기 좋았다.

"앤지, 이쪽은 젭. 젭, 이쪽은 앤지야." 젭이 앤지와 악수를 했다.

"네 이야기 많이 들었어." 앤지가 말했다.

"나도 네 이야기 많이 들었어." 젭이 말했다.

"자, 어이 머저리들, 자리에 앉아. 그리고 그 빌어먹을 헤드램프는 꺼, 젭." 마샤가 다시 건조하고 사무적인 말투로 돌아갔다. 우리는 모두 시키는 대로 자리에 앉았다.

나는 마샤가 우리에게 한 짓 때문에 아직 화가 풀리지 않은 상태이긴 했지만, 정신없이 겁에 질린 상황을 지났더니 금세 가라앉아서, 다시 분노의 감정 상태로 되돌아가긴 힘들었다. 이미 아드레날린을 통째로 혈류 속으로 들이부었기 때문에 다시 만들어내기엔 시간이 필요할 것 같았다. 그래도 마음이 풀리기엔 아직 멀었다. "마샤, 지금 네가 하는 짓이 진짜로 못된 짓이라는 건 너도 알지?"

어둠 속에서 마샤는 보이지도 들리지도 않았다. 그래서 침묵이 너무 길게 이어지자 마샤가 잠들었거나 살그머니 도망갔을지도 모르겠다는 생각이 들었다. 그때 갑자기 마샤가 말했다. "젠장, 넌 아직도 어린애냐?"

마샤에게서 그런 말을 듣자 나는 다시 여덟 살로 돌아간 기분이 들었다. 난 발가락 사이에 낀 소똥과 건초 부스러기가 되고, 마샤는 지하세계에서 암약하는 방랑자 닌자처럼 세계를 돌아다니는 노련한 첩보원처럼 느껴졌다.

"씨발." 나는 그 소리가 삐친 오줌싸개 어린애의 느낌이 아니라, 냉소적이고 불쾌하게 들리길 바랐지만, 그리 성공적이지 않은 것 같았다.

마샤가 심술궂게 웃었다. "'못된' 짓이라니? 그러면 뭐가 '잘된' 짓인데? 나쁜 일은 계속 일어나. 무덤에 묻혀야 끝나는 일이야. 그렇기 때문에, 너는 해결하는 일에 동참하거나 문제를 계속 만드는 일에 동참하거나, 둘 중 하나를 선택해야 해. 그 사람들은 내게 그 파일들을 주려고 그 모든 위험을 무릅썼는데, 네가 그 유치찬란한 생활을 방해받지 않고 안전하게 지키고 싶어서 도망치면 그건 '잘된' 짓이냐? 아, 마이키, 넌 엄청난 '영웅'이시겠지. 네가 용감하게, 그 뭐냐, 용감하게 다른 사람들의 이야기를 기자에게 했기 때문에? 네가 기자회견을 열었기 때문에? 정말 엄청나게 용감한 사람이네." 마샤가 큰 소리로 내뱉었다.

그래, 난 찍소리도 못했다. 그 이유가 뭔지 아는가? 약간 차이가 있을지 몰라도, 마샤의 말이 맞았기 때문이다. 나는 수많은 밤을 침대에 누워 천정을 뚫어지게 쳐다보며 똑같은 생각을 했었다. 엑스넷에는 내가 했던 어떤 일보다 더 맹렬하게 뛰었던 아이들이 있었다. 국토안보부와 경찰에 직접 맞서서 재밍(jamming, 전파교란)을 했던 아이들, 오랫동안 감옥에 갇혔던 아이들. 어떤 언론에서도 그 아이들의 용감한 행동을 다루지 않았다. 아마 아직까지 잡혀 있는 아이들도 있을 것이다. 나는 그 아이들의 이름조차 모르고, 그 숫자가 얼마인지도 모른다. 그런 사실조차 제대로 알지 못한다는 건 내가 다른 누구에게서든 찬양을 받을 자격이 없다는 또 다른 근거다.

민첩하고 현란하던 재치는 마지막 한 방울까지 마음속 깊은 구석에 도망가 숨어버렸다. 젭이 어정쩡하게 발을 오락가락하는 소리가 들렸다. 아무도 이 상황에서 뭐라고 해야 할지 몰랐다.

앤지만 빼고. "글쎄, 모든 사람이 밀고자가 될 수는 없어. 모든 사람이 은밀한 벙커에 숨어 사람들이 두들겨 맞고 감옥에 끌려가고 고문당하고 사라지는 모습을 훔쳐보면서 고자질하는 사람이 될 수는 없어. 모든 사람이 빈약하고 하찮은 양심이 견딜 수 있을 때까지 참는 대가로 두툼한 월급을 받다가, 멕시코 어딘가에 있는 해변으로 도망가서 차려놓은 침대에 누워 지낼 수는 없어."

덕분에 난 어둠 속에서 웃을 수 있었다. 잘한다, 앤지! 내 죄가 뭐였든, 그건 내가 뭔가를 더 할 수 있었는데 하지 않았다는 부작위의 죄였다. 하지만 마샤는 가장 지독한 악을 저질렀다. 그건 작위의 죄였다. 마샤는 잘못을 저질렀다. 진짜 정말로 나쁜 짓이었다. 마샤가 그 뒤로 지금껏 그 일을 벌충하려 노력했다고 하더라도, 나를 모욕할 만한 입장은 아니었다.

다시 침묵이 길게 이어졌다. 난 USB를 바닥에 놓아두고 어둠 속으로 걸어가 버릴까 하는 생각도 들었다. 그런데 왜 그렇게 하지 못했을까?

젭 때문이었다.

젭이야말로 영웅이었다. 그는 샌프란시스코 만의 관타나모에서 탈옥한 뒤 도망가는 대신 차베스 고등학교로 나를 찾아와 대릴의 메모를 전해줬다. 젭은 그냥 떠나버릴 수도 있었지만 그러지 않았다. 그런데 나는 젭의 비밀을 세상에 떠들어서 그를 위험한 상태로 몰아넣었다. 이건 마샤만의 임무가 아니었다. 이건 젭의 임무이기도 했다. 둘은 한 팀이니까. 나는 젭에게 빚졌다. 우리 모두 그에게 빚졌다.

"그만해." 내가 온갖 바보 같은 감정을 억누르고 성전에서 도달했던 선의 고요함을 찾으려 애쓰며 말했다. "됐어. 그만해. 이건 부당한 짓이야. 삶이라는 게 그런 거지. 자, 이제 내가 이 물건을 받았어. 이걸로 뭘 해야 하는 거지?"

"안전하게 지켜." 마샤가 말했다. 그 애의 목소리는 감정이 사라진 영역으로 돌아가 있었다. 마샤는 언제든 필요할 때면 능숙하게 그곳으로 잘 돌아가는 모양이었다. "그리고 내가 잡히거나 젭이 잡혔다는 소식이 들리면 그 자료를 뿌려. 산 위로 올라가 고래고래 소리쳐. 또는 내가 너에게 그걸 뿌려달라고 하면 뿌려. 아니면 내년 버닝맨이 시작되는 금요일까지 나한테서 소식이 없으면 뿌려. 할 수 있겠니?"

"할 수 있을 것 같아." 내가 말했다.

"아무리 너 같은 아이라도 이런 일을 망치긴 힘들지." 마샤가 말했다. 나는 마샤가 지금 얼굴을 빳빳하게 치켜들고 있으리라는 사실을 알 수 있었다. 니는 그걸 감정적으로 받아들이지 않았다. 마샤가 말했다. "좋았어. 그래. 난 지금 갈 거야. 망치지 마. 알겠지?"

마샤의 발소리가 멀어지는 게 들렸다.

"자기야, 천막에서 봐!" 젭이 멀어지는 마샤의 뒤통수에 대고 소리쳤다. 그러더니 헤드램프를 다시 켜서 내 눈이 부셨다. 젭은 바구니에서 팝타르트를 집어서 허겁지겁 먹었다. "난 마샤를 사랑해. 정말이야. 하지만 쟤는 꼬여도 너무 꼬였어!"

너무도 명백한 진실이라 웃는 것 말고는 달리 할 게 없었다. 그래서 우리는 함께 웃음을 터트렸다. 젭이 맥주를 선물 경제로 우리에게 건넸다. 조금 있다가 나는 냉침법으로 우려낸 차가운 커피 농축액이 든 병을 꺼내서 맥주에 타 마셨다. 맥주로 나른하게 가라앉아 있던 우리를 커피가 깨워주자, 모두 소변 캠프에 가야만 했다. 그래서 우리는 밤 속으로, 사막 속으로, 먼지 속으로 돌아갔다.

3

온종일 사람들이 모래폭풍이 올 거라는 일기예보 이야기를 내게
해줬지만, 나는 그 '모래폭풍'이란 걸 플라야에서 바람이 불 때마다
그러듯이 스카프를 고글의 아래쪽 테두리에 쑤셔 넣어야 한다는 정
도로 짐작했었다.

그러나 우리가 젭과 헤어진 뒤 끊임없는 서커스판으로 돌아갈 때
불어오기 시작한 모래폭풍은 완전히 미쳐 날뛰었다. 날리는 석고
모래로 밤이 하얗게 변했다. 우리가 비추는 불빛은 우리의 얼굴로
다시 반사될 뿐이었고, 눈앞에 영원히 사라지지 않을 것 같은 음침
한 회색 지대를 만들었다. 덕분에 샌프란시스코에서 한여름에 종종
발생하는 지독한 안개가 떠올랐다. 그 안개는 반바지와 티셔츠를
입은 모든 관광객을 저체온증 환자 후보로 만들어버리곤 한다. 하
지만 안개는 앞을 보기 힘들게 하지만, 모래폭풍은 숨쉬기를 힘들
게(거의 불가능하게) 만들었다. 눈과 코는 눈물과 콧물로 범벅되고,
입에는 석고 모래가 덕지덕지 달라붙어 숨을 쉴 때마다 기침이 터

져 나왔다. 우리는 더듬더듬 비틀비틀 걸어가면서 서로 손을 꽉 쥐었다. 손을 놓치면 폭풍이 우리를 통째로 삼켜버릴 것이다.

앤지가 내 귀를 당겨서 소리쳤다. "안으로 들어가야 해!"

"알아! 어떻게 천막으로 돌아갈지 생각 중이었어. 내 생각엔 우리가 지금 B길의 9시 방향 즈음에 있는 거 같아." 내가 말했다. 중앙 천막에서 동심원 형태로 만들어진 원형의 길은 알파벳 순서에 따라 이름이 붙었다. 우리 천막은 L길의 7시 15분 방향쯤에 있었는데, 한참 후미진 구역이었다. 모래폭풍이 없을 때는 기분 좋게 15분 정도만 걸어가면 되겠지만, 이 모래폭풍 속에서는… 글쎄, 몇 시간은 족히 걸릴 것이다.

"젠장. 지금 당장 아무 데나 들어가야 해." 앤지가 나를 잡아끌기 시작했다. 나는 플라야 바닥에 박힌 쇠막대기에 발이 걸려 허우적거렸다. 막대기 꼭대기를 테니스공으로 싸놓은 걸 보니, 누군가의 천막 말뚝이었다. 앤지가 무쇠 같은 악력으로 넘어지는 나를 붙잡아 계속 끌고 갔다.

우리 앞에 구조물이 나타났다. 납작한 삼각형 스티로폼을 강력 테이프로 이어 붙여 만든 육각형 모양의 천막이었다. 겉면은 은색 페인트가 칠해진 뽁뽁이 단열막으로 덮여 있었다. 우리는 더듬거리며 '문'이 있는 곳으로 돌아갔다. 강력 테이프로 만든 경첩으로 고정된 스티로폼 문이었는데, 한쪽에 문고리가 달려 있었다. 앤지가 문고리를 잡아당겨 문을 열려고 해서 내가 말리며 노크를 했다. 폭풍이 불든 안 불든 낯선 사람의 집에 불쑥 들어가는 건 괴상하고 잘못된 행동이다.

바람이 울부짖었다. 이 끔찍하게 구슬픈 바람 소리 때문에 우리

46

가 천막에 다가오는 발걸음 소리를 듣지 못했을 것이다. 내가 노크를 하기 위해 다시 손을 치켜들었을 때 문이 휙 열렸다. 그리고 수염이 덥수룩한 사람이 우리를 내다보더니 소리쳤다. "들어와!"

우리는 두 번 묻지 않고 문으로 뛰어들었다. 우리가 들어가자 그가 문을 닫았다. 나는 그때까지도 앞이 거의 보이지 않았다. 달라붙은 모래로 고글이 거의 불투명한 상태인 데다, 얇은 스카프로 둘러싼 천막의 LED 랜턴 조명이 흐릿했기 때문이었다.

"폭풍을 타고 대체 뭐가 날아온 거야." 천막의 그늘에서 유쾌한 쉰 목소리가 들렸다. "존, 이쪽으로 데려오기 전에 모래 좀 터는 게 좋겠어. 저 두 사람 귀에 사막의 절반은 들어있을 거야."

"이리 와." 수염이 덥수룩한 남자가 말했다. 홀치기염색 옷을 입고, 긴 수염과 얼마 남지 않은 머리카락을 구슬로 장식한 남자가 존 레논 안경 너머로 우리를 쳐다보며 씩 웃었다. "자, 닦자. 신발부터, 고마워." 우리는 어정쩡한 자세로 허리를 굽혀서 신발끈을 풀었다. 신발 안에 사막의 절반이 있었다. 나머지 절반은 우리의 옷깃과 머리카락과 귀에 쌓여 있었다.

"입을 옷 좀 줄까? 옷의 모래는 바람이 가라앉은 뒤에 털어내면 될 거야."

처음엔 난 본능에 따라 '아니오'라고 말하려 했다. 우리는 아직 인사도 나누지 않았고, 선물 경제로 얻기에도 지나친 환대처럼 보였기 때문이다. 게다가 우리는 이들의 육각형 천막을 어지럽힌 거 말고는 이들에게 어떤 친절도 베푼 게 없다. 또 게다가….

"우와, 최고예요. 고맙습니다." 앤지가 말했다.

이러니 내 여친이지. 나한테 결정하라고 놔뒀으면 버닝맨 다 끝날 때까지 '게다가'만 계속하고 있었을 것이다. "감사합니다." 내가 말했다.

수염 난 남자가 넘실거리는 환한 실크 한 다발을 가져다줬다. "이건 살와르 카미즈야. 인도 옷이지. 자, 이건 바지, 그리고 위는 이렇게 감아." 그가 시범을 보여줬다. "이 옷들은 이베이를 통해서 인도 여성들의 의류 생산공동체에서 구입했어. 생산자들에게서 직영으로 샀지. 아주 편안하고, 신체 치수에 상관없이 입을 수 있거든."

우리는 속옷만 남기고 다 벗은 후 실크를 최대한 감았다. 우리는 서로 까다로운 부분을 도와주고, 천막집 주인도 도와줬다. "훨씬 낫네." 그가 아기용 물티슈를 건네며 말했다. 사막에서 샤워하는 방법이었다. 우리는 물티슈로 서로의 얼굴에 묻은 분진을 닦아주고, 귀에서 빼주고, 손과 맨발을 씻었다. 모래가 양말까지 스며들었던 것이다.

"다 됐다." 그가 양손을 마주 잡고 환하게 웃으며 말했다. 그의 말투는 부드럽고 온화했지만, 반짝이는 눈을 보면 그가 사소한 일도 대충 넘기지 않는 사람이며, 마음속에서 뭔가 아주 재미있는 일이 요동치는 사람이란 걸 알 수 있었다. 이 사람은 선(禪)의 달인일 수도 있고, 도끼 연쇄 살인범일 수도 있다. 이렇게 차분하면서도 유쾌한 사람은 둘 중 하나일 수밖에 없다. "그건 그렇고, 난 존이야."

앤지가 존과 악수를 하며 말했다. "앤지예요."

"전 마커스예요." 내가 말했다.

버닝맨에 참여하는 동안, 많은 사람이 새로운 정체성을 나타내는 귀여운 별명으로 '사막 이름'을 만들어 사용한다. 하지만 나는 이미 악명 높은 다른 자아인 마이키로 충분히 살았기 때문에, 또 다른 가명을 만들고 싶은 생각이 들지 않았다. 이에 대해 앤지와 이야기를 나눈 적은 없지만, 앤지도 임시 이름이 필요 없거나 원하지 않은 모양이었다.

"자, 이제 다른 사람들 만나러 가자."

'다른 사람들'은 남자 셋이었다. 그들은 커피 테이블을 둘러싸고 방석에 앉아 있었는데, 테이블에는 종이와 주사위, 그리고 꼼꼼하게 색칠된 납 인형들이 어지럽게 널려 있었다. 던전 마스터와 롤플레잉 부류의 고전 게임을 즐기고 있던 사람들을 우리가 방해했던 것이다. 사실 나는 다른 사람들이 이런 게임을 하며 노는 모습을 보고 비웃을 처지가 아니었다. 나도 한동안 라이브액션롤플레잉 게임을 즐겼으니 말이다. 그래도 이 게임은 지나치게 '오덕'스러웠다. 모래폭풍 한복판에서 게임을 즐기고 있다는 사실 때문에 더 비현실적으로 느껴졌다.

"안녕하세요! 재밌어 보여요!" 앤지가 말했다.

"그럼. 확실히 재밌지." 쉰 목소리가 말했다. 그래서 나는 목소리의 주인을 쳐다봤다. 그는 얼굴이 갸름하고 주름졌으며, 눈이 친근했고 수염은 약간 거친 모습이었는데, 목에 두른 스카프를 청록색 핀으로 고정하고 있었다. "이 특별한 소일거리의 비법을 배운 적이 있으신가?"

나는 슬그머니 앤지의 손을 잡고, 부끄럽거나 어색해지지 않으려고 최선을 다했다. "소인은 배워보지 못했지만, 배울 용의가 있습니다."

"훌륭한 생각이시오." 다른 사람이 말했다. 턱수염 끝이 뾰족한 반다이크 수염을 다듬고 검은색 테두리 안경을 쓴 그 사람도 50대나 60대로 보였다. "난 미치야. 이쪽은 발로우, 그리고 여긴 윌, 이 게임을 진행하는 우리의 던전 마스터지."

마지막에 소개받은 윌은 다른 셋에 비해 훨씬 젊었다. 깔끔한 면도, 동그랗게 솟은 광대뼈, 머리를 짧게 자른 그는 40대 초반 성도로 보였다. "어이, 어서 오셔. 딱 맞춰서 왔네. 참여할래? 내가 캐릭터 몇 개를 굴리고 있었으니까 그걸 하면 될 거야. 폭풍이 가라앉을 때까지 소규모 던전 게임을 하던 중이야."

존이 천막 구석에서 방석을 가져다 우리에게 주더니 책상다리를 하고선 완벽하고 곧은 요가 자세를 취하며 앉았다. 우리는 존의 옆에 자리를 잡았다. 윌이 우리에게 '캐릭터 설명서'를 줬다. 나는 반인 반엘프 마법사였고, 앤지는 마법검을 가진 인간 전사였다. 윌이 통을 뒤져서 캐릭터 설명서와 일치하는 작은 인형을 찾았는데, 수작업으로 색이 칠해져 있었다. "내 아들이 색을 칠했어. 나도 종종 도와주기도 했는데, 애가 워낙 잘해서 난 도저히 못 따라가겠더라고." 난 피규어의 복장을 자세히 살펴봤다. 인형들은, 음, 아름다웠다. 믿기 힘들 정도로 정밀하게 칠해져 있었는데, 내가 천막 안의 희미한 불빛 아래에서도 알아볼 수 있을 정도로 뛰어났다. 내 캐릭터의 망토에는 의미를 알 수 없는 은색 부호가 그려져 있었다. 앤지의 캐릭터의 사슬갑옷은 사슬 하나하나가 흐릿한 은색으로 두드러져 보였고, 조그마한 각각의 사슬에는 검은색 얼룩이 작게 칠해져 있었다.

"진짜 대단하네요." 나는 보드게임으로 하는 롤플레잉을 신경 쓸게 많은 구식 게임이라고 늘 생각했지만, 이 피규어들은 그 게임을 무척 사랑하는, 진짜로 재능 있는 누군가 색을 입혔다. 그래서 이런 재능을 가진 사람이 자신의 시간을 투자할 가치가 있다고 생각했다면, 나도 한번 참여해보고 싶었다.

월은 탁월한 게임 마스터였다. 그가 극적인 목소리로 우리의 탐험 이야기를 풀어내자 나는 즉시 빠져들었다. 때때로 다른 남자들이 재미있는 말로 끼어들며 서로 웃음을 터트리기도 했지만, 그래도 다들 집중해서 마스터의 설명을 들었다. 그들은 서로 오랫동안 알고 지낸 느낌이 들었다. 박하차를 마시며 쉴 때(이들은 제대로 살아가는 방법을 알고 있었다!), 어떻게 서로 알게 되었는지 물었다.

그들은 어색한 눈길로 서로를 쳐다보며 미소 지었다. "이 모임은 일종의 동창회 같은 거야. 우리는 오래전에 함께 일했었거든." 미치가 말했다.

"같이 동업을 하셨던 건가요?"

그들이 다시 웃음을 터트렸다. 내가 뭔가 놓친 모양이었다. 월이 말했다. "혹시 전자프론티어재단(EFF)이라고 들어봤어?" 난 당연히 들어봤다. 월이 말해주기 직전에 난 알아챘다. "이분들이 그 단체를 창립한 사람들이야."

"잠깐, 잠깐만요. 혹시 존 페리 발로우 씨세요?" 내가 말했다. 스카프를 쓴 남자가 고개를 끄덕이더니 해적처럼 씩 웃었다. "그리고 당신이 존 길모어 씨?" 존이 어깨를 으쓱하더니 놀란 표정을 지었다. "그리고 당신이 미치 카포 씨?" 반다이크 수염을 한 남자가 살짝 손을 흔들었다. 앤지가 살짝 소외된 분위기를 풍겼다. "앤지, 전자프론티어재단을 설립한 분들이야. 이 분은 세계에서 최초로 인터넷 서비스를 시작했고, 저분은 최초로 상업적인 스프레드시트를 만드셨고, 저분이 '사이버스페이스 독립선언문'을 쓰셨어." 내가 말했다.

발로우가 콘크리트 혼합기처럼 걸걸한 목소리로 웃으며 말했다. "그 이야기가 나와서 말인데, 난 노래 가사도 몇 곡 썼어."

"아, 맞다. 발로우 씨는 '그레이트풀 데드'라는 그룹을 위해서 가사를 쓰기도 하셨어." 내가 말했다.

앤지가 고개를 절레절레 흔들었다. "네 말을 듣고 있으니까 마치 저분들이 인터넷의 고대 신들이신 것 같아."

"옛날이야기는 이제 그만해." 미치가 차를 홀짝이며 말했다. "자네는 인터넷 상식에 밝은 모양이네."

나는 얼굴이 달아올랐다. 플라야에서 두어 번 내가 마이키라는 사실을 알아보고는 다가와서 얼마나 나를 존경하는지 등등을 늘어놓는 사람들이 있어서 당황한 적이 있었다. 그래도 이 사람들에게는 그 당시의 경험을 이야기해주고 싶었는데, 인터넷 3대 영웅들에게 잘난 척하지 않으면서 어떻게 그 이야기를 꺼낼 수 있을지 감이 잡히지 않았다. 다시 한 번 앤지가 나를 구해줬다. "몇 년 전에 마커스와 저는 전자프론티어재단 사람들과 일한 적이 있어요. 마커스가 엑스넷을 시작했거든요."

윌이 그 말을 듣고 박장대소하며 말했다. "그거 너였어?" 윌은 하드보일드 탐정의 목소리로 말했다. "바로 그런 분이 플라야에 있는 그 많은 천막 중에서 하필이면 내 천막으로 들어왔단 말이군."

미치가 손을 내밀며 말했다. "영광이옵니다." 그가 말했다. 나는 혓바닥이 꼬인 채로 그의 손을 잡고 악수했다. 다른 이들도 따라서 합세했다. 나는 멍하게 서 있다가, 존이 내게 "그 작업에 진짜로 탄복했어"라고 했을 땐 완전히 넋을 잃었다. 난 너무 기뻐서 숨이 넘어갈 것 같았다.

"그만 됐어요! 쟤 머리통이 더 부풀어 오르다가는 저 문으로 데리고 나갈 수 없을 거예요. 자, 여기서 이야기를 더 할 건가요, 아니면 저 빌어먹을 주사위를 굴릴 건가요?" 앤지가 말했다.

"그런 자세, 마음에 들어." 윌이 말했다. 그리고 공책을 획획 넘기며 훑어보더니, 우리 앞에 있는 모눈종이 위에 지형 타일을 배치했다. 앤지는 숙달된 전략가였다. 내게는 별로 놀라운 사실이 아니었지만, 다른 사람들에게는 강한 인상을 준 게 분명했다. 앤지는 우리의 병력을 배치해서 잔챙이 무리를 가른 뒤 작은 보스를 물리치고 큰 손실 없이 최종 보스까지 다가갔다. 앤지는 탱크 그 자체였다. 병력을 지휘해서 우리의 적들을 밀어붙이는 걸 너무 좋아했다. 윌은 앤지의 캐릭터가 그 모든 일을 해낼 수 있도록 추가 XP를 왕창 주었다. 야만적인 검투사 여걸 캐릭터가 앤지에게 잘 어울렸다. 그리고 우리는 모두 앤지의 본보기를 따랐다. 우리가 던전 중앙에 있는 동굴로 가서 그 안에 있는 드래곤 여왕을 대면할 즈음에는 모두 판타지 소설의 등장인물들처럼 말했다. 발로우는 그 분야의 대가였다. 그는 즉석에서 만들어낸 영웅시를 걸걸한 목소리로 읊었다. 한편 미치와 존은, 윌이 설명을 하면서 살짝 흘리는 단서를 알아채고, 아주 불확실한 실마리를 토대로 함정과 숨겨진 보물을 찾아냈다. 난 더할 나위 없이 즐거웠다.

미치와 발로우는 방석에서 계속 이리저리 자세를 바꾸다가, 우리가 중요한 동굴 속으로 치고 들어갈 때마다 허리를 펴고 쉴 시간을 요청했다. 그리고 자리에서 일어나 앓는 소리를 내며 허리를 격렬하게 주물렀다. 윌도 스트레칭을 하고 천막의 문을 점검했다. "폭풍이 가라앉고 있어요." 그가 소리쳤다. 거의 자정이 다 된 시간이었다. 윌이 문을 열자 신선하고 시원한 산들바람이 희미한 음악소리와 함께 불어왔다.

내 마음 한쪽 구석에서는 밤의 사막으로 달려나가 춤출 음악을 찾고 싶었고, 다른 구석에서는 내 영웅들과 함께 천막에 미물며 롤플레잉 게임을 하고 싶었다. 바로 그런 게 버닝맨이다. 버닝맨에는 하고 싶은 일이 너무 많았다!

윌이 다가와서 내게 뜨거운 물에 잎이 둥둥 떠 있는 박하차를 한 잔 더 건넸다. "정말 끝내준다. 저분들이 내게 던전 마스터를 맡게 해주다니 믿을 수가 없어. 게다가 너까지 우연히 만나게 되다니 믿기지가 않아." 윌이 고개를 절레절레 흔들었다. "여긴 '덕후'들의 우드스톡 같아."

"저분들과 알고 지낸 지는 오래됐나요?"

"별로 오래 안 됐어. 발로우 씨와 길모어 씨는 얼마 전에 내가 전자프론티어재단의 모금행사를 진행할 때 만났어. 그러다 오늘 길모어 씨를 우연히 만나서 내가 롤플레잉 보드게임을 가져왔다고 말했는데, 정신을 차리고 보니 내가 던전 마스터를 하고 있더라고."

"어떤 모금행사였어요?" 윌의 얼굴은 낯익었지만, 누군지는 딱 떠오르지는 않았다.

"아." 윌이 주머니에 손을 찔러 넣으며 말했다. "재단에서 나한테 자주색 공룡 바니의 복장을 한 변호사와 싸우는 역할을 해달라고 부탁했었어. 바니 애니메이션 제작사에서 저작권을 이용해 웹사이트들을 위협하는 바람에, 전자프론티어재단에서 그 사람들을 도와주고 있었거든. 뭐, 그래도 꽤 재밌는 일이었어."

나는 윌을 어딘가에서 만난 적이 있었다는 생각이 들었다. 그 생각 때문에 안달이 났다. "저기요, 혹시 저랑 만난 적 있으세요? 너무 낯이 익어서….."

"하! 난 네가 아는 줄 알았어. 난 어렸을 때 영화에 몇 편 출연했고, 〈스타트렉, 넥스트 제너레이션〉에도….."

내 입이 쩍 벌어져서 턱이 내 가슴께까지 내려간 느낌이었다. "혹시 윌 휘튼이세요?"

윌은 당황한 모양이었다. 내가 〈스타트렉〉의 팬은 아니었지만, 그가 코미디 극단 사람들과 함께 만든 동영상을 수도 없이 봤다. 그리고 물론 그 유명한 휘튼의 법칙도 잘 알고 있다. "싸가지없게 굴지 말라."

"응. 내가 윌 휘튼이야." 그가 말했다.

"제가 트위터에서 처음으로 팔로우한 사람이 당신이에요!" 내가 말했다. 확실히 이상한 말이긴 했지만, 그게 내 머리에 처음 떠올랐다. 윌의 트윗은 정말로 재미있었다.

"이거 참, 고마워!" 윌이 말했다. 어쩐지 던전 마스터의 설명을 기가 막히게 잘하더라니. 윌은 일곱 살 때부터 연기했다. 이 사람들에게 둘러싸여 있노라니, 위키피디아에 접속해서 이들에 대해 더 찾아보고 싶어졌다.

우리는 다시 자리에 앉아 거대 보스 드래곤 여왕에 맞선 게임을 이어갔다. 드래곤 여왕은 온갖 종류의 요새와 치명적인 공격 무기를 갖추고 있었다. 나는 환상 주문을 사용해 드래곤 여왕을 속여 움직일 여유가 없는 외길 복도로 몰아넣는 방법을 찾아냈다. 덕분에 전사들이 드래곤 여왕에게 파상공격을 할 수 있게 됐고, 나는 그 틈에 채굴 주문을 사용해서 여왕의 머리 위로 동굴 천장이 무너져 내리게 했다. 내게는 그게 좋은 발상인 것 같았다(그리고 다른 사람들도 그렇게 생각했을 거라고 확신했다!). 하지만 내가 동굴을 붕괴시키는 바람에 우리 모두 한꺼번에 죽어버리고 말았다.

그래도 내게 심하게 화를 내는 사람은 없었다. 내가 주사위를 굴려 15나 그 이상의 숫자가 나와서 드래곤의 머리 위에 동굴 천장을 떨어트리는 주문을 외울 때마다 다들 즐거워했었다. 그리고 윌이 칸막이 뒤에서 주사위를 굴려도 아무도 신경 쓰지 않았다. 게다가 거의 새벽 1시가 되었는데도 밖에서는 파티가 열리고 있었다! 우리는 존의 아름다운 실크 옷을 벗고, 우리의 딱딱하고 사막의 석고 모래가 덕지덕지 붙은 옷을 입은 뒤, 발광선을 모두 켜고 고글을 쓰고, 무수히 감사 인사를 하고 모두와 악수를 나눴다. 내가 막 가려고 할 때, 미치가 매직펜으로 내 팔에 이메일 주소를 썼다. 내 팔엔 이미 쓰인 게 많았다. 파티가 열리는 사막의 좌표들과 나중에 연락할 사람들의 이메일 주소들이었다.

"앤지한테 네가 일자리를 찾는다는 이야기를 들었어. 조셉 노스의 선거사무장을 아는데, 그녀가 웹마스터를 찾는다더구나. 너를 보내겠다고 내가 말해놓을게."

나는 할 말을 잊었다. 수개월 동안 문을 두드리고, 이력서를 보내고, 이메일과 전화를 돌린 끝에 진짜 일자리가 나타났다. 진짜 살아있는 전설의 추천서와 함께! 나는 더듬거리며 감사 인사를 했다. 그리고 밖으로 나오자마자 앤지에게 입맞춤을 하고, 펄쩍펄쩍 뛰면서 앤지를 플라야로 끌고 갔다. 그러다 인조 얼룩말 모피로 치장하고 먼지를 뒤집어쓴 채 세그웨이를 타고 가던 남자와 충돌할 뻔했다. 그는 우리를 향해 활짝 웃으며 손을 흔들었다.

*

　우리는 버닝맨의 마지막 날인 일요일 밤 성전을 태울 때까지 마샤와 젭을 보지 못했다.

　전날 밤에 버닝맨을 태웠는데, 소름 끼치는 광기의 시간이었다. 수백 명의 불춤꾼들이 정밀한 동작으로 춤을 추고, 수만 명의 버닝맨 참가자들은 플라야에 줄지어 앉아 버닝맨의 피라미드에서 솟구쳐 오르는 불꽃의 버섯구름과 불덩이를 보며 환호하다가 버닝맨이 무너질 때 한목소리로 아우성쳤다. 그리고 블랙록 레인저스가 철수하자 우리는 모두 불을 향해 달려나갔다. 세계에서 가장 예의 바른 사람 뽑기 경주라도 하듯 모든 이들이 서로를 챙겨주며 앞으로 나아갔다. 나는 문득 베이교가 폭파된 직후 지하철역에서 사람들에 짓눌렸던 일, 넘어진 사람들을 밟고 가는 사람들 무리에게 밀리며 느끼던 공포감, 그리고 땀과 냄새, 소음이 떠올랐다. 그 군중 속에서 누군가 대릴을 칼로 찔러 상처를 입히는 바람에 우리의 지독한 모험이 시작되었다. 지금의 이 군중은 그 당시의 무리와 전혀 다르지만, 나의 내장들은 그걸 모르는 듯했다. 배 속에서 창자가 서서히 뒤집히고 다리가 젤리처럼 흐느적거리더니, 어느새 내가 플라야로 잠겨 들고 있었다. 눈물이 뺨을 타고 줄줄 흘러내렸다. 앤지가 급하게 귀에 대고 달래는 소리를 하면서 내 옆구리를 붙잡고 일으켜 세우려 버둥댈 때, 나는 몸뚱이 위로 떠다니는 느낌이었다. 사람들이 멈춰서 도와주었다. 키가 큰 여성이 우리 주변의 교통정리를 하고, 작고 늙은 남성이 강한 손으로 내 옆구리를 붙잡아 일으켜 세웠다.

　다시 현실로 돌아오자 젤리처럼 흐느적거리던 다리도 다시 돌아오는 게 느껴졌다. 나는 눈을 깜빡거려 눈물을 닦아냈다. "죄송합니다." 내가 말했다. "죄송합니다." 너무 부끄러워서 구멍을 파고 들어가 머리를 플라야에 파묻고 싶었다. 하지만 멈춰서 도움을 줬던 사람들은 아무도 뜻밖의 일로 받아들이지 않는 것 같았다. 그 여성은 내게 가장 가까운 의료천막이 어디에 있는지 가르쳐주고, 남성은 나를 끌어안고 달래줬다.

앤지는 아무 말 없이 나를 붙잡고만 있었다. 앤지는 내가 군중 속에 있을 때 가끔 살짝 불안해할 때가 있다는 사실과 내가 그 문제에 관해 이야기하길 꺼린다는 사실을 알고 있었다. 우리는 버닝맨이 불타는 곳으로 다가가서 한동안 지켜봤다. 그리고 파티가 열리고 있는 플라야로 돌아가 춤을 추며 잊었다. 내가 버닝맨에 몹시 오고 싶어 했으며 샌프란시스코로 돌아가면 일자리가 기다리고 있을 거라는 사실을 나 자신에게 계속 상기시키며, 나쁜 느낌이 슬금슬금 기어오를 때마다 엉덩이를 걷어차서 쫓아버렸다.

성전의 불은 아주 달랐다. 우리는 아주 일찍 가서 바로 앞에 자리를 잡고 앉아 일몰과 함께 성전의 하얀 벽이 주황색으로 되었다가 빨간색이 되었다가 자주색으로 변해가는 모습을 바라봤다. 그때 스포트라이트가 비치며 벽이 다시 하얗게 빛났다. 바람이 불어와 벽감과 벽에 있던, 종이에 쓴 추억들이 펄럭이며 바스락거리는 소리가 들렸다.

우리는 수천 명, 수만 명의 사람 틈에 앉아 있었지만 아주 조용했다. 눈을 감으면 성전과 그 모든 추억, 슬픔과 함께 나 혼자 사막에 앉아 있는 기분을 느낄 수 있었다. 성전 안에 앉아서 마음을 맑게 하고 현재에 머물며 혼란스러운 마음을 떨쳐내려 노력하던 당시의 느낌이 희미하게 살아났다. 성전은 내가 들어가자마자 머릿속에서 재잘거리는 모든 소리를 침묵시키고 고요함을 안겨줬었다. 나는 도깨비나 귀신이나 신을 믿지 않고, 성전에 초자연적인 능력이 있다고 생각하지 않는다. 그건 완벽하게 자연적인 현상이었다. 성전은 일시에 나를 슬프고, 희망에 차고, 평온하고, 그리고, 뭐랄까, 살짝 예리하게 만들었다.

나만이 아니었다. 우리는 모두 자리에 앉아 성전을 지켜보았다. 사람들은 조용한 말투로, 박물관에서의 목소리로, 교회 안에서 속삭이듯 이야기를 나눴다. 시간이 느려졌다. 나는 문득문득 내가 잠든 것처럼 느껴졌다. 그러다 내 몸의 모든 모공과 털이 느껴질 때도 있었다. 앤지가 내 등을 쓰다듬었다. 나는 앤지의 다리를 부드럽게 잡았다. 그리고 주변에 있는 사람들의 얼굴을 둘러봤다. 어떤 사람들은 차분하고, 어떤 사람들은 조용히 울고, 어떤 사람들은 지극히 만족스러운 미소를 짓고 있었다. 내 스카프가 바람에 펄럭였다.

그때 그들이 눈에 들어왔다. 우리 자리에서 세 줄 뒤에 마샤와 젭이 손을 잡고 있었다. 반은 화내고 나머지 반은 조바심을 떠는 평소의 모습과 전혀 달리 마샤가 젭의 어깨에 머리를 기댄 채 몹시 유약하고 슬픈 표정을 짓고 있었기 때문에, 처음에 난 둘을 거의 알아보지 못했다. 나는 마샤의 사생활을 침해하는 기분이 들어서, 그 애와 눈이 마주치기 전에 고개를 돌렸다.

내가 막 성전으로 고개를 돌렸을 때, 성전 안에서 첫 번째 불꽃이 날름거리기 시작했다. 종이가 타닥타닥 불타는 소리에 나는 숨이 멎었다. 그리고 거대한 불기둥이 중앙부에서 솟았다. 100미터 높이의 불기둥이 휙 솟구치자 그 열기와 빛의 세기가 너무 강해서

59

나는 고개를 돌려야만 했다. 군중 속에서 거대하고 부드러운 탄식이 흘러나왔다. 나도 그 소리와 함께 탄식을 뱉었다.

사람들을 뚫고 걸어가는 사람이 있었다. 고글을 쓰고 체격이 탄탄한 여성이었는데, 회색 옷과 짧은 머리 때문에 군인 같은 느낌이 들었지만, 부대 표식은 없었다. 여자는 작은 비디오카메라를 한쪽 눈에 대고 쳐다보면서, 이상하게 열심히 움직였다. 여자가 발을 밟거나 시야를 막을 때마다 사람들이 투덜거리다가 큰 소리로 말하기 시작했다. "앉아!", "앞에 낮추라고!", "구경꾼!" 이 마지막 말은, 카메라에 몰두하는 여자의 행위에 잘 어울리는 악의적인 비난이었다.

나는 눈을 돌려 그 여자를 마음속에서 떨쳐내려 했다. 성전은 이제 기둥을 따라 타들어 갔다. 가까이에 있는 누군가 숨을 고르며 내는, 깊고 굵은 '오옴' 소리가 내 귀에 윙윙 울렸다. 다른 목소리도 동참했다. 또 다른 목소리도 동참했다. 나도 함께 했다. 그 소리는 살아있는 생물처럼 가슴을 오르락내리락하다가 머리를 통과하며 나를 평온함으로 가득 채웠다. 내게 필요했던 바로 그 평온함이었다. 내 목소리가 다른 이들의 목소리와 얽히고, 그 소리는 다시 앤지의 목소리와 얽혔다. 나 자신보다 훨씬 큰 존재의 일부가 된 느낌이었다.

그때 허벅지에 날카로운 통증이 느껴져 눈을 떴다. 카메라를 든 그 여자였다. 그녀는 다른 쪽을 쳐다보면서 군중과 불을 찍고 있었는데, 내 옆을 지나다 허벅지 살집을 밟은 모양이었다. 짜증스러운 얼굴로 올려다보며 아주 불쾌한 소리를 내뱉으려는 찰나, 나는 말 그대로 공포에 얼어붙었다.

나는 저 얼굴을 안다. 저 얼굴을 어떻게 잊을 수 있겠는가.

여자의 이름은 캐리 존스톤. 그 이름을 알기 전에 나는 '머리 짧은 여자'라고 불렀었다. 내가 존스톤을 마지막으로 만났을 때, 그녀는 나를 고문대 위에 묶고 나보다 그다지 나이가 많지 않은 군인에게 물고문을 하라고, 모의 사형집행을 하라고, 고문하라고 명령했었다.

지난 몇 년 동안 저 얼굴이 내 악몽에 나타났었다. 어두운 꿈속으로 헤엄쳐 들어와 나를 조롱하고, 날카로운 짐승의 이빨로 물어뜯고, 얼굴 위로 자루를 씌워서 숨을 틀어막고, 대답할 수 없는 질문을 끊임없이 집요하게 던지다가 내가 모른다고 하면 두들겨 팼다.

비공개 군사재판에서 존스톤은 무죄판결을 받았다. 그리고 전초기지의 단계적 축소를 지원하기 위해 이라크의 티크리트로 '파병'되었다. 나는 존스톤의 소식에 신경을 곤두세우고 지냈지만, 그녀가 다시 나타났다는 소식은 전혀 없었다. 내가 아는 한 존스톤은 사라졌다.

악몽으로 돌아간 느낌이었다. 팔과 다리가 마비되어 움직이지 않는 악몽 말이다. 소리치고 비명을 지르며 도망가고 싶었지만, 내가 할 수 있는 거라곤 그냥 앉아 있는 것뿐이었다. 심장이 너무 요란하게 쿵쾅거려서 맥박 소리가 다른 모든 소리를 덮었다. 그 모든 소리를 빨아들이는 오옴 소리까지도.

존스톤은 전혀 신경 쓰지 않았다. 그녀는 사람들을 무시하는 기미를 숨기지 않았다. 주변에 있는 사람들이 존스톤에게 비키라고 요구하거나 소리칠 때도 그녀의 얼굴은 침착하고 무표정했다. 존스톤이 다시 내 옆을 지나갔다. 나는 그녀의 뒤통수를 노려봤다. 존스톤의 머리카락은 그녀의 옷과 마찬가지로 사막에서 눈에 띄지 않는 색상의 털모자 아래에 가려서 보이지 않았다. 존스톤은 재킷 아래에 팽팽하게 긴장한 몸을 숨기고 언제라도 반격할 수 있는 자세로 사람들을 뚫고 성큼성큼 걸어가 지평선 너머로 사라졌다.

앤지가 내 손을 꼭 쥐며 물었다. "무슨 일이야?"

나는 고개를 젓고 앤지의 손을 꼭 쥐었다. 조금 전에 사막의 악령을 봤다는 이야기를 앤지에게 하지 않을 생각이었다. 설령 그게 존스톤이라고 해도, 뭘 어쩌겠는가? 버닝맨에는 누구나 올 수 있다. 소프트웨어 선구자나 도망자, 시인, 그리고 나까지. 전쟁범죄자는 참여하지 못한다는 규칙은 본 적이 없다.

"아무것도 아냐." 나는 목이 메어 간신히 말했다. 그리고 군중을 둘러봤다. 존스톤은 사라졌다. 나는 다시 불타는 성전을 바라보며 조금 전에 느꼈던 평화를 찾으려 애썼다.

성전이 불에 타서 무너질 즈음이 되자, 나는 존스톤을 상상으로 떠올린 게 틀림없다고 굳게 믿게 됐다. 아무래도 성전에서 산만하게 깜빡이는 불빛밖에 없어서 어두운 상황이었고, 여자가 얼굴에 카메라를 대고 있어서 분명하게 알아보기 힘들었을 것이다. 게다가 나는 아래에서 올려다보는 상황이었다. 나는 이 밤에 내 유령들을 만난 것이다. 연락이 끊겼거나, 배신하거나, 도와줬던 친구들의 얼굴을 성전의 불 속에서 봤다. 게다가 난 그녀의 얼굴을 잠깐밖에 보지 못했다. 캐리 존스톤이 버닝맨에 오다니, 정말 이상하잖아? 그건 요가 교실에서 훈족의 아틸라 왕을 만나거나, 다스 베이더가 공원에서 원반을 날리고 노는 장면을 보거나, 소아병원에서 자원봉사를 하는 메가트론을 보거나, 피자집에서 생일 파티를 하는 〈마이 리틀 포니〉의 타락한 악당 나이트메어 문의 모습을 찾는 거나 마찬가지다.

앤지와 함께 엄숙하고 조용히 행렬을 지어 걸어가는 군중을 따라 불타는 성전에서 천천히 멀어져가는 동안, 이런 비유를 떠올린 덕분에 마음이 차분해졌다. 아무리 멍청한 소리일지라도 해로울 건 없었다.

"내일이면 집에 가겠네." 내가 말했다.

"엑소더스지." 앤지가 말했다. 버닝맨에서는 그렇게 불렀다. 이는 대규모의 탈출이었다. 교통체증이 일어나지 않도록 매시간 규칙적으로 내보낸 수천 대의 승용차와 캠핑카가 몇 킬로미터에 걸쳐 이어졌다. 우리는 노이즈브릿지 회원인 레미 아저씨의 차를 얻어 타기로 했다. 노이즈브릿지는 샌프란시스코에서 내가 자주 놀러 가는 해커스페이스다. 내가 레미 아저씨와 그리 친한 편은 아니었지만, 그가 어디에 천막을 치고 있는지는 알았으므로, 우리 물건을 챙겨서 아침 7시에 만나 차의 짐을 꾸리는 일을 도와주기로 했다. 그렇게 일찍 일어나는 건 만만치 않은 일이었지만, 내겐 비밀 무기가 있었다. 나는 그걸로 버닝맨의 선물 경제에 기여하기도 했는데, 바로 일명 '냉침 커피'*였다.

여러분도 뜨거운 커피는 마셔봤을 것이다. 솜씨 좋은 사람이 만들어주는 뜨거운 커피는 놀라운 맛을 낸다. 하지만 커피를 제대로 우려내기는 몹시 어렵다. 최고의 장비와 최고로 잘 볶은 최고의 커

---

* Cold brew coffee, 한국에선 일본식 영어로 '더치 커피(dutch coffee)'라고 흔히 부른다.

피 원두가 있더라도, 물의 온도가 살짝 높거나 잘못 갈거나 너무 오래 우려내면 그저 쓰디쓴 커피 한 잔을 만들어낼 뿐이다. 커피에는 다양한 신맛이 있는데, 원두를 가는 정도, 물의 온도, 볶는 정도와 방법에 따라, 원두에서 신맛을 '과잉 추출'할 수도 있고 과열되거나 산패될 수 있다. 그러면 도넛 가게나 스타벅스 같은 곳에서 파는 끔찍한 커피를 맛보게 된다.

하지만 커피를 만드는 다른 방법이 있다. 찬물로 커피를 우려내면 가장 향기로운 신맛과 함께 초콜릿과 캐러멜 향이 느껴지는 휘발성이 강한 풍미를 추출할 수 있다. 뜨거운 커피에서 잘못 우려내면 끓어서 날아가거나 시큼한 맛으로 변해버리는 것들이다. 찬물로 커피를 우린다는 말이 이상하게 들리겠지만, 사실 커피를 만드는 가장 쉬운 방법이다.

먼저 굵은 소금 정도의 크기로 거칠게 원두를 간다. 밀폐되는 병에 원두 두 배 만큼의 물과 섞는다. 마구 흔들어서 밤새 시원한 곳에 넣어둔다. 나는 얼음 천막에서 얻은 얼음과 함께 아이스박스에 넣고, 열을 차단하기 위해 아이스박스를 통째로 뽁뽁이로 감았다. 아침에 그걸 커피 여과지로 거른다. 자, 이게 커피 농축액이다. 찬물에 이 농축액을 희석하면 맛있는 커피가 된다. 나는 보통 물과 농축액을 반반씩 섞는다. 기호에 따라 얼음을 타서 마셔도 좋다.

중요한 사실은 이거다. 냉침 커피의 맛은 정말 끝내주고, 그 맛을 망치기는 사실상 불가능하다. 고압의 물이 커피 틈새로 빠져나가서 일부 커피는 추출되지 않고 나머지는 과잉 추출되는 사태를 피하려고 모두 똑같은 크기로 원두를 갈아야 하는 에스프레소와 달리, 냉침법은 어떤 크기로 갈아도 상관없다. 농담이 아니라 돌 깨는 망치로 갈아도 된다. 원두 가루가 물과 오래 닿으면 시큼하고 쓴 맛이 강해지는 드립 커피와 달리, 냉침법은 원두 가루를 물에 오래 담가둘수록 점점 더 맛있어진다. 게다가 카페인도 더 많이 추출된다! 밤새 침출되는 과정을 기다려야 하는 문제가 있긴 하지만, 병을 이용한 냉침법은 우주에서 가장 쉽게 커피를 만드는 방법이다. 또한 냉침법은 지금까지 마셔본 커피 중 가장 맛이 있으면서도 가장 진한 커피를 만드는 방법이다. 유일한 단점은 병을 씻는 게 귀찮다는 정도다. 하지만 돈을 조금 더 투자할 의향이 있다면, 원두 가루를 더 쉽게 여과할 수 있는 장비를 구입해도 된다. 저렴한 '토디 커피메이커'부터, 수작업으로 제작되어 미친 과학자의 연구실에 있는 물건처럼 생긴 '교토 드리퍼'까지 다양한 장비가 있다. 하지만 밀폐할 수 있는 유리병과 커피, 물, 여과지만 있으면 끝내주는 냉침 커피를 완벽하게 만들어낼 수 있다. 뉴올리언스에서도 수백 년간 이런 방식으로 냉커피를 만들어왔는데, 왜 이 방법이 유행을 타지 못했는지 이해가 안 된다.

나는 일주일 내내 냉침 커피 농축액이 가득 채워진 커다란 보온병을 들고 사막을 돌아다니면서, 멋있는 사람이나 기력이 필요한 사람이라면 누구든 커피를 따라줬다. 커피를 맛본 사람들은 한 사람도 빠짐없이 그 맛에 감탄했다. 처음으로 냉침 커피를 맛보는 사람의 모습을 지켜보는 일은 재밌다. 냉침 커피를 처음 보면 향기와 맛이 진할 것처럼 생겼기 때문이다. 물론 그렇긴 하다. 커피를 즐기는 사람들은 '진한 커피'는 '쓴 커피'라는 도식에 익숙하다. 하지만 첫 모금이 혀를 적시고 커피향이 뒷목에서 퍼져나가며 부비강과 콧속을 가득 채우면, 다들 이렇게 말했다. "이거 엄청 진하네!" 향미는 진하다. 하지만 쓴맛은 조금도 없다. 이건 맛없는 부분은 모조리 제거하고 커피를 만드는 것과 같다. 그래서 남은 건 순수하고 강력한 커피 용액으로서, 귤과 코코아, 그리고 약간 메이플 시럽의 미묘한 향미가 느껴진다. 모두 알고 있고 사랑하는 커피의 기본직이고 강력한 맛 위에 그 모든 향미가 얹혀있다.

이번 주에 적어도 열 명 정도는 냉침 커피 숭배자로 개종시켰다. 유일한 문제는, 내가 사람들에게 커피를 나눠주기 전에 앤지가 다 마셔버리는 걸 막는 일이었다. 하지만 우리는 아침에 짐 싸기와 엑소더스에 대비해 커피를 엄청 많이 만들어 놨다. 나는 성전이 불타는 모습을 보러 가기 전에 남아있던 커피를 전부 담가 두었다. 그중 절반만 마시더라도, 조금씩 사람들을 내보내는 엑소더스가 진행되는 동안 레미는 우리를 차에서 내보내 플라야 뺑뺑이를 돌려서 과잉된 에너지를 소비할 수 있도록 해줘야 할 것이다.

나는 그런 생각을 하면서 벨트에서 보온병을 꺼내 흔들며 말했다. "마술 콩 주스 좀 마실래?"

"좋지." 앤지가 보온병을 받아 벌컥벌컥 마셨다.

"좀 남겨줘." 나는 앤지의 손에서 보온병을 억지로 뺏어 몇 모금 남지 않은 커피를 마셨다. 성전이 불탈 때의 몽롱한 상태가 아직도 남아 있어서, 베개 천막에 가서 산더미 같이 쌓인 베개 위에 올라가 웅크려 자고 싶었지만, 오늘은 플라야에서의 마지막 밤이라 춤을 추러 가야 하므로 밤을 불태울 로켓 연료가 필요했다.

내가 커피를 다 마시고 빈 보온병을 내리는데 마샤와 젭이 눈에 들어왔다. 둘은 무표정하게 돌처럼 굳은 얼굴로 딱 붙어서 뻣뻣하게 걷고 있었다. 어두운 밤이었고, 약 50미터 정도 떨어져 있었기 때문에, 처음에 난 오늘 밤의 특별한 행사 덕분에 깊이 이완된 상태가 아닐까 하는 생각을 했었다. 하지만 곧 확실히 뭔가 잘못됐다는 느낌이 들었다. 둘의 바로 뒤에 덩치 큰 남자 두 명이 뒤따라 걷고 있었는데, 그들은 캐리 존스톤(혹은 그녀와 똑 닮은 사람)과 똑같은 털모자를 쓰고, 지금은 모래바람이 불지 않는데도 흑회색의 스카프로 얼굴 전체를 단단히 가리고 있었다. 사람들이 조금 드문드문해지자 그 남자들이 존스톤과 같은 군대식 재킷에 헐렁한 바지와 커다란 검은색 군화를 신은 모습이 눈에 들어왔다. 딱 꼬집어 말하긴 힘들었지만, 그들은 뭔가 이상했다. 그때 떠올랐다. 이들은 '어둠의 바보'였다. 발광선도 없고, 손전등도 들지 않았다. 그리고 젭과 마샤도 모두 전등을 꺼놓은 상태였다.

나도 움직이고 있었기 때문에, 그 모든 상황은 대부분 슬쩍 훑어보고 나중에 머릿속으로 재구성한 것이다. "이쪽으로 가자." 난 앤지의 손을 잡고 사람들 사이로 뚫고 나갔다. 그 잠깐의 장면에는 뭔가 진짜로 잘못된 게 있었다. 마샤를 내가 가장 좋아하는 사람이라고 하긴 힘들지만, 마샤와 젭, 그리고 뒤를 따르던 두 남자에게 무슨 일이 일어나고 있는 건지 알고 싶었다.

사람들 사이를 뚫고 가는 동안 내 머리 한구석에서는 벌써 아무 문제도 아닐 거라는 이야기가 흘러나오고 있었다. '어쩌면 마샤와 젭이 아닐지도 몰라. 저 두 남자도 옷 위에 온통 발광선을 두르고 있는데 배터리를 아끼려고 켜지 않았을 거야. 내가 봤다고 생각하는 걸 앤지한테 말해주면, 앤지는 과대망상이라고 생각할 거야.' 그네 사람은 이제 어두운 사막을 향해 가고 있었다. 그때 군중 틈에 있던 사람이 그들 뒤쪽으로 모습을 드러냈다. 캐리 존스톤이었다.

그 순간 돌연변이 차량이 휙 지나가면서 화염방사기로 밤하늘에 불덩이를 쏘아 올려서 주황색 불빛에 그녀의 옆얼굴을 뚜렷하게 볼 수 있었다. 이제 마음속에 있던 의구심이 사라졌다. 확실히 캐리 존스톤이었다. TV에서 대통령을 수행하는 비밀 경호원들이 그러듯, 존스톤은 경계하는 눈빛으로 좌우로 고개를 돌리며 조용히 살폈다.

앤지가 뭔가 말했지만 내게는 그 소리가 들리지 않았다. 앤지가 손을 끌어서 난 그 손을 놨다. 저 사람이 캐리 존스톤이라는 사실을 알게 되었고, 젭과 마샤가 존스톤의 손아귀 아래에 있다는 사실을 알게 되었기 때문이다. 나도 그 손아귀에 잡혔던 적이 있었다. 앤지도 그랬었다. 나는 그게 어떤 의미인지 잘 안다. 그래서 난 존스톤이 다른 사람을 납치하는 꼴을 두고 볼 생각이 없었다.

다섯 명이 밤의 어둠 속으로 사라지고 있었다. 나는 다른 사람의 발을 밟는지, 다른 사람과 부딪히는지 전혀 신경 쓰지 않고, 사람들을 밀치며 앞으로 나아갔다. 사람들이 내게 욕을 했지만, 내겐 그 소리가 거의 들리지 않았다. 터널처럼 좁아진 내 시선의 끝에는 캐리 존스톤밖에 없었다. 다기능 벨트를 더듬거리다가 보온병이 손에 잡혔다. 보온병은 딱딱한 금속 합금으로 만들어졌다. 무게가 많이 나가진 않지만, 뒤에서 이걸로 최대한 강하게 내려치면 자신이 맞았다는 걸 알 정도는 될 것이다. 내가 존스톤에게 하려는 게 바로 그거였다.

나는 소리를 질렀다. 처음엔 조용히 작은 소리로 시작했지만, 곧 고함으로 바뀌었다. 아니, 고함이 아니라, 전투에서 적군을 향해 지르는 소리였다. 존스톤은 지난 수년간 꿈속에 나타나고 또 나타나서, 내게 모욕을 주고 나를 굴복시켰다. 이제 존스톤은 다른 사람에 또 그 짓을 하려는 중이다. 그러나 내가 존스톤을 봤고, 내 힘이 닿을 거리에 있다.

사막 자전거를 탄 사람이 나랑 충돌할 뻔했는데, 마지막 순간에 그가 자전거 손잡이를 틀어서 내 정강이를 긁으며 바로 앞에 넘어졌다. 나는 속도를 조금도 늦추지 않았다. 오히려 속도를 더 올려서 자전거를 폴짝 뛰어넘고 달려나갔다.

내 평생에 그렇게 빨리 달린 건 처음이었다. 발이 바닥에 닿을 새도 없이 앞으로 내달렸다. 다른 발을 막 내밀었을 때 나를 둘러싼 밤의 어둠이 통째로 무시무시한 주황색으로 바뀌더니, 끔찍한 쿠쿵 소리가 들리고 곧 열풍과 시끄러운 소리가 다가왔다. 곧 바람이 내 다리를 들어 올려 얼굴을 석고 바닥에 처박았다.

나는 잠깐 멍하게 있었다. 우리 모두 그랬다. 나는 즉시 몸을 굴려서 벌떡 일어났다. 코피가 나서 손을 들다가 입술을 스쳤는데, 느낌이 이상했다. 입술이 둔하고 얼얼했다. 나는 멍한 상태에서 어렴풋하게 '얼굴을 제대로 처박았나 보네'라고 생각했다. 곧이어 그 생각은 내가 부상을 당한 직후 이리저리 움직이며 응급처치 원칙을 위배하고 있다는 지적질로 바뀌었다. 내가 척추 부상이나 뇌진탕을 당하지는 않았다고 하더라도, 아직 통증 신호를 뇌로 보내지 못한 작은 뼈가 부러졌을 경우, 일어서면서 몸무게로 부러진 뼈를 으스러트렸을 수도 있다.

나는 지적질 그만하라고 혼잣말을 했다. 시끄럽게 짖어대는 강아지에게 그러듯이 "닥쳐, 난 바빠"라고 했던 게 또렷이 기억난다. 뭣 때문에 하늘이 주황색이 되었든, 뭣 때문에 열기와 바람과 소리가 밤을 뚫고 불어왔든, 그건 캐리 존스톤이 일으킨 짓이었고, 젭과 마샤를 데려나가려고 벌인 일이었다. 나는 안다. 우리 집 주소를 알 듯이 아는 게 아니라, 공을 공중으로 똑바로 던지면 다시 똑바로 떨어진다는 사실을 알듯이 안다. 논리적 필연성이다.

나는 다시 마샤와 젭과 존스톤과 깡패들이 어둠 속으로 사라진 방향을 향해 출발했다. 살짝 절뚝거리던 오른쪽 무릎이 이제는 심하게 불평을 하기 시작했다. 난 무릎을 향해 다시 말했다. "닥쳐."

그들은 사라졌다. 당연한 이야기다. 플라야에서는 불을 켜지 않고 빠르게 이동하면 어느 방향으로든 100미터만 가도 모습을 감출 수 있다. 저들은 아마도 야광투시경과 온갖 종류의 독창적이고 작은 닌자 슈퍼 스파이 장비를 가지고 있어서 마음대로 나를 피할 수 있을 게 틀림없다.

그리고 원하기만 한다면, 캐리 존스톤은 땀 한 방울 흘리지 않고도 나를 죽일 수 있고, 존스톤의 깡패들도 똑같이 할 수 있을 것이다. 놈들은 일종의 군인이다. 반면에 나는 샌프란시스코에서 온 땅딸막한 남자애일 뿐이고, 나는 유치원 시절 이후로 싸워본 경험이 없었다. 게다가 그 싸움은 바푸지 부인이 운영하는 유치원에서 벌어진 일이었는데, 엘모 인형을 매니 헤르난데스와 함께 가지고 놀라는 엄격한 훈계를 듣는 것으로 마무리되었었다.

하지만 상관없다. 나는 해야 할 일이 있었다. 나는 겁쟁이가 아니다. 물러나 앉아 다른 사람들이 나서서 그 일을 할 때까지 기다리지 않을 것이다. 그래서 난 비틀거리며 어둠 속으로 나아갔다.

그들은 흔적도 없이 사라졌다. 나는 목이 쉬도록 그들의 이름을 소리쳐 부르며 이리 뛰고 저리 뛰었다. 그렇게 뛰어다니다 앤지에게 붙잡혔다. 앤지는 내 팔을 잡고 의료천막으로 질질 끌고 갔다.

천막엔 엄청 많은 사람이 의료진과 간호사를 만나려 기다리고 있었다. 그리고 버닝맨의 역사상 가장 끔찍한 재난이 초래한 사태를 도와주기 위해 구급대원과 의사들이 사막을 가로질러 끊임없이 달려왔다.

폭발한 예술차는 문어탱크였다. 본래는 굴착기여서 거대하고 강력한 무한궤도와 골격을 원래의 모양대로 유지하고 있었다. 문어탱크의 제작자들은 샌버너디노에 있는 창고에서 그 외 모든 부품을 제거하고 오래된 문어 놀이기구를 골격 위에 조심스럽게 올렸다. 동네마다 '거미'나 '괴물', '말미잘'이라고 제각각 부르기는 하지만, 아무튼 여러분도 문어 놀이기구를 본 적이 있을 것이다. 관절로 연결된 다리가 여섯 개 이상 달려 있고, 각각의 다리 끝에는 좌석이 붙어 있다. 좌석에 안전막대가 달린 종류도 있는데, 새장처럼 철망으로 의자를 완전히 감싸기도 한다.

그 정도만 해도 충분히 멋있었는데, 이 돌연변이 자동차의 제작자들은 좌석마다 지붕에 화염방사기를 올리고, 아두이노로 만든 제어판으로 그 화염방사기를 제어해서 숨도 못 쉴 정도로 빠르게 연속으로 불을 쏘았다. 화염방사기는 모두 문어탱크의 차체 옆에 설치한 거대한 통에서 연료를 끌어올렸는데, 방사기로 가는 연료마다 다른 알칼리 금속염을 집어넣어 각각의 불이 다른 색으로 타오르도록 했다. 문어탱크가 플라야를 가로지르며 움직일 때면, 여덟 개의 다리가 밤의 어둠 속에서 회전하며, 하늘을 향해 색색으로 쏘아 올린 불꽃 기둥이 소용돌이치는 만다라를 만들었다. 그래, 장관이었다.

폭발하기 직전까지는 그랬다. 뭐, 당연한 말이겠지만.

연료통은 다행히 절반쯤 비어 있던 상태였다. 그렇지 않았더라면 나는(다른 백여 명의 사람들도) 바닥에 얼굴을 처박는 상황 이상이었을 것이다. 아마 우리를 통째로 태워버렸을 것이다.

심하게 화상을 입은 20여 명이 리노로 공수되긴 했지만, 천만 다행히 불에 타죽은 사람은 없었다. 문어탱크를 만든 사람들은 조심스럽고 생각이 깊었다. 그들은 3중 안전장치를 만들고, 최후의 수단으로 연료 저장고의 바깥 아래쪽 구석에 가장 얇은 벽을 만들었다. 그렇게 하면 설령 저장고가 터지더라도 폭발이 운전자나 승객이 아니라 땅을 향하게 된다. 폭발로 문어탱크가 뒤집히고, 문어 다리 두 개가 부러졌지만, 승객들은 안전띠에 묶여 있었다. 그래서 다행히도 부러진 거대한 다리 관절과 함께 뒹굴며 긁히긴 했어도 뼈가 부러진 사람은 거의 없었다.

나는 코가 부러지고 이마에 아주 흉측한 상처가 생겼다. 그리고 이로 입술을 찍어서 세 바늘을 꿰매야 했다. 무릎 인대도 다쳤고, 콘크리트 착암기처럼 퉁퉁 울려대는 두통이 생겼다. 하지만 이 밤에 의료천막을 가득 메우고 밖에서 기다리고 있는 많은 사람과 비교하면, 난 아무것도 아니었다.

앤지와 나는 의료천막 안에 있는 캠핑카에 등을 기대고 앉아 있었다. 분홍색 털이 달린 카우보이모자를 쓰고 반짝거리는 코르셋을 입은 여성이 간호사라며 내게 뇌진탕 징후를 살펴보게 똑바로 앉아 있으라고 했다. 나는 가만히 앉아 있기 싫었지만, 앤지가 억지로 앉히며 바보라고 놀려서 말싸움을 했다.

당시 우리는 무슨 일이 일어난 건지 몰랐고, 알 수도 없었다. 우리는 문어탱크가 폭파될 때 보지 못했다. 키가 작은 앤지는 키 큰 사람들의 숲에서 길을 잃고 나를 따라잡으려 애쓰고 있었다. 그래도 덕분에 다른 사람들 틈에 있어서 다치지 않았다. 정신을 차렸을 때는 겹겹이 쌓인 사람들 틈에 있었다. 앤지는 바닥에 있는 사람들의 모습을 확인한 뒤 나를 찾아 나섰다. 나는 마샤와 젭, 깡패들을 찾으러 어둠 속에서 온 사방을 헤매며 달리고 있었다.

그래서 우리는 의료천막에서 두 다리, 세 다리 건너 폭파 이야기를 전해 들었다. 온갖 추측이 난무했다. 그리고 다들 플라야에서 예술차를 인증해주는 '돌연변이 자동차 부서'에 대해 불만을 쏟아냈다. 그 부서에는 전설적인 기계 전문가들과 화재 분석 전문가들이 있었다. 그들이 문어탱크의 중요한 결함을 놓친 걸까?

난 그렇게 생각하지 않았다.

4

나는 앤지에게 놔달라고 설득해서 병원의 커다란 아이스박스에 담긴 물을 가지러 갔다. "내 엉덩이가 멍해졌단 말이야." 그리고 엉망진창으로 부상당한 사람들을 살펴봤다. 끔찍했다. 나는 누가 그런 짓을 했는지 알 것 같았다.

난 앤지에게 돌아가서 물병을 건네고, 물 마시는 모습을 지켜보다가 말했다. "앤지, 내가 너한테 뭔가 미친 소리를 하려고 하는데, 들어볼래?"

앤지가 눈을 동그랗게 뜨고 말했다. "마커스 얄로우, 넌 처음 만났던 저녁부터 나한테 주야장천 미친 소리를 했잖아. 그런데 내가 안 들어준 적 있었어?"

앤지가 핵심을 찔렀다. "미안해." 내가 말했다. 그리고 가까이 기대어 말했다. "성전이 불탈 때 바로 앞에서 카메라 들고 걸어 다니던 여자 기억나?

앤지가 어깨를 으쓱했다. "글쎄, 그랬나?"

난 마른 침을 삼켰다. 머릿속에서는 미친 소리를 하고 있었지만, 막상 그걸 입 밖으로 내려니 진짜 미친 소리처럼 들렸다. 하지만 그건 겨우 시작일 뿐이었다. "그 여자, 캐리 존스톤이었어." 내가 말했다.

앤지가 잠시 무슨 말인지 모르겠다는 얼굴로 그 이름을 곱씹어보는 것 같았다.

"잠깐만, 캐리 존스톤? 그 캐리 존스톤 말이야?"

내가 고개를 끄덕였다. "두어 번 잘 살펴볼 기회가 있었어. 확실해." 별로 자신 없는 목소리였다. "장담할 수 있어."

"그럼 존스톤이 버닝맨에 참가했단 말이야? 그건 좀 이상하잖아."

"앤지, 난 존스톤이 버닝맨 참가자가 되었다고 생각하지 않아. 존스톤은 마샤와 젭을 납치하러 온 것 같아."

"흠? 마커스….."

"젠장, 내 말을 들어주겠다며!" 내가 말했다.

앤지는 입을 다물었다. 다시 열었다가 닫았다. "그랬지. 미안해. 계속 말해봐."

내가 본 사실들을 말해줬다. 젭과 마샤와 깡패들, 그리고 놈들이 밤의 어둠 속으로 걸어 들어갈 때 그놈들을 잡겠다고 설익은 시도를 했던 내 어리석음까지.

"그래서 무슨 말이 하고 싶은 거야?"

"앤지, 내 이야기를 어떻게 생각해?"

"존스톤 패거리가 마샤와 젭을 납치했다고 네가 믿는 것처럼 들려."

나는 아무 말도 하지 않았다. 물론 난 그렇게 믿었다. 하지만 그건 그저 시작일 뿐이다. 내겐 더 미친 소리처럼 들릴 게 뻔한 생각이 또 있었다. 그 소리를 들으면 앤지가 어떻게 반응할지 알고 싶었다.

아니 알아야만 했다. 내가 블랙록 사막의 딱딱한 석고 바닥에 얼굴을 처박을 때 뇌가 어떻게 된 건 아닌지 알고 싶었다.

"뭐라고?" 앤지가 말했다. 그때 앤지의 눈이 약간 더 커졌다. "넌 존스톤이 문어탱크를 폭파했다고 생각하는 거야? 그, 그러니까 자기가 도망치는 걸 숨기려고?"

나는 눈을 감았다. 도저히 앤지를 똑바로 볼 수 없었다. 앤지가 나를 이런 쪼다가 있냐는 눈으로 노려보고 있었기 때문이다.

"자, 이렇게 한 번 생각해봐. 버닝맨에서는 수십 년 동안 불을 뿜는 예술차들이 사막을 돌아다녔지만, 지금까지 한 번도 실수를 한 적이 없어. 처음으로 예술차가 폭발할 때, 하필이면 바로 그때 인간의 생명을 우습게 아는 잔인한 전쟁범죄자 캐리 존스톤이 어마어마하게 많은 비밀문서 꾸러미를 몰래 건네던 불량 요원을 납치했어. 폭발 시점이 완벽해. 그리고 몇 시간 동안 사막의 모든 관심이 거기로 쏠리게 됐지. 그 사이 놈들은 백만 군데로 도망갈 수 있었어. 젠장, 쓰레기 담장까지 어슬렁거리고 가서 뛰어넘은 후, 산으로 튀거나 대기해놓은 차로 뛰어갔겠지. 평소에는 표 없이 몰래 들어오는 사람들을 잡기 위해 야광투시경을 쓰고 순찰하던 블랙록 레인저스도 환자들을 도와주느라 바빴을 거야."

"그래. 그럴 수도 있지." 앤지가 다시 내 손을 꼭 움켜잡으며 말했다. "아니면 이렇게 볼 수도 있어. 수십 년간 사막으로 사람들이 집에서 만든 화염방사기가 달린 차들을 몰고 왔으니, 폭발은 언젠가 일어날 일이었어. 그리고 넌 누군가를 봤을 거야. 어둠 속에서 뭔가 납치 비슷한 걸 봤겠지. 하지만 거리가 멀었고, 그 직후 바닥에 머리를 부딪쳐서 코가 부러졌잖아. 게다가 일주일 내내 수면 부족, 향응을 위한 화학약품, 카페인 남용을 한 뒤였지." 앤지는 차분하고 침착하게 말했다. 내가 나가려고 발버둥 치자 꽉 붙잡은 손을 놓지 않았다.

"마커스." 앤지가 내 턱을 잡고 고개를 돌려 자기 눈을 쳐다보게 했다. 앤지가 입술의 꿰맨 부분을 눌렀을 때 내가 움찔했지만, 앤지는 손아귀의 힘을 풀지 않았다. "마커스, 난 네가 어떤 일을 겪었는지 잘 알아. 나도 똑같이 겪었으니까, 적어도 어느 정도는. 가능할 법하지 않은 일이 때때로 일어난다는 사실도 알아. 마샤가 너한테 암호를 줄 때 나도 거기에 있었어. 넌 네가 믿고 싶은 걸 믿을 권리가 있어."

"그래도…." 내가 말했다. 하지만 벌써 다른 반론이 다가오고 있는 게 느껴졌다.

"오컴의 면도날." 앤지가 말했다.

오컴의 면도날이란, 어떤 현상에 대해 여러 가지 설명이 존재할 경우, 가장 단순한 설명이 올바른 설명일 가능성이 크다는 통칙이다. 부모님이 침실에 있는 서랍을 잠가놓고 열어보지 못하게 하는 이유가, 부모님이 비밀 스파이라서 청산가리 캡슐이나 입으로 불어서 쏘는 독침 같은 걸 찾지 못하게 하려는 걸 수도 있지만, 그저 (우웩) 성인용품을 숨겨두었기 때문일 수도 있다. 부모님이 최소한 한 번 이상은 성관계를 했을 테니, (적어도 샌프란시스코에서는) 부모님이 이상한 딜도를 한두 개쯤 구입했을 확률이 높다. 슈퍼 스파이라는 가설은 가장 가능성 없는 부류에 집어넣어야 할 것이다. 이렇게 표현해도 좋겠다. '특별한 주장에는 특별한 증거가 필요하다.'

"오컴의 면도날 좋지. 생각을 할 때 유용한 도구야. 하지만 무조건 지켜야 하는 법칙은 아니야. 가끔은 정말로 일어날 것 같지 않은 일들도 일어나잖아. 그런 일이 우리한테 일어났어. 내가 본 건, 본 거야. 온갖 종류의 첩보 활동과 얽히고, 정신 나간 피해망상 환자처럼 움직이는 마샤를 만난 뒤 얼마 지나지 않아 그 상황을 봤어. 마샤가 그런 식으로 움직이는 이유가 있었던 거지." 내가 말했다.

"그래. 어쩌면 네가 마샤와 만난 이후로 일어난 일들을 모조리 극적이고 끔찍한 시각으로 해석하고 있는 건지도 몰라." 앤지가 내 손을 놓더니 사람들로 눈길을 돌렸다. "마커스, 그런 일이 일어났다고 네가 믿는다면, 뭘 해야 할지도 알 거야. 마샤가 너한테 할 일을 말했잖아."

'내가 잡히거나 젭이 잡혔다는 소식이 들리면, 그 자료를 뿌려. 산 위로 올라가 고래고래 소리쳐.'

이런, 난 그때까지도 그 생각은 전혀 하지 않고 있었다. 마샤의 구출과 내 정신이 말짱하다는 사실을 증명하는 데에만 집중하느라, 내가 마샤의 '보험 증서'라는 사실을 까맣게 잊고 있었다. 마샤는 자신이 잡힐 거라 전적으로 확신하고 내게 자신의 보복 수단을 맡겼다.

이제야 그 일을 떠올리다니. 그 생각에 겁이 덜컥 났다.

"난 마샤의 보험 파일에 뭐가 들었는지 몰라. 하지만 우리가 이걸 사람들에게 배포하면 권력이 아주 높은 자들이 엄청나게 화를 낼 거야." 내가 말했다. 그때 별안간 존스톤이 바로 앞에 서 있었을 때의 느낌이 떠올랐다. 등골 깊숙한 곳에서 올라온 공포 때문에 나는 그 자리에 얼어붙어 버렸다. 난 그 파일의 내용을 비밀로 감추기 위해 존스톤이 마샤를 납치했을 거라 믿는다. 그렇다면 내가 이 파일을 배포할 경우 존스톤은 내게 무슨 짓을 저지를까?

더 나쁜 경우, 내가 그 보험 파일을 가지고 있다는 사실을 마샤가 존스톤에게 털어놓으면, 존스톤이 무슨 짓을 할까?

"아, 젠장. 앤지, 이제 어떡하지?"

우리는 오늘 밤엔 아무것도 할 게 없다고 결론을 내렸다. 나는 상처를 입었고, 우리는 노트북도 없이 사막 한가운데에 있으며, 둘 다 그 보험 파일을 배포할 경우 일어날 일이 겁나서 생각을 할 수가 없었다. 나는 아직 USB 메모리를 가지고 있었다. 다기능 벨트의 지폐 보관용 주머니에 있는 작은 비밀 지퍼 안에 넣어두었다. 내가 강박적으로 반복해서 USB를 점검하니까, 앤지가 그만하라고 말렸다. 몇 시간 후 우리는 내게 뇌진탕 증세가 없다고 결론 내리고, 누군가 말리기 전에 슬그머니 의료천막을 빠져나왔다. 우리는 천막으로 돌아와 서로를 끌어안고 잠깐 눈을 붙였다가, 앤지의 낡은 싸구려 플라스틱 시계가 삑삑 알람을 울리기 전에 일어나서 천막을 걷고 엑소더스에 나섰다.

우린 옷을 입은 채로 잠을 잤다. 침낭에 함께 들어가 온기를 나눠도 사막의 밤은 춥기 때문이다. 천막 밖으로 나온 뒤에야 내 버누스와 티셔츠 앞자락에 부러진 코와 부어오른 입술에서 흐른 피가 말라붙어있는 걸 알아차렸다. 코와 입술은 밤사이 코끼리처럼 부어오른 느낌이었다. 하지만 가까운 차의 측면거울에 쌓인 먼지를 털고 비춰봤더니, 입과 코는 평소의 두 배 정도밖에 붓지 않았다. 나는 탱크에 깔린 몰골이었다. 한쪽 눈은 까맣게 멍이 들었고, 입술은 이상하게 비뚤어져서 뿌루퉁하게 비웃는 얼굴이 되었으며, 반창고를 붙인 코는 보기 흉하게 불룩했다.

"으악." 내가 소리를 지르자 입술의 상처가 다시 벌어져 입에서

피 맛이 났다. 얼굴이 아파서 병원 천막에서 줬던 타이레놀 두 개를 물에 희석하지 않은 냉침 커피로 삼켰다. 그리고는 걸쭉한 커피를 벌컥벌컥 들이켰다. 천막을 걷고, 블랙록시티를 가로질러 우리를 태워줄 레미가 머무는 천막까지 물건들을 끌고 가려는 앤지를 도와주려면 에너지가 필요했다.

앤지가 말했다. "넌 그냥 앉아 있어. 마커스, 이건 내가 할게."

나는 고개를 저으며 말했다. "아니야." 고통스러운 한마디만으로도 얼굴에서 피가 나왔다.

"됐어. 앉아."

나는 다시 고개를 저었다.

"젠장, 고집 더럽게 세네. 알았어. 죽든 말든 알아서 해. 죽을 것 같다며 나한테 달려오지 마."

나는 손을 젓고, 앤지에게 냉침 커피를 건넸다. 앤지가 인상을 찌푸렸다. "거기에 피 묻었잖아." 병의 주둥이를 봤더니 내 입술에서 배어 나온 피가 빨갛게 묻어있었다. 난 아이스박스에서 다른 병을 꺼내 건네줬다. 앤지가 그걸 받아 마셨다. "물도 많이 마셔야 해. 이게 배뇨를 촉진한다는 사실을 잊지 마." 앤지가 말했다.

앤지의 말이 맞았다. 다음 45분 동안 가방에 물건들을 억지로 쑤셔 넣고, 구겨 넣고, 쌓아 올리고, 짓이겨 넣으면서 냉침 커피를 한 모금 마실 때마다 물을 두 모금씩 마셨다. 짐을 쌀 때 가장 큰 물건은 단연코 '비밀 프로젝트 X-1'과 그 잡동사니와 부품들이었다.

내가 처음 노이즈브릿지에 갔을 때는 뭘 할지 감을 잡지 못했었다. 내가 아는 거라곤 그런 공방이 미션 가에 해커스페이스로 설립되었으며, 가공 선반과 레이저 절단기와 작업대와 드릴프레스가 잔뜩 있고, 누구든 참여해서 그 장비들을 이용해 뭐든지 만들 수 있다는 사실뿐이었다. 나는 한두 달 동안 학교를 마치면 잠시 들러서 소파에 앉아 사람들이 뭘 하는지 지켜봤다. 그리고 내 노트북과 스쿨북을 가지고 가서 노이즈브릿지 회원들이 온갖 멋지고 미친 물건들을 만들어내는 모습을 지켜보면서 틈틈이 공부했다.

노이즈브릿지는 환상적인 곳이었다. 노이즈브릿지는 자체적인 우주 프로젝트를 갖고 있었다. 정말이다. 그들은 거의 매달 수작업으로 만든 기상관측용 풍선에 카메라와 장비 꾸러미를 채워 넣고 20킬로미터 이상의 상공까지 올린 뒤 회수했다. 노이즈브릿지에서는 게임기, 서버 하드웨어, 자동비행 드론은 말할 것도 없고, 로봇이나 자동차, 시계, 애완동물용 문, 장난감, 롤러블레이드까지 해킹했다.

그리고 노이즈브릿지에는 3D 프린터가 있었다. 3D 프린터는 이용자 스스로 3D 파일을 만들거나 인터넷에서 다운받은 파일을 이용해 원하는 물체를 찍어낼 수 있는 장비다. 대체로 메이커봇(Maker-Bots) 제품이었는데, 누구나 조립해서 만들 수 있는 대중적이고 멋진 오픈 소스 3D 프린터 키트였다. 메이커봇은 저렴한 플라스틱 선의 다발을 이용해 인쇄하는데, 결과물은 정말 끝내줬다. 그 프린터 키트가 1천 달러도 안 된다는 사실을 고려하면 정말로 놀랍다. 노이즈브릿지의 남은 전자부품을 모아놓는 커다란 통이나 여분의 부품 목록을 뒤져보면 그보다 저렴한 비용으로도 3D 프린터를 만들 수 있었다.

메이커봇은 오픈 소스로 풀려있기 때문에 해커들의 천국이다. 전 세계의 사람들이 프린터를 개조해서 특별하고 놀라운 물건을 만들어냈다. 내가 노이즈브릿지에 참가했을 때 가장 신났던 건 메이커봇을 개조해서 레이저를 기반으로 한 분말 프린팅에 성공했을 때였다. 분말 프린팅은 플라스틱 분말을 인쇄물 받침대에 얇게 분사한 후 레이저를 이용해 특정한 형태로 녹이고, 다시 분말층을 더해 레이저로 녹이는 과정을 입체형상이 완성될 때까지 반복하는 것이다.

분말을 이용하는 3D 프린터는 메이커봇 프린터보다 훨씬 더 비싸서 50만 달러 이상이다. 그리고 모두 일련의 복잡한 특허권에 묶여 있어서 극소수의 회사만 생산하고 판매할 수 있다. 하지만 특허권으로는 메이커봇을 분말 프린터로 개조하려는 사람들을 막지 못했다. 그리고 일단 그런 움직임이 시작되자, 전 세계에서 가장 인기 좋은 메이커봇의 개조법이 되었다. 그건 자연스러운 현상이었다. 분말 프린팅으로 찍은 물체가 플라스틱 다발 프린터로 찍은 물체보다 훨씬 더 매끄럽고 섬세했기 때문이다. 그리고 강력한 레이저를 장착하면 금속 분말을 이용해서 스테인리스나 놋쇠, 은으로 정밀하게 만들어진 물건을 마음대로 만들 수 있었다.

하지만 내 관심은 금속 분말이 아니라 모래 프린팅이었다. 프린팅 재료로 플라스틱이나 금속 분말 대신 다양한 재료를 시도하는 사람들은 많았다. 레이저로 녹일 수 있는 거라면 뭐든지 프린터에 집어넣을 수 있다. 설탕으로 아주 근사한 물건을 찍거나 사탕과자를 만들 수도 있고, 보디빌딩을 하는 사람들을 위한 단백질 보충제로 대량 판매되는 유청 가루를 이용해 가엾을 정도로 금세 부서지는 물건을 만들 수도 있다. 하지만 방금 말했듯, 모래가 내 상상력을 사로잡았다. 모래를 녹이면 아름답고 얼룩덜룩한 유리가 된다. 매일 멋진 조각상과 장신구와 액션 피규어가 생겼다. 모두 녹인 모래로 만든 것이었다. 프린팅 재료로 모래는 정말로 저렴했다. 심지어 유청 가루보다도 쌌다.

하지만 플라야에는 모래가 없다. 대신 여긴 석고 가루가 있다. 석고보드를 만드는 그 석고 말이다. 다시 말해, (이론적으로는) 그걸로 뭔가 괴상한 구조물을 만들어볼 수 있다는 의미다.

아무튼, 그게 내 계획이었다. 나는 나만의 메이커봇을 만들었다. 메이커봇 홈페이지에서 개요도를 다운받고, 발사(balsa) 나무를 레이저 절단기로 자르고, 아두이노로 제어기를 만들고, 기회가 있을 때마다 부품을 찾아다녔다. 구할 수 없는 게 확실해지면 구입하기도 했지만, 중고로만 샀다. 최종적으로 프린터를 완성하기까지 두 달 정도가 걸렸는데, 2백 달러가 채 들지 않았다. 그리고 아름답게 작동했다. 난 프린터가 작동되는 걸 확인하자마자 (당연한 이야기지만) 즉시 분해해서 분말 프린터로 개조하려고 낑낑댔다. 분말 프린터는 훨씬 복잡했다. 그리고 강력한 레이저를 사는 데에 프린터의 나머지 부품만큼이나 돈이 들어갔다. 그래도 나는 완성시켰다.

그렇지만 고장/업그레이드/수리 과정을 반복하는 게 지겨웠다. 다른 사람들이(지극히 특별하게 정의된 '다른 사람'의 경우겠지만) 해냈던 일을 하지 못하는, 세상에서 가장 멍청한 바보가 된 기분이었다. 그래도 난 멈출 수가 없었다. 뭔가 잘못될 때마다 항상 해결책이 아슬아슬하게 바로 앞에 있는 것처럼 보였기 때문이다. 조금만 더 하면 모든 문제가 해결될 것처럼 보였다. 한 번만 더, 한 번만 더, 한 번만 더, 그러다 기적적으로, 프린터가 작동됐다! 나는 넋을 놓고 있다가 백만 분의 1초 만에 우쭐한 상태가 되었다. 내 작업대 위의 공기에는 녹아내린 모래의 달콤하고 유독한 냄새가 가득 찼고, 조형대 위에 유리구슬이 만들어졌다. 그리고 측정을 위한 테스트용 블록이 모양을 갖추기 시작했다. 이 블록에는 내가 주머니 안에 시험 삼아 가지고 있던 표준 볼트에 부드럽게 맞는 크기의 구멍이 몇 개 뚫려 있었다.

그걸 사용해볼 필요도 없었다. 눈으로 봐도 작동되는 걸 알 수 있었다. 나는 이 빌이먹을 프린터를 분해한 뒤 다시 조립하기를 수백 번 했다. 프린터의 움직임 하나하나가 내 손의 움직임처럼 익숙했고, 프린터의 소리가 내 심장소리처럼 익숙했다. 나는 웃음을 터트리며 즉석에서 진심에서 우러나온 춤을 췄다. 그리고 다시 몇 분간 프린터의 작동 과정을 지켜봤다. 나는 흥분해서 거리로 달려나가 내가 붙잡을 수 있는 첫 번째 사람을 노이즈브릿지로 끌고 와서 프린터가 작동하는 모습을 보여주고 싶었다! 하지만 문을 열고 밖으로 나가자마자, 새벽 3시라는 사실을 깨달았다. 거리에는 눈에 띄는 사람이 아무도 없었다.

그렇게 해서 내게도 메이커봇이 생겼다. 내 계획은 이 프린터를 사막의 석고 가루에 맞게 개조하는 것이었다. 설탕을 녹여 석고를 접착시키는 용도로 사용했다. 설탕은 강력한 접착제다. 설탕을 녹여 캐러멜로 만들어서 각목 위에 바르고 다른 각목을 그 위에 붙인 후 죔쇠로 밤새 눌러 '접착제'를 굳히면, 접합이 단단하게 이루어져서 접착제가 떨어지기 전에 나무가 부서져 나갈 것이다. 하지만 설탕은 물에 녹는다. 그래서 버닝맨을 마치고 나면, 플라야의 석고 인쇄물은 물에 녹아내릴 것이다. 버닝맨의 여덟 번째 원칙대로 '흔적을 남기지 말라.' 나는 수동 커피 분쇄기로 석고를 갈아 실험을 해봤다. 아주 잘 작동하는 걸 확인하고, 메이커봇을 분해해 짐에 싸서 플라야로 가져왔다.

그게 바로 '비밀 프로젝트 X-1'이었다. 내가 샌프란시스코를 떠날 때까지만 해도 마법처럼 잘 작동하고 있었다고 맹세할 수 있다.

그런데 우리가 블랙록시티에 도착한 후에는 왜 그렇게 비참하게 실패했는지 알 수 없다. 태양광 패널을 점검했더니 이상이 없었다. 그래서 난 다른 천막에서 계량기를 빌려 모든 회로와 접점과 잘못될 가능성이 있는 모든 부분을 점검했다. 하지만 이 고집 센 염병할 개자식은 끝내 켜지는 것조차 거부했다.

난 피를 흘리고 멍이 들고 엄청난 충격을 받고 겁에 질린 상태였는데도, X-1을 다시 포장할 때 몹시 고통스러웠다. 나는 플라야의 석고 가루를 이용해 3D로 가장 놀라운 형상과 물건을 찍어내는 환상적인 계획을 갖고 있었다. 기발한 동물과 유명한 괴물 반신상, 그리고 무료 3D 설계도가 쌓여 있는 온라인 사이트 싱기버스(www.thingiverse.com)에서 다운받은 최고로 쓸데없는 물건들을 찍을 예정이었다. 그래서 나는 플라야의 역사상 가장 멋지고 영리한 버닝맨 참가자가 될 계획이었다. 하지만 전설적인 인물이 되기는커녕, 24시간 내내 땀범벅이 되어 자기 발명품을 끌어안고 욕이나 해대는 녀석이 되고 말았다. 그러다 결국 여자친구한테 머리를 맞으며 프린터에 욕하지 말라는 소리를 듣고서야 밖으로 나와 버닝맨을 즐기러 갔다. 앤지가 옳았다. 모두 내 냉침 커피를 좋아했다. 아무리 그래도 자그마한 물건 하나 찍어내지 못하고 X-1을 다시 싸는 건 고통스러웠다.

"내년엔 작동시킬 수 있을 거야. 걱정하지 마." 앤지가 말했다. 5만 명이 짐을 싸며 블랙록시티를 블랙록 사막으로 되돌려 놓느라 사방에서 피어오르는 먼지 구름을 쳐다봤다. 청소팀이 몇 달간 머물면서 사막 전체를 훑으며 인간이 남긴 마지막 흔적까지 싹싹 지울 것이다. "이제 가야 해."

5

우리는 집으로 돌아오는 긴 시간 동안 거의 말을 하지 않았다. 우리를 태워준 레미는 40대 남자로 버닝맨에 20년 동안 참여했다. 그가 보통 때 엑소더스는 차량을 주기적으로 내보내는 사이에 사람들이 차에서 내려 함께 어울리며 춤추고 잡담을 나누는 파티처럼 진행됐다는 이야기를 해줬다. 하지만 어젯밤의 폭발과 부상 때문에 아무도 놀고 즐길 기분이 아니었다. 매시간 굽어진 길을 따라 리노로 빠져나가는 차들은 마치 장례 행렬 같았다. 리노로 가는 길에 작은 인디언 보호구역에 차를 세우고 휘발유를 넣을 때까지도 분위기는 전혀 나아지지 않았다.

사실대로 말하지만, 그런 상황은 내 기분과 완벽하게 일치했다. 나는 온몸이 욱신거렸다. 그리고 진통제 때문에 어질어질했는데, 가는 동안 차까지 이리저리 흔들리니 계속 졸렸다. 리노에서 앤지가 운전대를 잡은 뒤로 나는 완전히 잠에 빠져들었다가, 새크라멘토에서 다시 휘발유를 넣을 때 잠깐 깼다. 다시 깨었을 때는 포트레로 힐에 있는 우리 집 대문 앞이었다.

나는 앤지에게 작별 입맞춤을 하고, 배낭과 더플백을 끌고 현관문으로 가서 주머니를 뒤져 열쇠를 꺼내 자물쇠에 꽂았다. 본래는 리노에서 부모님께 전화해서 귀가 중이라고 알려줄 생각이었지만, 잠에 빠져서 아무것도 하지 못했다. 게다가 지금 난 고기 다지는 기계를 통과한 것 같은 얼굴에다, 주머니에 무자비한 고문기술자의 추적을 받는 정부의 비밀을 잔뜩 갖고 있었다. '안녕 엄마, 안녕 아빠! 끝내줬어요. 제가 사막에서 무슨 일을 겪었는지 아마 상상도 못 하실 걸요.' 그래, 그렇게 말할 수 있었더라면 좋았을 것이다.

집은 엉망이었다. 이게 새로운 일상이다. 아빠가 일자리를 잃고 집에서 많은 시간을 보내기 시작하면서 이렇게 됐다. 아빠가 그렇게 지독한 게으름뱅이일 줄은 아무도 몰랐다. 엄마는 아빠의 뒤치다꺼리를 거부했다(엄마 만세!). 하지만 엄마 역시 불쾌한 상태에 대한 인내심이 아주 높은 것으로 드러났다. 엄마마저 일자리를 잃었을 때는, 젠장 이미 집은 토굴이나 다름없었다. 그 뒤로는 더 이상 나아지지 않았다.

나는 현관에 널브러진 신발들을 넘어 짐을 끌고 가다가 신문 더미를 쓰러트려서 낡은 신문지들이 바닥에 쫙 쏟아졌다. "다녀왔어요." 내가 말했다. 부모님에게 잡혀서 대화를 나누기 전에 2층으로 이 엉덩이를 끌고 올라가 침대로 들어가고 싶었지만, 그렇게 될 것 같지는 않았다.

"마커스!" 엄마가 거실에서 소리쳤다. "걱정돼서 죽는 줄 알았어!" 그리고 1초 후 현관 입구로 나온 엄마가 내 얼굴을 보고는 헉 하고 놀란 숨을 내뱉었다. "아이고나." 엄마가 스트레스를 받으면 영국 억양과 별난 영국식 습관이 두드러졌다.

"괜찮아요, 엄마. 버닝맨에서 사고가 있었어요, 그래서…."

"다 들었어." 엄마가 말했다.

으윽. 버닝맨에서 일어난 일이 세상에 전해졌을 거라는 생각은 꿈에도 못 했었다. 샌프란시스코는 버닝맨의 탄생지였다. 그러니 부모님은 당연히 이야길 들었을 것이다. 그런데 나한테서는 연락이 없었으니, 이런, 난 형편없는 아들이었다.

"죄송해요. 정말요. 겉보기보다는 훨씬 나아요. 출발하기 전에 진통제를 먹는 바람에 잠이 들어서, 안 그랬으면 연락을 했을 텐데…."

이제 아빠가 현관으로 나왔다. "이런, 마커스, 어떻게 된 거야?"

난 눈을 감고 숨을 깊게 들이쉬었다. "이렇게 하면 어떨까요? 제가 무슨 일이 있었는지 아주 짧게 이야기한 후 샤워하고 잠을 자러 갈게요. 그 뒤에 다시 이야기하면 안 될까요?"

이래서 내가 부모님을 사랑한다. 두 분은 서로 '말이 되는 소리 같아'라는 듯 눈짓을 주고받고 고개를 끄덕이더니 말했다. "그러자." 그리고 두 분은 나를 꼭 끌어안았다. 나는 지독하게 피곤해서 서 있는 것조차 힘들었는데도 그 포옹이 너무 좋았다.

나는 신발끈을 풀고, 플라야의 석고 먼지를 두 뭉치 털어냈다. 허리를 굽혔더니 안구 뒤쪽에서 새로운 두통이 피어나기 시작했다. 아빠가 소파에 쌓인 책더미를 치우는 사이, 엄마는 자신과 나를 위해 차를 타고, 아빠를 위해 커피를 탔다. 말하기 창피하지만, 내가 그동안 수없이 잔소리했는데도, 아빠는 여전히 (우웩) 인스턴트 커피를 마신다. 나는 마샤와 젭과 캐리 존스톤 이야기는 빼고 최대한 짧게 이야기했다. 샌프란시스코로 돌아오니, 뭐랄까 모든 것이 막연히 멀게 느껴졌다. 다른 사람에게 일어난 일이거나 책에서 읽은 일처럼 말이다. 진통제나 앤지의 (이해가 되는) 의심 때문일지도 모르지만, 나 자신도 내 기억을 의심하고 있는 게 느껴졌다.

"아, 맞다." 내가 이야기를 마무리하면서 덧붙였다. "일자리를 제안한 사람이 있었어요! 상원의원 선거에 나간 사람에게 새로운 웹마스터 같은 게 필요하다는데, 내일 아침에 전화해볼 생각이에요."

"정말 잘 됐구나, 애야." 엄마는 그 진심이 얼굴에 드러났다. 아빠도 뭔가 좋은 말을 했지만, 본인의 실업 상태를 걱정하는 게 눈에 보였다. 내가 마샤의 휴대폰 절도로 재판을 받고 유죄 판결을 받은 뒤, 아빠는 비밀취급인가증을 갱신할 수 없다는 '괴상한' 사실을 알게 됐다. 그건 아빠가 맡고 있던 기업들의 자문직을 잃게 되리라는 의미였다. 우리는 걱정을 하긴 했지만, 기겁할 정도는 아니었다. 아빠가 UC버클리에서 겸임 교수를 맡고 있었기 때문이었다. 하지만 그때 캘리포니아가 파산했다. 내가 자라면서 종종 봤던 파산과는 달리, 정말로 완전히 알거지가 되었다. 그러자 UC버클리의 예산이 삭감되어 실질적으로 0이 되었다. 겸임 교수들이 가장 먼저 잘렸다. 당연한 이야기지만, 아빠가 교수직을 잃자 내 수업료 할인도 사라져서 학자금대출 부채가 쌓이기 시작했다. 그랬다. 내 엑스넷 활동의 대가로 아빠는 일자리를 잃고, 난 대학 교육을 잃어버린 것이다. 그런 걸 '의도하지 않은 결과의 법칙'이라 부른다는 생각이 들긴 했지만, 난 그냥 그걸 '실패'라고 생각했다.

"자, 이제 샤워하러 갈게요." 차를 마시며 내가 말했다. 차는 엄마의 평소 취향대로 진했고, 우유와 설탕이 가득했다. 내가 어렸을 때의 입맛이었다. 아파서 집에 있던 날, 독감이나 배탈로 침대에 누워 있을 때 엄마가 나를 돌봐주던 맛이었다. 나는 차를 가지고 올라가서 샤워를 마치고 나서 마저 마실 생각이었다. 하지만 나는 샤워를 하지 못했다. 옷도 벗지 못했다. X-1을 위한 공간을 만들기 위해 정리를 하려고 침대 위에 옷가지를 꺼내놓고는 그 위에 그대로 쓰러져서 바로 코를 골기 시작했다.

내가 잠에서 깼을 때는 이미 하늘이 어두워지고 차는 차갑게 식은 상태였다. 드디어 샤워를 했다. 뜨거운 물이 차갑게 식을 때까지 샤워하면서 땀구멍의 석고 먼지를 박박 씻어냈다. 그리고 방으로 돌아와 세탁할 옷들을 쌓고, 밖의 진입로에서 물로 씻을 장비와 작업대에서 닦을 장비를 분류했다. 마지막으로 다기능 벨트에 있는 물건들을 풀고 나서야 내가 먼지를 뒤집어쓴 USB 메모리를 갖고 있다는 사실을 깨달았다.

대체로 나는 자료를 아주 조심스럽게 다루는 편이다. 즉, 중요한 자료는 절대로 USB에 남겨놓지 않는다. 언제라도 잃어버릴 수 있기 때문이다. 뭔가 중요한 게 있다면 가장 먼저 해야 할 일은 내 노트북에 넣는 것이다. 내 최신 조립식 노트북은 내 힘으로 만들었던 첫 번째 노트북 '살마군디'의 먼 후예다. 노트북에는 2테라바이트의 하드디스크가 달렸는데, 암호화 프로그램 트루크립트(TrueCrypt)를 이용해서 '모르쇠'* 파티션을 만들었다. 그래서 노트북을 켜고 암호를 입력하면, 평범한 패러노이드 리눅스에 브라우저와 이메일 프

* Plausible deniability. 본래는 정보 기구가 특정한 사건이나 자료의 존재를 부인하는 행위를 의미하지만, 트루크립트 같은 프로그램을 이용해서 만든 비밀 파티션이나 데이터도 이렇게 부른다.

로그램이 설치된 것처럼 보인다. 그 이메일 프로그램은 공개된 메일 주소와 엑스넷 계정으로 연결되어 있었는데, 거기로 스팸 메일과 낯선 사람들과 봇에게서 친구맺기 신청 같은 걸 받았다.

하지만 노트북을 켤 때 다른 암호를 입력하면, 그 커다란 하드디스크의 모르쇠 파티션에 숨겨진 다른 패러노이드 리눅스가 열린다. 여기로 들어가야만 내 개인적인 계정과 개인적인 북마크, 개인적인 일정표, 개인적인 SNS 계정으로 연결될 수 있다. 조금만 더 만지작거리면, 노트북을 안전하고 비밀스러운 형태로 부팅시킨 뒤 윈도우에 가상 컴퓨터를 띄우고, 그 위에 모르쇠 파티션을 올려놓을 수도 있다.

노트북 옆에는 외장 하드디스크가 있다. 노트북은 끊임없이 몇 분마다 외장 하드가 있는지 확인하다가, 외장 하드가 연결되는 즉시 백업을 실시한다. 외장 하드도 암호화되어 있다. 백업 복사본을 암호화시키지 않은 채 책상 위에 놔두고 돌아다닌다면, 노트북 하드디스크에 그 미친 짓들을 하는 게 대체 무슨 소용이 있겠는가? 외장 하드에 담긴 자료들은 다시 주기적으로 노이즈브릿지에 있는 거대한 서버에 연결해서 거기에 복사본을 만들었다.

이 모든 건 대체로 그럭저럭 잘 작동됐다. 즉, 어떤 파일이든 내 노트북에 복사해 넣으면 몇 분 내로 암호화되어 내 외장 하드로 복사되고, 다시 노이즈브릿지의 서버로 복사된다. 그 서버는 다시 영국 어딘가에 있는 오래된 핵폭발 대피소 안에 위치한, 해커스페이스가 운영하는 거대한 저장고와 동기화되어 있다. 진짜다! 음, 그러니까, 최악의 경우 내 노트북이 도둑질당하고, 우리 집이 불타고, 샌프란시스코가 핵 공격을 당하더라도, 내게는 여전히 백업 파일이 남아있다는 말씀이다. 음하하하! 그래, 이건 완전히 피해망상 그 자체다. 하지만 a) 난 이미 피해망상적인 일들을 겪었고, b) 이건 상업적인 백업 프로그램을 이용하는 것보다 그다지 어렵지 않았다. 오히려 이 방식이 더 안전하고, 튼튼하고, 저렴했다.

나는 USB 포트를 만지작거렸다. 마샤가 준 네모난 USB는 상표도 없고, 싸구려처럼 보였다. 케이스는 중국에서 기계에 묶인 15살짜리 아이가 접착제로 붙인 듯 울퉁불퉁했다. 흔히 길거리에 떨어져 있거나, 지하철역에서 밖으로 나올 때 은행이나 음료수를 홍보하는 사람들이 손에 쥐여주는 그런 종류의 USB였다. 그냥 봐서는 4기가인지 500기가인지 알 수 없었다. 지금까지 나온 모든 책이 들어있을 수도 있고, 레이저 포인트를 쫓아가는 고양이 동영상이거나 불쾌한 포르노만 잔뜩 있을 수도 있다.

혹은, 캐리 존스톤이 그 자료를 회수하기 위해 어둠 속에서 튀어나와 납치하러 올 정도로 너무도 중요한 군사기밀과 국가기밀로 이어지는 암호 열쇠가 담겨 있을 수도 있다. 그걸 알아낼 방법은 하나뿐이다.

열쇠 파일은 5킬로바이트가 채 되지 않았다. 그저 무작위 글자가 길게 이어져 있을 뿐이었다. 이걸로 암호를 풀 수 있는 토렌트 파일이 어딘가에 있을 것이다. 하지만 열쇠 파일 그 자체는 크기가 너무 작아서 전화로 앤지에게 큰 소리로 읽어줄 수 있을 정도였다. 'I_?4Wac0'5_9'Ym4|PL' 같은 걸 한 시간 정도 낭독할 수 있고, 앤지가 글자나 번호, 이상한 데에 찍힌 구두점을 틀리지 않고 적어 내려갈 의지만 있다면 말이다.

그 열쇠 파일을 노트북으로 복사했을 뿐인데, 나는 땀으로 뒤덮이고 심장이 쿵쾅거리며 요동쳤다. 즉시 백업되도록 명령어를 입력하는 손이 덜덜 떨렸다. 10분 뒤 일정대로 진행되는 백업을 기다리고 싶지 않았다. 난 캐리 존스톤과 깡패들이 문을 부수고 들어와서 머리에 자루를 씌우고 대기 중인 헬리콥터에 집어넣어 곧장 아프가니스탄으로 날아가는 위험을 무릅쓰고 싶지 않았지만, 당연히 다음 일은 그 토렌트 파일을 다운받는 것이었다.

세심하게 주의해서 살펴보지 않으면 '토렌트 = 불법 영화 다운로드' 정도로 생각하기 쉽다. 그러나 활용하기에 따라서 토렌트는 여러 가지 방식으로 영리하게 이용할 수 있다. 토렌트에서 파일은 작은 조각으로 쪼개져서 수천 개로 나뉘는데, 그 조각을 가지고 있는 컴퓨터에 자동으로 요청해서 받을 수 있다. 내 컴퓨터에 점점 더 많은 파일의 조각이 모이면, 다른 이들로부터의 요구도 많아지기 시작한다. 이렇게 업로드하고 다운받는 사람들을 모두 합쳐서 '스웜(swarm)'이라고 한다. 다들 알다시피, 같은 토렌트 파일은 다운받는 사람들의 숫자가 많으면 많을수록, 더 빨리 다운받을 수 있다. 그건 정말 멋진 일이다. 현실 물질 세상에서는 더 많은 사람이 구하려는 물건은 구하기가 점점 더 어려워지는 법이다. 음식이 토렌트 같다면 어떨지 상상해보라. 내가 식사를 할 때마다 다른 사람들이 먹을 수 있는 음식이 점점 더 많아지는 것이다.

물론 소수의 사람만이 파일의 복사본을 가지고 있을 경우에는 불리한 면이 있다. 그때는 겨우 소수만이 내게 그 파일을 나눠줄 수 있기 때문이다. 나는 토렌트 검색 엔진 중 가장 큰 파이럿 베이(Pirate Bay)부터 시작해서 10여 개의 검색 엔진에서 insurancefile. masha. torrent를 검색했다. 시더(seeder)는 10개 정도였다. 시더는 그 파일의 복사본을 가진 컴퓨터의 숫자를 의미한다. 그리고 다른 컴퓨터 두 대에서 그 파일을 다운로드하고 있었다. 흥미로웠다. 그 둘은 그 파일의 암호를 깨서 마샤가 가진 게 무엇인지 알아내려는 빌어먹을 정부 첩보원일 수도 있었다. 그게 아니라면 고발할 만한 게 담겨 있는지 확인하기 위해 무작위로 파일들을 다운받는 저작권 봇일 수도 있다.

어느 쪽이 됐든, 지금의 내 IP 주소를 이용해서 그 파일을 받을 생각은 없었다. 우리 집은 AT&T의 인터넷 회선을 이용한다. 법원의 명령이 없어도 경찰에게 고객의 자료를 넘겨주는 짓으로 악명 높은 더러운 통신회사다. AT&T의 회선을 통해 민감한 파일을 다운받는 건 국토안보부에 전화를 걸어 이렇게 말하는 거나 마찬가지다. "이거 봐, 혹시 민감한 자료 잃어버린 거 없어? 난 힘도 없고 무방비에 비무장인데, 그런 자료를 갖고 있거든. 우리 집 주소 가르쳐줄까?"

그래서 나는 항상 고생해서 돈을 모아 파이럿 베이에서 운영하는 프락시 서비스 아이프레데터(IPredator)에 지급했다. 아이프레데터는 이용자가 무엇을 다운받고 있는지 다른 사람이 전혀 알아낼 수 없도록 특별히 설계되었다. 아이프레데터는 이용자의 자료를 코펜하겐과 스톡홀름 사이에서 주고받으며 국경을 넘나들고, 이용자의 활동에 대한 로그나 기록을 전혀 남기지 않았다. 게다가 프락시 서비스는 인터넷 회선을 그냥 쓸 때만큼 빠르지 못한 게 보통인데, 아이프레데터는 엄청나게 빨랐다. 그리고 이 서비스는 세계에서 가장 악명 높은 반권위주의 해커들이 운영했다. 그 사람들에 비교하면 나는 겨우 컴퓨터 전원을 켤 줄 알면서 도덕군자인척하는 순종적인 어린애나 마찬가지다. 내가 익명으로 다운로드받을 수 있도록 도와줄 사람을 찾는다면, 바로 이들이다.

나는 토렌트로 파일이 조금씩 흘러들어오는 동안 메일을 확인했다. 친구들과 달리 나는 메일을 별로 사용하지 않는다. 친구들과 연락할 때 확인하는 용도로만 메일을 사용했다. 우리는 모두 트위터와 엑스넷의 페이스북 위장 프로그램을 썼는데, 위장 프로그램은 우리가 새로 올린 정보와 메시지를 뒤섞어준다. 하지만 내가 버클리 대학을 다닐 때 교수들이 전부 메일을 사용했고, 내가 일자리를 찾아다닐 때도 다들 내게 메일 주소를 달라고 했다. 젠장, 이메일은 너무 장황하고 지루했다. 사람들은 그 지루한 질문들에 대답해주길 원한다. 게다가, 스팸이, 너무, 많다. 트위터와 엑스넷에 들어가면, 버닝맨 기간 동안 온 것들을 모두 '읽음'으로 표시해버려도 아무도 내게 화내지 않을 것이다. 하지만 메일을 보낸 사람들은 내가 답장을 하지 않으면 그걸 개인적인 관계의 문제로 받아들인다. 이메일은 그런 식으로 작동된다. 나조차도 보낸 메일에 답장이 없으면 불쾌한 기분이 든다.

다운로드, 다운로드, 다운로드. 스팸, 스팸, 스팸. 삭제, 삭제, 삭제. 늘 반복되는 지긋지긋한 메일 처리하기. 부모님이 너무도 사랑하는 이메일. 마침내 코딱지만큼의 진짜 메일만 남기고 거대한 쓰레기 더미를 모두 없애자, '조셉 노스'가 보낸 메일이 눈에 들어왔다. 아마도 선거기금의 모금을 호소하는 메일일 것이다. 어쩌다 보니 내 메일 주소가 선거에 출마한 모든 후보의 메일리스트에 등록된 모양이었다. 하지만 내 공책에는 조셉 노스의 선거사무장 메일 주소가 있었다. 미치 카포가 매직펜으로 내 팔에 써준 주소를 조심스럽게 옮겨놓은 것이었다. 이런 우연이라니… 재밌네.

나는 그 메일을 열었다.

> 발신: 조셉 노스 <joe@joenossforsenate.com>

> 수신: 마커스 얄로우 <myallow271828183@gmail.com>

> 제목: 웹마스터

> 마커스 씨에게.

> 선거사무장 플로르에게서 미치 카포의 이야기를 전해 들었습니다. 마커스 씨가 우리의 웹마스터를 맡을 생각이 있다고 하더군요. 이름이 익숙해서 찾아봤더니, 음, 내가 뭘 찾았는지는 알 겁니다. 내가 아는 한, 이 일에 아주 적합한 사람일 것 같습니다. 이 메일을 받거든 전화 주세요. 최대한 빨리 해치웁시다. 내 휴대폰 번호는 510-314-1592입니다.

> 조셉.

나는 메일을 두 번 읽고 휴대폰으로 손을 뻗었다. 머릿속이 텅 비어서 아무 생각도 나지 않았다. 수개월 동안 일자리를 찾고 사정한 끝에 누군가 내게 일자리를 줬는데, 파이(π)의 앞자리 일곱 개로 된 전화번호를 가진 사람이라니, 너무 멋지잖아. 그러니까 내 말은, 와우!

나는 모니터를 다시 쳐다보지 않고 전화번호를 눌렀다. 정말로 내가 지금껏 봤던 중 가장 멋진 전화번호였다. 그가 전화를 받기 직전에 노트북의 시계를 보고서야 일요일 밤 11시가 다 되었다는 사실을 깨달았다. 반사적으로 전화를 끊으려는 나 자신과 갈등하는 사이에 그가 전화를 받았다.

"조셉 노스입니다. 말씀하세요." 그가 말했다. 그래, 그 사람이 맞았다. 나는 그의 목소리를 TV와 유튜브에서 많이 들었기 때문에 즉시 알아봤다. '여기는 CNN 방송입니다.' 하고 채널 로고를 말하는 남자 성우 목소리나 옛날 소울 가수처럼 깊은 울림이 있는 목소리였다.

"어…." 난 다리를 꼬집어서 '어…'를 중단시켰다. 앤지가 가르쳐준 방법이었다. "여보세요, 마커스 얄로우입니다. 저한테 메일 보내셨죠? 너무 늦은 시간이 아니었으면 좋겠는데…."

"괜찮아요, 마커스. 난 늦게까지 일해요. 이런 말 해서 미안하지만, 밤 11시는 한창 일할 시간이죠."

"저도 그래요. 제가 올빼밋과라서요." 내가 말했다.

이상한 일이지만, 나는 조셉이 금세 좋아졌다. 그의 목소리에 뭔가 있었다. 조셉의 목소리를 들으면, 깊게 생각하는 사람 같았고 다른 사람의 이야기를 아주 열심히 잘 들어주는 사람 같았다.

"전화해줘서 고마워요. 정치적인 문제에 참여한 적은 있어도, 내가 아는 한 선거운동 같은 정치 활동에 참여한 경험은 없는 줄로 알아요. 맞나요?"

"네. 맞습니다." 그렇게 말하며 이런 생각이 들었다. '그렇지, 뭐. 그래도 시도해볼 만했어.' 어쨌든 나는 조셉이 원하는 그런 경험이 없었다.

하지만 조셉은 이렇게 말했다. "그건 상관없어요. 그런 종류의 경험은 우리가 많거든요. 마커스, 우리가 지금 직면하고 있는 도전에 대해 말해줄게요. 그러고 나서 본인이 우리를 도와줄 만한 사람이라고 판단되는지 내게 말해주면 좋겠어요. 자, 캘리포니아는 살짝 미친 지역으로 악명이 높지요. 하지만 우리는 캘리포니아 기준으로 봐도 미쳤다고 할 만한 일에 도전하려는 거예요. 내가 무소속 후보라는 건 알죠?"

"네." 내가 말했다.

"시회적 통념에 따르면 '무소속'은 '당선 가능성이 없다'는 말과 동의어입니다. 민주당과 공화당이 거금을 지원하는 기부자들을 다 쥐고 있고, 유능한 간부들도 데리고 있죠. 그들에게는 모든 TV와 라디오와 신문사에 친한 친구들이 있고, 의지할 수 있는 전국 조직이 있어요. 무소속 후보는 상당히 불리한 상황에서 시작해야 하는데, 다른 대안이 없으면 상황은 더 나빠질 수밖에 없죠. 우리가 조금이라도 지지 기반을 확보하면, 그 커다란 녀석들이 덩치들을 데리고 와서 우리를 벌레처럼 으깨버릴 거예요.

난 민주당의 공천을 받을 수도 있었어요. 민주당은 시청에서 일할 때부터 나에 대해 잘 알고, 캘리포니아에서는 흑인 후보도 괜찮은 성과를 낸다는 사실도 알죠. 그리고 민주당은 내가 상당한 자금을 모을 수 있는 후보이며, 선출된 후에도 정직하고 분별력 있게 행동할 것이라고 믿고 있어요. 이 분야에 있는 대부분의 멍청이에 비하면 훨씬 앞서 있는 셈이죠.

그래서 공천을 받을 수도 있었어요. 당신한테만 이야기해주자면, 민주당에선 여러 차례, 여러 가지 방식으로 나한테 의사를 타진했었죠. 조셉 노스의 선거운동은 안전한 투자라고 확신한 것 같더군요. 하지만 그 문제에 대해 생각하면 할수록, 그 공천을 받고 싶지 않다는 확신이 들었어요. 주요 정당의 지원을 받아 선출되면 그들이 시키는 대로 해야 돼요. 이게 무슨 말이냐면, 내 양심은 이쪽으로 가라고 하고 당의 결정은 저쪽으로 가라고 할 때, 양심에게 이 상황이 끝날 때까지 쉬고 있으라고 지시를 내려야만 한다는 뜻이에요.

당을 믿는다면 그게 그렇게 나쁜 상황이 아닐 수도 있어요. 하지만 난 이 나라에 있는 두 정당을 믿지 않아요. 소위 '진보적'이라는 민주당 대통령들조차 해외에서 미국 시민을 암살하는 게 합법이라 믿고, 영장 없이 사람들의 전화와 메일을 도청해도 된다고 생각해요. 뭐, 이런 일을 끝도 없이 이야기해줄 수도 있겠지만, 굳이 그러지 않더라도 당신은 무슨 말인지 알 거예요."

"네. 압니다." 내가 엉겁결에 대답했다. 이번 주에 겪은 온갖 이상한 일 때문일 수도 있겠지만, 조섭의 말을 듣다 보니 흥분해서, 밖으로 뛰어나가 조섭을 보호하는 방어벽이라도 되고 싶어졌다. 그는 전화 통화만으로도 사람을 이렇게 흔들어놓았다. 그가 무슨 일을 하든 잘 될 것이며, 운이 따른다면 나도 그 일에 참여할 수 있겠다는 생각이 들게 만들었다.

"그럴 줄 알았어요, 마커스! 당연한 말이지만, 민주당만 그런 건 아니에요. 난 훌륭하고, 마음이 넓고, 생각이 깊은 공화당원들도 많이 알아요. 아버지가 그런 공화당원이셨죠. 하지만 공화당의 실세 중에는 미친 인간들이 있어요. 이건 비유적인 표현이 아니에요. 진짜로 미친 인간들이 있다니까요. 공화당에서 중요한 위치에 있는 유력자 중에는 지구의 역사가 5천 년밖에 안 됐다고 믿는 사람들이 있어요. 그런데 이 사람들이 텍사스에서 원유를 퍼내서 돈을 벌고 있다고요! 그 사람들이 과연 자기네 지리학자들에게 창조론자들의 젊은 지구이론에 따라 석유의 위치를 찾도록 해서 퍼낼까요? 진짜 최악의 인간들은 따로 있어요. 고문을 다른 대안이 없을 때 어쩔 수 없이 하게 되는 짓이 아니라, 항상 해야 한다고 생각하는 사람들이 수두룩해요. 천만 달러를 가진 사람은 그 자체로 선하지만, 10센트

조차 없는 사람들은 그 자체로 범죄자라고 믿는 인간들도 있죠. 음, 아버지는 고상하고 달변이셨던 분이니까, 아버지가 즐기시던 단어를 이용해보자면, 이런 사람들을 얼간이라고 하셨어요. 나는 단 한 순간도 그런 얼간이들에게 신세 질 생각이 없습니다.

그래서 이렇게 생각했죠. '조셉, 이 선거에서 이길 수 있다고 믿는 영리한 사람들의 도움을 받으면, 정당의 지원이 없더라도 이길 수 있을 거야. 시민들이 믿는 걸 주장한다면, 부정한 돈이나 이념이 아니라 근거와 온정을 바탕으로 정치적 입장을 취한다면, 저 강력한 정당들의 간부를 이기고, 양복 윗도리에 기업의 상표를 새기지 않고도 상원의원이 될 수 있을 거야.'

물론, 난 낡은 선거운동 방식으로는 승리를 이룰 수 없어요. 선거에서 이기기 위해 개발된 전술들은 다 지난 세기에 만들어졌잖아요. 난 이 선거운동의 승패가 우리가 과학기술을 사용하는 능력에 달려 있다고 생각해요. 내가 스물다섯 살을 넘긴 했지만⋯."

조셉이 웃는 소리가 들렸는데, 마치 깊은 바닷속에서 울려 나온 소리 같았다.

"⋯그래도 과학기술에 대해서 한두 가지 정도는 알아요. 적어도 내가 얼마나 무지한지 알 수 있을 정도로는 압니다. 선거운동을 시작한 뒤로 적절한 기술자를 찾는 일이 내게 최우선 과제였어요. 최고의 전략을 짜낼 수 있는 사람들은 몇 명 찾아냈지만, 아직 나를 위해 특공대가 되어 줄 사람을 찾지 못했어요. 사상가만이 아니라 실천가이기도 한 사람이 필요했거든요. 그래서 당신의 이름을 듣고는 얼마나 기뻤는지 몰라요, 마커스. 당신은 우리 과학기술팀의 델타포스 닌자가 될 수 있을 거라고 생각합니다. 어때요, 좀 그럴듯하게 들리나요?"

난 입이 바짝 말라서 말이 나오지 않고, 손바닥까지 땀에 젖어서 휴대폰을 붙잡고 있기도 힘들었지만, 간신히 내뱉었다. "그럼요, 그렇고말고요. 제가 늘 꿈꾸던 일자리예요!"

"당신이 그렇게 말하길 바랐어요. 그런데 당신을 고용하는 건 제일이 아니에요. 선거사무장의 일이죠. 그래도 내가 추천을 하면 조금 영향을 미치긴 할 거예요. 지금 사무장의 일정표를 보고 있는데, 내일 아침 8시 30분에 시간이 나겠네요. 올빼미에게 약간 이른 시간이란 건 알지만, 사무장의 일정표에 당신과의 면담을 넣을까 하는데, 그때 올 수 있겠어요?"

"노스 씨, 제가 밤을 새워야 할 것 같긴 하지만, 갈 수 있습니다."

"그냥 편하게 조셉이라고 불러요. 나도 편하게 말할 테니. 그리고 밤새지 않았으면 좋겠군요. 잠깐이라도 자고 알람을 맞춰요. 플로르에게 당신의 연락이 있을 거라고 말해놓을게요. 사무장의 이름은 '플로르 프렌티세 이 디아스'예요. 스펠링을 불러줄게요."

"괜찮아요. 방금 사무장의 이름을 검색했거든요." 내가 말했다.

"그럴 줄 알았어요. 자, 조사를 마치면 잠을 자둬요. 알람 잊지 말고!"

"네. 그럴게요." 내가 말했다.

그리고 20분 동안 플로르 프렌티세 이 디아스에 대해 찾아낼 수 있는 모든 자료를 자세히 살폈다. 부모님은 과테말라 망명자였지만, 그녀는 베이 지구에서 성장했다. 스탠퍼드 대학에서 공공정책학으로 학위를 받았고, 노숙자 지원단체에서 집행위원장을 했었다. 사진을 보니 수려하지만, 까다로워 보이는 50대 히스패닉계였다. 눈가에 잡힌 주름과 입 주변에 깊이 팬 주름이 눈에 들어왔다. 그녀의 눈은 나를 꿰뚫어보는 듯한 커다란 검은 눈동자였다. 그때 이 사진의 출처를 알게 됐다. 〈베이 가디언〉의 바바라 스트랫포드의 기사에 실린 프로필 사진이었다. 노트북 메뉴바에 있는 시계를 확인했더니, 거의 자정이 되어가고 있었다. 바바라 기자에게 전화해서 나에 대해 좋은 소리를 해달라고 부탁하기엔 너무 늦은 시간일 것이다. 그래도 시간이 있을 때 플로르 프렌티세 이 디아스에게 내 이야기를 해달라고 부탁하는 메일을 보냈다. 이메일도 가끔 쓸모가 있다.

토렌트 파일 다운로드 상태를 확인했다. 파일은 반쯤 받은 상태였는데, 다운받는 사람들의 숫자가 여덟 명 더 늘었다. 그중에 워싱턴에 있는 정보기관에서 일하는 사람이 얼마나 될지 궁금했다.

그때 방문을 두드리는 부드러운 노크 소리가 들렸다. 엄마였다.

"녀석, 일어났구나. 언제 일어났어?"

"두 시간쯤 된 거 같아요. 내려가지 않은 건 미안해요. 메일을 확인했더니 조셉 노스 씨가 일자리에 관해 이야기할 게 있다며 전화를 달라는 메시지를 보냈더라고요. 그래서 전화하니까 내일 아침 8시 반에 선거사무장하고 만나래요. 드디어 일자리를 구한 거 같아요!"

엄마가 미소를 지으며 내 머리를 쓰다듬었다. 엄마는 내가 어렸을 때 그렇게 쓰다듬곤 했는데, 그건 몹시 기특하다는 의미였다. 덕분에 기분이 아주 좋아졌다. "정말 좋은 소식이구나, 얘야. 그건 그렇고 아픈 건 좀 어때?" 엄마가 내 코에 붙인 반창고를 살짝 건드려서, 내가 살짝 움찔했다. 진통제 약효가 떨어진 모양이었다.

"코는 아직 덜 아물었지만, 두통은 사라졌어요. 그것만 빼면 아주 좋아요. 그래도 천만다행이에요. 제가 넘어지면서 얼굴을 바닥에 처박았거든요." 내가 고개를 절레절레 흔들었다. "폭발이 일어났을 때 저보다 훨씬 심하게 다친 사람들이 많았어요."

엄마가 머리를 쓰다듬던 손을 치웠다. "전화를 주지 그랬니. 엄마랑 아빠는… 걱정했었어, 마커스." 엄마는 예전에 내가 사라져버렸을 때의 일에 대해서는 지금껏 한마디도 하지 않았다. 베이교가 폭파된 후 국토안보부의 캐리 존스톤과 부하들에게 붙잡혀서 트레져 섬에 갇혀 치욕을 당했던 일이나, 내가 지하로 숨어 젭과 도망치다 존스톤에게 다시 잡혀 고문대에 묶여 물고문을 당했던 일 말이다. 그 사건들은 내게도 그리 즐거운 기억이 아니었지만, 부모님에게도 지옥이었다. 내가 어리석었다.

"미안해요. 휴대폰이 가능한 지역으로 돌아왔을 때 너무 깊이 잠들어 있는 바람에 그랬어요. 그래도 엄마 말이 맞아요. 전화를 했어야 되는 건데."

우리는 잠시 조용히 앉아서 예전의 안 좋은 시기를 떠올리고 있었다. "일자리 찾는 건 어떻게 돼가요, 엄마?"

"아, 내 걱정은 하지 마. 잠깐씩 일하는 계약직 일자리는 계속 있어. 요란하게 떠들 일은 아니고, 그냥 프리랜서 편집 같은 일이야. 그래도 그런 일자리와 저축, 아빠의 퇴직금으로 그럭저럭 살아가고 있어."

나는 아빠의 퇴직금이 다 떨어지면 어떻게 할 건지 굳이 물어보지 않았다. 집 안을 오가다 부모님이 나누는 이야기를 여러 차례 들었기 때문에, 그게 민감한 주제라는 사실을 잘 알고 있다. 엄마와 아빠는 그 이야기를 나누다가도 내가 방에 들어가면 입을 닫아버렸는데, 그건 부모님이 그 문제로 나를 걱정시키고 싶지 않다는 뜻이었다. 아빠는 몇 달 전에 차를 팔았고, 우리 진입로에 있는 주차구역을 벼룩시장에 내놨다. 낯선 사람이 우리의 진입로를 이용하는 게 기분 나쁘긴 해도, 아주 현명한 방법이었다. 하지만, 그래, 부모님이 예상하는 건 나도 예상할 수 있다. 일자리를 잃었고, 차도 잃었다. 다음은 뭘까? 엄마는 뒷마당에 키우던 꽃밭을 갈아엎고 채소를 심었다. 뒷마당에서 기른 채소는 맛이 정말 좋았다. 하지만 채소를 기르는 이유가 맛보다는 식료품비 때문이라는 사실을 잘 알고 있다. 서랍에 가득 있는 배달 음식 메뉴판은 몇 달 동안 한 번도 꺼낸 적이 없었다. 마트에서 육류 특가 할인판매를 할 때면 엄마와 아빠가 버스를 타고 사라졌다가 커다란 비닐봉지를 들고 와서 냉동실을 가득 채우는 일이 종종 있었다. 나는 돈을 절약하는 걸 반대하지는 않지만, 이런 상황이 어디까지 갈지 걱정하지 않을 수 없었다. 우리 동네에는 이미 많은 집에 '팝니다'라는 팻말이 붙어 있었고, 비어 있는 한두 집에는 문에 압류 딱지가 붙어 있었다.

"그렇군요." 내가 말했다. "전 내일 일찍 일어나야 해요!"

"양복을 입을 거니? 아빠 옷장에서 입을 만한 걸 찾아줄게."

"엄마. 선거사무실에선 나를 웹마스터로 고용하려는 거니까, 양복 입은 꽁생원을 원하지는 않을 거예요."

엄마는 뭔가 따지려는 듯 입을 열었다가 다시 닫았다. "그런 문제야 네가 더 잘 알겠지. 그래도 말끔하게 입고 가는 게 좋아. 아무리 웹마스터를 구한다고 해도 꾀죄죄한 사람을 좋아하진 않을 거야."

"엄마, 안녕히 주무세요."

"마커스, 사랑해."

"저도 사랑해요."

알람을 세 개 맞춰둔 건 다행이었다. 나는 휴대폰과 알람시계를
끄면서도 잠에서 깨어나지 않았지만, 노트북의 외장 스피커에서 터
져 나온 요란한 음악 소리에는 더 이상 잠을 자는 게 불가능했다.
트루디 두와 스피드호어즈가 연주하는 '때려치워'라는 곡이었는데,
후기 펑크 아나키스트 퀴어 파워 여성 트리오가 미친 듯이 소리를
질러대는 데스메탈 MP3 음악이었다. 눈을 뜨니 7시 15분이었다.

나는 샤워를 하고, 코에 붙여두었던 반창고를 떼면서 얼굴의 우
거지상을 폈다. 아, 뭐, 더 할 수 있는 건 없었다. 엄마의 조언을 떠
올렸다. 나는 옷장을 뒤져서 하얀 셔츠를 꺼냈다. 졸업식 때 마지막
으로 입었던 옷이다. 그리고 역시 졸업식 때 마지막으로 입었던 회
색 모직 바지도 꺼냈다. 그 복장에 잘 어울리는 갈색 가죽구두를 찾
아내서 조금이라도 더 깔끔하게 보이려고 낡은 양말로 싹싹 문질렀
다. 셔츠의 단추를 다 채워서 바지 안으로 쑤셔 넣은 뒤, 단추선을
바지 지퍼선과 맞췄다. 내 모습을 보고는 혼자 뿌듯해했다. 엄마의
말이 맞았다(늘 그렇듯이). 옷을 차려입자 한결 유능한 느낌이 들면
서, 당장에라도 고용하고 싶은 놈처럼 보였다.

아빠는 벌써 식탁에 앉아 오트밀에 얇게 썬 바나나와 딸기를 얹
어 식사하고 있었다.

"와우! 아들, 엄청 멋지네!" 아빠는 어젯밤까지 덥수룩했던 수염
을 자르고 운동복을 입고 있었다.

"운동하러 가세요?" 내가 물었다.

"조깅하려고. 그냥 시작해보는 거야. 이제는 헬스클럽에 안 가잖

아." 번역하면, '더 이상 헬스클럽에 갈 능력이 안 되잖아.'

"좋네요." 내가 말했다.

"그래." 아빠기 말했다. 하지만 아빠가 당황스러운 표정을 짓고 있었기 때문에, 차라리 물어보지 않았더라면 좋았을 거란 생각이 들었다. 아빠가 당황한 모습은 오랜만이었다. "너한테 중요한 면접이 있다는 이야길 엄마한테 들었어. 오트밀은 냄비에 있고, 얇게 썬 과일은 그릇에 있어." 13살 이후로 아빠가 아침 식사를 차려준 건 처음이었다. 내가 그때부터 '충분히 나이가 들었으니 아침을 차려줄 필요가 없다'고 말하기 시작했기 때문이었다. 난 토스트만 몇 개 쥐고 밖으로 나가곤 했다. 아빠는 내가 조셉의 선거운동본부 사무실로 가는 길에 배를 든든하게 채워주려고 아침 일찍 일어난 게 틀림없었다. 아빠에게 포옹이라고 해주고 싶었지만, 그러면 안 될 것 같았다. 그러면 이 '평범한 아침'이라는 환상을 망칠지도 모른다는 생각이 들었다.

난 대학을 중퇴한 이후로 아침 8시에 미션 지구의 거리로 나가본 적이 없었다. 우선 터키 커피숍에 들러 치명적으로 진한 커피를 샀다. 내가 직장 면접을 보러 간다고 하자 터키인이 환호하며 야단법석을 피웠다. 미션 지구에는 항상 노숙자들이 넘쳤다. 하지만 예전보다 더 안 좋아진 것 같았다. 적어도 예전에는 길가나 폐쇄된 가게 문 앞에서 자는 사람이 저렇게 많지는 않았다. 길가에서 소변 냄새가 이렇게 지독하게 코를 찌른 적도 없었다.

커피를 다 마셔갈 때쯤 미션 가의 22번가와 23번가 사이에 있는 조셉 노스의 선거운동본부에 도착했다. 사무실은 예전에 커다란 가구 할인매장이었다. 그 매장은 작년에 문을 닫은 이래로 지금껏 비어 있는 상태였다.

커다란 창문에는 민주당의 파란색도 아니고 공화당의 빨간색도 아닌, 주황색과 갈색으로 '조셉 노스를 상원으로'라고 적힌 표지판이 붙어 있었다. 휴대폰으로 시간을 확인했더니 8시 20분이었다. 내가 조금 일찍 도착했다. 문을 열려고 했더니 잠긴 상태였다. 유리창을 두드리고 안에 누가 있는지 들여다봤다. 사무실은 어두웠고, 아무도 대답이 없었다. 다시 노크했다. 반응이 없었다. 아, 이런. 나는 문 앞에 서서 플로르 프렌티세 이 디아스를 기다리며, 그 업무에 맞는 사람이라는 분위기를 드러내 보이려고 노력했다.

플로르는 정확히 8시 29분에 도착했다. 그녀는 청바지와 멋진 블라우스를 입고, 머리에 스카프를 두르고, 터키 커피숍의 테이크아웃 컵을 들고 있었다. 플로르는 생각할 게 많은 모양인지, 화난 얼굴로 보일 정도로 엄숙한 표정을 지으며 걸어왔다. 하지만 나를 보더니 미소를 지었다. 곧 망가진 내 얼굴을 보고 인상을 찌푸리며 물었다. "마커스?"

나도 따라 미소를 지으며 손을 내밀었다. "안녕하세요! 이런 몰골이라서 죄송해요⋯." 내가 얼굴을 찡그리며 말했다. "지난주에 버닝맨에 갔었는데, 글쎄, 차가 폭발하는 바람에 이렇게 됐네요. 보기보다는 훨씬 나아요. 정말이에요."

플로르가 내 손을 잡고 악수했다. 그녀의 손은 부드럽고 건조하고 따뜻했다. "그 이야기는 들었어요. 지금 괜찮겠어요? 혹시 일정을 다시 잡고 싶으면⋯."

나는 손을 저었다. "아뇨, 괜찮아요. 정말로 전 괜찮아요. 게다가 조셉… 노스 씨가 급하다고 해서요."

"그러게요. 확실히 급하긴 하죠. 그럼 좋아요, 안으로 들어갑시다."

플로르는 핸드백에서 커다란 열쇠고리를 꺼내 문을 열고 다른 손으로 전등 스위치를 켰다. 동굴 같던 공간에 형광등 불빛이 깜빡이며 켜지자 회의 탁자들과 그 밑에 구불구불하게 늘어진 멀티탭 전원선들이 모습을 드러냈다. 벽에는 아직도 저렴한 소파 광고가 붙어 있고, 기다란 계산대는 실크스크린 장비들로 덮여 있었다. 누군가 탁자 위에 커다란 배출 환기구를 설치한 모양이었지만, 아직도 실크스크린의 페인트 냄새가 느껴졌다. 낡고 지저분한 천장에 달아 놓은 빨랫줄에는 선거운동본부의 주황색과 갈색의 셔츠와 포스터들이 널렸다.

"여기가 마술이 일어나는 장소예요." 플로르가 사무실 가운데에 있는 책상으로 걸어가며 말했다. 그 책상에는 다른 책상들보다 서류가 훨씬 많이 쌓였고, 커다란 모니터가 있었다. 플로르는 가방에서 노트북을 꺼내 전원 케이블과 모니터 케이블에 연결하고, 전원을 넣고 비밀번호를 입력했다. 그녀가 비번을 입력할 때 나는 예의 바르게 고개를 돌렸지만, 엄청나게 길고 복잡한 타자 소리가 들려왔다. 시프트 버튼이 눌리는 소리와 스페이스 바가 몇 차례 눌리는 소리도 들렸다.

"괜찮은 비번처럼 들리네요." 내가 말했다.

"그렇죠. 몇 년 전에 야후 메일을 해킹당했던 적이 있는데, 그 뒤로 이렇게 바꿨어요. 그때 내가 아는 모든 사람에게, 내가 런던에 강도질을 당해서 발이 묶였다며 손을 송금해달라고 부탁하는 메일이 발송됐거든요. 당신도 자신만의 비번을 만드는 방법이 있겠죠?"

내가 고개를 끄덕였다. "몇 가지 정도 있어요. 보안에 대해 알기 시작하면, 항상 더 할 수 있는 일이 눈에 띄거든요."

플로르는 메일이 쏟아져 들어오는 모니터를 뚫어지게 쳐다봤다. 그때 그녀가 호흡을 멈춘 게 느껴졌다. 이에 대해 읽어본 적이 있었다. '이메일 무호흡증.' 사람들이 메일을 읽는 동안 무의식적으로 호흡을 멈추는 현상이다. 내가 고용되면 나중에 플로르에게 그 말을 해줘야겠다고 마음속에 새겨두었다.

"커피 취향이 저랑 맞으시네요." 플로르가 의자에 털썩 기대어 앉으며 숨을 뱉을 때 내가 말했다. "터키 커피는 정말 끝내줘요."

"독특한 사람이죠." 플로르가 커피를 마시며 말했다. 그녀가 가방에서 서류를 꺼냈다. 내 이력서였다. 플로르가 내 주소를 톡톡 치며 말했다. "여기서 아주 가까운 곳에 사네요?"

"아, 네. 근처에 있는 차베스 고등학교에 다녔어요."

"내 아이들도 그 학교에 다녔어요. 아마 당신보다 먼저 졸업했을 거예요."

이번 면접은 운이 좋은 느낌이었다. 우리 둘은 공통점이 있었다. 차베스 고등학교, 터키 커피숍…. 바바라 스트랫포드에 대해선 아직 이야기도 꺼내지 않았는데도 말이다.

플로르가 내 이력서를 책상 위에 내려놨다. "당신은 정말 괜찮은 사람인 것 같긴 해요, 마커스." 갑자기, 난 자신이 없어졌다. 플로르의 얼굴에 사무용 마스크가 씌워져 있었다. "하지만 정확히 말해서 업무 경험은 많지 않죠?"

내 뺨이 달아올랐다. "네. 아니 그게…." 난 깊게 숨을 들이쉬었다. "저희 아버지가 작년에 UC버클리에서 정리해고를 당하셔서

저도 중퇴할 수밖에 없었어요. 등록금 할인이 중단됐거든요. 그때부터 일자리를 찾으러 다니고 있었어요. 선거운동 경험은 조금 있습니다. 2년 동안 여름에 '자유로운 미국을 위한 유권자 연합'에서 일을 했었거든요."

"그래요. 근데 자원활동가 경험이었던 거죠?"

"네. 우리는 전부 자원활동가였거든요. 그래도 전 책임감이 높습니다. 그리고 조셉 노스 후보를 믿어요. 또 인터넷이 정치를 지금보다 더 책임 있게, 더 투명하게 해서, 더 좋게 만들어줄 거라 믿어요. 그래서 여기서 일하고 싶습니다."

나는 그 말을 하면서, 해야 할 말을 제대로 하고 있다는 생각이 들었다. 하지만 말을 마쳤을 때, 플로르의 얼굴은 그 전보다 더 딱딱해졌다. "알아요. 전에도 들었던 말이에요. 지금까지 20년째 듣는 말이죠. 하지만 선거는 수많은 구둣발과 수많은 돈과 수많은 악수로 이기는 거예요. 항상 그래 왔죠. 조셉이 선거 개혁과 정치 개혁에 대해 뜬구름 잡는 생각들이 많다는 사실은 나도 알고 있어요. 하지만 난 선거운동본부를 운영해야 하고, 정치 개혁만 해도 아주 큰 일이에요. 선거 개혁은 다음 후보를 위해 남겨놔야 할지도 몰라요."

나는 뭐라고 답해야 할지 몰랐다. 조직 내부 정치에 관한 선천적이고, 원시적인 감각에 따라 입을 꼭 닫고 있는 게 나을 것 같았다.

"세계가 어떻게 돌아가야 할지에 관해 거대한 생각을 하는 사람들은 여기도 많아요. 그건 괜찮아요. 무소속 후보로 뛸 때는 그게 일상적인 일이에요. 어디에도 속하지 않는 독립적인 생각을 가진 사람들과 일하는 거죠. 하지만 중요한 건, 여기는 후보를 당선시켜야 하는 선거운동본부라는 사실이에요. 여기는 평등주의나 여론에 기반을 둔 조직적인 개혁 연구소도 아니고, 하이테크 벤처 기업도 아니에요.

이 선거운동본부에는 지금 당장 웹마스터가 필요합니다. 우리가 인터넷에 올리자마자 해킹당하지 않을 웹사이트를 만들 사람 말이에요. 기금을 모금하고, 유권자들을 모으고, 선거에서 이기는 데에 도움이 될 웹사이트요. 이 문제를 명확히 하고 싶어요. 내가 다른 단체에서 집행위원장을 하던 시절 웹마스터를 고용했던 경험이 있어서, 그 분야 사람들이 가진 독특한 문제를 한두 가지 알고 있어요. 내가 찾는 건 바로 그런 일에 필요한 웹사이트예요. 그 이상도, 이하도 아니에요. 필요한 사항에서 한 치도 모자라면 안 됩니다. 필요 이상으로 세련된 과학기술도 필요 없어요. 그리고 우리의 웹마스터는 IT 부서가 될 것이기 때문에, 우리 모두의 보안을 적절하게 지켜주고, 컴퓨터를 꾸준히 백업하고, 네트워크를 유지해줄 사람이어야 합니다. 그리고 투표일까지 24시간 비상대기가 가능한 사람이어야 하고요.

자, 지금까지 내가 요구하는 사항에 관한 이야기를 들었어요. 마커스, 어때요? 당신한테 맞는 일인 것 같은가요?"

하지만 내게 델타포스 닌자가 되어달라고 했던 사람은 조셉이었다, 내가 그렇게 되겠다고 했던 게 아니다. 난 조셉이 무엇을 원하는지 알고 있으며, 조셉의 생각이 선거사무장을 통해 걸러진다는 사실도 이미 잘 알고 있다. 그리고 내 취업은 선거사무장 플로르의 손에 달려 있다.

"예전에 다 해봤던 일이에요. 저를 믿으셔도 됩니다. 저는 빨리 배우는 편이에요. 저는 조셉 노스 후보를 믿습니다. 제가 업무 경험이 많지는 않을지 몰라도, 그건 순전히 일할 기회를 얻을 수 없었기 때문이에요. 선거운동본부를 위해 웹마스터가 될 수 있는 사람은 샌프란시스코에 넘쳐흐르겠지만, 그중에 국토안보부에 맞서서 지하 네트워크를 운영하며, 기본권을 되찾을 수 있도록 기여했던 사람이 얼마나 될까요?" 그동안 사람들이 나한테 얼마나 존경하는지 모른다고 말할 때마다, 나는 발로 땅바닥을 긁으며 '마이키'는 그저 당시 진행되던 운동의 한 부분일 뿐이었다고 말해왔다. 하지만 지금은 겸손을 보일 때가 아니라는 생각이 들었다.

플로르가 다시 미소를 지었다. "알았어요. 그 말에는 전적으로 동의해요." 그녀가 마지막 남은 터키 커피를 마셨다. "당신에 대해 이리저리 알아봤어요. 오늘 아침 출근길에도 바바라 스트랫포드가 전화를 해서 당신을 칭찬하더군요. 많은 사람이 당신을 지도자이자 테크노 게릴라라고 생각했어요. 하지만 그 사람들은 당신을 고용한 적이 없어요. 그리고 '지도자'는 여기도 충분히 많아요. 혹시 《타임머신》 읽어본 적 있나요, 마커스?"

"네. 영어수업 시간에 그 책에 관해 리포트를 쓴 적이 있어요." 내가 답했다.

"그러면 엘로이와 몰록을 알겠네요. 엘로이는 지표면에 거주하는 특권을 받고 높은 교양과 편리함을 누리지만, 몰록의 무리는 지하에서 밤낮으로 일하며 모든 게 잘 돌아가도록 만들어주죠."

"엘로이가 아니라 몰록을 찾는다는 말씀이시죠?"

플로르가 미소를 지었다. "영리한 친구군요. 그리 매력적인 일은 아니지만, 누군가는 해야 할 일이에요. 지금 내가 부탁하고 싶은 건 자신에게 물어보라는 거예요. 해야 할 일을 하고 싶나요? 지루하고 무미건조하고 간신히 필요하긴 하지만 전혀 세련되지 않은 일인데도 하고 싶나요? 당신은 조셉을 믿는다고 했죠, 장군이 아니라 졸병으로 그의 군대에 참가할 정도로 지지하나요?"

왜 조셉이 아니라 플로르가 선거사무장을 맡고 있는지 알 수 있었다. 조셉은 나를 거리로 나가고 싶게 만들지만, 플로르는 내게 일을 해낼 수 있을지 증명하라고 한다. 둘은 틀림없이 썩 훌륭한 팀일 것이다.

내가 실망하지 않았다고 말하긴 힘들다. 나는 혁명적인 영웅으로 환대받고 불굴의 정보 특공대 부대를 부여받아 일련의 액션 영웅의 모험을 지휘하리라 기대했었다. 하지만 플로르가 나를 밀어붙이는 태도에는, 내가 기여한 이상으로 스포트라이트를 받았던 꼬맹이에 불과하다는 의미가 담겨 있었다. 그런 생각을 하니 배에 연타를 얻어맞는 기분이 들었다. 한편으론 '이봐, 이건 효과적으로 동기를 유발하는 기법이야'라는 생각이 들면서도, 다른 한편으로는 '내가 보여주고 말겠어!'라고 생각했다.

나는 현란하게 거수경례를 하며 말했다. "예, 그렇습니다. 장군님."

플로르가 활짝 웃었다. "알았어요, 알았어. 오늘 내가 당신을 힘들게 했나 보네요. 그건 당신을 추천한 사람이 너무 많았기 때문이에요. 하지만 경고를 하는 사람들도 많았죠. 당신은 영리한 젊은이예요. 영리한 젊은이를 데리고 있는 건 좋은 일이죠. 하지만 내 경험에 따르면, 그런 젊은이는 어른의 감독이 많이 필요해요. 그래서 당신이 '우리에게 필요한 일'과 '당신이 우리에게 해주고 싶은 일' 사이의 차이점을 알게 되었다고 확신할 때까지 아주 면밀히 감독할 계획이에요."

나는 눈을 껌뻑거리며 플로르의 말을 다시 곱씹었다. "그 말은 제가 고용됐다는 뜻인가요?"

플로르는 그 질문에 손을 저었다. "아, 마커스, 당신은 여기 앉을 때부터 이미 고용된 상태였어요. 조셉이 당신을 너무 좋아해요, 적어도 당신의 유명세를 좋아하는 것 같아요. 그래서 당신을 데리고 있을 수 있다는 사실 때문에 강아지처럼 흥분했어요. 하지만 난 당신에게 여기서 일한다는 게 어떤 의미인지 이해시킬 필요가 있었어요."

난 참지 못하고 미식축구에서 터치다운에 성공한 쿼터백처럼 양손을 치켜들고 외쳤다. "야호!"

플로르가 나를 쳐다보며 웃음을 터트렸다. "진정해요. 그래요, 당신은 일자리를 구했어요. 나중에 우리 인사담당자 메리언이 임금이랑 그런 것들을 이야기해줄 거예요. 하지만 일을 시작하기 전에 이야기해야 할 게 하나 있어요. 해커 문제에 관한 이야기예요."

나는 다시 차분하게 자세를 잡았다. "네?"

"절대 하지 말아야 할 일. 다시 말하면 입만 아픈 일이지만, 당신은 컴퓨터로 온갖 기발한 일을 다 했어요. 연방정부를 속이고 데이터를 공격했죠. 그리고 손대선 안 되는 시스템 주변을 어슬렁거리기도 했어요. 이런 일이 베이 지구에서는 위대한 전통일지 몰라도, 여기선 안 돼요. 불법적 일이나 비도덕적 일이나 위험한 일이나 '해킹'(플로르는 손가락으로 따옴표를 쳤다)을 한다는 기미만 느껴져도, 당신이 옷을 다 추슬러 입기도 전에 내가 직접 문으로 끌고 나가 밖으로 엉덩이를 차버릴 거예요. 내 말이 무슨 뜻인지 확실히 이해되나요?"

"사무장님은 무서운 목소리를 마음대로 껐다, 켰다 하시네요. 그죠?"

"그렇죠. 동료들이 진지하게 받아주길 바랄 때 이게 아주 유용한 방법이란 걸 깨달았거든요."

"그리고 무표정한 얼굴과 심각한 표정도 정말 잘 지으시네요. 정말 놀라워요." 내가 뭐라고 말할 수 있겠나? 난 이제 막 일자리가 생겼다. 그 기쁨이 내 속에 감춰져 있던 '아는 체하는 인간'을 끄집어냈다.

"이 얼굴요? 이건 심각한 얼굴이 아니에요. 이건 그냥 강풍 정도죠. 5등급 허리케인 때는 곁에 있기도 힘들 걸요."

"마음 깊이 새겨두겠습니다."

6

나는 그날 아침 바로 일에 뛰어들었다. 자원활동가였던 전임 웹 마스터는 내가 고용되기 직전에 브라운에 있는 학교로 돌아갔다. 하지만 비번과 설정 데이터뿐만 아니라 네트워크 계약에 대한 정보 까지 깔끔하게 정리해두었다. 난 우선 맡게 될 일들을 모두 점검해 서, 어떻게 돌아가고 있는지 그리고 계획이 어떻게 되는지 확인해 야겠다는 생각이 들었다. 우선 재활용 상자에서 이면지 뭉치를 꺼내 구멍을 세 개 뚫은 후 비품 캐비닛에서 찾은 낡은 바인더에 딸깍 끼워 넣었다. 나는 노트북을 기록용으로 사용할 수도 있었다. 내 노 트북을 가져와 모르쇠 파티션으로 부팅을 하면, 치명적인 비밀 정보 는 무작위적인 잡음과 구분할 수 없는 디스크 섹터에 잠기게 할 수 있다. 하지만 먼저 돌아다니며 기록하고 사람들의 책상에 앉아서 그들의 이름과 컴퓨터 네트워크 카드의 MAC 주소 같은 것들을 적 어야 하는데, 이런 일에는 노트북보다 종이가 편했다. 나중에 그걸 모아서 입력하면 된다.

내가 고개를 들면 사무실 가운데 책상에 앉아 있는 플로르가 종종 나를 지켜보고 있었다. 그녀는 나와 눈이 마주치면 만족스러운 표정을 지으며 고개를 끄덕였다. 아마도 내가 분주하게 오가는 모습을 흡족하게 본 모양이었다. 덕분에 나도 기분이 좋아졌다. 첫 근무일에 좋은 인상을 남기려고 엉덩이를 들썩이며 바쁘게 오가는 걸 알아줬으니 말이다. 나는 '몰록'일지도 모르겠지만, '엘로이'가 인정하는 눈빛으로 지켜본다는 사실을 아는 건 기분 좋은 일이다. 플로르와 이야길 나누고 난 뒤에, 몰록이 엘로이를 잡아먹었다는 사실이 기억났다. 그러자 그 비유 전체가 약간 이상해졌다. 난 플로르가 그걸 의도했던 건 아닌지, 그리고 만일 그렇다면 무슨 의미로 그런 건지 궁금했다.

조셉은 오전 10시쯤이 되어서야 한쪽 귀에 휴대폰을 대고 다른 손에도 휴대폰을 들고 나타났는데, 급하게 물어볼 질문이 있는 10여 명의 직원과 자원활동가들이 그 뒤를 따르고 있었다. 조셉은 귀에 댄 휴대폰을 어깨로 받치더니 자유로워진 손으로 사람들을 가리키고, 그들이 기다릴 장소를 가리켰다. 그 사이에도 휴대폰으로 나누고 있던 활기찬 대화는 전혀 흐트러지지 않았다. 사람들이 흩어지자, 그는 작별 인사를 하고 휴대폰을 주머니에 넣었다. 그리고 다른 휴대폰을 들어 똑같이 했다.

조셉 노스는 큰 키에 어깨가 넓고 회색 머리카락을 짧게 자른 흑인이었다. 피부색은 아메리카노 커피와 마키아토의 중간쯤이었는데, 그가 입은 목깃 높은 스웨터보다 살짝 더 짙은 색이었다. 그 아래로 검은색 농구화와 편안해 보이는 청바지를 입고 있었다. 나는 내일 출근할 때 어떻게 입을지 결정했다.

나는 사무실 뒤쪽 끝에 꽂혀 있는 무선랜 공유기의 설정 파일을 한 줄씩 꼼꼼히 살펴보던 중이었다. 벌떡 일어나 내 소개를 하고 싶은 마음이 간절했지만, 몰록의 역할을 충실히 하며 조셉이 처리해야 할 급한 일들을 하도록 내버려두고, 나중에 조용해질 때 인사할 기회를 찾으려 했다.

하지만 조셉이 사무실을 쭉 들러보다가 나를 발견하고 큰 소리로 외쳤다. "어라, 마커스!" 그리고 손을 내밀며 반쯤 뛰어서 나한테 곧장 왔다.

"안녕하세요." 내가 말했다.

"마커스, 우리와 함께 일하게 되어 얼마나 기쁜지 몰라. 플로르가 아주 강한 인상을 받았다고 하더군. 놀랄 일도 아니지. 서둘러서 해야 할 일이 아마 많을 거야. 그래도 플로르에게 내 일정 사이에 약속을 잡아달라고 해. 플로르가 내 일정에 욱여넣으면 전략에 함께 대해 논의할 수 있을 거야, 알겠지?"

"네. 그렇게 할게요." 나는 더듬지 않으려고 노력하며 간신히 말했다. 직접 만나니 조셉에게서 카리스마가 뿜어져 나와 내 혀가 막 꼬였다. 여기에, 뭐라고 하면 좋을까, 중요하고 똑똑하게 느껴지는 사람이 있는데, 난 그에게 감동을 주고 싶었다. 하지만 내가 말하려는 모든 것들은 그를 터무니없이 지루하게 만들 것이었다.

"잘 왔어." 그가 내 어깨를 툭 치며 말하고, 플로르의 책상으로 활기차게 걸어가며 그가 사무실에 들어왔을 때부터 이야기하려고 기다리던 직원들을 가리켰다. 사람들이 플로르의 책상으로 우르르 몰려들었고, 나는 다시 일을 시작했다.

"마커스?" 몇 분 후 누군가 뒤에서 내 이름을 불렀다.

내가 고개를 들었더니 알 듯 모를 듯한 얼굴이 있었다. 나랑 동갑이거나 약간 어린 사람 같았다. 수염이 덥수룩했는데 너무 활짝 웃어서 머리가 뒤로 떨어질 것 같았다. 어딘가에서 만났던 사람인 것 같은데, 그게 어딘지 기억나지 않았다. 나는 아는 척을 해보기로 했다. 일어나서 그의 손을 잡고 악수하며 말했다. "어이! 이렇게 다시 보다니, 정말 반가워!"

그가 기뻐서 어쩔 줄 모르는 표정으로 양손으로 붙잡으며 말했다. "야, 난 믿기지 않아. 새로운 웹마스터가 너였어? 이게 정말이야?"

"응. 재밌는 일이잖아. 그지?" 내가 말했다.

그가 고개를 절레절레 흔들었다. "아니, 믿기지 않아. 마커스 얄로우가 우리 웹마스터라니! 이럴 수가!"

이건 좀 익숙한 일이었다. 누군가 내게 칭찬을 마구 쏟아내면 난 어떻게 대답해야 할지 할 말을 잃어버렸다. 종종 그런 일을 당하면서도, 막상 일어나면 항상 어떻게 해야 할지 몰랐다. "그러면, 음, 여기선 무슨 일을 해?"

"멋쟁이 바리스타지." 그가 자기 가슴을 가리키며 말했다. 그가 입은 셔츠엔 옛날 SF 영화 포스터 분위기로, 거인 조셉 노스가 금문교 위에서 양쪽 다리를 벌리고 서 있고, 그 위에 '샌프란시스코에는 조셉 노스가 필요해'라고 쓰였다. "내가 티셔츠와 포스터를 디자인했어. 이틀에 하나씩을 새로운 걸 만들고 주문을 받아 실크스크린으로 찍어내는 중이야. '신선함을 유지하라', '뒤섞어라', 알지? 너한테 하나 물어보고 싶은 게 있어. 스레드리스(Threadless) 같은 걸 우리 웹사이트에 만들면 조셉 노스 지지자들을 위한 작은 셔츠 공동체로 꾸려볼 수 있을 것 같은데, 혹시 가능할까?"

"어, 그래, 하면 되지, 뭐." 우리는 '열린 선거운동'에 사이트를 운영하고 있었는데, 선거운동을 위해 설계된 워드프레스의 무료 모듈이었다. 그래서 추가 작업을 하지 않아도 워드프레스 확장 프로그램을 돌릴 수 있다. 그리고 예술가들의 온라인 공동체인 '스레드리스'에 이용자들이 만든 티셔츠 게시판도 전에 본 적이 있었는데, 역시 워드프레스를 기반으로 운영되고 있었다. 그걸 돌리는 건 그리 어려워 보이지 않았다.

"넌 정말 대단한 친구라니까. 아, 믿어지지 않아. 네이트한테 말할 때까지 잠깐만 기다려줘. 걔는 아마 졸도할 거야."

그제야 이 녀석이 누군지 기억났다. "너, 리엄이었어?"

"그래, 당연히 리엄이지! 나는 여름 내내 여기서 자원활동을 했어! 조셉 노스의 7월 4일 동영상을 보고 곧장 왔지. 그 동영상이 진짜 사람의 마음을 자극했거든, 요 맨."

말끝마다 '요(yo)'를 달고 다니는 친구가 몇 명 있는데, 대체로 노는 아이들이나 불량배들처럼 말하려고 애쓰는 아이들을 놀리고 비꼬기 위한 말투였다. 하지만 리엄은 비꼬는 게 아니라 진짜로 말끝마다 '요'를 다는 녀석이었다.

"요." 나도 말해봤더니, 어색하고 부끄러웠다. 그리고 녀석의 어깨를 친근하게 툭 쳤다. "리엄, 인마, 그 수염 때문에 처음엔 못 알아봤어. 여기서 함께 일하게 되다니 정말 끝내주네."

"그러게. 근데 점심 약속 있어? 부리토 먹으러 갈래? 내가 발렌시아에 기막힌 식당을 알거든…."

"좋지. 부리토 좋아해." 내가 종이뭉치를 들며 말했다. "점심 먹으러 갈 시간을 내려면 일하러 가는 게 좋겠다, 그럼."

리엄은 그 자리에서 폴짝폴짝 춤을 추다가 갑자기 나를 끌어안았다. 으스러질 듯 안은 채로 바닥에서 10센티미터는 들어 올렸다.
"점심때 봐!"

예전에 난 엄청나게 살갑게 지내는 친구들이 세 명 있었다. 대릴, 졸루, 버네사. 우리 넷은 꼬맹이 시절부터 모든 걸 함께 했었다. 하지만 엑스넷 운동 이후 이런저런 일들이 연이어 일어났다. 버네사와 대릴은 데이트를 시작했고, 버네사는 앤지를 전혀 좋아하지 않았다. 그리고 버네사가 나를 은밀히 좋아했었다는 사실이 어색한 분위기를 만들어서, 우리가 만날 때면 항상 보이지 않는 벽이 솟아 어렴풋하게 둘 사이를 막는 것 같았다. 대릴은 버클리 대학으로 진학했다. 처음에는 종종 만나기도 했지만, 그건 대릴이 '샌프란시스코 만의 관타나모'에서 당한 공포 때문에 아직도 시달리는 끔찍한 악몽과 망상에 대한 정신치료와 버네사와 데이트, 그리고 수업 사이에 인사를 나누는 정도에 불과했다. 그동안 졸루는 피그스플린을 그만두고, 시청이 내놓는 데이터를 바탕으로 상업적인 서비스를 제공하는 벤처기업에서 프로그래머로 쏠쏠하게 재미를 보고 있었다. 졸루에게는 무시무시하게 영리한 해커들을 포함해서 새로운 친구들이 수없이 많았다. 그 친구들이 말하기 시작하면 나는 그중에 반도 못 알아들었다. 우리 넷은 서로 만나는 일이 그다지 많지 않았다.
그리고 앤지가 있다. 앤지는 세상에서 가장 완벽한 여자친구다. 재밌고, 영리하고, 마음을 설레게 했다. 앤지는 나와 같은 영화와 게임을 좋아하고, 같은 책과 음악을 좋아하고, 학교에 가지 않을 때는 항상 나와 함께 지냈다. 앤지는 샌프란시스코 주립대학에서 커뮤니케이션학을 전공했는데, 꽤 성적이 좋았다. 친구들이 그립긴 했지만, 사실 외롭다거나 그런 건 아니었다. 그래서 굳이 친구들에게 전화하거나, 메시지를 보내거나, 간섭하거나, 어떻게 지내는지 알려고 하지 않았다.

그렇지만 기분 좋은 친구들, 내 패거리들과 어울린 게 너무 오래됐다. 그래서 그리웠다.

리엄의 친구 네이트가 시내에 있는 집에서 지하철을 타고 와서 우리와 함께 점심을 먹었다. 네이트는 나를 으스러지게 끌어안더니, 리엄과도 포옹했다. 이 녀석들은 타고난 캘리포니아인이라 신체적인 접촉을 아주 좋아했다. 나도 샌프란시스코에서 태어나고 자랐지만, 엄마가 영국계라서 그렇게 격렬한 포옹은 받아본 적이 없었다.

우리는 내가 가장 좋아하는 부리토 가게로 갔다. 나는 소의 혀를 먹었다. 예전에 앤지가 나를 설득해서 먹어보라고 했는데, 놀라울 정도로 맛이 있었다. 단, 혀를 먹고 있다는 사실만 깊이 생각하지 않으면 된다. 리엄도 하나를 주문하더니 얼마나 맛있는지 요란하게 떠들며, 다음에 또 먹어봐야겠다고 했다.

"난 아직도 네가 우리 웹마스터라는 게 믿어지지 않아. 이건 그러니까, 뭐라고 할까, 이소룡에게 내 보디가드를 맡긴 느낌이라니까." 리엄이 말했다.

"잭 다니엘에게 바텐더를 맡긴 셈이라고 할 수 있지." 네이트가 말했다. 녀석도 리엄처럼 수염이 덥수룩했다.

"잭 다니엘은 죽지 않았어?" 리엄이 말했다.

"알았어. 그럼 스티브 워즈니악에게 컴퓨터 수리를 맡기는 거라고 하자." 네이트가 말했다.

"어이, 그건 너무 옛날이야기잖아. 워즈니악은 처음으로 애플 컴퓨터를 만든 사람이야." 리엄이 내게 말했다.

"응. 알아." 내가 말했다.

"아, 그렇지! 너는 당연히 알겠지! 내가 대체 무슨 헛소리를 한 거야." 리엄이 말했다.

나는 정중하게 말할 방법을 궁리했다. '이봐, 리엄, 나한테 잘 보이려고 안달하지 않아도 돼, 알겠지? 난 이미 널 좋아해. 그런데 네가 자꾸 이러니까 안절부절못하는 어린애 같잖아.' 하지만 아무리 생각해봐도 그런 이야기를 했다간 리엄을 쪼다로 만들고, 나는 혼자 잘난 척하는 놈처럼 들릴 것이다.

"네이트, 넌 요즘 뭐해?" 난 화제를 빨리 바꿨다.

네이트가 어깨를 으쓱했다. "실업 상태야. 쓸 데도 없는 이력서만 다듬고 있어." 그리고 다시 어깨를 으쓱했다.

"어떤 기분인지 알아. 나도 오늘 아침까지는 실업자였거든." 내가 말했다.

둘이 깜짝 놀란 눈으로 나를 쳐다봤다.

"말도 안 돼. 어떻게 너 같은 사람이 실업자로 지낼 수가 있어? 난 기막힌 벤처기업이나 구글 같은 회사가 널 쫓아다닐 줄 알았어." 리엄이 말했다.

이번엔 내가 어깨를 으쓱할 차례였다. 실업에 관해 이야기할 때면 항상 어깨를 으쓱하고 눈을 다른 데로 돌리는 일이 반복되는 것 같다. "글쎄, 몇 개월 전에 학교를 그만뒀어. 더 다닐 능력이 안 됐거든. 그 뒤로 내내 일자리를 찾으러 다녔어."

"이런, 진짜 말도 안 돼. 너 같은 사람도 일자리를 못 구하면, 난 전혀 희망이 없겠네."

나는 그 말에 대답하지 않았다. 취직한 게 미안해지기 시작했다. 취직한 지 하루도 채 되지 않았는데 말이다.

우리는 불편한 점심을 마쳤다. 난 다시 네트워크 지도를 만드는 일로 돌아가서, 고쳐야 할 사항들을 찾았다. 지난밤에 다운받던 토렌트 파일에 대해서는 까맣게 잊고 있었다. 집에 도착한 뒤에야 내 컴퓨터의 비밀 파티션으로 부팅하고 아이프레데터에 연결해서 그 파일을 다시 받기 시작했다.

토렌트 파일에는 암호화된 거대한 압축 파일이 담겨 있었다. 물론 나한테 암호 열쇠가 있다. 마샤는 어딘가에 붙잡혀 있을 것이다. 더 안 좋은 상태일 수도 있다. 마샤는 틀림없이 내가 그 파일과 열쇠를 당장 쏟아내길 바라고 있을 것이다.

이 문제에 대해 다른 사람과 이야기를 나눠보고 싶었다. 앤지, 당연하지. 하지만 앤지는 아직 수업 중이고 몇 시간 내로는 마치지 않을 것이다. 그리고 이건 전화나 이메일이나 메신저를 통해 이야기할 만한 소재가 아니었다. 글쎄, 마음 같아서는 탄광 바닥에 있는 방음실에 들어가 이야기하고 싶었지만, 내게는 그런 게 없었다.

나는 이 문제에 대해 거의 36시간 동안 생각하지 않고 있었다. 내겐 좋은 핑계가 있었다. 폭발을 당했고, 약에 취했고, 졸렸고, 일자리를 구했고, 업무를 시작한 첫날이었다. 하지만 이제 게으름을 피울 핑계가 떨어졌다.

그래도 잠깐만! 방금 새로운 핑계가 떠올랐다. 암호가 풀린 이 파일을 내 하드디스크에 두는 건 아무리 비밀 파티션이라고 할지라도 미친 짓이다. 체포조가 언제든 방문을 부수고 들어와 나를 끌고 갈 수 있다는 생각이 머릿속에서 떠나지 않았다. 그 순간에 내가 '비밀' 파티션으로 부팅을 한 상태라면, 그들은 쉽게 내가 뭘 하려던 건지 알 수 있을 것이다.

나는 이 정보 핵폭탄을 다루기 전에 보안층을 몇 겹 더 구축해야 할 필요가 있다고 결론 내렸다.

급한 것부터 하자면, 가상머신(virtual machine)을 구해야 한다. 가상머신은 최근에 친해졌기 때문에 설명이 필요하다.

'가상머신'은 진짜 컴퓨터에 가상 컴퓨터를 만들어서 띄우는 프로그램이다. 프로그램으로 CPU 역할을 시키고, 파일을 지정해서 하드디스크처럼 작동하도록 한다. 그 위에 운영체제와 작동하고 싶은 프로그램을 올린다. 그리고 그 컴퓨터를 켜면(즉, 가상머신 프로그램을 작동시키면) 가상 디스크와 가상 운영체제로 진짜 컴퓨터처럼 작동시킬 수 있다.

가상머신 프로그램은 주로 신형 컴퓨터에 가상의 구형 컴퓨터를 올려서 돌리기 위해 사용된다. 그러면 옛날 게임 콘솔이나 게임보이 같은 것들을 흉내 내서 오래된 게임을 즐길 수 있다. 마메 혹은 메임이라고 부르는 다중 아케이드 기계 에뮬레이터(Multiple Arcade Machine Emulator)도 가상머신이다. 그 프로그램을 이용하면 옛날 게임을 거의 모두 즐길 수 있다.

여기서 핵심어는 '옛날'이다. 그건 진짜 컴퓨터 위에 띄워놓은 가상 컴퓨터가 느리게 작동하기 때문이다. 하지만 컴퓨터는 18개월에 두 배씩 빨라진다. 그걸 인텔의 공동창립자였던 고든 무어의 이름을 따서 '무어의 법칙'이라고 한다. 이는 6년 전에 똑같은 돈으로 샀던 컴퓨터보다 새로 산 컴퓨터가 64배는 빠르다는 의미이다. 즉, 새 컴퓨터 위에 가상머신으로 옛날 컴퓨터를 돌리면, 프로그램이 버벅거리는 것조차 느껴지지 않는다.

하지만 최근에는 컴퓨터 업체들이 가상머신을 더 효과적으로 돌릴 수 있도록 칩을 설계하는 방법을 알아내서, 가상머신과 진짜 컴퓨터의 간극이 거의 사라져 가고 있다. 이는 새로운 운영체제와 새로운 프로그램을 시험해보는 일이 훨씬 쉬워졌다는 의미이다. 혹시 극단적으로 조심스러운 사람이라면, 무료 가상머신 프로그램을 구해서 작동시키고 거기에 무료 운영체제를 설치할 경우, 그 안에서 어떤 프로그램이든지 돌려볼 수 있다. 가상머신 안에서 일어난 일은 진짜 컴퓨터에 아무런 영향도 미치지 않는다(단, 가상머신에 진짜 하드디스크와 진짜 파일을 건드릴 수 있는 특권을 주지 않는 한). 가상머신은 병 안에 있는 머리와 같다. 그래서 세상이 어떻게 돌아가는지 마음대로 말해줘도 머리는 그 말을 믿을 수밖에 없다.

가상머신 프로그램은 인터넷에서 수백, 수천 개를 다운받을 수 있다. 그중에 필요한 프로그램을 작동시키면 된다. 혹시 옛날에 쓰던 컴퓨터를 라우터나 파일 서버로 만들어서 한 시간, 하루, 혹은 일 년 동안 쓰고 싶은가? 다양한 시스템관리 프로그램을 이용해서 가상머신이 특별한 기능을 하도록 만들 수 있다. 이용자들의 리뷰를 찾아보면 어떤 가상머신이 좋은지 알아볼 수 있다. 그리고 모두 리눅스처럼 개방적이고 자유롭게 코딩되어 있기 때문에 누구든 마음대로 변경하고 개선해서 재배포할 수 있다.

나는 극단적으로 피해망상적인 가상머신을 찾았다. 내가 가장 좋아하는 운영체제인 패러노이드 리눅스에서 작동되며, 필요가 없어질 경우 완전히 깨끗하게 지울 수 있고, 방어기술은 강화된 가상머신이었다. 패러노이드 가상머신의 이용자 파일들은 트루크립트의 모르쇠 파티션에 저장했다. 그래서 과학수사기법으로 디지털 분석을 하더라도 이 디스크를 얼마나 많은 사람이 이용하는지, 얼마나 많은 파일이 들어있는지 알 방법이 전혀 없다.

초보자로는 이 정도만 해도 훌륭했다. 하지만 난 자동으로 작동되는 스위치를 만들고 싶었다. 내가 15분마다 뭔가를 입력하지 않으면 전체 시스템이 자동으로 잠기면서 다운되도록 하는 프로그램이다. 나는 15분마다 비번을 집어넣어야 하는 작은 프로그램을 만들어서, 비번을 넣지 않으면 돌아가고 있는 가상머신을 죽이고 자동으로 삭제되도록 했다. 그래서 체포조가 나를 붙잡을 경우, 그 파일을 없애기 위해 내가 할 일은 놈들이 고문을 하더라도 비번을 가르쳐주지 않고 15분만 버티면 된다.

놈들이 암호 열쇠와 토렌트 파일을 이미 가지고 있더라도, 내가 누구에게 뭘 보여줬는지, 그리고 우리가 어떤 대화를 나눴는지는 알 수 없다. 이제 나는 15분마다 비번을 입력하기만 하면 된다. 화장실에 가거나 잊어먹고 저녁을 먹으러 가면 안 된다. 그러면 마지막에 저장한 부분까지 한 일을 모조리 잃게 될 것이다.

이런 종류의 보안 업무를 가리키는 기술 용어가 있다. '야크 털 깎기.' 더 힘들고 중요한 일을 피하려고 쓸데없는 일로 시간을 죽이는 걸 말한다. 나는 '드한지 프라사나'라는 해커가 구글에서 일할 때 썼던 옛날 에세이를 좋아하는데, 거기에 이런 이야기가 있다. "야크의 털을 깎는 방법조차 거의 모르면서 동물원에 가서 야크의 털을 다 깎고, 곧장 티베트로 가서 한 번도 본 적이 없는 외국 야크들의 털을 깎는다."

빈 지금까지 그런 짓을 하고 있었던 것이다. 이제는 파일의 암호를 풀어야 할 때가 됐다.

아주 긴 암호로 암호화된 압축 파일을 해독한 지 꽤 시간이 흘렀다. 파일 안의 암호를 입력할 때 사용하는 특별한 명령어가 있었는데, 처음에는 그 명령어가 기억나지 않았다. 그래서 방법을 찾아본 뒤 암호를 입력해서 압축 파일을 풀었다. 그 안에 들어있던 파일의 목록이 펼쳐지는 속도가 내 눈의 움직임보다 빨랐다. 파일이 엄청 많았다. 진짜 어마어마하게 많았다.

파일의 개수는 810,097개였다.

마샤가 뭐라고 했더라? '그러다 정말로 끔찍한 사실과 마주하고 나면, 뭔가를 하지 않고는 거울에 비치는 자기 얼굴을 바라볼 자신이 없어지는 거야.'

더러운 세탁물이 정말 엄청 많네, 젠장.

파일 이름들은 슬쩍 보기만 해도 사람이 직접 입력했다는 사실을 알 수 있었다. 이상한 구두점과 이상한 대문자, 그리고 두 가지가 마구 섞인 파일 이름들이 즐비했다. 컴퓨터도 대문자를 이상하게 사용해서 자동으로 파일 이름을 만들어낼 수 있지만, 그런 경우에는 획일적인 방식으로 이상할 것이다. '국방위원회 상원의원 뇌물.doc'처럼 파일 내용을 설명하는 제목도 있었다. 다른 파일들은 HumInt Afgh32533.doc처럼 암호스러웠다. '물고문.PPT'라는 파워포인트 파일도 있었는데, 파일 이름을 보기만 해도 속이 울렁거렸다.

그 파일을 더블 클릭했다. 첫 번째 슬라이드는 그냥 제목이었다. "압박 신문(訊問) 세미나 4320." 다음 슬라이드는 긴 보안 경고문과 이 프레젠테이션 자료를 만드는 데에 참여한 사설용병업체의 이름이 잔뜩 있었다. 그리고 다음 슬라이드는….

내 또래의 남자 사진이었다. 천을 댄 수갑으로 발목이 묶여 있고, 손목과 가슴은 기울어진 나무판에 묶여서 머리가 발 높이보다 낮게 내려져 있었다. 입은 비닐랩으로 단단히 감쌌다. 깨끗하고 하얀 커다란 두 손이 물통을 거머쥐고 남자의 코로 물을 붓고 있었다. 그의 몸은 묶고 있는 수갑에서 벗어나려 팽팽하게 당겨져서 활처럼 굽었고, 몸의 모든 근육이 불끈 솟았다. 그의 몸은 인체 해부도처럼 보였다.

아니다.

남자는 고문을 당하고 있는 피해자였다.

비닐랩은 악랄한 수법이었다. 물을 코로 들이붓지만, 폐로는 갈 수 없다. 몸이 거꾸로 기울어져 있기 때문이다. 거꾸로 기울어진 남자의 몸은 물이 기도로 들어가리라는 사실을 알고 있다. 몸은 공기를 간절히 원하고 있다. 그의 입은 공기를 간절히 원하지만, 랩은 공기를 내보내기만 할 뿐, 그가 공기를 들이쉬려 할 때마다 달라붙어 입을 막아버린다. 공기가 들어올 수 있는 곳은 코뿐이지만, 코로는 물이 부어지고 있어서 그 방법으로도 숨을 쉴 수 없다.

마침내 남자의 폐는 완전히 텅 비어서 바람 빠진 풍선처럼 쪼그라지고 건포도처럼 쭈그러든다. 뇌는 산소를 갈망하며 죽어가기 시작한다. 남자는 묶은 팔다리를 너무 세게 당겨서 뼈가 부러질 수도 있다.

정부는 물고문을 '모의 사형집행'으로 부르길 좋아한다. 하지만 이건 모의실험이 아니다. 사실상 사람을 죽이는 짓이다. 만일 중단 시키지 않으면 실제로 사람을 죽일 것이다.

쿠바의 관타나모에 잡혀 있는 미국의 비밀 죄수 중에는 물고문을 180번 넘게 받은 사람도 있다. 180번 넘게 죽었다 살아난 것이다. 정부는 그 사람이 9.11을 계획했다고 한다. 아마 그 말이 맞을 지도 모른다. 하지만 그가 뭐라고 했든, 그 말을 믿는 건 미친 짓이다. 서서히 죽임을 당할 때는, 거기서 풀려날 수만 있다면 뭐든지 말할 것이기 때문이다.

하지만 난 그 문제에 대해 생각하지 않았다. 나는 넋을 잃고 남자의 표정과 앞이마에 불거진 정맥, 눈에 담긴 공포를 쳐다보고 있었다. 난 거기에 있었다. 바로 내 눈에 그 공포를 담고 있었다.

시간이 멈췄다.

그리고 그때, 그 사진이 사라졌다. 그 사진이 떠 있던 윈도우가 사라졌다. 윈도우가 떠 있던 가상머신이 사라졌다. 자동 스위치가 비번을 요구하다가 시간이 다 되자 가상머신을 죽이고 모조리 삭제해버린 것이다. 기특한 녀석. 나는 비번 창이 뜬지도 몰랐다. 그 사진만 응시하고 있었던 것이다.

그 사진은 80만 개가 넘는 파일 중에, 한 파일에 담긴, 한 장의 파워포인트 슬라이드일 뿐이었다. 갈 길이 멀었다.

저녁식사 시간쯤에 앤지가 초인종을 눌렀다. 엄마가 내 방으로 올려보냈다. 앤지는 방에 들어와 살금살금 내게 다가와서 목을 끌어안고 머리에 입맞춤했다. 나는 앤지가 살금살금 들어오는 소리도 못 들은 척, 모니터에 모습이 비친 것도 못 본 척했다. 이건 일종의 놀이였다. 우리는 귀엽게 놀았다.

"어이, 직장인, 그 대단한 첫 출근은 어땠어?"

"내가 문자로 말한 거랑 비슷했어. 해야 할 일을 파악하고, 모든 일을 이해하느라 시간을 보냈어. 내가 리엄에 관해서도 이야기 해줬지?"

"응. 정말 이상하지 않아? 참 세상 좁기도 하지."

"그래. 퇴근하기 직전에 리엄이 한가해져서 잡담하러 왔는데, 일을 아주 잘 이해하고 있더라. 난 방문객들의 노트북 컴퓨터를 어떻게 다뤄야 할지 생각도 못하고 있었는데, 인증 방법에 대해 아주 좋은 아이디어를 제안해줬어."

"너한테 팬이 있는 건 나름 괜찮은 것 같아." 앤지가 메이커봇 잡동사니를 내 침대로 옮겨놓고 의자를 끌고 와서 앉으며 말했다.

"그건 좀 당황스러웠어. 수업은 어땠어?"

앤지가 얼굴을 찌푸리며 말했다. "난 고등학교를 졸업하면 시험 기간에 헛소리를 최대한 많이 늘어놓는 게 전부였던 공부에서 벗어나 어른처럼 배우기 시작할 거라고 생각했었어. 그런데 내 전공의 75퍼센트가 순전히 시험 성적 때문에 배우는 거야."

"뭐, 넌 시험지를 빼돌릴 수 있잖아." 내가 말했다. 그러자 내가 말을 다 뱉기도 전에 앤지가 손을 들어 내 입을 막았다.

"하지 마. 농담으로도 하지 마." 앤지가 말했다.

앤지가 고등학교 2학년 때 일제고사 시험지와 답지를 훔쳐서 배포해버린 일은 깊고 어두운 비밀이었다. 교육위원회는 범인을 끝내 알아내지 못했고, 수백만 달러의 추가 비용이 들어갈 것이라고 주장했었다. 그건 사실 인과응보였다. 교육위원회는 당해도 쌌다.

"미안해. 하지만 내 머릿속에 있는 다른 이야길 꺼냈더라면 더 안 좋았을 거야. 그래도 너 시험 잘 치잖아. 너보다 잘할 사람이 누가 있겠어?" 내가 말했다.

"있잖아, 마샤가 줬던 폭탄부터 어떻게 처리할지 생각해보자. 내가 봐야 할 기말시험에 관한 이야기는 나중에 재활용해도 되잖아."

"그래서 내가 널 사랑한다니까, 넌 항상 생각이란 걸 하잖아."

우리는 사랑에 관한 농담을 자주 했다. 하지만 진실은, 내가 앤지를 끔찍할 정도로 진하게 사랑한다는 사실이다. 그래서 내가 친구들 무리에서 떠나고 학교를 그만뒀는지도 모른다. 앤지는 부모님 외에 내가 정기적으로 만나는 거의 유일한 사람이다. 가끔 그 생각을 하면 좀 질겁하게 된다. 내 생각에는 앤지도 그런 것 같다. 이제 동료가 있는 일자리를 구했으니 삶의 균형을 조금 더 찾을 수 있겠지.

"자, 거기에 뭐가 들었어?"

나는 살짝 피해망상적인 생각이 떠올라 오싹한 느낌이 들었다. 레이저를 방의 창문에 쏘아 반사해서 도청하는 방법이 있다. 방 안에서 나는 목소리의 음파가 유리를 진동시키면 레이저가 그 진동을 잡는 것이다. 세계해커대회인 데프콘에서 그런 시범을 보여주며 발표하는 모습을 유튜브에서 본 적이 있다. 소리가 완벽하게 들리지는 않지만, 꽤 쓸만 했다. 각각의 단어를 인식하고 발언자의 목소리를 일아보기에는 충분했다.

"음, 잠깐만. 괜찮지?" 내가 말했다.

나는 노트북에 스피커를 꽂아서 선이 닿는 한도까지 최대한 창문 쪽으로 붙였다. 그리고 무작위 숫자 생성 프로그램을 이용해서 무작위 백색 소음을 만들어냈다. 스피커가 잡음 소리를 내며 지글거리기 시작했다. 내가 견디기 힘들 때까지 음량을 올렸다가 한두 단계 낮췄다. 그리고 스피커 윗부분까지 커튼을 단단히 내려 덮었다. 레이저로 방 안의 소리를 잡을 수는 있겠지만, 음향 신호에서 무작위적인 소음을 제거할 방법이 있으리라고는 생각하지 않는다. 그렇다고 불가능한 일은 아니겠지만, 이렇게 하면 적어도 나보다 멍청한 사람은 도청이 불가능할 것이다.

"오, 그래, 뭐. 엄청 강렬하네." 이 과정을 지켜보고 있던 앤지가 말했다.

"응. 그렇지." 우리는 의자를 옮겨서 둘이 함께 노트북을 봤다. 나는 앤지에게 가상머신과 자동 스위치를 보여줬다.

"나쁘지 않네. 알았어. 네가 이 자료에 대해 걱정한다는 사실은 확실히 알겠어. 그건 네가 마샤와 젭이 사막에서 잡혀가는 모습을 봤고, 폭발이 의도적인 거라고 생각한다는 뜻이겠지." 앤지가 눈을 감고 깊게 숨을 들이쉬었다. "자 이제 다시 토끼굴로 내려가자."

"잠깐만, 이거 먼저 보여줄게." 나는 가상머신을 켜고 파일 목록을 띄운 뒤 물러나 앉았다.

"아니 대체 이게 뭐야?" 목록을 보고 앤지의 눈이 휘둥그레졌다. 내가 마우스를 건네줬다. 앤지는 위에서부터 클릭하기 시작했다. 첫 번째 파일은 '예산_8B5S.xls'였는데, 수입과 지출이 적힌 스프레드시트였다. 왼쪽 아래의 제목은 사람들의 이름이었고, 목록의 맨 위에는 '자산 수입/수출'과 '자산관리 유한회사' 같은 회사 이름이 있고, 중간에는 달러 액수가 표시되었다. 액수는 그리 크지 않았다. 1,001달러, 5,100달러⋯. 가장 큰 금액이 7,111달러였다.

"이 자료엔 숫자 1이 엄청 많네." 내가 말했다.

앤지가 고개를 끄덕였다. "그러네. 흥미롭지 않아?" 앤지가 자료들을 한참 들여다보더니 자기 노트북을 꺼냈다. "아직도 아이프레디터를 이용해서 익명을 지키는 걸 좋아해?"

"그렇지. 그래도 아이프레디터를 작동시킨 뒤 토르(TOR)를 통해 인터넷을 써봐." 토르는 양파 라우터(The Onion Router)로서, 브라우저에 뭔가를 입력하거나 클릭하면, 그 요구사항이 무작위의 수많은 컴퓨터를 사이를 이리저리 오간 뒤 나가게 된다. 그리고 중간에 있는 컴퓨터들은 그 요구사항이 어디서 왔는지, 어디로 가는 건지 전혀 모른다. 토르는 느리다. 아이프레디터는 그냥 인터넷을 사용할 때보다 느리고, 토르를 사용하면 그보다 더 느려진다. 하지만 피해망상이 되어야 할 때가 있는 법이다. 그리고 지금이 바로 그런 때다.

나는 그 기묘한 스프레드시트를 한참 들여다봤다. 자동 스위치 창이 뜨며 비번을 요구해서 입력했다.

"잘했어. 이런 자료에 대해 읽어본 적이 있어. 재무 자료에는 다른 숫자보다 1이 더 자주 나온대."

"뭐? 왜?"

앤지가 보안 학회에서 나온 논문을 요약한 글을 보여주며 말했다. "지출 액수는 20달러 이상이나 200달러 이상보다는 10달러와 19달러 사이 혹은 100달러와 199달러 사이에 훨씬 많대. 판매 심리학 때문이야. 사람들은 10달러보다 9달러짜리의 물건을 사는 걸 더 좋아해. 9달러에서 10달러로 오르는 건 커다란 도약이거든. 99달러는 100달러보다 심리적으로 가볍게 느껴져. 999달러는 1,000달러보다 훨씬 덜 미친 소리처럼 들리지. 그래서 비용 스프레드시트 안에 있는 숫자 무더기에는 1이 훨씬 많게 된대. 하지만 사람들이 재정 상태를 가짜로 꾸미거나 세금을 속이기 위해 숫자를 만들어낼 때는 숫자의 분포가 훨씬 더 골고루 나타난대. 미국 국세청이 탈세를 적발하는 방법 중 하나야. 나도 자료를 분석해서 보도하는 언론에 관한 책에서 이에 대해 읽어본 적이 있어. 작년에 우리 과 조교에게 그 책을 읽자고 졸라봤지만, 조교는 우리에게 시험 준비를 시켜야 한다면서 거부했어. 그래서 나중에 조교에게 다시 그 책을 보여줬어.

그렇다면 여기에 나오는 숫자 1들은, 숫자를 조작할 줄 아는 사람이 통계적 분포를 정상처럼 보이게 만들려고 여분의 1을 무더기로 집어넣었다는 거지. 사람이 이 숫자들을 자세히 살펴볼 거라고는 염려하지 않았지만, 컴퓨터로 조사할까 봐 걱정한 사람이었을 거야."

앤지가 스프레드시트를 살펴보다가 타자를 다시 입력하기 시작했다. 그러다 자동 스위치가 다시 비번을 요구했는데, 내가 제시간에 노트북을 붙잡고 비번을 입력하지 못했다. 가상머신이 사라졌다.

"그거 짜증나네." 앤지가 말했다.

"너한테 비번을 가르쳐줄게."

"시간을 좀 길게 늘이면 어때? 30분 정도?"

나는 고개를 저었다. "난 비번을 요구하는 누군가에게 맞서서 15분 정도는 버틸 수 있을 것 같아. 특히 체포조가 저 문을 부수고 들어와서 나한테 준비할 시간이 없을 때 말이야. 하지만 30분은…."

"아." 앤지가 말했다.

"자료 중에는 물고문하는 방법에 대한 프레젠테이션도 있어. 파워포인트 파일이야. 거기엔 나이와 일반적인 건강상태에 따라 뇌 손상이 나타나는 시간이 표시된 막대그래프가 있어."

"아." 앤지가 다시 말했다. 앤지는 내가 샤워를 하다가 넋을 놓고 부들부들 떨었던 일이 여러 차례 있었다는 사실을 알고 있다. 모의 사형집행을 당해보면 그렇게 된다.

나는 가상머신을 켜고 스프레드시트를 다시 열었다. 앤지가 거기에 나온 이름들을 입력하기 시작했다.

"이 사람들은 모두 일리노이 주의회 하원의원의 보좌관들이야. 논리적으로 볼 때 다음 단계는 그 의원이 어느 위원회에 참가하고 있고, 의원이 어디에 투표했는지 살펴보는 게 되겠지. 그게 자료 분석 보도의 기본일 거야. 내 커리큘럼에 자료 분석 보도 수업이 있었으면 좋았을 텐데."

"해보자." 내가 말했다.

"아냐. 이건 그저 파일 하나일 뿐이야. 여긴 80만 개가 넘는 파일이 있어. 이렇게 하나씩 자세하게 살펴볼 수는 없어. 대량으로 처리할 방법을 찾아야 해."

"졸루가 필요해. 이런 건 걔가 전문이야." 내가 말했다.

우리는 몇 시간 동안 난상토론을 벌였다. 앤지는 나보다 더 피해 망상적이었다. 나한테 그 가상머신을 복제하게 해서(쉽다. 그냥 자료 파일만 복사하면 된다), 정상적인 파티션에 트루크립트 파일을 만든 뒤 가상머신의 복사본을 그 안에 집어넣었다. 그리고 숨겨져 있는 다른 모르쇠 파티션에도 가상머신의 복사본을 넣었다.

"자, 이건 이렇게 작동될 거야. 체포조가 와서 너에게 자루를 씌우고 손을 묶고 노트북을 거둬가면, 놈들은 수색을 시작하겠지만 얼마 가지 않아서 비번 창이 뜰 거야. 그러면 너를 물고문하면서 비번을 내놓으라고 하겠지만 너는 끝까지 참아. 자동 스위치가 휙 사라지고, 가상머신은 분해되고, 자료는 엉망으로 섞여버릴 거야. 하지만 그러면 무슨 일이 벌어질까?"

나는 입술을 깨물었다. 나도 이에 대해 생각을 해봤었지만, 다음에 일어날 일을 좋아하지 않았다. "나한테 마샤가 준 파일의 암호를 내놓으라고 하겠지."

"맞아."

내가 말했다. "그런데 네가 여기에 있으면 놈들은 너도 괴롭힐 거야."

"그래서 이 짓을 하는 거잖아. 우리는 놈들에게 즉시 비번을 줘도 돼. 그 비번은 이 가상머신을 풀 거야. 거기엔 마샤가 유출한 파일이 통째로 있지. 하지만 그건 우리가 작업하고 있는 복사본은 아니야. 우리가 작업하는 파일은 모르쇠 파티션에 숨겨놓을 거야. 우리가 만든 추가 정보와, 이 파일들에 대해 알면서 우리와 함께 작업하는 사람들의 메일링 리스트는 거기에 숨겨놓을 거야. 우리는 그 모르쇠 파티션의 비번은 놈들에게 절대로 주지 않을 거야. 그리고 놈들한테는 암호화된 가상머신에 유출된 파일을 가지고 있었으며, 파일에 대한 별도의 정보는 없다고 말할 거야. 우리는 그 파일로 뭘 해야 할지 몰랐다고 할 거야. 그럴듯하잖아. 우리는 그 파일을 어떡할지 모르는 거야."

우리는 그렇게 했다. 그리고 두 개의 길고 미친 비번을 만들어내서 둘 다 완벽하게 기억할 때까지 연습했다. 그리고 우리는 서로를 쳐다봤다.

"이제 어떡하지?"

"졸루가 필요해." 내가 다시 말했다. "졸루가 요즘 대규모 자료들을 다루는 일을 하거든."

앤지가 가상머신들을 꺼서 무작위적인 잡음으로 바꿔놓았다. "스피커에서 나는 이 소리 때문에 미치겠어. 넌 이게 정말로 레이저 도청기를 막을 수 있을 거라고 확신해?"

난 고개를 저었다.

"좋아. 그러면 잠시 저 소리 좀 줄이자. 자, 이제 졸루 이야기를 해보자. 네가 졸루를 이 일에 끌어들이는 건, 마샤가 너를 끌어들였던 것처럼 엿 같은 짓이라는 사실은 너도 잘 알 거야."

"알아. 그래도 졸루는 달라. 걔는 내 친구잖아. 나한테 가장 친한 친구야."

앤지가 잠깐 몇 번이나 입을 열었다가 닫더니 말했다. "마커스, 따지는 건 아니지만, 아직도 그럴까? 그 친구들하고 마지막으로 같이 어울려서 놀았던 게 언제야? 아니, 마지막으로 그 친구들과 이야기를 나눴던 게 언제야?"

나는 움찔했다. 앤지의 말이 맞았다. "그래, 무슨 말인지 알겠어. 그래도 우리가 친구가 아닌 건 아니잖아. 우리가 서로 싫어하는 건 아냐. 그저 자기 일로 바빴을 뿐이야. 나는 졸루를 어렸을 때부터 평생에 걸쳐서 알았어. 이 일에는 졸루가 딱 맞아."

"그렇게 방어적으로 말하지 않아도 돼. 내가 하고 싶었던 말은 네가 졸루를 정말로 어려운 문제에 끌어들이려 한다는 사실이야. 그건 충분히 고민하고 진짜 정말로 확실한 결론을 내린 뒤에야 해야 할 일이야."

"졸루는 내 제안을 거부하지 않을 거야. 이건 중요한 일이니까."

앤지가 나를 한참 쳐다봤다. 앤지가 내게 하지 않은 말은 이런 것이다. '이게 그렇게 중요한 일이라면, 왜 넌 다른 일을 다 제치고 이 일을 하지 않는 거야? 왜 경찰이나 언론으로 달려가지 않았어? 왜 이걸 최우선으로 삼고 다른 걸 포기하는 대신, 새로운 직업을 구해서 빈둥거리는 거야?'

그건 나도 계속 해왔던 생각이다. 그리고 물론 나는 그 질문에 대한 답을 알고 있다. 앤지도 마찬가지다. 나는 너무 겁에 질려서 이 파일을 사람들에게 배포하지 못하고 있다. 지난번에 모든 내용을 언론에 흘렸을 때 나는 고문실로 끌려갔었다. 우리가 봤던 작은 표본으로만 판단해보더라도, 마샤가 내게 떨구어놓은 이 자료는 그 당시 내가 했던 어떤 말보다 중요하고 무서운 것들이었다.

게다가, 마샤는 내게 자기를 구출해달라고 하지 않았다. 이 자료를 배포하라고 했을 뿐이다. 난 그렇게 할 것이다. 이 자료가 배포되면 캐리 존스톤은 마샤를 붙잡고 있는 게 아무런 도움이 안 된다고 판단하고, 마샤와 젭을 풀어줄지도 모른다.

어쩌면.

7

나는 늘 밤에 일할 때 성과가 가장 좋았다. 그리고 밤새 깨어있을 수 있는 온갖 비법을 알고 있었다. 낮에 작동하느라 고통받고 잠을 빼앗긴 두뇌를 깨우기 위해 커피를 정성껏 조제하고 선잠을 자고 샤워를 했다. 그리고 어둠의 구석구석에 영감(靈感)이 숨어있는 뱀파이어의 시간을 뚫고 나아갔다.

졸루도 나와 똑같았다. 덕분에 우린 잘 어울려 다닐 수 있었다. 우리가 스카이프와 메신저로 대화를 나누거나, 몰래 집을 빠져나가 샌프란시스코의 거리를 미친놈처럼 쏘다니며 새벽 3시를 함께 보낸 밤이 얼마나 많은지 모른다. 앤지와 내가 논쟁을 끝낸 게 저녁 8시가 넘은 시간이었지만, 졸루가 밤에 시간이 괜찮을지 걱정하지 않았다.

그래도 단축번호 아이콘을 손가락으로 만지작거리면서 살짝 이상한 기분이 들긴 했다. 누군가에게 오랫동안 전화를 하지 않으면 막상 전화하려고 할 때 어색한 기분이 들기 마련이다. 그래서 전화

통화를 하지 않으면, 더 많은 시간이 흘러가고, 점점 더 어색해지고….

"마커스!" 졸루가 전화를 받았다. 목소리 뒤로 소음이 요란했다. 술병과 잔으로 건배하는 소리와 시끄러운 말소리였다.

"졸루! 어이, 갑자기 전화해서 미안해…." 내가 말했다.

"잠깐만, 조금 조용한 곳으로 갈게." 시끌벅적한 파티를 헤치고 지나가는 것 같은 소리가 들렸다. "야! 진짜 오랜만이다!"

"난데없이 전화해서 미안해…."

"아냐, 아냐. 괜찮아. 정말 좋다. 진짜야! 네 목소리를 들어서 기뻐."

졸루는 내가 삶을 뒤집어놓은 뒤에도 그렇게 생각할까? "어디에서 잠시 만날 수 있을까? 중요한 이야기야." 내가 말했다.

"마커스, 얼마나 중요한 건데?" 졸루가 물었다.

"중요하게 중요해. 전화로는 말하기 힘들 정도로 중요한 이야기야."

'아, 젠장.' 졸루의 조그맣게 뱉은 소리가 깨끗하게 들렸다. "물론 그렇겠지. 지금 당장?"

"응. 지금이 좋을 거 같아."

"음." 한참 말이 없었다. "네가 앤지를 처음 만났던 장소는 어때?"

"그러니까 네 말은…." 난 입을 다물었다. 역시 졸루다. 지금 도청을 당하고 있을지 모르지만, 도청하는 사람은 내가 앤지를 처음 만난 장소를 모를 것이다. 졸루는 나보다 더 피해망상적이었다. 내가 무슨 일인지 말해주기 전인데도 말이다. 졸루는 정말로 이 일에 딱 맞는 사람이었다. "좋아. 언제?"

"한 시간 후?"

"그래. 그리고 졸루? 고마워."

졸루가 콧방귀를 끼는 소리가 들렸다. 그리고 난 녀석이 반쯤 미소를 지으며 궁금한 표정으로 짙은 한쪽 눈썹을 치켜 올리는 모습이 보이는 듯했다. "고맙긴. 인마, 너라면 언제라도 괜찮아. 알잖아."

친구, 친구에 비할 수 있는 건 아무것도 없다.

나와 앤지는 오션비치에 있는 수트로 배스에서 졸루와 내가 준비했던 열쇠고리 파티에서 처음 만났다. 생긴 지 얼마 되지 않았으면서도 고대 유적처럼 낡은 그 폐허는 으스스하고 인상적이었다. 그날 밤은 내 머릿속에 영원히 새겨졌다. 앤지에게 어디로 갈지 말하자 웃음을 터트렸다. 우리는 첫 만남 1주년 기념일에 도시락을 싸서 거기에 함께 갔다. 그리고 석양이 지는 모습을 지켜보며 너무 추워지기 전까지 담요를 목까지 끌어안고 앉아 있었다.

"우리 휴대폰을 꺼두는 게 좋을 것 같아." 앤지가 말했다.

"그래." 내가 말했다. 이건 피해망상이다. 피해망상은 전염성이다. 그래도 앤지의 말이 맞다. 휴대폰은 통신회사에 우리의 위치를 계속 보낸다. 그래서 우리를 진짜로 훔쳐보고 싶은 사람이 있다면, 언제라도 통신회사에 있는 GPS 기록에 접근할 수 있다. 휴대폰을 끄지 않으면 아주 깔끔한 추적 자료를 남기게 된다. '마커스가 졸루에게 전화한 후, 앤지와 마커스와 졸루가 오션비치에서 만났다.' 이건 오렌지 형광색 조끼를 입고 그 위에 스텐실로 '공모자'라고 대문자로 새기는 것이나 마찬가지다. 나는 휴대폰을 끄고 배터리까지 뽑아버렸다.

우리는 버스를 타고 갔는데, 약속 시각보다 15분 일찍 도착했다. 졸루는 10분 전에 왔다. 그리고 우리 둘을 세게 끌어안았다. 앤지가 졸루의 볼에 뽀뽀했다. 졸루를 만난 건 몇 달만이었다. 졸루가 노이 즈브릿지에 가끔 들러 데이터 관련 공개강연을 했을 때였다. 그런데 보지 못한 사이에 모습이 달라진 것 같았다. 콧수염을 깔끔하게 살짝 길렀고 구레나룻도 눈에 띄었다. 짧은 단발로 자른 머리 모양 덕분에 조금 더 나이가 들고 근사하면서도 사업하는 사람처럼 보였다. 졸루는 늘 친구 중에서 가장 옷을 잘 입었지만, 오늘 밤은 유난히 말쑥했다. 쳐다보고 있으면 눈이 어지러운 살짝 구불거리는 줄무늬 셔츠와 커다란 리벳이 박힌 두툼한 낡은 데님 청바지에 고급 가죽 구두를 신었다. 중고할인가게에서 산 청바지와 사막의 먼지가 덕지덕지 묻은 낡은 오토바이 부츠에 후드티를 입고 있던 나는 꾀 죄죄한 느낌이 들었다.

졸루의 숨결에서 포도주 냄새가 났다. "정말 죽여주는 파티가 아니었길 바랄게." 내가 말했다.

"그냥 교통상황을 예측하는 신규 앱 발표 뒤풀이였어." 졸루가 어깨를 으쓱하고 말했다. "각각의 도로에서 시간대별로 이용자들의 익명화된 GPS 자료를 수집해서 앞으로 일어날 교통체증을 예측하고, 모든 도로정비 계획과 시청 교통국에서 나오는 실시간 자료도 보여주는 프로그램이야. 네 스케줄을 우리와 공유하면, 네가 어디로 갈지 살펴보고 그 시간에 피해야 할 도로가 어디인지 조언을 해줄 거야."

"우와 소름 끼친다." 앤지가 말했다. 나도 그렇게 생각했지만 아무 말도 하고 싶지 않았다.

졸루도 대꾸하지 않고, 그냥 싱글싱글 웃기만 했다. "그렇긴 하지. 그래도 이용자들의 사전 동의를 받았어. 우리가 자료를 얻은 뒤에는 익명화시키기 때문에 이용자가 그 전에 어디에 있었는지는 우리도 몰라. 그저 누군가 거기에 있었다는 사실만 알뿐이야. 하지만, 그래, 우리 지료가 유출되면, 이용자들이 세상에 알리고 싶지 않은 데이터가 엄청 많이 퍼져나가겠지." 졸루는 바위에 걸터앉아 주머니에서 껌을 꺼내더니 우리에게 나눠줬다. 졸루가 가장 좋아하는 감초 껌이었는데, 그걸 씹으면 혓바닥이 까맣게 변해서 침을 뱉으면 보기 싫은 검은색 침이 나온다. 그 냄새만으로도 난 웃음이 삐져나오며 다시 옛날로 돌아간 기분이 들었다.

"경찰이 너희 서버를 압수할지도 모르지." 앤지가 말했다. "우리가 정부에 개인정보를 주지 않으려고 엑스넷을 이용해 온갖 일을 하면서도 기업들엔 그 정보를 그냥 준다는 게 정말 이상하지 않아? 그러면 경찰이 원할 때 언제든 얼씨구나 트위스트를 추면서 기업의 데이터센터로 들어가 모조리 가져가잖아."

"넌 절반밖에 몰라. 내가 나중에 합법적 감청 장비에 관해 이야기해줄게, 알겠지? 온몸에 소름이 돋아서 발가락 털까지 비비 꼬이게 만들어 줄게." 졸루가 말했다.

"경찰과 서버에 대해 말이 나와서 말인데, 너한테 이야기해주고 싶은 흥미로운 기술적 문제가 있어." 내가 말했다.

"그럴 줄 알았어."

"이야길 시작하기 전에… 혹시 네 휴대폰 켜났어?" 내가 물었다.

졸루가 주머니에서 휴대폰을 꺼내 덮개를 열어서 배터리가 없다는 사실을 보여주며 나도 잘 아는 스페인 농담을 인용해 말했다. "내가 여기에 있는 건 미쳤기 때문이지, 바보라서가 아니야."

✳

졸루는 우리가 설명하는 동안 집중해서 들으면서 질문을 거의 하지 않았다. 나는 플라야에서 일어난 폭발에 대한 내 이론을 끼워 넣었는데, 앤지가 내 말을 믿지 않는다는 이야기는 하지 않았다. 우리는 설명을 마치고, 어둠 너머의 졸루를 바라봤다. 뒤쪽 절벽 위에서 회색의 가로등 불빛이 새어 나오고 있었다.

"그럼 이제 우리가 뭘 해야 돼?" 졸루가 물었다.

"우리라니?"

졸루가 고개를 절레절레 흔들었다. "인마, 그래, '우리.' 넌 내가 참여하지 않을 거라고 생각한 거야?"

"예전에 네가 그 자리에 앉고 내가 이 자리에 앉아 있을 때, 너한테는 상황이 다르다고 했었잖아. 백인보다 유색인이 훨씬 큰 위험을 감수해야 한다고 말이야."

"맞아. 내가 그렇게 말했었지. 그 문제는 지금도 예전과 마찬가지로 그대로야."

"그런데도 참여하겠다고?"

졸루는 어둠 속을 쳐다보며 아무 말도 하지 않았다. 졸루의 껌 냄새가 풍겨왔다.

"마커스, 요즘 모든 게 얼마나 엉망진창인지는 알지? 우리는 '훌륭한' 대통령을 백악관에 집어넣었는데, 어떻게 그 대통령이 고문하고 폭격하고 비밀감옥을 계속 운영할 수가 있는 거지? 우리가 비판만 하면 인터넷을 빼앗아 가려고 해. 이건 경비원이 우리의 옷차림이 마음에 안 든다는 이유로 쫓아내는 멍청한 거대 쇼핑몰처럼 이 사회를 만들려는 거잖아. 1퍼센트의 인간들이 돈을 얼마나 많이 가졌는지 알지? 날마다 더 많은 사람을 교도소에 집어넣고, 날마다 더 많은 사람이 직장을 잃고, 날마다 더 많은 사람이 집을 잃는 이 상황이 말이 돼?"

"나도 알아. 하지만 세상이란 게 항상 지랄 같은 거 아니었어? 다들 자기 세대가 가장 특별하고, 자기 세대의 문제가 가장 지독하다고 생각하잖아." 내가 말했다.

"그래. 하지만 다른 세대에겐 인터넷이 없었지." 앤지가 말했다.

"빙고!" 졸루가 말했다. "난 대공황 같은 시대가 끔찍하지 않았다고 말하려는 건 아냐. 하지만 우리에게는 그 전에는 없었던, 조직할 힘이 있어. 그리고 동시에 짜증나는 녀석들과 정보원들도 그전보다 우리를 더 잘 감시하고 통제하고 검열하고 찾아내고 납치할 힘을 갖고 있지."

"누가 이길까? 나는 지금껏 우리가 이길 거라고 생각했었어. 우리는 컴퓨터를 잘 알지만, 놈들은 모르니까." 내가 말했다.

"아, 이제는 그놈들도 컴퓨터를 잘 알아. 그리고 컴퓨터로 우리를 엉망으로 만들 새로운 방법을 만들어내기 위해 전력을 쏟고 있어. 하지만 이 분야에서 우리가 떠나버리면, 놈들만 남게 돼. 모든 걸 소유하려 하고, 모든 사람을 통제하고 싶어 하는 놈들만 남게 되는 거야." 졸루가 말했다.

"그래서 우리가 이길까?" 내가 말했다.

졸루가 웃음을 터트렸다. "승리나 패배는 없어, 마커스. 실천만 있을 뿐이야."

"젠장, 내가 몇 달 놔둔 사이에 넌 요다가 다 됐구나."

"그러면 우리는 뭘 해야 할까?" 앤지가 다시 물었다.

"글쎄, 우리가 80만 개의 파일을 다 조사해볼 수는 없어."

"810,097개야." 내가 말했다.

"그렇지. 내 생각엔 이 일을 위한 특별한 사이트를 만들어야 할 것 같아. 그 파일들을 조사하고, 괜찮은 정보를 찾아내고, 서로에게 메모를 남겨둘 수 있는 안전한 비공개 사이트 말이야."

"그러고 나서는 그걸로 뭘 하지?"

"배포해야지."

"어, 그렇지만 어떻게 배포해? 사람들이 볼 수 있고, 관심을 끌면서도, 역추적 당하지 않을 곳에 어떻게 자료를 뇌둘 수 있어?" 앤지가 말했다.

졸루가 어깨를 으쓱하더니 폐허를 응시했다. "모르겠어. 그건 우리가 찾아낼 정보에 달린 일인 것 같아. 이런 이야기에 관심을 가질 만한 기자를 찾아내서, 일회용 계정으로 그 기자에게 문서 파일을 보낼 수도 있어. 다른 방법도 있을 거야. 잘 모르겠어. 그렇지만 우리의 문제가 두 부분으로 구성되어 있잖아. 그럴 때 첫 번째 문제에 대한 해결책을 알고 있다면, 가장 좋은 방법은 먼저 그 부분을 해결하면서, 그동안 두 번째 부분을 해결할 방법을 찾는 거야."

"괜찮은 이야기 같아." 내가 말했다.

"내 생각에도 그래. 그런데 마커스, 젭과 마샤는 어떡하지?" 앤지가 물었다.

"그러게. 글쎄, 그 문제를 어떻게 해결할지 모르겠어. 어쩌면 자료를 배포하는 게 둘을 더 위험하게 만들 수도 있고, 위험에서 벗어나게 만들 수도 있어. 누가 둘을 데려갔는지는 알고 있잖아. 캐리 존스톤이야. 우리가 자료를 배포할 때 그 이야기도 들어가야 해."

"정말로 캐리 존스톤이 맞다고 확신해?" 졸루가 물었다.

"내가 절대로 잊지 못하는 얼굴이 몇 명 있어. 존스톤의 얼굴도 그중 하나야. 그 여자가 확실해."

"그래, 알았어. 앞으로 어떻게 비밀을 유지할지 이야기해보자."

이야기를 들어보니, 졸루는 '다크넷(darknet)' 관련 일을 하는 심한 토르 중독자 친구들과 어울리고 있었다. 다크넷은 파일과 게시판을 올려놓을 수 있는 서버이고, IP 주소만 알고 있는 사람이면 누구든 접근할 수 있지만, 일반 사이트와는 다르다. 설령 주소를 알고 있다고 해도, 실제로 연결된 서버가 어디에 있는지, 누가 그 사이트를 운영하는지, 어떤 서버를 덮쳐야 다운시킬 수 있는지 알 수 없다. 다크넷 사이트는 방문할 수는 있지만 다운시킬 수는 없는 서버다.

"자, 이 집결 지점으로 가. 집결 지점들은 다크넷 사이트로 가는 길을 아는 서버들로 가는 방법을 아는 서버들로 가는 길을 아는 서버들이야. 그 집결 사이트로 가서 다크넷 서버에 접속해달라는 요청을 날리면, 그 요청이 회선을 따라 다른 서버들 사이에서 마구 춤을 추다가 일회용 통로를 통해 다크넷 서버로 연결해 줄 임시회로를 만들어 낼 거야. 다크넷에 방문할 때마다 무작위로 달라지는 길로 가게 되는 거지.

난 싸구려 주문형 서버 가상머신을 구해서 거기에 패러노이드 리눅스를 인스톨시킬게. 모조리 암호화하는 거야. 그리고 거기에 네 자료의 복사본과 구글 스프레드시트 복제품을 넣을 거야. 파일 하나씩 집어서 스프레드시트의 첫 필드에 파일의 제목을 적고, 다음 필드에 설명을 적고, 다음 칸에 주제어를 넣으면 돼. 2분마다 작동하는 프로그램을 작성해서, 분류되지 않은 문서들에서 이 주제어들을 검색하게 해서 자동으로 관련된 자료를 제안하도록 만들 수 있어."

"그러고 나서는? 우리 셋이서 80만 개를 다 살펴볼 거야?" 나는 파일 내용이 얼마나 복잡하냐에 따라 다르긴 해도 하룻밤에 백 개쯤 볼 수 있을 것이다. 그런 속도라면 우리 셋이 그 파일들을 다 살펴보려면 1년은 족히 걸린다. 너무 늦다.

"아냐. 우리 셋으로는 안 돼. 보는 눈이 충분히 많으면 찾지 못할 버그는 없는 법이야. 더 많은 사람을 끌어들여야 해. 우리가 믿을 수 있는 사람들로." 앤지가 말했다.

"그래, 내가 믿을 만한 사람들을 좀 알아." 졸루가 말했다.

나는 다음 날 아침에 하마터면 지각할 뻔했다. 퇴근 후 몇 시간 동안 꼼짝 않고 파일 복사본을 처리하느라 보냈다. 본래 그럴 의도는 아니었지만, 파일들에서 단어를 검색한다는 졸루의 말을 듣고 떠오른 생각이 있었기 때문이었다.

먼저 나는 '젭(zeb)'과 '마샤(masha)'를 찾아봤는데, '얼룩말(zebra)'과 '마샬라(Mashallah)'밖에 나오지 않았다. 내 이름 '마커스'와 '얄로우'를 검색해봤더니, '마커스'가 들어있는 파일이 다섯 개 나왔지만 전부 다른 사람이었다.

그래서 '캐리 존스톤'을 검색해봤더니, 대박이 터졌다.

캐리 존스톤은 이라크에서 보잘것없는 군인으로서 바쁜 시간을 보냈다. 그녀의 이름을 언급한 문서는 400개가 넘었다. 파일을 알파벳 순서로 정렬해서 살펴봤는데, 너무 혼란스러웠다. 그러다 날짜순으로 정렬하고 옛날 파일부터 최근 파일 순서로 읽으면 좋겠다는 괜찮은 생각이 떠올랐다. 겨우 한 달 전에 만들어진 파일도 있었다.

아주 짧은 문서도 있고, 아주 긴 문서도 있었다. 400개의 문서를 다 읽고 나자 새벽 3시였다. 문서들을 읽어나갈수록 캐리 존스톤이 미군의 안팎에서 저지른 기괴하고 끔찍한 일들에 대해 더 많이 알 수 있었다.

초기의 문서들은 존스톤이 사담 후세인의 옛 궁전에 있던 티크리트 전진기지에서 경력을 쌓던 때부터 시작됐다. 이라크 포로를 이라크 경찰에 넘기는 상황을 존스톤이 직접 서술한 메모도 있었다. 처음에 난 왜 이런 문서를 구태여 저장해뒀는지 이해하지 못했지만, 다음 메모를 보니 그 이유를 알 수 있었다. 그 메모에는 그들이 포로 이송에 대해 적십자에 보고하지 않고, 이라크 경찰로부터 포로를 인계받는다는 어떤 증서도 받지 않은 이유가 적혀있었다. 나는 잠시 인터넷 검색을 해본 뒤에야 그 메모의 의미를 깨달았다. 51명의 남녀와 아이들이 이라크 경찰의 손으로 넘어간 뒤 사라졌다. 아무도 그들이 어찌 되었는지 모른다. 그들은 밀고로 체포되거나, 거리에서 '의심스러운 행동' 때문에 끌려온 사람들이었다. 잘 모르긴 해도, 가족들이 시체라도 돌려달라고 애원하는 사이에 그들은 이름도 없이 어딘가에 있는 감옥에서 썩어가고 있을 것이다. 아니면 이미 살해당해서 공동묘지에 버려졌을지도 모른다.

그리고 캐리 존스톤은 그리즐리 전진기지로 가서 헌병대와 함께 '정보 장교'로 복무한다. 존스톤은 테러리스트 용의자에 대한 무단 '압박 신문'으로 징계를 받았다. 그리고 5백 명 이상의 용의자를 잡아들인 체포 소탕 작전을 감독했는데, 용의자들은 그 후 몇 달에 걸쳐 테러와 무관하다고 밝혀져서 석방됐다.

그즈음에 존스톤은 군대를 떠난다. 존스톤이 사직서를 쓰긴 했지만, 군 인사사령부 지휘관의 메모도 있었다. 그 메모에는 '군수품' 관련 '사고' 이후 그녀가 '떠났다'고 적혀 있었다. 다른 메모는 훨씬 노골적이었다. 존스톤은 미군의 총과 총알을 사설용병업체의 용병들에게 넘겨주는 계획에 관여했는데, 그 총과 총알이 백여 명의 사람들을 죽인 학살에 사용됐다.

그때부터 존스톤은 용병이 되어 사설용병업체에서 일했는데, 잠깐 인터넷을 뒤져보니 그 업체에선 살인자들을 고용했다. 그리고 자신을 해고했던 전진기지와 관리 계약을 체결하면서 아주 유리하게 계약금을 받아내는 공을 세웠다.

추잡했다.

침대에 눕자 이런저런 생각이 어지럽게 떠올랐다. 캐리 존스톤이 마샤를 납치한 게, 유출된 파일에 자신에 관한 몹시 곤란한 자료들이 담겨 있어서인지, 아니면 이 파일을 되찾으려는 미국 정부에 고용되었기 때문인지 궁금해졌다. 어떻게 미군은 캐리 존스톤을 해고하고도, 다시 같은 업무에 재고용하면서 그 월급의 10배를 줄 수 있었던 걸까? 미치는 약이라도 먹었나?

다음 날 나는 사무실에서 어기적거리며 꾸물꾸물 일할 수는 없었다. 그래서 터키 커피를 들이붓고 에스프레소 초콜릿을 우적우적 씹어 먹으며 물품 목록과 네트워크 지도를 마무리했다. 조셉이 나와 점심 약속을 잡아둬서 놀랐다. 조셉이 12시 30분에 내 책상으로 다가와 옆에서 지켜보다가 기대하는 눈빛으로 미소를 지었을 때 그 소식을 처음 들었다.

"안녕하세요, 조셉." 내가 말했다.

"마커스, 점심시간 어때?"

우리는 고급 채식레스토랑에 갔다. 식당 직원들이 조셉의 이름을 알고 있어서 즉시 자리를 안내해주었다. 조셉도 그들의 이름을 알고 있었다. 웨이터부터 잔에 물을 따라주는 남자직원까지 일일이 인사를 나누며 필요할 때는 스페인어로 대화를 나눴고, 스스럼없는 친구처럼 진심으로 직원들의 부인이나 남편, 아이들, 건강 소식을 물었다.

진심이라는 부분이 가장 이상했다. 나는 열의가 넘치고 아주 아주 사교성이 넘칠 때조차도 내가 만나는 사람들의 이름을 절반도 기억하지 못한다. 난 이름을 외우는 일에는 젬병이다. 그리고 사람들이 내게 자기 아이들이나 부모, 형제들에 관해 이야기하면, 흥미로운 척하려고 애쓰긴 하지만, 거의 알지 못하거나 한 번도 만나보지 못한 사람들의 삶이 어떻게 그렇게 흥미로울 수 있겠는가?

그런데 조셉은 정말로 순수하게 사람들에게 관심을 가진 것처럼 보이는 초자연적인 능력을 가졌다. 조셉이 말을 걸면 상대방은 그가 신중하고 사려 깊게 귀를 기울이는 듯한 느낌을 받았다. 그리고 그는 자신이 할 말을 위해 상대방이 말을 끝내기만 기다리는 사람처럼 보이지 않았다. 조셉의 그런 태도는 종교적인 이야기에 나오는, 뭐랄까, 인간에 대한 사랑이 넘쳐흐르는 성인처럼 보이게 만들었다.

거기에 더 이상한 사실은, 조셉은 그런 문제에 흥미가 없는 나 자신을 얼간이처럼 느껴지게 하기보다는, 오히려 그처럼 되고 싶게 만들었다는 사실이다.

물 잔이 채워지고 주문을 마치자, 조셉이 말했다. "마커스, 틀림없이 아주 바쁠 텐데, 오늘 나를 위해 시간을 내줘서 고마워."

그 말을 다른 사람이 했다면, 나는 그 사람이 알랑거린다고 생각했을 것이다. 하지만 조셉의 말을 듣고 있으면 그가 정말로 웹마스터나 시스템 관리자가 세상에서 가장 힘든 직업이라고 생각하며, 그가 해야 할 일이라곤 그저 사람들과 어울리며 당선되기 위해 노력하는 정도뿐이라 다행으로 생각하는 것처럼 느껴졌다.

"천만에요. 그게 그러니까, 제 말은, 좋아요. 그러니까, 최고라는 뜻이에요. 전 일자리를 얻게 되어 너무 기쁘고, 이건 정말로 끝내주는 일이에요. 다들 정말로 좋고 흥미롭고, 또 후보님의 공약에 믿음이 가요. 그래서, 그러니까, 정말 최고예요." 나는 바보처럼 나불거렸다. 말을 멈출 수가 없었다. 그런데 조셉은 그런 기미를 비추지 않았다.

"내가 처음 전화했을 때, 이 선거운동이 성공하려면 정말 좋은 과학기술이 꼭 필요하다고 말했던 거 기억하지? 물론 네가 플로르와 이야기를 나눴을 때, 플로르는 그 생각에 대한 자신의 의견과 사무장의 입장에서 선거운동에 필요한 부분을 이야기했을 거야. 이 작은 논쟁에서 누가 이길지 궁금하지? 그 궁금증을 해소하는 데에 도움이 될 만한 배경 설명을 약간 해줄게.

플로르가 네 상관이야. 그리고 나한테도 상관이지. 플로르는 이 선거운동의 머리끝에서 발끝까지 구석구석 관리해. 나는 선거운동이 발로 뛰며 직접 만나고 문을 두드리고 자금을 모아야 한다는 플로르의 생각에 익숙해. 어느 정도는 그녀의 말이 맞아. 그래서 플로르를 내 상관으로 두고 있는 거야.

하지만 난 후보잖아. 그래서 내겐 추가적인 우선권이 좀 있어. 난 '추가적'이라고 했지, '특별한' 우선권이라고는 하지 않았어. 필요한 선거자금을 모으고 발로 뛰며 가정집을 방문하는 선거운동을 해야 한다는 플로르의 주장은 맞아. 나는 네가 능력을 최대한 발휘해서 이 문제에 대해서도 조금만 더 고민해달라는 거야. 과학기술을 어떻게 이용하면 내가 닿을 수 없는 사람들에게 접근할 수 있을지 네가 알려줬으면 좋겠어. 그리고 어떻게 기술을 이용하면 유권자와 국회의원이 협력하는 방법을 바꿔서 바람직하고 책임감 있는 정부를 만들어낼 수 있을지 알려주면 좋겠다는 거야. 신문에서 라디오로, TV로 새로운 과학기술의 변화가 일어날 때마다 정치가 바뀌었어. 물론 항상 좋아진 건 아니지. 정치인을 위해 자금을 모으거나 자원봉사자를 조직하는 도구 정도로 인터넷을 생각하는 사람들도 있지만, 난 그런 건 기술이 정치를 위해 할 수 있는 일의 1퍼센트도 안 된다고 생각해. 내가 그 외의 99퍼센트를 알 수 있도록 네가 도와줬으면 좋겠어."

와우. "좋아요. 그러면 정확히 원하시는 게, 음, 보고서나 웹사이트나 뭐 그런 건가요?"

조셉이 미소를 지었다. "일단 잡담을 나누는 것부터 시작하자. 오늘처럼 내일 저녁에 일을 마친 후에 어때? 플로르에게 우리 둘의 일정을 잡아놓으라고 할게."

그 이야기를 들으니 기분이 좋아지면서도 살짝 무서워졌다. 진심으로 조셉을 실망시키고 싶지는 않았지만, 내 머릿속에는 온통 다크넷과 유출된 문서들에 관한 생각만 가득 차 있었다. 내가 정부의 명예를 손상시키는 기밀문서를 80만 개 넘게 깔고 앉아 있다는 이야기를 하면, 조셉이 무슨 말을 할까. 하지만 플로르가 했던 말도 잊지 않았다. '불법적 일이나 비도덕적 일이나 위험한 일이나 해킹을 한다는 기미만 느껴져도, 당신이 옷을 다 추슬러 입기도 전에 내가 직접 문으로 끌고 나가 밖으로 엉덩이를 차버릴 거예요.'

일을 마친 후 앤지네 집으로 갔다. 졸루는 벌써 우리의 다크넷 사이트를 설정하고, 파일의 복사본을 토렌트로 받아두었다. 나는 졸루에게 암호 열쇠가 들어있는 USB를 건넸다. 내가 노트북을 켜고, 보안 모드로 들어가서, 자동으로 꺼지는 스위치를 켜고, 익명을 지켜주는 아이프레데터로 인터넷을 연결했을 즈음엔, 다크넷 사이트가 작동될 준비를 마친 상태였다.

사실은 이미 작동되고 있었다. 졸루는 오늘 점심때 버네사를 만났다. 그래서 내가 선거운동본부의 서버를 최신판으로 업데이트하는 동안, 버네사는 50개가 넘는 문서 파일을 검토했다. 혹시 버네사가 대릴에게도 말했을지 궁금했다. 대릴은 내게 가장 친한 친구였고 형제처럼 끈끈했지만, 몇 달째 만나지 못했다. 우리 사이에는 정말로 이상한 일이었다. 대릴이 버네사와 사귀는데, 버네사는 한때 나한테 빠졌었다는 고백을 했었다. 대릴에게는 '샌프란시스코 만의 관타나모'에 갇혔을 때 생긴 말 못할 상처도 있었다. 대릴은 버클리대에서 수업을 절반만 신청하고도 따라가느라 내내 힘들어했다. 난 대릴이 그 불쾌한 물고문 파워포인트를 보게 되면 어떨지 걱정됐다.

버네사만 그 문서들을 검토하는 게 아니었다. 졸루는 믿을 만한 친구들도 몇 명 참여시켰는데, '왼손잡이 돌연변이'나 '끝없는 채소'

처럼 수수께끼 같은 아이디를 가진 사람들이었다. 나는 그들에 대한 졸루의 믿음이 옳기만 바랐다. 그리고 그 문서 파일들이 실제로 어디서 왔는지는 비밀로 감춰졌기를 바랐다. 호기심이 일어서 처음들은 그 아이디들을 인터넷에 검색해봤는데, 전에는 한 번도 사용된 적이 없는 걸로 나타나서 적잖이 안심되었다. 다른 곳에서 이미 사용한 적이 있어서, 실제 인적사항에 연결될 수도 있는 아이디를 재활용하는 일은 지극히 초보적인 실수였다.

스프레드시트의 태그와 요약을 살펴보니 '끝없는 채소'는(남자인지 여자인지 모르겠지만) 학자금대출에 대한 어마어마한 양의 파일들을 뒤지고 있었다. 나는 대학이 빌려준 학자금대출을 정부가 보증하고, 그 부채를 다시 은행이 사서 모은다는 사실을 거의 몰랐다. 다크넷의 문서 파일에는 구역질나는 세부 사항이 자세하게 담겨 있었다. 미친 위약금 때문에 2만 달러의 대출이 18만 달러로 바뀐 주민이 하원의원과 주고받은 편지와 함께, 바로 그 미친 위약금을 책정했던 은행의 임원이 그 하원의원과 주고받은 편지도 있었다. 의원은 은행 임원과 꽤 친한 모양이었는지, 둘은 그 여성의 문제를 웃기는 이야기라는 투로 말했다.

졸루가 스프레드시트에 '운이 좋은 것 같아'라는 단추를 추가했는데, 이 단추를 누르면 분류되지 않은 문서 파일을 무작위로 불러낸다. 내가 그 단추를 눌렀더니 수수께끼 같은 번호와 약어가 잔뜩 있는 문서가 나왔다. 약어들을 인터넷에서 검색해봤지만, 아무것도 나오지 않아서 다시 단추를 누르고, 또다시 눌렀다. 채널이 끝도 없이 많은 케이블 TV를 이리저리 돌려볼 때처럼 넋을 빼놓았다. 다만 이 경우는 부패와 살인, 추문에 대한 음산하고 기묘한 채널만 있다는 점이 달랐다.

"이런 강아지 탐색기 같은 십장생들. 내가 방금 확인한 문서 파일 봐." 앤지가 말했다.

나는 스프레드시트를 참가자별로 정렬해서 앤지가 마지막으로 올린 파일을 찾아내 화면에 띄웠다. 경찰과 정부가 구매해서 인터넷 회선 업체에 설치한 '합법적 감청' 프로그램에 대한 이용설명서였다. 그 프로그램은 안드로이드 휴대폰의 업데이트 요청을 모두 지켜보며 휴대폰 소유자가 감시대상 목록에 있는 사람인지 확인한다. 그리고 감시대상자가 맞는 경우, 프로그램은 네트워크를 가로채고 휴대폰에 가짜 업데이트 파일을 보내서 정보요원에게 비밀리에 휴대폰의 GPS와 카메라, 마이크를 켤 수 있는 권한을 부여한다. 나는 옆의 침대 위에 놓인 휴대폰을 겁에 질린 눈으로 노려보다가 휴대폰을 뒤집어서 배터리를 빼버렸다.

"계속 읽어봐." 앤지가 말했다. 연결한 문서들을 따라갔더니 캡처한 이메일과 휴대폰 기록이 잔뜩 있었다. 이메일 중에는 감시대상자가 '패러노이드 안드로이드'를 휴대폰에 설치해서 휴대폰을 열어볼 수 없다며 불평하는 내용도 있었다.

"패러노이드 안드로이드가 뭐야?" 내가 물었다.

"지금 그 부분을 읽고 있어. 사이애노젠 모드(CyanogenMod)에서 갈라져 나온 건가 봐." '사이애노젠'에 대해서는 나도 물론 잘 안다. 그들은 구글이 만든 안드로이드 운영체제의 소스코드를 만져서 온갖 종류의 장난을 칠 수 있는, 완전히 무료 공개판으로 만든 해커 단체다. "패러노이드 안드로이드는 다른 이용자나 공식 업데이트와 체크섬이 일치하지 않으면 업데이트 파일을 다운로드하지 않아.

업데이트가 진짜인지 짝퉁인지 구별해주는 기능이 있어."

"그렇구나. 뭘 기다리고 있어? 패러노이드 안드로이드를 빨리 설치해야지!"

앤지가 자기 휴대폰을 가리켰다. 휴대폰은 이미 앤시의 노트북에 케이블로 연결되어 있었다. "내가 지금 뭘 하고 있게?"

"그다음에 내 휴대폰도 해줄 거지?"

"흥."

그에 대해 더 많은 자료가 있었다. 다른 합법적 감청 프로그램들은 매킨토시나 윈도우에서 아이튠스 업데이트로 위장했고, 브라우저의 업데이트로 위장하는 프로그램도 있었다. 전에 이런 프로그램을 만드는 회사에서 일하다가 국토안보부로 이직한 국토안보부 수석 IT 부장이 주고받은 메일도 있었다. 그 회사의 간부는 '적도기니'에 있는 위장 회사를 이용해서 중국과 이란과 다른 나라에 상품을 어떻게 판매하는지 설명했다. 난 '적도기니'라는 나라 이름 자체도 처음 들었다!

갈수록 가관이었다. 평화시위를 하는 단체에 속한 사람들의 휴대폰을 도청하는 스파이웨어를 설치하도록 요구하는 법률 집행 기록들이 있었다. 그 시스템을 이용해서 도청하던 범죄 용의자의 가택 침입 보고서도 있었다.

나는 이런 일이 어떻게 가능한지 잘 이해가 되지 않았다. 소프트웨어 업데이트는 보통 SSL(Secure Sockets Layer, 보안 소켓 계층)을 통해 이루어진다. SSL은 암호화된 인증서를 이용해서 데이터를 보낸 컴퓨터의 동일성을 확인한다. 그런데 어떻게 애플이나 구글, 마이크로소프트, 모질라에 연결된 것처럼 속일 수 있지?

아, 이런 방식이다. '합법적 감청 인증서'에 관해 검색을 해보니 다른 메일이 나왔다. 모든 브라우저와 운영체제가 신뢰하는 '서명 인정서'를 만드는 미국의 거대 보안회사 직원의 이메일이었다. 그 회사는 오래전부터 국토안보부에 백지 인증서를 공급하고 있었다. 정부는 그 인증서를 이용해서 감지당하지 않고 은행이나 기업, 혹은 애플이나 마이크로소프트, 구글인 척할 수 있었을 것이다.

앤지와 나는 남아있던 합법적 감청 관련 자료들을 나눠서 검토하며 염탐과 도청, 첩보의 끔찍한 비밀 속으로 점점 더 깊이 들어갔다. 어느새 새벽 2시가 되어 눈을 뜨고 있는 게 거의 불가능해졌다.

"자고 갈래?" 내가 5분 만에 하품을 열 번째 하자 앤지가 물었다.

"난 이미 잠든 거 같아." 내가 말했다. 올해 여름부터 우리는 서로의 집에서 자기 시작했다. 처음엔 이상했지만(특히 부모님들과 아침 식사를 할 때!), 다들 익숙해졌다. 우리 부모님에게는 그보다 중요한 걱정거리들이 많았고, 앤지 어머니는 무엇이 중요한지를 한눈에 알아보는 본능을 가진 멋진 어른이었다.

8

몇 년 전에 테러리스트들이 샌프란시스코의 다리를 폭파해서 4천 명이 넘는 사람들을 죽였다. 국토안보부는 내게 모든 게 바뀌었다고 했다. 또 예전의 기본권은 더 이상 존재하지 않을 거라고 했다. 테러리스트를 잡는 일이 우리의 사소한 자유보다 더 중요하기 때문이었다.

그들은 테러리스트를 잡았다고 했다. 예멘에서 드론에 의해 살해당한 남자 중 한 명이 모든 일을 계획했던 사람인 모양이었다. 그 말이 맞는다면 내가 그의 죽음을 애석하게 여길 이유는 없을 것 같았다. 난 부디 그러기를 바랐다. 하지만 아무도 우리에게 증거를 제시하지 않았다. 당연한 이야기지만 '국가 안보' 때문이었다.

그런데 '모든 게 바뀌었다'는 말은 묘사가 아니라 명령으로 드러났다. 그 말은 새로운 현실을 묘사하는 척했지만, 실은 감시당하고 체포당하고 고문까지도 당할 수 있는 새로운 현실을 받아들이라는 명령이었다.

몇 년 후, 다시 모든 게 바뀌었다. 마치 하룻밤 사이에 일어난 일 같았다. 모든 이들이 일자리를 잃었고, 모든 이들이 돈을 잃었다. 그리고 사람들이 집을 잃기 시작했다. 이제 모든 게 바뀌었다는 사실이 명확해 보였지만, 아무도 모든 게 어떻게 바뀌었는지는 말하지 않으려 했다. 묘한 상황이었다.

거리를 가득 메운 무장 경찰과 군인들이 사람들에게 모든 게 바뀌었다고 말하면, 사람들은 인간의 얼굴을 한 물건을 가리키며 "바뀌었다, 바뀌었어"라고 동의하게 된다.

하지만 설명할 수 없는 사회/경제/정치적 힘이 세상을 뒤엎고 모든 걸 바꿀 때는, 즉 "이제 모든 게 바뀌었다"는 말이 명령이 아니라 묘사일 때는, 상황이 정말로 바뀐 건지와 무엇을 해야 할지에 대해 사람들의 의견을 하나로 모으는 게 훨씬 힘들다.

무장 경찰과 군인을 우리 도시에서 치워달라는 요구가 전자라면, 기일이 지난 고지서와 퇴거 요구서를 들고 오는 비열한 집행관을 없애달라고 요구할 방법을 찾는 건 후자라고 할 수 있다.

나는 다음 날 거의 지각할 뻔했지만, 아슬아슬하게 골인했다. 앤지의 세탁물 더미에서 내 티셔츠를 집어서 입었다. 앤지는 내 티셔츠를 슬쩍해서 입고 자는 걸 좋아했다. 티셔츠에서는 앤지의 향이 환상적으로 코끝을 자극해서, 사무실 문을 열고 들어가 내 책상으로 곧장 가는 사이에 기분이 좋아졌다.

"어이!" 리엄이 내 의자 옆에서 팔딱팔딱 뛰며 말했다. "이게 믿어져?"

"뭐가?" 내가 물었다.

"알잖아! 다크넷 말이야!"

머리에서 피가 한꺼번에 빠져나가고 폭풍이 몰아치는 바다처럼 배 속을 휘휘 젓는 느낌이었다. 내 귀에서는 달리는 맥박 소리가 쿵쾅거렸다. "뭐라고?" 내가 말했다.

"아직 못 봤어?"

리엄이 내게 몸을 기대더니 마우스로 브라우저를 켜고 '레딧(Reddit)'의 첫 페이지를 열었다. 레딧은 소식을 올리거나 지지 투표를 할 수 있는 사이트인데, 첫 페이지에 올라온 모든 게시물이 '다크넷 유출'에 대한 글이었다. 마치 내가 공포영화 속으로 빨려 들어간 기분이었다. 내가 게시물을 하나 클릭했더니, 안드로이드 휴대폰을 장악하고 카메라를 작동시키는 합법적 감청 프로그램의 이용 설명서 파일을 누군가 익명으로 '페이스트빈(Pastebin)'에 올렸다는 '와이어드(Wired)'의 기사가 나왔다. 그 파일을 올린 사람은 와이어드의 기자에게 메일을 보내서, 다크넷 사이트에 그와 같은 문서가 80만 개도 넘게 있으며, 자원봉사자들이 샅샅이 조사하고 있으므로 앞으로 더 많은 파일이 나올 것이라고 했다. 그 자료들을 어디에서 구했는지, 자원봉사자들이 누구인지는 밝히지 않았다.

나는 레딧으로 돌아가서 다른 게시물들을 확인했다. 얼마나 많은 문서가 유출된 걸까? 약간씩 차이는 있었지만, 모든 이들이 같은 이야기를 하는 듯했다. '문서 80만 개', '다크넷', '더 나올 것이다.' 하지만 그 이상 다른 이야긴 없었다. 나는 진정되기 시작했다.

"너도 안드로이드 휴대폰 쓰지?" 리엄이 말했다.

"응. 그렇지. 하지만 난 패러노이드 안드로이드를 써. 그런 종류의 스파이웨어를 막을 수 있는 운영체제야."

"정말?" 조셉이 말했다. 우리가 이야기하는 사이에 조셉이 고양이처럼 살금살금 다가와 있었다. 나는 깜짝 놀라 자리에서 벌떡 일어났다. "이런, 미안, 진정해, 마커스. 나도 안드로이드 휴대폰을 사용하거든. 있잖아, 우리한테 휴대폰을 안전하게 지키는 방법을 가르쳐주면 내가 점심으로 피자를 주문할게. 선거운동본부에서 일하는 사람들이 알아야 할 내용인 것 같아."

"네, 그럼요. 물론이에요." 사실 난 와이어드 기사를 읽자마자, 점심을 먹어치운 뒤 보안이 약해서 쉽게 깰 수 있는 WEP(Wired Equivalent Privacy, 유선 동등 프라이버시)를 이용하는 무선랜을 찾아 올라타고 다크넷으로 들어가서 무슨 일이 일어난 건지 알아낼 생각이었다. 완벽한 보안 같은 건 존재하지 않으므로, 우리가 초대하지 않은 누군가 다크넷 문서를 들여다보는 날이 올 거라는 생각은 했었다. 하지만 그날이 다크넷을 설정한 바로 다음 날이 되리라고는 생각하지 않았었다!

그래도 일자리를 망칠 수는 없었다. 오랫동안 일자리를 간절하게 찾아다녔는데, 이건 정말 끝내주는 일자리였다. 내가 무자비한 용병의 목표물이 될지도 모른다고 해서 조셉이 당선되도록 돕지 말란 법은 없다.

그래서 내 일을 했다. 피자가 온 뒤, 나는 한 손으로 피자 한 조각을 들고 다른 손으로는 화이트보드 펜을 들고 휴대폰을 어떤 방식으로 장악하는지, 그리고 장악되면 어떤 일이 일어나는지 보여주는 작은 흐름도를 그렸다.

조셉이 생각에 잠긴 얼굴로 피자를 먹고는, 손과 입을 닦은 뒤 손을 들고 물었다. "그러면 경찰이 우리의 휴대폰을 장악할 수 있다는 말이야?"

"아뇨!" 리엄이 앉은 채로 떨리는 목소리로 말했다. "마커스의 이야기는 누구든지 할 수 있다는…."

나는 손을 들어서 리엄을 진정시켰다. "리엄의 말은, 일단 휴대폰 회사의 데이터센터에 감청 프로그램이 설치되고 나면, 아이디와 비밀번호를 가진 사람이라면 누구라도 그 프로그램을 이용할 수 있다는 뜻이에요."

"그렇지만 아이디와 비번을 가진 사람이 누구겠어? 경찰이잖아, 그렇지 않아?"

"아마 아닐 거예요. 유출된 내용을 보면 이 프로그램들을 휴대폰 회사나 인터넷 업체가 관리한다고 되어 있어요. 경찰이 합법적 감청 기술자에게 전화하면 그 기술자가 경찰을 위해 설치해주겠죠. 그리고 나면 인터넷 업체의 네트워크에 침입할 수 있는 사람은 많아요. 인터넷 업체에 있는 사람을 뇌물로 구워삶거나 협박할 수 있는 사람이라면 누구나, 경찰 위장을 하고 인터넷 업체에 접근할 수 있는 사람이라면 누구나, 합법적 감청 정보에 접근하게 해줄 수 있는 진짜 경찰을 부릴 수 있는 사람이라면 누구나, 혹은 지금까지 말했던 일을 할 수 있는 사람들에게 돈을 줄 수 있는 사람이라면 누구나 그 네트워크에 침입할 수 있어요."

"그렇다면 사람들의 휴대폰을 만능 도청 도구로 만들어버리는 게 주차 딱지를 조작하는 만큼이나 쉽다는 이야기네?"

"전 주차 딱지를 조작해본 적이 없어요. 운전을 안 하거든요. 주차 딱지를 조작하는 게 어렵나요?" 내가 말했다.

조셉이 손가락으로 탁자를 두드렸다. "부자이거나 연줄이 있는 사람들은 쉽다고 하더군."

"그렇군요. 그러면 부자이거나 연줄이 있는 사람들은 어떤 휴대폰이라도 움직이는 도청 장치로 만들 수 있을 거예요. 이론적으로는, 이런 도청 방법이 안드로이드 휴대폰에만 사용될 리가 없어요. 아이튠과 파이어폭스 혹은 어떤 프로그램이라도 업데이트를 할 때 밀어 넣으면 되니까요. 서명 인증서만 있으면…." 나는 말을 멈췄다. 현재 유출된 파일 기사에는 서명 인증서에 관한 이야기가 전혀 없었다는 사실이 막 기억났기 때문이었다. "그런 게 있으면 됩니다. 이론적으로는, 이런 걸 설치해두면, 컴퓨터든, 휴대폰이든, 자동으로 업데이트되는 기계라면 뭐든지 도청 도구로 만들어버릴 수 있어요."

난 손에 땀이 났다. 조셉과 선거운동본부의 다른 직원들은 '서명 인증서'가 뭔지 모를 것이다. 하지만 리엄은 알았다. 녀석은 내가 중얼거리는 모든 소리를 기억하려는 것처럼 보였다. "음, 여러분의 컴퓨터가 이런 프로그램에 감염되면, 경찰이나 가짜 업데이트를 심은 기술자보다, 오히려 다른 사람들이 여러분을 지켜볼 가능성이 더 큽니다."

조셉이 다시 손을 들었다. "조금 더 설명해줄래?"

"아, 네. 이런 식으로 작동됩니다. 제가 여러분의 컴퓨터를 도청해달라고 어떤 사람에게 돈을 지급했다고 치죠. 이제 여러분의 컴퓨터에는 사악한 소프트웨어가 설치되어서, 여러분의 카메라를 쳐다보고, 여러분의 마이크를 듣고, 여러분의 키보드 입력을 지켜보고, 여러분의 하드디스크에서 파일을 훔칠 수 있게 됩니다. 그 모든 게 가능해지는 거죠. 그 도청 프로그램에는 일종의 제어 소프트웨어가 있어서, 그 프로그램을 작동시켜 여러분의 컴퓨터에 접속할 수 있습니다. 그 프로그램이 어딘가에 있는 서버를 감염시키면, 그 서버를 침입할 수 있는 사람이라면 누구든 그 서버로 감염시킨 컴퓨터와 휴대폰과 장비들에 침입할 수 있어요. 혹시 그 프로그램이 여러분의 컴퓨터에서 작동되어 장악되면, 여러분의 컴퓨터를 이용해서 다른 컴퓨터로 넘어갈 수 있어요. 하지만 다른 누군가 여러분의 컴퓨터에 도청 프로그램이 작동되고 있다는 사실을 알게 된다면, 직접 여러분의 컴퓨터에 접속할 수도 있겠죠. 여러분의 집 주변을 어슬렁거리면서 무선랜 비번을 깨고, 컴퓨터가 무선랜에 연결될 때까지 기다렸다가 낚아채는 식이죠. 혹시라도 감염된 컴퓨터가 어떤 건지 모른다면, 스타벅스 같은 곳에서 도청 프로그램이 설치된 노트북이 연결될 때까지 온종일 기다리다가, 그 노트북을 낚아챌 수도 있어요."

플로르가 손을 들었다. "이 이야기가 현실적으로는 어느 정도나 일어날 수 있는 거죠? 정말 무섭게 들리는데, 얼마나 많은 컴퓨터가 이런 방식으로 감염되었을지 말해줄 수 있나요? 현실 세계에서, 내가 이런 문제를 걱정할 필요가 있을까요, 아니면 벼락 맞을 정도의 확률이라고 생각하면 될까요?"

나는 어깨를 으쓱하고 말했다. "그 질문에 제가 대답하는 게 맞는지 모르겠어요. 저는 이런 프로그램을 사용해본 적도 없고, 이런 프로그램을 사겠다고 수십만 달러를 써본 적도 없거든요. 하지만 경찰이 이런 프로그램을 구입했다면 틀림없이 이용했을 겁니다. 이 프로그램은 에이즈 바이러스라고 생각하시면 될 거 같아요. 여러분의 컴퓨터에는 나름의 면역체계가 있습니다. 비밀번호라든가 뭐 그런 것들이 기생균을 막고 있죠. 하지만 한 번 뚫리면 면역체계가 무력화됩니다. 그러면 기생균들이 들어가서 감염시키게 되죠." 나는 잠깐 생각했다. 나는 차분한 상태였다. 아니, 그건 사실이 아니다. 난 들떠 있었다. 겁을 먹은 건 아니었다. 사무실에 있는 모든 사람이 내 한 마디 한 마디에 귀를 기울이는 끝내주는 상황 때문이었다. 나는 중요하고 영리한 사람이 된 느낌이 들었다. "사실, 네트워크에도 면역체계가 있다고 할 수 있어요. 여러분의 컴퓨터에 사악한 소프트웨어를 다운시키는 속임수를 부리는 음모에 가담하지 않는 인터넷 업체도 그런 면역체계에 포함됩니다. 인터넷 업체의 라우터가 여러분의 컴퓨터에 어떤 파일이 구글이나 애플, 모질라에서 왔다고 말해주면, 컴퓨터는 그 파일이 거기에서 왔다고 가정합니다. 하지만 라우터를 만지작거려 인터넷 업체들에 비밀리에 고객들을 속이도록 하는 방법을 만들어낸 사람이 있다면, 글쎄요, 그 사람은 네트워크의 면역체계를 무너트리고 몰래 도청하려 한다고밖에 생각할 수 없겠죠."

"그러면 우리는 어떻게 해야 하죠?"

"아, 음, 안드로이드 휴대폰에서는 쉬워요. 안드로이드는 개방된 무료 운영체제거든요. 그 말은 구글이 안드로이드 운영체제의 소스코드를 공개해야 한다는 뜻이에요. 사생활보호를 중요하게 여기는 일련의 해커 그룹이 '패러노이드 안드로이드'라는 대안 운영체제를 만들어냈는데, 이 운영체제는 업데이트할 때마다 온갖 부분을 확인해서 그 업데이트 파일이 믿을 수 있는지 점검해요. 예전에는 설치하는 게 정말로 어려웠는데, 점점 쉬워지고 있죠. 제가 작은 설치 프로그램을 짜놓았으니까 인트라넷에 들어가서 다운받으면 쉽게 설치할 수 있을 거예요. 안드로이드 휴대폰을 연결하고 프로그램을 돌리면 바로 작동될 겁니다. 안 되면 저한테 이야기해주세요."

"하지만 당신의 프로그램이 믿을 수 있는 건지는 우리가 어떻게 알죠? 당신이 우리를 도청하려는 걸 수도 있잖아요."

리엄이 벌떡 일어났다. "마커스는 절대로 그런 짓을 할 사람이…."

난 웃을 수밖에 없었다. "아냐, 리엄. 사무장님 말씀이 맞아요. 저를 믿을 이유는 전혀 없어요. 제가 이 사무실에서 일한 지 이틀밖에 안 됐으니까요. 여러분이 제게 여기서 일하는 게 어떠냐고 제안했으니, 제가 사악한 소프트웨어로 선거운동본부를 장악할 계획을 짰을 가능성은 거의 없지만, 제가 평소에 그런 짓을 하며 돌아다니는 녀석일 수도 있죠." 나는 이에 대해 잠시 생각했다. "그렇다면, 제가 여러분에게 방금 말해준 내용을 구글에서 검색해보고, 패러노이드 안드로이드를 직접 다운받아도 됩니다. 하지만 제가 그 정보들을 구글의 검색에 걸리도록 심어놓았을 수도 있죠. 여러분이 얼마나 피해망상적이냐에 달린 것 같아요."

"난 분별력과 상식의 측면에서 적절하게 피해망상적이라고 생각해." 조셉이 웃으며 말했다. "네 프로그램을 설치할게. 그 후에는 뭘 해야 하지?"

"휴대폰에 업데이트에 대한 경고가 뜨지 않는 한 아무것도 안 해도 됩니다. 경고가 뜨면 그에 대해 인터넷에서 검색을 해보거나, 저한테 물어보거나, 본인의 판단을 믿으세요. 혹시 여러분 중에 우분투 리눅스로 컴퓨터를 돌리는 분이 있다면, 우분투용 점검 플래그도 있어요. 업데이트 파일이 공개 서버에 올려진 지문과 일치하는지 확인하죠. 죄송하지만, 맥과 윈도우에 그런 게 있는지는 잘 모르겠습니다." 나는 두 손을 모으고 서서 말했다. "혹시 피자 남은 거 있나요?"

졸루가 다크넷에 자그마한 채팅 프로그램을 올리더니 즉시 사용했다.

> 거만한 토끼: 그래, 찌꺼기를 흘린 사람 누구야? 다크넷의 첫 번째 규칙은 다크넷에 대해서 말하지 말라는 거잖아.

'거만한 토끼'는 졸루가 고른 아이디였다. 졸루는 쓸 만한 일회용 아이디를 무작위로 만들어내는 생성기도 만들어서 올려두었다.

내 느낌엔 졸루가 이 사태를 별로 심각하게 받아들이지 않는 것 같았다. 마치 시시껄렁한 장난이라는 투였다. 우리는 지금 플루토늄 유출을 다루고 있는데, 졸루는 이걸 사소한 골칫거리라는 식으로 다뤘다.

> 성질 더러운 기관차: 이건 심각한 일이야. 거만한 토끼, 넌 우리 중 한 명이 흘렸다고 확신해? 외부 침입은 아니고?
> 거만한 토끼: 확신하는 건 불가능하지만, 난 그렇게 생각해. 로그를 살펴봤는데 우리 외에는 아무도 없었어. '모니터 캡처' 해킹 같은 걸 당한 사람이 있다면 모르지만 말이야.

아, 그래, 그렇겠지. 우리가 도청을 당했을지도 모른다. 그런데 좀 이상한 유형의 농담 같다. 도청에 대한 유출 파일을 발견한 사람을 훔쳐보기 위해 도청을 하고, 그 도청을 이용해서 유출에 관한 자료를 언론에 유출하고…. 계속 생각하다가는 머리가 어지러울 정도로 이상한 이야기였다. 나는 오컴의 면도날을 믿기로 했다. 누군가 비밀을 누설했다는 생각이 훨씬 간단했다.

> 성질 더러운 기관차: 나는 너와 '고상한 오리'를 믿을 수 있어. 하지만 네 친구들은 어때? ('고상한 오리'는 앤지다.)

> 활동적인 요원: 잠깐만. 왜 우리가 너희 동료들을 믿어야 하지? 누가 너희한테 아무 문제없는 사람들이라는 면류관을 씌워줬어?

이건 졸루가 데려온 사람 중 하나였다. 하지만 나는 그(혹은 그녀)에 대해 아는 게 하나도 없었다. 졸루와 난 꼭 필요한 사항만 서로 알고 있는 게 낫다고 결정했었다. 나는 '활동적인 요원'이 누구인지 알 필요가 없었다. 다만 그 아이디가 졸루가 전적으로 신뢰하는 누군가를 나타낸다는 사실만 알면 됐다.

하지만 졸루가 신뢰하든 말든, 나는 이 활동적인 요원이라는 녀석을 아작내버리고 싶었다. 어떻게 감히 대릴과 버네사와 앤지와 나를 의심할 수 있지? 그 사이 앤지도 모니터에 뜬 그 메시지를 읽었다. 앤지는 내 침대 위에서 책상다리하고 앉아 눈알을 부라리며 노트북을 내려다보고 있었다. 내가 화를 내며 자판을 두드리기 시작하자 앤지가 말했다. "와우, 야, 진정해."

"그렇지만…." 내가 말했다.

"알아, 알아. 인터넷에는 늘 바보 같은 사람들이 있잖아. 흥분하지 마. 10까지 세. 3진수로."

"그렇지만…."

"빨리해."

"하나, 둘, 열, 열하나, 열둘, 스물, 스물하나, 스물둘, 백, 백하나, 백둘." 내가 멈췄다. "잠깐만, 숫자가 엉켰어. 3진수 백둘이 10이야, 11이야?" 나는 화났을 때 2진수로 숫자를 셀 수는 있지만 3진수로 세는 건 정말로 집중해야만 했다. "알았어. 네가 이겼어. 진정됐어."

> 고상한 오리: 네 말이 맞아. 믿을 수 없겠지. 너는 우리를 모르고, 우리도 너를 몰라. 그런데 다크넷에서 으스대면서 정보를 흘리고 떠들어대는 놈이 있으면 우리는 이걸 계속할 수 없어. 자, 그러면 어떻게 할까? 폐쇄할까?

> 거만한 토끼: 내가 로그를 켜서 모든 사람에게 보이도록 만들 수 있어. 그러면 각각의 문서를 누가 봤는지 다들 알 수 있게 돼. 어떤 문서가 유출되었을 경우, 그 문서를 봤던 모든 사람의 목록을 갖게 되는 거지. 문서가 유출될 때마다 우리는 그 목록을 좁힐 수 있어. 그러면 그 모든 문서를 본 사람을 찾을 수 있을 거야.

> 성질 더러운 기관차: 그건 떠버리가 한 사람이라고 가정했을 때지.

> 포세이돈의 뱀: 맞아. 우리가 전부 다 나불거리고 있을지도 몰라. (이 아이디도 졸루의 친구였다.)

> 성질 더러운 기관차: 로그 기록은 괜찮은 계획 같아. 모든 사람이 뭘 하는지 우리가 다 같이 볼 수 있다면 거짓말을 하지 못할 테니까.

> 거만한 토끼: 내가 배신자가 아니라면 그렇지. 내가 로그 기록을 편집하면 너희 바보들은 전혀 모를걸.

> 고상한 오리: ㅋㅋㅋㅋㅋㅋ 넌 진짜 웃기는 녀석이야. 네가 배신자면 우린 다 죽어. 인마, 제발 배신하지 마.

"자, 이제 안정됐어. 성질부리는 인터넷 이용자가 되지 않게 막아줘서 고마워." 내가 말했다.

"천만에. 모든 사람이 보고 있는 데에서 '우리가 네 친구들을 어떻게 믿어?'라고 말해버리면 어떡해. 그런 게 네 단점이야."

난 논쟁을 하고 싶었지만, 따질 만한 처지가 아녔다. 아무튼, 난 '활동적인 요원'과 마찬가지로 찌질했다.

"그래, 알았어. 좋아." 80만 줄이 넘는 스프레드시트를 위아래로 넘기며 말했다. "그건 그렇고, 오늘은 어떤 자료를 살펴볼 거야?"

"합법적 감청 관련 자료를 더 읽을까 해. 제안된 관련 자료가 수백 개가 넘어. 그 이야기가 밖으로 새어나갔으니까, 그걸 더 알아보는 게 좋을 것 같아."

"좋았어. 너는 앞쪽 절반을 살펴봐, 난 뒷부분부터 살펴볼게. 그건 그렇고, 엄마가 너한테 저녁식사 때까지 있어도 좋대."

"좋았어." 앤지가 말했다. 그리고 우리는 일을 시작했다.

다크넷의 문서 파일들에 대해 한 가지를 말해두는 게 좋을 것 같다. 문서들은 대개 믿기지 않을 정도로 지루했다. 숫자의 나열이거나, 들어본 적이 없는 약어와 사람 이름과 기관 이름이 가득하고, 공무원들만 사용하는 전문용어로 쓰여서 해독 불가능한 메모들이었다. 이런 문서들을 건너뛰고 재미있는 자료들을 보고 싶은, 적어도 이해는 할 수 있는 자료를 보고 싶다는 유혹이 들었지만, 그런 자료 덕택에 다른 자료를 이해할 수 있어서 퍼즐 조각이 맞춰지는 일이 자주 일어났다. 그런 문서를 읽어두었던 게 다행이었다.

예를 들어, 샌프란시스코 교육위원회에서 작년에 진행했던 '노트북 절도 방지 실험'에 참여한 학교의 명단이 담긴 문서가 있었는데, 그 실험은 학교에서 배포한 모든 노트북을 하루나 이틀마다 지역 교육위원회가 점검해서 자동으로 연락하는 소프트웨어를 사용했다. 지역 교육위원회는 이 프로그램을 이용해 도난당한 노트북의 IP 주소를 추적해서 경찰에 넘겼다. 실험 사이트의 목록에 차베스 고등학교의 이름이 있었다. 일부러 찾아본 게 아니었는데도, 그 이름은 금세 눈에 띄었다. 그 학교에 다니던 기간 내내 가방에 그 이름을 달고 다녔기 때문일 것이다.

열 개에서 열다섯 개쯤 되는 문서를 보고 난 뒤, '노트북 자물쇠'라는 제품에 대한 소책자를 발견했다. 바로 그 실험에 사용된 프로그램이었다. 나는 졸루가 만든 프로그램의 알고리듬이 왜 이 소책자에 합법적 감청과 관련되어 있다는 태그를 달았는지 궁금했다. 주제어 때문에 연결된 것이었다. 이 문서에 있는 '은밀한 활동'과 '웹캠'이라는 단어가 합법적 감청과 일치했다. '은밀한 활동'은 따로 설명이 필요 없었다. 노트북이 도난당한 후 소프트웨어가 교육위원회에 연락하려고 할 때, 그 프로그램이 뭘 하려는 건지 광고를 해대는 걸 원하지는 않을 것이다. "도둑 여러분, 조심하세요. 지금 경찰에게 당신의 IP 주소를 말해줄 거예요. 계속 할까요? [계속], [중단]."

그런데 왜 도난당한 노트북의 웹캠을 활성화하려고 했던 걸까? 소책자의 페이지를 넘겨봤다. 아, 그래, 도둑의 사진을 찍기 위해서였다. 그 소프트웨어는 비밀리에 웹캠을 작동시킨다. 카메라가 켜졌다는 사실을 알려주는 작은 전구를 켜지 않은 상태에서 카메라를 켠 후 사진을 찍고 조용히 교육위원회로 보낸다. 좀 으스스하다. 아이디와 비번을 알아내서 그 사소한 특성을 이용해 다른 학생을 훔쳐보는 학생이 있는 건 아닌지 걱정됐다. 내 노트북은 항상 책상 위에서 열린 채로 두었다. 내가 잘 때도, 내가 옷을 입을 때도, 그리고 앤지와 내가….

으악.

난 문서들을 더 파고들었다. 이제는 제품의 이름을 알고 있으니 검색을 해볼 수 있다. 와우. 다크넷 파일들에서 '노트북 자물쇠' 관련 문서가 무더기로 튀어나왔다. 나는 날짜순으로 정렬하고, 샌프란시스코 교육위원회 IT 관리자가 상관에게 보낸 걱정스러운 메일을 살펴봤다. 어떤 교장이 노트북 자물쇠의 관리 접속 권한을 이용해서 (노트북 도둑이 아니라) 학생들을 이른 아침(학생들이 옷을 갈아입을 때)이나 늦은 밤(학생들이 잠들어 있을 때)에 시도 때도 없이 지켜본다는 이야기였다.

그 관리자가 교장의 공유 폴더를 들여다봤더니, 학생과 가족들이 옷을 벗고 있거나 잠들어 있는 모습을 담은 사진이 수천 장 있었다. 관리자의 상관은 불같이 화를 냈다. IT 관리자에게는 교장을 '염탐'할 권한이 없었기 때문이다. 관리자는 이 교장에 비하면 자기가 훔쳐본 건 아무것도 아니라고 지적하자, 논쟁이 점점 더 격렬해지다가 IT 관리자가 사직서를 메일로 제출하는 것으로 마무리됐다. 난 관리자가 안 됐다는 생각이 들었다. 그녀는 존경할 만한 과학기술자이지만, 우리의 이 사악하고 낡은 현대 세계에서는 새로운 일자리를 찾기 힘들 것이다.

교장이 '노트북 자물쇠'의 제어기능을 이용해서 유치한 미친 권력자 놀이를 한 건 샌프란시스코 교육위원회에서만 일어난 일이 아니었다. 지역 교육위원회마다 권력을 가진 사람 중에 학생들을 훔쳐보는 일이 자기 업무의 일부라고 생각하는 사람들이 적어도 한 명 이상씩 있었다. 하지만 샌프란시스코 교육위원회의 경우에는 그런 짓을 한 사람이 교육위원이었는데, 그의 이름이 프레드릭 벤슨이었다.

프레드릭 벤슨은 예전에 차베스 고등학교의 교감이었는데, 그는 그 높은 자리에서 거만하게 교도소장이나 왕이라도 된 양 굴면서, 자신의 보수적인 윤리관에 따라 섬세한 감정을 불쾌하게 만드는 학생을 혹독하게 처벌했다.

그러니까, 흠, 나 같은 학생 말이다.

하지만 샌프란시스코와 캘리포니아가 '법과 질서', 즉 '테러로부터 우리를 보호한다'는 미명 아래 도시를 인질로 잡았던 거짓 준군사조직과 고문, 체포를 더 이상 용인하지 않으리라는 사실이 명확해지자, 벤슨 교감은 '은퇴'했다. 벤슨 교감이 책상을 비우고 물러나는 모습을 지켜보는 일은 '너무' 슬펐다. '테러와의 전쟁'에 대항하는 전쟁의 또 다른 희생자였다.

하지만 과거에 운동선수였던 프레드릭 벤슨은 편안하면 몸이 근질거리는, 원기 왕성하고 추진력이 있는 사람이었다. 벤슨은 교육위원회에 출마했는데, 부동산 사기로 중형을 선고받았던 전과 3범의 미치광이 후보 외에는 경쟁자가 없었다. 그 사기꾼은 벤슨에 맞서서 거의 절반 가까이 득표했다. 그 후 벤슨은 상당한 공무원 연봉을 받으면서, 교사들에게 이래라저래라 잔소리를 늘어놓고 자신의 '리더십 스타일'을 전 학군에 강요하면서 교육 체계의 정점에 오른 자신의 승진을 즐겼다.

혹시 아직 알아채지 못했을까 봐 이야기해주자면, 난 이 인간을 싫어한다.

하지만 그런 나조차도 프레드릭 벤슨이 노트북 자물쇠 시스템을 왕성하게 사용한 이용자라는 사실을 알고는 놀랐다. 어찌 됐든 벤슨은 학생들을 책임지는 담당자가 아닌데도 그걸 봤다. 벤슨이 특이한 노트북 자물쇠 활성화를 너무 많이 요구하자, 지역 교육위원회의 IT 부서에서는 처리 시간을 줄이려고 아예 그에게 별도의 아이디를 부여해줬다. 그 부서의 누군가는 그 일이 기쁘지 않았던 모양인지, 그 시스템에 대한 벤슨의 어마어마하게 많은 이용 과정을 기록으로 남겨서 도움이 되었다.

내가 '이용'이라고 했나? 내가 하려던 말은 '남용'이다.

"말도 안 돼. 이 자료는 유출해야 돼. 그러니까, 내 말은, 앤지, 정말? 내가 이걸 배포하면 안 된다고 생각한단 말이야?" 내가 말했다.

"안 돼, 마커스. 그거야말로 진짜 바보 같은 발상이야. 넌 지금껏 사람들한테 유출 사건에 대해 꽥꽥거렸었잖아. 네가 한 번 유출하면, 다들 유출해버릴 거야. 우리는 복사본 전체를 목록으로 만들고, 그중 가장 중요한 문서들을 결정해서, 모두의 안전을 지킬 수 있는 방법으로 배포하기로 했잖아. 너 때문에 내일 우리가 놈들한테 걸리면, 마샤와 젭은 그걸로 끝장이야. 제기랄, 우리도 끝장이고. 네가 싫어하는 교감 한 사람에게 복수하려고 우리 모두를 위험에 빠트릴 권리는 너한테 없어."

"이놈은 관음증 걸린 색마야! 개인적인 복수가 아니란 말이야. 사람들에겐 이 인간이 자신의 아이들을 훔쳐보고 있다는 사실을 알 권리가 있어. 그 아이가 나였을 수도 있었어, 앤지. 차베스 고등학교엔 아직도 내가 아는 아이들이 있어. 벤슨이 싫어하는 아이들이야. 틀림없이 벤슨은 그 아이들을 밤낮으로 지켜보고 있을 거야."

"넌 그저 그놈이 모든 권력과 은밀한 짓거리를 포기하고, 자기 집에 처박혀서 손이나 비비고 앉아 있기를 바라는 거잖아. 인정해. 벤슨이 이 파일들에 나오는 가장 악랄한 괴물은 아니야. 다른 놈들이 무슨 짓을 했는지 보란 말이야. 439,412번 파일을 봐."

나는 페이지를 내려서 요약을 읽었다.

'국무부 선적확인서. 시리아로 가는 합법적 감청 프로그램 운송. 298,120번을 보시오.'

그리고 298,120번 파일,

'합법적 감청 프로그램으로 체포한 반체제 인사의 고문 살인에 대한 대사관 직원의 정보 보고.'

"아." 내가 말했다.

"그래. '아.' 그러니까 닥치고 원칙을 지켜. 이건 애들 장난이 아니라 진짜 심각한 일이야."

그리고 내가 앤지에게 화를 내기 직전(내가 완전히 틀렸고, 누군가 그걸 지적했는데, 내겐 변명거리도 없어서 대신 화가 치밀어 오르는 그런 분노였다), 엄마가 아래층에서 불렀다. "마커스, 앤지, 저녁 먹자!"

거의 매일 저녁 '가족과 함께 저녁식사'를 했던 때가 있었다. 엄마나 아빠가 아주 요란하게 냄비와 프라이팬에 요리하며 시끌벅적하고 음식의 향기가 가득하던 식사일 때도 있었고, 다들 피곤할 때는 배달 음식을 주문해서 먹기도 했다. 나도 가끔 요리를 배우곤 했는데 재미있었다. 물론 막상 시작하려면 큰 결심과 에너지가 필요하긴 했지만 말이다. 비어 있는 부엌을 내려다보는 일이 주된 일과였다. 하지만 난 평범한 양갈비 요리를 만들었고, 내가 피자를 만들었을 때는 아무리 많이 만들어도 남기는 사람이 전혀 없었다.

가족과 함께 하는 저녁식사는 부모님의 일자리와 함께 사라졌다. 부모님은 계약직 일자리 때문에 둘 중 한 분이 저녁식사 때 자리를 비우는 일이 많았다. 그렇지 않더라도, 대체로 두 분은 온종일 집에 함께 갇혀 있고, 나도 절반 정도는 부모님과 함께 집에 있었기 때문에, 저녁 시간까지 모여앉아서 이리저리 말을 돌리고 싶은 사람은 없었다. 우리가 나눌 수 있는 일상적인 대화는 그다지 많지 않았다. 아침에 눈을 뜨고 나서 5미터 이상 떨어져 본 적이 없는 상황에서 "오늘은 어땠어?"라고 묻는 건 지독하게 바보 같은 짓이었다.

그래도 앤지가 오는 날은 다들 노력을 아끼지 않았다. 두 분은 앤지를 정말로 좋아했다. 하, 물론 나도 그렇다. 게다가 앤지가 먹는 모습을 지켜보는 건 재밌다.

"향기가 끝내줘요!" 평소에 늘 그러듯이, 앤지가 부엌으로 들어가며 말했다. 앤지는 벌써 손에 분무기를 들고 있었다. 내가 처음 만났을 때 앤지는 고추기름을 섞어 20만 스코빌 정도로 만들어서 가지고 다녔다. 그 정도면 순한 '스카치 보네트 고추' 정도의 맵기였다. 그렇지만 앤지는 대담한 요리의 저 높은 고지에 오르려 끊임없이 노력하고 훈련했다. 앤지는 한 달에 한 번씩 새로운 고추기름을 한 벌씩 섞었다. '레드 사비나 아바네로' 고추를 으깨서 약간의 기름에 섞어 밀봉이 잘된 병에 넣은 치명적인 소스부터 시작했다. 앤지는 매달 이걸 아주 약간씩 희석해서 적당하다고 느껴질 때까지 강도를 낮췄다. 앤지에게 '적당하다'는 건 혀 위에 고추기름을 떨어트렸을 때 1분 내로 윗입술에 땀이 나는 수준을 말한다.

앤지는 1년에 두어 번 그달의 고추기름에 알코올을 약간 섞고, 거의 참을 수 없는 수준이 될 때까지 설탕물을 타며 희석해서 강도

를 조정했다. 마지막으로 확인했을 때 앤지는 32만 스코빌까지 강
도를 올린 상태였다. 음식을 먹고 난 뒤 키스를 할 때, 내가 앤지에
게 먼저 이를 닦으라고 요구하기 시작했던 게 그즈음이었다. 입술
이 화상이라도 입은 것처럼 화끈거리기 시작했기 때문이었다.

"그냥 칩과 소시지야. 엄마 손맛이 가득한 영국식 가정식이지."

"하지만 미국인이 요리했어." 아빠가 요리하며 말했다.

"여보! 오븐에 칩을 넣은 사람은 나잖아." 엄마가 말했다. 엄마가
'칩'이라고 하는 건 영국식 영어로서 '튀김'을 의미했다. 엄마가 고
구마튀김을 만들어서 냉동실에 넣어두었다. 난 고구마튀김의 맛이
끝내준다는 사실을 인정할 수밖에 없었다.

"그렇지, 여보. 당신이 했지. 게다가 감독까지."

아빠가 지글거리는 고기가 담긴 접시를 식탁 위에 내려놨다. 아
빠는 프리랜서로 유기농 육류 협동조합의 데이터 추출 작업과 전자
상거래를 도와준 적이 있었는데, 혹시 다른 일거리가 더 있을지 문
의하는 메일을 보냈더니, 가엽게 여긴 협동조합에서 직원가로 고기
를 살 수 있도록 배려해줬다. 덕분에 우리는 원할 때마다 에뮤와 사
슴, 버펄로 소시지를 마음껏 먹을 수 있었다. 나는 그중에서도 사슴
고기를 특히 좋아했는데, 먹는 동안 '아기 사슴 밤비'에 대한 생각만
그리 많이 떠올리지 않는다면 맛은 아주 좋았다.

아빠는 다시 스토브로 돌아가서, 향긋한 고기 익는 연기와 수증
기를 빨아들이며 큰 소리로 웅웅거리던 환풍기를 껐다. 그러더니
아빠가 이마를 손바닥으로 쳤다. "잠깐만, 앤지, 넌 채식주의자잖아,
그렇지?"

나는 속으로 웃었다. 앤지는 초여름에 채식주의자가 되었다. 하

지만 버닝맨에서 죽여주는 바비큐를 나눠주던 천막을 지날 때, 웅크리고 있던 육식 욕구를 드러내고 말았다.

"괜찮아요. 쇠고기는 식물을 고도로 가공한 형태일 뿐이잖아요." 앤지가 말했다.

"그렇지!" 아빠가 말했다. 그리고 자리에 앉기 전에 포크로 소시지 두 개를 앤지의 접시에 놓아줬다.

다시 가족이 모여 저녁식사를 하니 묘하게 좋았다. 내 앞에는 커다란 접시에 음식이 가득 있고, 부모님은 대출금과 식료품비 때문에 끊임없는 공황상태에 빠져있지 않던 때처럼 밝게 대화를 나눴다. 하지만 언제까지나 계속될 수는 없었다. 내가 바보 같은 말을 꺼내고 말았다.

"며칠 전에 진짜 멋진 걸 봤어요. 2차 세계대전 당시 암호에 대한 역사책이었는데, 암호 기계에 대한 장이 있었어요. 에니그마와 영국의 블레츨리 파크 같은 거요."

"그게 뭐야?" 엄마가 물었다.

"에니그마는 나치가 메시지를 암호화할 때 사용하던 기계야. 나 같은 사람도 아는구먼." 아빠가 말했다.

"미안. 내가 나치의 기계에는 조금 약하거든."

"사실." 앤지가 버펄로 한입 가득 물고 있던 버펄로 소시지를 삼키며 말했다. "정확하게 말씀드리면, 에니그마는 '나치'의 기계가 아니에요. 에니그마는 처음에 네덜란드에서 개발되었는데, 은행원이 전보를 보낼 때 암호화할 수 있는 제품으로 팔렸었죠."

"맞아요." 내가 말했다. "그리고 주축국(主軸國)은 모두 에니그마를 사용했어요. 에니그마 1세대는 말 그대로 아름다웠어요. 최고의 기술자들이 네덜란드의 기계를 복제해서 진짜 괜찮은 기계를 만들고, 거기에 멋진 과학기술을 접목해서 더욱 깨기 어려운 암호기를 제작했거든요. 에니그마의 뒤를 잇는 제품이 10여 개 정도 나왔는데, 새로 만들 때마다 회전자를 추가하고 다른 걸 덧붙여서 더 강하게 만들었어요. 그렇지만 나치가 가장 좋은 재료를 모조리 사람을 죽이는 데에 사용했어요. 그래서 전쟁이 끝날 때쯤에는 원래 3개였던 회전자가 12개까지 늘어났는데, 겹겹이 쌓아놓은 쇳덩어리처럼 되어버려서, 1세대 에니그마에서 보였던 날카로운 안목과 손재주가 사라지고 짜증날 정도로 기능적이기만 한 기계 덩어리가 되어버렸죠. 기술자들은 몹시 불쾌했을 것 같아요. 아마도 절반의 시간을 기계를 추가하는 노예 노동을 감독하거나 죽음의 수용소를 돌보면서 보내야 했겠죠. 결국 전쟁이 이 암호기의 격조 높은 품위와 아름다움을 다 망쳐버리고, 완전히 미친 사람이 아니라면 '아름다움'이라고 부를 만한 게 하나도 남지 않게 됐어요."

"우와, 정말 상징적인 사건이네." 앤지가 말했다.

내가 앤지의 어깨를 툭 쳤다. "그렇지, 이건 마치 사회의 좋은 점들이 모조리 붕괴되는 과정을 담은 작은 삽화 같아. 나중에 에니그마의 사진을 보여줄게. 1세대 에니그마는 끝내줬어, 놀라운 솜씨 그 자체였다니까. 예술 작품 같았어. 마지막에 만든 기계는 전적으로 야비한 인간이 만든 작품 같아. 나중에 보면 알 거야."

엄마와 아빠는 아무 말도 하지 않았다. 난 그에 대해 별생각이 없었는데, 그때 아빠의 뺨을 타고 조용히 흘러내리는 눈물이 내 눈에 들어왔다. 난 이상하게 창피스럽고 당황스러웠다. 아빠는 말없이 식탁에서 일어나더니 화장실로 갔다가 몇 분 후에 돌아왔다. 아빠가 자리를 비운 동안 아무도 말이 없었는데, 다시 돌아온 뒤에도 침묵이 이어졌다. 아빠는 얼굴을 말끔하게 씻었지만, 살짝 물기가 남아 있었다.

아빠는 몇 입 먹더니 조용히 말했다. "사회가 어떻게 그리 쉽게 똥통으로 미끄러져 들어가는지 놀랍지 않아?"

엄마가 씁쓸하게 웃으며 말했다. "내 생각엔 그 정도로 나쁘진 않은 것 같아, 여보."

아빠는 포크를 내려놓더니 음식을 씹고, 씹고, 또 씹었다. 마치 음식에 화가 난 듯 씹었다. 음식을 삼킨 뒤 내뱉은 말은 목이 메는 듯 꽉 막힌 느낌이었다. "그렇지 않다고? 여보, 오늘 우리 동네에 압류당한 집이 세 채 더 늘었어. 오늘 하루 만에 말이야. 노예 노동은 또 어떻고. 우리가 가진 물건 중에 얼마나 많은 것들에 '메이드 인 차이나'가 찍혀 있는지, 그리고 미국에서 만들었다고 찍혀 있는 물건 중에 얼마나 많은 게 교도소에서 강제노동으로 만들어졌는지 생각해봐."

"여보⋯." 엄마가 말했다.

"마커스, 앤지, 정말 미안하다." 아빠가 말했다.

"괜찮아요, 아빠." 내가 말했다.

"아냐, 내 말은, 이렇게 비참하게 망가진 나라를 너희에게 물려줘서 미안하다는 뜻이야. 돈 많은 은행가들이 모든 걸 다 챙기는 나라, 너희는 돈도 안 되고 노후 계획도 만들 수 없는 비정규직 일자리에 감사해야 하는 나라, 조심하는 능력이 최고의 의료보험이고 아프지 않기만 바라야 하는 이런 나라를⋯."

아빠가 입을 꼭 다물고 고개를 돌렸다. 엄마의 책상 위에 놓여 있던 의료보험회사의 청구서를 본 적이 있었는데, 그 돈을 내지 않으면 이제 보험이 적용되지 않을 거라는 회사의 경고가 담겨 있었다. 나는 그 문제에 대해 깊이 생각하지 않으려 애쓰고 있었다.

"괜찮아요, 아빠." 내가 다시 말했다. 아빠의 수염에 가려진 피부가 창백했다. 그리고 눈가와 목에 주름이 생겼다. 저녁식사를 시작하기 전보다 20년은 더 늙은 모습이었다.

"힘내, 여보. 솔직히 말해서, 훨씬 더 나빠질 수도 있었어. 우리의 문제를 보면서 이 정도면 다행이라고 생각할 사람이 많을 거야. 포도주 한 잔 들고 〈데일리 쇼〉나 봅시다. 내가 녹화해놨어." 엄마가 말했다. 케이블 TV가 끊기고 나서 내가 리눅스에 미스TV (MythTV) 소프트웨어를 설치하고, 낡은 컴퓨터를 이용해 저렴한 동영상 녹화기를 만들어서 TV를 볼 수 있었다. 비록 샌프란시스코에서 방송되는 채널 중 몇 개밖에 나오지 않았지만, 파일을 자동으로 변환시켜서 휴대폰이나 노트북에서도 틀 수 있었고 광고도 모두 잘라냈다.

아빠는 고개를 숙이고 아무 말도 하지 않았다.

"가자, 앤지." 내가 말했다. 어쨌든 식사는 많이 했고, 파헤쳐야 할 다크넷 문서가 우리를 기다리고 있었다.

9

혹시라도 머리를 멍하게 만들고 싶다면, 자리에 앉아서 '무작위'
의 의미에 대해 깊이 생각해보라.

원둘레와 지름의 비율을 나타내는 파이(π)를 떠올려보라. 초등
학교를 졸업한 사람이면 누구든 파이가 '무리수'라는 사실을 안다.
우리가 아는 한, 파이는 끝이 없으며 반복되지 않는다.

3. 14159265358979323846264338327950288419716939937510
58209749445923078164062862089986280348253421170679821 4
80865132823066470938446095505822317253594081284811 1745
02841027019385211055596446229489549303819644288 1097566
5933446128475648233786783165271201909145648566 92346034
8610454326648213393607260249141273724587006606 31558817
4881520920962829254091715364367892590360011330 53054882
04665213841469519415116 09···.

파이에서 아무 부분이나 천 자리의 숫자를 선택하면, 그 안에는

1이 백 개, 2도 백 개 정도 있을 것이다. 파이의 숫자들에는 정형화된 패턴이 없다. 파이의 아무 숫자나 선택해보라. 2670번째 숫자를 보자. 그 숫자는 0이다. 다음 숫자는 4, 다음은 7, 또 7, 그리고 5 두 개. 10면의 주사위를 굴려 이런 결과물이 나온다면 그걸 무작위라고 부를 수 있을 것이다. 하지만 047755가 파이의 2670번에서 2675번 사이의 값이라는 사실을 안다면, 다음 '주사위 값'은 (다시!) 5가 되고, 다음은 1, 다음은 3, 다음은 2라는 걸 예측할 수 있다.

이건 '무작위'가 아니다. 예측 가능하기 때문이다. '무작위'가 정확히 무슨 뜻인지 알지 못해도(내가 모르는 건 확실하다!), '무작위'의 뜻이 뭐든 간에 '예측 가능'해서는 안 되는 거다, 그렇지 않나?

그러므로 파이가 아무리 무작위처럼 보이는 숫자의 덩어리라고 하더라도, 그걸 '무작위 수'라고 부르는 건 말도 안 되는 소리일 것이다.

그렇다면 다른 숫자는 어떨까? 컴퓨터로 일종의 유사 무작위 알고리듬(pseudorandom algorithm)을 이용해서 이런 괴상한 수를 뱉어내게 하면 어떨까? 2718281828459045235360287471352662497757 이 수는 무작위인가?

글쎄, 진짜 무작위는 아니다. 이건 e라고 부르는 수다. '네이피어의 상수'라고 부르기도 한다. e가 무슨 의미인지는 신경 쓰지 말라, 복잡하다. 요점은 e가 파이 같은 수라는 사실이다. 모든 숫자가 예측 가능하다.

무작위 숫자 생성기가 이런 숫자를 내놓으면 어떨까?

22222222222222222222222222222222222222222222222222
22222222222222222222222222222222222222222222222222

2222222222222222222222222222222222222222222222222222
2222222222222222222222222222222222222222222222222222
2222222222222222222222222222222222222222222222222222
2222222222222222222222222222222222222222222222222222
2222222222222222222222222222222222222222222222222222
2222222222222222222222222222222222222222222222222222
2222222222222222222222222222222222222222222222222222
2222222222222222222222222222222222222222222222222222
2222222222222222222222222222222222222222222222222222
2222222222222222222222222222222222222222222222222222
22222222222222222222222222222222

이건 무작위인가?

글쎄, 흠, 아니다.

이건 왜 무작위가 아닌가? 내가 "천 개의 2로 이루어진 수에서 백 번째 숫자는 무엇인가?"라고 묻는다면 누구든 답을 알 수 있다. 결코 놀라운 일이 아니다.

수많은 사람이 '무작위'에 대한 적절한 정의를 만들어내려고 수많은 시간을 보냈다. 누군가 생각해낸 최고의 정의는 "그게 무엇인지 표현하기 위한 가장 간단한 방법이 직접 써내려가는 것일 때 그 수를 무작위라고 한다."

그 소리를 듣고 '뭔 개소리냐'고 생각할 수도 있겠지만, 당황하지 말라. 어렵긴 하지만, 멋진 정의다. 다시 익숙한 파이를 떠올리자. 파이를 인쇄하는 프로그램을 만들 수 있다. 약 2백 자 정도면될 것이다. 더 적을 수도 있다. 파이는 무한하므로 2백 자보다 훨씬 길다. 그러므로 파이를 표현하는 가장 간단한 방법은 파이의 무한한 숫자를 모두 쓰는 게 아니라, '파이 프로그램을 출력하라'라고 쓰는 것이다.

파이도 쉽지만 "2222222222222222222222222222222222222222 22222" 같은 숫자는 훨씬 더 쉽다.

컴퓨터 언어 '파이썬'으로 쓰면 이렇게 된다.

print ''.join(['2']*42)

다른 언어인 '펄'로 쓰면 더 간단하다.

print 2×42

너무도 화려하고 장황해서 셰익스피어 풍의 컴퓨터 언어라고 부를 만한 '베이직'으로도 이렇게만 쓰면 된다.

10 PRINT "2"

20 GOTO 10

30 END

이건 30자로서, 2222222222222222222222222222222222222222 22222를 무한히 계속 쓰는 것보다는 훨씬 짧다. 그러므로 무작위 수가 쉽게 표현할 수 있는 패턴이나 구조를 가지고 있지 않은 뜻밖의 수를 의미한다면, 우리는 이렇게 말할 수 있다. "그 수를 출력할 수 있는 가장 짧은 프로그램이 그 수 자체보다 길다면, 그 수는 '무작위'라고 할 수 있다."

이 규칙은 깔끔하고 치밀하다. 좋은 규칙은 짧고, 힘차고, 핵심을 찌른다. 그레고리 차이틴이라는 사람이 이 깔끔한 규칙을 만들어냈다. 그리고는 그 규칙을 멋지게 변화시켰다. 그는 자신의 이 위업이 너무 자랑스러워서 어마어마한 수학 천재에게 그 내용을 편지로 보낸다. 그 천재의 이름은 쿠르트 괴델인데, 그는 이런 질문을 던져서 이 모든 걸 엉망으로 만들어버린다. "당신이 만든 프로그램이 그 수를 출력하는 가장 짧은 프로그램인지 어떻게 알 수 있습니까?"

좋은 지적이다. 프로그래머들은 항상 문제를 해결하는 신기한 방법을 찾아낸다. 그리고 어떤 수에는 다른 사람이 알아보지 못했던 숨겨진 패턴이 있을지도 모른다. 이런 수를 출력하는 프로그램을 만들어달라고 했다고 치자.

6464126002437968454377733902647251281941632007684873625176406596754069362175887930785591647877727473927200291034294956244766130820072925073452917076422662104767303786316995423745511745652202278332409680352466766319086101120674585628731741351116229207886513294124481547162818207987716834634132236223411778823102765982510935889235916205510876329808799316517252893800123781743489683215159056249334737020683223210011863739577056747386710217321237522432524162635803437625360680866916357159455152781780392177432282343663377281118639051189307590166665074295275838400854463541931719053136365972490515840910658220181473479902235906713814690511605192230126948231611341743994471483304086248426913950233671341242512386402665725813094396762193965540738652422989787978219863791829970955792474732030323911641044590690797786231551834959303530592378981751589145765040802510947912342175848284188195013854616568030175503558005494489488487

13516053755934023457489795166024423383214060300959371055884570525157042662846003 5

아무리 쳐다보더라도, 그 어떤 패턴도 찾아내지 못할 것이다. 혹시 패턴을 찾는다면, 그건 상상의 산물일 뿐이다. 그렇다면 이건 무작위일까? 아니다. 이 수는 파이의 일부분이다. 구체적으로 말하자면, 파이의 100,000번째부터 101,000번째까지다. 자, 이제는 저 수를 출력하는 아주 짧은 프로그램을 짤 수 있다. "파이를 출력하라"는 프로그램에 이렇게만 붙이면 된다. "단, 100,000번째 숫자부터 출력하고, 거기서부터 1,000번째 숫자에서 멈춰라."

그레고리 차이틴은, 충분히 길고 특이한 수가 주어졌을 때, 그수를 출력할 수 있는, 그 수보다 짧은 프로그램이 존재하는지 여부는 아무도 알 수 없다는 사실을 깨닫게 된다. 즉, 어떤 큰 수가 무작위인지는 결코 알 수 없다는 뜻이다. 사실, 어쩌면 무작위 수라는 게 아예 존재하지 않을지도 모른다. 차이틴은 이것을 '불완전성'이라고 부른다. 어떤 수가 무작위인지는 완전하게 확신할 수 없다는 의미이다.

당시 괴델은 이미 '불완전성 정리'로 유명했다. 수학 체계는 자기 스스로 모순이 없다는 사실을 증명할 수 없다는 정리다. 차이틴은 무작위 수를 생각하는 방식에도 불완전성이 있다고 보았다.

지금까지 알려진 바로는 그의 말이 맞다. 우리는 기본적으로 어떤 수가 무작위인지, 완벽하게 예측 가능한 수인지 결코 알 수 없다. 차이틴은 수학계에서 가장 똑똑한 사람 중 하나다.

재미있는 사실 하나 더. 괴델은 말년에 미치는 바람에 누군가 자신을 독살하려 한다고 믿었다. 그래서 그는 먹는 걸 거부하다가 스

189

스로 굶어 죽었다. 괴델이 왜 미쳤는지 정확한 이유는 아무도 모르지만, 난 그 모든 불확실성이 그를 미치게 만든 게 아닐까 하는 생각이 종종 든다.

나는 노트북 자물쇠에 관한 문서를 유출하지 않았다. 앤지도 하지 않았다. 졸루도 하지 않았다. 로그 기록에 따르면, 그 문서를 만진 사람은 우리뿐이었다.

그런데 그 문서들이 유출됐다.

당연한 이야기지만, 내가 알아채기 전에 리엄이 먼저 그 사실을 알아냈다. 리엄은 그 이야기를 레딧에서 보자마자 내 책상으로 거의 달리듯 다가왔다. "차베스 고등학교 나왔지?"

"어, 왜?"

"프레드릭 벤슨이라는 추잡한 인간 알아?"

리엄의 이야기를 더 들을 필요가 없었다. 그 말만으로도 나는 이 이야기가 어떻게 흘러갈지 정확히 알았다. 하지만 내 짐작보다 더 안 좋았다. 페이스트빈에 올라온 노트북 자물쇠에 대한 문서는 모두 글머리에 '다크넷 문서 00000번' 같은 형태의 번호가 달려 있었는데, 하필이면 그 번호 중 가장 높은 게 745,120이었다. 몇몇 사람들은 그 사실을 알아채고, 어딘가에 있는 '다크넷 문서'라는 사이트에 적어도 745,120개의 문서가 있다고 결론 내렸다.

우리가 한 방 먹었다.

"정말 놀랍지 않아? 이게 믿어져? 이 사람들이 어떤 걸 더 가지고 있을까?"

"그러게. 허, 와우."

리엄이 내 책상으로 의자를 끌고 왔다. 그리고 내게 머리를 가까이 댔다. 리엄에게서는 액스 바디스프레이 냄새가 났다. 그건 지금까지 인류에게 알려진 가장 역겨운 냄새일 것이다.

"마커스." 리엄이 목소리를 맞춰 말했다. "마커스, 어제 기억나지? 네가 인증서랑 그런 거 이야기했잖아. 내 생각엔, 네가 겉으로 말하는 것보다 그 문제에 대해 더 많이 알고 있는 것 같았어."

"그렇게 생각했구나."

"이봐. 네가 누구야, 바로 마커스 얄로우잖아. 내 말은, 다크넷이라는 게 실제로 있다면, 이미 네가 빠삭하게 알아봤을 거 아니냐는 거야, 진심이야, 친구, 요." 리엄은 내가 뭔가 말해주길 기다리는 모양이었다. 난 누군가 '요'로 말을 끝내면 뭐라고 말해야 할지 몰랐다. 그런 사람들은 항상 내가 한 번도 보지 못했던 브로맨스 코미디 영화의 시나리오를 연기하는 것 같았다. 하지만 리엄은 아주 흥분해서 몸을 약간 떨기까지 했다. "이봐, 나도 좀 같이 엉기자, 인마."

아, 그렇군. 리엄은 바보가 아니었다. 녀석은 들떠있고 약간 유치하기는 했어도, 주의 깊게 듣고 10에 10을 더하면 100이 된다는 사실을 이해한다(2진법으로는 그렇다). 그리고 착한 녀석이었다. 졸루는 다크넷에 자기 친구들을 데리고 왔다. 하지만 난 다른 사람들에게 미리 말하지 않은 상태에서, 지나치게 활기 넘치는 강아지 같은 리엄을 무작위로 등록시킬 수는 없었다. 특히 우리를 죽일 수도 있는 어떤 놈이 우리의 기지 안에 나타난 상황에서는 말이다.

"리엄, 진심으로 하는 말인데, 난 네가 무슨 이야기를 하는 건지 전혀 모르겠어. 이건 나도 처음 듣는 이야기야."

"정말? 손가락 걸고 약속할 수 있어?

"내 눈을 걸고 맹세하는데, 진짜 완전 진심이야. 난 레딧에 계정도 없어. 나도 이 사람들이 노트북 자물쇠를 이용하는 관리자들에 관해 이렇게 이렇게 많이 파헤쳤는지 믿기지 않아."

"아, 별거 아냐." 리엄은 조금 전까지 인터넷 집단 지성의 힘에 흥분해서, 내가 유출단의 주모자라고 확신했었다는 사실을 이미 잊어버린 것 같았다. "어나니머스가 d0x 했을 때와 비교하면 아무것도 아냐."

어나니머스에 대해서는 나도 안다. 이들은 모든 사용자의 익명이 보장되고, 우스꽝스러운 공격이 놀이인 사이트 4Chan의 /b/게시판에서 파생된 기묘한 무소속 집단이다. 이 집단은 계속 하부 그룹을 만들면서 뭔가 용감하거나 멍청하거나 사악한(혹은 이 세 가지를 동시에) 짓을 해왔다. 페이팔이 위키리크스에 대한 송금을 중단하자 이에 항의하려고 수천 명의 사람을 동원해 페이팔을 공격하기도 했다. 그 안에는 믿기 힘들 정도로 못된 해커들도 있지만, 컴퓨터나 정치에 대해서는 그다지 아는 게 없어도 동지애나 힘이나 재미(혹은 그 세 가지를 동시에)가 좋아서 많은 아이들이 거기를 들락거리고 있었다.

하지만 내가 어나니머스에 많은 시간을 투여했다고 말하기는 힘들다. 나도 한때는 사이버 게릴라 지하 세계에서 시간을 보냈지만, 자유와 재미를 위해 싸우는 시간만큼이나, 자기들끼리 서로 싸우느라 시간을 보내서 '운동'이라고 묘사하기도 불가능한 상황이 되었을 때, 나는 더 이상 관여하지 않겠다고 결정했다.

"d0x." 내가 말했다. 나는 그 말이 무슨 뜻인지 기억해내려고 애썼다.

"그래, 어나니머스가 어떤 사람에게 진짜 열 받으면, 그 인간에 관해 찾을 수 있는 모든 자료, 즉 재판 기록, 재산 기록, 결혼, 출생, 사망, 학교 기록, 집 주소, 직장 주소, 전화번호, 신문 기사까지 모든 걸 다 파헤쳐서 d0x 해버리잖아. 죽여줬다니까. 마치 국토안보부가 뒤집고, 온갖 기관과 회사, 검색 엔진으로 알아낼 수 있는 모든 이상한 쓰레기까지 다 널어놓은 것 같았어. 그 내용은 지금도 검색 엔진으로 검색될 거야, 앞으로도 영원히. 너희 추잡한 늙다리 교감에 대해 그 사람들이 알아낸 건 아무것도 아냐. 만일 어나니머스가 이 일에 손을 댔으면, 쾅! 아마 볼만했을 거야."

이제야 d0x가 무슨 뜻인지 기억났다. 개인정보를 모조리 폭로한다는 의미였다. 휴. "이런 일을 할 수 있는 사람이 또 누가 있을지 궁금하지 않아?" 내가 물었다.

"무슨 말이야? 경찰이나 FBI 같은 데 말이야?"

"음, 내 말은, 그래, 뭐, 물론, 그 사람들도 이런 걸 할 수 있겠지." 그리고 더 있지. 나는 합법적 감청 프로그램을 이용하면 어떤 걸 파헤칠 수 있을지 상상했다. "글쎄, 난 잘 모르겠지만, 사장들? 아니면 사설용병업체는 어떨까?"

"어딘가에서 어나니머스 같은 사람들이 재미가 아니라 돈을 위해 그 짓을 한다는 말이지? 고용된 해커 같은 사람들? 아, 당연히 있겠지. 천사나 천재들만 SQL 인젝션 공격*이나, 형편없는 암호 파일 깨는 방법을 배울 수 있는 건 아니니까. 쉬는 시간마다 나를 툭

---

* 아이디와 비번의 입력창이나 검색창 등 데이터베이스와 연결된 입력 부분에 특정한 명령어를 집어넣어 공격하는 해킹 기법

툭 때리면서 괴롭히던 재수 없는 녀석들 중 절반은 지금쯤 사설정보 업체에서 낄낄대고 있을걸."

"그래." 내가 말했다. 나는 그 재수 없는 녀석들 중 얼마나 많은 놈들이 캐리 존스톤에게 돈을 받을지, 그리고 그중 얼마나 우리의 다크넷에 들어와 놀면서 우리 머릿속을 헤집고 있을지 궁금했다.

나는 점심시간을 길게 가졌다. 출근한 지 3일밖에 안 됐는데 땡땡이치는 게으름뱅이가 된 느낌이었다. 그리고 앤지와 졸루에게 사우스 파크에서 만나자고 했다. 거긴 사우스오브마켓 지구의 한가운데에 있는 약간 지저분하고 작은 공원인데, 앤지의 학교와 졸루의 사무실과 내 사무실에서 엇비슷한 거리에 있었다. 하지만 거긴 수많은 인터넷 기업과 과학기술 업체가 출발하는 중심지라서 항상 컴퓨터 '덕후'들이 가득했다. 나는 거기에 가면 마음이 편했다.

졸루가 먼저 도착했는데, 여전히 멋지고 어른스러웠다. 주변의 벤치에 앉아 점심을 먹던 두 사람이 졸루를 알아보고 손을 흔들었다.

"어떻게 된 거야?" 졸루가 자리에 앉을 때 내가 물었다.

"뭐가?" 졸루는 엄청 재미있는 농담을 주고받고 있던 양 미소를 지었다.

"모르겠어. 넌 어떻게 그렇게 멋있어졌냐? 난 이 다크넷 일 때문에 정신이 나가서 눈 감고 옷을 골라 입은 몰골에다, 어떻게 머리를 잘라야 열다섯 살짜리 애처럼 보이지 않을지 고민인데, 넌 너무 완전히, 글쎄다, 그게, 너무 근사하잖아."

졸루가 다시 편안한 미소를 지으며 나를 바라봤다. "모르겠어, 마커스. 예전에는 어떻게 해야 멋있게 보일까, 골치 아픈 일에 휩말리지 않을까, 세상이 끝나는 건 아닐까 같은 문제로 불안했어. 그러다 어느 날 그런 생각이 들더라. '무슨 일이 일어나든, 완전히 겁에 질린 몰골로 놈들을 즐겁게 만들어주지는 않겠다.' 그래서 더 이상 걱정하거나 불안해하지 않기로 결심했어. 그리고 그렇게 했지."

"너, 꼭 무슨 신선 같아. 그거 알아?"

"너도 해봐, 인마. 네 기분 나쁘라고 하는 이야긴 아닌데, 넌 조금 들떠있는 것 같아."

"뭐, 너도 알잖아. '뭔가 문제가 생겼거나 의심이 들면, 멍하게 가만히 있느니 차라리 제자리라도 뱅뱅 돌면서 비명을 지르고 소리치는 게 낫다.'"

"그래, 네가 예전에 그렇게 말했었지. 내가 궁금한 건 그게 너한테 효과가 있느냐는 거야."

나는 눈을 감고 청바지에 양손을 북북 문질렀다. "그다지 잘…."

"1, 2분이라도 흥분을 가라앉히고 정신을 똑바로 차리려고 노력해봐. 그러고 나서 이야기하자."

졸루가 아니라 다른 사람이 내게 이런 소리를 했다면, 나는 아마 불쾌했을 것이다. 하지만 나는 졸루가 어떤 녀석인지 잘 안다. 졸루도 세상의 그 누구보다 나를 잘 알았다. 성전에 있던 때가 기억났다. 나는 사막에서 징소리와 옴소리에 둘러싸여 있었다. 완벽한 평화와 고요함이 따스한 목욕물처럼 나를 씻어주었다. 당시 어떤 느낌이었는지 기억은 나지만, 다시 그걸 느낄 수는 없었다. 내가 더 간절히 쫓을수록, 그 느낌은 더 빨리 도망쳐버렸다.

졸루가 내 어깨를 손으로 짚더니 나를 가볍게 흔들었다. "인마, 진정해. 절대로 무리해서 하지 마. 넌 당장에라도 싸우자고 달려들 사람 같아. 이건 이완해야 되는 거야. 긴장하면 안 돼. 그게 어려우면, 네가 뭔가 잘못하고 있는 거야."

난 이런 일에 실패했을 때처럼 정말로 기분이 나빠졌다. 나는 그 사실을 감추려고 과장된 몸짓으로 두 손에 얼굴을 파묻고 뭔가 예술적 고뇌 같은 걸 겪고 있는 척했다.

"마커스, 땀 빼지 마. 그냥 마음에만 담아두고 있어, 알겠지? 바깥세상에서 일어나는 일에 대한 우리의 통제력은 제한적일 수밖에 없지만, 머릿속에서 일어나는 일은 우리가 완벽하게 통제할 수 있어, 적어도 이론적으로는. 네가 바깥세상을 바꾸려고 수많은 시간을 노력해왔다는 건 알지만, 바깥세상이 내면의 감정을 만드는 방식을 바꾸는 데에는 그다지 많은 에너지를 쓰지 않았잖아. 너한테 세상을 바꾸려는 노력을 그만두라는 게 아니야. 그렇지만 당분간 조금씩이라도 두 가지를 함께 하려고 노력하면서 무슨 일이 일어나는지 보면 좋을 것 같아."

졸루는 미소를 지으며 말했다. 졸루가 잘난 체를 하려는 게 아니라는 걸 알면서도, 나는 여전히 수치스러웠다. 졸루의 말이 옳다는 사실을 알기 때문일 것이다. 지금껏 나는 사람들에게서 긴장을 풀어라, 진정해라, 흥분을 가라앉히라는 말을 귀가 닳도록 들었지만, 왠지 진정하는 건 쉽지 않았고, 쉽게 자제력을 잃었다.

이제 졸루는 걱정스러운 눈빛으로 바라봤다. "알았어, 내가 한 말은 다 잊어버려. 네가 물어보니까 말했을 뿐이야. 현재 상황에 관해 이야기해보자, 괜찮지? 다크넷은 대체 어떻게 돌아가고 있는 거야? 누가 우리 뒤에서 훔쳐보고 있는 거지? 놈들은 뭘 하려는 거지? 그런 이야기 말이야."

"그래." 내가 말했다. 화제가 바뀌자 안도감이 밀려왔다.

"하나씩 제외하는 방식으로 시작해보자. 이야기를 풀어가려면 시작점을 잡아야 하니까. 로그 기록에 따르면 나랑 너, 앤지 외에는 아무도 그 문서들에 접근하지 않았어. 넌 앤지가 그 문서들을 유출하지 않았을 거라고 확신해? 화내지 말고, 알았지? 모든 상황을 고려하자는 것뿐이야."

"응. 무슨 말인지 알아. 앤지가 그런 짓을 하는 건 상상하기도 힘들어. 내가 벤슨 교감에 대한 자료를 배포해야 한다고 말했을 때, 앤지는 거의 내 모가지를 뜯어낼 기세였어."

"네가 그 문서들을 유출하려 했다고?"

"뭐? 아냐. 내 말은, 음, 그래. 물론 처음에는 그 개자식을 벽에 못질이라도 하고 싶었지. 그런데 앤지가 바보짓 하지 말라고 해서 생각을 바꿨어. 그리고 난 다른 참가자들에게 말하려고 했었어. 독자적으로 혼자 처리하려던 게 아니었단 말이야. 설령 유출하고 싶었더라도, 난 어떻게 그걸 유출해야 할지도 몰랐어. 누가 했는지 몰라도 유능하게 처리했어. 페이스트빈에 올리고, 레딧에서 열광하니까, 언론이 따라갔잖아."

그때 앤지가 도착했다. 마리오와 크툴루를 합성한 픽셀 아트가 그려진 두툼한 검은 스웨터와 검정 줄무늬 팬티스타킹, 빨간 치마를 입은 앤지의 모습은 완벽하게 아름다웠다. 거기에 낡아서 쩍쩍 갈라진 회색 오토바이용 부츠를 신고, 3D 프린터로 만든 플라스틱 팔찌를 양쪽 손목에 찼다. 앤지는 내가 지금껏 아는 어떤 이보다 완벽한 여성이었고, 내게 세상에서 가장 친한 친구였다. 앤지가 거리에서 다가올 때나 공원을 가로질러 걸어오는 모습을 볼 때마다, 난 세상에서 가장 운 좋은 녀석이라는 사실을 깨달았다.

앤지가 우리 뒤에 숨어서 자료를 유출했을 리가 없다.

앤지는 졸루와 따스한 포옹을 나누었다. 그리고는 나를 끌어안고 길고 진한 입맞춤을 나눴다. 입맞춤은 내가 앤지의 목에 얼굴을 파묻고 쇄골에서 풍기는 천상의 향기를 맡으며 끝맺었다.

"안녕, 얘들아, 우리의 문제들은 아직 해결 못 한 거야?"

"아직은. 지금 해결방법을 찾는 중이었어."

우리는 각자 준비한 도시락을 열었다. 내 도시락은 집을 나서기 전에 준비한 땅콩버터 젤리 샌드위치에 사과 한 개, 냉침 커피 작은 병이었다. 매일 커피와 부리토, 호차타에 8달러씩 날려버리면 그나마 적은 월급조차 남아나지 않을 것 같다는 생각이 들기 시작하면서부터 직접 도시락을 싸야겠다는 생각이 들었다. 앤지는 언제나 그렇듯 완벽하고 엄청나게 귀여운 도시락통에 쌀밥과 채소, 두부와 고기가 세심하게 색색의 무늬를 이루며 배치된 도시락을 직접 싸 왔다. 졸루는 집에서 만든 멋진 에너지바를 가져왔는데, 나무판자만큼이나 크고 온갖 종류의 견과류와 씨앗이 두 배는 더 촘촘했고 훈제 베이컨 조각을 집어넣었고, 거기에 졸루의 비밀 양념 혼합물을 뿌렸다. 예전에 캠핑을 갔을 때 졸루가 배고플 때마다 그런 에너지바 하나를 조금씩 갉아먹으면서 하루를 버티는 걸 본 적이 있다.

"이야기를 더 진행하기 전에." 앤지가 한 입 가득 밥과 가지 절임을 먹으며 말했다. "졸루, 네가 유출한 건 아니지? 널 불쾌하게 만들려는 의도는 아냐, 하지만…."

졸루가 웃음을 터트렸다. "응, 알아. 내가 마커스에게 네가 유출했을 가능성이 있는지 물었을 때 이 녀석의 얼굴을 봤어야 해."

"뭐, 이야기를 시작하려면 어쩔 수 없지. 난 유출하지 않았어. 이 말이 도움될지는 모르겠지만 말이야. 차라리 내가 그랬으면 좋겠어. 그러면 우리의 안전을 위협하며 방해하는 사람이 없다는 뜻이 될 테니까 말이야. 하지만 졸루, 넌 내 질문에 아직 대답 안 했어. 네가 유출했니?"

"아냐, 앤지. 나도 내가 그랬으면 좋겠어. 이유는 너와 같아. 달리 생각하기는 싫거든. 무슨 말이냐면, 누군가 정말로 심각하게 내 서버의 보안을 위태롭게 만들었다는 뜻이니까. 하지만 서버로 들어가거나 나오는 정보는 모조리 암호화되기 때문에 해킹은 엄청나게 어려울 거야. 그런데 그게 아니라면…."

"그게 아니라면, 누군가 네 컴퓨터나 내 컴퓨터, 혹은 앤지의 컴퓨터를 해킹했을 거라는 뜻이지."

"그래."

오전 내내 그런 가능성이 내 머릿속을 맴돌았었다. 누군가 내 컴퓨터를 완전히 장악해서, 노트북의 카메라와 마이크를 켜고 모니터를 캡처하거나 하드디스크의 파일을 가져갔다. 내가 결코 생각하고 싶지 않은 가능성이었다. 다크넷 문서에 따르면 벤슨은 자기가 싫어했던 한 어린 학생의 사진을 8천 장이 넘게 찍어서 가지고 있었다.

내 컴퓨터는 얼마나 자주 해킹당했을까? 0번? 아니면 8천 번?

게다가 더 중요한 문제가 있다. 만일 내 컴퓨터가 해킹을 당했다면, 네트워크에서 컴퓨터들의 약점을 스캔하는 누군가에게, 어쩌다 내 컴퓨터의 프로그램이 업데이트가 안 된 시점에 '무작위'로 걸리는 바람에 장악된 걸까, 아니면 '특별히' 내 컴퓨터를 지목해서 해킹한 걸까? 즉, 누군가 나를 목표물로 삼았던 걸까? 나도 괴델처럼 무작위와 특별한 것의 차이가 무엇인지 더 이상 알 수 없게 되었다는 생각이 들었다.

졸루가 '활동적인 요원'이나 다른 친구들에게 뭐라고 했는지는 모르겠지만, 다크넷 채팅에서 앤지나 나한테 유출했다고 비난하는 사람은 없었다. 나는 졸루의 친구들이 어떤 사람들인지 아직 모르고 앞으로도 알고 싶지도 않지만, 아마도 졸루와 함께 일하는 사람들이고 점심 후에 돌아가서 이야기를 나눴을 거라는 짐작이 들었다. 부디 비밀리에 마이크나 카메라가 돌아가고 있을지도 모르는 컴퓨터에서 멀리 떨어져 이야기를 나눴기를 바랐다.

당연한 이야기지만, 누가 어떻게 우리를 도청하는지 알아내지 못한 상태에서 다크넷에서 채팅을 많이 하고 싶은 사람은 없었다.

조셉 노스 선거운동본부에서 마지막 사람(리엄이었다)이 퇴근한 후, 나는 자리에 앉아 살아있는 맹독성 뱀이 안에 숨어 있는 양 내 노트북을 노려봤다. 나는 점심시간에 친구들과 만났던 시간을 벌충하고 오늘 업무를 마무리한다고 핑계로 늦게까지 자리에 남아 있었지만, 실은 집에서 노트북의 벌레를 제거하고 싶지 않았기 때문이었다. 게다가 사무실에는 여분의 유용한 컴퓨터들이 주변에 널려 있으니 굳이 집에 가서 할 필요도 없었다.

이론적으로는, 내 노트북을 안전하게(혹은 다시 안전하게) 만드는 일은 쉬워야 한다. 다른 하드디스크를 찾아서 암호화된 파일 시스템을 만들고, 인터넷에서 부팅 파일을 받은 뒤, 깨끗하고 감염되지 않고 순수한 패러노이드 리눅스라는 사실을 완벽하게 확실히 하기 위해 조심스럽게 체크섬을 검증하고 컴퓨터를 부팅한다. 그리고 새 하드디스크에 최신판의 패러노이드 리눅스를 설치하고, 내 디스크에서 새 디스크로 사용자 자료를 복사하면, 내 컴퓨터에는 새로운 두뇌와 함께 과거의 모든 기록을 갖게 되며, 새로운 두뇌의 신뢰도와 확실성은 높은 수준으로 확신할 수 있게 된다. 이건 여분의 노트북 두어 대와 하드디스크가 주변에 있을 때 가장 효율적으로 할 수 있는데, 선거운동본부에는 그럴 장비들이 많았다. 낡은 노트북은 사람들이 잘 버리지 않는 물건이기 때문에, 사무실에는 조셉 노스 지지자들이 후원한, 반쯤 골동품이 된 컴퓨터도 많이 쌓여 있었다.

낡은 컴퓨터가 감염되었는지 완벽하게 파악하는 건 더 힘들고 미묘한 문제다. 누군가 컴퓨터를 감염시켜서 커널(운영체제의 중심에 있는 덩어리, 거기에 가장 치명적인 스파이웨어가 감춰져 있다)을 개조하면, 나는 제자리에 있지 않은 뭔가를 찾기 위해 한 줄 한 줄 뒤져보거나(아마도 백 년은 걸릴 것이다), 잘 알려진 양호한 출처에서 일치하는 커널을 구해서 체크섬을 대조하며 눈에 띄는 불일치가 있는지 살펴봐야만 한다. 내 노트북의 커널은 지난 몇 년 동안 내가 자주 업데이트하고 개조했기 때문에, 최신 버전과 일치하지 않더라도 노트북이 장악당해서가 아니라 내가 최신판을 변경해서 그럴 가능성이 훨씬 크다는 문제가 있었다. 둘 중에 어떤 원인 때문에 일치하지 않는지 알아내지 못할 가능성이 아주 컸다.

내 노트북은 책상 위에 자리를 잡고 앉아서 쌀알 크기의 동그란 웹캠으로 나를 노려보고 있었다. 그리고 바늘구멍만 한 마이크 구멍이 모니터 테두리에 뚫려 있었다. 점심시간 후 사무실로 돌아오자마자 나는 가장 먼저 노트북의 카메라와 마이크를 덮으려고 물품 선반에 있던 강력 테이프를 가져왔다.

하지만 난 그러지 않았다. 피해망상처럼 느껴졌기 때문이다. 난 피해망상이었다. 내 노트북 안에 누군가 있다면, 다른 누구보다 나에 대해 잘 알 것이다. 하지만 지금까지 그 사람은 조심스럽고 효과적으로 내가 유출하려던 문서들을 배포했다. 그 사람은 어쩌면 나쁜 녀석이 아닐지도 모른다. 어쩌면 그 사람은 뭔가 뒤틀리긴 했어도 내 편일지 모른다. 난 어느새 훔쳐보고 있는 녀석을 상상하고 있었다. 몇 년 전의 나처럼 17살짜리가 자기가 가서는 안 되는 곳에 들어간 흥분감에 젖어있을 것이다. 아니면 나이 많고 비열한 FBI 요원이 콴티코의 FBI 아카데미에 앉아 내 표정과 내가 앤지와 입맞춤하는 방법을 꼼꼼하게 기록하고 있을 것이다. 아니면 덩치 큰 조폭이 나의 가장 당혹스러운 순간들을 저장했다가 나중에 캐리 존스톤과 함께 쳐다보며 낄낄댈지도 모른다.

선거운동본부 사무실은 으스스할 정도로 조용했다. 거리의 소음은 에어컨의 웅웅거리는 소리에 묻혔다. 나는 웹캠을 똑바로 바라보고 말하기 시작했다. "너, 거기 있지, 아니야? 소름 끼치는 짓 같긴 하지만, 난 말해야겠어. 너는 나를 도와준다고 생각하고 있는지 모르겠지만, 너한테 할 말이 있어. 난 너 때문에 미치겠어. 난 네가 훔쳐보지 말고 나한테 직접 이야길 했으면 좋겠어. 혹시 네가 나쁜 녀석이라면, 뭐, 엿이나 먹어. 네가 무슨 짓을 해도 다크넷 문서들이 풀리는 걸 막지 못할 거야. 그리고 내가 겁에 질리거나 잡혀갈 거라는 생각이 들면, 그 빌어먹을 파일을 통째로 풀어버릴 거야. 내 소리 들려? 듣고 있는 거지?"

젠장, 난 바보 같고 어색한 기분이 들었다. 10살인가 11살 때 침대 옆에 앉아 기도해보려던 때와 똑같은 기분이었다. 당시 나는 갑자기 신이 존재한다면, 전혀 믿지 않는 우리 가족과 나한테 엄청 열 받았을 거라는 묘한 공포에 사로잡혀 있었다. 난 사실 신을 믿지 않았지만, 이런 줏대 없는 손익분석을 한 덕분이었다. '신을 믿는 데에는 비용이 전혀 들지 않는다. 신이 존재한다는 실낱같은 가능성이 사실로 드러난다면, 믿지 않은 자를 지옥으로 보내서 영원히 벌할 것이다. 그 결과는 끔찍하지만 위험성은 낮다. 그래도 일말의 가능성에 대비하기 위해 일종의 보험에 드는 게 합리적이지 않을까?' 아빠는 당시 주택보험을 바꿨는데, 보험사정인이 와서 홍수와 화재, 번개, 지진에 대비한 보험이 필요한지, 보험료를 얼마나 낼지 논의했다. 그리고 아빠와 나는 함께 보험과 관련된 수학을 파고들었다. 아빠의 영웅인 토머스 베이즈의 후원자였던 영국 수학자 리처드 프라이스가 체계화했던 수학이었다. 그래서 당시 내 머릿속에는 보험에 대한 생각이 가득했었다.

정말 이상한 생각이다. 하지만 진짜로 이상한 건 일단 그런 생각이 들자마자 이런 생각도 들었다는 사실이다. 나는 올바른 보험에 가입하지 않았다거나(틀린 신을 믿고 있다, 다른 신을 믿어야 한다), 보험료를 제대로 내지 못했다(기도 방법이 틀렸다)는 느낌을 떨칠 수가 없었다. 난 일주일 내내 종교적 무능력 때문에 저급한 낭패감을 맛봤다. 특히 밤에 잠을 자려고 침대에 누워 있을 때마다 더 심해졌다.

그러다 어느 밤, 나는 침대에서 빠져나와서 엄청난 우둔함과 자의식을 느끼며 침대 옆에 무릎을 꿇고 앉아 양손을 포개고 머리를 숙이고 눈을 감았다. 옛날 만화에서 아이들이 이런 식으로 기도하는 모습을 본 적이 있었기 때문이었다. 아마 도날드덕이 조카들에게 이렇게 시켰던 것 같다. 어쩌면 뽀빠이인지도 모르겠다. 하지만 난 이런 걸 해본 적이 한 번도 없었다.

나는 할 말을 궁리했다. "제발 하느님." 이게 처음 튀어나온 말이었다. "제발 하느님, 우리 가족을 죽이지 마세요. 제발 저희를 행복하고 건강하게 만들어주세요. 제발 역사 숙제에서 좋은 점수를 받을 수 있도록 도와주세요…." 일단 발동이 걸리자, 나 스스로가 걱정하고 있었는지도 몰랐던 온갖 일들과, 눈에 보이지 않고 모든 권력을 가진 하늘의 아버지가 풀어주기를 바라는 온갖 문제들에 대한 기도가 줄줄 쏟아져 나왔다. 처음에는 작게 이야기하는 말투로 시작했다가 속삭이는 소리로 작아지고, 생일날 촛불을 불며 소원을 빌 때처럼 입술만 들썩이는 수준이 되었다.

그리고 기도할 게 떨어지자 "아멘"이라고 말하며 눈을 떴다. 무릎이 아팠다. 나를 짓누르고 있던 그 모든 걱정거리를 덜어내자 기분이 좋아졌다. 내게 그런 걱정거리가 있었을 줄은 생각도 못 했었다. 하지만 그와 동시에, 완전히 웃기는 짓거리라는 생각이 어쩔 수 없이 떠올랐다. 신이라는 존재가 있다 한들, 그가 주말에 있을 내 친구들과의 밤샘파티까지 신경 써줄 이유가 있겠는가?

하지만 대답을 한다는 느낌이 전혀 없었다. 나는 숨어있던 공포와 걱정거리, 내 안에 있었는지조차 몰랐던 비밀을 담은 말들을 모두 쏟아냈었다. 나는 그 말들을 공중에, 하늘에 올려보냈고, 그 말들이 흘러갔지만, 어떤 말도 돌아오지 않았다. 존재감이 전혀 없었다. 귀를 기울이거나, 들어주거나, 이해해주는 존재의 느낌이 없었다. 나는 우주 삼라만상에 대고 말했지만, 우주는 전혀 관심을 두지 않은 것이다. 그날 밤 '보험료'에 대한 걱정을 그만뒀다. 알라에게 기도하거나, 유대교 성인식인 바르미츠바를 준비해야 한다거나, 힌두교의 하리 크리슈나에 귀의해야 하는 게 아닌가 하는 귀찮은 걱정거리에서도 벗어났다. 나는 한 시간 만에 불안한 불가지론자에서 태평스러운 무신론자가 되었고, 그 후로 계속 그 상태를 유지했다.

그날 밤, 난 선거운동본부 사무실에서 다시 공중에 대고 말을 했고, 그 말들을 우주에 날려 보냈다.

그날 밤, 우주가 대답했다.

> 윽ㅋㅋㅋ 들켰네

보이지 않는 손이 내 노트북의 마우스 화살표를 움직여 오픈 소스 무료 편집 프로그램인 리브레오피스(LibreOffice)의 아이콘을 눌러 새로운 문서 창을 딸깍 소리도 없이 열었다. 너무 무시무시해서 뒤통수의 머리카락이 전부 곤두서고 등줄기를 따라 파르르 떨렸다. 나는 무표정을 유지하면서 카메라의 눈을 쳐다보려 노력했다. 평생 가장 두려운 순간 중 하나였다.

나는 뭔가 할 말이나 행동을 생각해내려 했지만, 입에는 쓰레기가 가득한 느낌이고, 손은 책상 위에서 덜덜 떨고 있었다.

> 넌 걱정이 너무 많아 친구

나는 엄청난 노력 끝에 간신히 양손을 움직여 노트북의 테두리를 잡았다. 노트북을 닫고 벌떡 일어났더니 의자가 뒤쪽으로 밀려났다. 나는 선거운동본부 사무실 한가운데에서 소름이 돋은 몸을 덜덜 떨며 서 있었다. 그러자 사무실 안에 있는 다른 모니터들이 눈에 들어왔다. 모두 웹캠이 달려 있었다. 그 웹캠으로 먼 곳에서 귀신처럼 노려보고 있는 눈이 상상되었다.

나는 달려가고 싶은 마음을 간신히 다잡으며, 라우터에서 이 건물의 인터넷 선들을 잡아 뜯어서 거대하게 빛나는 거미줄 같은 행성의 네트워크에서 이 사무실을 불빛 하나 없는 작은 무인도로 만들어버리고 싶다는 동물적 욕구에 사로잡혀 빠른 걸음으로 배선실로 걸어갔다. 하지만 서버와 라우터, 네트워크 스위치, 무정전 전원공급장치가 웅웅거리는 배선실에 막상 들어가자 흥분이 진정되며 가쁜 숨이 가라앉았다. 이 방에는 컴퓨터가 가득하지만 카메라와 마이크는 없다. 점검이나 라우터 리부팅을 위해 명령어를 입력할 때 기관총 소리를 내는 키보드와 작은 숫자 키패드밖에 없었다. 그리고 종일 떠있는 라우터의 비밀번호 입력창 때문에 색이 바랜 9인치 평면 모니터가 한 대 있을 뿐이다. 이 방의 모든 기계는 익숙하고, 안전하고, 믿을 수 있었다. 이 방에 있으면 난 웹캠에 보이지 않고, 이 방에 있으면 나는 라우터를 프로그램해서 이 건물로 들어오고 나가는 모든 패킷*에 관한 자료를 도서관만큼이나 많이 만들어내도록 라우터를 프로그램할 수 있다. 이 방에서 나는 네트워크의 함정을 만들 수 있다.

책상 위에 있는 노트북을 다시 열었다. 화면의 문서창이 나를 노려보고 있었다.

---

* 정보를 작게 자른 덩어리. 인터넷에서는 정보를 패킷 단위로 주고받는데, 패킷을 중간에서 가로채면 인터넷을 이용하는 정보를 도청할 수 있다. 한국에서는 2011년부터 시민사회단체들이 국정원의 패킷 감청 중단을 요구하고 있다.

"내 목소리 들려?"

'내 목소리 들리나요, 하느님. 저예요, 마커스.' 목구멍 속에서 신경질적인 웃음이 터져 나오려는 걸 삼켰다.

아무 반응도 없었다. 에어컨이 웅웅거렸다. 배선실에서 라우터가 추가된 백만 비트를 SSD로 보내고 있었는데, 그 일이 평소보다 아주 조금 더 열기를 만들어냈기 때문에 에어컨을 아주 약간 더 세게 돌아가게 만들었다. 늘어난 탄소가 대기 중으로 퍼져나갔다.

나는 웹캠의 구슬 같은 유리 눈알을 노려보며, 미지의 패거리가 지금 반대편에서 지켜보고 있을지 생각했다. 도청이 어떤 식으로 이루어지는지 궁금했다. 내가 인터넷에 접속할 때마다, 내가 인터넷에 연결되었으니 훔쳐볼 수 있다고 염탐꾼에게 알려주나? 내가 인터넷에 접속하지 않고 있을 때 내 사진들과 자판 입력을 저장했다가 그 자료들을 넘겨줄 기회를 기다릴까?

누군가의 휴대폰에 조심스러운 문자가 지금 막 도착했을까? '지금 마커스 온라인 접속.' 그리고 문자와 함께 흥겨운 벨소리가 들릴까? '라 쿠라라차' 같은 곡으로?

"여보세요? 누구 있어요?"

반응이 없었다.

"겁쟁이 새끼야 나와, 거기 있는 거 알아." 이제 나는 녹화되고 있으리라는 피해망상에 사로잡혀서, 내가 말하거나 하는 행동이 10분 내로 유튜브에 올라갈 것 같은 기분이 들었다. 나는 거칠게 굴려고 애썼다. 노련한 첩보원처럼 훌륭하고 멋진 척하면서, 내가 몰래카메라에 찍히고 있다는 사실을 알아챈 후 어떻게 반응하는지 세상에 보여주려 애썼다. "이제 숨어봐야 소용없어. 네가 해킹했다는 거 알아. 난 준비를 마치는 대로 이 노트북을 끄고 운영체제를 새로 설치할 거야. 네가 만든 뒷문이 막히기 전에 마지막으로 이야기할 기회야."

나는 모니터를 노려봤다. 모니터도 나를 노려봤다.

"좋았어." 나는 노트북 덮개를 닫으려고 손을 뻗었다. 내가 미쳐서 환각으로 이 모든 것들을 만들어내고 있다는 느낌이 들었다. 노트북 덮개에 막 손이 닿았을 때 모니터에 단어가 나타났다.

> 기다려

나는 물러나 앉았다.

"다시 만나서 반가워. 하고 싶은 말 있어?"

> 우린 네 편이야 친구

"넌 나를 훔쳐보고 있었어." 내가 말했다. 내 목소리가 떨리는 게 느껴졌다.

> 사생활이라는 건 죽었어 잊어버려

난 오싹해졌다. 이 개자식들은 나를 지금껏 훔쳐보고는 뻔뻔스럽게도 "잊어버려"라고 말하고 있다.

"넌 내 편이…." 목이 메었다. 나는 마른 침을 삼키고 두어 번 숨을 들이쉬었다. "넌 내 편이 아니야. 네가 그렇게 생각하든 말든. 네가 하고 있는 짓이 얼마나 나쁜 짓인지 알아?"

> 이런 멍청이

> 닥쳐

> 좆이나 빠러 새끼야

> 네가 그거 좋아한다고 너희 여동생이 나한테 말해주더라

난 화가 치밀어 오르기 시작하다가, 뭔가 이상했다. 이건 나한 테 욕하는 소리가 아니었다. 두 사람 이상이 내 문서창에서 말싸움을 하고 있었다. 한 명은 다른 사람보다 훨씬 타자가 빠르고 매끄러웠다.

"혹시 초딩이니? 그렇지? 너희, 애들이지?" 내가 말했다.

> 너랑 같은 해에 태어났어. 마커스 에드워드 얄로우 우편번호 94107 캘리포니아 샌프란시스코 로드아일랜드 가 1320번지… 둘 다 별자리가 물병자리야… 빼박캔트 집구석의 물고기네

'빼박캔트' 같은 말도 '요'와 마찬가지로 내가 피하는 말이다. 물병자리 씨가 자기 나이를 아무리 속여도, 이 녀석들은 어린 애들이다. 적어도 정신적으로는, 어린 애들이었다.

"너희들이 한 짓 때문에 두 사람이 죽을 수도 있다는 사실을 너희에게 말해줘야겠어. 이 문서들을 나한테 준 사람들은 그때부터 누군가에게 납치된 상태야. 너희한테는 이게 재미로 하는 일이겠지만, 우리가 친구들을 도우려던 일을 심각하게 망가트리고 있어."

> 우리는 젭와 마샤를 위해 한 일이야 붕신아///// 널 기다리는 데 지쳤어

나는 잠시 이 녀석들이 마샤의 패거리, 색색으로 머리카락을 염

색한 친구들이 틀림없다고 생각했다. 하지만 곧 오컴의 면도날 이론이 떠올랐고, 녀석들이 나를 도청해서 마샤와 젭에 대해 알게 되어 있을 기라는 생각이 들었다.

"그건 너희들이 결정할 문제가 아니야."

> 아니라고? 하이고. 우리가 잘못했네. 이제 어떠케 할 거야?

"무슨 뜻이야?

> 이제 어떠케 할 거야? 문서들은 이미 밖으로 나가고 있어. 너도 그 사실을 바꾸진 못 해. 너도 도와줄 거야 말 거야?

"내가 도와줄 거냐고? 내가 지금까지 뭘 하고 있었다고 생각하는 거야? 어떻게 문서들이 유출되었는지 알아내느라 지지치 않았다면, 그리고 너희 같은 찌질이들한테 시간을 허비하지 않았다면 내가 지금 뭘 하고 있었을 것 같아?"

> 아부해바짜 소용없어
> 미안해 칭구, 해야 될 일이었어
> 넌 너어어어어무 느려
> 뭘 기다리는 건데? 캐리 존스톤은 진짜 악마야
> 그건 그렇고 우리가 존스톤에 대해 찾아낸 걸 너도 읽어야 해
> 아주 못된 년이야
> 네가 살짝 뒤져봤던 자료로 상상하는 것보다 훨씬 나빠
> 임신 92주에도 낙태가 가능하다고 믿게 만들 년이야
> 작살내면 재미있을 꺼야

> 완전히 미쳐버릴껄

> 미쳐버려

> 미쳐버려

> 졸라 씨발

> 마커스

"응?" 나는 타자 입력을 지켜보고 있었다. 내 생각에는 세 명쯤
되는 것 같았다. 아니면 네 명.

> 넌 지금 당장 즉시 전부 다 뿌려야 돼. 대체 뭘 기다리는 거야? 마샤와 젭
이 지금 뭘 하고 있을 것 같아? 해변에서 휴가라도 즐기고 있을까? 끝내주는
클럽에서 대마초라도 빨고 있을까? 아마 젖꼭지에 배터리 물려놓고 전기고문
을 당하고 있을 거야

일반적인 채팅에서는 전체 메시지의 문장이 한꺼번에 뜬다. 그
리고 잠깐 멈췄다가 다음 문장이 뜬다. 하지만 이건 달랐다. 저쪽에
서 타자를 입력하는 사람이 멈칫거리거나 백스페이스를 누르는 과
정을 지켜볼 수 있었다. 심지어 두어 번 다른 사람이 끼어들어 간섭
하려다가 거칠게 삭제당하는 광경까지 볼 수 있었다. 이들은 전지
전능한 신들이 아니라, 티격태격 시시한 싸움을 하는 놈들이었다.
녀석들이 내 노트북을 장악했다고 해서, 놈들이 전능하다거나 도덕
적으로 우월한 건 아니다.

"나도 이걸 배포하고 싶어. 하지만 감옥에 가고 싶지는 않아. 그
리고 이걸로 변화를 만들고 싶어. 사람들이 이해하고 관심을 가질
이야깃거리로 만들고 싶어. 너희도 우리가 뭘 하는지 봤으니까, 왜

그런 일을 하고 있는지 알 거야." 내 공포는 분노로 바뀌었다. "더 이야기하자면, 너희가 우리한테 말도 하지 않고 자료를 올리기 시작한 뒤에 그걸 수습하려 애쓰면서 시간을 허비하지 않았다면 훨씬 많은 일을 했을 거야."

> 레알? 너희 유출 파일을 우리가 유출해서 열 받은 거야? 우끼시네
> 마샤는 널 믿어써. 넌 그럴 가치가 엄는 놈이야. 그래서 우리가 해써. 조까.

"자, 알았어. 이 활동이 시작될 때쯤에 너희가 우연히 내 컴퓨터를 해킹했던 거야? 아니면 너희가 반대하는 뭔가를 내가 했을 때 훔쳐보기 시작한 거야?"

> 우리가 네 컴터를 언제 해킹했는지는 상관없어. 주제 돌리지 마. 넌 너무 겁쟁이라서 해야 할 일을 하지 않았어. 책임 있게 행동하기 시작할 때야.

"아니면 어떡할 건데? 내가 전화 한 통화만 하면 다크넷의 비번은 모두 바뀔 거야. 한 시간만 있으면 내 컴퓨터도 깨끗하게 청소할 거고. 너희한테는 아무것도 없어. 짜증나는 자식들아. 그러니까 내가 협조해주지 않으면 앞으로 너희한테는 아무것도 없어."

> 네 생각에나 그렇지

나는 안색을 바꾸지 않고 최대한 무표정하게 유지했다. 물론 녀석들에게 아무것도 없는 건 아니다. 어떻게 보면, 녀석들은 모든 걸 다 가졌다. 얼마나 많이 기록했느냐에 따라 다르지만, 놈들은 내 비밀번호와 이메일, 비디오, 오디오…. 앤지에 대한 정보도 가졌다. 앤지의 이름과 나와 함께 유출에 대해 나눈 이야기, 그리고 둘이

사랑을 나누는 장면까지.

"그래, 너희가 내 삶을 망가트릴 수도 있겠지만, 그렇게 되면 마샤를 도와줄 수 있는 사람이 아무도 없게 돼. 그게 너희가 원하는 거야?"

이제 한 명만 타자를 하고 있다는 느낌이 들었다. 이 녀석이 그 작은 무리의 고참 염탐꾼이자 최종 보스인 모양이었다.

"이런 식으로는 아무것도 할 수 없어. 난 이제 갈 거야. 모든 걸 복구하고 모든 비번을 바꿀 거야. 나와 이야기하고 싶거든 스토킹 대신 다른 사람들처럼 연락해. 내가 어디 있는지는 알겠지."

> 우린 당연히 알지

내 노트북을 다시 복구하는 데에 두 시간이 걸렸다. 백업 파일들을 괴로울 정도로 느리게 전송받고, 운영체제와 프로그램들을 다운받을 때마다 지루한 체크섬 검증을 통해서 단 1바이트도 바뀌지 않은 깨끗한 복사본이라는 사실을 확인하느라 걸린 시간이었다.

나는 배선실로 의자를 끌고 가서 거기서 복구 작업을 했다. 그러면 라우터에 직접 연결해서 방대하고 장황한 로그 기록에 접속할 수 있다. 나는 이 건물의 네트워크로 들어오고 나가는 모든 패킷을 가로챘는데, 정신없이 몰아치는 패킷의 쓰나미와 폭풍, 홍수였다. 가공되지 않은 패킷을 모두 파악하려는 시도는 공중에 떠다니는 먼지 하나하나를 파악하려는 시도와 마찬가지로 무의미하고 야만적이다. 하지만 먼지는 아날로그이고, 패킷은 디지털이다. 라우터는 대규모의 통계적 분석에서는 그다지 쓸모가 없다. 하지만 라우터는 그런 일을 할 필요가 없었다. 그건 라우터가 할 일이 아니다.

가상머신 프로그램을 판매하는 'VM웨어'에는 다량의 데이터를 고속으로 처리하도록 미리 설정된 괜찮은 가상머신들의 목록이 있다. 나는 두 번의 클릭만으로 아마존의 S3 클라우드 서비스에서 '사설/암호화'를 선택하고 그 가상머신 중 하나를 올렸다. 나는 한 번 더 클릭해서 가상머신을 부팅시키고, 원거리에서 모니터를 이용하는 VNC(Virtual Network Computing)를 켰다. 그리고 이제 나는 그 가상머신의 화면을 색이 바랜 작은 평면모니터로 보고 있다. 라우터의 거대한 로그 파일을 가상머신으로 전송했다. 포토샵이 사진 파일을 처리하듯이 큰 데이터 덩어리를 처리해주는 하둡(Hadoop) 덕분에 2분 만에 예쁘장한 표와 그래프가 떴다.

하둡에 대해서는 내가 필요한 만큼만, 내 주변의 일을 처리할 수 있을 정도만 알았다. 그래도 마우스를 이리저리 부지런히 움직여서, 내 노트북을 훔쳐보는 데에 사용된 패킷만 빼놓고 모두 잘라낼 수 있었다. 한 번의 사용 기록만으로는 알아내기 쉽지 않았지만, 그 스파이웨어는 노트북이 인터넷에 연결되면 얼마 지나지 않아 작동되어 "저는 여기 있어요"라고 알려주는 작고 암호화된 메시지를 날리는 모양이었다. 몇 밀리 초 뒤, 내 노트북에 작은 비트가 도착한다. "네가 보인다." 그러자, 꽝! 노트북에서 암호화된 패킷들이 쏟아져 나갔다. 패킷이 암호화되었기 때문에, 그게 정확히 뭔지는 알 수 없었다. 하지만 내 노트북의 모니터와 카메라, 마이크에서 나왔을 게 틀림없었다.

하둡에는 통신을 분석하는 일에 편리한 라이브러리(library)가 있어서, 더 파고 들어가 일부 패킷은 스카이프와 비슷한 무료 영상통화 프로그램에서 오고, 또 나머지는 지금 내가 사용하는 프로그램과 똑같은 VNC에서 왔다는 걸 그럭저럭 추측할 수 있었다. 이것도 모두 이해가 됐다. 사람들의 컴퓨터를 장악하기 위해 '트로이의 목마'를 만들 때 가장 빠르고 확실한 방법은 신뢰성이 높고, 테스트가 잘된 최신 프로그램을 왕창 욱여넣는 것이다. 그렇게 하면 그 프로그램들의 개발에 편승해서 그들이 배포하는 버그 수정 업데이트를 계속 진행할 수 있으므로, 사람들의 사생활을 침해하는 일에 더 많은 시간을 쓸 수 있다. 나는 다크넷 파일들에 자세하게 묘사된 합법적 감청 프로그램들도 똑같이 했을 거라고 확신한다. 경찰과 도둑들이 같은 드라이버를 사용하고, 시민들은 중간에 끼어 양쪽에서 털리고 있다.

그때 뭔가를 깨달았다. 내가 처음부터 알아챘어야 하는 일이었다. 모니터에 떠 있는 '네가 보인다'는 메시지, 모니터 캡처, 카메라의 패킷이 모두 다른 IP 주소로 날아갔다. 각각의 IP 주소를 구글에서 검색해봤다. 당연한 일이지만 모두 토르(TOR)의 출구 노드였다. 나를 훔쳐보던 녀석들은 통신을 암호화했을 뿐만 아니라, 토르를 이용해 인터넷을 온 사방으로 누비고 다녀서, 그 패킷이 정확히 어디로 가는 건지 알아낼 수 없었다. 아마 어딘가에 있는 우리의 다크넷 같은 사이트로 갈 것이다. 그리고 그 사이트에는 '마커스 카메라 사진'이나 '마커스 마이크 소리', '마커스 모니터 캡처', '마커스 하드디스크' 같은 버튼이 달려 있을 것이다.

다시 말해서, 내가 인터넷에서 사생활을 보호하기 위해 사용하는 기술을, 녀석들은 나를 훔쳐보는 동안 자신들의 사생활을 보호하기 위해 사용하고 있었다. 지독한 역설이었다.

이렇게 해서는 전혀 성과가 없다. 그사이 내 노트북이 정상적으로 백업되었다. 나는 컴퓨터의 초기 설정이 담겨 있는 노트북의 바이오스(BIOS)도 갈아치웠다. 지루한 작업이었지만, 그 부분까지 손대지 않으면 바보처럼 느껴질 것 같았다. 원거리에서 컴퓨터의 바이오스를 오염시키는 해킹은 극단적으로 어려운 삽입으로 알려져 있다. 하지만 심각하게 해킹을 당했던 컴퓨터를 복구해야 하는 상황에서 바이오스를 무시하고 넘어가면, 집 열쇠를 잃어버린 후 대문의 자물쇠만 바꾸고 창문은 열어두는 것과 마찬가지다.

바이오스에 불이 들어오고 노트북이 되살아났다. 장난꾸러기 괴물들은 물러갔다. 난 사무실의 전등을 모두 끄고, 재킷을 챙겨 입고, 도난 경보기를 켜고, 미션 가의 차가운 밤거리로 나갔다.

그리고 길 건너 주차해놓은 차에서 나를 기다리고 있던 폭력배들의 품 안으로 곧장 들어갔다.

나는 지금껏 두 번 잡혔었다. 이번은 그중에서 가장 거친 편도 아니었고(베이교가 폭파된 날 국토안보부가 우리를 붙잡고, 우리가 어떻게 된 일이냐고 묻자 머리를 곤봉으로 때렸던 그때가 가장 거칠었을 것이다), 가장 무섭다고 말하기도 힘들다(캐리 존스톤의 부대가 머리에 씌운 자루의 목을 너무 꽉 묶어서 구토를 했을 때였을 것이다. 솔직히 그때 난 주워다 먹은 피자에 질식해서 죽는 줄 알았다). 이들은 너무 깔끔하고 능숙해서, 내가 정신없는 상태만 아니었다면 이들에게 고객 서비스상이라도 주고 싶었다.

놈들은 내가 문을 나서자마자 완벽할 정도로 동시에 차에서 걸어나왔다. 크고 살찐 두 놈이 '경찰' 분위기를 풍겨서 내 목의 근육은 테니스 라켓 줄처럼 뻣뻣하게 굳었다. 한 명은 인도 턱에 서서 나를 막고 포식동물처럼 규칙적으로 고개를 돌리며 주변을 살폈다. 다른 한 명은 멀리에서부터 빠른 걸음으로 가까워지더니, 바로 눈앞까지 다가와서 바깥 주머니에서 꺼낸 코팅된 국토안보부 신분증이 담긴 지갑을 열어서 보여줬다. 그리고 내가 신분증을 채 살펴보기도 전에 마술사가 카드를 숨기듯 솜씨 좋게 다시 주머니로 넣었다.

"마커스, 잠깐 이야기를 나누고 싶은데." 그가 말했다.

문제가 생겼거나 의심이 들면….

"변호사를 불러주세요." 내가 말했다.

"너한테 변호사는 필요 없을 거야. 그냥 비공식적인 잡담을 나누자는 거야." 그에게서는 액스 바디스프레이와 비슷한 냄새가 났다. 거대하고 무시무시한 폭력배에 완벽하게 어울리는 역겨운 냄새였다.

"다시 배지를 보여주세요." 내가 말했다.

"내 배지를 다시 볼 필요도 없어. 가자."

차라리 제자리라도 뱅뱅 돌면서….

나는 폭력배에서 물러나며 미션 가로 한 발짝 나서서 소리쳐 부를 수 있는 사람이 지나가는지 주변을 살폈다. 쇠막대기 같은 손이 내 위팔을 잡고 번쩍 들었다. 인도 위에 발끝으로 대롱대롱 매달린 채 어깨가 분리되는 느낌이 들었다.

비명을 지르고 소리치는 게 낫다….

"불이야!" 내가 소리쳤다. 미션 가에서는 '도와주세요!'라고 소리 질러도 달려올 사람이 없지만, 다들 불구경은 좋아했다. 아무튼, 이론적으론 그렇다는 말이다. 호신술 수업에서 그렇게 말한다. "불이야!" 내가 다시 소리쳤다.

덩치가 손으로 내 입과 코를 틀어막으며 엄지손가락으로 내 턱 밑을 눌러서 입을 닫았다.

차라리 '도와주세요!'라고 소리치는 게 나았을지도 모르겠다.

그들은 나를 차에 집어넣을 때 문틀에 머리가 부딪치지 않도록 거칠면서도 친절하게 머리를 눌러주며 경찰처럼 굴었다. 하지만 난 이 두 사람이 경찰도 아니고, 국토안보부도 아니고, 정부에서 급료를 받는 사람들도 아니라고 110퍼센트 확신했다. 차 안에 있는 장비들 때문이었다. 예전에 내가 탔던 샌프란시스코 경찰차 안에 있던, 이리저리 긁히고 고무로 감싼 경찰용 노트북이 보이지 않았다. 이들의 컴퓨터는 누가 봐도 '전술용'으로, 검은색 무광택 페인트로 칠하고 우둘투둘한 검은색 무광택 강철로 모서리를 보강했으며, 모니터에는 사생활보호용 편광 필터가 달려서 모니터의 정면에서 쳐다보지 않으면 까맣게 보였다. 마치 최신 컴퓨터는 한 번도 못 본 사람이 디자인한 것처럼 생겼지만, 고성능 자동차나 미군 허머 자동차에서 많은 시간을 보낸 사람이 디자이너에게 주문했을 만한 디자인이다.

GPS도 그냥 GPS가 아니라 괴상한 군용 장비였다. 고슴도치 털처럼 뻣뻣하고 고무로 감싼 안테나들이 달려 있고, 도로 지도에는 뭉뚝한 8비트 형태의 그래픽을 이용해서 익숙한 미션 가가 표시되어 있었는데, 상업적인 GPS나 구글 지도와는 완전히 달랐다. 괴상하고 튼튼한 USB 포트가 계기판에 설치되어 있고, 각 포트마다 한 쌍의 LED 전등이 강화 유리로 덮여 있었다. 그리고 새 차 냄새가 진하게 났는데, 아마 나를 스토킹하기 위해 아침에 신선한 첩보용 자동차를 주문했다가, 일을 마치고 나면 휘발유를 들이부어 벼랑에서 밀어버릴 차 같았다.

이놈들은 돈이 많아 보였다. 그것도 지나치게 많아서, 돈을 거리김 없이 쓰는 듯했다. 아빠는 버클리대에서 학과 일로 도서를 구매할 때 그 비용을 상환받기 위해 엄청난 문서를 채워 넣어야 했는데, 이들은 그런 식으로 일하는 사람들처럼 보이지 않았다. 아까 나를 막고 서서 망을 보던 놈이 나와 함께 뒷좌석에 올라탔다. 뒷좌석 문에는 안쪽에 손잡이가 없었다. 내 일을 끝내고 나서 이놈은 어떻게 나가려는 건지 궁금했다. 이 궁금증 때문에 정신이 산만해졌다. '내 일을 끝낸다'라는 말에 담긴 의미에 완전히 마음을 빼앗겼다.

"안녕, 마커스." 뒷좌석에 앉은 녀석이 말했다. 이놈도 액스 바디스프레이 냄새가 났다. 조폭국의 국민 향수인 모양이다. 놈은 순박하고 친근한 얼굴이었다. 깔끔하게 면도하고 단단하게 생긴 얼굴에는 미소로 생긴 주름이 가득했고 눈가에도 주름이 있었다. 놈에게선 휴식과 신뢰감의 분위기가 풍겼다. 마치 싸구려 십 대 영화에 나오는 '미식축구팀에서 가장 인기 있는 아이'의 성인판 같았다. "난 편하게 티미라고 불러." 혹시 좋은 경찰, 나쁜 경찰 놀이를 하는 거라면, 티미는 좋은 경찰 역할인 게 틀림없었다.

"변호사와 상담하고 싶어요." 내가 말했다.

티미가 활짝 미소를 지었다. "재밌네. 얘가 이럴 거라고 그녀가 말해줬잖아. 그 말 그대로야, 그렇지? 심지어 말투까지 똑같아. 야, 그녀가 널 정말로 잘 아는가 보다." '그녀'는 캐리 존스톤이 틀림없다. 어딘가에 있는 비밀 은신처에 숨어서 팝콘을 먹으며 자기 부하들에게 내 약점과 우스꽝스러운 모습에 관해 이야기하며 낄낄댔을 것이다.

이놈들은 나를 괴롭혀서 뭔가 털어놓거나, 무슨 짓을 하게 만들거나, 뭔가를 빼앗아 가려고 여기에 왔다. 유출 파일에 접근했던 사람들의 이름과 비밀번호, 암호 열쇠, 모든 복사본의 위치를 요구할 것이다. 놈들은 나를 겁주려 한다. 놈들은 예전에도 나를 겁에 질리게 했었다. 나는 금세라도 토할 것 같았다. 나는 오줌을 지릴 것 같았다.

아니다. 내가 어떤 느낌인지 아는가? 나는 물에 잠겨 익사하는 느낌이었다. 고문대에 묶고 랩으로 입을 막고 머리를 낮게 기울이고 내 코에 물을 부어서 기도에 물이 가득 찬다. 구토반사가 일어나며 공기를 허파로 보내려고 공기를 강하게 빨아들인다. 내가 기침을 할 때마다 랩이 부풀어 오르며 내가 앞서 들이쉬었던 공기가 빠져나간다. 내가 숨을 들이쉴 때마다 랩이 입 주변을 단단하게 달라붙고, 더 많은 물을 기도로 흘러내리게 한다. 내 허파는 텅 비어 쪼그라들기 시작한다. 머릿속에는 이상한 불꽃놀이 장면이 돌아가기 시작하고, 당황한 내장의 마지막 불빛과 소음이 활기를 잃는다. 그리고 죽고, 부패한다.

그런 거다.

이제 나는 온몸에서 식은땀이 흐르고, 가슴 위에 얹힌 끔찍한 무게가 느껴졌다. 자신이 원하는 일은 뭐든지 할 수 있고, 전혀 책임지지 않아도 된다고 믿는 누군가의 손아귀에 내가 잡혀 있다는 인식의 무게였다.

"마커스, 진정해. 괜찮지? 우리는 너를 해치려고 온 게 아니야."

내가 약한 모습을 드러냈다는 사실이 너무 싫었다. 예전에 잠을 잘못 자서 다리의 신경과 혈관 같은 게 눌렸던 적이 있는데, 아침에 일어날 때 다리가 나무토막처럼 제멋대로 움직여서 얼굴부터 앞으로 처박혔던 적이 있다. 지금은 그때와는 또 다른 느낌이었다. 플라야의 성전에 갔을 때 느껴졌던 내 안의 정신적 힘이, 조금이라도 있길 바랐지만, 나를 실망시켰다.

"변호사를." 내가 헐떡거리며 말했다. "불러⋯."

티미가 내 뺨을 철썩 때렸다. 세게 때리지는 않았다. 사실, 티미는 너그러운 편이었다. 하지만 빨랐다. 너무 빨라서 나는 티미의 손이 움직이는 것조차 보지 못했다. 그래서 티미가 앞으로 몸을 살짝 기울었다가 다시 뒤로 돌아간 걸 보고, 방금 무슨 일이 있었는지 머릿속으로 재구성해야만 했다. 그 사이 티미의 팔이 흐릿하게 보였다. 얼굴이 따끔거렸지만 아프지는 않았다.

"마커스." 이제 티미는 단호하면서도 인자한 말투로 말했다. "그 소리는 그만 해. 우린 너를 해치러 온 게 아니야." '하지만 내 뺨을 때렸잖아.' 물론 세게 때리지는 않았지만 말이다. 난 티미가 세게 때릴 수 있었는데도 그러지 않았다는 사실을 의심하지 않는다. 티미는 나보다 적어도 15센티미터는 더 크고, 어깨가 넓고 팔뚝과 팔목의 근육은 슈퍼히어로 만화처럼 불끈불끈 솟아 있었다. "우리는 그저 너랑 대화하고 싶은 것뿐이야. 혹시 이 상황을 빨리 끝내고 싶다면, 우리의 말을 듣는 게 좋을 거야."

나는 꼼짝 않고 앞만 쳐다봤다.

"네가 뭔가를 가지고 있어, 마커스. 뭔가 중요한 물건이야. 네가 기자 쓰레기들에게 소문을 냈던 물건이지. 네가 가진 그 물건은 네 소유물이 아니야. 그걸 되찾는 게 우리 일이야. 우리가 그 물건을 제대로 확보하기만 하면, 우리는 너와 더 이상 대화할 필요가 없고,

너도 우리와 더 이상 대화할 필요가 없을 거야."

나는 다시 한 번 변호사를 요구할까 했지만, 그래봐야 아무 소용이 없을 것 같았다. 난 계속 앞만 쳐다봤다.

"어떤 관계자가 네게 이 자료를 배포해달라고 요구했다는 선 우리도 알아." 뭐라고? 아, 맞다, 마샤. "그 관계자는 생각을 바꿨어."

무표정한 얼굴을 계속 유지하려 애썼지만, 난 그 방면에 재주가 없었다. 티미는 내 표정이 미묘하게 바뀌는 걸 알아챘다.

"넌 우리가 그 여자를 두들겨 패거나 뭐 그랬다고 생각하는 거야? 억지로 생각을 바꾸려고?" 티미가 웃었다. 마치 재미있는 농담이라도 들은 것처럼 입을 크게 벌리고 박장대소했다. 앞좌석에 앉은 그놈의 친구도 웃었다. 경쾌하게 걷던 낯선 사람이 고통스럽게 넘어지는 모습을 보며 즐거워할 때처럼 야비한 웃음이었다. "마커스, 인마, 그 조그만 여자애는 힘든 여정에 지쳤을 뿐이야. 또띠야와 콩만 먹고 사는 데에 질리고, 암흑가에 숨는 데에 지쳤대. 예전처럼 되고 싶어 했어. 따뜻한 식사와 침대, 커다란 TV, 초코바가 가득한 소형 냉장고, 온갖 사치품. 풍요로운 생활 말이야. 남은 삶을 도망자로 보내면서, 신문을 덮고 자고, 쓰레기통에서 음식을 주워 먹으며 살고 싶지 않았대. 그리고 우린 그런 사람이 필요해. 우리 단체는 그 여자애를 알아. 예전에 그 애랑 같이 일을 했던 사람들도 몇 명 있어. 우리는 그 여자애의 일 처리가 마음에 들어. 실력이 있는 애야. 우린 안 때렸어. 그 여자의 손톱을 뽑지도 않고, 피부에 촛농을 떨어트리지도 않았어. 우린 그저 일자리를 줬을 뿐이야. 그랬더니 여자애가 받았지."

너무도 분명한 거짓말이라 나는 웃음을 터트릴 뻔했다. 마샤가 어떤 애였든 간에, 이런 빌어먹을 개자식들에게 투항할 가능성은 전혀 없었다.

하지만, 뭐, 내가 마샤를 얼마나 잘 알지? 난 기껏해야 세 번밖에 만나본 적이 없다. 내가 마샤에 대해 아는 거라곤 대개 소문뿐이었다. 그리고 그 소문에 특별히 결점이 없는 것도 아니었다.

그렇지만, 젭. 젭은 그런 걸 좋아할 리가 없었다. 그리고 난 마샤와 젭이 함께 있는 모습을 봤다. 둘은 하나였다. 적어도 내 눈에는 그렇게 보였다.

"그 여자보다 조금 나이가 많은 남자는." 내 마음을 읽은 듯 티미가 말했다. 어쩌면 내 형편없는 무표정을 또 읽었을지도 모르겠다. "남자는 우리에게 필요한 걸 그다지 많이 가지고 있지 않았어. 그래서 여자애가 원한다면 남자는 계속 머물게 해주겠다고 했어. 남자는 공간도 별로 차지 안 하고, 많이 먹지도 않는 것 같았거든. 누구든 애완동물을 기를 권리는 있는 법이니까. 하지만 여자애는 남자와 관계를 끝냈어. 내가 지극히 사적인 일에 대해서는 관여하는 사람이 아니라서 잘 모르긴 하지만, 아무튼 둘이 말다툼을 했어. 내가 알기론 그래. 남자는 제 갈 길로 갔어. 넌 틀림없이 우리를 나쁜 사람으로 생각하겠지만, 우리는 그런 사람들 아니야. 우린 괴물이 아니야. 우린 좋은 사람들이야, 마커스."

'그렇지. 좋은 사람들이 납치도 많이 하고 그러는 거지. 좋은 사람들이 사막 한가운데에서 예술차를 터트려서 사람들을 무더기로 병원으로 보내고 그러지. 천사들이 따로 없네.' 그런 생각이 들었지만, 말로 하지는 않았다.

"너를 그 여자애한테 데려가서 보여줄까? 우린 그렇게 해줄 수 있어. 약간 먼 길을 가야 되긴 하지만 말이야. 시간이 좀 걸릴 거야."

"너, 물건은 다 챙겼어?" 앞좌석에 있는 놈이 병적으로 즐거워하는 밀투로 말했다. "마커스, 물건이 없으면 거기에 가기 싫을 거야."

"저 말은 사실이야. 하지만 너를 납득시킬 수만 있다면, 우리는 기꺼이 너를 데려다줄 거야. 네가 우리한테 해줄 수 있는 게 또 있을지 누가 알겠어. 너 같은 애는, 네가 최소한 바보는 아니잖아. 여기 있는 대부분의 멍청이들보다는 영리하다는 뜻이야. 하지만 지금 당장 먼 여행을 떠나고 싶지는 않을 거야, 그렇지?"

앞좌석에 앉은 놈이 차를 출발시키더니 미션 가를 따라 느긋하게 달렸다. 뒷좌석의 티미가 내가 몸을 움직이기도 전에 내 가슴을 부드럽게 눌러 앉혔다. 앞좌석과 뒷좌석 사이로 불투명한 유리가 미끄러져 올라갔다. 그리고 어떻게 한 건지 몰라도 뒷좌석의 창문들이 모두 까맣게 변했다. 차의 천장에 붙어 있는 실내등 외에는 모든 불빛이 사라졌다.

"어디 가는 거죠?" 내가 물었다. 겁먹은 꼬맹이 같은 목소리였다. 사실 그게 솔직한 느낌이었다.

"사람들이 오가지 않는 곳으로 가려는 거야, 마커스. 아무튼, 대화를 나눌 생각이 든 모양이네. 네 목소리를 들으니 기쁘다. 자, 이제 이야길 나눠보자."

내가 노련한 첩보원이었다면, 언덕의 수를 세고 샌프란시스코의 교통상황에 귀를 기울이며 이 차가 어디를 향하고 있는지 정확히 파악했을 것이다. 하지만 샌프란시스코에는 언덕이 엄청나게 많다. 게다가 까맣게 칠해진 상자 안에서 죽도록 겁을 집어먹은 상태에서도 어느 게 어느 언덕인지 구별할 수 있다면, 나보다 훨씬 훌륭한 샌프란시스코 시민일 게 틀림없다.

차가 이동하는 동안 티미는 혼자서 조용히 콧노래를 흥얼거렸다. 놈은 내 재킷과 가방을 가져가 주머니를 차례차례 뒤지면서 모든 전자 장비를 꺼냈다. 노트북, 휴대폰, 전자책, 그리고 사무실에서 회선 점검할 때 사용하기 위해 주머니에 넣고 다니는 작은 회로계까지 꺼내서 배터리를 제거하고, 장비들과 배터리를 튼튼한 아이스박스에 넣어서 한쪽으로 치웠다. 다른 물건들도 빠르면서도 철저히 조사한 뒤 다시 가방에 넣었는데, 내 멀티툴은 예외였다. 노이즈브릿지에 있는 장비를 이용해 캔디애플 빨간색으로 에나멜 코팅을 한 멋진 소형 '레더맨 스켈레톨'이었다. 티미는 멀티툴을 몇 번 이리저리 돌려보고 칼날을 빼서 자기 엄지손가락으로 만져보더니(나는 칼날을 면도날처럼 날카롭게 유지했다) 미소를 지으며 만족스럽게 고개를 끄덕였다. "괜찮네." 티미가 말했다. 나는 질 나쁜 닌자 조폭이 내 칼을 칭찬하자 바보 같은 자부심이 느껴졌다. 아마도 마샤가 처음 국토안보부에 일하러 갔을 때나, 캐리 존스톤과 어울리며 젭을 내버릴 때 그런 바보 같은 자부심을 느꼈을 것이다. 마샤가 실제로 그런 짓을 했는지는 모르겠지만 말이다.

티미는 멀티툴을 옆자리에 놓인 비닐봉지에 넣어서 아이스박스에 전자 장비들과 함께 집어넣었다. 놈은 내 가방의 이음매와 가장자리를 조심스럽게 만졌다. 티미는 공항 사람들이 보안에 대한 꼭두각시 쇼를 하는 대신 진짜로 뭔가를 찾으려 할 때처럼 가방을 뒤졌다.

차가 멈췄다. 차는 몇 분 정도 달렸다. 아니면 몇 백 년인지도 모른다. 그중 어느 게 맞는지는 당신이 골라라. 앞좌석과 뒷좌석 사이를 막고 있던 유리가 아주 잘 설계된 기계처럼 거의 소리 없이 스르륵 내려갔다. 앞좌석에서 몹시 짧은 머리카락 사이로 정수리부터 뒷목까지 이어진 흉한 흉터를 드러낸 놈이 고개를 돌려 우리를 쳐다봤다. 나는 어디에 온 건지 알아보려고 놈의 너머에 있는 앞유리를 쳐다봤다. 물이 있었고, 어둑한 형체는 보트인 것 같고, 공장 빌딩처럼 보이는 것도 있었다. 차이나 베이슨이 틀림없었다. 버려진 창고와 공장이 섞여 있는 매립지인데, 예전에 버려진 창고와 공장에는 최신 아파트와 사무실이 지어진 동네다. 나무판자로 막은 창문들과 나무에 걸려 있는 비닐봉지, 오래된 쓰레기로 볼 때 여긴 버려진 구역이었다.

"자, 도착했다." 티미가 말하며 양손을 비볐다. 티미와 다른 놈이 서로 오랫동안 눈빛을 주고받았다. "마커스." 티미가 고개를 돌려 나를 쳐다보며 말했다. "이제 너도 뭐가 어떻게 되어가는 건지 이해했을 거야. 우리는 네가 가진 걸 돌려받아야 해. 이게 올바른 일이라는 사실을 네게 납득시킬 수만 있다면, 우리는 네가 원하는 대로 다 해줄 거야. 네 작은 친구에게 가서 그 친구의 설명을 직접 듣고 싶다면, 그렇게 해줄 거야. 네가 그걸 원할 것 같지는 않아, 그렇지? 넌 이 불쾌한 상황을 최대한 빨리 별 문제 없이 처리하고 싶을 거야."

다른 놈이 뒤틀린 얼굴로 흉측한 미소를 지었다. "넌 난처한 상황을 당하고 싶지 않을 거야. 난처한 상황을 '진짜로' 당하고 싶지 않을 거야."

놈이 나를 협박하려고 그런 말을 한다는 사실을 나는 안다.

그래도 그 수법이 먹혔다.

"혹은." 티미가 자기 동료에게서 생수병을 받아 한 모금에 절반을 꿀꺽꿀꺽 마신 뒤 말했다. "우리가 원하는 걸 네가 그냥 내주는 방법도 있어. 그러면 네가 가고 싶은 곳이 어디든 데려다줄게. 넌 이 일에서 빠져나가는 거고, 우리도 일찍 손 털고 스트립 바에 가는 거지. 넌 공짜 택시를 타는 거야. 그건 너한테 달렸어. 넌 영리한 녀석이잖아, 마커스, 멍청한 녀석이었던가?"

나는 평온하고 차분한 상태를 유지하려고 노력했지만, 그렇게 되지 않았다. 그래서 난 분노할 거리를 찾았다. 겁에 질린 상태에서 쉽게 벗어나는 방법이기 때문이었다. 그리고, 그래, 그렇지, 찾았다. "당신들 맘대로 지껄여봐. 나를 완전히 바보라고 생각하나 보지? 내가 노트북을 열어서 그 파일을 박살내면, 그러면 뭐, 내 복사본이 그거 하나뿐이라는 사실을 믿어주고, 나를 보내줄 거라고? 왜 이러세요. 그 파일이 당신들한테 그렇게 중요한 거라면, 당신들은 내가 뭘 해줘도 안 믿을 거야."

티미가 웃으면서 차 문을 세게 쳤다. "아, 마커스, 이 녀석아. 우리는 전문가들이야. 우린 이런 일을 어떻게 처리해야 하는지 잘 알아. 그럴 필요가 없었다면 굳이 너를 데리고 오지도 않았어. 우리를 지휘하는 곳은 좋은 데야. 거기에 배정받는 건 보상과 영광이라고. 거기에 있는 사람들은 엘리트야. 너 따위는 거기에 끼지도 못해. 우리는 할 수만 있다면, 너를 처음 발견했던 바로 그 자리에 다시 데려다줄 거야."

나는 다시 무표정한 얼굴을 유지하려 노력했다. 그래, 놈들은 나를 데려다줄 것이다. 쓰레기 봉지에 넣어서 샌프란시스코 만의 바닥에.

"우리가 너를 죽일 거라고 생각하는 거야? 그건 말이 안 돼. 너처럼 영리한 녀석은 우리가 발견할 수 없는 곳에 복사본을 많이 만들어 놨을 거야. 그리고 네가 없어지더라도, 언젠가 그 물건이 다시 모습을 드러내겠지. 우린 네 협조를 원해. 그리고 네가 살아있어야만 협조를 얻을 수 있지."

"그리고 네가 뭔가를 잃을 게 있어야 협조를 얻을 수 있겠지." 다른 놈이 말했다. 나쁜 경찰역이다.

"애한테 보여줘." 티미가 말했다. 앞좌석에 있던 놈이 밖으로 나가서 차 뒤로 걸어갔다. 역시 잘 만들어진 차답게 문이 철커덕 소리를 내며 닫혔다. 놈이 트렁크를 열고 뭔가를 꺼낼 때 차의 완충장치가 살짝 흔들렸다. 놈이 돌아올 때 땅바닥을 부드럽게 밟는 소리가 들렸다. 조수석 문을 열더니 안으로 들어왔다. 놈은 튼튼한 충격방지 플라스틱 장비 가방을 들고 있었다. 또 다른 전술용 검은색 장비였다. 커다랗고 두꺼운 걸쇠가 달려 있었는데, 닳아서 무광택 검은색 페인트 아래로 은색 금속의 광택이 비쳤다. 놈은 엄지손가락으로 걸쇠를 풀고 가방을 열었다. 가방이 열릴 때 고무처럼 탄력 있는 소리가 작게 들렸다. 가방 안에는 작은 검은 상자와 전선 몇 가닥, 갖가지 플라스틱 원반과 클립에 맞춰서 정교하게 자른 발포 고무가 채워져 있었다.

"폴리그래프야." 놈이 말했다. 나는 뜻밖의 선물에 놀라서 하마터면 웃음을 터트릴 뻔했다.

'폴리그래프'는 우스꽝스럽고 어설프게 과학적인 '거짓말 탐지기'의 별칭이었다. 거짓말 탐지기는 '피부 전류 반응'(이 역시 '땀이 나는 정도'를 의미하는 과학스러운 단어다)과 심장박동 같은 걸 측정해서 상대방이 거짓말을 하고 있는지 파악할 수 있다는 기계다. 1921년에 발명되었는데, 다른 '과학스러운' 물건들과 마찬가지로 사람들은 그 기계가 아주 복잡한 걸 보고 틀림없이 작동할 것이라고 판단했다. 물론 이건 터무니없는 근거를 바탕으로 뭔가를 믿는 짓이다.

거짓말 탐지기는 쓰레기다. 그 기계에 연결된 사람이 땀을 흘리는지, 맥박이 더 빨리 뛰는지는 알 수 있지만, 그게 그 사람이 거짓말을 하고 있다는 의미는 아니다. 법원은 거짓말 탐지기를 타당한 증거로 인정하지 않는다.

그래도 거짓말 탐지기는 여전히 제작되고, 아직도 이용된다. 사람들이 질병을 치료하기 위해 크리스털 목걸이를 달고 다니거나, 동종요법치료를 받는 것과 같은 이유다. 그건 각기 다른 두 가지의 어리석음을 조합한 것이다. 나는 첫 번째 어리석음을 '안 하는 것보다 낫다'라고 부른다. 두 번째 어리석음은 '나한테도 효과가 있을 거야'이다.

이런 망상 때문에 대기업과 미군, FBI가 직원들에게 거짓말 탐지기 검사를 받도록 한다. 여러분이 돈 많은 대기업의 임원이나 성공적인 편의점 업체의 창립자가 되었다고 상상해보자. 지부장을 고용해야 하는데, 사람을 잘못 고용하면 그 사람이 거액을 갈취해서 회사를 무너트릴 수도 있으므로, 제대로 된 사람을 고용해야만 한다.

그래서 올바른 사람을 찾기 위해 '간부 모집' 회사에 비싼 돈을 지급한다. 그 회사들은 대규모 광고를 한다. "우리는 현명합니다. 우리는 이 일에 몇 년 동안 종사했으며, 어떤 회사보다 탁월합니다. 우리는 과학적입니다. 우리는 '과학적인 인성 검사'를 합니다. 여러분이 제대로 된 사람을 고용할 수 있도록 확실하게 관리해드

립니다. 그리고 여러분이 고용하기 전에, 우리는 거짓말 탐지기 검사를 실시해서 중요한 질문들을 던질 겁니다. '이 회사의 돈을 훔칠 계획이 있는가?' 그리고 '몰래 약물을 사용하고 있는가' 같은 질문들입니다."

과학은 대단하다, 그렇지 않은가? 과학적인 채용 업체는, '고용학'의 과학을 이용해 매우 뛰어난 능력을 발휘해서 제대로 된 사람을 찾을 수 있게 해줄 것이다. 그 업체의 과학 연구실에는 '고용학' 박사들이 한 다발 있을 게 틀림없다. 하지만 여러분은 거짓말 탐지기가, 뭐랄까, 불완전하다는 이야기를 들어봤을 것이다. 거짓말 탐지기는 정말로 작동이 되는 걸까?

"아, 물론입니다." 상담 담당자는 그렇게 말할 것이다. "물론 완벽하지는 않습니다. 하지만 이 세상에 완벽한 게 있나요? 그래도 거짓말 탐지기는 때때로 누가 거짓말을 하고 있는지 알려줍니다. 안 하는 것보다는 낫지 않을까요?" 정답은 "그렇지 않다"이다. 동전 던지기나 염소를 희생양으로 바쳐도 '때때로' 누가 거짓말을 하는지 알려준다. 거짓말이 충분히 많고, 염소도 충분히 많고, 충분히 오랫동안 시도해보기만 한다면.

자, 이제 FBI의 부서장이라고 상상해보자. 거짓말 탐지기 검사를 통과해야 그 자리에 앉을 수 있다. 몸에 선을 달고, 비밀 공산주의 이슬람 파시스트 테러리스트 약물 중독자가 아닌지 질문을 받았다. "아니요"라고 대답하자 기계가 진실이라고 인정해줬다. 거짓말 탐지기가 제대로 작동한다! 요즘에는 거짓말 탐지기가 쓰레기라고 말하는 사람들도 있지만, 그 사람들이 뭘 알겠는가? 아무튼, 거짓말 탐지기는 나한테만 작동하는 게 아니라, 나와 일하는 모든 사람에게도 작동했다! 물론 제대로 작동되지 않았던 사람은 고용되지 않았을 것이다. 혹은 자살 폭탄을 차고서 공산당선언에서 찢어낸 종이를 둘둘 감아 각성제를 코로 흡입하는 사람도 고용되었을 수 있다.

세상엔 '과학스러운' 쓰레기가 가득하다. 여러분도 아는 사람 중에 "관절염에 도움이 된다"며 구리 팔찌를 차고 다니는 사람이 있을 것이다. 그런 사람들이 마녀를 불태우고, 파란 진흙을 뒤집어쓰고 보름달 아래서 시계 반대 방향으로 춤을 췄을 것이다. 나쁜 느낌이 사라졌다고 두뇌가 확신하는 플라시보 효과 덕분에 이런 것들이 그들의 기분을 낫게 만들어 줄 수도 있다. 하지만 플라시보 효과가 아니라 '진짜' 효과가 있는 거라고 주장하는 사람들이 놀라울 정도로 많다.

이놈들은 내게 거짓말 탐지기를 연결하고 염소를 희생양으로 바치면서 내가 자기들에게 거짓말을 하는지 알아내려 한다. 놈들은 크고, 거칠고, 돈이 많고, 나보다 빠르고, 대단히 잘 무장하고 있다. 하지만 놈들은 주술사에게서 마법의 거짓말 탐지 부적을 샀다. 그렇다면 나는 완벽하게 놈들을 장악할 수 있다.

놈들은 이 일에 대해서도 엄청 전문가인 양 으스댔다. 놈들은 내가 노트북에 비번을 입력하는 모습을 지켜보며, 검은색 고무로 감싼 또 다른 전술용 장비로 그 상황을 촬영하는 쇼를 했다. 성인용 장난감을 끝도 없이 공급받는 모양이었다. 웹캠은 내가 비번을 입력할 때 하얀색 LED의 불빛으로 손가락을 무자비하고 비타협적으로 비췄다. 놈들은 내가 트루크립트를 해제하고 숨겨진 파티션을 불러내는 모습을 지켜봤다. 디렉토리 목록을 펼쳐서 파일을 보여줄 때도 지켜보고, 내가 그 파일들을 삭제할 때도 지켜봤다.

"좋았어, 잘했어. 하지만 네가 백업받아 놓은 파일들은 어떡할래, 마커스?"

놈들이 완전히 바보들은 아니었던 모양이다.

"나한테는 백업 파일이 많아요." 내가 인정했다. "하지만 내가 그 문제를 해결해줄 수 있을 것 같아요."

"그래? 말해봐." 티미가 다시 미소를 지었다. 얼굴에 가득한 웃음 주름들이 접히면서 마치 정말로 이 상황을 즐기고 있으며, 나도 즐기길 원하는 것처럼 보였다. 티미는 내 손가락을 자를 때나 전기 고문용 전선을 내 불알에 붙일 때도 저 모습과 똑같은 미소를 지을 거라는 느낌이 들기 시작했다.

"음, 내 백업 파일은 모두 암호화했어요. 당연한 말이지만."

"그렇겠지."

"그래서 백업 파일을 열려면 암호 열쇠가 필요해요, 그렇죠?"

"물론."

"내가 그 열쇠들을 지워버리면 어떨까요?"

"그 열쇠들은 백업 안 했어?"

"했어요." 내가 말했다. "인터넷에 접속해서 몇 군데에 있는 걸 지우면 돼요. 열쇠만 지워버리면, 모든 게 사라지는 거예요. 백업 파일은 무작위 잡음이 되는 거죠."

다른 '얼간이'는 밝은 불빛을 내게 비추며 웹캠을 들고 있어서 표정을 읽을 수 없었다. 하지만 티미가 그 얼간이에게 눈을 돌렸을 때, 얼간이가 불빛을 낮춰서 놈이 전술용 헤드셋을 쓰고 있다는 걸 알게 됐다. 나는 이놈들이 뭔가 작고 중요한 물건을 바닥에 떨어트리면, 검은색 무광 페인트 때문에 보이지 않아서 영원히 잃어버린 일이 얼마나 자주 일어났을지 궁금했다. 놈들 중에 혹시 예전에 고스족이었던 사람이 있는 건 아닌지 궁금했다.

아마 없을 것이다.

얼간이가 두꺼운 손가락을 하나 들었다. 놈은 헤드셋으로 다른 사람의 목소리를 듣고 있었다. 그렇다면 웹캠은 인터넷 너머의 다른 누군가에게 흘러가고 있을 게 틀림없었다. 과학기술 전문가가 내가 하는 모든 걸 바라보면서 그들에게 뭘 할지 조언을 하고 있을 것이다. 얼간이가 고개를 두 번 끄덕이더니 말했다. "확인해 봐." 그리고 우리 쪽을 돌아보며 말했다. "그렇게 해. 나중에 저놈을 거짓말 탐지기로 확인할 거야."

티미가 말했다. "너한테 우리 차의 무선랜 비밀번호를 줄 거야. 네가 말한 대로 할 기회를 주는 거지. 우리는 네가 뭘 하는지 지켜보고, 네가 한 걸 검증할 거야. 검증이 끝나면 너는 집에 갈 거야. 간단해. 그렇게 하면 되겠지?"

조금 전까지 나는 두려웠지만, 이젠 내가 얼마나 즐거워하는지 놈들이 알아챌까 봐 두려웠다. 중요한 부분이었다. 내가 하려는 일은, 내가 아주 아주 불안해한다고 놈들이 믿어야만 가능하기 때문이었다.

나는 무선랜 비번을 입력하고 연결될 때까지 기다렸다. 내가 어떤 네트워크에 연결된 건지 궁금했다. 내가 놈들이라면 모든 일을 SSL 터널과 토르를 이용해서 인터넷에서 하는 모든 활동을 적절하게 익명화시켰을 것이다. 왜 안 그렇겠는가? 그런 기술이 나 같은 피해망상 별종한테 좋다면, 놈들에게도 좋을 것이다. 이런 과학기술은 모든 사람에게 평등하게 쓸모가 있다. 유출하는 사람이든, 유출을 우려하는 사람이든, 유출된 자료를 또 유출하는 사람이든 마찬가지다. 우리는 모두 피해망상적인 패킷들을 시나치게 활동적인 탱탱볼처럼 네트워크에서 이리저리 튕겨서 안전하게 숨길 정도로 충분히 영리하게 굴 수 있다.

확실히 인터넷 연결은 충분히 느렸다. 나는 집에 있는 백업 디스크에 로그인될 때까지 끝도 없이 기다렸다. "이건 우리 집에 있는 하드디스크예요." 나는 비밀번호 문장을 입력해서 노트북에 있는 암호 열쇠를 풀어서 집의 책상 위에 있는 하드디스크로 보냈다. 1차 백업 디스크에 있는 유출 파일을 안전하게 지우는 명령을 입력하는 내 손가락을 카메라가 찍을 수 있도록 했다. 무작위 데이터로 세 번 연속해서 덮어쓰고, 검색해서 그게 하드디스크에 있던 유일한 복사본이라는 사실을 보여줬다. "저 하드디스크는 노이즈브릿지라는 해커스페이스에 있는 서버에 동기화되어 있어요." 나는 하드디스크에서 로그아웃하고, 노이즈브릿지에 로그인해서 암호화된 단계로 느리게 연결되었다. "여기에 있는 파일을 파괴할 겁니다." 나는 그렇게 했다. "노이즈브릿지는 클라우드에 백업을 해요. 그건 내가 통제할 수 있는 드라이브가 아니에요. 하지만 노이즈브릿지 서버는 5분마다 재동기화를 해요. 그리고 그 과정의 로그 기록은 여기에 있어요." 나는 'tail -f' 명령어로 로그 파일을 열었다. 이 명령어는 실시간으로 로그 파일에 새롭게 추가된 줄을 보여준다. 우리는 숨 막히는 침묵 속에서 다음 동기화를 기다렸다. 그리고 노이즈브릿지 서버가 원거리에 있는 복사본과 대조하고, 내가 유출 파일들과 암호 열쇠를 지운 걸 알아채고, 다른 쪽에 있는 복사본도 지우도록 지시하는 과정을 로그 파일로 지켜봤다.

난 로그아웃했다. "끝났어요."

"티미, 우리가 이 녀석을 믿어야 할까?" 얼간이가 이죽거리며 짓궂은 투로 말했다.

"아, 난 이 녀석을 믿어. 하지만 너도 그 말을 알잖아. '믿어라, 그러나 확인하라.' 이제 네 차례야."

얼간이가 차에서 내리더니 뒷문을 열고 티미와 자리를 바꿨다. 놈이 최첨단 거짓말 탐지기의 부품들을 하나씩 꺼내며 세심하게 점검했다. 내게 자기가 하는 일을 보여주려는 것이었다. 스페인 종교재판이 진행되던 시절 고문기술자들은 '도구 구경시키기'라는 걸 했다. 이단자들의 몸에서 축축하고, 부드럽고, 고통스러운 부분을 들어 올리고, 분리하고, 끊어낼 이상한 쇠붙이들을 고문에 앞서 보여주는 짓이었다. 얼간이는 뛰어난 종교재판 신문관이 되었을 것이다. 게다가 놈은 그 일을 위한 과학적인 배경 지식까지 갖추고 있다. 5백 년이나 늦게 태어나는 바람에 그 일자리를 놓친 건 안타까운 일이다.

얼간이가 내게 혈압계 가압대를 채웠다. 그래, 그것도 전술용 가압대였다. 이놈은 그걸 하면서 똥통을 뒹구는 돼지마냥 즐거워했다. 그러고 나서 전극을 집어 들었다. 전극이 상당히 많았는데, 얼간이는 그걸 다 사용할 게 틀림없었다. 각각의 전극에 맥도날드 케첩처럼 생긴 일회용 봉지에 담긴 전도성 젤리를 발랐다. 이 젤리는 전술용이 아니었다. 봉지에는 독일어와 처음 보는 로고가 새겨져 있었다.

그때부터 나는 항문 조이기와 풀기를 시작했다.

맞다. 여러분은 제대로 읽었다. 거짓말 탐지기에 대해 알려줄 게 있다. 그 기계는 맥박, 호흡, 그리고 땀의 증가처럼 신경과민의 징후를 측정해서 작동한다. 사람들이 거짓말할 때 더 긴장하며, 그 긴장은 도구를 이용해 측정할 수 있다는 이론이다.

이건 그리 잘 작동하지 않는다. 불안감을 전혀 느끼지는 않기 때문에, 겉으로 불안 징후를 드러내지 않으면서 거짓말을 할 수 있는 사람들은 아주 많다. 사실 그게 소시오패스의 정의라고 할 수 있다. 아무런 반응 없이 거짓말을 할 수 있는 사람들 말이다. 그래서 거짓말 탐지기가 아주 잘 작동된다고 하더라도, 세상에서 가장 위험한 거짓말쟁이들에게는 작동되지 않는다. 그게 바로 내가 앞서 언급했던 '안 하는 것보다는 낫다'는 종류의 어리석음이다.

하지만 시작부터 긴장하는 사람들도 많다. 가령 거짓말 탐지기 검사에 일자리나 자유가 달려 있다는 사실 때문에 긴장하기도 하고, 협조하지 않으면 자기네 소굴로 끌고 가겠다고 위협하는 사설용병 업체 직원 두 명에게 납치된 상황이라 긴장하기도 한다.

가끔 거짓말 탐지기가 일반적인 긴장과 거짓말로 인한 긴장의 차이를 구분하기도 한다. 그러므로 진행 과정에 여분의 불안 징후를 약간 삽입하면 도움이 된다. 그렇게 하는 방법은 아주 많다. 아마 첩보원들은 신발에 압핀을 고정해놓기도 할 것이다. 그렇게 하면 압핀을 피하려고 발가락을 꿈틀거릴 때 신경계가 춤을 춰서, 침착한 상태를 순식간에 지독하게 불안한 상태로 만들 수 있다. 그래서 그들이 거짓말을 하더라도 몸 안에서 지르박을 추는 미친 부교감 신경에 잠겨, 추가적인 불안 징후가 보이지 않게 된다.

하지만 신발에 압핀을 넣는 건 지나친 대응 방식이다. 구멍 뚫린 발가락이 훈장이 되는 슈퍼 마초 스파이에게야 좋겠지만, 여러분이 혹시 거짓말 탐지기를 깨야 할 일이 있을 때는 그냥 오므려라. 항문을 말이다.

항문을 조였다가 풀면 주요 근육과 신경을 많이 움직여서 혈액을 많이 흐르게 한다. 그래서 엉덩이를 주기적으로 조이면 거짓말을 하느라 불안한 모습을 최소한으로 감출 수 있다. 게다가 이걸 많이 하면, 추가 보너스로 강철 같은 엉덩이도 가질 수 있다.

노이즈브릿지가 멋진 장소인 또 하나의 이유는 사람들이 온종일 이런 물건을 가지고 실험을 한다는 사실이다. 항문을 조이면 거짓말 탐지기를 속일 수 있다는 이야기를 들은 누군가 다른 사람에게 그 이야기를 했다. 그러자 어느새 우리는 이베이에서 싸구려 모델을 두 대 찾아서, 즐겁게 서로에게 연결하고 엉덩이를 조였다. 말을 하는 상대방이 항문을 오므리면 알 수 있을 것 같지만, 전혀 그렇지 않다. 조금만 연습하면 누구든 완벽하게 비밀리에 엉덩이를 움찔거릴 수 있다.

"오늘이 무슨 요일이지?" 얼간이가 물었다.

"수요일." 나는 대답을 하며 항문을 조였다. 이게 거짓말 탐지기 검사를 시작하는 방식이다. 답을 알고 있는 질문을 잔뜩 던져서 대답을 들으면, 평상시 거짓말을 하지 않을 때의 상태가 어떻게 나타나는지 볼 수 있다.

"네 이름이 마커스 얄로우인가?"

조임. "네." 조임.

"내가 검은색 재킷을 입었는가?"

조임, 조임. "네." '그리고 검은 셔츠에 검은 바지에 검은 양말에 검은 허리띠를 찼지.' 조임, 조임.

"네바다에서 열린 버닝맨 축제에서 공모자에게 기밀문서가 담긴 암호화된 파일을 다운로드할 수 있는 도구를 받았는가?"

"네." 조임. 이걸 마칠 때쯤이면 나는 400미터는 거뜬히 뛰어 올라가는 엉덩이를 갖게 될 것이다.

"샌프란시스코에서 태어났는가?"

조임. "네."

"라틴어를 할 줄 아는가?"

"아뇨." 조임.

얼간이는 이런 쓸데없는 질문을 한참 동안 했다. 놈은 장비를 정밀하게 조정했다고 완벽하게 확신한 다음에야 필요한 질문으로 넘어갈 것이다.

그때 이렇게 물었다. "이 파일의 복사본을 지웠는가?"

조임. "네."

"이 파일의 남아 있는 복사본이 있는가?"

"아뇨." 조임.

"이 파일의 복사본이나 암호화된 내용물을 복구할 방법이 있는가?"

"네. 그 내용 중 일부는 벌써 배포됐어요. 거기에 접속할 수 있어요."

얼간이가 콧방귀를 끼었다. 하지만 티미는 웃었다. "얘가 널 가지고 노네."

"이미 일반인들에게 배포된 문서들 외에, 네가 이 파일의 복사본이나 암호화된 내용물을 복구할 방법이 있는가?"

"네. 아마 암호화된 토렌트 파일을 아직 다운받을 수 있을 거예요."

얼간이가 내 갈비뼈 바로 아래를 쇠막대기만큼 단단한 손가락으로 세게 푹 찔렀다. 그러자 거기에서부터 타는 듯한 통증이 퍼져나갔다. 나는 앞으로 몸이 푹 꺾이고, 헐떡이고, 구역질이 올라왔다. 토할 것 같았다.

"나한테 토해봐. 네 대갈통을 비틀어서 목구멍 속으로 쑤셔 넣어버릴 거야." 얼간이가 평소와 다름없이 대화하는 말투로 그렇게 말했다.

나는 헐떡거렸지만, 공기가 속으로 들어오려 하지 않았다. 찔끔찔끔 허파를 다시 채웠다. 난 토하지 않았다.

"거짓말 탐지기를 재조정해야 되는 건가?" 그 생각에 약간 짜증이 난다는 투로 티미가 말했다. 나를 때린 자기 동료에게 짜증이 났을 거라는 생각은 전혀 들지 않았다.

"아냐." 얼간이가 말했다. "이거 봐." 놈이 손을 뻗어서 단단하지만 세지 않게 내 얼굴을 쳤다. "이봐, 마커스, 질문 더 받을 준비 됐어?"

"네." 내가 말했다. 그리고 반사적으로 항문을 조였다.

"그렇게 잘난 척한 게 후회되는가?"

"네." 조임.

"네가 가진 유출 파일의 복사본을 모두 삭제했는가?"

"네." 조임.

"네가 찾아낼 수도 있는 다른 복사본의 암호를 해제할 수 있는 열쇠에 접근할 수 있는가?"

"아뇨." 조임.

"이 문서들에 대해 다른 사람에게 말하거나, 복사본을 다른 사람에게 준 일이 있는가?"

"아뇨." 나는 조였다. 이건 중요한 문제였다. 놈들이 앤지나 졸루, 혹은 다른 친구들을 추적해서 나와 똑같이 취급할지, 그리고 내가 앞으로 당하게 될 일들을 친구들에게도 할지 말지가 여기에 달렸다. 나는 계속 항문을 오므렸다 풀었다.

얼간이가 티미에게 모니터를 보여줬다. 티미가 고개를 옆으로 기울이며 헤드셋에서 나오는 목소리에 귀를 기울였다. "알았다. 이상." 티미가 말했다. 얼간이가 장비를 껐다. "다 잘 됐대. 수고했어. 이 작은 친구를 원하는 데까지 데려다주자. 마커스, 어디 가고 싶어? 아이스크림 가게? 패스트푸드? 성경 공부하는 곳에 데려다줄까? 보이 스카우트?"

"여기서 걸어갈게요." 내가 말했다. 나는 땀에 완전히 젖어서, 이 차에서 빠져나가기만 간절히 바랐다. 내 눈은 계속 손잡이가 없는 문을 쳐다보고, 머릿속에서는 같은 생각이 뱅뱅 돌았다. '이건 차가 아니야, 굴러다니는 감옥이야.' 나는 여전히 놈들이 내 주머니에 돌멩이를 채우고 샌프란시스코 만에 담가버릴 계획을 짜고 있을 거라 반쯤 확신하고 있었다. 용병이란 게 그런 일을 하는 놈들이잖아, 그렇지 않나? 사람들 죽이기.

"얘야, 그러지 마." 티미가 말했다. "우리가 충분히 친절하게 해줬잖아, 안 그랬어? 우린 할 일을 한 것뿐이야. 그리고 그 일은 너희 집을 폭파하거나, 너희 엄마한테 부르카를 씌울지도 모르는 진짜 나쁜 놈들로부터 너를 지켜주는 거야. 넌 오늘 밤에 우리나라를 위해 이바지한 거야. 넌 자부심을 느껴야 해."

나는 아무 말도 하지 않았다. 내 머릿속에 떠오르는 말은 모두 따귀나 주먹을 더 벌어들일 만한 것들뿐이었다. 어쩌면 더 나쁠 수도 있었다.

"마커스, 어디로 데려다줄까? 우리랑 같이 스트립 바에 갈래?"

"여기서 내릴게요."

티미가 정떨어진 표정으로 쳐다보며 말했다. "네 마음대로 하세요."

얼간이가 내 몸에서 전극들을 떼고 차 문을 열었다. 나는 물건들을 집어 던지듯이 쑤셔 넣으며 가방을 다시 쌌다. 내가 멀티툴에 손을 뻗었을 때, 티미가 낚아채서 손에 달랑달랑 들고 말했다. "이건 내가 가져가도 될까? 기념물로 말이야. 진실과 정의를 위해 함께 참가한 전투의 기념인 거지, 어때?" 티미의 눈이 광적으로 들떠서 반짝거렸다. 그러자 갑자기 얼간이보다 더 위험한 사람으로 보였다. 나는 고개를 끄덕였다.

"가져요."

"와우, 마커스, 너 정말 착하구나. 얘, 착하지 않아?" 티미가 말했다.

얼간이가 웃었다. 나는 가방을 들어 지퍼를 채우고, 재킷을 입고, 걸어갈 준비를 했다. 나는 여기가 정확히 어디인지 몰랐지만, 바닷가의 반대쪽으로 걸어가면 사우스오브마켓이 나오리라는 걸 어렵지 않게 짐작할 수 있었다. 그리고 거기에서 미션 가로 가서 집까지 걸어가거나, 버스를 잡거나, 지하철에 올라타면 된다. 내가 스무 걸음쯤 걸었을 때, 차의 커다란 엔진 소리가 들려와서 옆으로 뛰었는데, 차가 요란하게 스치고 지나가서 하마터면 치일 뻔했다.

얼간이와 티미가 나를 마지막으로 엿 먹이려는, 나는 조그만 겁쟁이고 자기네는 크고 거친 사내들이라는 사실을 마지막으로 기억시키려는 야비한 짓이었다. 너무 옹졸한 짓이라 낄낄대며 웃어야 했겠지만, 그게 그렇게 재미있는 일이라면, 왜 난 울기 시작했을까?

나는 진짜로 엉엉 울며 흐느꼈고, 콧물까지 흘러내렸다. 손이 떨리고, 다리가 풀려서 흔들거렸다. 백팩이 백만 킬로그램처럼 느껴져 벗어서 바닥에 떨어뜨렸다. 노트북에 대해서는 신경 쓰지 않았다.

나는… 너덜너덜해진 기분이었다. 의지할 게 아무것도 없고, 나라는 존재는 아무것도 아닌 것처럼 느껴졌다. 나는 놈들이 거짓말 탐지기를 믿을 정도로 멍청하다는 사실과 제 꾀에 제가 넘어가도록 내가 만들었다는 사실을 떠올리며 스스로 다독이려 했다. 하지만 그건 중요하지 않았다. 놈들은 훨씬 크고, 강하고, 자금이 많다. 놈들이 거짓말 탐지기를 믿는 건 자신이 거짓말 탐지기 검사를 받았고, 자신이 아는 모든 사람도 받았기 때문이다. 그래서 놈들은 그 검사가 작동한다는 걸 '안다.' 그건 자기가 아는 사람들이 믿는다는 이유로 점성술이나 신앙 요법을 믿는 일과 다르지 않다. 그렇더라도 이놈들은 나보다 세고 강한 존재다.

나는 울음을 멈추고 눈물을 훔쳐 닦았다. 그리고 상처받고 울적한 기분을 없애려 애썼다. 다시 가방을 어깨에 둘러뗐다. 나는 걷기 시작했다. 집에 가서 앤지와 졸루에게 연락을 취하고, 오늘의 일에 대해 말해줘야 한다. 모든 걸 말해줄 것이다. 버닝맨에서 부러졌던 코가 욱신거렸다. 거의 자정이 다 된 시간이었다. 난 몇 시간 내로 출근해서 조셉 노스의 선거운동을 '선거 2.0'으로 바꿀 제안서를 제출해야 한다. 조셉에게 뭐라고 말해야 좋을지 떠오르지 않았다.

용병들이 내 숙제를 꿀꺽했다고 말하는 게 나을지도 모르겠다.

나는 집에 가지 않았다. 중간쯤에 미션 가에 도착했을 때, 나는 계속 걸어서 마켓 가로 갔고, 헤이즈 밸리로 가서 앤지네 집으로 향했다. 나는 앤지네 앞에 서서 머무적거렸다. 늦은 시간이라 집 안의 모든 불이 꺼진 상태였다. 그리고 내 휴대폰의 배터리가 죽어서 전화를 할 수도 없었다. 내가 초인종을 누르면 집 전체를 깨우게 될 것이다. 아니면 우리 집으로 돌아가서 혼자 밤을 보내야만 한다. 난 그 상황을 견딜 수 없었다.

나는 집 앞 계단에 앉아 노트북을 꺼내고, 앤지네 무선랜에 접속해서 스카이프로 앤지의 휴대폰으로 전화해 깨우면 되겠다는 생각이 들었다. 겨우 10미터 정도 떨어진 사람에게 전화를 걸기엔 괴상한 방법이었지만, 내가 휴대폰을 어디에 뒀는지 기억나지 않을 때도 종종 그렇게 전화를 해서 벨소리를 냈다. 앤지 방의 창문이 약간 열려 있었던 모양인지, 스카이프로 전화하자 휴대폰의 벨소리가 흘러나와 거리에 울려 퍼졌다. 〈닥터 후〉에 나오는 타디스의 휭휭 소리였다.

"누구야?" 스카이프에서 목소리가 나왔다. "모르는 번호네."

"나야. 아래층에 있어. 들여보내 줘."

"아래층 어디?"

"여기 아래층. 그러니까, 네 바로 밑이야." 노트북의 스피커와 창문을 통해서, 그리고 집의 골격을 통해서 앤지가 움직이는 소리가 들렸다. 앤지는 실내용 가운을 입고 계단을 내려왔다. 잠시 후 안전고리가 삐걱거리더니 자물쇠가 풀리고 문이 열리자 앤지가 보였다. 내 노트북에서 삑 하는 소리가 나기 시작했다. 앤지의 휴대폰이 너무 가까이 왔기 때문이었다. 나는 노트북의 뚜껑을 닫고 앤지 휴대폰의 화면을 손가락으로 눌러서 전화를 끊었다.

"마커스?"

"들어가도 되지?"

나는 앤지를 사랑한다. 앤지는 내게 진한 입맞춤을 한 뒤, 손을 잡고 집 안으로 이끌었다. 우리는 발끝으로 계단을 함께 올라갔다. 그리고 앤지의 방에 들어가기 전에 내가 속삭였다. "네 컴퓨터 켜져 있어?"

앤지가 내 쪽으로 고개를 숙이고 말했다. "응."

"가서 그거 꺼줄래?"

앤지가 방으로 들어가서 돌아다니는 동안 나는 밖에서 기다렸다. 앤지가 노트북을 한 손에 들고, 배터리를 다른 손에 들고 문을 열었다.

"이게 대체 무슨 일인지 나한테 말해주는 게 좋을 거야."

나는 그날 밤 내가 엄청난 소식을 가져왔다고 생각했지만, 내 생각이 틀렸다.

"네 노트북이 안전하다는 건 어떻게 확신해?" 내 이야기를 다 들려주고 나자 앤지가 물었다. 이 시점에서 앤지가 내게 해주리라고 기대했던 말은 아니었다.

"응, 난 괜찮아. 몸이 약간 떨리긴 하지만, 물어봐 줘서 고마워." 내가 말했다.

"지금 그게 문제가 아니야. 네 노트북이 깨끗하다고 생각해? 다크넷에 연결할 수 있을 정도로 노트북을 믿을 수 있어?"

나는 그게 무슨 말인지 즉시 알아챘어야 한다는 느낌만 받았을 뿐이다. 앤지도 자제력을 잃었다. 그리고 그건 내가 앤지에게 말을 잘못해서 그런 게 아니었다.

"그게 무슨 말이야?"

"네, 노트북은, 믿을, 수, 있냐고."

"그래, 그래." 난 노트북을 켜고 타자를 입력하기 시작했다.

"데이터베이스에서 지즈(Zyz)를 찾아봐. 제트, 와이, 제트야."

"Zyz가 뭔데?"

앤지가 '바보 같은 질문 하지 마'라는 눈길로 나를 쳐다봤다. 난 자판을 쳤다.

10

Zyz가 처음부터 Zyz라고 불린 건 아니었다. 한때는 '파이어가드 시큐리티'라는 이름으로 불렸다. 비싸지만 실효성은 낮은 군사 용역을 전 세계에 있는 미군에 팔던 거대한 사설 용병업체였다가, 예산을 훌쩍 초과한 불량 유정(油井)을 두어 개 건설하는 일을 지원하면서 미국의 은행 계좌에서 수백억 달러를 빨아들인 할리버튼의 한 경영진이 파이어가드 시큐리티를 설립했다. 할리버튼의 유정 중 하나는 멕시코 만을 황폐화시킨 원흉이었다.

할리버튼에는 체임버즈 마틴이라는 '역동적이고 무모한 젊은 부사장'(진짜로 포춘지가 그를 이렇게 불렀다)이 있었다. 그 사람이 2008년 할리버튼을 그만두고 파이어가드 시큐리티를 설립하는데, 이 회사는 이라크와 아프가니스탄에서 할리버튼의 물자 수송선을 경호하는 계약을 미군과 체결해서 즉시 엄청난 거금을 벌어들이기 시작한다.

여기까지는 그냥 평범하다. 피에 굶주린 용병을 제공하며 납세

자의 피를 빨아먹는 회사는 무수히 많다. 파이어가드 시큐리티는 무장한 요새와 작은 쇼핑몰을 섞어 놓은 듯한 전진기지의 물품을 보충해주려고 아프가니스탄 칸다하르 지역과 이라크 팔루자에서 초콜릿 과자를 싣고 가는 트럭을 경호한다. 육군은 군인들의 옷 세탁과 인터넷 접속, 피자헛을 제공받은 대가로 이 회사에 엄청난 수수료를 지급한다.

하지만 파이어가드 시큐리티에는 더 큰 계획이 있었다. 그저 질 낮은 용역을 제공하며 세금을 빨아먹는 수준에서 더 나아가, 그들은 은행이 되기로 결심한다. 좀 더 자세히 살펴보면, 파이어가드 시큐리티는 미국 정부와 미래에 체결할 가능성이 있는 계약을 바탕으로 채권을 발행한다. 쉽게 말해서 채권은 사실 돈을 빌리는 거다. 내가 100달러에 5퍼센트 이자율을 붙인 채권을 팔면, 채권 기한 동안 1년에 5달러씩 이자를 지급하게 된다. 그리고 채권의 만기가 돌아오면 둘 간의 거래는 종료된다. 물론 만기가 되기 전에 채권을 지급할 기업이 무일푼이 되면, 기업은 파산하고 채권을 산 사람은 꼬이는 거다.

파이어가드 시큐리티는 최고의 이자율로 채권을 여기저기에 마구 팔면서 모든 사람에게 이 수월한 돈벌이가 절대 끝나지 않을 거라 말한다. 이는 매년 자신들이 더 큰 군사 계약을 체결할 것이므로, 매년 그들의 손에 돈이 더 많이 들어올 테니까 채권을 회수할 수 있다는 의미였다. 그게 한동안 잘 먹혔다. 군 예산의 삭감이 시작되어 그들의 수익이 줄어들기 전까지는 말이다. 그래서 그들은 새로운 분야로 진출할 필요가 있었다.

그들은 채권을 그저 발행하는 대신 채권 매매에 뛰어들기 시작하는데, 그 시작은 학자금대출에 대한 채권이었다. 내가 버클리대에 다니기 위해 빌렸던 모든 돈은 채권으로 바뀐다. 내가 학자금대출을 상환할 때마다 채권의 청구권을 산 사람에게 돈이 지급된다. 마술적인 졸업장을 받기 위해 필요한 대출을 학생들에게 '해주는' 버클리대와 다른 대학들, 회사들에 이런 채권은 큰돈이 되었다. 학자금대출 채권은 너절한 군사 계약 채권보다 훨씬 괜찮았다. 너절한 군사 계약은 부도가 날 수도 있지만, 학생들은 부도를 낼 수 없기 때문이다.

아마 처음 들어본 이야기일 것이다, 그렇지 않나? 대학에 다니려고 돈을 빌렸는데 언젠가 완전히 거덜이 나서 파산을 할 수밖에 없는 상황이 되면, 신용카드나 자동차 대금 같은 모든 부채는 장부에서 지워진다. 하지만 학자금의 부채는 영원히 사라지지 않는다. 부채 상환 시기를 놓칠 때마다, 대학에서 채권을 구입한 역겨운 금융회사는 엄청난 수수료와 벌금을 부과해서 부채를 증가시킬 수 있다. 그래서 대학에서 3만 달러를 학자금대출로 빌리고, 신용카드 부채가 5만 달러인 상태에서 파산할 경우, 신용카드 부채는 축소되거나 사라지지만, 학자금대출 부채는 오히려 연체 수수료가 추가되어 15만 달러로 올라갈 수도 있다. 학자금대출 파산법에 정해진 방법에 따르면, 그들은 채무자가 십 대 때 빌린 학자금대출을 받기 위해 사회보장수당에서 돈을 빼낼 수도 있다. 설령 그 전에 수수료와 벌금으로 수백만 달러를 지급했을지라도 말이다.*

---

* 한국에서도 '채무자 회생 및 파산에 관한 법률'과 '취업 후 학자금 상환 특별법'에 따라 개인파산을 신청할 경우 다른 부채는 삭감되더라도 학자금대출은 원금과 이자가 면제되지 않는다.

Zyz는 이런 이야기가 마음에 들었다. 그래서 그들은 자신들의 채권을 팔아 들어온 돈으로 학자금대출 채권을 사기 시작했다. 하지만 학자금대출 채권을 아무거나 사들인 건 아니다. 절망적이고 비참한 학생들의 채권만 사들였다. 미국에서 가장 가난한 사람들이 짊어진 부채 말이다. 그들은 학위를 얻어 부모보다 나은 직업을 구하려다가 영원히 전당 잡힌 신세가 되어버린다.

이런 사람들은 곤란한 상황에 빠진다. 지금은 대학의 학위를 얻어도(혹은, 흠, 대학을 중퇴했을 경우) 좋은 일자리를 구하지 못하는 상황이 되었다. 그들은 실업자가 되거나, 집세를 내기 위해 형편없는 비정규직 일자리를 수없이 전전하며 지급 기한을 수없이 지키지 못한다. 그들은 부채를 영원히, 결코 갚지 못한다.

Zyz를 검색했다. Zyz에는 사람들이 돈을 내게 하는 역동적이고 무모한 계획이 있었다. 곧장 폭력을 행사했다. Zyz는 사람들을 추적하고 겁주고 고통스럽게 하는 방법을 아주 잘 알았다. 이 회사는 국토안보부와 깊은 관련을 맺고 있었다. 즉, 이들은 사람들이 어디에 사는지, 관련된 사람들이 누구인지, 소득세 신고서가 어떻게 되어 있는지, 부모와 전 배우자들과 조부모와 사촌과 학교 친구들의 소득이 얼마나 되는지 알 수 있는 데이터베이스에 접속할 수 있었다. Zyz는 공격적으로 이 정보들을 이용했다. 무모할 정도였다.

여기까지만 해도 아주 저속하다. 하지만 점점 더 지독해진다. Zyz에 빚을 진 사람들이 전혀 어울리지 않는 짓을 하기 시작했다. 두 명이 무장 강도를 하고, 몇몇은 가택 침입 강도질을 하고, 몇몇은 협박을 했다. 그들 중 많은 수가 군대에 입대하지만, 군 복무에 지나치게 맞지 않아 전역당했다.

이들은 왜 그런 짓을 했던 걸까? Zyz가 그들에게 '재정적 조언'을 했기 때문이다. 이렇게 말이다. "부채를 지급하기 위한 방법을 찾아보는 게 좋을 거야, 친구. 안 그러면 너와 네가 사랑하는 사람들에게 아주 아주 안 좋은 일이 일어날 거야." Zyz는 일개 사설용병업체가 아니었다. 그저 잘 나가는 금융 기술자들도 아니었다. 놈들은 마피아였다.

다크넷 문서에는 Zyz의 '고객들'로부터 불편 사항을 접수했던 각 주의 검찰총장과 지방 검사들이 보낸 수많은 편지를 포함해서 많은 기록이 담겨 있었다. 물론 Zyz는 모든 걸 부인했다. 동시에 연방 정부와 주 정부, 법률 집행기관과 국토안보부에 있는 Zyz의 친구들이 모든 사항을 조용하게 진정시켰다.

그중에 가장 지랄 같은 자료는, Zyz의 고객들로부터 비슷한 이야기를 너무 많이 듣고는, 산더미같이 많은 근거 자료를 모아(그 자료들은 모두 다크넷 문서에 있었다) 공들여 Zyz에 맞선 소송을 준비했다가, 상관으로부터 "추가적인 조사를 정당화할 수 있을 정도로 충분한 증거가 없으니" 이번엔 소송을 포기하라는 말을 들은 샌프란시스코 지방 검사의 기록이었다.

이 검사는 이 상황을 그냥 받아들이지 않았다(나는 기록을 읽으면서 그녀를 응원했다). 검사는 Zyz의 재원에 구멍을 내기 위해, 그리고 자신의 상관을 확신시킬 수 있는 '충분한 증거'를 확보하기 위해 계속 Zyz의 희생자들의 사연을 수집했다. 이 일은 은행이 연체료를 빌미로 검사의 집을 압류할 때까지 계속 진행되었다. 검사는 새벽 6시에 남편과 어린 두 자녀와 함께 집에서 쫓겨났다. 그리고 자신의 명예와 신용을 되찾고 집을 돌려받기 위해 애쓰며, 관료주의적 악몽에 24시간 사로잡힌 전문직 포로가 되었다.

그녀의 이야기는 거기서 끝났다. 하지만 Zyz는 그렇지 않다. Zyz는 미국 모든 주 정부에 로비스트를 고용했다. 여기엔 당연히 큰돈이 들어간다. 놈들은 더러운 채권을 사고팔며 그런 돈을 만들어냈을 것이다. 그리고 돈을 빌린 졸업생이 부모님 집에 계속 살 경우에 부모와 심지어 조부모의 재산까지 갈취할 수 있도록 '더 많은 자유'를 허용하는 법안을 밀어붙인다. 설명을 해주자면 이런 이야기다. 학자금대출을 빌렸는데, 빈털터리가 되어 부모와 함께 살아야 할 경우, 졸업생이 사는 집과 부모의 월급과 연금까지 갈취하겠다는 것이다. 놈들은 학생의 사회보장수당이 지급될 때까지 기다리려 하지 않았다. Zyz는 당장 학생 조부모의 사회보장수당을 강탈하고 싶었다.

이런 로비스트들은 사방에서 바쁘게 일했다. 하지만 특히 미국 내에서 청년 실업률이 가장 높고, 주립대학의 학비가 하늘 높은 줄 모르고 오르는 덕분에, 나처럼 중퇴자가 기록적으로 많아서 학자금대출 지급 기일이 일찍 돌아오는 캘리포니아에서, Zyz는 우리 부모님들의 돈을 원했다.

이제 선거가 다가오고 있다. Zyz는 많은 돈을 뿌렸다. 놈들은 이 일을 위해 수십 개의 자회사를 만들었다. 하지만 다시 한 번, 어떤 부지런한 내부 고발자가(그 혹은 그녀의 이름은 자료에서 지워져 있었다) Zyz의 자회사 목록을 정리해서, 그 회사들이 모든 선거에서 '주요' 후보를 후원하고 있으며, 때때로 반대편 후보도 후원했다고 알려줬다. 어떤 후보든 선거에서 이기면 중요한 위원회에 참여하게 될 가능성이 있기 때문이었다.

일단 다크넷 팀이 Zyz에 대해 검색을 하기 시작하자, 이런 자료가 엄청나게 나왔다. 그중에 어떤 자료가 내 눈에 띄었다. Zyz는 수년간 국토안보부에서 일하고 군사적 경험이 있는 최고의 보안 책임자를 고용했다. 캐리 존스톤.

"이런 젠장." 내가 말했다.

"그래." 앤지가 말했다. "이것 때문에 놈들이 그렇게 흥분했던 거야. 놈들은 이 싼 채권, 즉 완전 빈털터리 애들의 학자금대출 채권을 모조리 사들였어. 놈들이 아이들 가족의 집을 빼앗을 수 있다면, 수백만, 수천억 달러를 벌 수 있어."

"만약에 우리가 이걸 배포하면 어떤 일이 일어날까?"

"만약에 배포하면? '만약'이라니, 무슨 뜻으로 하는 말이야?" 앤지는 마치 내가 이상한 괴물이라도 된 양 나를 쳐다봤다.

"앤지." 나는 양손을 들며 말했다. "있잖아, 이놈들은, 너도 놈들에 대해 읽었잖아. 놈들은 내가 누구인지 알아. 놈들은 마샤에게서 유출 파일을 받은 사람이 나라는 사실을 알아. 이 문서가 밖으로 나가면, 놈들은 틀림없이…."

"뭐? 마커스, 놈들은 미친 범죄자들이야. 네가 고분고분하게 놈들의 말을 들어준다고 해서 네 안전이 보장되지는 않아. 언제라도 마음이 내키면 놈들은 다시 너를 잡으러 올 거야. 그리고 마샤는 어떡해? 그 재수 없는 해커 자식들이 완전히 개자식들일지도 모르지만, 마샤에 대해서는 그놈들의 말이 맞아. 마샤는 네가 보험이 되어줄 거라고 믿었어. 네가 이 증거들을 분류하느라 시간을 허비하지 않았다면….”

“잠깐만, 뭐라고? 내가 시간을 허비했다고? 너도 시간을 허비하긴 마찬가지야, 앤지. 우리는 다크넷 문서를 배포하기 전에 훑어보자고 동의했잖아. 우리가 뭘 가졌는지 파악하고, 전략을 논의하자고….”

“마커스, 그건 네가 원한 거였어. 그래서 우리는 그렇게 했지. 네가 토렌트 파일 이름과 열쇠를 트위터에 올리고, ‘당장 이걸 다운받아. 범죄 자료가 잔뜩 있어’라고 알리지 못할 이유는 전혀 없었어. 넌 팔로어가 만 명쯤 되지 않아? 네가 한 번이라도 그렇게 했다면, 그 파일은 절대로 없애지 못할 거야.”

“마샤는 ‘없앨 수 없는’ 사람이 아니야.” 내가 받아쳤다.

“넌 마샤가 그 짜증나는 놈들하고 일하는 건지 아닌지도 모르잖아….”

“앤지, 왜 이래, 말이 되는 소리를 해. 조금 전에 넌 내가 마샤를 구하기 위해 문서들을 배포하지 않았다며 나쁜 놈이라고 했잖아. 이제는 마샤가 나쁜 애일지도 모르니까 위험에 빠트려도 상관없다는 거야? 대체 무슨 말이 하고 싶은 거야?”

앤지가 고개를 저었다. “상관없어. 중요한 건 지금 네가 뭔가 할 수 있다는 사실이야. 제 자리를 뱅뱅 돌면서 비명을 지르고 소리치는 대신 말이야.”

“난 뭔가를 하기 전에 계획을 세우고 싶을 뿐이야, 앤지. 그게 뭐가 문제야?”

“마커스, 나한테 너에게 딱 맞는 계획이 있어. 1단계: 사람들에게 그 문서를 구하는 방법을 알려줘. 2단계: 2단계는 없어.”

나는 함정에 빠진 기분이었다. 우리의 목소리는 점점 커져서, 앤지의 어머니와 여동생을 깨울까 봐 걱정됐다. 우리가 공원 같은 곳에서 말다툼하고 있었다면, 나는 진정시키기 위해 일어나서 걸어나갈 수 있었을 것이다. 하지만 새벽 2시가 다 되어가는 시간이었다. 어디로 간단 말인가? 그리고 물론, 그렇게 해봤자 더 화만 날 것이다.

"그렇겠지, 아주 쉽네. 특히 네가 납치를 당하거나 협박을 받는 사람이니까 말이야."

앤지는 그 말에 대해서도 준비가 되어 있었다. "너는 그놈들이 나를 모를 거라고 생각하는 거야? 우리가 이 자료들을 배포하면 내가 놈들의 수배 목록에 두 번째로 올라갈 거라는 생각은 안 해? 내 안전을 먼저 챙기기에는 이 문제가 너무 중요해. 이 문제가 나보다 더 중요하단 말이야."

"내 안전을 포기하는 일에 내가 자발적으로 참여하게 해줘서 고마워."

"마커스, 내가 너를 억지로 참여하게 만들어야 할 거라는 생각은 해본 적은 없었어. 마이키라면 바로 시작했을 거야. 마이키는 모든 게 완벽히 조직되고 안전해질 때까지 빈둥거리며 시간을 보내다가 행동을 나서기보다는, 옳은 일을 위해 싸울 준비가 되어 있을 거야."

그랬다. 내가 세상의 그 누구보다 필요하고 신뢰하는 사람이 내가 두려워하고 있던 이야기를 펼쳤다. 그런 사람에게 부당하게 갈가리 찢기는 일보다 더 안 좋은 게 있다면, 그건 내가 마땅히 당할 만해서 찢겼을 때다.

"앤지…." 내가 입을 열기 시작했다.

"그만둬. 잠이나 자자." 앤지가 말했다.

우리는 두 개의 대리석 조각처럼 몸이 굳은 채 서로의 몸에 닿지 않게 침대에 나란히 누웠다. 낮과 밤에 했던 대화들이 계속 머릿속을 맴돌았다. 내 노트북에 있었던 익명의 해커와 Zyz가 보낸 깡패, 내게 분노하고 실망한 앤지. 그 대화들이 계속 맴돌면서 치욕과 비난의 합창을 해댔다.

그 소리가 너무 커지자, 나는 자리에서 일어나 어둠 속을 더듬거리며 옷을 챙겨 입기 시작했다. 앤지가 숨을 멎었다가 다시 뱉는 소리가 들렸다. 앤지는 뭔가를 말하려다가 그만뒀다.

나는 옷을 반쯤 차려입고, 신발은 신지 않은 채, 가방에 내 잡동사니들을 대충 챙겨 넣고, 앤지의 방에서 나와서 계단을 내려가 현관문으로 나갔다.

그래도 내게 휴대폰을 충전할 정도의 통찰력은 있었다. 나는 단축번호를 주르륵 넘겼다. 부모님께 전화해도 될까? 하지만 부모님께 뭐라고 하지? 부모님이 어떻게 도와줄 수 있을까?

내 단축번호에 몇 달 동안 한 번도 통화하지 않았던 두 사람이 있었다. 그래서 자동으로 정리되어 단축번호 목록의 가장 밑으로 내려가 있었다. 내가 그 둘을 수동으로 즐겨찾기에 넣어놨기 때문에 그나마 단축번호 목록에서 사라지지 않고 있었다.

대릴과 버네사.

나는 마켓 가를 향해 걸어가면서 한참 동안 대릴의 사진 위에서 엄지손가락을 오락가락했다. 대릴과 이야기를 나누면 얼마나 어색

할지 생각했다. 버네사가 한때 내게 마음이 있었다고 고백했었다. 대릴이 그 사실을 아는지는 모를 일이다. 버네사와 앤지는 오랫동안 서로를 싫어했다. 대릴이 나를 자신의 라이벌로 여겨 싫어하거나, 버네사가 가진 불만 때문에 앤지를 싫어하는 건 아닌지 내내 궁금했다. 우리가 이야기를 나눈 뒤로 몇 주가 지나가고, 몇 주는 다시 몇 달이 되었다. 대화와 만남의 간극이 점점 길어질수록 다시 연락하는 게 더 어색해지고 불편해져서, 만나는 일이 점점 특별한 사건처럼 느껴졌다.

이제 날이 추워져서 몸이 떨렸다. 한 번 몸이 떨리기 시작하자, 속에 있던 뭔가가 빠져나가는 느낌이 들었다. 그때부터는 추위보다 다른 이유로 몸이 떨렸다. 나는 단축번호 버튼을 눌렀다. 새벽 3시가 지난 시간이었다. 전화 신호음이 울리고 또 울렸다.

"여보세요. 대릴입니다. 메시지를 남겨주세요. 문자나 이메일로 보내주시면 더욱 좋습니다."

나는 전화를 끊었다.

완전히 혼자 있는 느낌과 감시받는다는 느낌을 동시에 받을 수 있다니, 기분이 묘했다. 휴대폰에 패러노이드 안드로이드를 설치하긴 했지만, 그렇다고 내 휴대폰이 해킹당하지 않았다는 의미는 아니다. 다만 해킹하기가 좀 더 어려워졌을 뿐이다. 차에서 얼간이와 티미가 휴대폰을 빼앗아 갔을 때 내가 눈을 떼지 않고 지켜봤던가? 내 노트북을 장악했던 비열한 해커들이 휴대폰에도 해킹을 시도했을까?

전화를 받지 않은 건 차라리 잘된 일이다. 완전히 자아가 붕괴된 상태에서 새벽 3시에 누굴 깨우는 건 다시 우정을 쌓아가기에는 그다지 좋지 않다….

내 휴대폰이 울렸다. 대릴이었다.

"여보세요, 어이."

"마커스, 괜찮니?" 진심으로 걱정하는 대릴의 말투에 나는 다시 울고 싶어졌다.

'미안해, 인마. 버튼을 잘못 눌렀어. 잘못 건 거야. 미안해. 다시 자라.' 이 말이 혀끝에서 맴돌았다. 하지만 그 말은 밖으로 나오지 않았다.

"아니, 안 괜찮아." 사이렌 소리가 내 곁을 지나갔다. 소방차였다. 나는 깜짝 놀라 작게 꽥 소리를 질렀다.

"어디야?" 대릴이 물었다.

나는 도로표지판을 쳐다보며 말했다. "마켓 가와 게레로 가의 교차로에 있어."

"그대로 있어. 15분 내로 갈게." 대릴이 말했다.

친구란.

대릴의 아버지는 버클리대의 정리해고 당시 일자리를 잃지 않았지만, '자발적으로' 임금을 삭감했다. 그래도 10년 된 혼다를 팔아야 할 정도로 상황이 나쁘지는 않았다. 대릴은 그 차의 열쇠가 따로 있었다. 그 차는 흉측하고 땜빵 자국도 여기저기 있었지만, 그래도 차다. 새벽 3시라면 트윈 픽스에서 시내까지 15분 안에 올 수 있다. 하지만 15분 안에 도착하려면 대릴은 노랑 신호등을 몇 개 지나치고, 어쩌면 빨강 신호등도 한두 개 정도 지나쳐야 할 것이다.

인도 가에 차가 멈추고, 차 문의 잠금장치가 해제됐다. 나는 문을 열고 안으로 들어갔다. 익숙한 냄새가 코에 가득 찼다. 나는 예전에

이 차를 백만 번은 탔었다. 오랜 시간 동안 창문을 닫은 채 버클리 대 캠퍼스의 타는 듯한 열기와 서늘한 안개를 오간 차의 누른 내와 곰팡내, 오래된 커피 향, 맥도날드 샌드위치의 희미한 냄새가 났다.

대릴은 운동복과 티셔츠를 입었다. 그리고 맨발로 끈을 묶지 않은 채 운동화를 신었는데, 오른쪽 운동화에는 커다란 발가락 때문에 구멍이 나 있었다. 대릴은 발이 무지막지하게 커서 항상 발가락 부분이 닳았다.

대릴이 가장 먼저 꺼낸 말은 "무슨 일이야?"나 "지금이 몇 시인지 알아?"나 "나한테 큰 신세 지는 거야, 인마"가 아니었다.

대릴의 첫 말은 이랬다. "야, 다시 만나니까 참 좋다."

대릴이 할 수 있는 말 중에 가장 좋은 말이었다. "응." 내가 말했다. "그래, 나도 다시 만나니까 참 좋다."

나는 어떤 말을 하면 좋을지, 어디서부터 이야기를 시작하면 좋을지 궁리했다. 대릴은 다크넷에 대해 알고 있고, 문서들을 살펴봤다. 아마 대릴은 Zyz의 문서도 보고, 그 자료들을 묶는 일도 도왔을 것이다. 하지만 할 말이 너무 많아서 어디서부터 시작해야 할지 몰랐다. 나는 생각을 해보려 눈을 감았는데, 다음 순간 대릴이 나를 흔들어 깨우고 있었다. 나는 눈꺼풀을 억지로 떼어서 주변을 둘러봤다. 대릴네 집 앞이었다. 내게 여긴 한때 우리 집처럼 익숙한 장소였다.

"가자, 인마. 일어나." 대릴이 말했다.

나는 바닥에 신발을 질질 끌며 비틀비틀 대릴을 따라갔다. 현관에 신발을 벗어 던지고 대릴을 따라 침실로 올라갔다.

나는 대릴의 침대에 버네사가 있다는 사실을 간신히 알아봤다.

버네사는 티셔츠를 입고 머리에는 이상한 일본 애니메이션 장식품을 달고 있었다. "안녕, 버네사." 내가 인사를 할 때 대릴이 침대 발치에 깔아둔 좁은 캠핑용 매트리스로 나를 데리고 갔다. 나는 그 위로 털썩 누웠는데, 머리가 베개에 닿기도 전에 눈이 감겼다. 누군가 (아마 대릴이) 나를 굴려서 밑에 깔린 예비 담요를 당겨 덮어주려 했다. 하지만 나는 꼼짝도 하지 않았다. 온몸이 납덩이였다. 내 몸은 안전한 곳에, 내가 믿을 수 있는 사람들과 함께 있다는 사실을 알았다. 그래서 단 1초도 더 이상 깨어있는 걸 허락하지 않았다. 내일 지각을 하지 않으려면 알람을 맞춰야 한다는 어렴풋한 생각이 머릿속을 스쳤지만, 손은 콘크리트 블록만큼이나 무거웠고 휴대폰은 백만 킬로미터는 떨어져 있는 내 주머니 안에 있었다. 게다가, 난 이미 잠들어버린 상태였다.

나는 베이컨과 계란, 토스트, 그리고 무엇보다도 커피의 향 때문에 잠에서 깨어났다. 침실에는 아무도 없었고, 두툼한 커튼을 통해 걸러진 회색의 빛만 가득했다. 커튼을 옆으로 치웠더니 대낮의 햇볕이 눈에 들어왔다. 휴대폰을 확인하려고 주머니에서 꺼낼 때 통증이 느껴졌다. 내가 휴대폰을 깔고 잤던 것이다. 11시 24분이었다. 엄청나게 지각이었다. 부신 호르몬이 발사되며 나를 공황으로 채우려 했지만, 나는 배가 고팠다. 대신 후다닥 소변을 누는 동안 낮은 수준의 불안감이 느껴지긴 했다. 나는 햇볕이 가득한 부엌으로 내려갔다.

눈이 부셔서 손 그늘로 햇볕을 가렸더니 대릴과 버네사가 웃음을 터트렸다. 둘은 프라이팬과 접시와 컵과 머그잔을 두드리며 부엌에서 춤을 추고 있었다.

"내가 이러면 마커스가 일어날 거라고 했잖아. 남자애들은 위장으로 생각한다니까." 대릴이 말했다.

버네사가 키득거리며 말했다. "남자애들에게 사고의 중심은 그보다 15센티 정도 아래에 있을걸."

둘이 느릿느릿 춤을 추며 껴안고 입맞춤을 했다. 앤지와 나도 이렇게 느끼하게 놀았나? 아마도 그럴 것이다.

"얘들아, 내가 진짜로 진짜로 너희한테 신세를 졌는데, 여기 앉아서 아침을 먹긴 힘들 것 같아. 내가 늦어서⋯."

"출근 말이지?" 대릴이 말했다. "알아. 그래서 내가 너희 어머니한테 전화했어. 어머니는 너희 상관한테 전화해서 네가 몸이 안 좋아 오전에는 집에서 일하다가 오후에 괜찮으면 나가보겠다고 했어. 넌 괜찮을 거야, 인마. 앉아서 먹어."

친구란! 이보다 좋을 수 있을까? 내 코가 가스레인지 위에서 부글거리기 시작하는 작은 모카포트로 향했다. 커피를 타야 할 때 모카포트가 최악의 도구라고 할 수는 없겠지만, 제대로 하려면 까다롭다. 모카포트는 기본적으로 이중 보일러이다. 아랫부분에는 물을 채우고, 위에는 분쇄한 커피를 채운다. 그리고 가스레인지에 바로 올린다. 물이 끓어 팽창되면 그 압력으로 물이 커피를 통과해서 위에 있는 주전자로 들어간다. 하지만 흔히 너무 뜨거운 물로 커피를 추출해서, 최악의 쓰고 신 맛을 내는 바람에 그 '우웩'을 피하려고 엄청난 우유와 설탕을 들이부어야 하는 진하고 불쾌한 커피를 만드는 경우가 많다.

"내가 할게." 내가 말했다. 나는 가스레인지를 돌려서 끄고, 행주를 집어 찬 수돗물에 적신 뒤 보일러에 감싸서 물의 온도를 낮추고 추출을 중단시켰다. 나는 셋을 센 다음, 윗부분을 돌려 분리했다. 더 빠르게 식히고 싶더라도, 모카포트의 온도를 급격하게 변화시키면 균열이 나서 깨지는 경향이 있다. 나는 얼음물을 가득 채운 그릇에 모카포트를 넣는 모험을 했다가 그 사실을 힘들게 배웠다. 그리고 온종일 그 난장판을 치워야 했다. 다행히 주철로 만들어진 보일러가 산산이 부서질 때 손을 다치지는 않았다.

"마커스, 그래 봐야 커피일 뿐이야." 대릴이 말했다.

"응. 그래 봤자 커피일 뿐이지. 무슨 말을 하고 싶은 거야?" 내가 말했다. 그리고 찬장에 손을 뻗었다. 거기엔 몇 년 전에 내가 대릴에게 크리스마스 선물로 줬던 작은 에스프레소 잔이 있었는데, 그 잔이 어느 찬장에 있는지 저절로 떠올랐다. 나는 잔 셋을 꺼내서 커피를 부었다. 내 잔의 맛을 봤다. 끔찍한 맛은 아니었다. 그럭저럭 괜찮았다.

대릴이 다른 잔을 들고 홀짝였다. 그리고 고개를 끄덕이더니 말했다. "좋아, 내가 만든 커피보다 낫네."

버네사가 자기 잔의 맛을 봤다. "대릴, 이건 환상적이야. 자, 감사 인사를 제대로 해봐."

대릴이 나한테 살짝 고개를 숙이며 인사하는 척했다. "귀하의 뛰어난 커피 덕분에 저는 깜짝 놀랐사옵니다. 아무쪼록 저기 보이는 의자에 귀하의 궁둥이를 얹으시면, 제가 최고의 프라이 요리를 대접하겠사옵니다."

버네사가 대릴의 엉덩이를 툭툭 쳤다. 내가 자리에 앉자 음식이 앞에 놓였다. 나이프와 포크, 타바스코도 따라왔다. 타바스코 핫소스를 보니 앤지가 떠오르며, 칼날이 심장을 꿰뚫는 기분이 들었다. 대릴은 멀티 비타민까지 내놨다.

대릴과 버네사도 자리를 잡았다. 그리고 우리는 음식을 먹어치웠다. 내가 접시들을 설거지하는 동안, 대릴은 음반을 찾아 틀고 버네사는 샤워를 했다. 버네사가 수건으로 머리를 감싸고, 미니스커트와 치마 밑단까지 내려오는 헐렁한 윗옷을 입고 왔을 때, 너무 예뻐서 나는 예의 없이 그 모습을 오랫동안 쳐다봤다. 버네사가 내 눈길을 알아채고 이상한 눈으로 쳐다봐서 내가 고개를 돌렸다.

"이야기할 준비 됐어?" 대릴이 물었다.

"딱히 그렇진 않아. 그래도 말하는 게 좋을 것 같아." 내가 말했다.

그 이야기를 다시 했다. 하루가 지난 뒤 배를 가득 채우고 그 이야기를 하고 있으니, 내게 일어났던 일을 이야기하는 게 아니라, 내가 봤던 영화의 줄거리를 읊는 것처럼 느껴졌다. 나는 이상할 정도로 자세히 말하고 있었다. Zyz 조폭들의 전술용 장비 강박증 같은 이야기들까지 했다. 버네사가 그 부분에서 폭소를 터트려서, 이게 임박한 파멸에 관한 이야기라기보다는 닳고 닳은 나의 소싯적 이야기 같은 느낌이 들었다. 대릴과 버네사가 Zyz에 대해 알고 있어서, 그 부분에서 내가 앤지와 나눴던 대화를 대충 건너뛸 수 있었다. 내가 생명의 위험을 무릅쓰지 않는다는 이유로 앤지가 나를 겁쟁이, 바보라고 불렀던 부분이었다. 적어도 내겐 어젯밤 앤지와의 대화가 그런 식으로 남아 있었다.

둘은 동정적인 얼굴로 투덜거렸다. 나는 기분이 나아지면서도 동시에 나빠졌다. 마치 내가 영웅이 될 자격이 없는 이야기에서 나 자신을 영웅으로 만들었다는 사실을 내가 알고 있는, 그런 기분이었다.

"젠장, 마커스, 빌어먹을 악몽이 따로 없네." 버네사가 말했다.

"이제 뭘 할 거야?" 대릴이 물었다.

버네사가 짜증나는 투로 대릴을 쳐다봤다. "무슨 생각을 하는 거야? 마커스는 여기서 빠져나가야 해. 마커스의 말이 맞아. 이 일은 마커스에게 너무 위험해. 이 싸움은 얘의 몫이 아니야."

대릴이 버네사의 손을 잡더니 다시 놔줬다. "마커스는 그렇게 못해. 이제는 다른 사람들도 참여하고 있잖아. 설령 마커스가 멈추더라도 그 사람들은 그러지 않을 거야."

버네사가 팔짱을 꼈다. "마커스가 한마디만 하면 졸루가 서버를 닫아버릴 거야. 문제 해결."

놀라웠다. 둘은 몇 초 전까지만 해도 사랑스러운 연인이었는데, 어느새 툭탁거리고 있었다. 덕분에 나와 앤지는 거의 말다툼을 하지 않는다는 사실과, 내가 이 둘의 관계를 거의 모른다는 사실을 깨달았다. 내가 뭔가 말하려 했지만, 대릴이 벌써 이야길 시작했다.

"아냐, 졸루는 그러지 않을 거야. 그럴 수도 없고, 그렇게 해서도 안 돼. Zyz에 관한 자료들과 다른 온갖 자료들을 생각해봐. 이건 밖으로 내보내야 해."

"아, 진심이야? 왜 이걸 밖으로 내보내야 하는데? 그러면 뭐라도 해결될 것 같아? 이 체제가 통째로 썩었다는 사실을 사람들이 아직도 모르는 것 같아? 익명에다 검증도 안 된 인터넷 소문들에 사람들이 봉기하고 행동에 나설 것 같아? 사람들이 막 의자를 집어 던지며 세상을 자유롭게 만들까? 정신 차려, 대릴. 그 온갖 일들을 당하고도…."

대릴이 느닷없이 벌떡 일어섰다. "산책하러 갈게." 대릴이 말했다. 내가 입을 열기도 전에 대릴은 문밖으로 나가버렸다. 대릴은 나보다 심하게 당했다. '샌프란시스코 만의 관타나모'에 몇 달 동안이나 갇혀 있었다. 놈들은 대릴을 독방에 가두고, 머릿속을 엉망으로 만들고, 겉으로 드러난 방식과 드러나지 않는 방식 모두로 괴롭혔다. 대릴은 병원의 관찰을 받으며 한 달간 입원한 후에야 퇴원할 수 있었다. 아무도 입으로 말하지는 않았지만, 병원에선 대릴이 자살할까 봐 지켜봤다는 것을 나는 안다.

버네사의 눈에 눈물이 맺혔다. "대릴은 가끔 지독하게 머저리 같아. 안전해지고 싶다는 게 뭐가 잘못된 거야? 다른 사람의 신념 때문에 널 위험에 빠트리겠다니, 대릴은 대체 무슨 생각을 하는 거야?"

나는 그 말에 대해 아무런 대꾸도 하지 않았다. 물론 그건 다른 사람의 신념이 아니라, 내 신념이다. 아니, 내 신념이었다. 내가 그 신념 때문에 겁에 질리기 전까지는. 어떻게 대릴은 나보다 훨씬 많이 당하고서도 그렇게 겁 없이 나설 수 있을까? 망가진 사람이 대릴일까, 나일까?

이제 버네사는 울기 시작했다. 내가 어정쩡하게 버네사를 안아주었다. 버네사는 내 어깨에 얼굴을 묻고 정말로 대성통곡을 했다. 예전에 딱 한 번 버네사가 내게 키스를 한 적이 있었다, 내 입에 진하게. 나를 찾아와서 〈베이 가디언〉의 바바라 스트랫포드 기자에게 내 메시지를 전달하는 일을 도와줬을 때였다. 그때 버네사가 내게 마음이 있었다는 고백을 했는데, 우리는 이후로 그 문제에 대해서는 한 번도 입 밖으로 꺼내지 않았다. 바로 그 순간, 내 머리는 온통 그 생각으로 가득 찼다. 앤지와의 싸움과 지난 며칠간 일어난 일들과 긴장의 틈바구니에서, 나는 진짜 진짜로 멍청한 짓을 할지도 모르겠다는 느낌이 들었다. 버네사에게 다시 키스를 하는 일 같은 거 말이다.

나는 버네사를 놓아주고 자리에서 일어났다. 내 어깨는 버네사의 눈물로 젖어 있었다. 버네사가 고개를 들어 나를 쳐다보자 눈물이 뺨을 타고 흘러내렸다. 나도 울음을 터트릴 것 같았다. "대릴을 찾으러 가볼게. 혼자 놔두면 안 돼." 내가 말했다.

나는 문을 나가다가 잠깐, 버네사가 혼자 남으면 어떻게 느낄지 궁금했다.

대릴은 내가 녀석을 찾을 수 있을 거라고 생각한 곳에 정확히 있었다. 대릴네 집에서 언덕을 올라가면 작은 산책 공원이 있는데, 거기에서는 건너편 언덕에 묘하게 어렴풋이 인간처럼 생긴 수트로 타워 아래에 펼쳐져 있는 골짜기와 언덕들이 한눈에 들어왔다. 수트로 타워에는 마치 양손을 들어 올리고 항복하는 외계인처럼 생긴 방송국 안테나가 있었다. 우리는 못된 일을 꾸밀 때면 항상 슬그머니 빠져나가 거기로 갔었다. 거기에서 비밀 모임을 하고, 편법으로 구한 술을 마시고, 시력을 잃거나 불구가 되지 않은 게 오히려 놀라울 정도의 대규모 폭죽 실험도 두어 번 했었다. 우리가 그 공원에서 몇 번 발견했던 대마초 꽁초와 술병, 사용된 폭죽들로 볼 때, 거기를 이용하는 사람들은 우리만이 아니었다.

대릴은 계곡과 차들이 내려다보이는, 그라피티로 뒤덮인 벤치에

265

앉아 먼 곳을 응시하고 있었지만, 내 짐작엔 그냥 멍하니 아무것도 보지 않는 것 같았다. 나는 대릴의 옆에 앉았다.

"넌 이렇게 네가 그렇게 용감할 수 있는지 모르겠어. 난 정말로 못 하겠거든. 나도 그럴 수 있으면 좋겠어." 내가 말했다.

대릴이 뭔가 소리를 냈다. 얼핏 웃음소리 같았지만, 즐거운 기미는 전혀 없었다. "용감하다고? 마커스, 난 용감하지 않아. 난 화가 치밀어. 늘 그런 상태야. 그게 이해되니? 하루에도 백 번씩은 누군가의 머리통을 깨부수고 싶어. 대개는 그 여자의 머리통이지." 난 '그 여자'가 누구인지 굳이 물어볼 필요가 없었다. 캐리 존스톤, 내게도 악몽과 같은 여자다. 대릴도 마찬가지였다. "너무 화가 나고, 너무 초조해. 내가 몸 밖에서 나를 관찰하는 기분이야. 넌 뭔가를 했지만, 난 갇혀 있었어. 나는 아무것도 할 수 없었어. 엑스넷을 퍼트리는 일을 도와주지 못했고, 대규모 집회에 가지도 못하고, 다른 엑스넷 이용자들과 함께 재밍도 못 했어. 나는 그 독방에 혼자 벌거 벗고 앉아서 시간을 보내고, 시간을 보내고, 또 시간을 보냈어. 거긴 내 생각, 내 목소리 말고는 아무것도 없었어."

국토안보부가 샌프란시스코를 장악했던 뒤로 나 자신이 운이 좋다는 생각을 해본 적이 없었다. 하지만 이제 대릴의 관점에서 다시 돌아보자, 난 인정할 수밖에 없었다. 상황은 훨씬 더 나쁠 수도 있었다. 나는 놀라운 친구들, 나를 우러러보고 찬양하는 사람들과 함께 있었던 대신, 완전히 무기력하게 혼자 갇혀 있었다면 어땠을지 상상해보려 애썼다.

"미안해, 대릴." 내가 말했다.

"네 잘못이 아니야. 너한테 그 책임을 뒤집어씌울 생각은 없어.

그건 나 자신의 염병할 문제일 뿐이야." 대릴이 두어 번 마른 침을 삼켰다. "어느 정도는 그게 최근 너와 어울려 다니지 않았던 이유이기도 해. 너한테 불쾌한 말을 하고 싶지 않았거든. 네가 나를 위해 어떤 일을 했는지 잘 알고 있었으니까." 내가 그랬나? 아마도 쪼끔. 하지만 그것도 나를 위해 한 일이었다. 굴욕과 괴로움과 공포 때문에, 그 모든 상황에서 벗어나려고. "그렇지만 졸루가 나한테 다크넷에 대해 말해줘서 그 문서들을 봤을 때, '좋았어, 이제 내가 반격할 차례다.' 같은 생각이 들었어. 드디어 내가 이 세상의 추악함과 부패, 악에 맞서서 뭔가 할 수 있게 된 거야. 하지만 버네사는 아직 그럴 준비가 안 됐어. 버네사는 그저 내가 안전하길 바랄 뿐이야. 나도 이해해. 하지만 버네사는 '안전'하게 지낸다는 게, 내가 다시는 온전해질 수 없으며 내 머릿속에 있는 악마를 몰아낼 수 없다는 의미라는 사실을 이해하지 못해. 난 뭔가 제대로 된 일을 해야 해. 변화를 위한 나만의 영화에서 주인공이 되어야 해."

"이런, 대릴, 인마…." 나는 뭐라고 해야 할지 몰랐다. 뭔가 말을 해야 했지만, 대릴이 내게 이런 말을 하리라고는 상상도 못 했다. 이건 남자애들이 흔히 주고받는 그런 대화가 아니었다. 형제처럼 가까운 우리 사이에도.

"그래, 참 지랄이지. 그렇지 않냐?" 대릴이 말했다.

"그래서 넌 뭘 하고 싶어? 내가 물었다.

"내가 뭘 하고 싶냐고?"

"그래. 네가 하고 싶은 게 뭐야? 내가 뭘 하면 좋을지 너에게 묻거나 '가장 안전한 일이 뭐가 있을까'를 묻는 게 아니야. 대릴 글로버가 하고 싶은 게 뭐냐고. 오늘, 당장 말이야."

대릴은 고개를 숙이고 자기 손을 쳐다봤다. 대릴의 손톱은 씹혀서 너덜너덜했다. 피가 날 때까지 씹어 대서 손가락 끝은 작은 딱지들이 점점이 앉아 있었다. 대릴이 어렸을 때 손톱을 씹는 버릇이 있었지만, 우리가 14살이 되었을 때부터 하지 않았었다. 난 대릴이 다시 그 버릇을 시작한 줄 몰랐다.

"난 통째로 배포하고 싶어. 오늘. 당장."

"그래, 그러자. 그 말이 맞는 거 같아. 씨발, 그러자."

버네사는 그 이야길 좋아하지 않았지만, 우리와 함께 차에 올라탔다. 대릴은 조심스럽게 천천히 차를 몰았다. 나는 조수석에 앉아 있었기 때문에 대릴의 떨리는 손이 눈에 들어왔다. 사우스오브마켓의 교통체증에 말려들자, 대릴이 그 동네 골목길에 대한 백과사전적인 지식을 뽐내며 뚫고 나갔다. 그리고 플라스틱 재활용 쓰레기통에 차가 스칠 정도로 아주 좁은 골목길에서 우리가 튀어나가자 마켓 가가 나타났다. 몇 분 후 헤이즈 밸리에 도착해서 앤지네 집 앞에 차를 세웠다. 오늘 오후에 수업이 없다는 사실을 알고 있었는데도, 앤지는 내 전화를 받지 않았다. 내가 앤지네 문을 두드렸다.

앤지는 어젯밤 잘 때 입고 있던 츄리닝과 티셔츠를 입고 내려왔는데, 눈이 벌겋게 부어 있었다. 앤지는 팔짱을 끼고 나를 노려봤다.

"옷 차려입고 나와, 알았지? 그런 다음에 나한테 화낼 기회를 줄게. 옷 입어." 내가 말했다. 앤지가 내 어깨너머로 대릴을 봤다. 대릴이 앤지에게 손을 흔들었다. 버네사는 어정쩡하고 열의 없이 손을 흔들었다.

"지금 장난치는 거야?" 앤지가 말했다.

"옷 입어. 시작됐어." 내가 말했다.

앤지는 한참동안 나를 이리저리 살폈다. 나도 앤지를 쳐다보며 생각했다. '가자, 앤지, 말싸움은 나중에, 내가 다시 겁에 질리기 전에 빨리해.' 가게에 갇힌 비둘기가 창문에 부딪히며 깨고 나가려 발버둥 치듯이, 내 가슴 속에서 심장이 펄떡거렸다.

앤지가 발길을 돌려 집 안으로 사라졌다. 방으로 이어진 계단을 뛰어 올라가는 소리가 들렸다. 잠시 후 앤지의 여동생 티나가 현관으로 나왔다. "우리 언니 가슴을 아프게 하면 내가 불알주머니를 머리 위까지 있는 힘껏 당겨버릴 거라고 했던 말 기억하지?" 티나는 앤지보다 두 살 어린데, 앤지가 키가 작고 통통한 데 비해 티나는 크고 말랐다. 하지만 거의 똑같은 목소리와 얼굴 표정을 보면 둘은 누가 뭐래도 자매가 틀림없다.

"기억하고 있어, 티나. 고환의 구조 변경 문제는 나중에 처리하면 안 될까? 우리한테 엄청 중요한 문제가 있어서 말이야. 앤지와 나, 우리 모두를 합친 것보다 더 중요한 문제거든."

티나가 고개를 갸웃거리며 말했다. "생각해볼게."

앤지가 입에 비스듬히 칫솔을 물고 계단을 우당탕 뛰어 내려왔다. 앤지는 내가 좋아하는 밝은 파란색 우비와 수작업으로 페인트칠 한 케즈 운동화, 헐렁하고 짤막한 일본식 바지를 입고 있었다. 앤지가 바느질로 무늬를 새겼던 바지였다. 그 옷들은 모두 내가 앤지의 방에 마지막 머물렀을 때 바닥에 널려져 있던 것들이었다. 백년 전 같은 어젯밤에.

"티나, 불알주머니 이야기는 이제 그만해." 앤지가 우리 쪽으로 다가오며 말했다. 티나가 과장되게 우거지상을 지으며 앤지를 쳐다보더니, 앤지의 뺨에 뽀뽀했다.

"가자." 앤지가 말하고는, 나를 재빨리 지나쳐 대릴의 차로 갔다. 그리고 잠깐 망설이더니 뒷문을 획 열고 버네사의 옆자리로 미끄러져 들어갔다. 나는 뒤따라서 조수석에 앉아, 전혀 모른 척 시치미를 떼면서 버네사와 앤지가 서로를 죽일 준비가 되었는지 점검했다.

비 오는 밤 트윈 픽스에 낀 안개처럼 짙은 긴장감이 차 안에 흘렀다.

"졸루의 사무실이 어디에 있는지는 알지?" 내가 대릴에게 물었다.

"졸루를 만나러 가는 거야?" 앤지가 물었다.

"내가 말했잖아." 내가 말했다. "시작됐다고. 그리고 일단 일이 시작되면, 우리는 거기에 함께 있는 게 좋아. 우리 컴퓨터나 휴대폰이 도청되는지 걱정하는 것보다는 그게 나아."

앤지가 주머니에서 휴대폰을 꺼내서 껐다. 나도 똑같이 했다. 버네사도 그렇게 했다. 대릴은 휴대폰을 꺼내서 내게 건넸다. 내가 대릴의 휴대폰을 꺼줬다.

"좋았어." 앤지가 말했다.

대릴이 말했다. "그래, 졸루가 어디에서 일하는지는 알아." 우리는 이미 절반쯤 간 상황이었다. 대릴에게는 샌프란시스코의 교통체증을 뚫고 나가는 신비한 재주가 있는 듯했다. 대릴은 세계에서 가장 뛰어난 택시 운전사나 도망자가 될 수 있을 것이다.

"계획이 뭐야?" 거의 도착했을 때 앤지가 물었다.

버네사가 말했다. "얘들한테는 계획이란 게 없어. 그냥 차에 타고 출발한 거야."

내가 어깨너머로 앤지를 봤더니, 고개를 끄덕이고 있었다. "그래,

딱 애들답네."

두 여자애가 잠시 서로를 쳐다봤다. 나는 숨이 멎을 것 같았다. 둘은 중학교 2학년 때부터 사이가 안 좋았다. 나는 당시의 이야기를 다 들어본 적이 없지만, 어쩌다 별 이유 없이 생겨난 오래된 불만 같은 것이라고 짐작하고 있다. 같이 안 어울리는 건, 같이 안 어울렸기 때문인 것이다.

둘은 쳐다보는 걸 그만뒀다. 나도 고개를 돌렸다. 잠시 후 버네사가 편한 말투로 물었다. "너, 변호사 있어?"

앤지가 말했다. "있다고 말하긴 힘들지. 국선 변호사는 한 명 알아. 예전에 샌프란시스코 만의 관타나모에 잡혀갔을 때 도와줬던 미국시민자유연합(ACLU)의 변호사도 알고. 하지만 내 변호사라고 할 만한 사람은 없어."

"그렇구나. 미국시민자유연합에서 왔던 여자나 남자 변호사 알아?"

"둘 다 알아. 하지만 여자 변호사가 자기 일을 제대로 이해하는 것 같았어. 그 여자 이름이 뭐였더라?"

"앨리사? 앨레나?"

"엘리나. 그 여자가 끝내줬어." 앤지가 말했다.

"내 생각엔 변호사의 전화번호를 우리 팔에 적어두는 게 좋을 것 같아. 혹시 모르니까 말이야. 하나만 적어놓자, 좋지? 그러면 전화번호를 찾느라 시간을 낭비할 필요가 없잖아."

"내 이메일에 그 여자의 번호가 있을 거야." 앤지가 노트북을 열고 비번을 입력하는 소리가 들렸다.

"자, 유성 매직이야."

서로 팔에 적어주는 소리가 들렸다.

"너무 크게는 적지 마." 앤지가 말했다.

"이렇게 크게 적어놓으면, 번호가 씻겨 나가더라도, 나머지 사람이 건너편에서도 읽을 수 있을 거야."

"좋은 지적이야. 자, 네 소매를 걷어봐." 앤지가 말했다.

"우리가 잡히면 놈들이 우리에게 변호사한테 말할 수 있게 해줄 거라고 생각하는 거야?" 나는 둘이 서로에게 거칠게 굴지 않는 모습을 속으로 기뻐하며 물었다.

"닥쳐." 앤지가 말했다. "혹시라도 전화할 수 있게 되었을 때 번호가 없다면 얼마나 멍청하게 느껴질지 생각해봐. 바보야."

"맞아, 인마." 대릴이 말했다.

"너도 닥쳐." 버네사가 말했다. "그리고 다음 빨강 신호등에서 네 팔을 이쪽으로 내밀어."

나는 소매를 걷고 몸을 틀어서 뒷좌석 쪽으로 팔을 내밀었다. 앤지가 내 팔목을 잡고 아플 정도로 세게 당겼다. 내가 새된 소리를 내자 앤지가 짜증스러운 투로 말했다. "조용해." 내 팔 위로 매직펜이 움직이는 게 간지러웠다. 상당히 오래 걸리는 것 같았다. 마침내 팔을 놓아줬을 때 봤더니, 앤지가 숫자 0마다 불쾌한 얼굴을 그리고 8에는 해골을 그려놓았다. 나는 이게 애정 표현이라고 결론 내렸다. 그렇게 생각하니, 적어도 마음은 편했다.

졸루의 자그마한 벤처기업은, 더 크고 돈이 많은 다른 벤처기업 사무실의 뒤편에 책상 두 개를 놓고 남자 셋과 여자 하나가 일하고 있었다. 네 사람은 모두 망가진 사무용 의자에 앉았는데, 그 의자들은 지난 세기 닷컴기업 호황 시절부터 계속 사용했는지 본래의 메시천보다 테이프가 더 많이 발라져 있었다. 일종의 분석 정보를 다루는 큰 벤처기업 직원들의 책상 사이를 뚫고 사무실을 가로질러 가는 사이 졸루가 우리를 알아봤다. 졸루는 우리 네 명이 한꺼번에 나타난 사실을 두고 잠시 머리를 굴리는 듯하더니, 재빨리 동료 여성의 어깨를 두드리고 일어나서 우리를 향해 왔다.

"회의실로 가자." 졸루가 우리가 왔던 길을 가리키며 말했다.

회의실은 우리가 다 들어가기에 간신히 적당한 정도의 크기였다. 회의용 탁자는 탁구대로 사용하고 있었는데, 가운데에 네트가 있고 탁구채는 회의실의 선반 위에 가득 찬 물건들 위에 얹혀 있었다. 그래도 문은 달려 있어서 졸루가 닫았다.

"얘들아, 이쪽은 카일리 드보야." 졸루가 동료를 가리키며 말했다. 카일리는 우리보다 조금 나이가 많은 아름다운 흑인 여성으로, 머리가 짧고 빨간색 둥근 금속테 안경을 쓰고 있었다. 그녀는 미소를 지으며 우리 모두와 악수를 했다.

"여러분이 다크넷이군요. 이렇게 직접 만나게 되어서 반가워요." 카일리가 말했다.

"카일리가 이 회사를 세웠어. 카일리의 도움이 없었다면 다크넷을 운영하지 못했을 거야." 졸루가 말했다.

"그래, 그러면 안 되지." 내가 말했다.

"그렇지. 음, 그래. 내가 카일리에게 말했던 건, 여기 있는 우리 모두를 다 합친 것보다 카일리가 똑똑하기 때문이야." 카일리가 장난스럽게 살짝 허리를 숙이며 인사했다. "Zyz 관련 문서를 먼저 발견했던 사람이 카일리였어. 그것 때문에 여기로 몰려온 거지? 아니면, 내가 알아야 할 엄청나게 끔찍한 음모가 또 있는 거야?"

"아냐." 내가 말했다. "그 문제 때문이야. 만나서 반가워요, 카일리. 내가 어젯밤에 만났던 사람들에 대해 말해줄게. 음, '사람들'이라고 하긴 했지만, 처음 만난 녀석들은 유령이거나 엄청나게 시적인 '심쿵' 고양이일 수 있고, 두 번째 만난 녀석들은 고릴라나 하이에나에 더 가까웠어."

"이야기가 재밌겠는걸." 졸루가 자리에 앉으며 말했다.

카일리가 말했다. "음, 여러분들이 왜 지금 이 문서들을 배포하려고 그러는지 이해가 돼요."

대릴이 말했다. "그래요? 난 이게 자살이나 다름없다고 생각하고 있었는데." 나는 대릴이 자살이라는 단어를 입에 올렸을 때 움찔했다. 대릴을 계속 관찰해야 한다고 생각했던 정신과 의사들이 떠올랐기 때문이었다.

카일리가 미소를 지었다. "그럴지도 모르죠. 하지만 아무것도 하지 않는 거야말로 자살행위예요. 그렇지 않나요? 마커스, 당신이 아직 밖에서 돌아다니고 있다는 사실을 그 사람들이 계속 모른 척해주지는 않을 것 같아요. 적어도 영원히 모른 척하지는 않을 거예요. 그 사람들이 당신을 놔준 건 아마도 급하게 일을 처리하느라 자신들이 범인으로 지목되지 않고 당신을 처리할 방법을 알아낼 기회가 없었기 때문일 거예요. 하지만 우리가 알듯이, 그 사람들은 수많은 기관에 상당한 영향력을 행사할 수 있고, 지방 검사의 집도 빼앗아버릴 정도의 힘을 가지고 있어요. 경찰이 당신에게 특별한 관심을 두도록 만드는 방법을 알아내는 건 그들에게 별로 힘든 일이 아닐 거예요."

"지금까지 그런 식으로는 한 번도 생각 못 해봤어요. 난 지금껏 놈들이 내 머리에 자루를 씌워서 비행기에 쑤셔 넣고 예멘 같은 곳으로 데려갈 거라고만 생각했거든요."

카일리가 말했다. "그건 돈이 많이 들잖아요. 요즘에 제트 연료 비용이 얼마나 비싼지 알아요? 다른 사람에게 그 비용을 감당하도록 하는 게 훨씬 싸요. 이놈들이야말로 복지 혜택의 가장 큰 수혜자들이에요. 군사 계약으로 정부의 돈을 빨아들이고, 그 돈을 이용해서 채권을 발행하고, 그 채권을 안전한 투자로 만들어주는 법을 정부에게 통과시켜서, 이제 더 크고 유리한 법을 얻어내려 하고 있죠. 빌어먹을 미국 정부에게 비용을 부담하게 할 수만 있다면, 놈들은 자기 돈을 한 푼도 안 쓸 거예요. 그럴 리가 없죠. 어젯밤 일은, 놈들이 공권력을 투입할 경우에, 당신이 엄청난 양의 불법적인 활동이 담긴 문서 더미를 폭로하면서 빠져나가지 못하게 하려고 벌인 게 틀림없어요. 그러므로 내 생각에는 지금 당장 행동을 취하는 게 맞아요. 그렇지 않으면 다음에 일어날 일은, 놈들이 법 집행 기관에 있는 누군가에게 중요한 전화를 하는 거겠죠. 당신 한 명에 대한 전화일 수도 있지만, 당신과 친구들에 대한 전화일 수도 있어요. 놈들은 예전부터 당신의 친구들이 누구인지 알고 있을 테니까요. 그리고 그런 일이 일어나고 나면, 진실을 알리는 일이 훨씬 어려워질 거예요…."

내가 양손을 들며 말했다. "무슨 이야긴지 알겠어요." 나는 친구들을 둘러봤다. 나의 가장 오래된 '절친'들. 살짝 창백해 보이는 앤지는 손등이 하얗게 될 정도로 꽉 움켜쥔 양손을 앞에 있는 탁자 위에 올려놓았는데, 팔에는 눈에 익은 버네사의 손글씨로 적힌 변호사 전화번호가 보였다. 대릴도 같은 자세를 취하고 있었는데, 상태가 좋지 않았다. 겁을 먹은 것 같았다. 졸루는 항상 그렇듯이 영화배우처럼 멋있었지만, 눈가와 입가에 비치는 미세한 징후와 앞이마에 희미하게 돋은 정맥, 목에서 고동치는 맥박을 알아챌 수 있었다. 하지만 버네사는, 글쎄, 엄숙한 표정으로 결심한 듯했다. 겁에 질린 기미는 전혀 없었다. "그러면 배포를 하는 게 낫겠네요, 그죠?"

졸루가 고개를 끄덕였다. "때가 됐어. 좋았어. 내가 다크넷에서 나눴던 채팅 기록을 날리고, 모든 로그 기록을 지우고, 데이터베이스에 기록했던 우리 아이디들을 삭제하는 프로그램을 이미 만들어 놨어."

"오, 그런 프로그램을 벌써 만들어 놨다고?" 버네사가 말했다.

졸루가 영화배우 같은 미소를 지었다. "응. 첫날 밤에 만들어 놨어. 급하게 다크넷 사이트를 개방해야 할 때가 있을 거라고 판단했거든. 그래서 미리 해놓는 게 허둥지둥 처리하는 것보다는 훨씬 나을 것 같았어. '한 바늘을 제때 쓰면 나중에 아홉 바늘을 아낄 수 있다.'"

"졸루, 그 구호 끝내준다." 앤지가 말했다. "'뭔가 문제가 생겼거나 의심이 들면, 멍하게 가만히 있느니 차라리 제자리라도 뱅뱅 돌면서 비명을 지르고 소리치는 게 낫다'보다 훨씬 좋아." 내가 뜨끔했다.

졸루가 어깨를 으쓱했다. "앤지, 너희 둘이 지금 무슨 문제가 있는지 모르겠지만, 난 그 문제에 말려들고 싶지 않아. 아무튼 제자리를 뱅뱅 돌아야 할 장소와 때도 있는 법이야. 우리는 모두 자신만의 슈퍼 파워가 있으니까."

대릴이 웃음을 터트렸다. "그렇지. 비명을 지르고 소리치지 않으면, 그건 마커스가 아니지."

"얘들아, 나 여기에 있어. 너희가 하는 말 다 들려." 내가 말했다.

"닥쳐, 내 사랑." 앤지가 말했다. 그리고 탁자에 기대며 손을 뻗어 내 손을 잡더니 꼭 움켜쥐었다. 나도 꼭 움켜쥐자 앤지가 잡아당겼다. 나를 탁자 너머까지 끌어당기더니, 다른 손으로 내 머리를 잡고 격렬하게 키스했다. "넌 바보야." 키스를 마무리하며 앤지가 말했다. "하지만 넌 내 바보야. 다시는 말다툼을 하고 나서 도망가지 마. 안 그러면, 네가 말싸움에서 질 때마다 너 위에 깔고 앉아 있을 거야. 네가 토끼로 변하지 않을 거라고 확신할 수 있을 때까지."

"젠장, 젊은이들의 사랑이 달콤하지 아니한가?" 졸루가 말했다.

"사실, 그래." 버네사가 말했다. 그러자 대릴이 자리에서 일어나서 탁자를 돌아가더니 버네사를 긴 팔로 감았다. 너무 세게 끌어안아서 갈비뼈가 삐걱대는 소리가 들렸다.

카일리가 말했다. "여러분, 사랑은 달콤하고 진짜 중요하죠. 하지만 우리에겐 할 일이 있어요. 졸루, 프로그램을 작동시킬 준비를 해뒀다고 했지?"

졸루가 키보드를 탁 치며 말했다. "끝!"

대릴이 손을 번쩍 들었다. "내 생각엔, 있잖아, 마커스를 훔쳐봤던 그 이상한 놈들하고 연락을 취해보는 게 좋을 것 같아. 그 녀석들은 할 말이 있을 때 사람들에게 알리는 방법을 잘 아는 것 같아."

나는 이를 악물고, 하고 싶은 말을 참았다. 내 노트북에 있던 유령들과의 말싸움 뒤에 사악한 두 용병에게 납치되는 일이 없었다면, 그 짜증나는 녀석들하고 함께 일하는 게 좋겠다는 제안을 듣자마자 내 머리통이 분노로 폭발해버렸을 것이다. 내 짜증의 수위가 어제 급격하게 보정된 모양이었다. 그래서 내 노트북을 해킹했던 그 소름 끼치는 녀석들은 어제까지만 해도 '짜증 9등급'이었는데, 이제는 '짜증 6등급' 정도로 낮춰졌고, 지금도 빠르게 떨어지고 있다.

하지만 앤지가 나를 위해 목소리를 높였다. "대릴, 그건 마커스로서는 받아들이기 힘들 것 같아. 어찌 됐든, 그 녀석들은 마커스를 훔쳐봤잖아. 마커스의 사생활을 머리부터 발끝까지 완전히 침해했어. 내 생각엔, 우리가 함께 일하고 싶은 사람들은 아닐 것 같아."

나는 조금 편안해졌다. 우리 애인 앤지.

"그러면 넌 어떻게 했으면 좋겠어?" 대릴의 몸짓 언어는 조금 전보다 눈에 띄게 초조해 보였다. 대릴이 공원에서 내게 했던 고백이 떠올랐다. 변화를 위한 자기 자신만의 영화에서 주인공이 되길 바랐다. 다른 누군가 대릴의 멋진 액션 영웅 계획을 비판하는 건 엿 같은 일이 틀림없지만, 어쩔 수 없다. 그놈들은 여전히 짜증났다.

"언론에 다크넷에 관해 알리면 돼. 바바라 스트랫포드 기자에게 링크가 달린 메일을 익명으로 보내서 다크넷에 접속하는 방법을 알려주는 거지. 이 세상에서 토르 다크넷 사이트를 사용하는 방법을 바바라보다 잘 이해할 기자는 없어. 그리고 혹시 이해가 되지 않더라도 도와줄 수 있는 털북숭이들을 많이 알 거야." 바바라 스트랫포드는 〈베이 가디언〉의 추문 폭로 전문 기자다. 그녀는 부모님의 오랜 친구로, 캐리 존스톤의 고문기술자들에 잡혀 있던 나를 빼내기 위해 노력했었다. 하지만 바바라는 잃을 게 많은 전통적인 종이 신문 기자라서, 아주 조심스럽고 느리게 일을 처리한다.

"그렇게 하면 오래 걸릴 것 같아." 대릴이 말했다. "바바라 기자는 그 문서들을 다 읽고, 그 자료들을 확증하기 위해 2차 정보원에게 연락하고, 법률적 검토를 거쳐서 기사를 작성하고, 그다음 주 신문에 발간하기 위해 정리해두지 않을까? 우리는 이 자료들을 당장 배포해야 해."

앤지가 반론하려고 입을 열었지만, 졸루가 손을 들었다. "두 가지를 한꺼번에 하지 못할 이유는 없어. 네가 친한 기자에게도 말하고, 사람들이 볼 수 있는 곳에도 다크넷 주소를 올리면 돼."

"어떻게?" 내가 물었다. 안 그래도 이에 대해 생각하고 있었다. 어떻게 익명으로 뭔가를 알릴 수 있을까?

졸루가 어깨를 으쓱했다. "아이프레데터를 이용해서 트위터에 접속해서 새로 계정을 만들어. 똑같은 방법으로 블로그도 만들고, 페이스북 계정도 새로 만들어서 거기에도 올리면 되잖아."

내가 고개를 저었다. "그런 식으로는 절대 안 돼. 방금 만들어진 트위터 계정에 누가 관심을 가지겠어?"

"글쎄, 네가 리트윗하면 되잖아. 넌 팔로어가 수천 명이잖아. 내가 리트윗할 수도 있고."

"그래, 번쩍거리는 발광선으로 '저 익명 계정? 실제로는 나야'라고 광고를 새겨서 달고 다녀도 되지."

"맞는 말이야." 대릴이 말했다. "그렇다면 우리가 믿을 수 있는 사람을 찾아서, 그 사람의 친구들에게 이걸 띄워달라고 하자. 링크를 걸고, 리트윗하고, 친구에게 주고, 등등. 그렇게 해서 역추적하기 힘들게 만드는 거야."

이번엔 졸루가 고개를 저었다. "친구야, 미안. 그 사람들이 그 일을 SNS에서 할 거라는 사실을 잊지 마. SNS는 사람들이 친구 목록을 전 세계가 다 볼 수 있도록 보기 좋게 올려놓는 곳이야. 그 사람들의 친구 목록을 모아서, 공통으로 겹치는 사람이 있는지 확인해 보면 될 일은 끝나. 그러면 감시를 하거나 드론으로 암살해야 할 용의자의 목록이 쉽게 손에 들어오는 거야."

대릴이 입을 다물고 탁자를 노려봤다. 졸루는 여전히 멋있었다. "미안해, 인마. 그렇지만 너도 알다시피 현실이 그래. 편하진 않지만, 이게 현실이야."

이런 이야기를 주고받는 동안 버네사는 살짝 뒤로 물러나 있었는데, 우리 일에 그다지 관심이 없는 것처럼 보였다. 이제 버네사가 입을 열었다. "카일리, 졸루가 아까 당신을 자기가 아는 가장 영리한 사람이라고 소개했어요. 졸루도 영리한 친구죠. 자, 우리가 어떻게 하면 좋을까요?"

"글쎄요, 이게 어려운 문제라는 이야기를 먼저 해야 할 것 같아요. 오늘날의 난제라고 할 수 있겠죠. 여러분은 어떤 상품이나 주장에 관심을 집중시키려는 사람들과 똑같은 문제를 가지고 있어요. 모든 정치인이 직면하는 문제죠. 음료수를 만들거나 식당을 열거나 음반을 팔거나 작은 스포츠 경기에 사람들을 끌어들이려는 모든 사람의 문제예요. 그래서 광고회사와 판매업체가 존재하고, 그런 일로 매년 수십억 달러를 벌어들여요. 그리고 여러분에게는 추가로 까다로운 조건이 붙어 있어요. 빨리 알리길 원하면서도, 누가 배후에 있는지는 아무에게도 알리지 않으려 하죠. 이 이야기를 하는 건, 여러분이 뭔가 어려운 일을 하고 있다는 의미예요.

자, 그렇긴 하지만, 여러분에겐 적어도 두 가지 중요한 장점이 있어요. 첫째, 여러분은 컴퓨터와 네트워크와 사람들과 과학기술에 대해서 잘 알아요. 둘째, 여러분은 '판매'에 아주 유리한 '상품'을 갖고 있어요. 나도 이 문서들을 쭉 봤기 때문에, 여러분이 폭탄을 깔고 앉아 있다는 사실을 알아요. 여러분은 사람들에게 또 다른 종류의 설탕물을 팔려는 게 아니에요. 여러분은 진짜 폭발물을 발견했다는 사실을 사람들에게 알리려는 거예요. 여러분이 정부의 뒷마당에서 파낸 다량의 정보 플루토늄이죠. 이런 상품은 본질적으로 사람들의 흥미를 끌게 되어 있어요. 그리고 사람들이 다른 사람에게 기꺼이 이야기할 만한 물건이죠.

내 생각에, 가장 좋은 전략은 새로운 계정을 만들어서 메시지를 보내는 거예요. 우리 생각에 정치적 영향력이 있거나, 팔로어가 많거나, 발언력이 있는 사람들에게 보내는 거죠. 기본적으로는 '안녕하세요. 내가 찾은 걸 한 번 보세요.' 식의 메시지겠죠. 대부분은 우리의 메시지를 무시할 거예요, 적어도 처음에는. 그 사람들은 사기꾼과 스팸, 광고쟁이, 괴짜들로부터 이런 메일을 매일 수십억 통씩 받을 테니까요. 하지만 민들레처럼 생각할 필요가 있어요."

"무슨 뜻이에요?" 버네사가 물었다. 내가 보기에 버네사는 카일리가 마음에 드는 모양이었다. 버네사는 카일리를 잠재적 우군으로서 어른 역할과 걱정이 많은 사람의 역할을 맡긴 듯했다. 나도 카일리가 좋았다. 그녀는 내가 하고 싶었던 말을 했고, 내가 생각했던 일들에 대해 나보다 훨씬 잘 이야기했다.

"음, 우리는 포유류예요. 그래서 번식을 비싸고 까다로운 일로 생각하는 경향이 있어요. 우리가 스스로를 복제하려면, 우리 자신의 몸뚱이를 몇 달 치의 수수료로 지급해야 하고, 복제본이 확실히 살아남게 하려고 여러 해 동안 거의 24시간 일해야 하죠." 나는 부모님의 '복제본'으로 이야기되는 게 그다지 좋지는 않았지만, 그 말의 아래에 깔린 진실은 부인하기 힘들었다. "하지만 민들레를 보세요. 민들레는 씨 뿌리기를 할 때까지 자신의 잠정적인 복제본을 수천 개 만들어요. 그 작은 솜털들이 모여서 털 뭉치를 이루죠. 돌풍이 불어오면, 민들레는 자기 아이들이 제대로 된 방향으로 가는지, 벙어리장갑은 챙겼는지, 도시락 가방은 챙겼는지 지켜보지 않아요. 민들레가 바람에 날려 보낸 씨앗 대부분은 뿌리를 내리지 못하고 죽지만, 민들레에게 그건 중요하지 않아요. 민들레의 관심은 모든 씨앗이 살아남는 게 아니에요. 뿌리를 내릴 모든 기회를 이용하는 것에만 관심이 있어요. 성공한 민들레는 인도의 모든 틈새를 개척한 민들레예요, 모든 씨앗을 성공적으로 심은 민들레가 아니라.

다크넷에 관한 메시지를 발송하는 비용은 많이 들면 안 돼요. 그 스팸 메일을 받을 사람들에게 맞춰서 살짝 변경하는 정도의 비용만 들이면 좋을 것 같아요. 메시지에 그 사람의 이름을 넣고, 그들이 하는 일에 어울리는 간단한 언급 정도요. 하지만 각각의 메시지에 1분 이하로만 써야 해요, 민들레처럼. 우리가 메시지를 보낸 모든 사람이 그 이야기를 되풀이하는 건 중요하지 않아요. 그보다는 신호를 약간 상승시켜줄 수 있는 모든 사람이 그 이야기가 밖에 퍼져나갈 거라는 사실을 아는 게 더 중요해요."

"그런데 그게 먹히지 않으면 어떡하죠?" 내가 물었다. 그 방법이 살짝 너무 쉽고, 너무 가벼운 것처럼 느껴졌기 때문이다.

"다른 방법을 시도해야죠." 카일리가 말했다.

"그런데 우리가 다른 방법을 시도해보기 전에 체포조가 우리를 잡아가서 발목에 묵직한 걸 매달아 바다에 던져버리면 어떡하죠?"

카일리가 깔보는 눈으로 나를 쳐다봤다.

버네사가 뛰어들었다. "마커스, 네게 걱정할 만한 이유가 있다는 사실은 나도 알아. 하지만 솔직히 말해서, 우리가 달리 뭘 할 수 있겠어? 너한테 더 좋은 아이디어가 있는 것 같지는 않은데, 맞지? 너하고 대릴이 이 일을 할 때가 되었다고 결정했어. 그리고 우리 모두 그 생각에 동의했어. 그렇다고 모든 의견을 비판하지는 마. 그건 옳지 않아."

나는 나를 훔쳐봤던 녀석들과 접촉하려는 시도에 대해 잠깐 재고해봤지만, 그러고 싶지 않았다. 게다가 접촉할 방법도 몰랐다. 내 마음속 한구석에서는 "엿 먹어"라고 말해버리고. 산꼭대기에 올라가 이 자료들을 뿌려버리고 싶었다. 팔로어가 아주 많은 내 계정을 이용해서 말이다. 그렇게 하면 난 일자리를 잃을 것이다. 그렇지만 젠장, 이게 Zyz가 나를 잡기 전에 이 자료를 사람들에게 알려야 하는 경주라면, 그건 내가 현금으로 손에 쥘 수도 없을 월급보다 훨씬 중요한 일이다. 마음의 다른 구석은, 뭐, 겁에 질렸다. 카일리의 제안이 훨씬 안전해 보였다.

"알았어." 내가 말했다. "하지만 아프가니스탄의 비밀감옥으로 끌려간 뒤에 나한테 징징대지 마."

대릴이 앤지네 집까지 우리를 태워다줬다. 우리는 그 전에 백만 번은 했듯이 앤지네 방으로 뛰어들어 털썩 앉았다. 그리고 무릎 위에 노트북을 올려놓고, 우리의 메시지를 읽을 가능성이 있는 사람들을 빠르게 검색해서, 각각의 사람들에 맞춰 메시지를 변경한 후, 졸루의 사무실에서 즉석으로 만들어낸 익명 계정을 이용해 날렸다.

우리는 검색을 하고 메시지를 보낼 때 토르와 아이프레디터를 이용했다. 덕분에 인터넷 속도가 약간 느렸다. 그래서 우리는 브라우저의 탭을 여러 개 띄워놓고 하나씩 돌아가며 여러 사람을 동시에 작업했다. 스팸 메일을 보내는 일을 서로 조율하며 이중으로 보내는 일을 피할 수 있도록 졸루가 급하게 다크넷 사이트를 하나 더 만들었는데, 카일리가 이렇게 말했다. "졸루, 넌 민들레처럼 생각하지 않고 있어." 그러자 졸루가 그 계획을 취소했다.

앤지와 내가 방으로 돌아왔을 때, 우리는 지난밤 말다툼의 상처가 아직 아물지 않아서 신경이 곤두선 상태였다. 하지만 둘 다 일에 몰두하면서 그 싸움은 잊어버렸다. 곧 우리는 평소처럼 농담하고 노닥거렸다. 전설적인 공학 마법사로서 애플의 공동창립자이며 트위터에 수백만 명의 팔로어를 가진 워즈니악의 약력을 읽느라 내가 넋을 놓고 있을 때, 앤지가 먼저 시작했다. 나는 위키피디아에서 링크를 누르고, 또 누르면서 워즈니악의 업적과 활동, 그리고 그가 해낸 놀라운 해킹들에 대한 정보를 끝도 없이 따라다니고 있었다.

앤지가 연필로 내 이마를 툭 치더니 말했다. "어이, 아저씨, 글자를 입력하는 소리가 전혀 안 들리네. 지금 민들레처럼 생각하고 있는 거야, 포유류처럼 생각하고 있는 거야?" 나는 코웃음을 치며 가운뎃손가락을 치켜들었다. 하지만 곧 나도 빈둥거리는 걸 그만두고 메시지를 보냈다.

우리는 앤지네 방에서 저녁을 먹었다. 부엌에서 함께 땅콩버터 젤리 샌드위치를 만들었는데, 앤지는 심지어 그 샌드위치에도 핫소스를 뿌렸다. 맛을 봤더니 인도네시아 카레처럼 아주 맛있었다. 저녁을 먹은 후 앤지가 나를 쫓아냈다. "내일 일하러 가야지. 연달아이틀을 빼먹을 수는 없잖아."

나는 쫓겨나듯 나와서 버스를 타고 집에 오는 내내 휴대폰으로 다크넷 사이트로 연결되는 링크를 계속 검색했다. 처음엔 거의 없다가 곧 수십 개로 늘었다. 하지만 다크넷은 이해하기가 쉽지 않다. 먼저 컴퓨터에 토르를 설치해야 하고, 사용법도 알아야 한다. 나조차도 종종 설치하는 방법을 잊어먹어서 새로 컴퓨터에 설치할 때마다 자료를 찾아 읽어야 한다. 이 난장판에서 살아남아 평소의 생활로 돌아가면, 토르를 더 쉽게 사용할 수 있게 만들려고 노력하는 노이즈브릿지 해커들의 작업에 뛰어들 것이다.

나는 몹시 피곤했다. 전날 밤에 제대로 잠을 못 잔 데다 지난 72시간 동안 아드레날린이 내 몸을 샌드백처럼 두들긴 탓이었다. 게다가 버닝맨에서 부러진 코가 아직도 욱신거렸고 온몸이 멍투성이였다. 사막에서 보낸 일주일의 후유증은 말할 필요도 없다. 엄마와 아빠가 자신들의 문제에 사로잡혀 있어서 다행이었다. 내가 열여섯 살 때처럼 부모님이 나한테 관심을 기울였더라면 아마 기겁을 했을 것이다.

그런 사실 때문에 아주 비참한 기분이 들기도 했다. 침대 옆에서 이글거리는, 내가 만든 닉시관 시계의 알람을 맞추고 침대에 누웠다. 아프고 멍청한 기분이 들었다. 그리고 결근을 할 정도로 망가져 있는 나에 대해 부모님들이 신경조차 쓰지 않는다는 멍청한 목소리가 머릿속에서 끊임없이 속삭였다. 아마 이보다 멍청한 생각을 하긴 힘들 것이다.

거의 탈진 상태였던 건 오히려 다행이었다. 머릿속의 목소리조차 잠을 부르는 생물학적 요구를 이기지 못했기 때문이다. 그다음에 내가 아는 거라곤 알람이 흐릿한 꿈에 잠겨 있던 나를 밖으로 휙 낚아챘다는 사실이다. 나는 비틀거리며 화장실로 걸어가 소변을 누고 샤워를 하고 이를 닦았다.

집을 나설 때쯤엔 다 끝났다는 확신이 조금 들었다. 아무튼, 내가 마지막으로 이런 일을 했을 때, 바바라 스트랫포드 기자가 내 얼굴을 〈베이 가디언〉의 표지사진으로 실었는데, 그때부터 사건의 진상이 어느 정도 밝혀졌었다. 사무실이 가까워질수록, 나는 문에 들어가자마자 누군가 내게 이렇게 말할 거라는 확신이 점점 더 커졌다. "이봐, 다크넷 자료들 믿어져? 사람들이 다들 그 이야기야."

하지만 내가 사무실에 들어갈 때는 고개를 들어 쳐다보는 사람조차 없었다. 세상이 뒤집힌 걸 아무도 모르는 듯했다. 나는 책상에 앉아 조셉에게 할 간단한 보고에 집중하려고 노력했다. 조셉은 몸이 좋지 않아서 유감이라는 메일을 보냈었지만, 출근하는 대로 내 아이디어를 들려달라고 했었다.

나는 파워포인트 프레젠테이션 같은 걸 만들어야 할 것 같은 기분이 들었지만, 파워포인트와 동일한 기능의 무료 프로그램인 리브레오피스 임프레스를 띄울 때마다 도구가 되어버린 느낌이 들었다. 난 파워포인트가 싫다. 게다가 내 머릿속은 온통 다크넷으로 꽉 차있었다.

나는 1, 2분 정도만 그 문제에 대해 검색을 해보고 어떻게 돌아가는지 보자고 마음먹었다. 그래, 좋다.

한 시간 후, 나는 분노에 휩싸였다. 아, 소수의 유명한 사이트에 우리의 링크가 올려져 있었다. 인도의 틈새에 싹튼 민들레 줄기였다. 하지만 그 글마다 비꼬며 무시하는 댓글이 넘쳐흘렀다. 몇몇 사람들은 그 자료가 주작인 게 틀림없다고 주장했다. 다른 사람들은 다크넷에 별것 없다고 했다. 수백 명은 그 서버에 들어가는 게 불가능하니 구태여 시도하지 말라고 했다. 이 사람들은 전부 다른 ID라서, 모두 다른 사람들이 쓴 것처럼 보였다. 하지만 다크넷 문서들을 본 모든 사람이 거기에 별것 없다고 그렇게 확신에 차서 말했을 거라는 생각은 들지 않았다.

더 나쁜 일: 내가 이런 일을 처음 당해봤다면, 눈길을 끄는 이 부정적인 댓글들과 '주작'이라거나 '별것 없다'는 사람들을 그저 허접 쓰레기라고 생각했을 것이다. 카일리가 지적했던 대로, 나는 그런 글들에 관심을 기울이지 않는 방법을 찾으려 애쓰며 시간을 보냈다. 덕분에 나는 괜찮은 글에 관심을 기울일 수 있었고, 이미 다크넷에 가서 본 사람들의 말에 관심을 기울임으로써 그런 글을 무시할 수 있다는 사실을 알게 됐다.

나는 어쩔 수 없이 다시 파워포인트를 만지작거리는 일로 돌아가야만 했다. 그러다 리엄이 방해하러 다가와서 나를 비참한 일에서 빼내 줬을 때 믿기 힘들 정도로 해방감을 느꼈다.

"어떻게 생각해? 다크넷 자료들이 주작일까?"

난 리엄이 벌써 그 링크를 발견했다는 사실이 놀랍지 않았다. 오히려 발견하지 못했다면 그게 더 놀라운 일일 것이다. 이런 일이 리엄의 전문 분야였다.

"실제로 확인해봤어?" 내가 물었다.

리엄은 살짝 당황한 듯했다. "아니…. 나도 예전에는 토르를 썼는데, 운영체제를 업그레이드하고 나서는 다시 설치하지 않아서 다

287

크넷에 못 들어갔어. 그런데, 음, 다들 그게 주작이라잖아⋯." 리엄이 말끝을 흐리면서 어깨를 으쓱했다.

"너 스스로 보지도 않고 주작이라고 퇴짜를 놓는 건 너무 비논리적이야. 그렇게 생각하지 않아? 무슨 말이냐면, 왜 네 눈으로 직접확인하지 않고 인터넷에서 무작위로 만난 바보의 말을 믿느냐는 거야. 너한테는 뇌가 없니? 생각하는 방법을 몰라?" 내가 한 말이긴하지만, 얼마나 부당한 말인지 나도 잘 안다. 리엄이 얼마나 날 우러러보는지는 비밀이 아니었기 때문이다. 녀석은 내가 말로 두들겨대자 기가 죽어서, 땅바닥이 입을 벌려 자신을 삼켜버리길 바라는것 같은 몰골이 되었다. 마음 한구석에는 내가 완전히 개자식이 되어버린 듯한 느낌이 들기도 했지만, 대체로 이 상황을 좋게 받아들였다. 우리가 그 자료들을 녀석에게 닿게 하려고 얼마나 힘들게 일했는데, 그 자료를 찾아가서 보려고 하지도 않았으니, 형편없는 취급을 당하고 욕먹을 만했다. 리엄 같은 녀석조차 다크넷 자료에 열의를 내지 않는다면, 대체 누가 관심을 두겠는가 말이다.

"그러면 넌 그 자료들 봤어?" 리엄이 상처받은 말투로 작게 말했다. "네 생각엔 진짜 같아?"

그래, 난 그냥 개자식이 아니라 바보다. 난 누구에게든 다크넷 문서를 봤다고 인정할 계획이 없었다. 적어도 다크넷 문서에 대한소식이 저녁 뉴스 시간과 신문의 헤드라인을 뒤덮기 전까지는 말이다. 그 문서들에 수상쩍게 관심을 가진 놈으로 알려지기 싫었기 때문이다. 하지만 지금 상황에서 '아냐, 인마, 나도 안 봤어'라고 말할수는 없었다. 그러면 난 진짜 완전 개자식처럼 보일 것이다.

"응." 난 자신을 책망하며 말했다. "난 봤어. 정말 믿기 힘들 정도야. 폭발력이 있는 자료들이야. 넌, 진짜 진짜 봐야 해."

"알았어. 완전히 이해했어. 네 말이 맞아. 난 스스로 결론을 내렸어야 했어. 다른 사람이 이래라저래라 하는 말을 들을 게 아니라."

리엄이 떠났다. 그리고 내가 시키는 대로 했다. 나는 완전히 개자식이었다.

11

블록버스터 뉴스 수준의 사건을 터트리려고 하는데, 아무도 보러 오지 않으면 어떻게 해야 할까? 우리는 인류의 역사 이래 가장 큰 규모의 유출 문서 파일을 인터넷의 여기저기로 던졌는데, 아무도 관심을 주지 않았다. 파일의 엄청난 크기, 우리의 피상적인 판매촉진 전략, 더럽게 사용하기 힘든 토르, 거기에다 그 자료들이 주작이며 시시하고 별것 없다고 떠들어대는 사람이 가득 찬 인터넷 등의 불리한 조합이 하나로 모여 지독하게 지루하고 재미없는 결과를 낳았다.

오후 3시 30분에 조셉이 결국 내 자리로 찾아왔다. 내가 점심 이후 졸음이 막 쏟아지기 시작하던 때였다. 혈당이 바닥으로 떨어져서 계속 감기는 눈을 간신히 버티는 중이었다. 아마도 점심때 꿀꺽꿀꺽 마신 호차타의 영향일 것이다. 설탕 때문에 무한대로 올라갔던 내 혈당이 갈 곳이라곤 추락밖에 없었다.

"안녕, 마커스." 조셉이 말했다. 그는 선거운동본부 유니폼을 입고 있었다. 빳빳한 흰 셔츠 위로 단추가 줄줄이 박힌 깔끔한 스웨터에, 거의 50대가 가까운 나이였음에도 대학 단거리 선수 같은 허리선을 가졌다는 사실을 잘 보여주는 바지를 입고 옷깃에 '조셉 노스를 상원으로' 배지를 달고 있었다. 조셉은 그 스웨터를 여덟 벌 정도 가지고 있었고, 선거운동 중에 차에서 물이 튀거나 아기가 구토할 경우에 대비해서 항상 책상 옆에 여분의 드라이클리닝 가방을 준비해뒀다.

"조셉, 안녕하세요." 나는 속이 불편해지는 느낌이 들었다. "저기요, 어제 결근해서 죄송해요. 정말로 몸이 안 좋았거든요. 그리고, 음, 오늘은, 완전히 난리도 아니에요. 전 네트워크를 막 정리할 참이었는데, 홈페이지가…." 나는 완전히 재난 상황이라는 사실을 보여주기 위해 손을 저으며 말했다.

조셉이 진지한 얼굴로 말했다. "난 홈페이지가 잘 돌아가는 줄 알았어. 네가 웹사이트에 뭔가를 한다고 했던 것 같은데, 아니면 내가 잘못 이해한 건가?"

나는 목소리를 낮춰서 말했다. "글쎄요, 네, 겉으로 보기엔 괜찮은데, 코드 검사를 시작했더니 잠재적으로 공격에 취약한 코드가 잔뜩 삽입된 게 발견됐어요. 그래서 홈페이지에서 공격에 노출된 부분을 가능한 한 줄여서 제가 관리할 수 있는 수준으로 낮추려고 하는 중이었어요. 그러면…."

조셉이 양손을 들어서 과학기술 어쩌고저쩌고하는 내 수다를 막았다. "이런, 확실히 보통 일이 아닌 것처럼 들리네. 마이라가 그 정도보다는 잘했을 줄 알았어."

그 말을 듣자 난 정말로 찌질이가 되어버린 기분이 들었다. 마이라는 내 전임자였는데, 거의 아무것도 없는 상태에서 놀라울 정도로 많은 일을 해냈다. 그런데 지금 나는 아무짝에도 쓸모없는 내 엉덩짝을 보호하겠다고 그녀가 힘들게 한 일들을 모조리 쓸모없는 짓으로 만들어버렸다. "그게, 네, 제 말은, 마이라는 잘했어요. 그런데 상황이 워낙 빠르게 변하고 업데이트가 엄청나게 많이 밀리다 보니까, 우리가 가장 우려하는 게 누군가 후원자의 신용카드 번호나 비밀번호를 낚아채거나, 우리 홈페이지를 이용해서 방문자들의 컴퓨터에 악의적인 소프트웨어를 설치하거나, 그래서, 그게…."

"무슨 말인지 알겠어. 음, 마커스, 지금 중요한 일을 하는 것 같네. 네 능력을 소프트웨어 업데이트와 컴퓨터 작동시키는 일에 쓰는 것도 좋지만, 선거운동본부에서 너를 필요로 하는 일이 그보다 더 많다는 사실을 잊지 않았으면 좋겠어. 우리에겐 신선한 접근 방법이 필요해. 사람들에게 다가가서 동기를 부여하고 투표소로 나오게끔 만드는 방법 말이야. 마커스, 난 네게 기대가 커. 네가 그 일에 딱 맞는 사람이라고 생각하고 있어."

'글쎄요, 범죄적 음모 수천 가지가 자세하게 담긴 기밀문서 산더미를 유출하면서 시간을 보내지 않았다면, 그리고 용병들에게 납치당하지 않고, 가이 포크스 가면*을 한 상자 통째로 샀을 법한 이상한 녀석들에게 해킹을 당하지 않았다면, 그랬겠죠.'

"실망시키지 않을게요, 조셉."

"마커스, 네가 실망시킬 사람이 아니라는 건 잘 알아. 잊지 마,

* 영국의 제임스 1세를 암살하려다 실패한 가이 포크스라는 실존 인물의 얼굴을 본떠서 만든 가면으로, 영화 〈브이 포 벤데타〉 이후 저항의 상징으로 널리 알려졌으며, 해커 단체인 '어나니머스'도 이 가면을 사용한다.

넌 여기 정보부대의 말단 신참 병사가 아니야. 내 델타포스 닌자라고. 닌자다운 일을 해. 선거는 두 달밖에 안 남았어. 선거에서 이기든 지든, 그때가 되면 '조셉 노스를 상원으로' 선거운동과 우리 홈페이지, 서버, 그리고 이런저런 일과 야단법석은 그걸로 끝나. 우리에게 필요한 기술은 그때까지만 버티면 되는 거야. 업무 시간을 조정할 때 그걸 항상 염두에 둬. 난 네가 일정을 잡을 때 시설을 관리하는 일 사이로 틈새를 찾아서 중요한 일을 할 수 있을 거라 믿어. 재미있는 일 말이야, 그지?"

"죄송합니다." 내가 말했다. 조셉의 말이 맞았다. 그건 내가 지금 사로잡혀 있는 일 만큼이나 중요한 일이었는데, 나는 취직을 하고도 그 일을 하지 않고 있었다. 조셉이 내게 실망한 게 느껴졌다. 그건 가혹한 느낌이었다. 내가 이 일자리에서 해고되어 집으로 돌아가서 부모님께 그 사실을 자인해야 할 것 같은 예감이 잠깐 들었다. 내 발밑에서 세상이 빙빙 도는 것 같았다. "내일까지 해도 괜찮을까요? 약속할게요."

조셉이 내 어깨를 꽉 움켜잡았다. "그렇게까지 망가진 얼굴을 할 필요는 없어. 잊지 마. 이건 무소속 후보의 선거운동이야. 우리는 지리멸렬하고 기진맥진하고 무리하기 마련이야."

그 소리에 내가 살짝 미소를 지었다. 조셉의 눈 밑이 묵직하게 처진 게 보였다. 내가 충동적으로 물었다. "잠은 충분히 주무셨나요?"

조셉이 다시 웃음을 터트렸다. 그의 트레이드마크인 근사하고 깊은 웃음소리였다. "꼭 플로르처럼 말하네. 너도 밤늦게까지 일하고 아침에 일찍 일어나느라 지친 얼굴이야. 어젯밤에 몇 시간이나 잤어?"

293

"저에게 불리한 증거로 사용될 수도 있으므로 그 질문에는 대답을 거절하겠습니다." 내가 말했다.

"훌륭한 시민 자유주의자다운 발언이야. 훌륭하고 피곤에 지친 시민 자유주의자. 그런데 내일은 내가 지독하게 바쁜 날이야. 생각을 정리할 시간을 더 가져. 그리고 밤에 잘 자고. 마커스, 괜찮지?"

"그렇게 하죠."

조셉이 정말로 좋은 사람이며, 캘리포니아 상원의원에 딱 맞는 사람이라고 내가 말했던가?

조셉이 가고 난 뒤 내 기분이 좋아진 게 느껴졌다. 조셉 같은 사람이 나를 신뢰한다는 사실을 알게 되면 더 나은 사람이 되고 싶기 마련이다. 얼마 지나지 않아 아이디어들이 솟기 시작했다. 다 좋은 아이디어는 아니었지만, 그래도 아이디어였다. 예전에 해봤던 것들도 있고, 새로운 것도 있었다. 무료 인터넷 전화를 이용해서 부모나 조부모에게 투표에 참여하도록 전화하는 방법, "오늘 엄마에게 전화해보셨나요?" 인터넷 브라우저를 사용할 때 대기업 선거자금 기부자의 이름이 나올 때마다 조셉의 경쟁 후보 이름이 떠서, 다른 후보들이 이미 대기업에 매수되었다는 사실을 상기시키는 플로그인.

그리고 죽여주는 아이디어가 떠올랐다. 어쩌면 정말로 멍청한 아이디어일 수도 있다. 나는 그 생각을 계속 머릿속에서 밀어냈지만 계속 다시 돌아와 떠들어대서, 내가 떠오르는 생각들을 정리하는 긴 파일에 적어 넣었다(파워포인트를 버린 건 정말로 괜찮은 선택이었다). 나는 그걸 적은 뒤 잊지 않기 위해 '죽여주는 멍청한 아이디어'라고 옆에 적었다.

업무를 마칠 때쯤, 리엄이 나와 눈을 맞추지 않고 도망치듯 문을 빠져나가는 모습이 보였다. 젠장, 난 진짜 개자식이었다.

나는 소리쳐 리엄을 부르고, 내 자리로 끌고 와서 사과했다. 그리고는 엉겁결에 퇴근 후에 커피나 한 잔 하자고 제안했다. 나는 노트북을 닫아 가방에 던져 넣고, 리엄과 함께 사무실 문을 나섰다.

집에 오는 길에, 과테말라 식료품점을 지나다가 앞에 내놓은 신선한 캘리포니아 식재료들을 보고는 입에 침이 고였다. 내 주머니에는 몇 달러밖에 없었지만, 갑자기 우리 가족들을 위해 맛있고 신선한 저녁식사를 요리해서 엄마와 아빠와 함께 식탁에 앉아 시끌벅적한 대화를 나누고 싶다는 열망에 사로잡혔다. 예전에 그랬던 것처럼 말이다. 나는 디저트용으로 쓸 샐러드와 과일을 사는데 돈을 조금 쓰고, 베트남 식료품점에서 베트남 쌀국수에 쓸 신선한 국수와 두부와 닭고기를 샀다. 쌀국수는 한 번밖에 요리해보지 않았지만, 별로 어렵지 않았고 저렴하면서도 배부르게 먹을 수 있는 음식이었다.

나는 집에 도착한 뒤 앞치마를 두르고 조리법을 검색했다. 그리고 접시들을 설거지해서 정리했다. 달그락거리는 소리를 들은 엄마가 차갑게 식은 차가 담긴 머그잔을 들고 부엌으로 왔다.

"세상에나, 마커스, 혹시 뇌에 염증이라도 생긴 거니?"

"하, 하, 하! 엄마는 아직 저녁식사에 초대 안 됐어요. 괜찮은 요리가 될 거예요. 쌀국수요."

"쌀국?"

"아니, 쌀국수요. 아시겠죠?"

"대체 무슨 일을 저질렀기에 갑자기 이렇게 어울리지 않는 일을

295

하는 건지 감히 물어봐도 될까? 차를 어디에다 처박은 건 아닐 거야, 우리에겐 이제 차가 없으니까. 우리한테 뭔가 끔찍한 소식을 전할 작정이니? 혹시 우리가 이제 할아버지, 할머니가 되는 거니?"

"엄마!"

"마커스, 궁금해서 그러잖니."

"그냥 괜찮은 저녁식사를 하고 싶었을 뿐이에요. 엄마도 좋아할 거라고 생각했죠. 제가 이 정도는 할 수 있잖아요, 그죠? 엄마가 날 자궁에 9개월 동안 품고 다니다가 출산의 고통을 견디고, 오랜 시간 동안 육아를…."

"그래서 그 오랜 시간 동안 넌 우리가 세상에 관해 설명해주는 걸 들어야 했지."

"그럼, 제가 엄마한테 수프와 샐러드를 좀 만들어주면 공평하겠죠?"

엄마가 조리대에 있는 거품투성이의 행주를 집어 들더니 나한테 집어 던졌다. 하지만 아주 느리고 가볍게 툭 던진 거라, 나는 공중에서 행주를 붙잡은 다음 야구 투수처럼 던질 자세를 취했다. 엄마가 꽥 소리를 지르며 부엌에서 달음질로 나갔다. "한 시간 후에 식사예요!" 내가 엄마에게 소리쳤다. "잘 차려입고 오세요!"

엄마가 어이없다는 듯 새된 소리를 내더니, 아빠에게 지금 아들이 이상한 짓을 하고 있다는 이야기를 하는 소리가 들렸다.

그래, 난 문제가 많은 녀석이었다. 그리고 문제는 점점 심각해지고 있다. 지난 일주일 동안 폭발에 날아가고, 코가 부러지고, 납치당하고, 자제력을 잃고, 내게 가장 소중한 애인과 깨질 뻔했고, 내가 차지했다고 믿기 힘든 일자리를 망쳤다.

나도 하룻밤은 쉬어야 했다. 그래서 밤을 즐길 생각이었다. 나는 냉장고에서 아빠의 맥주를 하나 꺼내서 땄다. 사실 난 아직도 술을 마실 나이가 되지 않았지만, 그런 건 엿 먹으라 해. 보스들처럼 쉴 때가 됐다.

내가 음식을 차리고 두 번째 맥주캔을 따서 내 접시 앞에 놓자, 엄마가 한쪽 눈을 치켜들며 말했다. "아, 정말?"

"왜요, 컵에 따라 마실까요?"

아빠가 콧방귀를 끼었다. "내버려 둬, 여보. 그거 마신다고 안 죽어. 혹시 죽더라도 우리가 생명보험금을 챙길 수 있잖아."

그리고는 말없이 수프 먹는 소리만 요란했다. 후루룩거리며 국수 먹는 소리, 아빠가 후루룩거리며 수프 먹는 소리를 낮추려 애쓰는 소리, 엄마가 아빠에게 야만인처럼 먹는다고 나무라는 소리. 우리가 이렇게 먹어본 게 언제였는지 가물가물했다. 평범하고, 즐겁고, 자제력을 잃지 않은 상태로 함께 먹는 저녁식사. 기분이 지독하게 좋았다.

내가 디저트로 만든 과일 샐러드에 잘게 다진 박하잎을 올리고 럼주를 살짝 뿌려서 함께 먹고 있을 때 내 휴대폰이 울렸다. 휴대폰을 꺼내 봤더니 번호가 202-456-1414였다.

내가 아는 번호였지만 처음에는 그게 어딘지 떠오르지 않았다. 202는 워싱턴 지역 번호 아닌가? 왜 이 번호가 그렇게 익숙해 보일까? 벨이 다시 울렸다. 음, 아, 그래, 알았다. 이건 백악관 대표 전화번호다.

나한테 왜 그걸 알고 있냐고 묻지 말라. 중학교 2학년 때 장난 전화에 대해 별난 아이디어를 떠올린 친구들이 있었다고만 말하겠다. 덕분에 정보기관에서 우리 중학교를 방문했었다. 학교 화장실 벽의 절반이 그 번호 낙서로 덮였고, 그 위에 '즐거운 시간을 보내기 좋은 전화번호'라고 적혀있었다.

"잠깐만요." 내가 식탁에서 너무 빨리 일어나느라 의자를 넘어트릴 뻔했다. 그리고 통화 버튼 위에 엄지손가락을 올린 채로 계단을 뛰어 올라갔다. 내 방문을 열면서 버튼을 누르고 문을 닫았다.

"여보세요?" 내가 말했다.

오랫동안 이상하고 단조로운 침묵이 흐르고 두어 번 딸각하는 소리가 들렸다.

"여보세요?" 내가 다시 말했다.

"마커스?" 컴퓨터로 합성한 목소리였는데, 그다지 고급 프로그램은 아니었다. 말할 필요도 없이, 대통령이나 백악관은 아니었다. 발신자 번호 도용은 구글에서 한 번만 검색해도 찾을 수 있는 아주 기본적인 속임수였다.

"응."

잠시 멈칫하더니, 누군가 타자를 입력했다. "아직 이메일을 확인하지 않았구나."

"뭐? 지난 두 시간 동안은 확인 안 했어."

"메신저도 안 들어갔고."

"응. 난 식사를 하던 중이었어. 할 말이 뭔데?"

"다크넷 문서 중에 '감성과 지성'이라는 상품에 대한 안내서와 납품 주문서가 있어." 글자를 치면 소리로 바꿔주는 프로그램이 엉망이라 '감성'이 '간선'처럼 들려서 무슨 뜻인지 이해하기 위해 그 영성한 소리에 맞춰 머리를 굴려야만 했다.

"알았어. 네 말을 믿을게. 그게 뭐하는 거야?"

"메일을 확인해봐." 그 로봇 같은 목소리에서 짜증난 느낌이 전달되는 것처럼 느껴졌다. "메일에 다 있어."

"메일을 확인해볼게. 그런데 최근에 내가 처리해야 할 IT 쓰레기가 많았어. 어떤 멍청이가 내 컴퓨터를 이용해 사생활을 침해해서 얼마나 소름이 끼쳤는지 몰라. 넌 이런 일에 대해서는 전혀 아는 게 없겠지?"

잠시 멈춤. "이야기 주제를 돌리지 마."

"이것 봐. 난 여기서 해야 할 일이 아주 많아. 혹시 네가 모를까 봐 이야기해주자면, 나는 문서들을 다 배포했어. 너희가 나한테 징징대며 그렇게 해야 한다고 그랬잖아. 그래도 별로 소용이 없었어. 아무도 관심 없어. 혹시 네가 모를까 봐 이야기해주는 거야."

"간선과 지선(감성과 지성)…. 네가 꼭 봐야 해. 그리고 이메일도 더 자주 확인해."

전화가 끊겼다. 저녁 휴식은 그걸로 끝났다.

Zyz는 온갖 분야에 손을 뻗었는데, 특별한 사업마다 새롭게 회사를 분사하는 형태를 좋아했다. 그린코트는 '보안 소프트웨어' 도급업체로서, 미국과 외국 정부의 다양한 부처들을 위해 역겨운 합법적 감청 업무를 진행했다.

'감성과 지성'은 이 회사의 주력 상품이지만, 회사 홈페이지에는 정확히 표시되어 있지 않았다. 그래도 다크넷 문서 안에는 자료들이 있었는데, 그 상품에 관해 읽는 동안 화가 점점 치밀어 올랐다.

'감성과 지성'은 미공군 항공이동지휘부의 납품 주문으로 시작됐다. 공군은 '정체성 관리' 소프트웨어를 찾고 있었다. 정체성 관리가 뭐지? 나도 모르겠다. 우리 같은 사람은 지어내기도 힘든 이상한 용어다.

아마 '풀뿌리' 정치 운동에 대해 들어봤을 것이다. 평범한 사람들이 정치적 주장에 관심을 가지기 시작하고, 정의를 요구하며 행동하기 시작할 때 쓰는 용어이다.

'풀뿌리' 운동의 괴상한 버전이 '인조 잔디' 운동이다. 이건 정치 단체나 정부, 광고회사, 판매업자, 사기꾼, 정보기관이 일으킨 가짜 풀뿌리 운동이다. 솔직히 말해서, 이제는 단체나 정부기관, 회사 간에 차이가 있기나 한 건지 잘 모르겠다. 인조 잔디 운동에서도 수백이나 수천 명의 '평범한' 사람들이 언론에 편지를 보내고, 집회에 참여하고, 국회의원이나 지역 의회, 교육위원회에 편지를 보내면서, 사람들이 정치적 주장에 관심을 가지기 시작할 때 하는 모든 행동을 한다. 하지만 인조 잔디 운동에서 이 '평범한' 사람들은 사실 돈을 받는 전문 시위꾼들이다. 예를 들자면, 공원을 유전으로 바꾸고 싶어 하는 평범한 시민인 척하며, 거대한 연극을 기획하는 업체에서 돈을 받는 사람들이다.

뜨거운 열정을 가진 진짜 사람들인 척하는 사기꾼들을 부리려면 돈이 많이 든다. 이런 유감스러운 비용을 아끼는, 간단하고 쉬운 방법은 '다중 계정'을 이용하는 것이다. 다중 계정 방식은, 한 사람이 여러 개의 온라인 계정을 운영하면서 각 ID가 제각기 다른 사람인 양 행세하며 서로 열심히 동의해준다. 다중 계정은 심하게 뒤틀어서 사용할 수도 있는데, 지지하는 입장에 반대하는 다중 계정을 만들기도 한다. 단, 아주 불쾌하고, 멍청하고, 우둔한 반론을 해서 상대편 사람들을 얼간이처럼 보이게 만든다.

그렇지만 다중 계정 운영자가 되는 건 쉽지 않다. 여러 계정의 정체성을 제각각 유지하며, 각 계정이 자기의 생활이나 신념에 대해 뭐라고 했었는지 기억해야만 하기 때문이다. 거짓으로 교외에 사는 전업주부 ID가 갑자기 장거리 트럭운전사나 알 만한 일을 떠들어대는 실수를 해서는 안 되기 때문이다.

동시에 가짜 ID를 두 개 이상 운영하고 싶을 때, 상상 속의 세계에서 누가 누구인지 계속 유지할 수 있도록 도와주는 좋은 도구가 필요하다.

그 도구가 바로 '정체성 관리' 소프트웨어다.

'감성과 지성'은 미국 공군을 위해 개발되었다. 하지만 그린코트는 다른 곳에도 많은 복제본을 판매했다. 그 상품 안내책자에서는 '평판 관리' 업체와 '판매와 소통' 업체, '전략적 소통' 업체들이 이 프로그램을 사용하고 있다고 자랑했다. 추천사들로 볼 때, 인터넷에서 회사의 상품이나 서비스를 불평하는 사람들을 믿지 못할 사람으로 만들어 회사를 도와주는 업체들을 가리키는 멋진 이름인 모양이었다. 형편없는 음식을 팔거나, 무례한 직원이 있거나, 자꾸 찌그러져서 타고 있는 어린아이를 짓이기는 유모차를 판매한 회사는 그 염병할 문제를 실제로 고치는 것보다, '감성과 지성' 라이선스를 가진 사람을 고용해 불평하는 고객들을 고독한 불만꾼처럼 보이게 만드는 '평판 관리'를 시키는 게 훨씬 저렴하다.

상품 안내책자는 '감성과 지성'이 우마오당(伍毛黨)보다 훨씬 효율적이라고 자랑했다. 우마오당은 공적인 부패나 범죄에 대해 불평하는 사람들을 믿을 수 없는 사람으로 만들기 위해 중국 정부가 고용한 가짜 댓글부대를 가리키는 말이다. 그린코트는 교육도 제대로 못 받은 갱단들에게 목표물을 더럽히는 글을 하나 올릴 때마다 5마오씩 주는 방식은 조잡하다고 비웃었다.

'감성과 지성'을 이용하면 한 명의 운영자가 수십 명인 척할 수 있다. 문득 다크넷 문서들이 개소리이고 주작이고 부적절하다는 메시지들이 어디서 나왔는지 아주 잘 이해됐다. 갑자기 내가 지금껏 '진실'이라고 믿었던 많은 자료 중에 얼마나 많은 수가 다중 계정 부대와 '감성과 지성'을 이용하는 비열한 놈들이 만들어낸 진실일지 궁금해졌다. 불쾌한 기분이 들었다.

나는 다크넷 스프레드시트를 붙잡고 오래 작업을 했다. '감성과 지성'(난 계속 '간선과 지선'이 떠올랐다)이 기록된 문서들을 풀어서 태그와 상호참조를 추가했다. 이제 우리는 바깥 세계에 다크넷 문서들에 대해 떠들었기 때문에, 스프레드시트가 더없이 중요해졌다. 이 엄청나게 많은 문서 더미의 유일한 색인이기 때문이다. 우리는 편집할 때 개별 ID로 서명하던 일을 그만뒀다. 그래서 이제는 사람들이 그 스프레드시트를 파괴하거나 이상한 음모론을 추가하지 못하게 하려고 다들 하나의 관리자 계정을 공유해서 모든 편집을 하고 있다. 우리 안에도 음모론자는 충분히 많다. 우리는 지금까지 3천 개의 문서에 색인을 달았다. 이제는 겨우, 음, 그러니까, 다시 말해서 80만 개를 더 해야 한다. 시간이 오래 걸릴 것이다.

난 그 일을 마친 뒤 기진맥진한 내 엉덩이를 질질 끌고 침대로 가서 간신히 신발을 벗자마자 드러누웠다. 하지만 몇 시간도 채 지나지 않아 폐소공포증을 유발하는 꿈에 놀라 벌떡 일어났다. 입에서 끈적끈적한 쌀국수의 생강 맛이 났다. 나는 허우적거리며 욕실로 걸어가 물을 한 컵 삼키고, 칫솔로 이를 닦고 수건으로 얼굴을 닦았다. 그리고 침대로 다시 돌아와 베개에 머리를 얹고 눈을 감았다. 하지만 이제 잠이 오지 않았다. 왜 그 녀석은 나한테 '감성과 지성'을 알려주려고 그렇게 수고를 했을까? 그 문제에 대해 내가 할 수 있는 일은 아무것도 없을 것 같았다.

그건 멍청한 짓이었다. 확실히 멍청한 짓이었다. 잠이 슬며시 들려고 할 때마다, 모든 방면에서 월등하고 강력하고 풍부한 자원을 가진 공격자의 목표물이라는 사실을 내게 알려주려고 이 바보들이 일부러 전화했다는 사실이 떠오르며 오만상이 다 찡그려졌다. 굳이 그러지 않았더라도, 젠장, 그건 이미 나도 알고 있었기 때문이다.

잠이 들지 않아서 너무 힘들었다. 난 자야 했다. 내일 해야 할 일이 있으니 머리를 맑게 만들어야 한다. 게다가 밤잠을 제대로 자본 게 너무 오래되어서 좀비의 일원이 되기 시작하고 있었다. 이에 대해 걱정을 더 많이 할수록, 당연하게도 잠들기는 더 힘들어졌다. 결국 나는 100부터 천천히 숫자를 거꾸로 셌다. 각 숫자를 셀 때마다 한 번씩 호흡하면서 플라야의 성전에서 도달했던 공간을 찾으려 애썼다. 그곳에 거의 도달했을 무렵 어떤 생각이 번뜩 떠올랐다.

'감성과 지성을 이용한 메시지가 하나의 소프트웨어로 생성되고 관리된다면, 감성과 지성을 이용해서 글을 올리는 사람이 있는지 자동으로 알아낼 방법이 있을 거야. 지문, 인증, 상표.' 나는 잠시 이 생각에 흥분해서, 감성과 지성 메시지를 분석하고 연결을 찾아낼 프로그램을 만들 대략의 계획을 세웠다. 그러자 바로 잠이 찾아와서 커다란 망치로 내 머리를 강타하고 꿈도 없이 깊고 어두운 곳으로 빠트렸다. 그리고 채 몇 시간도 지나지 않아 알람시계가 나를 거기서 끄집어냈다.

내가 자리에서 일하고 있을 때 리엄이 다가왔다. 아직도 약간 상처받은 얼굴이었지만, 여전히 나를 우러러보는 눈빛으로 보고 있어서 몹시 불편했다.

"음, 어, 곧 점심 먹으러 갈 거지?"

내가 고개를 끄덕였다. 아침에 게슴츠레한 눈으로 문을 나서기 전에 땅콩버터 젤리 샌드위치를 도시락으로 쌌다. 샌드위치에 에스프레소 초콜릿을 한 움큼 뿌렸는데, 그때는 좋은 생각 같았지만 아마도 후회하게 될 것이다.

"점거농성 때문에 시청에 가볼까 하는 중이야." 리엄이 말했다.

"오늘 또 시작되는 점거농성이 있어?" 시청 앞에는 매달 새로운 점거농성이 시작되는 것 같았다. 사람들이 어떤 일에 열 받았다는 사실을 드러내려면 천막을 세우고 광장을 점거하는 게 기본적인 방식이 되어가고 있었다. 어떤 때는 엄청나게 많았고, 어떤 때는 소수의 핵심 인원뿐이었다. 하지만 구토하고 눈물을 흘리는 시위자에게 화학전을 벌이는 다스 베이더처럼 최루액을 뿌리며 즐거워하는 경찰의 보도사진이 주었던 충격이 이제는 효력을 잃었다는 느낌이 들었다. 물론 나는 그 희생자들에게 공감한다. 나도 최루액을 뒤집어쓴 적이 있었기 때문이다. 하지만 몇 년 전 점거농성이 처음 시작되었을 때만큼 흥분되지는 않았다.

리엄이 눈을 동그랗게 떴다. 나처럼 엄청나게 멋진 사람이 세상에서 벌어지고 있는 일을 죄다 알지 못한다는 사실이 믿기지 않는다는 표정이었다. 나는 항상 그런 사람들이 싫었다. 늘 이렇게 말하는 사람들 말이다. 그게 무슨 일이었든, "아, 그거, 나도 알아." 그런 사람이 거짓말을 하고 있다는 걸 내가 알아챘던 때도 있었다. 그런 사람은 뭔가를 먼저 하는 법이 절대로 없었다. 주의를 기울이지 않으면, 리엄이 옆에 있을 때 내가 바로 그런 사람이 될 것 같았다.

"엄청나게 큰 농성이야, 요! 제각기 활동하던 어나니머스들이 이 다크넷 문서 때문에 열 받아서 Zyz에게 진상규명을 요구하고 있어." 리엄이 위협적인 로봇 목소리를 흉내 냈다. "우리는 어나니머스다. 우리는 다수다. 우리는 잊지 않는다. 우리는 용서하지 않는다. 기대하라." 나는 움찔했다. 어나니머스에 대해서는 많이 들어봤을 것이다. 대담하게 공격을 펼치고, 서비스거부(Denial of Service, DoS) 공격을 하는 일종의 인터넷 집단이다. 하지만 봇네트 가격이 폭락해서 아무나 서비스거부 공격 테러를 할 수 있게 되고, 할리우드 영화에서 좋은 놈, 나쁜 놈, 연쇄 살인마, 마약쟁이들이 모두 가이 포크스 가면을 쓰고 나오기 시작하면서, 뭐, 시시하고 한물간 유행이 되어버렸다. 그래도 진짜 어나니머스들은 여전히 존재했다. 그들은 4chan 같은 곳에서 놀거나, 할리우드 영화는 도저히 근접할 수 없을 정도로 지독히 이상하고 공격적인 형태를 보인다. 그렇지만 어나니머스에 대한 인상은 처음 시작했을 때보다 훨씬 만화 캐릭터 같은 모습으로 변했다. 예를 들어 "우리는 다수다"의 경우, 여름에 나오는 가벼운 팝송의 후렴구로 쓰였는데, 너무 끔찍해서 그 노래를 피하려고 귀를 얼음송곳으로 파내버리고 싶을 지경이었다. 어나니머스가 했던 위협적인 말들은 이제 '마카레나'와 '닭춤'

을 잇는 후손이 되어 갈라져 나갔다.

"그러면 어나니머스가 무더기로 천막을 쳤다는 거야?"

"아냐. 어나니머스가 시작하긴 했지만, 지금은 '모두'가 거기에 모여 있는 것 같아. 엄청 많아. 온 사방에서 학생들이 왔어. 고딩들까지 땡땡이를 치고 온다니까. 교사들도 왔어! 심지어 학부모들까지!"

나는 가방을 뒤져서 샌드위치를 꺼내 외투 주머니에 집어넣었다. "알았어. 네 말이 무슨 말인지 알겠어." 내가 말했다. 리엄의 말은 사실일 것이다. 다크넷 문서가 신문들의 1면을 차지하지는 못했을지 몰라도, 많은 사람이 그 문서 때문에 시위하고 있다. 그런 거다. 내가 이 문제에서 빠져나가는 방법이 그거라면 받아들일 생각이다. 아무튼, 지금으로선.

"우리도 마스크를 써야 하는 거야?" 그 플라스틱 '브이 포 벤데타' 마스크는 이제 거의 한물간 데다, 나는 주변 상황이 보이지 않는 폭발적 상황에서 군중 속에 있고 싶지 않았다.

"아니. 이런 게 더 좋아." 리엄이 주머니에 손을 넣더니 낡은 검은색 스카프 두 개를 꺼냈다. 정교한 문양이 실크스크린으로 새겨져 있었다. 리엄이 스카프를 털어서 하나를 빼더니 내보였다. 그건 실크스크린으로 가이 포크스 얼굴이 가운데에 인쇄된 면 스카프였다. "잘 봐." 리엄이 스카프를 대각선으로 접어서 큰 삼각형 모양으로 만들더니 카우보이처럼 목에 둘러 묶었다. 그리고 위로 당겨서 은행 강도처럼 얼굴을 가렸다. 스카프를 접은 방식 때문에 얼굴 아래쪽은 가이 포크스의 얼굴이 되었다. 리엄은 스카프를 풀더니 다시 털었다. 그리고 야구 모자를 벗고 스카프로 이리저리 호들갑을 떨더니, 위쪽 모서리를 모자 안으로 쑤셔 넣고 양쪽 모서리를 머리 뒤쪽으로 다시 동여맸다. 이제 스카프로 얼굴 전체를 덮었는데, 천에서 잘라낸 구멍을 통해 눈만 보였다. "이건 마음대로 변형할 수 있어." 리엄의 목소리가 스카프 때문에 먹먹하게 들렸다. "어느 정도로 가릴 건지 결정해서 묶으면 돼. 그리고 최루액 스프레이를 막는데에도 도움이 돼. 난 이베이에서 샀어. 하나 줄까? 그러면 우리 둘이 함께 이걸 쓰는 거야!"

리엄이 너무 열정적으로 떠들어대서 나는 화장실로 숨어버리고 싶었다. 나는 얼치기 쌍둥이처럼 보이고 싶은 생각이 전혀 없었다. "괜찮아. 내 주머니에 잘 보관하고 있을게. 혹시 모르니까."

"그래." 리엄이 풀이 죽은 소리로 말했다. 나는 스카프를 조심스럽게 접어 주머니에 넣는 모습을 보여줬다. 누가 알겠나. 내 코가 또 박살날지도 모른다. 아니면 누군가의 피를 닦아야 할지도.

내 눈보다 귀가 먼저 시위대를 알아챘다. 시위대일 게 틀림없는 드럼밴드의 소리와 휘파람 소리가 들려왔다. 배 속에서 살짝 경련이 일어나는 느낌이 들었다. 돌로레스 공원에서 열렸던 엑스넷 공연, 그리고 뒤이은 최루가스 살포와 몽둥이질이 떠올랐기 때문이었다. 하지만 리엄은 그 소리에 기운이 돋는지, 지하철역에서 올라가 그쪽을 향할 때 펄쩍펄쩍 뛰기 시작했다. 차도에는 샌프란시스코 경찰차가 줄지어 있고, 인도에는 덩치 큰 경찰들이 무리를 이루고 있었다. 경찰들은 허리띠에 플라스틱 수갑을 두툼하게 한 뭉치씩 달아놓고 뽐내듯 내보였는데, 고글을 머리 위로 쓰고 마스크는 목에 걸쳤다. 물론 최루가스용이다. 그리고 경찰 둘이 스쿠버용 공기통 같은 걸 메고 있었다. 하지만 난 그 통에 최루액이 가득 담겨 있다는 사실을 안다. 그들은 통에 연결된 분무기 노즐 호스를 가슴에 달고 있었다. 나는 그 경찰들과 눈을 맞추지 않았지만, 경찰의 몸짓 언어는 나와 리엄을 아주 관심 있게 쳐다보고 있다는 사실을 보여주고 있었다. 혹시 리엄의 목에 걸린 가이 포크스 스카프 때문은 아닌지 궁금했다.

시청 앞의 공간은 천막이 가득 찼고, 시청 건물에는 오래된 점거 농성자들의 오래된 구호가 스프레이 페인트로 적혔다. 천막 때문에 시위자들이 서 있을 공간이 거의 없어서, 사람들은 학자금대출과 부패한 정치, 실업문제에 대해 손으로 쓴 팻말을 들고 도로로 쏟아져 나갔다. 거리에는 자신의 모든 재산을 커다란 꾸러미에 챙겨서 들고 다니는 노숙자도 많았다. 샌프란시스코에는 늘 노숙자가 많긴 했지만, 작년에 노숙자의 수가 두세 배로 늘어난 것 같았다. 뉴스에는 노숙자 야영지를 옮겼다는 이야기가 항상 나왔다. 긴 쇼트웰 가는 천막촌으로 변해서, 인도 전체가 천막과 매트리스와 골판지 더미로 북적거렸다. 지하철 파월 역의 옆에 세워진 커다란 광고판에는, 버려지거나 압류당한 주택으로 직원을 싣고 가서 무단 거주자를 쫓아내는 점거 방지 업체의 광고가 실려 있었다.

한쪽에서 여성 한 명이 가로등 기둥의 높은 콘크리트 받침대 위로 기어 올라갔다. 그녀는 형광 핑크색의 길게 땋은 머리를 짧게 잘라 훨씬 나이 들고 더 지혜롭게 보였지만, 난 어디에서든 트루디두를 알아볼 수 있었다. 스피드호어즈의 리더이며 피그스플린의 창립자인 그녀는 샌프란시스코의 우상이었다. 작년에 피그스플린이 폐업할 때까지 트루디는 졸루의 상관이기도 했다. 그녀가 소리쳤다.

"마이크 확인!"

그녀의 주변에 있는 사람들이 되풀이해서 소리쳤다. "마이크 확인! 마이크 확인!" 이건 민중 마이크로서, 점거농성에서 흔히 볼 수 있는 모습이었다. 처음에 사람들이 이렇게 했던 건, 몇몇 도시들이 확성기를 금지해서 메가폰을 사용하지 못하게 했기 때문이었지만, 당국에서 바보 같은 확성기 술래잡기 놀이를 하지 않는 도시에서도 사람들은 민중 마이크를 선호했다. 모든 사람이 협조해서 다른 사람들이 들을 수 있도록 하는 일은 정말로 기분 좋은 일이었다.

"우리는 가장 좋은 정부를 가지고 있습니다…."

그녀는 걸걸한 펑크 가수의 목소리로 소리쳤는데, 각각 단어를 듣기 좋고, 깔끔하고, 큰 소리로 말했다. 사람들이 그 말을 되풀이했다. 약간 투덜거리는 소리도 들렸다. "우리는, 가장, 좋은, 정부를, 가지고, 있습니다." 트루디 주변 사람들이 소리치자, 그 주변에 있는 사람들이 다시 반복해서 소리쳤고, 그 주변의 사람들이 다시 소리치며 반복했다. 소리는 동심원을 그리며 퍼져나가서, 이제 사람들이 빼곡하게 모여 있는 반 네스 가까지 도달했다.

"돈으로 매수하기에 가장 좋은 정부죠."

트루디 주변에서 웃음이 터져 나왔다. 그녀 주변에 있는 사람들의 웃음이 가라앉기까지 잠시 시간이 걸린 뒤에야 정곡을 찌르는 그 구절이 반복되었다.

"이런 이야기가 백만 개는 있습니다."

"우리는 항상 똑같은 이야기를 합니다."

"때로는 무기력하게 느껴지기도 합니다."

"그래도 우리는 계속 나왔습니다."

"우리가 나왔던 이유가 바뀌지 않았기 때문입니다."

"부패와 잔학 행위와 실업이 아직도 그대로이기 때문입니다."

"그래서 우리는 아직도 여기에 있습니다."

여기서 박수가 터져 나왔다. 점거농성 스타일로 양손을 위로 올리고 손가락을 흔들며 소리 내지 않는 박수였다. 하지만 트루디 두는 아직 끝나지 않았다. 그녀가 외쳤다. "마이크 확인!" 그러자 모두 조용해졌다.

"정부는 우리가 과소비를 한답니다."

"정부는 우리가 탐욕스럽답니다. 주택담보대출 사태가 우리 책임이랍니다."

"정부는 우리한테 세계화를 하라면서 중국이나 인도에서 주는 임금 이상은 안 주겠답니다."

"정부는 이게 새로운 표준이랍니다."

"일자리도 없고."

"학교도 없고."

"도서관도 없고."

"집도 없고."

"연금도 없고."

"건강보험도 없습니다."

"그런데 어떻게 된 건지, 전쟁할 돈은 충분하답니다."

"어떻게 된 건지, 은행에 상여금 줄 돈은 충분하답니다."

"어떻게 된 건지, 전쟁범죄자들에게 우리의 집을 빼앗아 갈 권력을 주는 게 경제적으로 이치에 맞는답니다."

"하지만 놈들의 더러운 법은 아직 통과되지 않았습니다."

"이제 우리는 놈들에 대해서 압니다. 다크넷 덕분이죠."

"그리고 우리는 그 법에 찬성투표를 하는 정치인이 매수되었다는 사실을 압니다."

"그래서 우리가 여기에 모였습니다."

"우리나라를 더 이상 팔아먹지 말라고 말하기 위해 여기에 모였습니다."

"우리가 지켜보고 있다고 말하기 위해 여기에 모였습니다."

트루디 두는 가로등 받침대에서 가볍게 뛰어내렸다. 사람들이 다시 손가락 박수를 쳤다. 그리고 동시에 구호를 외쳤다. "우리가 지켜보고 있다. 우리가 지켜보고 있다. 우리가 지켜보고 있다." 가이 포크스 마스크를 쓴 사람들이 있었는데, 손가락으로 자기 눈을 가리켰다가 시청을 가리키더니, 그 동작으로 짧은 춤을 만들었다. 그들은 중고할인점에서 구입한 양복을 입고 멋지게 앞뒤로 흔들며 춤을 추었다. 리엄은 천국에 온 듯 아주 신났다.

트루디가 사람들에게 둘러싸였다. 아직 다크넷이 뭔지 들어보지 못한 사람들에게 설명하며 격렬하게 토론했다. 그녀가 나를 보더니 소리쳤다. "마커스, 잠깐만 이리 와!" 그 순간 리엄은 황홀한 표정을 지으며 거의 자지러졌다. 나도 트루디 두가 나를 소리쳐 불러줘서 살짝 기뻤다는 사실을 인정해야겠다.

그때 트루디가 말했다. "마커스, 다크넷 문서들에 대해서 들어봤지?"

내 입이 바짝 말랐다. "음, 그럴 걸요." 내가 말했다.

"잘됐네. 잠깐 시간 좀 내줘."

트루디가 다시 가로등 받침대 위로 가볍게 뛰어올랐다. "마이크 확인!" 그녀가 양손을 동그랗게 만들어서 입에 대고 소리쳤다.

"마이크 확인!" 사람들이 되받아서 고함쳤다.

"들어봐요! 마커스가 여기 왔어요. 여러분 중에는 마이키로 알고 있는 사람도 있을 거예요, 그죠?"

순식간에 백만 쌍의 눈동자가 나를 쳐다봤다. 나는 우물쭈물하다가 어정쩡한 자세로 손을 흔들었다.

"다크넷에 대해서 알고 싶죠? 그걸 제대로 설명해줄 사람이 바로 마커스예요."

"올라와, 마커스!"

트루디가 받침대에서 뛰어내렸다. 그리고 의례적인 손가락 박수가 있었다. 트루디가 나를 거칠게 끌어안았는데, 그녀에게서 과열된 컴퓨터의 전원공급장치 냄새가 났다. '오 뒤 서버' 향수를 뿌린 모양이었다. "뿅 가게 보내버려." 그녀가 내 귀에 대고 말하더니 다시 꼭 끌어안았다. 그리고 가로등 받침대로 밀었다. 나는 가로등 옆에 서서 잠깐 망설였다. 그러자 트루디가 한 손으로 내 청바지 뒤춤을 움켜잡더니 다른 손으로 엉덩이를 받치고 억지로 위로 올렸다.

나는 군중을 바라봤다. 그들도 나를 바라봤다. 낯선 사람들만 있는 건 아니었다. 낯익은 사람들도 보였다. 노이즈브릿지에서 아는 사람들, 우리 동네에서 봤던 여자애 둘, 고등학교 때 친구들. 그리고 버닝맨에서 만났던 전자프론티어재단의 공동 창립자 존 길모어도 눈에 들어왔는데, 홀치기염색 티셔츠에 빵모자를 쓰고, 긴 수염 사이로 장난꾸러기 같은 미소를 짓고 있었다. 그의 동그란 안경테가 반짝거렸다.

"와우." 얼결에 내가 탄성을 내뱉었다. 내 주위에 있는 사람들이

말했다. "와우." 민중 마이크 스타일이었다. 그러자 사방에서 웃음
이 터져 나왔다. 아, 그래, 옛날 말 그대로 '의도하지 않았던 말이
되풀이되는 법이지.' 하.

　이제 나한테는 다른 선택지가 없었다. 수천 명의 사람들에게 나
의 극비 유출 사이트에 대해 공개강좌를 해야 할 상황이다. 마커스,
아주 위장 잘하는구나.

　예전에 나는 엑스넷이라는 네트워크를 만드는 일을 도왔던 적이
있다. 해킹된 '엑스박스 유니버셜'을 이용해서 네트워크를 구축했
기 때문에 그런 이름이 붙었다. 마이크로소프트가 더 많은 소프트
웨어를 팔기 위해 크리스마스 때 무료로 엑스박스 유니버셜이라는
게임기를 나눠줬었다. 그러니 당연하게도, 그 엑스박스로 다른 게
임을 할 수 있는 방법에 많은 관심이 몰렸고, 누군가 나서서 게임
기를 해킹해 GNU/리눅스라는 새로운 운영체제를 심었다. 리눅스
는 무료 운영체제고, 자유로운 오픈 소스 프로그램이라서 누구든
지 개량해서 재배포할 수 있다. 그래서 리눅스는 취향에 따라 수천
억 가지가 있다. 그중 하나가 패러노이드 리눅스인데, 패러노이드
안드로이드가 휴대폰용 운영체제라면, 패러노이드 리눅스는 데스
크톱 컴퓨터용 운영체제다. 이 운영체제는 이용자를 훔쳐보는 사
람이 있다고 가정하고, 이용자의 사생활을 지킬 수 있는 모든 기능
을 다 사용한다.

　졸루와 나는 패러노이드 리눅스를 변형해서 다른 사람이 이용
하는 엑스박스의 무선랜을 해킹해서 이용할 수 있도록 했고, 그
걸 배포했다. 그래서 해킹된 무선랜의 범위 안에 엑스박스가 있으

면, 그 범위 안에 있는 모든 엑스박스가 그 무선랜의 연결을 공유할 수 있게 된다. 우리는 토르가 장착된 패러노이드 리눅스를 이용해서 우리만의 비밀 서버와 채팅, 게임을 만들었고, 트루디 두의 인터넷 업체였던 피그스플린의 서비스를 통해 교묘한 속임수를 펼치기도 했다.

내가 국토안보부에 잡혀갈 때쯤, 엑스넷은 이미 낡아가고 있었다. 패러노이드 리눅스는 새로운 보안 문제가 발견되고 타격을 입을 때마다 업데이트가 됐다. 그래서 우리는 거기에 맞춰서 엑스넷 버전을 업데이트하기 위해 많은 일을 해야 했다. 우리는 그 프로젝트의 통제권을 자원활동위원회에 넘겼다. 그들은 그걸 몇 달간 더 운영하다가 패러노이드 리눅스로 다시 돌아가며 프로젝트를 접었다. 패러노이드 리눅스에 토르가 설치된 부팅용 디스크, 파이어폭스의 사생활보호 버전, 피진이라는 채팅 프로그램과 다른 보안 도구들이 막 추가됐을 때였다. 그래서 어떤 컴퓨터든 이걸 설치하고 리부팅하면, 안전하고 단단하게 컴퓨터를 잠글 수 있고, 복잡한 암호 열쇠를 관리할 수 있으며, 다크넷 사이트가 어떻게 작동되는지 이해할 수 있게 된다. 그렇지만 뭐, 대부분의 사람은 관심을 두지 않았다. 아직은 그랬다.

그러므로 다크넷은 엑스넷의 최신 버전이라고 할 수 있다. 인간이 유인원의 최신 버전인 것처럼 말이다. 물론 나는 다크넷을 이용할 수 있다. 하지만 그렇다고 내가 그걸 설명할 수 있을까? 이제 그걸 알아볼 참이다.

"다크넷 사이트는 토르로 운영됩니다."

"토르는 양파 라우터를 줄인 말입니다."

"토르는 여러분의 인터넷 통신을 네트워크 여기저기로 날뛰도록 만드는 도구입니다."

"그렇게 하면 여러분을 추적하거나 검열하는 게 어려워집니다."

"다크넷 사이트는 평범한 웹사이트입니다."

"다만 여러분의 컴퓨터는 그 웹사이트의 주소를 결코 알 수 없습니다."

"다크넷도 여러분의 컴퓨터 주소를 알 수 없습니다."

"다크넷 사이트가 하나 있습니다."

"거기에는 유출된 문서가 80만 개 넘게 있습니다."

"거기에 그 문서를 둔 사람이 누구인지는 아무도 모릅니다."

"그 안에 어떤 게 들어있는지 아무도 모릅니다."

"하지만 수천 개는 목록화되어 있습니다."

"그리고 그 문서들은 지독하게 끔찍합니다."

나는 깊이 숨을 들이쉬었다.

"아마 여러분은 이런 댓글들을 많이 봤을 겁니다."

"문서들은 개소리다."

"주작이다."

"아무것도 없다."

"글쎄요, 여러분이 다크넷을 확인해보면."

"'지성과 감성'에 대한 자료를 잔뜩 볼 수 있을 겁니다." 나는 '지선과 간선'이라고 발음하지 않으려 애썼다.

"Zyz라는 회사가 개발한 상품입니다."

"토론 게시판에 스팸을 뿌리도록 도와줍니다."

"가짜 사람들로요."

"그래서 이제는 온통 그런 가짜 사람들이 넘쳐흐릅니다."

"여러분은 게시판 열폭이라는 이야기를 들어봤을 겁니다."

"자료들에 따르면 Zyz야말로 진정한 악마입니다."

"이 자료가 모두 개소리일까요?"

"전 그런 말이 오히려 더 수상하다고 생각합니다."

손가락 박수가 터져 나왔다. 덕분에 내가 스스로 '다크넷 문서 전문가'라고 폭로하기 직전인 상황에 조금이나마 위안이 되었다.

"다크넷에 접속하는 가장 쉬운 방법이 있습니다."

"토르라는 무료 브라우저를 설치하세요."

"그런 후 est5g5fuenqhqinx.onion에 방문하세요."

"너무 길어서 기억하기 힘들 겁니다."

"다시 말하겠습니다."

군중에서 목소리가 들려왔다. 어나니머스 마스크를 쓴 사람들 중 하나였는데, 마스크 때문에 목소리가 둔하게 들렸다. "저한테 사용방법과 주소를 쓴 유인물이 있어요!"

나는 그 사람을 보며 손을 흔들었다. 그도 내게 손을 흔들었다. 조롱하는 듯 활짝 웃고 있는 그의 마스크와 경쾌한 몸짓이 잘 어울렸다. "저 사람이 주소가 적힌 유인물을 가지고 있답니다." 그가 연극을 하듯 한 다리를 뒤로 빼며 고개를 숙여 공손하게 인사했다.

"저는 여러분이 다크넷 문서를 직접 보시길 바랍니다."

"그리고 여러분 스스로 결론을 내리세요."

"음, 고맙습니다. 그럼." 나는 말을 끝내고 가로등 받침대에서 뛰어내렸다. 내 귀에서 맥박이 뛰는 소리가 요란하게 들렸다. 사람들이 정중하게 박수를 쳤다. 내 예상보다 훨씬 좋은 반응이었다. 내가 사람들을 뒤흔들어서 행진하라고 명령하며 악의 권력에 맞서 싸우라고 한 것 같지는 않았다. 나는 그저 기술적인 조언을 해줬을 뿐이다. 물론 거기에 카메라가 백만 대는 있었고, 그중 일부는 인터넷 생중계를 하고 있었다. 누군가는 그 장면을 유튜브와 여기저기에 올릴 것이다. 사람들 틈에는 머리를 단정하게 자르고 방한 재킷을 입은 샌프란시스코 경찰 셋이 캠코더를 들고 모든 참가자의 얼굴을 확실하게 찍으려 군중 사이로 계속 이동하고 있었다. 특히 도로 시설물 위에 올라서서 지시 내용을 소리치는 사람들을 유심히 찍었다. 나 같은 사람 말이다. 나는 마른침을 삼켰다. 뭐, 어차피 경찰들은 내가 누군지 안다. 그렇지 않나? 나는 예전에도 경찰이 쏜 최루가스를 뒤집어쓰고 잡혔던 적이 있다. 옛날 말처럼, 그 정도면 서로 공식적으로 인사를 나눈 셈이라고 쳐도 될 것이다.

유인물을 든 어나니머스 회원이 다가와 내게 유인물을 한 장 내밀었다. 그리고 나와 악수를 하며 말했다. "만나서 반가워요."

"저도요." 그가 몸을 움직이는 방식과 눈만 보고 판단한 것이긴 하지만, 나와 비슷한 또래 같았다. 그가 내 손에 쥐여준 건 A4 용지를 4분의 1 크기로 거칠게 잘라낸 비스듬한 사각형 모양의 종이였다. 거기에 기본적인 정보는 다 적혀 있었다. 어떤 컴퓨터라도 부팅시킬 수 있는 패러노이드 리눅스의 디스크 이미지를 다운받을 수 있는 주소, 다크넷 문서 주소, 사용방법이 올려져 있는 주소들. 종이는 가이 포크스 마스크와 재미있는 구호들로 자유롭게 꾸며져 있었다. 그리고 패러노이드 리눅스를 다운받는 도중 감청당하지 않은 디스크 이미지를 검증할 수 있는 지문도 적혀 있었다. 잠시 나는 그들이 적어놓은 주소가 틀렸다고 생각했다. 그래서 이 녀석들이 혹시 가짜 뉴스를 조직적으로 배포하는 단체에 소속되어 있으며, 패러노이드 리눅스 지문도 엉터리고, 어쩌면 이용자들의 모든 활동을 훔쳐볼 수 있는 해로운 버전이 아닐까 하는 피해망상적인 몽상을 했다. 그때 내가 주소를 잘못 읽었다는 사실을 깨닫고는 마음을 차분하게 가라앉혀야겠다는 생각이 들었다. "이거 괜찮네요. 이런 일을 해줘서 고마워."

어나니머스 회원이 마스크를 내 쪽으로 기울이며 말했다. "별거 아니에요. 내가 할 수 있는 가장 사소한 일일 뿐이에요. 누군가는 해야 할 일이라고 생각됐어요. 다크넷 문서에 대해 듣자마자 들어가서 보고는 깜짝 놀랐거든요. 그리고 오늘 아침에 그 염병할 '감성과 지성'에 대한 자료들을 보고는, 사람들에게 진실을 알려야 한다는 생각이 들어서, 그걸 적고 복사를 좀 했어요. 요즘엔 그게 제일 나은 방법 같아서요. '복사본을 배포하라.'"

그가 우스꽝스럽게 발음을 해서 내가 웃음을 터트렸다. "박테리아처럼 일하라." 내가 말했다.

"그죠. 박테리아에 이걸 코드화해서 집어넣을 만한 괴짜 생명공학자 어디 없을까요? 그래서 그걸 세균배양 접시에 밤새 놔둬서 수십억 개로 복제시키는 건 어때요?"

"바이럴 마케팅이네요." 내가 말했다.

리엄이 말했다. "박테리아 마케팅이지."

어나니머스가 마스크 뒤에서 웃음을 터트렸다. 나는 마스크가 가렵지 않을지 궁금했다. "여긴 내 친구 리엄이에요. 오늘 이 친구가 날 여기로 데려왔죠." 둘이 악수를 했다. 어나니머스가 리엄의 스카프를 감탄하며 만지작거렸다. 리엄이 스카프를 얼굴 위로 올렸다. 나는 스카프 뒤에서 씩 웃고 있는 리엄이 느껴졌다.

"와." 어나니머스가 말했다.

"그죠, 좋죠?" 리엄이 말했다.

트루디가 뒤에서 다가와 내 어깨에 팔을 걸쳤다. "마커스, 잘 지내는 거 같네." 그녀가 말했다.

"몇 주 동안 제대로 잠을 못 잤고, 지난주에는 코가 부러져서 지금은 거의 '멘붕' 상태예요. 그래도 좋게 봐줘서 고마워요." 내가 말했다.

"내 말이 맞잖아. 정말 바쁘게 사나 보네. 무덤에 들어갈 날만 기다리며 영양관으로 음식물을 주입받는 좀비보다는 훨씬 낫잖아." 그녀가 내 어깨를 잡고 흔들며 말했다.

"어떻게 지내세요?" 회사를 잃은 지 얼마 되지 않은 사람에게 던지기에는 무례한 인사 같았지만, 딱히 다른 말을 찾을 수 없었다. 나는 리엄의 부러움 가득한 눈길을 받고 있었고, 내가 얼마나 멋진 사람인지 충분히 으스대기 전에 트루디 두를 보내고 싶지 않았다.

트루디가 어깨를 으쓱하며 말했다. "열 받아서 엿 같이 지내고 있지. 열 받는 건 좋은 거야. 난 체념하고 평화롭게 지내는 것보다 열 받는 게 더 좋아. 경제는 죄다 망가지고, 엄청나게 돈 많은 부자들이 돈을 다 챙기고, 휴대폰 대기업의 야바위꾼들이 와서 피그스플린을 결딴냈어…. 이런 일 하나하나가 나를 점점 싸움꾼으로 만들고 있어."

트루디가 말하고 있을 때 어나니머스들이 그녀의 주변에 옹기종기 모여들었다. 그들은 트루디가 자신 있게 하는 말을 좋아하는 게 틀림없었다. 나도 그녀처럼 말하고 싶었다.

　나는 다시 피해망상이 몰려왔다. 어쩌면 어나니머스 가면을 쓴 녀석이 내 컴퓨터를 훔쳐보던 놈일지도 모른다는 생각이 들었기 때문이다. 그 남자와 친구들이 바로 그날 밤에 내 워드프로세서에서 유령처럼 논쟁을 펼치던 놈들일지도 모른다. 몇 가지 이유로, 나는 놈들이 수천 킬로미터는 떨어져 있고, 여유 시간이 많은 작은 동네에 사는 사람들이라고 짐작했었다. 하지만 실은 바로 내 이웃일 수도 있었다. 젠장, 어쩌면 내가 놈들을 컴퓨터에서 완전히 쫓아내지 못해서 여전히 나를 지켜보다가, 리엄이 나를 시위대로 끌고 오는 모습을 보고는 여기로 부리나케 몰려왔는지도 모른다.

　이런 식으로 계속 지낼 수는 없었다. 나는 정신을 똑바로 차려야 한다. 내가 밤잠을 제대로 잘 수만 있다면 이 문제는 해결될 것이다. 나는 지난 몇 년간 그런 식으로 생각하다가 깨달았다. 혹시라도 내가 평범한 날을 보낼 수 있다면, 부모님이 돈과 일자리 때문에 넋을 놓지 않아도 되는 날, 내가 평범한 학생이거나 평범한 프로그래머이거나 뭔가 그저 평범한 날….

　다시 '평범'해질 수 있을까? 우리가 시위대에 도착한 뒤로 군중은 늘어나고, 늘어나고, 또 늘어났다. 나도 예전에 샌프란시스코에서 열린 큰 집회에 몇 번 참석했지만, 대개는 집회 신고를 하고 진행요원이 있어서 아주 질서정연하게 진행되었다. 하지만 이 집회는 그런 것 같지 않았다. 점거농성이 커지고 점점 더 많은 사람이 모여들었던 여름에, 나는 사람들이 몰려든다는 게 무슨 의미인지 거의 몰랐다. 하지만 아주 좁은 장소에서 수십만 명이 동시에 이야기할 때처럼, 고통스러울 정도의 함성을 내 귀로 들고 나서야, 내가 그 의미를 까맣게 모르고 있었다는 사실을 깨달았다.

"이럴 수가!" 내가 말했다. 리엄이 활짝 웃더니 주위를 둘러보고, 자기 휴대폰을 내게 보여줬다. 휴대폰에는 누군가 드론으로 생중계하고 있는 동영상이 나오고 있었다. 시위대 위를 날아다니는 드론 중 하나였다. 어떤 드론에는 경찰 표식이 붙어 있고, 언론사 로고가 붙은 드론도 있었다. 그리고 몇몇은 무지개와 구호, 활짝 웃는 해골 등으로 훨씬 다채로운 색을 띠고 있었다. 하지만 대부분은 으스스하게 아무 표시도 없었다. 그런 드론은 어디 소속인지 알 수 없었다. 리엄이 휴대폰으로 생중계를 보고 있는 드론은 군중 위에서 느긋하게 8자 모양을 그리며 돌고 있었는데, 다시 보니 시위 군중은 그로브 가에서 골든게이트 대로까지 뻗어 있었다. 그리고 골목길마다 집에서 만든 피켓을 든 사람들이 모여들고 있었다.

리엄은 거의 춤을 추듯 움직이면서 휴대폰의 화면을 트루디 두, 어나니머스, 그리고 가만히 서 있는 사람들에게 보여줬다. 그러는 사이 나는 공황증세와 싸우고 있었다. 예전에 나는 난데없이 거대한 군중 속에 파묻혔던 적이 있었다. 공습경보가 울려 퍼질 때 수천 명의 사람이 끊임없이 파월 역으로 몰려갔다. 군중이 너무 빽빽하게 밀집해서 마치 생물처럼 움직였다. 보아뱀이 나를 옭아매고, 거대한 수레를 끄는 말이 나를 죽도록 짓밟는 느낌이었다. 군중 속의 누군가 대릴을 칼로 찔렀다. 납득이 안 되는 '묻지마 폭력'이 도대체 왜 일어난 건지 궁금해하며 밤을 새운 날이 많았다. 그 사람은 그냥 자제력을 잃어버렸던 걸까? 아니면 벌을 받지 않고 낯선 사람을 칼로 찌를 기회가 생길 날을 은밀히 기다리고 있던 걸까?

군중들이 조금씩 늘어가며 한 번에 1밀리미터씩 사방에서 나를 압박해왔다. 군중은 멈추지 않고 매 순간 가깝게 다가오며 늘어갔다. 나는 뒤로 물러나려다 누군가의 발을 밟았다. "죄송합니다." 내가 말했다. 하지만 그 말은 새된 비명이 되어 입에서 튀어나왔다.

"음, 리엄." 내가 리엄의 팔을 잡으며 말했다.

"무슨 일이야?"

"리엄, 내 상태가 별로 안 좋은데, 지금 가면 안 될까? 난 사무실로 돌아가고 싶어. 감옥에 끌려가면 사무실로 돌아갈 수가 없잖아." 우리가 깔려 죽어도 못 가겠지.

"괜찮아. 걱정하지 마." 리엄이 말했다.

"리엄, 나는 갈래. 선거운동본부에서 봐." 내가 말했다.

"잠깐만." 리엄이 나를 붙잡았다. "나도 갈게." 그리고 곧, "잠깐만, 젠장."

"왜?"

"주전자야."

나는 속에서 덩어리가 울컥 올라와 구토가 나려고 해서 입안을 깨물고 마른침을 삼키며 억지로 눌렀다. '주전자'는 방패와 방독면, 곤봉, 헬멧을 장착한 경찰이 시위대를 포위한 뒤 압박해서 시위대의 공간을 줄이고 밀어붙여서 봉지 속의 얼린 콩처럼 만들어버리는 진압방식이다. 앉거나 누울 수 없고, 음식이나 물도 안 주고, 화장실도 못 가게 할 때도 많았다. 아이와 환자, 임산부, 노인, 일터로 돌아가야 하는 사람들 수만 명이 여기에 있었다. 몇 가지 이유로 주전자는 빈틈없이 봉쇄된다. 경찰이 사람들을 조금씩 내보내거나 들여보내기로 결정할 때까지는 아무도 들어가거나 나갈 수 없다. 누구라도 빠져나가려는 사람은 흉악범으로 취급되었다. 그래서 시위대에게 '주전자'는 환자용 들것, 부상당한 머리에서 흘러내리는 피, 최루액으로 벌겋게 된 눈동자, 최루가스와 부상 때문에 일어난 경련과 같은 의미가 되었다.

"리엄, 여기서 당장 빠져나가야 해." 내가 말했다. 리엄의 휴대폰 화면을 보니, Zyz의 용병이나 밀리터리 '덕후'들이 좋아할 것 같은 헬멧과 방패 같은 전술 도구로 감싼 샌프란시스코 경찰의 포위선이 보였다. "경찰이 포위선을 더 좁히기 전에."

놀랍게도 리엄이 미소를 지으며 노래를 부르기 시작했다. "폴리가 주전자를 올려놓자, 수키가 다시 내려버렸네." 리엄이 휴대폰 화면을 손가락으로 훑으며 말했다. "이거 몰라?" 리엄이 어리둥절한 표정을 짓고 있는 나를 쳐다봤다.

"뭐가?"

"수키 말이야. '폴리가 주전자를 올려놓자, 수키가 다시 내려버렸네.' 몰라? 동요잖아. 다들 아는 노래인 줄 알았는데."

"나는 그 동요 몰라, 리엄, 지금 그게 왜 중요한데?" 나는 리엄의 머리를 물어뜯고 싶은 충동을 억지로 참으며 말했다. 경찰에게 압박당하면서 그렇게 신난 얼굴을 하는 사람이 어디 있냐고.

"수키*는 오픈 소스 정보 앱이야. 이건 시위대에 있는 사람들과 드론, 웹캠, 문자 같은 것들에서 정보를 모아 지도 위에 표시해줘. 그래서 아직 열려있는 경로를 쉽게 찾을 수 있어. 이렇게 큰 공간에서 모든 골목과 도로를 동시에 봉쇄할 수는 없는 법이니까."

---

* 수키(Sukey)는 2011년 1월 영국 대학생들이 등록금 인상에 반대하며 시위할 때 경찰의 토끼몰이 전술을 무력화하려고 개발했던 실제 앱이다.

리엄이 내게 휴대폰을 내밀었다. 나는 화면을 뚫어지게 쳐다봤다. 신경질적이고 두꺼운 빨간 선은 경찰을 의미했고, 증원 부대가 도착하는 방향이 화살표로 표시되었다. 도망칠 수 있는 경로는 가느다란 녹색 선으로 표시되었다.

"점선은 미확인 정보고, 실선은 확인된 정보야. 하지만 실선도 주기적인 새로운 정보로 확인되지 않으면 점선으로 바뀌어. 이쪽이 좋을 것 같아." 리엄이 시청 건물 두 개 사이에 있는 인도를 가리켰다. 도로를 따라 몇 백 미터만 내려가면 된다.

"그건 미확인 정보잖아. 이쪽은 어때? 이건 확인된 정보고 훨씬 가까워." 내가 말했다.

리엄이 고개를 저었다. "그렇긴 한데, 미확인 정보를 누군가는 확인해줘야 해. 혹시라도 이 실선이 막히면, 이것 봐, 그쪽을 지나서 새로 확인된 경로가 생겼다. 시위대를 위해서 우리가 이 점선을 확인하는 역할을 하자."

"난 그냥 가고 싶어, 리엄." 내가 말했다.

리엄이 몹시 실망스러운 눈으로 나를 쳐다봤다. 난 리엄의 눈길에 사로잡히고, 둘러싼 사람들의 몸뚱이에 짓눌려서 말 그대로 꼼짝도 할 수 없었다. 어나니머스가 가로등 받침대 위로 올라갔지만, 활짝 웃는 마스크에 가려 표정을 읽을 수가 없었다. 트루디는 군중 속으로 들어가서 더 이상 보이지 않았다. 하지만 난 그녀가 어나니머스와 리엄, 전체 군중들과 함께 나를 지켜보고 있을 것 같은 느낌이 들었다. 다 함께 '마이키'가 주눅이 든 모습을 지켜보고 있을 것이다. 사람들이 벌써 트윗에 올렸을 것이다.

"그래. 수키 경로를 확인하러 가자." 내가 말했다.

리엄이 어정쩡하게 웃었고, 우리는 출발했다. 마치 당밀을 헤치며 걸어가는 느낌이었다. 흥겹게 노래 부르고 토론하는 사람들도 많았지만, 멀리서 외치는 소리도 들려왔다. 어쩌면 비명이었을지도 모른다. 나는 사방에서 누르는 사람들을 조금씩 통과하면서 몸이 떨리기 시작했다. 하지만 수키가 맞았다. 경찰이 막지 않은 작은 통로가 있어서 사람들이 거기를 통해 들락거렸다. 우리도 사람들을 따라 한 줄로 걸어갔다. 그리고 통로의 끝에 다다르자 리엄이 휴대폰 화면을 두드려 그 경로를 인증했다. "임무 완료." 리엄이 말했다. 우리는 마켓 가를 향해 갔다. 내가 리엄에게 스카프를 벗으라고 했다. 우리는 수많은 경찰을 지나쳤다. 가만히 서 있는 경찰도 있었고 시위대를 향해 출동하는 경찰도 있었다. 시위대 역시 많았다. 경찰은 시위대 중 일부를 세워서 몸과 가방을 수색했다. 플라스틱 수갑을 차고 있는 우리 또래의 여자애들도 지나쳤다. 한 명은 화가 난 얼굴로, 다른 한 명은 곧이라도 눈물을 쏟을 것 같은 얼굴로 경찰차로 끌려가고 있었다. 우리는 서둘러 지나쳤다.

우리는 지하철역으로 내려가서 지하철을 타고 어색한 침묵을 유지했다. 사방에서 감시당하고 있다는 압박감이 몰려왔다.

우리가 미션 가로 올라왔을 때 리엄이 말했다. "그렇게 많은 사람이 올 줄은 생각도 못 했어."

"그러게."

"마치 다른 사람들이 나오기 전까지는 다들 나오기 싫어하는 것 같다가, 일단 모든 사람이 나오기 시작하면 다른 사람들도 다 나오는 것 같아."

우리 사이에 말하지 않은 질문 하나가 걸려 있었다. '그렇다면 지

금 우리는 왜 시위대를 떠난 걸까?'

나는 책상에 앉아서 업무를 보면서, 일과 뉴스와 생중계 동영상과 거대한 시위에서 쏟아져 나온 트윗들을 오락가락했다. 수키에 따르면, 사람들은 지금도 주전자에서 빠져나오고 있었지만, 위에서 찍은 동영상으로 볼 때 시위에 참여하러 들어가는 사람이 떠나는 사람보다 많았다. 드론으로 찍은 영상들은 마치 거대한 록 콘서트 현장 같았다. 앤지가 수업을 마친 뒤 문자를 보내서, 주전자 바깥에 모여 경찰의 포위선을 멍청한 짓으로 만들어버리는 '위성 시위대' 중 한 곳으로 가고 있다고 했다. 나중에 졸루와 대릴과 버네사도 시위대 여기저기에 흩어져 있다는 사실을 알게 됐다. 나는 돌아가지 않았다. 잠들기 직전에 휴대폰을 들고, 주전자가 풀려서 시위대 대부분이 귀가했다는 사실을 확인했다. 6백 명이 넘는 사람들이 연행되었고, 수십 명이 부상해서 병원에 실려 갔다. 나는 잠자리에 들었다.

12

다음 날 아침 나는 알람이 울리기 전에 벌떡 일어나 침대를 빠져나와 욕실로 갔다. 오늘 처리해야 할 일 때문에 마음이 약간 조급했다. 냄새 검사를 통과한(거의 안 났다) 티셔츠를 입었다. 어제 신었던 양말은 다시 신어도 될 것 같았다. 시리얼을 후루룩 마시려고 입을 벌리고 그릇을 기울이다가 엄마 자리의 식탁 위에 두툼한 신문이 눈에 들어왔다. 호텔 방에 있는 성경책처럼 두툼한 〈샌프란시스코 크로니클〉이었는데, 토요일 아침마다 우리 현관 앞으로 쿵 하고 날아왔다.

'토요일' 아침마다! 나는 반쯤 게걸스럽게 먹어치운 시리얼을 내려놓고, 식탁 의자에 털썩 앉았다. 내 몸의 아드레날린이 슈우욱 빠져나가는 소리가 들리는 것 같았다.

5분 후에도 나는 그 자리에 앉아 주말에 뭘 하면 좋을지 숙고하고 있었다. 나에게 진짜 주말의 마지막은 고등학교 때였는데, 그때조차도 숙제하느라 보냈었다. 난 근사한 주말 '아점'을 만들기로 마음먹었다. 엄마와 아빠를 위해서 뭔가를 만들어야지. 그리고 평소 드시는 시답잖은 커피 말고, 작은 에어로프레스로 제대로 된 커피를 우려낼 생각이다. 그 뒤에 난 느긋하게 샤워를 하고, 방을 청소하고, 세탁기로 빨래를 돌리고, 노이즈브릿지에 슬렁슬렁 걸어가서 '비밀 프로젝트 X-1'에 묻은 먼지를 털어내고, 내년 버닝맨 준비를 위해 3D 프린터를 고칠 것이다.

기분전환을 위해 내가 생각해낼 수 있는 최고의 계획이었다. 나는 팬케이크로 아주 괴상한 3D 피규어를 만들었다. 〈스타워즈〉의 거대 로봇 '에이티에이티 워커'였다. 그리고 '찬란한' 커피를 만들었다(엄마의 평가를 그대로 옮긴 것이다). 부모님은 내가 방 청소를 하자 예상대로 놀라워했다. 노트북을 가방에 집어넣고 자전거에 올라탈 때쯤엔, 내가 잃어버렸던 '평범한 생활'을 어느 정도 찾은 것 같다는 기분이 들었다.

10시 반에 노이즈브릿지에 도착했을 때는 사람들이 그다지 많지 않았다. 내 선반으로 가서 물품 상자를 꺼냈는데, 버닝맨에서 가져온 온갖 잡동사니에서 플라야 먼지가 풀풀 일었다. 나는 빈 작업대를 찾고, 옆의 작업대에서 어린 여동생에게 납땜 방법을 가르쳐주고 있는 머리를 박박 깎은 여자애와 고갯짓으로 인사를 나눴다. 나는 압축공기 캔과 부드러운 천으로 먼지를 날려 보내며 3D 프린터와 다시 씨름할 준비를 했다. 나는 살짝 백일몽에 잠겼다가 클럽마테를 마시며 정신을 차렸다. 클럽마테는 전 세계 해커스페이스의 공식 음료나 다름없는데, 카페인과 마테 차 추출물을 가미한 독일의 달콤한 탄산음료로 제트연료 수준의 각성제였다.

난 프린터 청소를 끝낸 뒤 다목적 계량기를 들고 X-1의 회로들을 점검하기 시작했다. 전원공급장치부터 시스템 전체를 점검했다. 어느 정도 점검을 진행했을 때 문제를 발견한 듯싶었다. 스테퍼 모터(stepper motor)를 거꾸로 끼워 넣은 것 같았다. 그래서 '제기랄, 그 모든 문제가 이것 때문이었다면, 난 진짜 젠장할 쪼다가 된 기분이 들 거야'라고 생각하며, 노트북을 꺼내 내가 맞았는지 확인해보려고 설계도를 찾았다.

당연한 일이지만, 내 옆의 작업대에 노트북을 펼쳐놓으니, 이메일을 슬쩍 쳐다보지 않을 도리가 없었다. 노트북을 쳐다보면서 메일을 확인하지 않는 건 부엌의 찬장에 가서 쿠키를 집어 들지 않는 것과 마찬가지라고 할 수 있다.

수신: marcusyallow@pirateparty.se
발신: 유출된 유출꾼
제목: 캐리 존스톤 d0x
네 맘대로 이용해

메일에는 문장부호와 글자로 그림을 그리는 아스키(ASCII) 아트로 가이 포크스 가면 그림이 서명으로 달려 있었고, 엄청나게 큰 ZIP 파일이 첨부되었다.

난 그 파일이 뭔지 알 것 같았다. 캐리 존스톤에 대한 온갖 사실과 공상, 그리고 그 여자가 무엇을 하려고 했었는지에 대한 자료들일 것이다. 나도 예전에 해킹으로 유출된 개인정보를 본 적이 있었는데, 초등학교 2학년부터의 성적표와 소아과 기록까지 온갖 정보가 들어있었다. 일단 해커들이 개인정보를 파헤치기 시작하면 한계라는 게 없다.

나는 노트북의 덮개를 닫고 눈을 감았다.

　내 안에서는 그 파일 안에 들어있는 문서들을 보고 싶지 않은 마음이 더 컸다. 내게는 지금도 비밀문서가 넘쳐흐른다. 그리고 나는 그 문서들이 절대적이고 완벽하게 캐리 존스톤의 사생활을 침해했으리라는 사실을 안다. 캐리 존스톤이 내게 바로 그런 짓을 저질렀었다. 그리고 내 노트북을 해킹했던 찌질이들이 저질렀던 일이다. 어딘가에서 누군가는 제목에 '마커스 얄로우 d0x'라고 적힌 메일을 쳐다보고 있을지도 모른다.

　나는 결국 내가 그 파일을 열어보게 되리라는 사실도 안다. 물론 그럴 것이다. 누군들 그러지 않겠나? 캐리 존스톤은 납치, 고문, 살인을 저지른 괴물이다. 전쟁범죄자고, 힘을 과시하기 좋아하는 용병이고, 더러운 인간이자, 그 더러운 인간들의 지휘관이다. 존스톤은 나를 사냥하기도 했었다. 그 일은 절대로 잊지 않기로 하자. 이제 파일들이 밖으로 유출됐으니, Zyz가 다시 돌아오지 않을까? 언제쯤 티미와 얼간이를 다시 만나게 될까? 이번에는 샌프란시스코만의 바닥에서 삶을 마감하게 될까?

　나는 그 파일을 열어야만 했다. 이건 정당방위다. 사실 존스톤이 나를 사설 고문실로 끌고 가지 않은 건 오로지 내가 이런 서류를 이미 충분히 봤고, 내가 사라지면 자동으로 복제본을 뿌려버릴 준비가 되어 있을 거라고 존스톤이 짐작했기 때문이었다. 캐리 존스톤 같은 사람들은 항상 다른 사람들도 자신들과 비슷하다고 생각한다. 나 같은 사람들하고는 다르다. 나 같은 사람들은 좋은 사람들이다. 우리에게는 다른 사람들의 더러운 치부를 읽을 권리가 있다. 특히 나쁜 인간들에 대해서는 말이다.

나는 진짜 소심한 겁쟁이였다.

압축파일을 풀어서 문서들을 훑어보기 시작했다.

누구라도 그렇게 했을 것이다.

"마커스?" 영원 같은 시간이 지난 후 목소리가 들렸다. 버닝맨에서 나와 앤지를 태워다준 노이즈브릿지 회원 레미였다. 그는 과거에 펑크족이었던 40대로, 귀걸이들을 늘어뜨리고 팔에는 위아래로 흐릿한 문신이 있었다. 레미는 기계공작실의 달인이라서, 크고 빠르고 치명적인 뭔가에 대해 궁금해질 때면 나는 언제나 그에게 먼저 물어봤다. 나는 레미가 작은 전자 장비를 만지작거리는 일을, 거대한 쇳조각을 정밀기계로 다듬는 일처럼 진지한 활동이라고 보지 않고 그저 귀여운 장난이나 우스갯쯤으로 여길 거라고 항상 생각했다.

레미가 조금 전부터 말을 걸었던 모양인데, 나는 그의 말을 듣지 못했다.

"미안해요, 정신을 놓고 읽느라…." 내가 말했다.

레미가 미소를 지었다. "이봐, 드론 몇 대를 챙겨서 다른 사람들과 큰 집회에 갈까 하는데, 함께 가서 같이 어울릴래?"

"큰 집회가 있어요?"

레미가 웃으며 말했다. "이봐, 쉬엄쉬엄 쉬면서 해. 어제 큰 집회가 있었던 건 알고 있지? 글쎄, 어제 참여했던 사람들이 친구들까지 다 데리고 다시 모이는 모양이야. 시내가 봉쇄됐어. 나한테 쿼드콥터 드론이 몇 대 있는데, 그걸로 죽여주는 장면을 찍을 수 있을 거야. 모든 드론에 무선랜 중계기를 장착해놨으니까, 4G 회선을 잡아서 시위대에게 무료 인터넷을 공급해줘도 좋을 거야. 그리고 드론 세대에는 소프트웨어 정의 무전기도 설치했어. 그걸 이용하면 경찰과 응급구조대의 위치를 삼각 측량으로 알아낼 수 있을 거야. 덜떨이진 경찰들이 무전으로 잡담을 나누는 소리를 엿들으면 재미있을 것 같아서 설치해뒀거든. 그런데 너도 알다시피, 내가 그다지 좋은 프로그래머는 아니잖아. 그래서 첫 비행을 시도하는 동안 드론의 프로그램 오류를 수정하는 일을 도와줄 지원팀이 있으면 좋겠다는 생각이 들었어."

레미는 드론 '덕후'이기도 했다. 그렇지만 내 생각에 레미는 무인 자동탱크나 오프로드 사륜오토바이처럼 번쩍거리고 묵직한 것들을 더 좋아할 것 같았다. 나는 노트북 모니터를 쳐다봤다. 모니터에는 캐리 존스톤에 대해 그동안 내가 알고 싶었던 모든 사항보다 더 많은 자료가 담겨 있었다.

나는 모니터에서 눈을 뗄 수 없었지만, 계속 그것만 쳐다보며 시간을 보내고 싶지는 않았다.

"가죠." 난 노트북을 덮고 가방에 집어넣었다. "아저씨가 프로그램엔 젬병이잖아요."

"그렇지." 레미가 신이 나서 말했다. "프로그램은 너무 시시콜콜 까다로워. 난 큰 그림을 좋아하는 사람이거든."

레미가 운전을 자청했다. 시위대에서 3킬로미터 떨어진 장소에서 쿼드콥터 드론 네 대를 싣고 가는 건 쉬운 일이 아니었다. 그래도 완전히 얼어붙은 교통체증을 뚫고 곧장 시위대를 향해 나가는 것보다는 이렇게 기어가는 게 그나마 시간을 적게 들일 것 같았다. 나는 이동하는 동안 레미의 제어 소프트웨어를 살펴봤다. 소프트웨어는 대부분 드론을 조종하고 무전기를 구동시키는 시스템이었는데, 내게 익숙한 표준 라이브러리들로 이루어져 있었다.

소프트웨어 정의 무전기(Software-Defined Radio, SDR)는 소리소문없이 나타나 전 세계에서 유행하는 물건이었다. 구식 무전기는 전자시계와 마찬가지로 작은 수정 진동자로 작동되었다. 수정은 제조될 때 결정된 진동수로 진동했다. 수정을 선택하고 회로에 집어넣으면 무전기가 작동했다. 수정의 진동 주파수 대역 안에서는 어떤 신호라도 주파수를 맞출 수 있었다. GPS 위성에 맞춰서 작동하는 무전기도 있고, CDMA 휴대폰 신호에 맞출 수도 있고, FM 라디오에 맞출 수도 있다.

하지만 소프트웨어 정의 무전기는 프로그램이 가능한 무전기였다. 수정 대신 아날로그-디지털 고속 변환기를 사용한다. 변환기는 전자 눈으로 빛의 패턴을 읽거나, 소리의 패턴을 마이크로 읽는 감지기로 아날로그 신호를 받아서 0과 1로 변환시켜 주는 작은 전자장치이다. 그 변환기를 무전기 안테나에 연결해서 듣고 싶은 무전 주파수 대역에 맞추면, 표준 프로그램이 수신되는 신호를 알아들을 수 있도록 만들어준다.

즉, 하나의 무전기로 지금까지 발명된 모든 항공 무전, 경찰 무전, 일반인용 무선 통신, 아날로그 TV, 디지털 TV, AM 라디오, FM 라디오, 위성 라디오, GPS, 갓난아기 관찰 카메라, 무선랜, 휴대폰을 들을 수 있다. 변환기가 충분히 빠르고 안테나가 충분히 크고 소프트웨어가 충분히 똑똑하면 동시에 들을 수도 있다. 자동차로 치면 컴퓨터에 다른 프로그램을 띄우는 것만으로 자전거나 점보 제트기, 체펠린 비행선, 원양 여객선, 오토바이로 변하는 것과 같은 급이다. 정말로 끝내주는 물건이다.

레미는 뉴욕에 있는 오픈 소스 하드웨어 회사인 아다프루트(Ada-fruit)에서 구입한 무전기를 드론에 달았다. 아다프루트는 전자제품을 취향에 따라 개조할 수 있도록 소스코드와 설계도, 완벽한 안내서를 함께 팔았다. 노이즈브릿지에 있는 모든 사람이 아나프루트의 소프트웨어 정의 무전기와 다른 제품들을 아주 좋아했다. 전 세계에서 해커와 땜장이 수천 명이 아다프루트의 소프트웨어 정의 라디오를 가지고 작업하고 있어서, 아주 깔끔하고 검증이 잘된 프로그램이 많았다.

나는 조수석에 앉아 그 일에 푹 빠져서, 레미가 시위대에 가까운 장소를 찾기 위해 차를 멈췄다가 출발시키고 모서리를 돌며 흔들리는 것조차 거의 느끼지 못했다.

"박사님, 검사 결과는 어떻게 나왔나요?" 레미가 사이드 브레이크를 잡으며 물었다. "제 프로그램이 목숨을 보전할 수 있을까요?"

내가 어깨를 으쓱하며 말했다. "괜찮을 것 같아요. 제 생각엔 사용지침서에서 예제 프로그램들을 복사해 붙이고, 마지막에 각 모듈을 묶는 코드를 두어 줄을 써넣은 것 같은데, 맞나요?"

레미가 씩 웃었다. "응. '즉석 케이크 반죽'을 사다가 케이크를 만드는 것처럼 프로그램을 짰어. 즉석 케이크 반죽을 그릇에 붓고, 계란을 추가하고, 물을 붓고, 저어서, 오븐에 넣었지. 썩 훌륭한 케이크는 아니지만, 그래도 케이크잖아."

"그렇군요. 그러면 케이크가 제대로 완성이 되었을지 한 번 보죠."

나는 차에서 내렸다. 차가 가파른 언덕의 오르막길에 주차되어 있어서 내리는 일도 쉽지 않았다. 난 처음엔 어느 동네인지 몰랐다가, 어딘지 깨닫고는 놀랐다. "놉힐의 반대편이에요?"

"응. 내가 시위대에 다가갈 수 있는 가장 가까운 장소가 여기였어. 시위대가 엄청나게 많아졌거든."

"그래도, 잘은 모르겠지만, 1.5킬로미터는 떨어져 있지 않아요?"

"아, 그보다는 가까울 거야. 게다가 내가 알기론 시위대가 계속 커지고 있어. 해가 지기 전에 여기까지 닿을지도 몰라. 뭔가 일이 터졌나 봐. 사람들이 엄청 열 받았어. 나는 여기에 80년대부터 살았지만 이렇게 큰 규모의 시위는 처음 봐."

레미가 트렁크를 뒤지더니 쿼드콥터 드론들을 꺼냈다. 가볍고 탄력적인 플라스틱으로 만들어진 X형 드론으로, X자의 가지 끝마다 헬리콥터 날개가 달렸다. 가운데의 둥그런 동체에 배터리와 전자장비, 무전기, 제어시스템이 들어있었다. 배터리를 빼면 드론은 5백 그램이 채 되지 않았다. 하지만 배터리를 장착하면 무게가 두 배로 뛰었다. 레미가 내게 드론 두 대를 내밀었다. 나는 한 손에 하나씩 들고, 뭔가를 구부리거나 렌즈 덮개를 더럽히지 않으려고 노력하면서, 중앙의 둥근 부분에 있는 감지기들과 안테나를 피해 손가락으로 잡았다.

그때 레미가 드론 한 대를 더 건넸다. 그는 내가 조심하는 수준보다 훨씬 거칠게 다뤘다. 하긴 부서지더라도 레미의 드론이지. 나는 그 드론을 엉거주춤 옆구리에 끼웠다. 레미는 남은 한 대를 손바닥 위에 올리고, 다른 손 엄지손가락으로 휴대폰을 만지작거렸다. 날개 네 개가 잠자리 소리를 내며 윙윙거리더니, 손바닥 위에서 두어 번 들썩이다가 하늘 위로 곧장 날아올랐다. 수직 상승 속도가 너무 빨라서 영화의 특수효과처럼 드론이 그냥 사라져버린 것 같았다.

레미가 마지막에 줬던 드론을 다시 가져갔다. 그리고 휴대폰을 내게 보여줬는데, 드론의 밑에 달린 카메라로 찍은 영상이 나왔다. 점점 멀어지는 풍경의 한가운데에 우리의 머리 꼭대기가 있었다. 드론이 공기를 낚아채며 하늘로 치솟아 오르자 우리 머리는 두 개의 작은 점으로 바뀌었다.

"음, 잘 작동하네. 우리가 시위대에 가까워지면 살짝 위에서 찍은 영상이 도움이 될 거야. 자, 이제 난 인터넷 생방송을 시작할 거야." 레미가 엄지손가락으로 버튼 몇 개를 눌렀다.

"좋네요." 내가 말했다. 내가 과학기술을 사랑하는 이유가 바로 이런 거다. 기술은 개인에게 자연의 힘을 부여해준다. 우리는 하늘에 누구나 볼 수 있는 눈을 띄웠다. "어디에 연결된 거예요?"

"내가 생중계를 시작하면 자동으로 트위터의 내 계정으로 주소가 날아가. 내 계정 팔로우했어?"

"네." 내가 말했다. 나는 휴대폰을 꺼내서 트위터를 띄우고, 링크가 달린 트윗을 찾아서 리트윗하면서 덧붙였다. '드론을 가지고 샌프란시스코 점거 시위 가는 중. 항공 동영상 여기.'

우리는 높힐 꼭대기까지 오르막을 힘겹게 걸어서 올라갔다. 드론은 전선이나 나무에 부딪히지 않도록 높게 올라가 30미터 상공에 떠 있었다. 레미의 휴대폰 화면으로 봤더니 시위대의 끄트머리가 살짝 보였다. 사람들이 계속 모여들고 있었다. 조금 더 접근하자 작은 점 같은 사람들의 머리가 거의 정지된 것처럼 보였지만, 오렌지 상자 속의 오렌지들처럼 빽빽하게 모여서 조금씩 빠르게 움직이고 있었다.

"말도 안 돼." 내 숨이 멎었다. 드론이 더 높이 올라가며 시위대의 규모를 보여줬는데, 펠 가에서 마켓 가까지 꽉 차있었고, 다른 거리로도 넘쳐흘러서 블록마다 사람들로 가득했다.

"젠장, 굉장하네." 레미가 동의했다. "낮게 날려볼까?"

"여기서도 그게 되나요?"

"그럼. 그렇게 하면 드론이 무선 범위에서 벗어나겠지만, 그래도 생중계는 계속할 수 있어. 그리고 소프트웨어를 점검해볼 수 있지. 그게 제대로 작동하는지 말이야." 레미는 휴대폰 화면으로 비행 유형을 선택하고, 손가락 끝으로 군중의 머리 위로 지그재그 선을 그리더니, '시작' 버튼을 눌렀다. 우리의 머리 위에 있던 드론이 군중을 향해 재빨리 날아갔다. 계속 같은 높이로 날아가다가 서서히 고도를 낮추더니 지표면에서 약 5미터 높이까지 내려갔다.

그 높이가 되자 군중 속에 있는 각각의 사람들 얼굴을 알아볼 수 있고, 팻말의 구호도 읽을 수 있었다. 그때 설정한 비행경로가 시작되면서 잠시 시점이 어지럽게 흔들리더니, 수학적으로 정확하게 지그재그를 그리며 날기 시작했다. 때때로 돌풍에 잡혀 흔들리기도 했다. 우리는 걸음을 멈추고 잠시 중계 화면을 살펴봤다. 내가 휴대폰 화면을 쳐다보다 소리쳤다. "조심해요!" MSNBC 로고로 뒤덮인 드론과 거의 충돌할 뻔했다. 그 드론에 자동 충돌 회피 장치가 있거나 솜씨 좋은 운영자가 가까이 있는 모양인지, 드론이 급격하게 방향을 틀어서 아슬아슬하게 공중 충돌을 피했다.

"음, 레미 아저씨, 드론이 충돌하면 어떻게 되죠? 그게, 그러니까, 누군가를 곤죽으로 만들고 싶지는 않아서요."

"글쎄, 그래, 나도 그런 상황은 바라지 않아. 이론적으론, 날개가 두 개만 살아있어도 양력이 충분해서 천천히 하강할 거야. 그리고 비상 착륙을 시작하면 소리가 크게 나니까 사람들이 피하는 데에 도움이 될 거야."

"사람들이 그 소음을 듣지 못할 수도 있잖아요."

"그렇지, 뭐, 그런 게 대도시의 삶이지."

나는 그 말에 동의할 수 없었다. 드론이 누군가의 머리로 추락하는 일은 진짜 정말로 엿 같은 일이다. 한편, 그런 일이 일어날 수도 있다는 사실을 알게 되자 생중계를 지켜보는 게 극도로 위험하게 느껴졌고, 더욱 눈을 뗄 수 없게 만들었다. 하지만 빠른 속도에 스쳐 지나가는 수십만 명의 얼굴을 지켜보는 것만으로도 동영상은 이미 충분히 눈길을 사로잡을 만했다.

"저기로 내려가자." 레미가 말했다. 나도 동의했다.

시위대의 소리는 어제보다도 컸다. 스피커를 무더기로 쌓아놓은 것 같은 함성이, 주변에 길을 찾아 빵빵 울려대는 자동차 경적 소리를 넘어 두 블록 떨어진 곳까지 들려왔다. 인도에는 사람들이 꽉 차있어서 걷기가 힘들었다. 그래서 우리는 꼼짝 못 하는 차들 사이로 요리조리 가고 있는 수백 명의 사람들에 합류했다. 자전거와 오토바이도 차와 사람들을 이리저리 피하며 같은 식으로 나아가고 있었다. 우리는 곧 거의 움직이지 못하는 신세가 됐다. 주변에 꼼짝 못 하는 차들이 있긴 했지만, 이제 시위대 안으로 들어왔다는 사실을 깨달았다. 옆에 있는 승용차를 들여다봤더니 괴로운 표정을 짓고 있는 여성이 있었는데, 뒷좌석에 앉은 어린아이 둘이 난리를 치다가 한 아이가 다른 아이를 장난감 차로 때리는 바람에 둘 다 빽빽 울며 입을 벌리고 있는 모습이 닫힌 창문 너머로 보였다.

나는 체념하고 지쳐 보이는 운전사와 눈이 마주쳤다. 주변에 꼼짝 못 하고 차에 갇힌 사람들이 걱정됐다. 집에 가고 싶은 사람들, 아이들에게 밥을 챙겨줘야 하거나 출근해야 하는 사람들, 여기 잡혀 있거나 늦어서는 안 되는 사람들, 병원이나 공항에 가야 하는 사람들. 나는 교통정리를 해서 꼼짝 못 하는 사람들을 풀어주고 차를 돌려 시위대에서 빠져나가 다시 움직일 수 있도록 만들어주고 싶다는 몽상에 잠깐 잠겼지만, 내겐 그렇게 해줄 방법이 없었다. 나중에 뉴스를 보고는 다른 사람들이 바로 그렇게 했다는 사실을 알게 됐다. 시위에 참여한 사람들이 도움을 줘서 가능했다. 그러자 난 동료 시민들이 자랑스러워지면서, 동시에 나 스스로 용기를 내서 시도해보지 않은 사실이 부끄러워졌다.

이제 우리는 사람들의 귀에 "실례합니다"라고 소리치지 않고서는 한 걸음도 움직일 수 없었다. 그 사람들도 다른 사람들의 귀에 대고 같은 소리를 하고 있었다.

"믿기지 않네요." 내가 말했다.

"정말 놀랍지 않아?" 레미가 활짝 웃으며 말했다.

갑자기 세상이 뒤집힌 느낌이었다. 정말 놀라웠다. 수십만, 어쩌면 수백만의 내 이웃과 친구들이 샌프란시스코를 접수했다. 내가 열 받은 일과 똑같은 일에 열 받았기 때문이다. 이들은 자신의 생활과 자유를 걸고 집회에 나왔다. 세상이 엉망진창이니까! 다크넷 문서 때문만이 아니다. 학자금대출을 더 엉망으로 만들려고 거래하는 로비 때문만이 아니다. 압류당하는 집과 사라지는 일자리 때문만이 아니다. 지구적 황폐화와 지구온난화 때문만이 아니다. 우리나라가 떠받쳐주는 외국의 독재자 때문만이 아니다. 우리가 집에서 소비해주고 있는 사설 교도소 산업 때문만이 아니다.

그 모든 문제 때문이었다. 끔찍한 일들이 일어나고 있는데, 그 문제들을 해결할 사람이 아무도 없는 것처럼 보였기 때문이다. 문제를 해결할 사람은 우리의 정치 지도자도 아니고, 우리의 경찰도 아니고, 우리의 군대도 아니고, 우리의 기업도 아니었다. 사실 오랜 시간 동안 우리가 중지시키고 싶었던 그런 짓들을 해왔던 사람들이 바로 정치인이고, 경찰이고, 군인이고, 기업들이었다. 그리고 그들은 이렇게 말해왔다. "우리도 이런 일은 싫어, 하지만 누군가는 해야 하잖아. 안 그래?"

그래서 여기, 우리 도시의 시민이 거의 다 모였다. "틀렸어!"라고 말하기 위해. "그만해!"라고 말하기 위해. "때려치워!"라고 말하기 위해. 워낙 복잡한 문제들이라 내가 다 이해했다고 말하긴 힘들다. 하지만 '복잡한 문제'라는 말은 변명일 뿐 진실이 아니라는 사실을 안다. 복잡한 문제라는 말은 책임을 회피하고, 더 이상 할 수 있는 일이 없다며 어깨를 으쓱하고, 평소처럼 하던 일로 돌아가자는 말이다.

한 장소에 이렇게 많은 사람이 모인 건 처음 봤다. 드론의 시점에서 보니 도시 전체가 살아 움직이는 것 같았다. 죽은 돌과 콘크리트의 도로가 살아있는 인간 양탄자로 변해 사방팔방으로 뻗어가고 있었다. 이 상황이 어떻게 전개될지 몰라 겁이 나기도 했지만 상관없다. 이게 내가 지금껏 기다리던 모습이었고, 진작 일어났어야 하는 일이었다. 더 이상 평소처럼 하던 일로 돌아가지 않을 것이다. 더 이상 어깨를 으쓱하며 "우리가 뭘 할 수 있겠어?"라고 말하지 않을 것이다. 지금부터 우리는 행동을 한다. 제자리를 뱅뱅 돌며 비명을 지르고 소리치는 일도 끝이다. 대신 우리는 함께 행진하고, 변화를 요구한다.

나는 조셉 노스의 선거운동을 위해 무엇을 할지에 대한 내 바보 같은 아이디어가 전혀 바보 같은 아이디어가 아니었다는 사실도 깨달았다.

레미의 드론이 사람들 머리 위를 낮게 나는 사이, 우리의 유스트림(Ustream) 생중계 시청자도 빠르게 늘어나서 이제 2천 명 정도가 보고 있었다. 시위대 안에서 보는 사람들도 많았지만, 전 세계에서 많은 사람이 실시간으로 집회 상황을 알아보려고 지켜봤다. 우리는 종종 무전기가 달린 드론 세 대를 띄워서 경찰 무전이 집중되는 장소를 찾았다. 최근에 경찰이 무전을 암호화하기 시작했지만 상관없었다. 우리는 경찰이 무슨 말을 하는지 관심 없었다. 우리의 관심은 어디에서 경찰의 무전이 활발하게 진행되는지 알고 싶을 뿐이었다. 다시 말해서, 우리는 경찰이 무슨 말을 하는지가 아니라, 그들이 말을 하고 있다는 사실 그 자체에 관심이 있었다.

드론 세 대가 경찰 무전 주파수 대역이 치솟는 걸 감지하면, 네 번째 드론을 그쪽으로 곧장 날려 보내서 동영상을 찍었다. 그런 식으로, 우리는 무장 경찰과 캘리포니아 주 방위군 호송차량이 도착하는 장면을 많이 촬영했다. 호송차량은 수백 대였고 대량의 죄수들을 이송할 때 사용하는 경찰 버스가 수십 대 왔다. 그리고 작게 모여 있는 경찰의 드론들도 똑같이 암호화된 주파수 대역으로 신호를 주고받았다.

경찰 드론 두 대가 우리의 정찰 드론에 달라붙더니 따라다니기 시작했다.

"아흐." 레미가 말했다.

"왜 아흐에요?"

"음, 귀여운 너석들의 배터리가 곧 바닥이 나면, 불러들여서 신선한 배터리를 넣어줘야 하는데, 그러면 경찰은 우리가 누구이며 어디에 있는지 정확히 알게 될 거야."

"아흐." 내가 동의했다. "드론을 날리는 게 불법인가요?"

레미가 어깨를 으쓱했다. "아마 그럴걸. 드론을 날리는 게 모조리 불법은 아닌데, 경찰이 싫어하는 사람들을 '시민의 난동을 선동하기 위해 모의하고' 어쩌고 하는 개소리로 조작해서 기소할 수 있지 않을까? 난 그럴 거라고 확신해."

"아흐." 내가 다시 동의했다.

"저 드론은 그냥 버려야겠어. 젠장, 지랄이네." 레미가 말했다.

"배터리가 얼마나 남았어요?"

레미가 정찰 드론에서 쏟아져 들어오는 정보를 쳐다봤다. "20분쯤 남은 것 같아."

"혹시 멀리 벗어난 어딘가에 착륙시킬 수 있지 않을까요? 예를 들어 지붕 위 같은 곳이요. 그러면 나중에 우리가 가지러 갈 수 있잖아요."

"그래, 좋은 생각이야." 레미가 말했다.

나는 구글 어스를 이용해 가까운 지붕을 뒤져서 괜찮아 보이는 장소를 찾았다. 레미에게 그 장소를 보여줬더니 드론을 그쪽으로 틀었다. 드론은 시위대의 본 대오에서 떨어져 나갔다. 우리의 드론을 따라다닌 샌프란시스코 경찰이 우리가 어디를 향하고 있다고 생각할지 누가 알겠는가? 나는 남은 세 대를 경찰의 드론들에서 떨어트려 놓아야 했다. 대개는 흥미를 끄는 장소에 줌을 맞췄다. 시청 옆의 한 장소가 눈에 들어왔다. 부모들과 자그마한 아이들이 모여서 일종의 유치원을 만들었는데, 사람들이 원을 만들고 그 가운데에서 아이들이 놀고 있었다. 햐, 멋지다. 동료 시민들이 진짜로 근본적으로 훌륭한 사람들이라는 생각이 들었다.

앤지에게서 전화가 왔다. 물론 앤지도 이미 빽빽한 시위대 안으로 들어왔지만, 몇 블록 떨어져 있는 상태였다. 내가 어디에 있는지 말해주자, 앤지는 그대로 있으면 만나러 오겠다고 했다.

"좋았어. 착륙시켰어. 저 위치 표시해놨지?" 레미가 말했다.

"그럼요." 내가 말했다.

"이상입니다, 관제센터." 레미가 말했다.

"옙." 나는 드론의 영상을 다음 드론으로 옮기고, 머리 위에 떠 있는 카메라로 살펴봤다. 우리는 더 이상 시위대의 한 귀퉁이가 아니었다. 우리 뒤로 두 블록이 더 늘어났고, 아직도 많은 사람이 속속 도착하고 있었다.

내가 그 사실을 머리로 이해하려 애쓰고 있을 때, 크고 단단한 손이 내 어깨를 툭 쳤다. 나는 순간적으로 공황상태에 빠져서 Zyz에서 온 누군가 나를 시위대에서 끌어내리려는 것으로 확신했다. 나는 정신을 차릴 새도 없이 빽빽한 군중 속으로 도망치기 시작했다. 나는 옆으로 몸을 돌려서 미꾸라지처럼 사람들 사이의 좁은 틈새로 파고들었다. 하지만 그때 귀에 익은 목소리가 들렸다. "마커스!" 나는 멈춰서 고개를 돌렸다. 선거운동본부 유니폼과 스웨터를 입은 조셉 노스였다. 그가 활짝 웃고 있었다.

"조셉! 미안해요, 깜짝 놀랐잖아요!" 내가 말했다.

"아, 주말에 상관이랑 우연히 만나는 걸 좋아할 사람은 없지. 정말 대단하지 않아?"

"놀랍죠." 내가 말했다. 내 말투가 마치 조셉은 이런 시위를 지지하는 사람이 아니라는 듯 말했다는 생각이 들었다. 그래서 잘못 말한 건 아닌지 걱정됐다. "그게, 전 이 상황이 믿기지 않는다는 말이었어요."

"마커스, 내 평생 이런 모습은 처음 봐. 지금이야말로 무소속 후보에게 딱 어울리는 시기야. 사람들이 정부가 일하는 방식에 진저리를 치고 있잖아. 나도 마찬가지야. 그래서 우리가 여기에 다 함께 이렇게 모인 거지."

"연설가가 오셨네!" 레미가 말했다. 그러자 조셉이 천 와트짜리 미소를 지으며 그를 바라봤다.

"안녕하세요. 조셉 노스입니다."

"아, 알지요! 레미예요."

"레미 아저씨는 해커스페이스 회원이에요." 내가 말했다.

조셉이 레미와 악수를 했다. "대단하네요. 해커스페이스에 대해서는 마커스한테 들었는데, 뭐랄까, 특별한 곳 같더군요. 마치 과학계의 슈퍼히어로처럼 들렸어요. 마커스 이야기대로라면, 여러분은 마음만 먹으면 뭐든지 뚝딱 만들어낸다면서요."

레미가 열심히 고개를 주억거렸다. "네. 거의 그렇죠. 우리가 만들 수 없더라도, 다른 공작실이나 해커스페이스에 있는 사람들의 도움을 받아 만들 수 있어요. 금요일 저녁에는 외부인에게도 개방되니까, 그때 와서 우리가 하는 일을 한 번 보세요."

"그럴 수 있으면 좋겠네요. 하지만 선거가 끝난 뒤에나 가능할 것 같아요. 그때까진 제가 조금 바빠서요." 조셉이 군중을 다시 둘러보며 말했다. "이보다 많은 사람을 모으긴 힘들 것 같아요. 이렇게 사람이 많다니."

"이거 보세요." 레미가 조셉에게 휴대폰 화면을 보여줬다.

"뉴스 화면인가요?" 조셉이 물었다.

레미가 웃음을 터트렸다. "그렇죠. HNN, 해커스페이스 뉴스 네트워크. 내가 만든 쿼드콥터 드론에서 찍은 영상이에요. 저기 위에 있죠." 레미가 하늘을 가리켰다. 조셉이 위를 보더니 다시 레미를 쳐다봤다.

"농담이죠? 무선으로 헬리콥터를 조종하고 있다고요?"

"아, 저건 1킬로그램 정도밖에 안 되고, 크기도 접시만 해요. 놀랄 일은 아니에요. 한 대당 기껏해야 50달러 정도나 하려나. 제일 비싼 게 배터리인데, 그것도 버려진 휴대폰 배터리를 이용해서 만든 거라."

조셉이 양손을 골반 위에 얹고 고개를 한쪽으로 갸웃하며 레미를 쳐다봤다. 마치 레미가 자기를 놀리는 건가 하는 몸짓이었다. 그러더니 감탄하는 얼굴로 고개를 절레절레 흔들었다. "믿을 수가 없네요. 진짜 놀라워요."

"한 대 날려볼래요?" 레미가 휴대폰 화면을 두드리며 말했다. "약 1만5천 명이 이 동영상 중계를 보고 있어요. 아주 환장하죠. 이 키패드를 이용하세요."

조셉이 손에 든 휴대폰을 방사성 물질이라도 되는 양 쳐다봤다. "내가 비행기를 조종할 자격이 되는지 모르겠네요."

"아, 조종할 필요는 없어요. 조종은 드론이 알아서 해요. 당신은

345

어디로 가라는 지시만 하면 돼요."

나는 조셉이 주저할 줄 알았는데, 화면을 시험 삼아 슬쩍 건드려보디니 곧 힘차게 달려들었다. "놀랍네요." 조셉이 잠시 후에 말했다. "그저… 놀라워요. 그런데 여기 깜빡이는 빨간 아이콘은 뭔가요?"

레미가 휴대폰을 받았다. "배터리가 떨어졌네요. 배터리 교체를 위해 드론을 불러들이는 게 좋겠어요. 다행히 충전된 여분의 배터리를 잔뜩 가지고 왔어요."

그리고 레미는 이상한 나라의 토끼굴 속으로 사라졌다. 그는 휴대폰에 집중해서 손가락 춤을 추는 동안 '난 바빠, 건들지 마'라는 기운을 뿜어내며 고전적인 '덕후'의 집중력을 보여줬다.

나는 조셉에게 하고 싶은 말이 있었지만, 두려웠다. 입은 바짝 마르고, 손바닥은 땀으로 흥건했다. 우리를 둘러싼 시위대의 소리가 작지 않았는데도 내 귀에서 울리는 맥박 소리를 들을 수 있었다.

"조셉." 내가 말했다. 조셉이 내 영혼을 꿰뚫어보는 듯한 눈길로 나를 쳐다봤다.

"응, 마커스?" 조셉이 대답했다. 그의 모든 몸짓 언어가 사려 깊게 듣는 자세로 바뀌었다. 정치인의 그런 마술적인 묘기는 그들을 우리 같은 사람과 다르게 보이도록 만든다. 내 마음속 한구석에서는 조셉도 자신이 그렇게 하고 있다는 사실을 알고 있을지 궁금했고, 다른 구석에서는 차분하게 가라앉으며 그 자세에 반응했다. 머릿속이 묘하게 복잡했다.

"선거운동에 활용할 아이디어가 생각났어요. 그런데, 조금, 음, 야심 찬 계획이라…."

"야심 찬 건 좋지. 난 야심 좋아해."

"우리의 지지자들에게 '유권자 찾기 프로그램'을 나눠주면 어떨까요? 컴퓨터에서 돌릴 수 있는 작은 앱이에요. 먼저 그 앱은 지지자의 페이스북과 트위터, 이메일 등에 있는 주소록을 읽어 들여서, 클릭 한 번만 누르면 조셉 노스 후보의 선거운동을 지지하는 일에 새로 참여할 만하다고 생각되는 친구들에게 개별적으로 메시지를 보내게 해줘요. 그리고 지지자에게 친구들이 어떤 문제에 관심이 있을지 표시할 수 있는 점검표를 줘서 자동으로 개별 수신자에 맞춰진 당신의 입장을 전달해주죠. 새로운 지지자들에게도 주소록으로 같은 일을 해달라고 요구하는 거예요. 그리고 우리는 지역에서 선거 지원금을 낸 모든 기부자를 조사하고, 기존의 지지자 중에 기존의 기부자와 관련 있는 사람이 있는지 찾아서, 그들을 겨냥해 지원금을 위한 홍보를 할 수도 있어요. 그리고 다음엔 유권자 등록을 시킬 수 있는 사람들로 넘어가는 거죠.

하지만 정적인 홍보만 하지는 않을 거예요. 우리가 가장 낫다고 생각하는 이야깃거리부터 시작하되, 몇 가지로 변화를 줘서 지지자들이 어떤 이야길 더 좋아하는지 조사해볼 수 있어요. 'A와 B 중에 어느 게 더 호소력 있나요?' 이런 식으로요. 우리에게 홍보할 내용만 충분하다면 선거운동 기간 내내 하루에도 여러 차례 홍보에 변화를 줄 수 있어요. 여론조사를 빠르게 진행하는 거죠. 그리고 친구를 새로운 지지자로 끌어들이는 사람에게 점수를 줘서 '최고 지지자 명단'을 게시하는 거예요. 매주 최고 점수를 받은 사람들을 선거운동본부 사무실로 초청해서 맥주와 피자 파티를 하는 거죠. 선거운동을 하나의 게임처럼 즐기게 하는 거예요.

그와 동시에, 지도 제작 소프트웨어를 이용해서 각 지역의 유권자들이 행사를 진행하기에 최적의 장소를 어디라고 생각하는지 찾는 거예요. 그리고 언론에 그 사실을 알리면 언론이 오겠죠. 왜냐하면 재미있는 일이니까요. 말짱한 정신으로 떠들어대는 대신, 스탠드업 코미디나 데일리쇼와 비슷하게 진행하는 거예요. 멋지고 재치 있는 이야기가 가득한 행사는 저녁 뉴스나 뉴스에 실리기 좋은 소식이에요. 행사들을 아주 즐겁고, 매번 조금씩 다르게 진행하면, 추종자들을 끌어들이는 이벤트가 될 거예요."

조셉이 눈을 동그랗게 떴다. "네가 그런 프로그램을 만들 수 있어?"

내가 어깨를 으쓱했다. "아마 가능할 거예요. 선거운동용 무료 프로그램들을 살짝 변형시키면 될 것 같거든요. 하지만 그렇게 선거운동을 하는 사람은 아직 못 봤어요. 제가 뭔가 만들어서 시도해볼 수 있을 것 같아요."

"그런데, 네가 만들 수 있다면, 다른 경쟁 후보들도 만들 수 있을까?"

"만들지 못할 이유는 없어요. 하지만 바로 그래서 먼저 만들어야 한다고 생각해요."

조셉이 웃었다. 어쨌든 난 아이디어를 제출했으니까, 뭐.

"그리고 경쟁 후보들이 사용할 수 없는 방식으로 인터넷을 이용할 방법에 대해서도 생각해봤어요." 내가 말했다.

"그 이야기도 해줘." 조셉이 말했다.

내 마음 한구석에서 왜 조셉이 "월요일에 이야기하면 안 될까?"라고 말하지 않는지 궁금한 생각이 들었다. 하지만 그때 깨달았다. 이 사람은 조셉 노스다. 그는 선거 후보다. 조셉에게는 주말이 없다.

그는 선거운동본부 직원과 여기에 있다. 즉, 조셉에게는 지금도 업무시간이라는 뜻이다.

"다크넷 문서가 뭔지 아시죠?" 지켜보는 사람이 없는지 주변을 돌아보고 싶은 욕구를 온 힘을 다해 억누르며 말했다.

"들어본 적은 있어." 조셉이 말했다. 그의 얼굴을 봐도 속내를 읽을 수 없었다. 내가 말하기 시작했을 때 그가 슬며시 덮어썼던, 귀를 기울여 듣는 정치인의 얼굴 그대로였다.

"음, 지금 당장 다크넷에 들어가서 보기는 힘들어요. 이용자를 익명으로 만들어주는 토르를 이용하려면 이런저런 일이 많아서 까다롭죠. 그 문서를 다운받는 것도 힘들고, 그 사이트가 어디에 있는지 알아내는 것조차 아주 힘들어요. 그리고 누구나 쉽게 찾아보고 링크를 걸 수 있는 문서 파일로 만들어서 일반적이고 지루한 인터넷 사이트에 올려주는 사람이 아무도 없어서, 평범한 사람들로서는 찾아서 보기가 쉽지 않죠."

"맞는 이야기 같아. 내가 아직 다크넷으로 들어가서 문서들을 살펴보지 않았던 것도, 열렬한 테크노 닌자가 아닌 사람에게는 너무 복잡해 보였기 때문이니까." 조셉이 말했다.

나는 "별로 어렵지 않아요…."라며 토르 이용방법에 대해 간단히 설명하려다 멈췄다. 문제는 그게 아니었다. 게다가 조셉이 그걸 너무 복잡하다고 느꼈다면, 그에게는 그렇게 느낄 타당한 이유가 있다는 사실이 중요하다.

"음, 제가 문서들을 살펴봤는데요. 제가 본 거로 판단하면, 비리와 범죄, 추문이 잔뜩 있었어요. 그리고 그 모든 비리와 범죄, 추문은 대체로 주요 정당과 그들의 동료가 저지른 짓이었어요. 그래서 제 생각에는, 무소속 후보에게 투표하는 모험을 해야 한다고 사람들을 설득하고 싶다면, 당신에게 투표하는 게 결코 '사표'가 아니라는 사실을 사람들에게 보여주는 게 도움이 될 것 같아요. 다른 사람에게 투표하면 이런 나쁜 짓을 저지른 더러운 놈들에게 다시 권력을 주는 셈이니까요."

"네 생각엔 이 다크넷 문서들을 우리 사이트에 올리면 좋겠다는 거지?" 조셉이 말했다. 그 생각이 최악의 아이디어라고 여기는 표정은 아니었다. 하지만 그렇다고 손을 번쩍 들어 만세를 부르며 나를 끌어안고 "마커스, 바로 그거야!"라고 소리칠 자세도 아니었다.

"네."

"내가 아는 바로는, 이 문서들이 극히 일부만 검토되었다던데, 이걸 우리 사이트에 올렸다가 거짓말이나 더러운 농담이나 사람들의 개인적인 금융정보가 가득한 걸로 밝혀지면 어떡하지?"

젠장, 이러니 내가 조셉을 좋아한다. 정말 좋은 질문이었다. "글쎄요, 다크넷 스프레드시트가 있는데, 다크넷 팀이 모든 문서를 정리한 목록이에요. 그 팀이 어떤 사람들인지는 모르겠지만…." 나는 죄지은 표정을 짓지 않으려 의식적으로 노력했다. "…그래서 그 목록에 실린 파일들은 그냥 꿀꺽 삼켜도 괜찮을 것 같아요. 그 스프레드시트의 목록을 하루에도 여러 차례 확인하다가 새로운 게 올라오자마자 잡아낼 수 있는 프로그램을 짤 수도 있어요."

조셉이 생각에 잠긴 얼굴로 말했다. "흠, 한꺼번에 올리는 것보다는 한결 낫겠네. 그런데 마커스, 우리는 이 다크넷의 배후에 있는 사람들이 누군지 몰라. 네 제안은 기본적으로 그 사람들에게 조셉 노스 선거운동 홈페이지에 뭐든지 올릴 수 있는 권한을 주자는 것과 같아. 스프레드시트에 추가하기만 하면 되니까 말이야. 그건 나한테 큰 모험일 거야. 위험 부담도 크고."

그 말은 반박하기 힘든 진실이었다. 나는 사람들에게 정곡을 찔리는 상황이 싫었다. "음, 글쎄요, 자료를 올리기 전에 우리 사무실에 있는 사람들이 살펴보도록 하는 조건을 달면 어떨까요?" 나는 잠깐 생각하다가 말을 이었다. "우리가 아직 검증하지 못한 자료들의 제목을 홈페이지에 올려서 홈페이지 방문자들에게 어느 걸 먼저 검토하면 좋을지 투표하도록 만들 수도 있을 것 같아요. 그러다 요구가 수천 개씩 쏟아져 들어오기 시작하면 조셉 노스 지지자들이 가장 관심을 가지는 자료를 우선해서 처리하는 거죠."

조셉은 내 이야기의 중간쯤부터 고개를 끄덕이기 시작하더니, 말을 마칠 때쯤에는 미소를 짓고 있었다. "정말 괜찮은 아이디어네. 나로서는 전혀 해보지 못했던 생각이라는 사실을 인정해야겠지만, 아주 흥미로워. 우리 홈페이지를 낡은 정치의 부패를 찾아낼 수 있는 최고의 장소로 만들 수 있다면 개혁적인 무소속 후보로서는 현명한 선거운동이지. 네가 그런 프로그램을 만들 수 있겠어?"

나는 잠시 생각에 잠겼다. 우리 홈페이지 운영에 사용되는 강력한 시스템인 드루팔(Drupal)에, 이미 존재하는 다양한 소프트웨어 라이브러리를 여러 개 붙이는 방법을 대충 머릿속으로 그려봤다. "네. 아주 간단하게 처리할 수 있어요. 대부분 예전에 해봤던 일이에요. 예전과는 다른 방식으로 조립해서 붙여야 하지만, 처음 해보는 일은 아니에요."

조셉이 다시 고개를 끄덕였다. "그렇게 해. 둘 다. 나한테 시험판을 만들어주면, 내가 플로르와 자문위원회에 제출할게. 도움이 필요하면 널 불러들일 수도 있어. 그들이 동의하면 해보자고. 월요일까지 뭔가 만들어올 수 있을까?"

오늘은 토요일이다. 이론적으로는 일요일에 그 일을 할 수 있을 것이다. 조셉은 시험판을 이야기했다, 그렇지? 두어 시간이면 시험판을 대충 만들 수 있을 것이다. "네. 할 수 있어요."

"넌 역시 내 델타포스 닌자야, 마커스!"

레미가 드론 배터리에 대한 일을 마치고 고개를 들더니 웃음을 터트렸다. "맞는 소리예요."

그때 내 휴대폰이 울렸다. 앤지였는데, 근처까지 와서 시위대 틈에 길을 잃었다. 그래서 통화를 하면서 손을 치켜들고 흔들었더니, 앤지가 나를 찾아냈다. 앤지가 나를 꼭 끌어안았다. 난 조셉에게 앤지를 소개했다.

"마커스는 당신이 정말로 끝내주는 사람이래요." 앤지가 인사하듯 말했다.

"나도 마커스를 끝내주는 사람이라고 생각해요." 조셉이 말했다. 그가 항상 그렇듯, 자신만의 특유의 말투로 그저 형식적인 대답이 아니라 진심이라는 느낌을 줬다. 내 자만심이 꿈틀거리며 커졌다. "그리고 내가 마커스를 제대로 봤다면, 당신도 아주 특별한 사람일 거라고 확신해요. 우리 사무실에 가끔 놀러 와서 마커스가 부리는 마술을 지켜보세요."

"좋죠." 앤지가 말했다. 내가 그랬듯, 앤지도 조셉을 보자마자 신뢰감과 유대감을 느낀 게 틀림없었다. 마치 마술 같았다. 섬뜩하면서도 근사한 마술이었다.

앤지는 몸을 숙여 레미에게 인사하고 그와 함께 드론을 다시 날릴 준비를 했다. 앤지는 우리의 생중계를 봤는지(앤지는 내 트위터 계정을 팔로우하고 있었다), 드론을 조종해보려고 안달했다. 레미가 앤지에게서 휴대폰 조종대를 다시 돌려받으려면 아마 꽤 고생할 것이다.

"내 생각엔 네가 줄곧 집회에 참석했을 것 같은데…." 조셉이 내게 말했다.

"음, 그렇진 않아요. 리엄하고 어제 처음 집회에 참석하긴 했는데, 솔직히 전 집회에 자주 참석하는 편은 아니에요."

"그렇군. 내가 젊었을 때 우리는 내내 시위만 했었던 것 같아. 레이건 정권 당시는 샌프란시스코의 분위기가 아주 험악했거든. 그 뒤로는 시위가 별로 없었던 것 같아. 그래도 난 언제쯤에 또 무슨 일이 벌어질지 항상 궁금했어. 우리는 연설 같은 게 익숙했어."

"그렇군요. 조셉, 연설하고 싶으면 해도 돼요. 당신이 말하는 걸 많은 사람이 듣고 싶어 할 거예요." 내가 조셉에게 민중 마이크에 관해 설명해줬는데, 그는 들어보긴 했지만 본 적은 없다고 했다.

"주변에 있는 사람들에게 내가 뭔가 할 말이 있다고 확신시켜야만 작동하는 마이크 같네. 마음에 드는걸." 조셉이 말했다.

"해볼래요?" 어제 민중 마이크 앞으로 떠밀려봤던 나는 다른 사람도 그렇게 떠밀어보고 싶었다. 이러니저러니 해도, 조셉은 외모와 몇 마디 말만으로도 사람들을 믿게 하는 무시무시한 능력을 가진, 진짜 빈틈이 없는 정치인이었다.

조셉이 주변의 시위대를 쳐다보더니 그 제안을 진지하게 받아들였다. "할 수 있을 것 같아." 그가 말했다.

"지금 당장이요?"

조셉이 씩 웃었다. "아, 당연히 그렇지. 내가 주눅이 들어서 집으로 가버리기 전에."

나는 살싹 겸연쩍은 느낌이 들긴 했지만, 양손을 입에 대고 소리쳤다. "마이크 확인!"

10여 명이 그 외침을 따라 했다. 나는 우리 주변의 수백 명 정도가 "마이크 확인"이라고 외칠 때까지 반복하고 다시 반복했다. 그리고 조셉이 시작하기를 기다렸다.

조셉은 그사이 가까운 데에 차를 세워둔 운전자와 이야기를 나눴는데, 그 운전사는 운전석에서 나와 차의 범퍼 위에 걸터앉아 있었다. "이 신사분이 차의 보닛을 무대로 제공해주셨어." 조셉이 말했다. 운전사는 스포츠 재킷에 비행사용 선글라스를 쓴 나이 많은 아시아계 남자였는데, 성격 좋은 얼굴에 흥미로운 표정을 짓고 있었다.

모든 게 놀랍도록 흥겨웠다. 열 받은 사람들을 한데 모아놓은 것치고는, 우리는 다들 아주 기분이 좋았다. 얼마나 많은 이웃이 자신과 같은 감정을 갖고 있는지 알게 되었기 때문일 것이다.

조셉이 재빨리 그 차의 보닛 위로 올라갔다. 한 차례 비틀거렸지만, 곧 중심을 잡았다.

"제 이름은 조셉 노스입니다. 캘리포니아 상원의원 선거에 무소속으로 출마했습니다. 하지만 오늘 여기에 나온 건 그것 때문이 아닙니다."

민중 마이크에는 너무 긴 말이었다. 말이 반복되는 사이에 단어들이 뒤섞여 버렸다. 조셉은 당황하지 않았다. 잠시 생각에 잠긴 표정을 짓더니 다시 시작했다. "죄송합니다."

"죄송합니다." 민중 마이크가 말했다.

"제 이름은 조셉 노스입니다."

"캘리포니아 상원의원 선거에."

"무소속으로 출마했습니다."

"저는 민주당의 공천을 받을 수 있었습니다."

"공화당의 공천도 받을 수 있었을 겁니다."

"하지만 저는 무소속으로 출마하기로 결심했습니다."

"주변의 모든 사람이 저에게 정당의 공천을 받지 않으면."

"우리나라에서 이길 수 없다고 했었습니다."

"그 말이 맞을지도 모릅니다."

"저는 평생 민주당원이었습니다."

"하지만 도청과 전쟁, 빌어먹을 금융회사들."

"이건 제가 가입했던 민주당이 아닙니다."

"공화당도 더 나은 건 아닙니다."

"우리나라에 문제가 있기 때문입니다."

"우리 세계에 문제가 있기 때문입니다."

"어떻게 된 일인지, 공정과 우호, 정의라는 개념이 사라졌습니다."

"그리고 그 자리를 탐욕의 숭배와 근시안, 그리고 없애도 되는 것들이 차지했습니다."

조셉은 달변의 연설가 같은 말투에 확성기나 다름없는 목소리를 가졌다. 그는 문장 사이에 오랜 시간을 기다려야 했다. 사람들이 그의 말을 반복하는 동심원이 사방으로 멀리까지 퍼져갔기 때문이다. 조셉이 올라가 있는 차의 주인은 더 이상 유쾌한 표정의 얼굴이 아니었다. 그는 황홀한 얼굴로 조셉을 쳐다보고 있었다. 조셉은 각 문장을 마칠 때마다 침착하게 자신감 있는 얼굴로 민중 마이크가 끝나길 기다렸다.

"저에겐 해답이 없습니다."

"누구도 해답을 갖고 있지 못할 겁니다."

"상황이 더 악화되는 걸 막아야만."

"우리는 해답을 찾을 수 있습니다."

"우리는 돈이 아니라 사람을 대표하는 정치인이 필요합니다."

"그게 제가 해왔던 일입니다."

"그리고 제가 하려는 일입니다."

"우리는 미션 가에 사무실이 있습니다. 24번가 지하철역 바로 옆입니다."

"주중에는 매일 엽니다."

"언제든 들러주세요."

"정부에 바라는 이야기를 해주세요."

"그러면 우리의 계획을 들려드리겠습니다."

"물론 우리의 홈페이지를 방문하셔도 좋습니다."

"조셉 노스를 검색하시면 됩니다." 그가 나를 바라보며 미소를 지었다. 얼마 전에 조셉이 연설을 마칠 때마다 '더블유, 더블유, 더블유, 쩜, 조셉, 노스…'라고 스펠링을 일일이 불러준다는 사실을 알게 됐다. 그 모습은 마치 1990년대에서 타임머신을 타고 날아온 사람 같았다. 그래서 내가 모든 검색 사이트에서 그의 이름을 입력하면 위에서 3번째 안에 뜬다고 말해주었다.

"고맙습니다."

많은 사람이 공중에 손을 치켜들고 손가락을 흔드는 민중 마이크식 박수를 조셉에게 보냈다. 조셉이 차에서 내려와, 차를 이용하게 해준 남자에게 감사 인사를 하고 있을 때 사람들이 그의 주변에 몰려들었다. 그 운전사가 느닷없이 조셉을 끌어안았다. 누가 뭐래도, 이런 게 캘리포니아다! 조셉은 당황하지 않고 능숙하게 상황을 받아들이고, 힘차게 포옹하며 기분 좋게 그의 등을 두드렸다.

"정말 놀라운 일이었어, 마커스. 이런 기회를 줘서 고마워." 조셉이 말했다.

"아주 잘하셨어요." 내가 말했다. 나처럼 보잘것없는 사람이 완벽한 전문가한테 잘했다고 말하는 게 살짝 바보 같은 짓이라는 느낌이 들었다. 그래도 조셉은 정말로 즐거워 보였다.

우리는 한동안 잡담을 나눴다. 그때 누군가 목소리를 높여 민중 마이크로 자신의 학자금대출에 대해 말했는데, 금융회사가 그녀의 상환금을 한 차례 놓치더니 연체 벌금이 20만 달러 이상으로 올라갔다고 했다. 이런 이야기가 더 나왔다. 배가 슬슬 고팠는데, 마침 앤지가 은박지로 싸온 식은 피자가 있어서 우리는 옆으로 조금 빗겨나 피자를 먹었다. 그리고 다시 레미에게 돌아왔더니 조셉이 보이지 않았다.

"다른 장소에서도 무슨 일이 진행되는지 보고 싶대. 좋은 사람 같아." 레미가 말했다.

"그렇죠." 내가 말했다. 조셉을 레미에게 소개한 사람으로서, 조셉을 대신해 뿌듯한 느낌이 들었다.

군중도 사람과 마찬가지로 감정이 있다. 이 감정은 군중 안에 있는 모든 사람의 감정의 합보다 크다. 화난 군중 속에 즐거운 사람이 있을 수도 있다. 하지만 그게 오래가지는 않는다. 그 사람은 군중에서 떠나거나 화가 나거나, 둘 중 하나가 될 것이기 때문이다.

우리가 도착했을 때 시위대의 감정은 살짝 신경과민이긴 했어도 행복했다. 시간이 지날수록 시위대가 점점 커지면서, 군중의 감정은 '젠장, 이게 믿어져?'와 '염병할, 우리가 뭔가 해야 돼'와 '이런 상태를 바꾸려면 얼마나 오래 걸릴까'라는 분위기를 연하게 풍기며 점차 흥분 상태가 되어갔다.

우리 셋, 그러니까 레미와 앤지 그리고 나는 조금씩 주변을 돌아다니며 시위대 속으로 더 깊게 들어가다가, 드론을 이용해서 흥미를 끄는 일이 진행되는 장소를 찾아 옆으로 뻗은 작은 무리로 나갔다. 우리가 들른 장소에서는 행진 악대가 래그타임을 연주하고 사람들이 춤을 추며 환호하고 있었다. 다른 곳에서는 엄청나게 많은 드럼연주자가 대조적인 둘 이상의 리듬을 동시에 연주하는 폴리 리듬을 선사하고 있었다. 몇몇 곳에서는 임시 무대를 차려놓고 민중 마이크로 토론이 진행됐다. 한 곳에서는 연방준비은행에 대한 아주 흥미로운 토론이 진행되고 있었고, 다른 곳에서는 베이교의 폭파 배후에 정부가 있다는 황당한 음모론을 이야기했다. 발언자는 자기가 재건축사업 분야에서 일했는데, 공격의 배후에 누가 있는지 밝히는 데에 도움이 될 만한 건 아무것도 남겨두지 말라고 비밀리에 공식적으로 지시받았다고 했다.

나도 그런 이야기를 몇 차례 들은 적이 있다. 하지만 그 이야기들은 앞뒤가 맞지 않았다. 정부를 불신할 구실을 찾고 있을 때나 믿을 수 있는 이야기처럼 보였다. 내게는 정부를 불신할 구실이 전혀 필요하지 않았다. 나는 권력자들이 경찰국가를 세우기 위해 일부러

베이교를 폭파했다는, 가능성 없는 일까지 억측할 필요가 없었다. 물론 나는 정부를 믿지 않는다. 베이교가 폭파되었을 때 몇 시간 만에 샌프란시스코가 경찰국가로 변해버렸기 때문이다. 그렇게 된 건 둘 중 하나다. 어떤 악귀가 샌프란시스코에 독재 깡패들을 집어넣기 위해 베이교를 공격했거나, 아니면 끔찍한 사건을 겪고 있는 사람들에게 폭력배들을 풀어놓을 계획을 잘 다듬어 놓고 어떤 종류의 재난이든 상관없이 터지기만 기다리는 사람들이 있었다는 이야기다.

나를 회의주의자라고 불러도 좋다. 하지만 내 생각엔, 실제로 재난을 계획하는 것보다, 재난에 고통받는 사람들을 쳐다보면서 "햐, 최고다. 취약한 상태가 됐으니까, 엿 먹여버리자"라고 생각하는 사람을 보는 게 더 섬뜩할 것 같다. 그래서 나는 베이교 폭발이 내부자에 의한 범죄라고 입증하려는 노력이 왜 필요한지 도대체 모르겠다. 설령 내부자 범죄가 아니더라도 이미 충분히 심하게 악하기 때문이다.

이런 생각을 하며 앤지와 이야기를 나누다가, 문득 시위대의 감정이 변화하는 게 느껴지기 시작했다. 분위기가 어두워지고, 열기가 떨어졌다. 샌프란시스코는 9월이 되면 낮에는 다른 지방의 7월처럼 뜨겁다가, 밤이 되면 밤안개가 스며들며 골수에 사무치도록 추운 날이 종종 있다. 낮의 흥겨운 분위기가 분노와 공포에 길을 내주고 있었다. 지글거리는 경찰의 무선 소리가 더 많이 들리고, 머리위로 헬리콥터와 드론이 더 많아진 느낌이었다.

우리는 맥앨리스터 가 근처에 사람들이 유달리 밀집된 곳에서 멈춰 섰다. 나는 휴대폰을 꺼내 레미의 드론으로 찍은 생중계 영상을 한동안 처다봤다. 경찰이 확실히 많아졌다. 드론 한 대는 시위대의 경계선 부분에서 돌고 있었는데, 경찰차와 방위군 버스의 줄이 끝도 없이 뻗어 나가 엠바르카데로 부두까지 이어진 도로를 다 차지한 것 같았다. 저 버스들은 수천억의 경찰들을 싣고 왔든지, 수천억의 시위대를 수갑에 채워 끌고 가려는 용도일 것이다. 아니면 둘 다일 수도 있다.

"레미 아저씨." 내가 레미에게 휴대폰 화면을 보여줬다. 앤지도 화면을 보려고 내 손을 밑으로 당겼다. 앤지는 내가 자신의 키를 배려해야 한다는 걸 잊어버렸다는 사실에 기겁했다. 확실히 기겁할 일이었다. 앤지는 키 작은 사람들을 배려하지 않는 사람을 좋게 보지 않았다.

"빠져나가야 할 때가 됐네." 레미가 말했다.

"네. 가죠." 우리는 주변을 돌아보며 시위대에서 벗어날 가장 짧은 길을 찾으려 했다. 살짝 겁이 나기 시작했다. 시위대를 둘러봤더니, 겁을 집어먹은 사람이 나 혼자만은 아니었다. 아마 많은 사람이 머리 위에서 찍는 동영상 생중계를 보고 있다가 군경이 몰려들고 있는 상황을 알아챘을 것이다.

내가 휴대폰을 다시 처다보며 말했다. "뭔가 이상해."

앤지가 다시 내 팔을 끌어내려 휴대폰을 응시했다. "좀 더 구체적으로 말해줄래?"

"아니, 못 하겠어. 그래도 뭔가 이상해."

레미가 내 휴대폰을 골똘히 보더니 말했다. "경찰 드론이 사라졌네."

우리는 모두 고개를 들어 시위대 위의 하늘을 올려다봤다. 글라이더와 쿼드콥터의 밀도가 확실히 떨어졌다. "경찰 드론이 사라진 건 어떻게 알았어요?" 내가 물었다.

"경찰 드론은 가장 낮게 날아. 그래야 얼굴을 찍기가 좋으니까." 레미가 말했다.

내 입이 바짝 말랐다. "왜 경찰은 드론을 모두 착륙시킨 걸까요?"

레미가 그런 쓸데없는 질문을 하냐는 투로 내게 눈알을 부라리며 말했다. "앞으로 일어날 일을 찍고 싶지 않나 보지."

"아니면 전자 장비들에 무슨 짓을 하려는 걸 수도 있어요." 앤지가 말했다.

레미와 내가 동시에 앤지를 쳐다봤다. 앤지는 이미 판단을 내린 듯 핏불테리어처럼 살벌한 얼굴로 가방을 뒤지기 시작했다. 물안경 두 개와 화가들이 쓰는 방진 마스크를 잔뜩 꺼냈다. 그리고 물안경 하나는 자기가 쓰고 내게 하나를 내밀더니, 다른 손으로 방진 마스크에 바르는 마그네시아유를 짰다. 앤지가 마스크를 쓰고 나도 하나 썼다. 레미에게도 하나 건넸는데, 그는 관심이 없었다. 대신 그는 허리를 굽혀서 가방에 얼굴을 처박더니 내용물을 모조리 바닥에 꺼내놓으며 뭔가를 찾았다.

"레미 아저씨." 내가 그의 얼굴 밑으로 마그네시아유를 적신 마스크를 흔들며 말했다. 그 액체는 최루액의 통증을 어느 정도 중화시켜 줄 것이다. 경찰이 다른 종류의 화학약물을 사용하더라도 적신 마스크는 건조한 마스크보다 나을 것이다. "아저씨!"

레미가 벌떡 일어나는 바람에 내 턱에 살짝 부딪혔다. 뒤에 공간이 있었다면 엉덩방아를 찧었을 것이다. 하지만 뒤에 있던 사람들이 나를 붙잡아줬다. 그래서 나는 사람들에게 재빨리 고맙다고 인사를 하고 레미를 돌아봤더니, 그가 은색 주머니를 들고 있었다.

"휴대폰, 빨리!" 레미가 말했다.

나는 그 주머니가 뭔지 알아챘다. 패러데이 파우치였다. 그 안에 전자태그 칩이 달린 신분증이나 교통카드, 하이패스, 여권 같은 걸 넣어두면, 다른 사람들이 판독기로 읽지 못하게 막을 수 있다.

하지만 패러데이 파우치는 안에 넣은 물건이 외부와 통신하지 못하게 막는 일만 잘하는 게 아니라, 외부의 전파가 안으로 들어가지 못하게 막는 일도 잘한다. 나는 재빨리 휴대폰을 꺼냈다. 너무 빨리 빼느라 바지 주머니가 뒤집히고 잔돈이 땅바닥에 우수수 떨어졌다. 앤지는 이미 휴대폰을 꺼내서 들고 있었다. 우리는 휴대폰을 주머니에 넣었다. 레미도 휴대폰을 넣은 후 주머니를 닫고 가방에 넣었다. 그리고 레미는 내게서 마스크를 받고, 자신의 고글을 꺼내 썼다.

우리 주변의 사람들이 이 이상한 행동을 지켜봤다. 몇몇은 우리를 따랐다. 다른 이들은 사람들을 밀치며 공황상태에 빠져서 여기서 벗어나려고 했다. '아, 이런, 우르르 도망치기 시작하겠구나. 우린 죽었다….'

그 순간, 거대한 신의 손으로 하늘을 종잇장처럼 찢는 소리가 날카롭게 들렸다. 그리고 주변에 있는 전자기기들이… 타닥거리다 죽었다.

경찰이 우리에게 HERF 총을 쏜 것이다.

HERF는 고출력 무선주파수(High Energy Radio Frequency)의 준말로 무선주파수 에너지의 크고 험악한 파동을 의미한다. 일반적인 자동차의 배터리 전력을 조율해서, 거친 야수 같은 힘을 소형 위성 안테나를 이용해 가느다란 줄기로 집중시키면, 스무 걸음 정도 떨어져 있는 노트북을 죽일 수 있는 HERF 총을 만들 수 있다. 부품들에 대해 잘 알고 있다면, 기껏해야 2백 달러 정도밖에 들지 않을 것이다.

물론 큰 정부나 우수한 장비를 갖춘 경찰이라면 그런 식으로 집에서 뚝딱뚝딱 만들 필요가 없다. 그저 준군사적인 상품의 목록을 살펴보고, 기성품으로 만들어진 터무니없이 큰 파동 에너지 장비를 구입하면 된다. 법집행기관의 관점에서 그런 장비는 무해한 핵폭탄이나 다름없다. 사람과 빌딩은 전혀 손상시키지 않기 때문이다. 하지만 짓궂은 전자파는 1975년형 디젤엔진보다 조금이라도 복잡한 물건을 모조리 쇳덩어리로 만들어버린다.

나는 당시 경찰이 시위대를 향해 HERF를 쐈다고 판단했지만, 그 생각이 전적으로 맞은 건 아니었다. 나중에 9월 24일 시위에 대한 청문회가 열렸을 때 경찰의 군중통제 전문가들의 증언에 따르면, 그들은 시위대의 30미터 상공으로 파동 무기를 조준해서 쐈고, 그즉시 하늘에 떠 있던 모든 드론이 죽었다. 이 드론들이 아래에 있는 시위대로 수직 낙하하면서 그날 저녁의 첫 번째 부상자들이 발생했다. 사망자는 없었지만, 한 사람이 6개월간 혼수상태에 빠졌고, 한 여성은 왼쪽 눈을 잃었다.

증언한 전문가들은 그들이 휴대폰을 죽인 건 고의가 아니었다고 맹세했다. 발사할 때 근처에 있던 모든 차량의 펌웨어가 멈춰버린 일도 마찬가지라고 했다. 그리고 여섯 사람의 보청기가 죽고, 열두명의 심장박동기가 멈춘 것도 전적으로 우연이며 몹시 불운한 일이라고 했다.

하지만 경찰은 '작전 보안 유지'를 해야만 했다. 이건 '경찰이 할 일을 아무도 못 보게 하라'의 경찰식 표현이다. 그리고 아무튼 경찰은 '해산 명령'을 내렸다고 했지만, 나는 그 소리를 듣지 못했다. 염병할 일이 터진 거다, 난 그렇게 짐작했다. 대도시의 삶이란 게 그런 거지.

나는 마스크를 쓴 채 레미의 귀에 바짝 댔다.

"레미 아저씨."

"응."

"배터리가 거의 떨어져서 지붕 위에 올려놓은 드론 기억나죠?"

"응."

"아직 날 수 있을까요?"

"모르겠네. 어쩌려나, 왜?"

"그걸 공중에 띄워서 적외선 촬영을 시작하면 좋겠어요, 지금 당장이요."

"그러자."

레미가 패러데이 파우치를 열어 휴대폰을 쏟아내더니, 나와 앤지에게 휴대폰을 건네고, 자기 휴대폰을 만지작거렸다. 휴대폰 중계기는 HERF를 발사하기 직전에 샌프란시스코 경찰청의 요청에 따라 스위치를 내린 상태였다. 하지만 레미의 휴대폰은 중계기가 없어도 드론에 직접 연결되는 9메가헤르츠 무전이 가능했다. 9메가헤르츠는 벽이나 다른 구조물을 아주 잘 통과하기 때문에 괜찮은 주파수지만, 감시카메라와 무전기, 무선 조종 장난감 등이 북적이는 대역이다. 물론 지금은 모든 전자기기가 따끈하게 구워진 상태라, 레미 혼자 그 주파수 대역을 차지했다.

레미가 만족스러운 말투로 말했다. "이륙했어. 배터리는 25분 정도 남았어." 잠시 후에 말을 이었다. "4G 회선도 잡았어. 멀리 떨어진 중계탑의 회선을 잡았나 봐. 고도 덕분이지."

"좋았어요. 우리 머리 위로 가져오세요." 내가 말했다.

"그래."

그 사이 앤지는 휴대폰의 무선랜을 잡으려고 버튼을 계속 누르면서 드론이 네트워크를 중계해주기를 기다렸다. "잡았어!" 앤지가 말했다.

"드론의 생중계 동영상 주소를 트위터로 날려줄래?"

"흥, 내가 지금 뭘 하고 있을 것 같아?"

"미안."

나도 휴대폰을 꺼내 드론의 네트워크에 접속해서 트윗을 날렸다.

"드론의 네트워크 중계 기능을 끌 수 있나요?" 내가 레미에게 물었다. "인터넷에 접속하려는 사람들이 엄청나게 많아서, 사람들이 드론에 연결되면 동영상 중계가 힘들어질 거예요."

"그렇지." 레미가 말했다. "그래. 처리했어."

"네." 나는 HERF 공격 이후 처음으로 주변을 둘러봤다. "이런, 씨발." 우리를 어둠의 왕국에 남겨두고 근처에 있는 모든 빛이 땅속으로 빨려 들어간 것 같았다. 사방을 다 둘러봐도 보이는 거라곤 거세지는 폭풍 앞의 밀밭처럼 불안하게 움직이는 실루엣뿐이었다. 여기저기에서 사람들이 손전등이나 헤드라이트를 켰는데, 바늘구멍에서 새어 나오는 듯한 그 불빛들이 서치라이트처럼 두드러져 보였다.

그때 사이렌 소리가 들렸다. 베이교가 폭파된 날 이후로 처음 들은 소리였다. 옛날 전쟁 영화에 나오는 음향효과 같은 샌프란시스코의 공습경보 사이렌이었다. 예전에는 화요일 오후마다 점검을 위해 사이렌 소리를 틀었지만, 다리의 폭파 직후 그 소리가 실제로 사용된 탓에 시민들이 정신적 충격을 받아서 그 후로는 점검방송이 중단되었다. 그 소리에 너무 많은 사람이 외상 후 스트레스 장애를 나타냈다. 한참을 엉엉 울거나, 숨거나 문밖으로 뛰어나가거나 문 안으로 들어가고 싶은 충동을 참지 못하거나, 낮은 수위의 다양한 정신병적 반응을 보였다. 오랜 논쟁을 거친 후, 시청은 경보음을 이렇게 바꿨다. 길게 세 번 삐익-삐익-삐익, 짧게 세 번 삑삑삑, 그리고 길게 세 번 삐익-삐익-삐익. 모스 부호로 SOS였다.

그런데 지금 예전의 그 사이렌 소리가 요란하게 울려 퍼졌다. 근처에 스피커가 보이지 않는데도, 내 기억보다 소리가 더 컸다. 소리가 너무 커서 마치 내 머리 안에서 그 소리가 나오는 것처럼 느껴졌다. 사이렌 소리가 파도를 그리며 올라갔다가 내려올 때마다 그 소리가 너무 커서 나는 이를 꽉 다물었다. 내 몸의 모든 세포가 그 소리는 '나쁜 일이 일어났다'는 의미라는 걸 알아챘다.

밀밭의 실루엣이 더 격렬하게 흔들리기 시작했다. 서로 부딪히며 고통스러운 소리에서 벗어날 수 있는 곳을 찾으려 버둥거렸다.

갑자기 소리가 멎었다. 울려 퍼지는 침묵은 사이렌 소리 못지않게 소름 끼쳤다. 그때 거인의 목소리가 스피커에서 터져 나와 메아리쳤다. 지극히 권위적인 말투라서, 연구실에서 만든 소리거나 최대한 위협적이고 공포를 심어주기 위해 설계된 '텍스트 음성 변환'

소리 같았다.

"이 집회는 불법이다."

그 말이 블록에서 블록으로 시위대가 있는 구역을 따라 울려 퍼졌다. 마치 민중 마이크의 재미없는 패러디 같았다.

"여러분은 수색과 신원 조사 대상이다."

우리 머리 위에 떠 있는 드론이 생각났다. 드론은 이 모든 상황을 인터넷으로 생중계하고 있다. 얼마나 많은 사람이 생중계를 보고 있을지 궁금했다.

"협조적이고 법을 위반하지 않은 사람은 체포하지 않을 것이다."

가까이 있는 사람들이 이리저리 밀치며 소란스럽게 움직였다. 나는 주변을 둘러보다가 덩치 큰 시위대가 머리에 쓴 헤드램프에서 비추는 불빛이 눈에 들어왔다. 그가 헐렁한 외투를 벗자 스포츠 재킷이 모습을 드러냈다. 재킷의 앞뒤에 정자체 글자들이 새겨져 있었다. '샌프란시스코 경찰청.' 내가 양옆과 앞뒤를 살펴보자 더 많은 경찰 재킷이 눈에 들어왔다. 시위대 사이사이에 있던 건장한 남자들이 라이스푸딩에 박힌 건포도처럼 자신의 정체를 드러냈다.

하지만 경찰들은 감춰진 정체만 드러낸 게 아니었다. 10여 미터쯤 떨어진 곳에서 전술용 검은색 복장에 고글과 얼굴 마스크를 쓴 세 놈이 V자 대형을 이루고 사람들을 옆으로 밀치면서 시위대 사이를 뚫고 곧장 걸어갔다. 놈들은 젊은 두 남자 앞에 우뚝 멈췄다. 하얗게 겁에 질린 남자들은 흰자위가 드러날 정도로 눈이 동그래졌다. 경찰 둘이 밑도 끝도 없이 테이저건으로 그들을 쐈다. 둘은 머리를 두들겨 맞은 황소처럼 바닥에 쓰러지더니 온몸을 비틀며 몸부림쳤다. 그중 한 명의 손이 옆에서 이 모습을 보고 있던 여자를 스치자, 그녀가 비명을 지르며 고개가 젖히다가 뒤에 있는 남자의 코를 쳤다. 남자가 코피를 쏟았다.

V자 대형으로 서 있는 세 놈은 전혀 개의치 않았다. 놈들은 무릎을 꿇고 앉아 두 남자의 손과 발에 플라스틱 수갑을 채우고 야만적으로 홱 당겨서 단단히 묶었다. 마치 말을 잘 듣지 않는 잔디 깎는 기계의 시동을 걸려고 줄을 잡아당기는 모습 같았다. 그리고 남자들을 둘둘 말은 양탄자처럼 어깨 위로 걸치고 위협하며 왔던 길로 돌아갔다.

그때 비명과 함께 경찰의 압박이 시작되었다.

처음에는 먼 곳에서 들리는 소리였다. 한 블록 정도 떨어진 곳에서 나는 소리 같았다. 경찰의 압박이 시위대를 따라 앞뒤로 흔들리며 파도처럼 퍼져나갔다. 반걸음 뒤로 물러선 사람과 부딪히지 않으려고 내 앞의 사람이 반걸음 물러나며 나와 부딪혔고, 나도 뒷걸음질을 치다가 앤지와 부딪혔다. 앤지는 나를 붙잡으며 반걸음 뒤로 물러났다.

하지만 두 번째 파도는 훨씬 강렬했다. 반걸음이 아니라 한 걸음 반을 물러서야 했다. 나는 팔꿈치로 명치를 맞아서 헉 소리가 절로 났다. 몸을 구부릴 공간이 있었다면 내 허리가 반으로 접혔을 것이다. 그다음 파도는 공연장 관객들이 추는 춤 같았고, 그다음 파도는 지진 같았고, 그다음 파도는…. 공황이 밤을 장악하고 사람들을 광란으로 몰고 가는 장소에 갇힌 수십만의 군중 한가운데에 있는 느낌이었다.

그때 누군가 탁월한 생각을 해냈다.

"마이크 확인!"

나는 처음엔 짜증을 냈다. 대체 어떤 인간이 이런 시점에 연설을 하면 상황을 나아지게 할 수 있을 거라 생각한 걸까. 당연히 지금은 연설할 만한 때가 아니다. 지금은 군중의 동물적 본능이 고개를 치켜들기 직전이었다. 하지만 인간의 두뇌 한구석에서는 밀고 당기기가 곧 일어날 재앙을 의미한다는 사실을 알았다.

"마이크 확인!" 나는 되받아서 외쳤다. 다른 이들도 합류했다.

"마이크 확인!"

"마이크 확인!"

외침이 군중을 뚫고 동심원을 그리며 퍼졌다. 그 소리를 들은 사람들이 차분해졌다. 경찰 체포조가 내 옆을 지나 쏜살같이 달렸다. 내가 발을 걸어 넘어뜨릴 수 있을 정도로 가까운 거리였다. 하지만 나는 아무것도 하지 않았다, 움찔하지도 않았다. 이제 내게는 평온함이 찾아왔다. 성전에서의 그 평온함이었다. 나는 이런 순간마다 이 평온함을 갈구했었지만 거의 찾을 수 없었다.

덩치 큰 경찰이 내 쪽으로 다가오고 있었는데, 그의 벨트에 다양한 장비들이 달려 있었다. 나도 모르게 벨트에서 눈을 떼지 못하고 살펴봤다. 그 많은 장비가 대체 뭔지 알고 싶었다. 경찰은 내게서 얼마 떨어지지 않은 곳에 멈춰서 우리 부모님 연배의 여성과 남성을 쳐다봤다. 예전의 좋았던 시절 부모님이 저녁식사와 공연에서 종종 만났을 법한 사람들이었다.

경찰이 그들에게 권위적으로 말하자, 둘이 신분증을 꺼냈다. 경찰은 PDA(개인용 정보 단말기)를 들어 두 사람의 사진을 찍고, 슈퍼마켓에서 계산할 때처럼 빨간 레이저 불빛으로 신분증을 잠깐 비췄다. 경찰은 모니터를 잠시 응시하고 옆으로 치웠다. 그리고 몇 분간 격렬하게 이야기를 나눈 후 두 사람이 휴대폰의 비번을 풀고 경찰에게 건네줬다. 경찰은 휴대폰 아래쪽의 케이블 잭을 한참 살펴보더니 일치하는 케이블을 꺼내서 끼웠다. 케이블의 끝은 경찰의 벨트에 달아놓은 흥미롭게 생긴 상자로 이어졌다. 나는 무슨 일이 일어나고 있는지 이해했다. 경찰은 사람들의 신원을 확인하고 기록한 뒤, 이들을 풀어주기 전에 휴대폰에 담긴 모든 데이터를 복사하고 있는 것이다.

나는 흥분했다. 이건 별말 없이 시위대에서 사람들을 잡아가는 체포조보다 더 사악했다. 휴대폰에는 소유자의 은밀한 사생활이 너무 많이 담겨 있다. 비밀번호, 친구와 가족의 연락처, 방문했던 모든 위치의 GPS 기록, 방문했던 모든 웹사이트의 브라우저 기록, 메신저 기록, 페이스북과 트위터 기록까지. 난 이런 상황이 믿기지 않았다.

경찰은 복사를 끝내고 나서 펜을 꺼내 두 사람의 손등에 뭔가를 끄적였다. 두 사람은 넋이 나간 얼굴로 겁에 질려있었다. 경찰은 두 사람에게 미소를 지으며 뭔가를 자세히 설명했고, 둘은 어리벙벙한 얼굴로 말없이 고개를 끄덕였다.

경찰이 두 사람의 어깨를 다정하게 두드리고 방향을 알려주며 군중 속으로 들여보냈다. 나는 두 사람에게 가서 발길을 막았다.

"저기요, 저기요, 잠깐만요!" 내가 말했다.

둘이 멈췄다.

"그 사람이 뭐라고 했어요? 그 경찰 말이에요." 내가 물었다.

남자는 깔끔하게 수염을 자르고 남부 억양을 쓰는 친근한 얼굴의 60대였다. "누군가 우리를 다시 붙잡을 때 이걸 보여주면 보내줄 거라고 했어." 그가 손을 내밀어 손등에 그려진 걸 보여줬다. 그라피티 낙서꾼의 사인처럼 휘갈겨 쓴 글이었다. 아마 경찰 이름의 머리글자인 모양이었다. "특수 잉크래." 남자가 말했다.

"경찰이 두 분의 휴대폰을 복사했나요?"

여자가 고개를 끄덕였다. 남자와 비슷한 나이로 보였으며, 멋진 머리 모양에 두툼한 나무로 만든 장식물을 목과 손목에 걸고 있었는데, 아마 예전에 히피였던 모양이었다. "그랬지. 그리고 우리 사진을 지워버렸어." 그녀가 얼굴을 찌푸렸다. "거기에 손자 사진도 있었는데 말이야." 두 사람은 악몽 속을 헤매는 듯한 얼굴로 말했다.

"고맙습니다." 내가 말했다.

"그래." 그들은 그렇게 말하고 떠났다.

경찰은 다른 사람에게 옮겨갔다. 경찰은 신분증을 스캔하고, 휴대폰을 가져갔다. 이번엔 경찰이 남자를 수색했다. 남자는 흑인이었다. 경찰은 그가 흑인이기 때문에 수색했을 것이다. 경찰은 그의 가방과 주머니를 뒤졌다. 수색을 마치자 남자의 휴대폰이 다시 잠겨버려서, 경찰이 다시 풀게 했다. 그 남자는 울 것 같았다. 아니면 경찰을 한 대 치고 싶었는지도 모르겠다. 경찰은 확실히 이 상황을 즐겼다. 경찰은 남자의 손에 또 뭔가 끄적이고 보내줬다.

앤지와 레미도 그 모습을 지켜보고 있었다. 우리는 충격을 받은 눈으로 서로를 쳐다봤다. 다른 체포조 때문에 일어난 충격파가 시위대에 퍼졌다. 이번엔 나도 넘어져서 아스팔트에 손바닥을 약간 긁혔다. 그 통증 때문에 정신이 확 들었다. 나는 해야 할 일을 깨달았다.

"마이크 확인!" 내가 외쳤다.

앤지가 깜짝 놀라 나를 쳐다봤다.

"마이크 확인!" 내가 다시 외쳤다.

앤지가 따라 했다. 레미도 따라 했다. 외침이 퍼져나갔다.

"경찰이 신분증을 기록하고 있습니다."

"그리고 휴대폰의 데이터를 복사하고 있습니다."

"그리고 사진을 지우고 있습니다."

"영장도 없이."

"기소도 되지 않았는데 말입니다."

"이건 불법입니다."

"이건 범죄입니다."

"경찰이 하더라도 이건 범죄입니다."

"경찰이 맘대로 법을 만들어 낼 수는 없습니다."

경찰이 이 상황을 알아채고 나를 쳐다봤다. 나는 빠르게 말하고 싶은 유혹을 눌렀다. 민중 마이크는 천천히 정확히 말해야 한다.

"경찰 요구에 따르지 마세요."

"변호사를 요구하세요."

"경찰이 저지르는 불법행위를 거부하세요."

이제 경찰이 사람들 사이를 가르고 내 쪽으로 움직이면서 벨트의 뭔가를 만지작거렸다. 최루액 분무기? 테이저건? 아니다. 기다란 플라스틱 수갑이었다.

"지금 경찰이 나를 체포하러 오고 있습니다."

"여러분에게 법을 따르라고 말했다고 말이죠."

"그걸 생각해보세요."

경찰이 손을 뻗어 나를 잡을 수 있는 거리까지 왔을 때, 사람들 틈에서 한 남자가 앞으로 나와 경찰과 나 사이를 막고 섰다. 나에겐 그 남자의 등밖에 보이지 않았다. 녹색의 군용 파카와 긴 머리카락이 삐져나온 머리가 눈에 들어왔다. 왼쪽 귀에 귀걸이를 세 개 하고, 오른쪽에는 두 개를 했다. 경찰의 손전등에서 나온 불빛 덕분이 이 모든 게 사진처럼 선명하게 보였다.

경찰이 그 사람 옆으로 돌아가려 했지만, 두 사람이 더 나와서 경찰의 길을 막았다. 곧 더 많은 사람이 나왔다. 나는 뒤로 물러났고, 사람들이 내 주변을 빽빽하게 둘러쌌다. 경찰이 뭔가 소리를 질렀다. 아무도 그의 말을 따라 하지 않았다. 경찰에게는 민중 마이크가 없었다.

"이제 가세요."

내가 무슨 마음을 먹고 그런 소리를 했는지는 모르겠지만, 그냥 튀어나왔다.

"이제 가세요." 시위대가 반복하며 그 소리가 퍼져나갔다.

"이제 가세요." 그 말이 노래가 됐다. "이제 가세요."

두 마디의 짧은 말이었다. "좆까, 짭새 새끼야!"나 "이런 게 민주주의야!"와는 달랐다. 이건 사람들이 자신을 스스로 돌볼 수 있다는 주장이었다. 그리고 시위대를 버르장머리 없는 아이라도 되는 양 집으로 돌려보내려는 '시민의 종복(從僕)'을 해산시키는 소리였다.

"이제 가세요."

경찰이 멈췄다. 자신이 수색하던 사람들에게 말할 때 자신감 넘치고 거들먹거리며 친한 척하던 경찰의 표정이 분노와 공포 사이의 뭔가로 바뀌었다. 경찰의 손이 벨트로 움직였다. 벨트에는 권총 손잡이나 분무기 같은 온갖 장비들이 달려 있었다. 우리를 감전시키거나, 가스를 쏘거나, 꼼짝 못 하게 만들 수 있는 '비살상' 무기들이었다. 더 많은 사람이 경찰과 나 사이에 모여들었다. 내가 까치발을 들고 경찰 뒤쪽의 모습을 봤더니, 경찰이 뒤로 돌아갈 수 있도록 시위대가 둘로 갈라져서 깔끔한 길을 만들고 있었다.

"이제 가세요."

이제 수백 명이 노래를 불렀다. 우리는 더 이상 화를 내지 않았다. 그렇다고 웃지도 않았다. 이 말은 농담이 아니었다. '여기는 우리 거야. 당신은 필요 없어. 가서 다른 일을 해.' 이 말은 그런 뜻이었다.

"이제 가세요."

경찰은 발길을 돌려 천천히 걸어갔다. 그는 머리를 치켜들고 턱을 내밀고 어깨에 힘을 주며 걸었다. 그 경찰이 조금 전 나한테 최루가스를 쏘려던 사람이긴 했지만, 그 순간 그가 불쌍하게 느껴졌다. 그가 가진 거라곤 권위뿐인데, 우리가 그걸 빼앗았다. 그는 이제 어린아이처럼 미래 군인 복장을 차려입고, 그가 보호하고 통제해야 할 '시민들'에게서 쫓겨나는 사람에 불과했다.

소리는 특정한 높이와 주파수로 진동하는 충격파다. 공기가 옅은 곳에서는 충격파가 밀고 나갈 분자가 적으므로, 소리는 느리고 금세 죽어버린다. 하지만 강철이나 돌, 물처럼 밀도가 높은 물질 안에서 소리는 빠르게 전달되고 멀리멀리 간다. 충격파가 앞으로 밀고 나갈 물질이 아주 많기 때문이다.

우리는 아주 빽빽하게 밀집되어 있었으므로, 우리의 생각이 강철 막대를 따라 진동하는 소리처럼 퍼져간다. "이제 가세요"는 연못에 동그랗게 퍼지는 물결처럼 우리로부터 퍼져나갔다. 시위대가

374

갑자기 마켓 가를 향해 움직였다. 한 걸음, 두 걸음. 우리의 수와 우리의 힘을 모은 집회 끝에 우리는 행진에 나섰다. 우리는 어딘가로 가고 있다.

앤지가 내 손을 잡고, 나는 레미의 어깨에 팔을 올렸다. 우리는 노란 벽돌길을 나서는 도로시와 양철 나무꾼과 허수아비처럼 보일 것이다. 한 걸음 더. "이제 가세요." 그래서 우리는 간다. 한 걸음 더.

잠깐 조짐이 있었다. 전반적인 소란스러움과 분노의 외침, 뒤에 있는 사람이 앞으로 내 등을 미는 팔꿈치. 그때 체포조가 나를 낚아챘다.

처음에는 손이 어지럽게 날아왔다. 힘센 손들이 내 몸을 감쌌다. 근육질의 팔이 헤드록을 걸어 내 목을 꽉 조였다. 너무 세게 조이는 바람에 목이 막혀서 숨을 쉴 수가 없었다. 손들이 내 팔을 등 뒤로 휙 젖혔다. 일종의 체포술로 팔을 고통스럽게 비틀어서, 팔이 어깨에서 뜯어져 나가는 느낌이었다.

플라스틱 수갑이 왼쪽 손목을 무자비하게 파고들었다. 나는 비명을 지르고 싶었지만 숨을 쉴 수 없었다. 그래서 몸부림을 쳤는데, 눈가로 붉고 검은 형체가 몰래 다가오는 게 어렴풋하게 보였다. 날카로운 외침 소리가 들렸다. 앤지와 다른 사람들의 외침이었다. 그리고 내 발이 살짝 들리더니 이리저리 떠밀렸다.

곧 나는 땅을 딛고 숨을 헐떡였다. 손들이 사라졌다. 앤지가 내 옆에 있었는데, 내 물안경을 붙잡아 눈에 씌우고, 마스크를 당겨 입에 씌워줬다. 절박하게 서두르는 앤지의 손이 떨렸다. 나는 손을 들어 앤지를 돕다가, 아직도 왼손에 묶여 있는 플라스틱 수갑이 눈에 들어왔다. 하지만 오른손에는 묶이지 않았다. 구토가 올라올 것 같아서 무릎을 짚으며 몸을 숙였다. 레미도 옆에 서 있었는데, 재킷이 찢어지고 심하게 멍이 들어 부풀어 오른 뺨에서 피를 흘리고 있었다. 레미는 한 손으로 상처를 누르면서, 다른 손으로 내게 엄지손가락을 내밀었다.

"어떻게 된 거야?" 내가 물었다.

"넌 풀려났어." 앤지가 무덤덤하게 말했다. 내가 주변을 둘러봤다. 내 옆에 레게 스타일로 머리를 땋은 남자가 경찰 장비처럼 보이는 방독면을 쓰고, 경찰 장비인 게 확실한 방패를 들고 있었다. 그 남자 뒤에 키 작은 여자는 경찰 헬멧을 쓰고 있었다. 시위대에 경찰 헬멧을 쓴 사람들이 드문드문 있었다.

"경찰들을 어떻게 한 거예요?" 내가 물었다.

레미가 어깨를 으쓱하며 말했다. "별일 없었어. 경찰이 퇴각할 때 장비를 빼앗은 거야. 걱정하지 마, 경찰을 때리거나 하는 사람은 없었어."

우리는 아직도 행진하고 있었다. 시위대는 마켓 가를 향해 떨리는 한 걸음을 또 내디뎠다. 얼굴에 뒤집어쓴 마스크 때문에 숨쉬기가 불편했고, 물안경에 뿌옇게 김이 서렸다. 내가 물안경을 막 닦으려는 찰나, 가스가 투하됐다.

가스는 거의 보이지 않고 소리도 거의 내지 않는 검은색 비행선에서 투하되었다. 제자리에 떠 있을 수 있게 조용한 전자모터를 장착한 작은 장난감 같은 비행선이었다. 나도 노이즈브릿지에서 이런 비행선 만드는 걸 도왔던 적이 있다. 우주 프로그램 팀의 부수적인

376

작업이었다. 그 팀은 공기보다 가벼운 기상 관측 기구에 카메라 두 대를 장착하고 초고층 대기로 띄워서 아래로 보이는 지구의 모습을 찍으려 했다. 그러면 우리는 알고 있지만 한 번도 보지 못했던 공처럼 둥그런 지구의 모습을 볼 수 있다. 비행선은 세탁소에서 옷을 포장해주는 비닐 주머니처럼 얇고 가벼웠다. 비행선이 제자리를 지키는 모습을 보면 오싹한 기분이 들었다. 손가락으로 비행선을 툭 치면 민들레의 솜털처럼 가볍게 밀리는데, 그러자마자 작은 프로펠러로 작고 정확한 바람을 일으키며 정확히 동일한 자리로 돌아온다. 내가 가지고 놀았던 비행선은 해파리를 연상시켰다. 안 좋은 방식으로 말이다. 비행선은 두뇌가 없이 떠다니는 외계인 같았다. 나는 그런 비행선이 본능적으로 무서웠다. 부주의한 사람들에게 쏠 침을 가지고 있을 것 같았기 때문이다.

비행선들의 아랫부분에 달려 있던 가스통들이 거의 동시에 작게 퐁 소리를 내며 가스를 투하했다. 마치 프라이팬에서 팝콘이 터지는 소리 같았다. 그래서 우리는 동시에 고개를 들어 위를 쳐다봤다. 그리고….

…공포에 사로잡혔다.

가스는 머리 위에서 약 4, 5미터 정도 높이에서 살포되었다. 우리가 잠깐 지켜볼 동안 흩어져 날리는 연기로 보일 정도의 높이였다. 우리는 그 모습을 보다가 화학적인 유독성 물질이 떨어지고 있다는 현실을 인식했다. 우리는 동시에 바닥에 엎드리고 도망가려 발버둥 쳤다. 서서히 떨어지고 있는 독성물질에서 도망치려 무슨 짓이든 했다.

나는 이리저리 난폭하게 밀리다가 땅바닥에 넘어져서 밟혔다.

딱딱한 부츠가 머리를 밟고, 다른 발이 내 아랫배를 밟았다. 누군지 모를 손길이 나를 끌어서 일으켜줬는데, 다시 밀려서 넘어지자, 또 누군가 일으켜줬다.

그때부터 숨을 쉴 수가 없었다. 그와 동시에 숨 막히는 비명이 여기저기에서 터져 나왔다. 그리고 구토가 이어졌다. 가스 안에 구토를 유발하는 물질이 들어있었던 모양이다. 아니면 가스를 흡입한 피해자들의 몸이 필사적으로 유독한 이물질을 온몸의 구멍으로 배출하려 애쓰는 건지도 모른다. 사방에서 구토물이 튀었다. 나는 미끄러져 넘어져서 손과 무릎으로 바닥을 짚었다. 곧 무릎을 짚고 일어섰다.

나는 방진 마스크를 통과한 가스를 약간 마시긴 했지만, 많이 마시지는 않았다. 숨쉬기가 힘들고, 물안경을 쓴 눈은 코를 타고 올라오는 자극 때문에 눈물이 맺혔다. 그래서 앞이 잘 보이지 않는 데다가 거리가 어두웠다. 그때 내 머릿속에 떠오르는 건 하나밖에 없었다. 앤지.

나는 앤지를 찾아 사방을 둘러봤지만 찾을 수가 없었다. 몇몇 사람들이 일어섰다. 그때 소리가 들리더니 드론과 글라이더가 머리 위를 교차하며 나는 모습이 눈에 들어왔다. 틀림없이 야간투시경이 달린 카메라로 사진을 마구 찍어대고 있을 것이다. 아마도 고글과 마스크를 쓴 사람들에 대한 깨끗한 사진을 길게 잘 찍을 수 있을 거라는 짐작이 들었다. 경찰이 시위대에 화학약물을 사용할 거라 예상하고 미리 대비한 '말썽꾸러기들'이니까.

나는 앤지의 이름을 소리쳐 불렀는데, 마스크 때문에 소리가 뭉개졌다. 더 크게 소리치려고 깊게 숨을 들이쉬었다가 마스크 외부에 들러붙어 있던 화학약물이 마스크의 구멍들과 옆의 틈으로 들어오는 바람에 입안 가득 들이키고는, 기침이 심하게 나서 몸이 절로 굽어졌다. 나는 구토를 하지 않으려고 마른침을 열심히 삼켰다. 마스크에 토하고 싶지 않았고, 마스크를 벗어서 내 얼굴을 드러내고 싶지도 않았다.

나는 주변에 넘어진 사람들을 붙잡아서 일어날 수 있게 도와주기 시작했다. 앤지가 어디에 있는지는 알 수 없었지만, 자신의 구토물 위에서 허우적대는 사람 중에 앤지가 있다면 다른 누군가 그 애를 일으켜주길 바랐다.

나는 머리를 붙잡고 툴툴거리고 있는, 군인처럼 머리를 짧게 자른 덩치 큰 남자에게 손을 뻗다가 왠지 모르게 멈칫했다. 납득하기 힘든 차가운 공포감이 등줄기를 타고 흐르면서 발이 땅에 달라붙어 떨어지지 않았다. 나는 실눈을 뜨고 그 남자를 노려봤다. 그러자 정수리에서 두꺼운 목까지 이어진 흉측한 흉터 자국이 눈에 들어왔다. 나는 안쪽에 손잡이가 없는 검은색 고급 차의 뒷좌석에 앉아 그 흉터를 본 적이 있었다. 이놈은 Zyz의 깡패, '얼간이'였다.

13

'얼간이'는 내가 있던 자리에서 뒤쪽으로 몇 미터밖에 떨어지지 않은 곳에 있었다. 그가 나를 감시하러 나온 거라면, 잘 지켜볼 수 있는 가까운 거리였다. 혹시 얼간이의 목표가 나를 붙잡는 것이었다면, 팔을 뻗어 잡기에는 조금 멀었다.

나는 뒷걸음을 치다가 다른 사람의 손가락을 밟고는 깜짝 놀라 발을 치켜드는 바람에 게워낸 음식들과 독성 화학물질 위로 미끄러질 뻔했다. 나는 겨우 중심을 잡고 다른 발을 내디뎠다. 얼간이는 아직 나를 보지 못했다. 얼간이는 전술용 검은 옷을 입고 있지는 않았지만, 그가 입은 청바지에 불룩한 카고 주머니가 두 개 달린 게 보였다. 그리고 허리 부근에도 살짝 불룩한 부분들이 몇 군데 있었다.

나는 한 걸음 더 물러나면서 조심스럽게 주변을 살폈다. 얼간이가 여기 혼자 왔을까? 티미가 함께 있지 않았을까? Zyz는 자기네 행동 대원을 혼자 달랑 보낼 조직이 아니라는 생각이 들었다. 나는 주변을 둘러보며 공황과 공포의 새로운 저장고를 찾았다. 나는 군중 속에서 티미일 것 같은 사람을 찾으며, 혹시 그가 가발을 쓰거나 다른 변장을 하지는 않았을지 궁금했다. 티미는 보이지 않았지만 절룩거리는 노인을 돕고 있는 레미가 눈에 들어왔다. 레미가 어깨로 노인을 부축하고 있었다. 레미를 향해 출발할 때 누군가 내 손을 잡는 게 느껴졌다. 난 순간적으로 들떠서 앤지가 살금살금 다가와 내 손을 붙잡았다고 생각했다. 나를 잡은 손이 여자 손이라는 게 느껴졌기 때문이었다.

그때 그 손이 내 엄지손가락을 잡더니, 통증이 느껴지는 이상한 뭔가를 했다. 고개가 뒤로 젖혀질 정도의 통증이었다. 비명을 질렀지만, 마스크 때문에 소리가 뭉개졌다. 그래서 몸부림을 쳐서 끔찍하고 뒤틀린 통증에서 빠져나가려 했다. 하지만 더 고통스럽기만 했다. 나는 괴로워하며 발끝으로 까치발을 서서 몸을 돌려 내게 고통을 주고 있는 사람이 누구인지 쳐다봤다.

캐리 존스톤이었다. 마치 시트콤에 나오는 주부가 식료품점에 장을 보러 나가는 모습처럼 차려입었다. 머리카락을 뒤로 넘겨 끈으로 묶고 헐렁한 샌프란시스코 주립대학 스웨터와 운동복 바지를 입고 있었다. 날렵하고 무자비한 인간과는 너무도 멀어 보이는 모습이라, 나는 처음에 그 매서운 얼굴을 보고도 알아보지 못했다. 정말 탁월한 변장이었다. 존스톤을 알아보고 나서 내 숨이 더 가빠졌다.

"안녕, 마커스." 존스톤이 말했다. 그리고 내 엄지손가락을 잡은 손아귀를 아주 약간 풀어줘서, 나는 숨을 몰아쉬며 잠시 집중할 수 있었다. 존스톤은 내 눈을 주의 깊게 살펴보다가 내가 정신이 제대로 돌아왔다는 생각이 들자, 스웨터 속에 있던 다른 손을 내밀었다.

그 손에는 끝이 두 갈래로 갈라지고 권총 손잡이가 달린 작은 전술용 검은 장비가 쥐어져 있었다. 테이저건이었다.

"난 이걸 사용하고 싶지 않아. 그러면 내가 너를 끌고 가야 하기 때문이야. 그러면 사람들의 이목을 끌겠지. 그러면 너를 죽여야 할지도 몰라. 그걸 원하진 않겠지. 내 말이 무슨 이야긴지 알겠어?" 나는 고개를 끄덕이고 마스크를 쓴 채 마른침을 몇 차례 삼켰다. 존스톤은 테이저건을 치웠다. "똑똑한 아이지. 가자. 이동해야 돼."

이제는 완전히 어둠이 내린 밤이었다. 주변에 있는 사람들이 다시 일어서면서 혼란스러웠다. 어둠 속에서 이리저리 밀치고, 울부짖고, 누군가는 비명을 지르고, 구역질을 했다. 사람들이 다시 질서를 되찾으려 애쓰면서, 가끔 누군가 "마이크 확인"이라고 소리치는 게 들렸고, 몇몇이 약하게 되받아서 외치는 소리도 들렸다. 하지만 캐리 존스톤은 나를 그런 장소에서 먼 곳으로 몰고 갔다. 돌격용 공성망치처럼 나를 밀어붙였다. 아직 내 엄지손가락을 붙잡고 있긴 했지만 비틀지는 않았다. 대신 그녀는 내 손가락을 조이스틱처럼 조종하며 나를 이쪽저쪽으로 몰았다.

뒤쪽 어디에선가 경찰이 확성기를 통해 사람들에게 앉아서 머리 위로 손을 올리라고 명령하는 소리가 들려왔다. 그러자 존스톤이 욕을 뱉으며 나를 더 빨리 밀어붙이기 시작했다.

흐릿한 밤이 빠르게 스치고 지나갔다. 하지만 뭔가 내 머릿속을 떠나지 않고 뱅뱅 돌았다. 캐리 존스톤과 얼간이는 시위대에서 나를 찾고 있었을 것이다. 그렇다면 HERF가 발사되었을 때 고스란히 전자파를 맞았을 것이다. 놈들은 이런저런 전술용 장비들을 가지고 있다. 하지만 과연 그 교묘한 장비들을 패러데이 파우치에 넣을 생각을 했을까? 존스톤은 끌고 가기 싫기 때문에 내게 테이저건을 쏘지 않는다고 했지만, 시위대 밖으로 나를 끌고 가는 게 존스톤에게 정말로 어려운 일일까? 그게 그렇게 사람들의 이목을 끌까? 존스톤은 물소로 벤치 프레스를 하고도 남을 인간이었다.

자, 백만 달러짜리 질문이다. 저 멍청한 작은 테이저건에는 HERF에 영향을 받을 정도의 전자회로가 담겨 있을까?

나는 흙과 눈물로 범벅이 된 얼굴의 노인과 부딪혔다. 얼굴은 어둠 속에서 어렴풋했지만, 그의 눈이 놀라서 커졌다. 우리가 뒤엉켜 넘어지기 전까지 그는 나와 부딪힐 거라는 사실을 인식할 틈이 거의 없었다. 우리가 넘어질 때, 내 엄지손가락을 꽉 잡고 있던 존스톤의 손아귀가 특별한 고통을 주는 형태로 비틀어졌다가 미끄러지는 게 느껴졌다.

나는 다리를 모으고 산토끼처럼 밤의 어둠 속으로 튀어나가 재빨리 도망쳤다. 손과 발을 이용해 사람들을 헤치며 마구잡이로 어둠 속을 내달렸다. 뒤에서 화난 소리들이 들려왔는데, 내가 지나며 부딪힌 사람들의 소리인지, 복수심에 불타는 존스톤의 손에 옆으로 떠밀린 사람들이 내는 소리인지 궁금했다. 너무 빨리 달려서 숨이 가빴다. 잠시 내 목구멍으로 공기 한 모금을 넘겨줄 수도 있겠지만, 나는 계속 달리도록 자신을 채찍질했다. 시야가 좁아지며 망원경으로 세상을 보는 것 같았다.

나는 서쪽으로 달렸다. 주변의 빌딩을 보며 내가 시위대의 중앙에서 멀어져 외곽으로 빠지고 있다는 생각이 들었다. 나는 곧 최루가스와 군중과 가혹한 추적자가 있는 세상에서 빠져나가 현실 세계로 도망칠 수 있을 것이다. 그 생각을 머릿속에 끊임없이 되새기고,

축축하고 폐소공포증을 유발하는 마스크를 쓴 채로 물고기처럼 입을 뻐끔거리며, 억지로 한 걸음씩 앞으로 내디뎠다.

잘되지 않을 것이다. 나는 성공하지 못할 것이다. 곧 내 무릎이 꺾이면, 캐리 존스톤이 나를 붙잡을 것이다. 테이저건을 쏘지 않더라도 존스톤은 나를 끌고 가야 할 것이다. 내 안의 모든 게 닳고, 터져 나오고, 망가져서, 한 번 움직임을 멈추면 다시는 움직일 수 없을 것이기 때문이다.

하지만 시위대도 끝이 존재했다. 그 끝이 보였다. 사람의 벽이 끝나고 도시가 시작되는 곳이 눈에 들어왔다. 몇 걸음만 더 가면 된다. 앞에 있는 불빛들이 뿌옇게 김이 서린 물안경을 통해 화려하게 반짝였다. 나는 그 불빛에 너무 집착한 나머지 현실 세계와 시위대를 가르고 있는 경찰 저지선을 보지 못했다. 헬멧을 쓴 경찰들은 허리춤에 플라스틱 수갑 다발을 달고, 무표정한 얼굴로 검은색 장갑을 손에 끼고 있었다. 나는 그때 멈춰 설 뻔했지만, 그러지 않았다. 아마도 멈출 수 없었을 것이다. 어찌 됐든, 난 존스톤이 감옥에서 나를 납치할 수는 없을 거라 확신했다.

한 걸음, 두 걸음, 그리고 난 경찰과 부딪혔다. 경찰의 숨결에서 햄버거와 향수 냄새가 느껴질 정도가 되었을 때, 그 경찰이 비트적거리는 내 마지막 달음질의 약한 운동량을 흡수했다. 경찰이 나를 멈춰 세우고 마스크와 물안경을 벗겼다. 그리고 한쪽 손목에 감긴 플라스틱 수갑을 보더니, 느슨하게 풀린 수갑을 꽉 채우고 다른 팔을 잡아 수갑을 채웠다. 나는 감자포대처럼 비인간적으로 다뤄졌다. 다른 경찰이 앞으로 나오더니 내게 대기 중인 버스를 가리켰다. 드론으로 하늘에서 봤던 그 버스들이었다.

버스에 집어넣기 전에, 경찰이 내 몸을 더듬으며 수색하다가 휴대폰이 그의 손에 닿았다. 그런데 내 옷에 묻어있던 구토물이 장갑에 묻자 멈췄다. "이거 휴대폰이야?"

"네. 그런데 죽었어요." 내가 말했다.

"그렇겠지. 어차피 조치할 때 그 사람들이 가져갈 거야." 경찰이 말했다.

어둡고 조용한 버스 안에는 20여 명 정도가 이미 잡혀 있었다. 일부는 젊고, 일부는 늙고, 일부는 갈색 피부거나 아시아계이고, 일부는 백인이었다. 버스 내부 모습은, 학교에 갈 때 천 번은 탔던 스쿨버스와 비슷했다. 강철 철망이 운전석과 버스의 뒷부분을 가르고 있다는 사실만 달랐다. 각 좌석에는 두 명씩 앉는 자리가 있었는데, 경찰은 버스의 뒷자리부터 사람들을 채웠다. 나는 버스의 중간쯤에 앉았다. 옆자리에 검은색 청바지와 스웨터를 입은 남자애가 있었다. 남자애는 의식을 잃은 상태로 호흡이 얕았다. 나를 그 남자애 옆자리로 데려가서 자리에 앉힌 경찰은 아무 말도 하지 않았다. 적대적이지도 않고, 친근하지도 않고, 그저 비인간적이었을 뿐이었다. 내가 그 남자애를 흔들자, 그 애는 다친 동물처럼 신음 소리만 냈다.

"이 애는 의사의 도움이 필요할 것 같아요." 양손을 뒤로 묶인 상태에서 편하게 앉을 방법을 찾기 위해 몸을 뒤척이며 내가 말했다.

"그럴 거야. 조치가 끝나는 대로." 경찰이 말했다.

주변에서 작은 소리로 중얼거리는 대화 소리들이 들렸다. 그 목소리들은 긴장하고 겁에 질려 있었다. 잔인한 공포영화에서 살인자를 피해 숨어 있는 아이들의 목소리 같았다. 나는 창문을 뚫어지게 내다보며 캐리 존스톤과 얼간이의 흔적을 찾았다. 아니면 앤지나 레미라도. 그리고 5분마다, 팔에 변호사 전화번호를 적어놓는다는 걸 까먹었다는 사실을 떠올리며, 나 자신이 얼마나 바보 같은 놈인지 되씹었다. 그런 상황에도 불구하고, 나는 몸을 숙여 앞좌석에 머리를 기댄 채로 한동안 잠에 빠져들었다. 너무 많은 아드레날린을 써버리는 바람에 완전히 바닥이 나서, 정신을 차리고 있을 정도로 남지 않은 모양이었다. 설상가상으로, 카페인이 다 빠져나가서 생긴 두통 때문에 머리가 깨질 것 같았다. 지금으로써는 에스프레소 커피콩 한 움큼을 즐겁게 씹어 먹고도 더 달라고 요구할 수 있을 것 같았다.

앞자리에 누군가 털썩 주저앉는 바람에 잠에서 깼다. 몽롱한 상태로 고개를 들어봤더니 내 또래의 여자애였다. 값비싼 옷을 입은 중동계 여자애였는데, 말총머리로 묶었던 긴 머리카락이 이리저리 삐져나온 상태였다. 그렇지만 아주 단호하고 냉철한 얼굴이었다.

"이봐요." 내가 경찰에게 말했다. "이봐요. 곧 화장실에 가야 할 것 같은데, 갈 수 있을까요?"

"조치가 끝난 뒤에." 경찰이 말했다.

"그게 언젠데요?"

"나중에."

"이거 봐요. 우린 여기에 너무 오래 있었어요. 적어도 수갑을 풀어줄 순 있겠죠?"

"아니." 경찰을 발길을 돌려 가버렸다. 그 모든 게 너무 비인간적이라 소름끼쳤다. 저놈은 거리에서 구걸하는 사람이 잔돈이 있거든 한 푼만 달라고 했을 때 없다고 딱 잘라서 말할 수 있는 사람일 것이다.

"여기 얼마나 있었어?" 여자애가 물었다.

"몰라. 내가 한참 졸았거든. 혹시 지금 몇 시인지 아니?"

여자애가 어깨를 으쓱했다. "틀림없이 11시는 넘었을 거야."

"밖은 어떻게 되어가?"

"아, 경찰이 모든 사람을 신문하고 있어. 그러다 대답이 마음에 안 들면, 담장 뒤로 보내버려."

"담장?"

"넌 담장 못 봤어? 큰 공터가 있는데, 한 블록 크기는 될 거야. 거기를 이동식 담장으로 둘러쌌어. 경찰이 마음에 안 드는 사람을 거기로 집어넣어. 거기에 가면 몇 가지를 더 물어보는데, 그래도 마음에 안 들면 여기로 보내. 넌 그 담장에 안 갔던 거야?"

미친 전쟁범죄자 용병에게 쫓기다 경찰에 뛰어들었다고 설명을 해줄까 하는 생각이 들긴 했지만 이렇게 말했다. "응. 그냥 잡혀서 여기로 바로 왔어."

여자애가 고개를 절레절레 흔들었다. "난 아니야. 나를 붙잡고 신분증을 확인하더니 담장 너머로 가뒀다가, 다시 신분증을 확인하더니 여기로 넣었어. 개자식들."

"너는 경찰한테 왜 잡힌 거야?"

여자애가 다시 어깨를 으쓱했다. "몰라, 인종주의? 요즘엔 이집트계 성을 가지면 '자스미나 빈 테러리스트 알 지하드'라고 불리는 거나 마찬가지야. 아니면 내가 ECWR 소속이라서 잡혔는지도 몰라."

"그게 뭐야?"

"여성 단체야. '여성 인권을 위한 이집트인 센터(The Egytion Center for Women's Rights).' 중동의 여성들과 연대하는 단체야. 여성들이 혁명을 위해 나서서 독재 정권을 몰아내는 걸 도우며 피를 쏟았는데, 새로운 '혁명' 정부가 들어서더니 여성을 집으로 돌려보내면서 '정숙'과 '여자가 있을 곳'에 대해 말하기 시작했어. 그래서 우리는 여기서 그 문제에 관해 이야기를 나누고 토론 모임을 만들었어. 그리고 실제로 코란이 여성에 대해 어떻게 말했는지를 다루는 인쇄물을 만들고 있어. 이집트 정부가 헛소리하고 있다고 비판하는 거지." 여자애가 다시 어깨를 으쓱했다. "아마 그래서 잡혔을 거야. 모르겠어. 담장 구역에 있을 때 가족에게 전화하려고 했는데, 내 휴대폰이 고장 나서 못 했어. 휴대폰이 되는 사람이 아무도 없더라."

흠. "전화를 할 수 있는 변호사 있어?"

"아니. 그래도 엄마는 아는 변호사가 있을 거야. 예전에 내가 붙잡혔을 때 엄마가 심장마비를 일으켰던 적이 있는데…. 그건 그렇고, 변호사가 있으면 뭐하게?"

내가 목소리를 낮춰 속삭였다. "나한테 작동되는 휴대폰이 있어."

내 옆에 의식을 잃고 있던 남자애가 살짝 움직였다. 한쪽 눈을 뜨더니 뭔가를 웅얼거렸다.

"뭐라고?? 내가 기대며 물었다.

"415-285-1011. 전국변호사협회 샌프란시스코 지부의 번호야. 휴대폰이 있으면 나 대신 전화 좀 해줘." 남자애가 말했다.

우리를 가둔 두꺼운 철망 너머 버스 앞쪽에 경찰이 앉아 있긴 했지만, 그는 그다지 주의를 기울이지 않았다. 어쩌면 마이크를 숨기고 보이지 않는 이어폰을 귀에 꽂고 우리가 하는 모든 말을 듣고 있을지도 모른다.

"알았어. 네 손이 닿을 수 있게 내가 몸을 돌리면 주머니에서 휴대폰을 꺼낼 수 있겠니?" 내가 남자애에게 말했다.

남자애가 몸을 움직이더니 주전자에서 김새는 소리처럼 색색거리며 말했다. "안 될 거야. 내 생각엔 팔이 부러진 것 같아."

내가 자세히 살펴봤다. 내 쪽에 있는 팔이 이상한 각도로 틀어져 있었다. 틀림없이 아주 고통스러울 것이다. 나는 앞에 있는 여자애에게 고개를 돌렸다. "혹시 내 주머니에서 휴대폰을 꺼낼 수 있겠니?"

여자애가 목을 쭉 빼고 나를 쳐다봤다. "글쎄." 여자애가 애매하게 답했다. "그런데 번호는 어떻게 누르게?"

"몰라. 그건 그때 가서 생각하자." 내가 말했다.

나는 허리춤을 여자애의 묶인 손에 가깝게 내밀기 위해 몸을 돌려야 했다. 그러다 옆자리의 팔이 부러진 남자애를 내 팔꿈치로 쳤다. 그러자 남자애가 다시 색색거리는 소리를 냈지만 내가 "미안"이라고 했을 때는 대답이 없었다.

그다음이 진짜 어려웠다. 우리는 둘 다 몸을 움직여 버스 통로에 다리를 내놓고 앉았다. 내 휴대폰은 앞주머니에 있었기 때문에 여자애에게 가까이 대주려면 몸을 틀어야 했다. 그래서 나는 여자애를 보지 못하는 상태로 여자애의 손이 있는 곳으로 엉거주춤 엉덩이를 뺐다. 그리고 여자애도 다른 곳을 쳐다보면서 묶인 손으로 더듬더듬 내 주머니를 찾아야 했다.

"우웩." 여자애가 말했다.

"내가 그런 거 아냐. 다른 사람이 내 옷에 토한 거야." 내가 말했다.

"그 소리를 들으니까 마음이 마구 편해지는 거 같네. 고마워."

여자애가 엄지와 검지를 내 주머니에 넣었다. 더 깊숙이 넣어서 휴대폰을 집고 밖으로 당겼다. 거의 다 뺐을 때 그만 휴대폰을 놓쳐 버렸다. 나는 휴대폰이 바닥에 떨어질 줄 알았는데, 허리를 틀었더니 다시 주머니로 들어갔다. 여자애가 다시 시도했다. 그리고 이번에는 제대로 꺼냈다.

"잠깐만. 이 수갑이 너무 꽉 묶여서 손을 거의 움직일 수가 없어. 이렇게 꼼지락거리는 식으로는 도움이 안 되겠어." 여자애가 말했다.

"천천히 해. 내 손 안에 휴대폰을 줄 수 있겠어?" 나는 손이 여자애한테 닿을 때까지 엉덩이를 쳐들었다. 여자애가 내 손에 휴대폰을 쥐여주었다.

여자애가 손가락과 손목의 관절을 구부리며 피를 다시 순환시키려고 애쓰는 동안, 나는 등에 묶인 손에 있는 휴대폰을 돌렸다. 휴대폰에 진짜 버튼이 달려 있어서 보지 않고도 번호를 찾아 누르던 때가 떠올랐다. 손안의 휴대폰이 느껴지며 익숙하게 잡혔다. 엄지 손가락으로 전원 단추를 찾았다. 단추를 누르고 화면 위로 손가락을 움직여봤다. 익숙한 진동이 느껴졌다. 화면에서 중요한 부분을 손가락이 스칠 때마다 휴대폰이 약하게 진동하면서 내가 휴대폰에 뭔가 지시를 내릴 수 있는 곳을 누르고 있다는 사실을 알려줬다. 나는 손끝으로 화면을 만지면서, 숫자판이 어디에 그려져 있을지 머릿속에 그리려 애쓰며 밑에서부터 위까지 조심스럽게 네 번의 진동을 세고, 왼쪽에서 오른쪽으로 세 번을 셌다. 이건 내가 강력한 여덟 자리의 비번을 입력하도록 만든 휴대폰 잠금화면이다. 내가 그 정도로 피해망상적인 사람이었기 때문이다.

390

젠장, 피해망상적인 내가 참 고맙네. 나는 여덟 자리 숫자를 정확하게 눌러야만 한다. 보지도 못하고, 반쯤 마비된 손으로, 경찰에게 들키지 않고.

"뭐 하고 있어?" 앞자리의 여자애가 내게 물었다.

"내 생각에 손가락이 숫자 1 위에 있는 것 같은데, 맞아?"

"몰라. 지금 네 휴대폰 화면이 아래쪽에 있어."

'아, 젠장, 아주 잘 되어가는구나.' 나는 팔목을 돌려 여자애가 화면을 볼 수 있도록 했다. 그러자, 내 손가락으로 세계에서 가장 멍청하고 어려운 마술을 시도하는 느낌이 들었다.

"네 손가락이 1 위에 있어, 9, 3, 6."

나는 이제 손의 위치가 다시 바뀌어서 화면 위에는 검지만 있었다. 내 손은 지금 바보 같은 마술 자세로 손가락 끝부분으로 휴대폰을 쥐고 있었다.

"지금 네 손가락은 1 위에 있어."

내가 움직였다. "3이지?"

"맞아. 그런데 손가락을 옮기다가 2를 눌러버렸어."

나는 입술을 깨물고 머릿속으로 숫자를 세기 시작했다. 내가 스물을 셌을 때, 여자애가 말했다. "좋았어. 다시 리셋됐어."

그렇게 여섯 번을 시도했다. 다섯 번째 시도했을 때 휴대폰이 잠겨버렸다. 그래서 휴대폰이 풀릴 때까지 10분을 꽉 채워서 기다려야 했다. 보안은 정말 끝내줬다.

"좋았어. 잘했어." 여자애가 말했다. 나는 손의 감각이 거의 사라진 상태였다.

"누구한테 먼저 전화할까?"

"우리 엄마. 엄마가 아는 변호사가 한 무더기일 거야." 여자애가 말했다.

니는 다시 더듬거리며 버튼을 눌러 전화를 띄우고, 여자애 엄마의 번호를 정확하게 누르기 위해 영원 같은 시간을 보냈다. 그래도 전화번호를 누르다 틀렸을 때는 백스페이스 버튼을 이용할 수 있었다.

"잘했어!" 다른 좌석에 앉은 사람들까지 고개를 들고 돌아볼 정도로 여자애가 큰 소리로 말했다. 나는 외도치 않게 엉뚱한 버튼을 누르지 않으려 노력하면서 휴대폰을 손으로 감싸 숨겼다. 우리는 다른 사람들이 다시 자신만의 불행한 시간으로 돌아갈 때까지 기다렸다. 그리고 내가 말했다. "자, 이제 어떻게 할까?"

"뭘 어떡해?"

"내가 너희 엄마한테 전화할 거야, 그렇지? 휴대폰은 여기 아래에 있는데, 넌 그 위에서 엄마한테 어떻게 말할래?"

"아."

"그래."

"네 손을 얼마나 높이 들 수 있겠어?"

나는 시도를 해봤다. 실은 손을 조금 들었더니 느낌이 나름 괜찮았다. 뻐근하던 어깨 근육이 풀리는 것 같았다. 앤지와 요가 수업을 잘 다녔으면 좋았을 거라는 생각도 들었다. 이 여자애(나는 아직 이름도 모른다. 좀 웃기지 않나?)가 내 뒤에서 움직거리더니, 코나 혀로 통화 버튼을 누르는 게 느껴졌다. 그러자 전화 신호가 가는 소리 때문에 휴대폰을 잡은 손가락 끝부분이 울렸다. 몇몇 동료 죄수들의 얼굴에 기뻐하고 두려워하고 당황하는 표정이 떠올랐다. 누군가 대답하는 게 들렸다/느껴졌다. 윙윙거리는 것 같았지만, 내 손가락들은 그걸 "여보세요?"로 해석했다. 그러자 여자애가 "엄마"라고 속삭였다. 그리고 낮고 급하게 속삭이기 시작했는데, 내가 모르는 언어였다. 아랍어인가? 이집트가 아랍어를 쓰던가?

마지막 죄수가 끌려 들어온 뒤로 버스 안에는 밝게 불이 들어와 있었지만, 우리는 너무 오랫동안(몇 시간처럼 느껴졌다) 이 안에 갇혀 있었다. 앞에 있는 경찰은 확실히 반쯤 졸고 있거나, 따분한 멍청이거나, 지루해지기 시작한 모양이었다. 어느 쪽인지 몰라도, 나는 우월감을 즐겼다. 경찰은 중무장할 수 있고, 우리를 체포해서 플라스틱 수갑으로 묶어놓을 수도 있다. 그리고 우리를 감옥에 집어넣고, 임시변통으로 지어낸 죄목으로 범죄혐의를 씌울 수도 있을 것이다. 하지만 우리를 철저하고 완벽하게 통제할 수는 없다. 우리는 여기 짐승의 배 속에 있다. 그렇지만 협력해서 바깥 세계로 통하는 통로를 만들어냈다. 나는 최루가스와 폭력진압과 수면 부족 때문에 묘한 광기가 스멀스멀 올라왔다. 나는 불사신이고 무적이라는 느낌, 그리고 난 이길 수밖에 없을 거라는 느낌이 들었다. 나는 소설의 주인공이 했을 법한 일들을 할 수 있었다. 항상 주인공이 이기는 거 아닌가?

바로 그때 내가 완전히 무력하며 약하기 그지없는 존재라는 첫 번째 암시를 받았다. 버스에서 나보다 뒷자리에 타고 있던 죄수들의 눈이 일시에 커지며, 위협적인 유전자를 타고난 사람과 인척이거나 뭔가 관련된 사람처럼 보일까 봐 두려워하는, 우스꽝스럽게 공포에 질린 얼굴로 바뀌는 순간이었다.

두 번째 암시는 내 뒤쪽에 있던 여자애가 지른 겁먹은 비명이었

다. 그리고 마지막 암시가 곧이어 모습을 드러냈다. 내 손의 휴대
폰이 떨어져 나가고, 장갑을 낀 손이 내 손목을 잡아서 높이 치켜
들었다. 팔이 너무 빨리 들려서 나는 좌석에서 몸을 일으킬 틈조차
거의 없었다. 몸이 앞으로 휙 구부러지면서 바닥에 이마를 고통스
럽게 들이박았다. 나는 비틀린 자세와 어깨가 뜯어져 나가는 통증
에서 벗어나려 애썼다.

곧 내 얼굴 옆에 다른 얼굴이 나타났다. 너무 가까워서 이빨이
부딪히는 소리가 내 귀에 들릴 정도였다. 너무 가까워서 숨 쉴 때
마다 껌 냄새가 느껴졌다. 나를 괴롭히고 있는 경찰의 얼굴이었다.
"얘야, 잘난 척하는 새끼를 좋아하는 사람은 없어." 내 손이 풀렸다.
팔이 아래로 내려오며 내 주먹이 엉덩이를 툭 치는 바람에 얼굴이
더러운 버스 바닥에 갈릴 때 신음이 절로 나왔다.

내가 채 숨을 고를 새도 없이, 같은 손이 내 발목을 잡았다. 그리
고 플라스틱 수갑이 채워지는 익숙하고 무서운 소리가 들리며, 한
쪽 발목에 플라스틱이 감기고 또 다른 발목에 감겼다. 그는 아플 정
도로 세게 묶였다. 그 손이 계속 움직였다. 내 팔목을 묶은 플라스
틱 수갑을 뒤로 휙 당기더니, 그가 내 위에서 뭔가를 하면서 낮게
중얼거렸다. 이상하게 부드러운 목소리였다. 경찰이 다른 수갑을
꺼내더니 팔목 수갑의 플라스틱 연결 부위에 감고, 내 발목을 팔목
쪽으로 휙 당겼다. 내 멍한 두뇌가 곧 돼지처럼 손발이 함께 묶일
거라는 사실을 깨달았다.

나는 발길질을 하고 몸부림치면서 소리를 질렀다. 그게 무슨 소
리였는지도 모르겠다. 말이 아니었을 수도 있다. 내 배 속에서 목
구멍으로 "안 돼!"와 엇비슷한 소리가 울부짖듯이 튀어나왔다. 나

394

는 고통을 주는 자와 그의 손으로부터 멀어지려 발버둥치며 벌레처럼 버스 통로를 기어가기 시작했다. 다른 죄수들이 통로에 있던 발을 치워서 내게 길을 내주었다. 그리고 나를 쫓고 있는 경찰에게 그들이 소리치는 게 들렸다. 10여 명이 "심하잖아!"라고 소리쳤다.

나는 버스 뒤쪽의 철망에 닿았다. 꿈틀거리고 벌레처럼 기면서 그쪽으로 가서 몸을 돌려 통로를 바라봤다. 당황한 젊은 백인 경찰은 복수심에 불타는 신의 얼굴을 하고 나를 쫓아오려 했지만, 버스 안의 다른 죄수들이 복도로 발을 뻗어서 다리의 숲을 만들었다. 경찰은 그 숲을 통과해야만 했다. 그는 허리춤에 있는 방망이로 손을 뻗어 반쯤 꺼내다가, 더 나은 생각이 떠오른 표정을 짓더니 최루액 분무기를 움켜쥐었다.

경찰은 벌레 약을 뿌릴 때처럼 분무기를 치켜들고는, 장갑 낀 손으로 목에 걸려 있던 마스크를 위로 올리고 고글을 눈에 썼다. 죄수들은 그의 동작을 보고 다리를 하나씩 거둬들였다. 결국 경찰과 나 사이에 길이 열렸다.

경찰이 나를 힐끗 쳐다봤다.

"알았어요. 조용히 앉아 있을게요. 나를 묶을 필요는···."

경찰은 흡혈귀 사냥꾼이 십자가를 치켜들듯 최루액 분무기를 앞에 들고 나를 향해 두 걸음 더 다가왔다. 나는 흡혈귀처럼 몸을 움츠리며 피했다. 나의 세계는 분무기의 노즐로 압축되었다. 사각형 구멍과 그 안의 작고 둥근 노즐. "제발." 내가 빌었다. 경찰이 발사기 위의 손가락에 힘을 주었다. 분무기는 내 얼굴 몇 센티미터 위에서 입과 코의 중간을 겨누고 있었다.

"톰." 버스 앞에서 목소리가 들렸다. "대체 무슨 일이야?"

경찰이 멈칫하더니 분무기를 벨트에 달린 주머니 안으로 슬그머니 집어넣고, 발을 돌려서 버스 앞쪽에 있는 나이 든 경찰을 올려다봤다. 그 경찰의 어깨에는 줄이 두 개 있었다. 경감이었다.

경찰은 버스 앞쪽에 있는 상관에게 걸어갔다. 그리고 둘은 조용히 격렬한 대화를 나눴다. 버스 안에 있는 모든 눈이 두 사람에게 꽂히고, 모든 귀가 그쪽으로 곤추섰다. '톰'의 등이 내 쪽을 향하고 있었는데, 그의 어깨는 테니스 라켓처럼 뻣뻣하게 굳어있었다. 지금 혼나고 있는 게 틀림없었다. 그 경찰이 혼나는 모습을 보면서 약간 우쭐한 기분이 들었던 건 사실이지만, 나는 아직도 공포의 잔상 때문에 엉망이었다.

'톰'이 버스에서 내렸다. 그리고 경감이 아무 말 없이 버스 통로를 따라 뚜벅뚜벅 걸어오더니, 내 팔을 붙잡아 반쯤은 질질 끌면서 내 자리로 데려갔다. 이동하는 동안 나는 미친 펭귄처럼 폴짝폴짝 뛰면서 똑바로 서려고 애썼다. 경감은 무표정하게 나를 자리에 밀어 넣고, 말없이 발길을 돌렸다.

"변호사한테 먼저 전화를 했어야 돼." 내 옆의 남자애가 말했다.

나는 아무 말도 하지 않았다. 버스 안의 불이 꺼지고 엔진 소리가 들리더니, 버스가 출발했다.

버스가 어둠 속을 달리고 있을 때, 으르렁대며 덜거덕거리는 소리 너머로 여자애가 내게 사과했다. 얄궂게도 여자애는 엄마가 너무 놀라는 바람에 뭔가 쓸모 있는 이야기를 하나도 전하지 못했다. 그래도 다행스러운 점은, 경찰이 내 손에서 쳐냈던 휴대폰을 여자애가 챙겨뒀다는 사실이다. 여자애의 이름은 달리아였다. 달리아는 휴대폰을 부츠 안에 넣어두었는데, 기회가 되는대로 내게 돌려주겠다고 약속했다. 나는 손과 발이 모두 묶인 상태라 그런 기회가 오리라고 그리 낙관하지 않았다. 그래도 그 생각에 감사했다. 이동하는 동안 나는 달리아에게 이름을 알려주고, 시간이 될 때 인터넷에서 내 이름을 검색해서 이메일 주소를 찾아 휴대폰을 돌려주면 정말 고맙겠다고 말했다.

버스는 아주 빠르게 가지도, 멀리 가지도 않았다. 창밖을 보니 교통이 혼잡했다. 다른 경찰 버스들이 아주 많아서 한참 지체됐다. 버스는 여러 차례 멈춰 서서 시간을 보냈다. 몇 시간은 서 있는 느낌이었다. 내 팔과 어깨로는 버스가 멈춰선 그 시간이 영원처럼 느껴졌다. 나는 꾸벅꾸벅 졸다가 한 번은 옆자리의 팔이 부러진 남자애에게 쿵 쓰러졌다. 남자애는 약하게 신음 소리를 냈는데, 그건 비명보다 더 안 좋았다.

태양이 막 떠오르기 시작할 즈음 버스가 목적지에 도착했다. 딱히 뭐라 표현하기 힘든 창고 같은 건물이었는데, 경찰들이 바글거렸다. 경찰은 10분에서 20분 간격으로 한 번에 두 명씩 버스에서 우리를 데려갔다. 아마도 이게 그 '조치'인 모양이었다. 경찰은 걷지 못하는 사람들을 마지막까지 남겨두었다. 덩치 큰 경찰 두 명이 나를 쓰레기 봉지처럼 버스에서 끌어내렸다. 그리고 내 옆자리에 있던 남자애를 데리러 돌아갔다. 나는 그 친구가 치료를 받아야 한다고 소리쳤다. 그들은 못 들은 척했다.

왜 발목을 묶였는지 아무도 내게 묻지 않았고, 풀어주는 사람도 없었다. 나는 이 부서에서 저 부서로 손으로 들려 옮겨졌다. 처음에 나는 이동용 탁자 앞에 있는 의자에 앉았는데, 거기서 낡은 노트북

(그 노트북에 비하면 티미와 얼간이의 노트북은 백만 배 더 멋있고 더 군사적으로 생겼다)을 쓰는 피곤에 절은 경찰 둘이 내 지문을 찍고, 망막을 스캔하고, 면봉으로 입안의 DNA를 채취하고, 내 이름과 주소와 사회보장번호를 적었다. 나는 그 경찰들에게 더 이상의 모든 신문을 거절하겠다고 했다. 변호사를 만나고 싶다고 했다. 소변을 눠야 한다고 했다. 내가 체포된 이유를 물었다. 나는 이 과정을 수천억 번은 연습했지만, 침실 거울을 보며 연습할 때보다는 수갑을 차고 하는 게 훨씬 더 어려웠다. 엄마는 언젠가 다시 체포될지도 모른다는 내 생각을 신경과민이라고 했었다.

경찰은 전혀 관심이 없었다. 그들의 대답을 순서대로 적으면 이렇다. "얄로우 스펠링 다시 한 번", "우리는 더 이상 신문하지 않을 거야", "나중에", "나중에", 그리고 "치안을 어지럽힌 난동과 모의 혐의."

경찰이 다른 사람에게 소리쳤다. 그러자 그들이 나를 들고 갔는데, 이번엔 의자까지 통째로 들어서 지문 부서로 갔다.

그러고 나서 나를 안에 있는 춥고 밝은 방으로 데려갔는데, 예전에 관리자나 현장 주임의 사무실로 썼던 곳 같았다. 거기서 알몸수색을 했다. 그래도 이번엔 내 수갑을 잘라줬다. 나는 다시 피가 돌기 시작했을 때 앓는 소리를 내지 않으려 애쓰며 팔목과 발목을 비볐다. 그 방에는 열다섯에서 스무 명 정도의 남자들이 있었는데, 우리는 서로의 눈길을 피하며 옷을 벗고, 발가벗겨진 상태로 벌벌 떨며 서 있었다. 아주 따분한 표정을 한 경찰들이 한 사람씩 이동하며 우리가 세균이나 바이러스에 감염되기라도 한 것처럼 수술용 장갑을 낀 손으로 우리의 옷을 뒤졌다. 그들은 우리 겨드랑이와 불알

밑과 엉덩이를 봤다. 내가 살아오면서 겪은 가장 치욕스러운 경험 중 하나였지만, 그 과정이 너무 지루하고 임상적이라서 그나마 그런 느낌이 좀 덜했다. 이 남자들은 우리에게 개인적인 감정이 전혀 없다. 이들은 어쩌면 시장에서 팔려 나가는 쇠고기를 검사하는 보건소 직원일지도 모른다.

경찰에게 구금되어 추위에 떨고, 겁에 질리고, 발가벗겨진 상태가 되면, 사람이 놀라울 정도로 냉철해진다. 예전에 누군가 내게 이 사람들을 어떻게 생각하는지 물었다면, 나는 이들이 싫다고, 배알도 없는 겁쟁이 같은 놈들이라고 대답했을 것이다. 인간성에 대한 배신이며, 부자들과 부패한 자들과 권력자들의 이익을 지켜주는 일로 먹고사는 놈들이라고 했을 것이다. 나는 경찰이 폭력을 저지르는 모습을 봤다. SF 영화에 나오는 슈퍼 군인처럼 차려입고 평화로운 시위대에 다가오는 모습과, 온갖 (아마도) 비살상 무기들로 잔뜩 무장하고는 겁에 질리고 세상에 대해 화가 난 사람들을 해충처럼 다루는 모습을 봤다.

지금 이 추운 방에는 두 종류의 집단이 있다. 한쪽은 벗었고, 한쪽은 철 지난 할로윈 의상을 입고 있지만, 여기에 있고 싶은 사람은 아무도 없었다. 우리는 기괴하고 상상할 수 없는 권력이 우리에게 부여한 배역을 맡았다. 그 권력이 바로 '체제'다. 그리고 이제 우리는 그 배역을 해야만 한다. 이 방에 있는 경찰들이 다른 곳으로 가고 싶어 하고, 다른 일을 하고 싶어 하는 게 내 눈에도 보였다. 하지만 그들은 이 방에서 우리의 항문이나 쳐다보며, 우리를 감옥에 던져 넣을 준비를 하고 있었다.

나는 속옷을 집어 올리고 가까운 경찰에게 걸어가 이렇게 말하고 싶은 충동이 잠깐 일었다. "이봐요, 친구. 이 상황을 이성적으로 생각해봅시다." 어쩌면 우리는 같은 도시 안에 같은 문제를 안고 살아가는 진짜 사람들처럼 대화를 나눌 수 있을지도 모른다. 이 경찰은 집을 잃거나, 꼼짝 못 하고 25만 달러나 되는 학자금대출을 지급해야 하는 자녀가 있을지도 모른다. 저 경찰은 아직 젊으니 부모님과 살면서 학자금대출을 갚으려 낑낑대고 있을지도 모른다.

그 순간이 한없이 늘어지다가 뚝 끊겼다. 우리의 옷을 두드리고 털더니, 다시 입으라는 허락이 떨어졌다. 경찰은 다시 우리에게 수갑을 채웠다. 나는 제발 족쇄가 채워지지 않기를 빌었다. 그렇게 될 것 같았다. 그때 내게 수갑을 채우고 있던 경찰이, 내가 족쇄도 차고 있었다는 사실을 떠올린 듯 다시 허리춤에 있는 수갑으로 손을 뻗었다.

"괜찮아요. 그럴 필요까지는 없잖아요."

경찰은 내 소리를 못 들은 척하며, 수갑을 내 한쪽 발목에 채우고 드르륵 당기기 시작했다.

"저기요, 제발." 나는 이제 알랑거리고 울먹이는 소리로 말하고 있었다. 내가 그런 목소리를 내고 있다는 사실이 싫었다. "정말로 그럴 필요까지는 없잖아요."

경찰이 내 눈을 쳐다보며 툴툴거렸다. "넌 족쇄를 찰 만한 짓을 저질렀을 거야. 그걸 언제 풀어줄지 판단하는 건 내 일이 아니야."

나는 눈을 질끈 감았다. 이 경찰은 내가 왜 족쇄를 찼는지 모른다. 하지만 내가 족쇄를 차고 있었으므로, 족쇄를 찰 만한 녀석이라고 확신했다. '톰'은 이미 오래전에 사라졌고, 나를 구해줬던 경감도 마찬가지다. 나는 법정에 나갈 때까지 족쇄를 차고 있는 모습이 머릿속에 그려졌다. 판사는 내가 족쇄를 차야 할 정도로 위험한 범죄자이므로 보석 요청을 거부할 것이다.

나는 현장감독 사무실에서 본관으로 끌려갔다. 거대한 공간에 철망으로 만들어진 감방들이 끝이 보이지 않을 정도로 멀리까지 통로를 따라 쭉 늘어져 있었다. 각각의 감방은 철망과 강철 기둥으로 만들어졌는데, 정확한 간격으로 바닥과 천장에 볼트로 고정된 기둥이 전체 공간을 작은 감방들로 나누었다. 각 감방에는 걸쇠에 맞는 전기 자물쇠와 개방형 화학식 화장실, 그리고 어두운 얼굴의 죄수들이 있었다. 중앙 복도를 따라 한쪽에는 남자, 다른 쪽엔 여자들이 갇혀 있었다.

경찰은 튼튼한 전술용 휴대 컴퓨터의 지시대로 우리를 한 명씩 각 감방에 집어넣었다. 나는 '전술용 장비'를 세상에서 가장 재미없는 패션용품이라고 결론 내렸다. 경찰은 죄수들을 앉을 공간도 없이 가득 찬 감방에 넣기도 하고, 사실상 거의 혼자 독차지하는 거나 다름없는 텅 빈 감방에 넣기도 했다. 몇몇 감방은 텅 빈 채로 됐다. 우리를 감금하는 데에 사용되는 알고리듬이 어떤 식으로 정리하고 분류하는지는 모르겠지만, 나름의 유머 감각이 있었다.

나는 거의 텅 빈 감방에 배정되었다. 그리고 수갑이 앞으로 채워져서 다행이었다. 덕분에 나는 노출된 변기에서 웅크리고 앉아 내 사생활을 보호하면서, 지난 몇 시간 동안 자유롭게 자신의 길을 가려 발광하던 소변을 마침내 풀어놓을 수 있었다. 그리고 엉거주춤 속옷과 바지를 다시 끌어올렸다.

몇 시간도 채 되지 않아서 그 텅 빈 감방이 꽉 찼다. 그래, 난 몇 시간이라고 했다. 더 많은 시간이 지나갔다. 햇빛이 들어오지 않고,

401

다들 시계와 휴대폰을 몰수당했지만, 우리는 거기에 하루 동안 있었던 것 같다. 내가 있는 감방에 아는 남자애들이 몇 명 있었다. 그리고 어떤 사람이 민중 마이크를 시도해서, 우리가 이렇게 갇혀 있는 게 얼마나 지랄 맞은 일인지 짧은 연설을 하거나 경찰에게 법을 지키라고 요구하고, 전화를 걸 수 있는 권리와 음식, 물을 달라고 했다. 그는 감방의 다른 시위자들로부터 박수를 받았지만, 경찰은 못 들은 척했다.

시간이 느리게 흘러갔다.

오랜 시간 동안 사람들이 오고 가자 나는 그에 관한 관심을 끊었다. 배가 고프고 목이 말랐다. 화장실이 넘쳐서 역한 냄새가 나고, 구역질나고 번들거리는 화학약물이 스며 나오기 시작하는 바람에 감방 안의 공간이 더욱 좁아졌다. 그러다 전체적으로 이전보다 조용하고 비어있다는 느낌이 들기 시작했다. 새로 오는 사람보다 나가는 사람이 많았다. 그들은 다시 돌아오지 않았다. 그렇다면 사람들이 다른 곳으로 가고 있다는 의미였다. 어쩌면 전화를 하거나, 신문을 받고 있을 수도 있다.

마침내 경찰 둘이 내게 왔다. 그들이 발목을 묶은 족쇄를 끊어줘서 걸을 수 있게 됐다. 건물의 입구까지 가면서 보니 감방 대부분이 비었다. 내 배 속에서 희망이 들썩였다. 허기로 꼬르륵거리는 소리와 기력을 잃은 목마름이 합류했다.

우리는 알몸 수색을 당했던 현장감독 사무실로 갔다. 나이 든 흑인 여성 경찰이 내 지문을 다시 채취하고, 모니터에 뜬 메모를 읽고, 타자를 입력하면서 아무 말도 하지 않았다. 경찰이 아무 말도 하지 않은 건 다행이었다. 변호사가 없을 때는 아무 말도 하지 않지 않겠다던 다짐을 내가 자꾸 잊어먹는 중이었기 때문이다.

그 경찰이 나를 데리고 온 경찰들에게 고개를 끄덕이자, 그들이 내 팔을 잡고 문으로 걸어갔다. 나는 추위와 흐릿한 햇빛, 약한 이슬비 속으로 나갔다. 길 건너에 수천 명이 팻말을 들고 서서 노래를 부르고 있었다. 경찰들은 나를 인도 가로 데려가더니 풀어줬다.

"다 끝났어." 경찰이 말했다.

"네?" 내가 말했다.

"가." 다른 경찰이 말했다. "끝났어."

"기소는 어떻게 되는 건가요?"

"무슨 기소? 넌 우리가 기소해줬으면 좋겠어?"

그 온갖 난리를 치고는, 나를 그냥 풀어준 것이다. 내 마음속 한 구석에서는 이런 말을 하고 싶었다. '젠장, 그래, 난 당신들이 기소해줬으면 좋겠어. 그렇지 않으면, 여기서 일어났던 일들은 대체 뭔데? 납치야?'

길 건너에서 팻말과 현수막을 들고 있는 사람들은 화를 내고 있었다. 이제는 나도 왜 그러는지 이해가 됐다.

"이게 무슨 개 같은 짓거리야!" 나는 느끼는 대로 말했다.

경찰들의 얼굴이 굳었다. 나는 물러서지 않았다. 엄청나게 겁이 났지만, 나는 물러서지 않았다. 그래, 잡아가서, 묶고, 구속하고, 감옥에 넣고, 물고문하고, 재판하고, 유죄를 선고하고, 평생 감옥에 집어넣어봐라. 그래도 이건 개 같은 짓거리다. 내게는 그렇게 말할 수 있는 권리가 있다.

우리는 막 싸움을 시작하기 직전의 개들처럼 서로를 노려봤다.

길 건너에 있는 사람들의 목소리가 잦아들었다가 다시 커졌다. 많은 사람이 휴대폰으로 영상을 찍으며 내게 가까이 다가오고 있었다. 아마 경찰도 그 모습을 본 모양이었다. 한 경찰이 고개를 돌리고 걸어 들어갔다. 곧 다른 경찰도 뒤를 따랐다.

나는 덜덜 떨면서 주먹을 너무 꽉 쥐었다. 너무 꽉 쥐어서 손톱이 손바닥을 두어 군데 파고들었다.

시위대가 내 등을 토닥였다. 그들은 내가 넋이 나간 상태라는 사실을 아는 듯했다. 테이블 위에 음식이 놓여 있었다. 사람들이 엄청나게 많은 렌즈콩과 쌀밥과 땅콩버터 젤리 샌드위치와 따끈한 피자를 가져다 놨다. 그리고 다섯 사람이 제각각 내게 집에 돌아갈 돈이 있는지, 의사의 도움이 필요한지 물었다.

소리를 질러대는 소란스러운 사람들 틈에서, 나는 갓돌 위에 앉아 수십만 칼로리의 음식을 게걸스럽게 먹어치웠다. 기계적으로 먹어대다가 음식이 떨어진 뒤에야 멈췄다. 난 일어나 더러워진 옷을 털고, 우리 집을 찾아 떠났다. 하지만 집까지 어떻게 갔는지는 잘 기억나지 않는다.

14

내가 문을 노크하자 엄마와 아빠가 사색이 된 얼굴로 나왔다. 나는 억지 농담을 했다. "지금쯤이면 이런 일에 익숙해지셔야 하는 거 아니에요?" 마지막 부분에서 내 목소리가 살짝 갈라졌다. 그러자 부모님이 나를 덥석 끌어안았다. 두 분은 내가 어디에 있었는지 대략 짐작하고 있었는데, 내 휴대폰으로 전화해서 그 사실을 다시 확인했다. 달리아가 전화를 받아 버스 안에서 일어난 일에 대해 부모님께 말해줬다. 두 분은 신용한도까지 박박 긁어서 나를 위해 샌프란시스코 경찰에게 소리쳐줄 변호사를 고용했지만, 그 변호사는 그렇게 고용된 수백 명의 변호사 중 한 명에 불과했다. 그래서 부모님은 내가 허우적허우적 걸어서 돌아올 때까지도, 내가 풀려났다는 사실을 몰랐다.

나는 백 년 동안 샤워를 하고 싶었다. 나는 천 년 동안 잠을 자고 싶었다. 하지만 그 무엇보다 앤지를 찾고 싶었다.

"앤지는 열 시간 전에 집으로 돌아왔어." 엄마가 말했다. "하지만 그 애 엄마 말로는 곧바로 다시 그 닭장으로 돌아갔대." 우리가 잡혀 있던, 사우스 샌프란시스코에 있는 그 장소를 언론에서 그렇게 불렀다. 닭장이라는 별칭은 인터넷에 뜬 휴대폰 사진에서 유래한 것이었다. 그 사진은 마치 악몽에 나오는 가금류 농장 같았다.

앤지는 거기서 나를 기다리고 있었을 것이다. 그런데 수많은 사람 틈에서 엇갈려버렸다. 휴대폰이 없었을 때 사람들은 대체 어떻게 살았을까?

"휴대폰 좀 빌려주세요." 내가 말했다.

엄마가 내게 휴대폰을 건넸다. 나는 잠시 멍한 두뇌를 깨워서 몇 년간 내 휴대폰 단축번호 1번이었던 앤지의 번호를 떠올리느라 낑낑댔다.

"마커스한테서 소식이 있었나요?" 앤지가 전화를 받자마자 말했다.

"그렇다고 볼 수 있지." 내가 말했다.

"대체 어디야?"

"집이야." 내가 말했다.

"거기서 뭘 하는 거야?"

"여름잠에 들어갈 준비 중이야." 내가 말했다. 여름잠은 아주 쓸모가 많은 단어로, 겨울잠과 비슷한 뜻이었다. '장기간 수면 혹은 휴면 상태.' 내가 지금 되려는 상태다.

"내가 도착할 때까지는 안 돼. 어떻게 감히 나한테 발견되지도 않고 빠져나간 거야?"

"그러게. 내가 나쁜 놈이야. 미안해. 우리 애인."

"샤워하고, 왁스 칠하고, 향수 뿌리고 침대에 들어가 있어. 25분 내로 갈게."

"네, 알겠습니다. 대장님."

재회가 이루어졌다. 이거야말로 내게 필요했던 일이었다. 우리는 둘 다 상처를 입었다. 앤지도 가스를 마시고, 밟히고, 체포되고, 풀려났다. 앤지의 이야기는 세밀한 부분에서 약간 차이가 있긴 했지만, 결국 내 이야기와 같았다. 앤지는 그 대부분의 일을 레미와 함께 겪었다. 둘이 함께 있었는데, 충돌이 시작되었을 때 레미가 앤지를 번쩍 들어서 군중을 피했다. 그리고 괴상한 서커스처럼 앤지를 머리 위로 들고 있었다. 앤지는 풀려난 뒤 레미를 만났었는데, 나를 찾게 되면 바로 연락해주기로 약속했다.

우리는 몇 분 동안 그런 이야기를 나누고, 멍들고 다친 상처에 입맞춤을 해주고, 교대로 소곤거리다가 잠이 들었다.

그리고 다음 날, 나는 출근했다.

뭐, 당연히 출근할 수밖에 없었다. 화요일이었다. 그리고 투표일이 다가오고 있으니, 누군가는 조셉 노스를 당선시켜야 했다. 그게 바로 내가 할 일이니까. 출근하는 길에 백 번은 휴대폰으로 손을 뻗었다. 메모를 하려고, 앤지에게 문자를 보내려고(앤지는 아직 내 침대에서 자고 있었다. 오늘 앤지의 첫 수업은 점심 이후에나 시작한다), 저녁때 날씨를 확인하려고, 트위터에 올라온 걸 읽어보려고. 그때마다 번번이 젠장, 휴대폰을 잃어버렸다는 사실이 떠올랐다. 노트북으로 전화를 걸어 달리아와 통화하고 다시 돌려받을 수 있도록 처리해야 한다. 그때 그걸 휴대폰에 메모해야 한다는 생각이 들었는데, 내 휴대폰이 어디 있지? 그리고 다시 시작됐다. 이 상황이 너무 웃겨서, 웃는 것조차 잊어버렸다.

나는 선거운동본부 사무실의 문을 열고 들어가다가 순간 멈췄나. 뭔가 달랐다. 처음엔 뭐라고 딱 꼬집어 말하기 힘들었지만, 곧 그게 뭔지 깨달았다.

다들 나를 쳐다보고 있었다.

사무실 안의 모든 사람이 동그랗게 눈을 뜨고 나를 쳐다보고 있었는데, 경외심과 두려움이 뒤섞인 눈길이었다. 나는 어정쩡하게 손을 흔들어주고, 재킷을 벗고, 내 책상으로 가서 털썩 앉아, 노트북을 꺼내 모니터와 키보드, 마우스를 연결하고, 비번을 입력해 하드디스크를 띄우고, 네트워크를 연결했다. 내가 이 일을 하는 동안 거의 완벽할 정도로 고요했다. 그런 상황이 너무 불편해서 나는 두 번이나 비번을 잘못 입력했다.

나는 컴퓨터 앞에 앉아 매일 아침의 일상적인 업무를 시작했다. 메일을 다운받고, 서버의 로그 기록을 확인해서 혹시 조금이라도 위험한 부분은 없는지 점검하고, 내 개인적인 백업을 시작했다. 모두 내가 반쯤 졸면서도 해낼 수 있는 틀에 박힌 일들이었다.

나는 반쯤 졸기 시작했다. 아니면 반쯤 산만해진 건지도 모르겠다. 얼마 지나지 않아 마우스를 움켜잡고 방금 닫은 브라우저 탭을 다시 열었다. Ctrl+F12를 너무 세게 두들겨서, 글자판 아래에 있는 스프링이 탄력을 잃기 시작하는 게 느껴질 정도였다. 나는 누르고 또 눌렀다.

그리고 나는 자리에서 일어나 나를 뚫어지게 쳐다보고 있는 시선의 바다를 쳐다봤다. "대체 무슨 일인지 누가 저한테 설명 좀 해주실래요?"

마치 한 사람처럼 전 사무실의 시선이 동시에 리엄을 향했다. 리엄이 자리에서 일어나 내 책상으로 다가왔다.

"커피 한 잔 마실래?" 리엄이 말했다.

그게 바로 이 빌어먹을 우주에서 내가 무엇보다 원하던 일이었다는 사실을 깨달았다. 리엄을 따라 돌로레스 공원으로 가다가 터키 커피 가게에 들러 테이크아웃 커피를 사고, 여분의 커피를 더 사서 보온병에 담았다. 우리는 벤치에 자리를 잡았다. 리엄은 내가 첫 번째 컵을 다 마시고, 두 번째로 따른 커피를 다 마실 때까지 묵묵히 기다렸다. 그리고 리엄은 나를 쳐다보며 말없이 눈썹을 치켜드는 것으로 자기 말을 들을 준비가 되었는지 물었다. 나는 고개를 끄덕였다.

"월요일에 조셉이 열이 달아서 사무실로 들어왔어. 그리고 네가 어디 있는지 계속 물으면서, 플로르에게는 너한테 전화해보라고 시키고, 나한테는 메일을 보내라고 했어. 조셉은 뭔가 너한테 정말로, 정말로 하고 싶은 말이 있었던 거야. 그렇지만 너한테 연락이 닿지 않자, 나한테 와서 컴퓨터와 인터넷과 장비들이 있으니 우리 웹 서버에 접속할 수 있겠냐고 묻더라. 뭐, 나는 네가 관리자 비번을 써놓은 봉투를 어디에 두는지 알고 있으니까 가능하다고 대답했지.

그랬더니 조셉은 나한테 네가 집회 때 제안한 이야기를 해줬어. 다크넷 문서들을 전부 올리기로 했다며. 이 문서들에 담긴 내용 때문에 열 받아서 그렇게 많은 사람이 샌프란시스코 거리에 나왔는데도, 주류 언론에는 거의 다루지 않고 정치적인 문제로 삼는 사람이 아무도 없다는 사실이 믿기지 않았대. 조셉의 말로는, 이 체제가 얼마나 썩었는지, 어떻게 돈으로 정책을 사는지, 주의회 의사당이 있는 새크라멘토의 상황이 얼마나 지저분한지에 대해 사람들이 생각하기 시작하는 걸 민주당과 공화당은 원하지 않는대. 조셉은 그 문제에 대해 주말 내내 고민하다가 이거야말로 자신이 정당 후보들과 다르다는 사실을 보여줄 수 있는 일이라고 결심했대. 플로르가 조셉에게 반박하려고 했지만, 조셉이 뭔가에 꽂히면 어떤지 너도 잘 알잖아. 조셉은 확고했어.

그래서 조셉은 나한테 네가 제안했던 내용을 설명하려 했어. 무슨 투표 시스템이 어쩌고 하던데? 조셉은 제대로 설명을 못 했어. 그래서 한참 후에 내가 이렇게 말했지. '저기요, 두 시간 정도만 주면 다크넷 문서를 모조리 다운받아서 우리 서버에 올려놓을 수는 있지만, 다른 건 어떻게 해야 할지 모르겠어요. 제가 만졌다가는 전체 시스템을 엉망으로 불안하게 만들어버려서, 누군가 서버를 장악해 10초 만에 홈페이지를 온통 자기 고추 사진으로 도배해버릴지도 몰라요.'"

내가 얼굴을 찡그렸다. "그랬더니 조셉은 뭐래?"

"조셉은 허락을 요청하느니, 차라리 용서를 비는 게 낫겠다고 했어. 그리고는 나한테 문서들을 통째로 올리래. 그 뒤의 일은 자기가 책임지겠다고. 그다음에 내가 아는 거라곤, 조셉이 언론담당자들을 불러들였어. 그러고 나서 수백만 명이 한꺼번에 문서들을 다운받을 경우에 그 부하를 견딜 수 있는지 알아보기 위해 확인했어. 나는 그러니까, 내 생각에는, 우리가 필요할 경우에 확장할 수 있는 클라우드 서비스를 사용하고 있을 거라고 짐작했어. 난 데이터센터에 전화를 해봤지만, 내가 네 클라우드 비밀번호를 모르잖아. 데이 터센터에서는 캘리포니아 주 전체가 동시에 접속해도 자기네 서버 는 처리할 수 있다는 말만 했어."

"그런 일이 있었던 거야?" 서버 로그를 봤을 때, 지난밤에 접속량 이 일시에 백만을 넘어선 뒤로 점점 더 올라가고 있었다.

"아, 아냐. 더 극악했어. 내 말은 '더 했다'는 뜻이야. 캘리포니 아 주 밖에서도 관심을 가진 사람들이 많았어. 이런 식으로 가다간 전 세계가 다크넷 문서에 관심을 가질 것 같아. 너도 뉴스 봤지? 어 제 모든 방송에서 주요 뉴스로 다뤘어. 그리고 문서를 올리자마자 10초 후부터 트위터에서 난리가 났어. 우리는 모두 네가 와서 뭔 가 제대로 된 분석을 해주길 기다리고 있었어. 나도 시도해보긴 했 지만…." 리엄이 어깨를 으쓱했다. "뭐, 난 그냥 티셔츠나 찍는 녀 석이잖아."

나는 진짜로, 진짜로 깊게 숨을 들이쉬었다. "난 감옥에 잡혀 있 었어."

"그럴 줄 알았어. 우리도 대체로 그렇게 예상했어. 오늘 네가 나 타나지 않으면 조셉이 너희 부모님을 찾아가려고 했을 거야. 그건 그렇고 네 휴대폰은 어떻게 된 거야? 내가 전화를 계속했는데…."

"그건 사연이 길어." 나는 왜 달리아가 휴대폰을 받지 않았는지 궁금했다. 달리아는 내 휴대폰에 '엄마'라고 찍힌 번호의 전화만 받 고, 다른 전화는 무시해버렸는지도 모른다. 어쩌면 배터리가 죽 었을 수도 있다. 혹시 그런 경우라면, 달리아가 내게 먼저 연락하 기 전에는 휴대폰을 돌려받을 방법이 없다. 대단하군. "조셉은 어 디 갔어?"

"루트스트라이커스(Rootstrikers) 사무실에서 기자회견 중이야. 정치적 수단을 이용해서 돈을 버는 문제와 관련된 활동을 하는 단체인데, 다크넷 문서들을 보고 엄청 흥분했대."

"흠." 나는 방금 들은 이야기들을 머릿속에서 되새김질했다. 그러니까 선거운동본부가 내 아이디어를 받아들이고 움직이기 시작했는데, 잘 되고 있다. 아무튼 지금까지는 괜찮았다. 이런 상황이 얼마나 지속될 수 있을지 궁금했지만, 그건 내가 걱정할 문제가 아니라고 결론 내렸다. 조셉이 후보로서 자기 역할을 하는 동안 홈페이지를 온라인 상태로 유지하는 게 내 일이었다. 이제 내 정맥에 흘러 들어간 커피가 걸쭉하고 느린 혈액을 〈엑스맨〉의 '퀵실버'로 바꿔놓았다. 기술자로서 일을 할 때가 됐다. 그건 내가 잘하는 분야다.

그건 그렇고, "다른 건 어떻게 됐어? 유권자 찾기 프로그램?"

"응, 그거. 조셉이 나한테 그 이야길 하긴 했는데, 난 무슨 이야기를 하는 건지 전혀 모르겠더라. SNS 주소록으로 뭘 한다는 거 같던데?"

"기본적으로는 그렇지." 나는 리엄에게 프로그램에 관해 설명해줬다.

"아, 죽여준다. 그러면 선거운동 과정에서 논쟁이 붙거나, 조셉이 상원의원이 된 이후에도 의사결정 과정에 이용할 수도 있겠네. 우리가 뭘 해야 할지 알고 싶을 때 즉석 투표를 할 수도 있고 말이야. 끝내준다. 그것도 할 거야?"

"우리한테 그럴 시간이 있으면 하겠지만, 지금은 다크넷 문서를 살려놔야 해." 재밌네. 다크넷 문서가 내 삶에서 중요한 문제가 되어버리긴 했어도, 나는 이 유권자 찾기 프로그램에 훨씬 관심이 많았다. 그래서 난 그 프로그램에 집중할 수 있기를 바랐다. 그 일을 할 수 있는 시간을 찾아야 할 것이다.

하지만 먼저 우리 시스템의 기반을 튼튼하게 만들어야 한다.

나는 우리 홈페이지를 여러 개의 클라우드 서버에 걸치게 하는 것부터 처리해야겠다는 생각이 들었다. 내 전임자는 우리 홈페이지를 아마존 클라우드에 호스팅했는데, 아마존은 명성만큼이나 튼튼하다. 아마존 클라우드는 전 세계에 흩어져 있는 데이터센터에서 윙윙거리는 클라우드 서버들의 네트워크로서 그 규모가 상상을 초월한다. 내 팔뚝만큼이나 굵은 광케이블 가닥으로 데이터가 흐르고, 연구실 가운을 입고 분석하다가 문제점이 발견되면 2분 내로 없애버릴 수 있는 전문가들의 관리를 받으며, 도시 규모의 이산화탄소를 발생시키는 엄청나게 큰 냉각장치로 열을 식힌다. 아마존 클라우드는 아무리 사람들이 많이 몰려들더라도 문제없이 인터넷 서비스를 유지하고 싶은 사람들이 호스팅하기에는 아주 좋은 업체다.

하지만 경찰의 도청이 걱정된다면 아마존 클라우드에 자료를 호스팅하는 건 끔찍한 선택이다. 경찰은 서버가 전 세계에 흩어져 있는 네트워크에서 특정한 고객의 데이터를 찾아 몰수하는 방법을 굳이 알 필요도 없다. 이용자가 데이터로 한 일이 경찰의 흥미를 끌게 되면, 이용자는 아마존 변호사에 맞서서 강력하게 싸워줄 누군가를 준비해둬야 한다. "당신네 고객 중에 한 사람에 대한 조사가 필요한데, 서버에서 특정한 고객의 데이터를 빼낼 방법을 모르니, 16륜 트럭 두어 대를 끌고 가서 조사를 마칠 때까지 모든 서버를 압류하겠습니다." 혹은 대부가 이렇게 말할 수도 있다. "멋진 클라우드

네. 이렇게 좋은 시스템에 무슨 일이 일어나면 참 안타까울 거야."

아마존은 가진 게 많아서 잃을 것도 많다. 그래서 우리의 점잖고 지루한 선거운동 홈페이지를 위해서는 좋은 선택이지만, 새로운 정보전쟁을 시작할 장소를 위한 기반을 제공해주기엔 형편없는 곳이다. 나는 노이즈브릿지에서 토르 해커들로부터 이와 관련된 세미나를 들은 적이 있다. 그들은 우리를 받아줄 배짱 있고 표현의 자유를 추구하는 클라우드 제공자들이 많다고 했다. 별종들이나 표현의 자유 신봉자들이 벌인 사업이거나, 해커스페이스에서 파티처럼 즐겁게 진행하는 부수 사업, 혹은 포르노 산업에 한 발을 담그고 다른 발은 조직범죄에 담근 사람들이 제공하는 무시무시한 서비스 같은 것들이다. 대부분은 신용카드를 받지 못한다. 아메리칸 익스프레스부터 비자, 마스터카드, 페이팔까지 모조리 거래를 정지당했기 때문이다. 대신 온라인 송금이나 웨스턴유니언 우편환, 혹은 다른 이상하고 귀찮은 방식으로 돈을 받는다. 나는 얼굴을 손으로 감싸고 툴툴거리다가 플로르에게 가서 이 문제를 이야기했다.

나는 플로르와 마주 보는 게 두려웠다. 해킹에 조금이라도 관련된 일에 선거운동을 끌어들이지 말라던 플로르의 경고를 잊지 않고 있었다. 이미 나한테 엄청 화가 나 있을 거라는 느낌이 들었다. 하지만 나는 조셉이 그 아이디어를 제안할 거라고는 예상하지 못했었다. 조셉과 플로르는 이에 대해 논쟁을 했을 것이다. 하지만 일단 조셉이 논쟁에서 이기고 나면 플로르는 백 퍼센트 조셉을 지지했다. 사무실에 일하는 대부분의 사람과 마찬가지로, 플로르 역시 조셉을 위해서라면 태양 속으로라도 행진할 각오가 되어 있었다. 플로르에게 왜 선거운동본부의 신용카드를 가지고 주류판매소에 가서 웨스턴유니언 우편환을 구입해서, 어디에 사는지도 모르는 녀석에게 보내줘야 하는지 깔끔하게 설명하자, 플로르가 흔쾌히 받아들였다.

"단, 돈을 보내기 전에 내가 먼저 그 사람하고 대화를 나눠봐야겠어." 플로르가 말했다. 나는 잠깐 짜증이 났다. 부모님이 내 숙제를 감독하려는 것처럼 느껴졌기 때문이다. 빈틈없는 웹호스팅 업체를 찾는 건 내 업무다. 하지만 플로르는 내가 선택한 업체의 사람과 통화하고 잠깐 메신저로 몇 마디 주고받더니, 내가 할 수 있는 수준보다 훨씬 괜찮은 조건으로 빠르게 협상을 마쳤다. 플로르는 우리의 향후 대역폭 할당 비용을 30일 단위로 결제하는 것과 24시간 지원받을 수 있는 휴대폰 번호까지 따냈다.

"괜찮은 사람 같더라." 플로르가 재킷을 입으면서 말했다. 그리고 지갑을 챙겨 들고 웨스턴유니언 사무실을 찾아 미션 가를 내려갔다.

조셉은 늦은 오후에 사무실로 돌아왔다. 내가 새로운 호스팅 서버로 전환을 막 마쳤을 때였다. 나는 필요할 경우 옮길 수 있도록 백업용 클라우드를 두 군데 더 설정했다. 그중 하나는 들어본 적도 없는 중앙아시아 지역에 있는 서버였다. 플로르는 두 번 더 우편환을 사러 나갔고, 나는 모든 클라우드를 동기화시키는 프로그램을 만들었다. 또한 우리의 도메인 주소 joenossforsenate.com을 여러 형태로 변형해서 등록했다. 스웨덴의 .se와 뉴질랜드의 .nz를 이용한 주소를 재빨리 낚아챘다. 두 나라는 지구의 반대편에 있으면서 법률제도도 완전히 달라서, 그 주소를 박살내는 건 .com 도메인을 모두 관리하는 베리사인(VeriSign)에게 미국 사이트를 폐쇄하도록 하는 일보다 훨씬 어려울 것이다.

조셉은 이런 사항들에 대한 보고를 들으며 진지하게 고개를 주억거렸다. "마커스, 나는 네가 이런 일에 딱 맞는 사람일 거라고 믿었어. 좋은 아이디어를 제안하고, 열심히 일을 해줘서 고마워. 방금 플로르한테 들었는데, 감옥에 갇혀 있었다며? 닭장에 있었던 거야?"

내 목소리가 잠기면서 눈동자 뒤쪽으로 눈물이 고이기 시작했다. 나는 말없이 고개를 끄덕였다.

평소 조셉의 모습은, 음, '정치가답다'라는 표현이 가장 잘 어울릴 것이다. 그는 어떤 순간에 사진에 찍히더라도 국가를 어떻게 운영할지, 국익을 어떻게 달성할지 진지하게 고민하는 사람처럼 보일 것 같았다. 하지만 바로 그 순간, 그의 얼굴에 지금까지 전혀 보지 못했던 표정이 스치고 지나갔다. 구약 성경에서 경로에서 벗어난 멍청한 부족에 일격을 가하기 직전의 선지자 같은 모습이 살짝 비쳤다. 조셉이 내 입장에서 생각한다는 사실이 그런 느낌을 더욱 강력하게 만들었다. 그 전보다 그가 더욱 좋아졌다.

"마커스, 나도 그 블록에 몇 차례 갔었어. 그리고 공공질서와 평화를 지킨다는 명분으로 온갖 잔인한 일들이 벌어지는 걸 목격했어. 하지만 너와 다른 시민들에게 일어난 일은 고의적으로 벌인 일이야. 완전히 군사작전이나 다름없었어." 조셉이 고개를 절레절레 흔들었다. "내가 할 수 있는 말은 이것뿐이야. 그런 짓을 용납해선 안 돼. 샌프란시스코 경찰이 시위에 대비해서 가스를 살포하는 드론을 여러 대 구입하고, 거대한 빌딩을 수용소로 만들었다는 사실을 난 참을 수 없어. 참지 않을 거야. 샌프란시스코 시에 대한 집단소송 소식은 들었지?" 난 못 들었다. 나는 우리의 시스템 기반을 안전하게 유지하는 일 이외에는 아무것도 하지 않고 있었다. "몇 년간 시정을 책임졌던 사람으로서 말하자면, 네가 그 소송에 참여하더라도 난 널 탓하지 않을 거야."

"고맙습니다." 내가 말했다. 목에 걸려 있던 응어리가 내려갔다. 조셉은 다시 평소의 '정치가' 모습을 되찾았다. 우리는 다시 하던 이야기로 돌아갔다.

"이제 그 문서들에 관해 이야기해보자. 네가 없는 사이에 그 일을 리엄에게 맡겨서 네 감정이 상했다면 사과할게. 리엄은 절대로 너만큼 잘해낼 수 없을 거라고 말했지만, 완벽한 처리보다는 적절한 시기를 놓치지 않는 게 더 중요했어. 그 집회 이후에 이 문서들에 관한 관심이 높아진 상황이었거든. 그래서 난 우리가 빠르게 움직인다면 그 관심을 우리 쪽으로 끌어올 수 있겠다는 생각이 들었어."

"음." 조셉이 내게 사과하고 있는 건가? "음, 이건 당신의 선거운동이에요. 나는 이 선거운동을 당신이 원하는 방향으로 이끌고 간다고 해서 그걸 비난할 생각은 없어요."

조셉이 미소를 지었다. "그래, 그렇겠지. 하지만 내가 그런 일을 하라고 너를 고용했잖아. 난 네 업무를 더 힘들게 만들고 싶지 않았어."

내가 손을 내저으며 말했다. "전 상관없어요. 정말이에요. 그건 그렇고, 효과가 있던가요?"

다른 표정이 스치고 지나갔다. 나는 장난꾸러기 요정 같은 얼굴의 조셉 노스를 봤다. 그의 눈에 비치는 기쁨은 놓칠 수가 없었다. "아, 효과가 있었지. 내가 지난 24시간 동안 방송에 소개된 횟수가 그전까지의 전체 선거운동 기간보다 많았어. 다들 주말에 있었던 사건과 우리가 배포하는 문서의 관계를 이해하는 것 같아. 선거운동본부 자원봉사자로 지원해서 이 자료들을 꼼꼼히 살펴보려는 사람들이 너무 많아서 지원서를 다 챙기기도 힘들 지경이야. 나는 자료를 겨우 몇 번밖에 못 살펴봤는데도, 주의회에 따져봐아 할 게 아주 많더구나. 내 자문위원회는 꽥꽥거리고 난리야. 한 명은 사퇴까지 했어. 자문위원회는 그 문서들 때문에 우리가 법적 책임을 져야 할까 봐 두려워하고 있는 건데, 그 우려는 타당해. 리엄에게 네가 제안했던 걸 설명하려고 시도해봤지만⋯." 조셉이 양손을 펴들고 어깨를 으쓱했다.

"알아요. 리엄이 말해줬어요." 나는 그 문제에 대해 생각하고 있었다. "제가 뭔가 준비해볼 수 있을 것 같아요. 오늘 밤에 관리시스템을 만들어서 검증된 문서만 대중에게 보여주는 프로그램을 짤 수 있을지 해볼게요. 자원봉사자들을 신뢰할 수 있느냐가 문제겠지만, 그들을 활용할 수 있다면 남은 문서들을 아주 빨리 살펴볼 수 있을 것 같아요. 그러고 나면 유권자 찾기 프로그램을 진행해서 이 긍정적인 에너지가 향할 곳을 만들어줘야죠."

"나는 자원봉사자들이 지금까지 진행된 검토보다 잘해낼 거라고 믿어. 그들의 도움이 없는 것보다는 월등히 나을 거야. 그렇지만 마커스, 넌 감옥에 끌려가고, 가스를 마시고, 두들겨 맞았잖아. 난 너한테 밤을 새우면서까지 일을 해달라고 이야기할 생각이 없어."

나는 어깨를 으쓱했다. "그렇게 힘들지는 않아요. 별일 아니에요. 저야 밤새는 게 일상이라서요. 그리고⋯."

조셉이 양손을 들어서, 내가 입을 닫았다. "그러면 다른 식으로 이야기할게. 네 고용주로서, 난 네가 밤잠을 잘 이룰 수 있을 때까지, 그리고 네가 사랑하는 사람을 만날 기회를 가질 때까지, 부상과 정신적 외상에서 회복될 때까지는 이 일을 하지 않았으면 좋겠어. 이건 요청이 아니야, 마커스, 명령이야."

내 마음 한 구석에서는 그 말에 따지고 싶어 했지만, 나는 그 마음의 입을 막았다. "알겠습니다, 사장님." 내가 말했다.

"착한 녀석. 그래도 조금 늦게까지 깨어 있다가 내일 아침 조금 일찍 출근하는 정도는 나도 뭐라고 하지 않을게."

"알겠습니다, 사장님!" 내가 말했다.

"착한 녀석." 조셉이 다시 그 말을 했다.

엄마와 아빠는 놀랄 만큼 모든 일을 흔쾌히 받아들였다. 나는 스카이프를 이용해서 여섯 번이나 내 휴대폰에 전화를 해봤지만, 달리아는 받지 않았다. 결국 포기하고, 휴대폰으로 다시 전화해서 음성 메시지를 들었다. 엄마와 아빠, 앤지, 리엄, 플로르, 조셉이 남긴 음성 메시지가 백만 개는 됐다. 그 앞에는 아랍어를 하는 여성의 당황한 목소리가 줄이어 있었다. 아마도 달리아의 엄마인 모양인데, 딸하고 대화 도중에 느닷없이 끊어져 버리자 몹시 불안해져서 계속 재다이얼 버튼을 눌렀던 모양이었다. 나는 옛날에 쓰던 휴대폰을 찾아서 펌웨어를 업데이트하고 언덕 아래의 잡화점에서 구입한 선불 유심칩을 끼웠다. 그리고 잃어버린 휴대폰의 음성 메시지에 내가 새로운 유심칩으로 바꿀 때까지 이 번호로 전화하라는 인사말을 남겼다.

조셉의 말이 있긴 했지만, 나는 잠자리에 들기 전에 다크넷 문서 관리 홈페이지 작업을 잠깐 했다. 조셉은 그런 이야기를 할 정도로 좋은 사람이었지만, 다크넷은 내 계획이었다. 내가 공을 들인 사업이니, 조셉을 위해 일하는 게 아니라는 뜻이다. 나는 눈의 초점을 모니터에 맞출 수 있게 해주는 근육이 파업에 들어갈 때까지 일했다. 그리고는 눈을 깜빡거리고, 이를 닦고, 옷을 벗고, 침대로 가서 내가 어지럽게 던져놓은 잡동사니 사이에 얼굴을 파묻고 누웠다. 날카로운 모서리가 몸을 파고드는 것조차 거의 느껴지지 않았다.

꿈나라에 99.9999퍼센트 도달했을 때 눈이 번쩍 떠졌다. 워낙 빨리 떠서 눈꺼풀이 떨어지는 딸깍 소리가 들리는 것 같았다.

'레미 아저씨의 드론!'

경찰이 모든 카메라를 죽였다고 생각하고 시위대에 가스 공격을 실시하기 직전에 우리는 드론을 하늘로 날렸다. 그 생중계를 볼 수 있는 곳이 사라졌다는 트윗들이 올라와 있기는 했지만, 그렇다고 그 생중계 자체가 이루어지지 않았다거나, 저장되지 않았을 거라는 의미는 아니었다. 나는 노트북을 두드렸다. 몇 분 만에 내가 찾던 파일을 발견했다.

희미한 야광 투시경의 단색 영상이었는데, 사람들이 모여 있는 곳은 적외선 영상의 식별용 색깔로 주황색과 빨간색 반점으로 나타났다. 샌프란시스코 경찰은 손과 발에 밝은 빨간색 반점이 있어서 다른 부분보다 더 뜨겁게 보였다. 나는 경찰이 군화와 장갑에 온열기를 설치한 건지 궁금해졌다. 우리는 HERF를 발사하는 장면은 카메라에 담지 못했지만, 가스 비행선에 대해서는 놀라운 장면을 찍었다. 가스 비행선이 불길한 서커스 풍선처럼 날아가서 자리를 잡고 화학약물을 살포하자, 비명을 지르며 겁에 질린 시위대의 머리 위로 가스가 회색의 정전기처럼 떨어졌다. 가스는 살포되고,

살포되고, 또 살포됐다. 각각의 비행선이 시차를 두고 가스를 살포했다. 숨통을 조이는 작은 화학약물 방울의 파도가 반복해서 퍼지며 공기를 가득 채웠다.

나는 땅 위에서 이 상황을 겪기는 했지만, 이 상황을 보는 건 처음이었다. 지금 볼 수 있는 이런 방식으로는 처음이라는 말이다. 미국인 수천 명, 수만 명, 수십만 명이 질식하며 쓰러지는 모습이 보였다. 아이, 엄마, 아빠, 노인, 젊은이들이 극심한 고통으로 온몸을 비틀고 다른 사람 위로 기어가며 토하고 비명을 지르며 쓰러졌다. 물론 역사적으로 이보다 더 극악한 일들도 일어났었다. 도시 위로 폭탄이 투하되고, 참호 위로 독가스가 살포되고, 기관총으로 대량학살이 자행되었었다.

하지만 이건 지금 여기서 일어난 일이다. 21세기 미국의 샌프란시스코에서 말이다. 나는 저 군중 속에 있었다. 저런 일이 아무렇지도 않게 일어났다.

삶은 여전히 계속되고, 세계는 멈추지 않았다. 아무도 "이제 모든 게 달라졌어"라고 선언하지 않았다. 아무도 저 사건이 벌어진 9월 24일을 '모든 게 바뀐 날'로 기억하지 않을 것이다.

만일 외국의 군대가, 혹은 어떤 종교적인 테러리스트가 샌프란시스코 거리에서 수십만 명의 미국인에게 가스를 살포했다면, '미국 땅에서' 저런 일이 '다시는' 일어나지 않도록 하기 위해 정부 담당자들이 모두 자리를 내어놓아야 했을 것이다. 저 가스를 우리가 낸 세금으로 구입했으니까, 가스 살포를 그저 묵묵히 받아들여야 하는 건가?

나는 이 영상을 인터넷에 올리고 싶었지만, 다크넷 사이트를 하나 더 만들고 사람들의 관심을 끄는 그 모든 과정을 다시 할 에너지가 남아 있지 않았다. 내가 침대로 거의 돌아갔을 때 다른 생각이 뒤통수를 때렸다. 이번에는 다크넷으로 작업할 이유가 전혀 없다. 이 동영상은 내 거다. 누가 그 영상을 촬영했는지, 어디서 촬영되었는지는 기밀이 아니다. 난 이 영상을 유튜브에 올릴 수 있고, 트위터의 내 계정으로 알려도 된다! 나는 비밀리에 작업하는 게 너무 익숙해져서 그럴 필요가 없다는 사실을 잊고 있었다.

나는 동영상을 '인터넷 아카이브'와 유튜브에 올렸다. 그리고 추가로 토렌트로 받을 수 있도록 파이럿 베이에 올리면서, 집회에서 HERF가 발사된 직후에 이 영상을 찍었다는 설명문을 붙이고 트위터로 날린 후, 이불 속으로 기어들어갔다.

새벽 6시에 앤지가 휴대폰으로 전화를 걸어 나를 깨웠다. 어젯밤에 옛날 휴대폰을 설정할 때 오전 7시까지 벨소리가 나지 않도록 하는 걸 깜빡했다. 그래서 아직 깜깜한 시각에 벨소리가 귀를 파고들어 꿈나라에서 나를 억지로 끌어냈다. "안녕, 예쁜이." 내가 말했다.

"가스 살포 동영상을 가지고 있다고 나한테 말해줬어야지." 앤지가 말했다.

"잊어먹었어." 내가 말했다. 나는 아직도 반은 자고 있었다.

한참 동안 아무 소리도 없었다. "잊었다고?"

"내가 동영상을 만들었었다는 사실을 잊고 있었어."

다시 침묵. "알았어. 상황이 어떠했든 간에 그걸로는 설명이 부족해. 하지만 최근에 네가 워낙 정신이 없었으니까, 알았어. 이번에는 봐줄게. 그래도… 이런 젠장, 대체 이게 뭐야?"

"사람들이 동영상에 관해 이야기하고 있어?"

"유튜브에서 동영상을 내리기 전까지 조회수가 백만까지 올라 갔었어. 인터넷 아카이브에는 아직 올려져 있고, 토렌트의 시드는 천 명 정도야."

"유튜브가 동영상을 내렸다고?" 나는 내 안의 순진함을 찾아서, 샌프란시스코 경찰이 난감한 파일들을 내리게 했다는 사실을 알게 되어 놀라워하려고 애썼다.

"가집행 명령. 유튜브에서는 그렇게 올렸어. 틀림없이 오늘 너한 테 영장이 배달될 거야." 앤지가 말했다.

"경찰이 나를 고소했을까?"

"당연하지. '봉쇄 구역'에서는 촬영 금지야. 기억하지?" 최근에 경찰이 '중요한 작전'을 실시하기 때문에 특정 지역을 '봉쇄 구역'으로 선언했다는 이야기가 뉴스에 자주 나왔다. 봉쇄 구역에서는 언론의 촬영이 허용되지 않는다.

"염병할 봉쇄 구역. 법원에서 봉쇄 구역에도 언론은 들어갈 수 있다고 했어."

"네가 언론이냐?"

"글쎄, 백만 명이 그 동영상을 봤잖아. 그러니 나도 언론이라고 할 수 있지."

휴대폰을 통해 앤지가 웃는 소리가 들렸다. "그래, 나도 네 생각에 동의해. 그래도 그걸 인정받으려면 판사한테 설명해야만 할 거야."

"좋네. 바로 준비해야겠다. 조셉을 당선을 당선시킨 후에, 난 샌프란시스코 경찰을 가혹 행위와 불법 감금으로 고소할 거야. 그리고 무자비한 국제 용병들에게 잡혀 있는, 내가 그다지 좋아하지는 않는 두 사람도 구출해야지."

"뭘 그렇게 어려운 일처럼 말하는 거야. 이봐, 친구, 넌 마이키 잖아!"

"그리고 이 새로운 유심칩으로 내 전화번호도 옮겨야 해."

"아, 그건 좀 어렵겠네. 통신회사들이 지랄 맞잖아. 나랑 사귀는 걸 다행으로 생각해."

"그렇게 생각하고 있어, 진심이야." 내가 말했다.

그렇게 하루가 시작됐다. 먼저 선거운동본부의 클라우드를 구축하는 일을 마무리했다. 기자들로부터 엄청나게 메일이 날아왔다. 그 기자들 중 일부는 내가 '마이키'로 지내던 시절부터 아는 사람들이었는데, 내 동영상을 자기네 홈페이지에 올릴 수 있도록 라이선스를 받을 수 있을지 물었다. 나는 웃으면서 말했다. "라이선스 같은 건 그냥 무시하세요. 벌써 인터넷에 다 퍼졌는데, 뭘." 〈알 자지라〉와 〈러시아 투데이〉, 〈가디언〉은 그 말로 충분했다. 하지만 미국의 대기업 언론사들은 나한테 '양도 계약서' 양식에 서명해달라고 했다. 계약서에는 동영상을 올린 일에 대해 누군가 언론사를 고소하면, 그 동영상을 올리도록 허락해준 나를 언론사가 고소할 수 있다는 내용이 담겨 있었다. 이 모든 '계약서'들은 편집이 불가능한 PDF 파일로 만들어져서, 내가 서명을 하기 전에 불쾌한 조항을 삭제할 수 없게 되어 있었다. 처음 세 번은 그 PDF 파일을 사진편집 프로그램에서 불러내, 언론사가 동영상을 이용할 수 있도록 내가 허용했다고 쓰인 부분만 약간 제외하고 모조리 검은색 사각형으로 덮어버린 후 아래쪽에 내 서명을 붙이고 날짜를 써넣어서 돌려보냈다. 그 뒤로는 그 귀찮은 작업을 그만뒀다. 내가 그렇게 처리한 계약서를 보냈던 대부분의 언론사가 나중에 동영상을 올리면서, 화면 아래에 '마커스 얄로우 제공'이라고 붙이는 곳도 있었지만, 대체로 영상에 자기네 큼직한 로고를 덧붙여놓고는 '무단 전재 금지'라는 메시지를 띄우는 걸 알게 되었기 때문이었다. 나는 짜증스러운 웃음을 터트리며 야유할 수밖에 없었다.

내 새로운 휴대폰이 새벽 2시에 울렸다. 바보같이 밤에 벨소리를 꺼놓는다는 걸 또 잊어먹었던 것이다. 나는 응답 버튼을 두드렸다.

"앤지. 지금은 빌어먹을 한밤중이잖아. 널 사랑하긴 하지만…."

"우리도 널 사랑해, 마이키." 예전의 그 텍스트 음성변환 목소리였다. 이번에는 여성 목소리인데, 엉터리 호주식 억양으로 말했다.

"잘 가." 내가 말했다.

"넌 캐리 존스톤에 대해서 아무것도 하지 않았어." 다른 목소리가 말했다. 이번엔 남성 목소리인데 스타워즈의 요다 같은 소리를 냈다.

"그 이야기를 하려고 전화한 거야? 나도 알고 있어."

"마샤와 젭은 너를 믿고 있어." 이번엔 여성 목소리였다. 정말로 두 사람이 전화하는 건지 궁금했다. 남자 한 명이거나 여자 한 명일 수도 있다. 아니면 백 명이 단체 편집 프로그램을 띄워놓고 타자를 한 뒤 그 결과를 텍스트 음성변환 프로그램에 보내는 걸 수도 있다.

"마샤가 나한테 해달라던 건 모조리 다 했어. 거기에 몇 가지 더 했지. 마샤를 구하고 싶으면, 너희가 스스로 해."

"우리는 너한테 존스톤의 개인정보를 보냈어." 남성 목소리가 말했다.

"그랬지."

"그 자료들 봤어?" 이번엔 새로운 목소리인데, 만화영화의 황소개구리처럼 믿기 힘들 정도로 깊은 목소리였고, 텍사스 억양을 썼다.

"아니." 나는 거짓말을 했다.

"그 자료를 보는 게 좋을 거야. 존스톤은 아주 못된 여자야. 넌 그 여자에 대해 세상에 말할 수 있게 됐어. 넌 언론에 발표할 기회를 얻었잖아. 특히 지금 말이야."

나는 침대에서 일어나 앉았다. "내 말 들어봐. 나는 누군지도 모르는 낯선 사람의 조언을 들을 생각이 없어. 나한테 할 말이 있으면 내 얼굴에 대고 말해. 너희 집 지하실에 쪼그리고 앉아서 내 삶을 위험에 빠트리라고 말하는 거야 쉽겠지. 내 생각에 너희는 사람들을 훔쳐보면서 쾌감을 느끼는 변태 새끼들일 뿐이야."

"호들갑 떨지 마." 다시 호주 억양의 목소리가 말했다. "우리가 존스톤을 요리하기 좋게 접시에 담아서 너에게 줬잖아. 존스톤이 사랑하는 모든 사람의 집 주소와 존스톤의 사회보장번호, 전 남편들의 기록, 전과기록, 존스톤 아버지가 마지막으로 마약성 진통제 과다복용을 치료했던 기관까지 다 네 손에 있어. 그걸 인터넷에 올리고 얼마나 빨리 존스톤이 협상에 나서는지 지켜봐."

"내가 자기의 비밀을 모조리 인터넷에 올려버리면 뭐 하러 협상을 하러 오겠어?"

"아." 요다 목소리가 말했다. "존스톤은 네가 뭘 더 가졌는지 모르니까 협상에 나설 거야. 우리가 말해줬잖아. 존스톤은 아주 못된 여자라고. 우리가 네 컴퓨터를 어떻게 했는지 기억하지? 우리가 얼마나 많은 사람의 컴퓨터를 해킹했었는지 알면 아마 놀랄걸."

나는 앓는 소리를 내며 무릎을 가슴으로 끌어당겼다. "너희가 그렇게 탁월한 해커이고 잘난 녀석들이면, 너희가 그걸 하면 되잖아. 왜 너희가 캐리 존스톤을 박살내지 않는 거야?"

"우리는 하고 있어, 마커스. 이번 작전에서 우리가 사용하는 도구가 바로 너야. 너는 지구상에서 가장 극악한 인간을 박살낼 수 있는 완벽한 무기야. 넌 스스로 특별하다고 느껴야 해."

난 전화를 끊어버렸다.

그런 전화를 받은 후 잠이 오겠는가. 며칠 전에 나는 몇 시간 동안 넋을 놓고 캐리 존스톤의 개인정보를 봤다. 하지만 그 뒤 가스를 마시고, 두들겨 맞고, 수갑을 차고, 납치당할 뻔하고, 구금되고, 풀려나자마자 업무로 정신없이 바쁘게 보냈더니 자세한 사항이 거의 기억나지 않았다. 그래서 마치 그 자료를 전혀 훑어보지 않은 느낌이 들었다. 존스톤의 d0x에는 수천 개의 파일이 담겨 있었다. 그건 수백만 건의 부적절한 사실들과 괴상한 파일들, 그리고 기이한 부조리를 섞어 놓은 추잡함과 불행의 거대한 도서관 같은 다크넷 문서의 축소판 같았다. 나는 우주적 규모의 건초더미 위에 앉아 바늘을 찾으려 애쓰는, 국토안보부의 1인 버전이 되어버린 기분이었다.

나는 존스톤의 개인정보를 다시 파고들었다. 괴상한 기계 목소리를 쓰는 어나니머스와의 대화가 나를 화나게 하긴 했지만, 동시에 내 흥미를 불러일으켰다. 오랫동안 나는 존스톤 때문에 악몽을 꿨다. 이번엔 내가 존스톤에게 악몽을 안겨줄 기회였다. 이 일에는 뭔가 악마적인 매력이 있었다.

그 통화 덕분에 이 보물창고에서 이용할 검색 용어를 쉽게 고를 수 있었다. 찾아봤더니, 와우, 존스톤의 가족은 완전히 엉망진창이었다. 친척들의 전화번호와 주소도 잔뜩 있었다. 몇몇 친척은 고위급이었는데, 테사스에서 판사를 하는 삼촌도 있었다. 그리고 몇몇은 재활원에 있거나, 불쾌한 범죄 기록 외에는 눈에 띄는 게 없었다. 일단 친척의 이름을 검색하기 시작하자, 그들 중 많은 수가 Zyz에서 '상담비'를 지급받았다는 사실을 알게 됐다. 그게 정확히 어떤 의미인지 알 수 있을 정도로 내가 재무에 대해 잘 알지는 못했지만, 둘 중 하나라는 사실은 짐작할 수 있었다. 존스톤이 가족들에게 많은 돈을 보내는 방법으로 Zyz의 돈을 횡령하고 있거나, 일종의 더러운 돈세탁일 것이다. 물론 둘 다일 수도 있었다.

사진 폴더도 몇 개 있었다. 가장 심란한 것들은 존스톤 몰래 컴퓨터 웹캠으로 촬영한 게 분명한 사진들이었다. 몇 장은 잠옷이나 브라만 입고 있었고, 손가락 둘째 마디까지 콧속에 집어넣고 코를 파는 사진도 있었다. 처음 떠오른 생각은, 내가 이 사진들을 배포하면 존스톤이 얼마나 치욕적일까 하는 것이었다. 두 번째로 떠오른 생각 때문에 구역질이 났다. 이렇게 찍힌 내 사진들도 어딘가에 떠다니고 있을 것이다. 그래서 기계 목소리의 '친구들'이 나를 자기네 편이 아니라고 판단하면 그 사진들로 무슨 짓을 할지 궁금해졌다.

'검색목록.txt'라는 파일의 내용은 제목 그대로였다. 존스톤이 검색 사이트에서 검색했던 모든 사항이 담겨 있었다. 브라우저에 저장된 검색기록에서 긁어온 것들이었다. 나는 파일 내용을 쭉 살펴보다가 금세 눈을 돌렸다. 나는 캐리 존스톤을 증오하지만, 그녀가 어떤 종류의 유방암을 검색해봤는지, 항우울제를 찾아봤는지, 어떤 연예인의 '누드 사진'을 검색해봤는지까지 알 필요는 없었다.

428

나는 강아지가 물을 털어낼 때처럼 온몸을 부르르 떤 뒤에, 정서적으로 안전한 거리를 유지할 수 있는 Zyz의 자금 목록으로 돌아갔다. 몇 가지 파일들을 살펴보다가, 지급하는 모든 비용이 국제은행계좌번호(IBAN)를 통해 이루어졌다는 사실을 알게 됐다. 온라인 송금을 위해 지정된 계좌가 틀림없었다. 그 뒤 몇 초 만에 지급과 관련된 모든 파일의 목록을 작성하고, 이 파일들을 조사하기 시작했다. 그리고 얼마 지나지 않아, 존스톤이 Zyz에서 상당히 많은 자금을 통제하고 움직였으며, 그 돈이 수많은 정치활동위원회*로 가고 있다는 사실을 알게 됐다. 혹시 존스톤의 가족도 정치자금을 송금하기 위한 통로가 아닌지 궁금해졌다.

웹에서 잠깐 뒤져보자, 존스톤이 좋아하는 정치활동위원회들은 채권을 쉽게 추심할 수 있게 해주는 법안을 지지하는 정치인들을 대규모로 후원하고 있었다. 이건 대박이었다. 다크넷 문서에 학자금대출을 빚진 아이들이 있는 가정을 압박해서 파괴하는 이야기가 담겼다면, 여기에는 Zyz가 지급한 돈이 세탁된 후 그러한 조치에 동의하는 정치인들에게 전달되어서 그들을 살찌워준다는 결정적 증거가 있었다.

새벽 3시다. 나는 내일 출근을 해야 한다. 아마도 바쁜 날이 될 것이다. 어딘가에 있는 무서운 법률가의 위협으로 경찰이 우리의 모든 서버를 급습할 가능성도 컸다. 그러면 나는 그 문제를 해결하기 위해 머리를 맑게 유지해야만 한다. 하지만 누가 이런 상황에서

---

* 미국에서 자신들이 원하는 정책을 지지하는 후보를 지원하기 위해 정치자금을 모으는 단체

잠들 수 있겠는가? 내가 누굴 속이겠나. 나는 자리에서 일어났다.

나는 노트북을 들고 부엌으로 내려가서 토스트에 치즈를 얹어 먹었다. 늘 좋아하는 야식이다. 그리고 10분 동안 커피메이커 앞에서 주저하며, 커피를 마시는 게 과연 좋을지 고민했다. 지금 커피를 마시면 진짜로 밤을 새울 수밖에 없을 것이다. 하지만 마시지 않더라도 잠자리에 들 가능성은 전혀 없었다. 그리고 친숙한 커피 진액은 머리를 맑게 하는 데 도움이 될 것이다.

내가 누굴 속이겠나. 나는 에어로프레스에 커피를 채우고, 큰 잔 가득하게 우려냈다. 그리고 한 잔을 더 만들었다. 나는 부엌 식탁에 앉아 계속 읽다가, 다시 사진으로 돌아가기도 했다.

그때 채팅창이 모니터에서 깜빡였다. 자주 있는 일은 아니었다. 내가 선거운동본부에서 일자리를 구한 이후로 내가 주로 사용하는 ID는 로그아웃시켜놨고, 아는 사람이 거의 없는 ID만 로그인해놓은 상태였다.

> 안녕 졸루.
> 안녕 올빼미 아저씨. 이 한밤에 나 혼자 깨어있지 않아서 좋네.
> 넌 왜 안 자고 있어?
> 카일리와 다퉜어.
> 아.

내가 잠시 멈칫했다.

> 그 말은 둘이서….
> 그런 거지. 복잡해.

졸루가 연애를 하는 게 이상한 일이 아닌데도, 나는 졸루가 연애 같은 걸 할 거라는 생각을 전혀 해보지 못했다.

> 파이 한 조각 먹으러 갈래?

그건 밤새 내가 들었던 말 중에 처음으로 들은 합리적 제안이었다.

> 좋지.
> 15분 내로 갈게.

샌프란시스코는 새벽 3시에 파이를 먹으려고 할 때 나쁘지 않은 도시다. 뉴욕이 더 나을 거라는 생각이 들긴 하지만, 어떤 경우에도 선택의 여지 없이 억지로 먹는 경우는 없었다. 우리는 24시간 열려있으며 시차를 극복하지 못한 여행객과 매춘부, 비번인 경찰, 노숙자, 야간 근무자들이 기묘하게 섞인 1950년대 분위기의 텐더로인으로 갔다.

"넌 옆길로 빠져야 해." 내가 빠르게 설명을 마치자 졸루가 말했다. "무슨 말이냐면, 지금 너를 이쪽 혹은 저쪽으로 몰고 가려는 괴상한 악당이 두 팀이나 있잖아. 놈들은 둘 다 네가 다음에 어디로 움직여야 자기네가 끼어들 수 있을지 계산하면서 너를 조종하고 있어. 놈들은 영리하고, 미쳤고, 윤리의식이 완전히 결여되어 있지. 네가 놈들을 앞서려면 전적으로 완벽하게 미친 짓을 하는 수밖에 없어. 알바니아로 이사한다든가, 금문교에서 줄을 타고 내려간다든가, 트라피스트회 수도사가 된다든가."

"엄청스레 도움이 되네. 고마워."

"아, 인마, 이건 '문제가 생겼거나 의심이 들면 제자리를 뱅뱅…'

에 비하면 엄청난 도약이야."

"다시 말할게. 그 충고는 별로 도움이 안 돼."

"새벽 4시잖아, 대충 봐줘."

졸루와 밤샘 야식을 먹은 게 이번이 처음은 아니었다. 우리가 밤을 새웠던 곳들은 거의 여기와 비슷했다. 우리 주변의 자리를 차지하고 있는 지저분한 술주정뱅이들과 약쟁이들은, 우리가 마지막으로 여기에 왔을 때도 그 자리에 앉아 있었다고 장담할 수 있다. 한밤에 비뚤어진 코에 혈관이 캘리포니아 고속도로 지도처럼 붉어진 얼굴로 두툼한 허리에 분홍색 발레복을 입은 남자 옆에 앉아, 싸구려 블루베리 파이와 맛있는 아이스크림을 먹는 이 묘한 상황이 마음을 얼마나 편안하게 만들어주는지, 그저 재미있을 따름이다. 그 남자는, 머리에 온통 문신을 하고 긴 손톱에 매니큐어를 바르고 맨발에 마른 외팔이 남자와 알아듣기 힘든 술주정을 주고받고 있었다.

"마커스, 진심이야. 너는 지금 몹시 나쁜 일에 얽혔어. 게다가 다른 사람들이 너를 몰고 가게 놔두고 있잖아. 넌 스스로 갈 길을 선택하는 게 아니라, 다른 사람들이 너에 관해 결정하게 했어. 그럴 이유가 없잖아. 이렇게 생각해봐. 네 컴퓨터를 해킹한 괴짜들과 그 용병들은 너보다 훨씬 유리한 위치에 있어. 놈들은 잘 조직되어 있고, 돈이 있고, 너한테 부족한 전문 지식까지 가지고 있지."

"제기랄, 고맙네. 졸루."

"잠깐만 더 들어봐. 놈들은 다음에 뭘 할지 결정하기 위해 회의를 해야 할 거야. 하지만 넌 혼자 결정을 내릴 수 있잖아. 그건 네가 뭔가 저지를 수 있다는 뜻이야. 놈들을 모두 자리에 앉혀서 다음에 무엇을 할지 생각하게 하고, 놈들이 그러고 있을 동안, 넌 방향을 바꿔버릴 수 있어. 그러면 놈들이 어떻게 반응할지 생각해낼 때쯤엔 그 계획이 더는 들어맞지 않게 될 거야. 놈들에게 훨씬 많은 강점이 있지만, 이건 너의 강점이야. 넌 그 부분을 놓치고 있는 것 같아."

나는 그 말을 곱씹었다. 졸루의 논리에는 아무런 오류도 찾아낼 수 없었다. 그렇지만···. "알았어. 그런데 한 가지 문제가 있어. 난 뭘 해야 할지 모르겠어."

"문제를 해결하는 첫 단계는 문제를 틀에 넣고 단순화시키는 거야." 졸루가 미소를 지으며 말했다. "이러면 어떨까? 서로 약간씩 독립적인 내용으로 가능한 행동방침을 잔뜩 준비하는 거야. 그리고 그걸 네 주머니에 넣어놔. 그러면 은유적이긴 하지만, 너는 순간적으로 뛰고 춤추고 지그재그로 움직일 수 있게 될 거야."

"다시 말할게. 이론이야 좋지. 하지만 그렇게 하려면 나는 하나도 아니고, 여러 개의 행동방침을 생각해내야 하는 거잖아." 내가 말했다.

"그렇게 어렵지 않아. 넌 선거운동본부 홈페이지에 모든 걸 올려놓을 수 있어. 지금까지 일어난 일을 설명하고, 존스톤의 개인정보를 올린 다음 '저장' 단추만 누르면 돼."

내가 얼굴을 찡그렸다. "제기랄, 졸루, 그렇게 하면···."

"···예상을 못 하겠지. 그리고 무시무시하지. 또 살짝 파괴적이기도 하고. 그래도 조셉 노스는 널 용서해줄 거라고 난 믿어. 바바라 스트랫포드 기자한테 전부 다 보내버릴 수도 있어. 그 어나니머스 친구들을 졸라서 캐리 존스톤의 비밀번호들을 알아내서 페이스트빈에 올려버릴 수도 있어. 그러면 존스톤은 한동안 지랄나게 바빠서 뒤로 물러설 수밖에 없을 거야. 가장 가까운 Zyz 사무실을 찾아가서 항복할 테니 널 납치해달라고 요구할 수도 있어. 놈들이 아주 기겁을 할 거야. 아니면 FBI에 전화해서 납치를 신고해버려. 지금까지 이야기했던 것 중에 뭘 해도 좋아. 다 해버려도 되고, 더 해도 돼."

졸루가 하나씩 말할 때마다 나는 흥분과 두려움으로 몸을 떨었다. 무섭고 영리하고 어리석은 아이디어를 만들어내는 건 졸루가 잘하는 분야다. 졸루가 내 정신을 쏙 빼놓기 전에 화제를 바꿔야 했다.

"그건 그렇고 너하고 카일리가, 어?"

졸루가 탁자에 이마를 찧었다. 그리고 한 번 더 찧었다. "내가 바보야. 첫째로 난 직장에서 만난 사람과 연애할 정도로 바보야. 둘째로 나보다 백배는 영리한 사람과 연애를 할 정도로 바보야. 카일리는 이 관계가 좀 더 진지해지도록 그냥 내버려두면, 결국 둘 중의 하나가 될 수밖에 없을 거라고 생각해. 우리가 헤어져서 두 사람 중의 한 명이 회사를 떠나게 되거나, 영원히 함께 있어야 하거나. 그래서 카일리는 어느 쪽으로 될 건지 알고 싶어 해, 지금 당장. 카일리는 이 상황이 그런 식으로 진행되지 않을 것처럼 굴면서, 다가올 게 뻔한 심각한 감정적 상황으로 밀려들어 가는 건 멍청한 짓이라고 생각하기 때문이야."

난 뜨끔했다. 이건 앤지와 나의 관계와는 완전히 달랐다. 앤지가 내 여자친구이지만 각자 부모님의 집에 살고 있고, 앤지는 아직 학생이며 나와 함께 일하는 것도 아주 적다. 그래서 우리는 이 관계의 미래가 어떻게 될 것인가에 대해 걱정하기보다는, 해킹을 통해 강제로 미국 정치에 정의를 강요하는 문제를 더 고민했다. 내가 학자금대출에 시달리는 대학 중퇴자에서 벗어나려 낑낑대는 동안, 졸루는 어느새 어른이 되어 있었다.

"둘이 결혼하려는 거야?"

내가 너무 격하게 말한 모양인지 졸루가 웃음을 터트렸다. 옆 탁자에 있는 이상한 사람들도 웃었다. "인마, 마커스, 내가 살짝 어리긴 하지만, 그렇다고 어린애라고 할 수는 없지. 지금 당장 내가 카일리와 결혼을 하고 싶은 건지는 잘 모르겠어. 그래도 지금까지 들은 말 중에 결혼이 최악의 충고는 아니었어. 너도 알다시피 다들 결혼하잖아."

"알아. 그렇긴 하지만⋯." 나는 뭐라고 말해야 할지 몰랐다. 그렇지만 결혼은 좀 더 나이 든 사람이나 하는 거라는 생각이 들었다.

"우리 부모님은 스무 살 때 약혼하셨어. 조금 전에 말했듯이, 내가 남은 평생을 함께 보내고 싶은 사람이 카일리인지는 아직 잘 모르겠어. 그래도 그럴 가능성이 크긴 하지. 너는 앤지에 대해 어떻게 생각해? 앤지와 헤어질 거야?"

"아니! 당연히 아니지! 지난주에 앤지랑 크게 싸웠는데, 오븐에 내 머리통을 쑤셔 넣고 싶은 심정이더라. 그때 생각만 해도 속이 쓰려."

"거봐, 그렇다니까. 넌 앤지랑 평생을 보낼 작정을 하는 거야. 다만 네가 인정을 안 하고 있을 뿐이지. 그리고 앤지에 대해 내가 아는 게 맞는다면, 그 애도 같은 생각일 거야. 카일리는 스물일곱 살이야. 이전에도 오래 만났던 사람이 있었어. 그래서 카일리는 낚아 올릴 건지, 미끼를 버릴 건지 정해야 하는 시점이 있다는 사실을 알아."

"그것참 낭만적인 이야기네."

"일생을 건 서약을 향해 가지 않는 척하는 것도 낭만적이지는 않아. 너랑 앤지랑 얼마나 오래 함께 지낼 것 같아? 이건 너 스스로 물어볼 만한 질문이야. 앤지에게도."

"대체 어쩌다가 우리의 대화는 항상 내 문제를 이야기하는 걸로 끝나는 거냐?"

졸루가 씩 웃었다. "뭐. 충고를 받아들이는 것보다는 해주는 게 언제나 쉬운 법이니까."

"그러면 내가 너한테 충고를 해줘야겠구나."

"마커스, 넌 가장 오랜 친구야. 네가 충고를 하면 열심히 들을게."

"내가 또 곤란한 상황을 자청했구나."

"그래, 그게 너의 가장 귀여운 면이야."

"아이고, 알았어. 뭐가 어찌 됐든, 난 카일리가 정말로 좋아. 내가 카일리를 잘은 모르지만, 아주 좋은 사람 같았어. 그리고 카일리 덕분에 넌 행복한 것 같아. 하지만 졸루…." 나는 괜히 파이와 녹아내린 아이스크림을 만지작거렸다. "글쎄, 뭐랄까, 요즘 사람들은 대체로 영원을 약속하기 전에 서로를 잘 알아보기 위해 오랜 시간을 보내는 것 같아. 그런데 카일리는 네가 이 관계를 계속 유지하지 못할 거라고 생각하는 것처럼 들려. 네가 직장에서 떠나든지 카일리가 떠나야 할 테니까 말이야. 하지만 이런 약속을 하면 어떨까? 무슨 일이 있더라도, 둘은 상대방이 회사를 그만두고 나가길 바라지 않는다고 약속하는 거야. 아마도 지키기 어려운 일이겠지만, 그래도 '당신과 결혼하기로 맹세하고, 죽을 때까지 영원히 함께하겠다'는 약속보다는 쉽지 않을까?"

졸루가 그 생각을 곰곰이 되씹는 사이 나는 조금 우쭐한 기분이

들었다. 졸루의 말이 맞았다. 충고를 받아들이는 것보다는 해주는 게 쉽다.

"흠. 네 제안도 나쁘지 않네. 알았어. 시도해볼 만한 것 같아. 자, 이제 넌 어떻게 할 거야?"

우쭐하던 내 기분이 순식간에 확 가라앉았다. "모르겠어. 네가 해준 이야기들은 다 말이 되지만, 어디서부터 시작해야 할지 모르겠어."

"처음부터 다시 시작해. 목표를 향해 한 발자국만 나가보는 거야. 너는 장애물을 피해 방향을 마음대로 바꿀 수 있다는 사실을 기억해. 너한테 필요한 건 계획이 아니라 방향이야."

나는 아이스크림을 먹어치우고, 파이를 남겼다. 해가 떠오르기 시작했다. 앤지도 곧 일어날 시간이다. 우리는 이번 주에 거의 보지 못한 데다, 헤어지는 문제에 대한 졸루의 이야기를 들었더니 앤지가 무척 보고 싶어졌다. 앤지가 좋아하는 한국 호두과자점에 들러 한 상자 사고, 샤워한 뒤 앤지네 가족과 아침을 먹고 일하러 가면 되겠다는 생각이 들었다.

하지만 막상 앤지네 집에 갔더니, 어머니는 이른 약속이 있어서 나가시고 여동생은 친구네 집에 가서 없었다. 그래서 우리는 앤지네 침대로 가서 다소 방종한 시간을 가지고, 배가 고파질 때쯤 호두과자로 체력을 보충했다. 나는 자꾸 지각할 것 같은 느낌이 들어서 신경이 쓰였다. 하지만 시계를 볼 때마다 아직도 터무니없이 이른 시간이었다. 그래서 우리는 다시 하던 일로 돌아갔다. 결국 나는 칠칠찮은 바보처럼 미소를 지으며, 오랜만에 가벼운 기분으로 10분 일찍 사무실에 출근했다.

졸루의 말이 맞았다. 나는 원하는 방향으로 한 발자국 나아가고, 무슨 일이 일어나든 계속 움직일 수 있게 유연한 자세를 유지할 필요가 있었다. 그리고 내 여러 문제들 중에서 가장 큰 문제는 캐리 존스톤이었다. 존스톤이 나를 노리는 한, 나는 다른 걸 해볼 수 있을 정도로 안전하지 못했다. 존스톤에 대해 뭔가 조처를 해야 한다. 그러려면 조셉 노스의 도움이 필요할 것이다.

"조셉은 어디에 있어요?" 내가 물었다. 내가 일찍 나오긴 했지만, 플로르는 항상 일찍 출근했다.

플로르는 어떻게 말하면 좋을지 고민하는 양 나를 지긋이 살폈다. 그리고 결론을 내린 듯 말했다. "조셉은 FBI와 이야기를 나누고 있어."

"FBI요? 그 FBI? 선글라스에 양복을 빼입고 다니는 놈들요?"

"응. 그 FBI." 플로르가 말했다.

"아, 음, 조셉을 살해하려는 놈이 있거나 그런 건가요?"

플로르가 살짝 미소를 지었다. "그런 건 아니야. 적어도 아직은. 물론 조셉이 갈 수 있는 데까지 가다 보면 그런 일이 생기겠지만 말이야. FBI는 우리가 홈페이지에 올린 문서들에 관해 조셉과 이야기를 나누고 싶대."

"아." 그럴 줄 알았다. FBI에서 그 문제에 관해 조셉과 이야기를 나누기 시작했다면, 나한테 이야기를 하러 오는 건 시간문제일 뿐이다. 그러면 나는 이 철두철미한 FBI 요원들에게 거짓말을 하거나 진행되는 상황을 말해줘야만 한다. 둘 다 내가 생각하는 이상적인 상황은 아니었다. "변호사가 함께 들어갔나요?"

플로르가 다시 미소를 지었다. "응, 마커스. 조셉은 선거운동본부 변호사와 함께 들어갔어. 해리는 조셉과 대학 때부터 아는 사이야. 난 해리가 잘해낼 거라 믿어."

"그럼, 다행이네요." 내가 마른침을 삼켰다. "선거운동본부에 변호사가 있었어요?"

"그럼. 시작할 때부터 있었지. 해리는 조셉에게 무소속으로 출마하라고 부추겼던 사람 중 하나야."

"그러면 FBI가 사무실의 다른 사람들과 이야기를 나누고 싶다고 할 때도 그 변호사가 함께 참석하나요?"

"마커스, 넌 이 선거운동본부에서 일하잖아. 그러니 당연히 그래야지. 네가 이 선거운동본부와 관련된 일 때문에 법적인 문제가 생기면, 언제라도 선거운동본부 변호사가 널 대변해줄 거야. 너무 걱정하지 마. 조셉은 리엄에게 그 문서들을 올리라고 하기 전에 해리와 먼저 이야길 나눴어. 해리는 그 위험성에 대해 잘 알고 있어. 해리는 FBI와 먼저 이야기를 나눠서, 저들이 사무실로 와서 다른 사람들과 이야기를 나누지 못하도록 막았어. 그런 게 변호사의 일이지."

"알았어요. 고마워요." 내가 말했다.

"그렇다고 해도." 플로르가 말했다. 나는 플로르의 다른 얼굴을 봤다. 나를 고용하던 날의 플로르, 살짝 무섭고 엄격하던 얼굴 말이다. "네가 선거운동본부와 무관한 일을 저질러서 FBI나 다른 법률기관에서 너에 대해 뭔가 조처를 하는 바람에 선거운동본부를 불필요한 논쟁에 끌어들이면, 넌 나한테 설명을 해야 할 거야. 우리는 이미 그런 문제에 관해 이야길 나눴으니까, 난 그 문제에 대해 서로 동의했다고 믿어. 내 말이 맞니?"

"맞아요." 내가 대답했다. 죄책감이 내 얼굴을 휘갈기고 지나갔을 거라는 느낌이 들긴 했지만, 나는 차분함을 유지하며 플로르의 지긋한 시선을 살짝 피했다.

나는 컴퓨터 앞에 앉자마자, 내가 정말로 아주 똑똑한 녀석이라는 사실을 확인했다. 지난밤에 아마존이 우리의 호스팅 서비스를 종료시켜버렸다. 그러자 시스템은 끊김 없이 우리의 홈페이지를 1차 대비용 클라이드 공급자로 아주 깔끔하고 빠르게 넘겨서 가동 시간 감시 프로그램에도 아무런 흔적을 남기지 않았다. 그 덕분에 내 휴대폰 번호를 빨리 되찾아야겠다는 생각이 들었다. 만일 감시 프로그램이 꽥꽥거렸더라면, 그 메시지가 내 휴대폰으로 가서 어딘가로 사라져버렸을 것이다. 나는 통신업체 고객서비스의 전화번호를 누른 뒤, 통신업체의 똑똑이들이 내 요구사항을 얼마 만에 처리해주는지 보기 위해 시간을 재기 시작했다. 그리고 35분이 지났을 때 내 어깨 위로 그늘이 져서 고개를 돌렸더니 조셉이 괴로운 일을 당하고 나온 얼굴을 하고 서 있었다.

나는 전화를 끊었다. "안녕하세요."

"안녕, 마커스."

"어떻게 됐어요?"

"상황이 복잡해. 잠깐 나랑 앉아서 이야기 좀 할 수 있을까?"

그때, 내가 지금 해고되기 직전이라는 사실을 알아챘다. "그럼요." 나는 노트북의 화면을 잠그고, 조셉을 따라 회의실로 들어가서 문을 닫았다.

"우리 대화를 나누기 전에 내가 몇 가지만 먼저 이야기할게, 마커스. 그래도 되겠니?"

"네." 내 얼굴과 손발이 굳으며 핏기가 사라지는 느낌이 들었다. "괜찮아요."

"첫째, 나는 이 FBI 일의 배후에 경쟁 후보들이 있다고 믿어. 그들은 선거운동 과정에서 이 문제로 관심을 끄는 게 싫어서 나를 법적으로 곤란한 상황에 빠트렸어. 특히 먼로는 주의회에서 경력을 쌓는 동안 오래전부터 Zyz뿐 아니라 그 자회사들과 관계를 맺어왔어. 그래서 먼로가 이 문제로 골치를 앓다가 우리의 뒤통수를 치려한다는 이야길 들었을 때도 난 조금도 놀라지 않았어.

둘째, 나는 네가 여기서 해준 일의 가치를 높이 평가해. 그리고 난 이 모든 계획을 만들어준 너를 신뢰해. 난 네가 영리한 청년이라고 생각해. 그래서 무슨 일이 일어나더라도, 나와 계속 연락하고 지냈으면 좋겠어.

셋째, FBI는 네가 우연히 이 문서들을 우리 홈페이지에 올리자고 제안한 게 아니라고 확신한다고 했어. FBI는 이 문서들이 처음 배포될 때 네가 관여했다고 믿는 것 같아.

넷째, 난 그 말이 사실인지 아닌지 몰라. 하지만 FBI와 대화하다가, 선거운동본부와 너에게 일어날 수 있는 상황들에 관해서도 이야길 나눴어. 결국 FBI는 네가 선거운동본부와 공식적인 관계를 더이상 유지하지 않는다면, 네가 문서와 관련해서 지금까지 어떤 역할을 했는지에 대한 수사를 더 진행하지 않겠다고 마지못해 다짐했어. 이건 얻어내기 쉬운 제안이 아니야. 내 경험으로 비추어 봤을 때, 이 유출 사건과 그 안에 담긴 정보들에 대해 일제히 분노를 터트린 상층부 사람들 사이에서 내부적인 논쟁이 있었던 게 틀림없어. 그들은 또다시 위키리크스 재판이 진행되는 사태를 피하고 싶어 해. 특히 이번 사건은 전체적으로 다양한 단계의 국가 안보가 관여되어 있기 때문이야. 이 문서들은 극히 일부만이 기밀이거나 극비로 분류되어 있어. 그래서 변호사가 그중 몇 안 되는 극비 문서도 정보자유법에 따라 요청했을 경우 공개될 가능성이 크다는 사실을 지적했어.

하지만 FBI는 여전히 겉으로 드러난 상황을 좋아하지 않아. FBI가 반사회적인 컴퓨터 사용자라고 간주했고, 이 문서의 유출과 배포에 관련된 젊은이가 여기에 있다는 거지. 그 이야기가 밖으로 새어나가면, 자신들이 무능하거나 한층 더 나쁘게 비칠까 봐 우려하고 있어."

"하지만 제가 해고되면⋯."

"마커스, 난 너를 해고하지 않을 거야. 그건 확실하게 하자. 우리는 지금 사람들의 시선에 관해 이야기하고 있는 거야. 표면상 보이는 외형 말이야. 네 말이 맞아. 이 시점에 네가 해고되면, 너를 더 죄인처럼 보이게 만들고, 나도 더 바보처럼 보일 거야. 하지만 네가, 뭐랄까, 사적인 자문 역할을 계속해주면 선거운동본부가 네게 적절한 의뢰비를 지급할 수 있을 거야. 그 액수는 네가 투표일까지 일했을 경우 집으로 가져가게 될 임금과 엇비슷해. 급여 지급 기간이 끝날 때까지 평범한 월급을 받을 거야. 그건 네가 선거운동본부를 위해 구축해준 진짜 끝내주는 시스템에 대해 리엄이 빨리 배울 수 있도록 필요한 도움을 제공하는 것에 대한 대가야. 그리고 내가 당선되면, 음, 네가 자기 일을 하면서 내 사무실에 바로 그런 자문해주는 일을 할 수 있을 거고."

"저한테 해고하지 않을 거라고 하지 않았나요?" 난 속에서 부글거리는 분노 때문에 뭔가 바보 같은 짓을 할 것 같았다. 더 말하지 않으려고 말 그대로 입안의 볼을 깨물었다.

조셉의 표정은 바뀌지 않았다. "넌 해고되는 게 아니야, 마커스. 너를 희생양으로 삼을 생각도 없어. FBI가 나한테 기대하는 게 바로 그거잖아. FBI는 내가 너를 자기들에게 넘겨주고, 네가 기술을 활용해서 내 사무실을 이용해 범죄를 저질렀다며 너를 고발해주기만 바라고 있어. 경쟁 후보들도 그렇게 되기를 바라고 있지."

조셉이 목소리를 낮췄다. "FBI에는 진짜 멍청하고 사악한 놈들이 있어. 하지만 중심부는 썩지 않았어. 본부에 있는 가장 어리석고 악질적인 FBI조차도 나름의 자긍심이 있어서, 중간 선거 때 더 많은 득표를 원하는 교활한 정치인을 위해 게임판의 말이 되겠다는 따위의 생각은 하지 않을 거야. 이건 쉽지 않은 협상이었어. 해리는 우리가 FBI에게서 그런 다짐을 받아냈다는 사실에 아직도 놀라고 있어. 우리가 얻어낼 수 있는 최상의 협상이었어. 너에 대한 연방 경찰의 수사를 막으면서도, 너한테 임금을 줄 수 있도록 한 협상이야. 그렇다고 네가 사무실에 올 수 없다거나, 우리 팀의 일원이 될 수 없다는 의미는 아니야. 마커스, 네가 이런 생각을 얼마나 싫어할지 모르겠지만, 나는 더 싫었다고 장담할 수 있어. 너를 잃는 건 우리에게도 손실이야. 설령 내가 당선되더라도, 너를 잃어버리게 될 테니까 말이야."

나는 모든 말을 믿었다. 조셉 노스가 눈을 쳐다보며 숨김없이 차분하게 뭔가를 말하면, 믿지 않을 도리가 없었다. 내 분노가 어느새 빠져나가 버렸다.

"전 그 돈을 받을 수 없어요." 내가 말했다.

그가 머리를 한 번 살짝 저었다. 하지만 그건 전적인 거부의 몸짓이었다. "그건 선택사항이 아니야. 넌 이 일을 위해 고용됐어. 너에겐 그 월급이 중요하잖아. 비윤리적인 인간들의 정치적 보복 때문에 네가 받아야 할 돈을 빼앗겨선 안 돼."

"그 돈은 선거운동을 위해 모금한 후원금이잖아요. 후원자들은 당신을 위해 일하지 않는 나에게 임금을 지급하라고 돈을 낸 게 아니에요."

"마커스, 그렇게 마음 써줘서 고마워. 하지만 난 내 계좌에서 그 돈을 지급할 생각이었어. 플로르가 그걸 처리해 줄 거야. 나도 그 정도는 할 수 있어."

"그러면 전 그 돈을 다시 선거운동본부에 기부해버릴 거예요."

조셉이 다시 자리에 앉았는데, 갑자기 피곤하고 지친 모습이었다. "네가 그렇게 하겠다면 내가 막을 수는 없겠지만, 네가 이렇게 급하게 결론을 내리기 전에 조금 더 생각해보면 좋겠어."

"그럴게요. 전 이제 가봐야 할 것 같아요." 지난밤에 부족한 잠이 한꺼번에 몰려왔다. 눈자위 뒤쪽으로 눈물이 고였다. 이건 내가 제정신이 아니라는 신호였다. 돈 문제에 대해서는 나중에 결정하라는 조셉이 말이 맞을 거라는 생각이 들었다. 내가 감사 인사나 그 비슷한 말을 했던 것 같다. 그리고 굳은 얼굴로 사무실로 돌아갔다. 사무실에는 항상 열 명에서 열다섯 명 정도의 사람들이 있었다. 전화를 받거나 인쇄물을 정리하는 자원봉사자, 선거운동 전략가와 연설문 작성자, 홍보 담당이 모두 자리에 앉아 있고, 무슨 일을 하는지 모르는 사람들도 있었다. 나는 그동안 그들과 인사를 나눴었지만,

이름은 절반도 채 몰랐다. 내가 자리로 가는 동안, 지금 그 사람들이 안 그런 척하면서 모두 나를 응시하고 있었다. 내 의자 위에 마분지 서류상자가 놓여 있었다. 내가 다가가서 봤더니, 사무실로 가져왔던 몇 안 되는 물건들이 그 안에 담겼다. 플로르를 쳐다보자, 그녀가 고개를 끄덕이고 동정적인 눈으로 나를 바라보더니 다시 고개를 끄덕했다. 플로르가 나를 위해 상자의 짐을 싸준 모양이었다. 나는 이게 사무실에서 좀 더 빨리 벗어날 수 있게 해주려는 그녀의 배려라고 생각했다. 나는 재킷을 입고, 노트북을 가방에 넣고, 상자를 들고, 아무 말 없이 사무실을 나왔다.

사무실 바로 바깥의 인도에 리엄이 나를 기다리고 있었다.

"이건 말도 안 돼." 나는 리엄의 말투가 싫었지만, 봐주기로 마음먹었다. 내가 성질을 부리며 화를 내면 보기 흉할 것이다. 내게는 좋은 상황이 아니었다.

"내 번호 알고 있지?" 그게 내가 한 말이었다. "기술적인 문제가 생기면 언제든 전화해. 비밀번호도 어디에 있는지 알고 있지? 집에 가면 전체 서버들의 자세한 사항과 각 호스팅 업체의 고객서비스 정보 같은 것들을 메일로 보내줄게."

리엄이 내 얼굴을 찬찬히 살폈다. 내가 리엄의 눈을 응시하자, 리엄이 눈을 껌뻑이며 말했다. "네가 줄곧 다크넷 문서의 배후에 있었다는 이야기가 사실이야?"

나는 아무 대답도 하지 않았다. 나는 거짓말을 하는 데에 지쳤지만, 아직 그 일을 공개적으로 밝히는 건 좋은 생각이 아니라는 느낌이 반사적으로 들었기 때문이다. 캐리 존스톤이 조셉의 경쟁 후보에게 '다크넷 배후에 있는 어떤 사람이 조셉 밑에서 일하고 있다'

고 말해준 게 분명했다. 존스톤은 나를 제압하기 위해서는 먼저 고립시켜야 한다고 판단했을 게 틀림없다. 아마도 존스톤의 생각이 맞을 것이다.

"여러 가지로 고마웠어, 리엄." 나는 그렇게 말했다.

리엄이 한참 동안 내 얼굴을 살피더니 말했다. "난 그 일 하기 싫어. 그만둘 거야."

"그러지 마." 내가 말했다.

"대체 왜 그러지 말라는 거야?"

"조셉 노스가 캘리포니아 상원의원에 당선되면, 다른 멍청한 자식 둘 중 하나가 당선되는 것보다는 세상을 훨씬 나은 곳으로 만들 테니까."

리엄이 웃음을 터트렸다. "농담하는 거지? 정말로 우리가 누구에게 투표하느냐가 영향이 있을 거라고 생각하는 거야? 넌 그 다크넷 문서들을 봤잖아. 어떤 놈들이 체제를 이용해 부를 모으고, 다시 그 부를 이용해 체제를 변화시켜서 자신들의 부를 지키는지 봤잖아. 젠장, 마커스, 이게 뭐야, 고등학교 사회시간이야? 이봐, 인마, 다른 사람은 몰라도 네가 그런 어리석은 소리를 할 줄은 생각도 못 했어."

"네가 정말로 그렇게 믿는다면, 왜 조셉 노스의 선거운동본부에서 일하고 있는 거야?" 해고당한 일 때문에 슬슬 열 받기 시작하는 시점에, 조금 전에 나를 해고한 남자를 옹호하고 있으니 묘한 기분이 들었다. 사람들의 시선이라니? 대체 그런 게 사람을 해고할 이유가 될 수 있는 건가? 선거운동본부를 운영하다 보면, 그런 게 완벽하게 좋은 이유가 될 수 있다는 목소리가 내 머릿속을 맴돌았다. 특히 그 사람이 거짓말을 했거나, 적어도 아주 중요한 정보를 언급하는 걸 빼먹어서 안 좋은 시선을 불러들일 경우엔 말이다.

"이건 그냥 일자리일 뿐이야. 뭘 하든 누가 관심이나 있나? 햄버거를 뒤집거나 개를 산책시켜 주는 일이나 마찬가지야."

나는 관심 없는 일은 하지 말아야 한다는 이야기를 하려다가, 내가 찾을 수 있는 모든 문을 두드리고 다니며 껌을 팔듯이 이력서를 건네고, 대문자 NO로 거절을 당하던 시간들이 떠올랐다. "들어봐, 리엄." 내가 말했다. 하지만 리엄에게 할 말이 없었다. 사실, 어쩌면 리엄의 말이 맞을지도 모른다. "아냐, 그건 됐고." 내가 말했다. "기술 지원이 필요하면 전화해, 알겠지?"

"그래." 리엄이 말했다. 우리는 잠깐 서로를 끌어안고 등을 두드리는 인사를 할 것 같은 분위기였지만, 둘 다 움직이지 않았다. 그동안 리엄은 나를 우러러봤다. 그건 좋은 일이었지만, 그런 추종이 사람의 기분을 묘하게 만들기도 했다. 이제 더는 그런 걱정을 할 필요가 없어졌다는 느낌이 들었다.

예전에 우리 정부는 샌프란시스코를 경찰국가로 바꿔버린 후 나를 납치하고 고문했었다. 자유의 몸이 되었을 때, 나는 문제는 체제가 아니라 누가 운영하느냐에 달렸다고 생각했었다. 나쁜 놈들이 높은 자리를 차지하는 게 문제라고 생각했던 것이다. 우리에게 필요한 건 좋은 정치인이었다. 그래서 나는 사람들이 좋은 정치인에게 투표하게 하려고 열심히 일했다. 우리는 선거에서 이겼다. 모든 사람이 동의하는 정치인을 선출했으니, 우리가 자랑스러워할 수 있는 정치인이 될 것으로 생각했다. 정치인들은 좋은 말들을 했다. 캐리 존스톤 같은 소수의 더러운 인간들이 일자리를 잃었다.

447

그러고는, 글쎄, 그 좋은 정치인이 나쁜 정치인과 아주 똑같은 행동을 하기 시작했다. 아, 그 사람들에게도 이유는 있었다. 응급 상황과 환경이 문제였다. 정말로 유감스러운 일이었다.

하지만 응급 상황은 언제나 있었다. 그렇지 않은가? 신문과 TV에 따르면 내 평생 지구는 내내 응급 상황이었다. 그 응급 상황은 언제쯤이나 끝나는 걸까? 언젠가 유니콘 떼가 미션 가를 껑충껑충 뛰어다니며 세계에서 벌어지고 있는 전쟁의 중단을 선언하고, 약속했던 정상 상태가 회복되어 모든 이들에게 일자리와 자유가 주어지는 날이라도 오는 건가?

그럴 리가 없다. 조셉 노스 같은 사람도 결국 또 다른 정치인이 되어버리고 만다면, 누구라도 마찬가지다. 캐리 존스톤은 해고되었지만, 더 많은 돈과 더 많은 힘과 더 많은 권력을 갖게 되었고, 그녀의 잔인한 짓을 감시하는 눈은 더 적어졌다. 존스톤은 항상 더 높은 자리로 올라가기만 했다. 이런 상황을 좋게 만들어줄 누군가를 우리가 뽑을 수 있다는 생각은 어리석었다. 나는 한때 리엄이 이상주의적인 바보이고 지적인 교양이 부족해서, 우리가 그 자리에 제대로 된 사람을 올려 좋은 법을 통과시키고 좋은 정부를 만들면, 모든게 얼마나 좋아질지 인식하지 못한다고 생각했었다. 이제 나는 누가 바보였는지 안다. 내가 매일 아침 거울에서 보는 그 인간이 바보였다. 그리고 그 인간의 얼굴을 볼 때마다 짜증이 몰려왔다.

앤지는 메일과 메신저에 대답을 않고 전화도 받지 않았다. 무슨 상관이랴? 내가 지금 하려는 건 앤지에 대한 일이 아니다. 이건 나에 대한 일이다.

처음에 다크넷 문서 사이트를 설정할 때에는 상당한 노력이 필요했다. 두 번째는 훨씬 쉬웠다. 이제 난 존스톤 개인정보 파일들을 근사하고 안전하고 추적이 불가능한 장소에 올려놨다. 그리고 블로그에 이 문서가 어떤 건지, 이 문서가 누구에 대한 것인지 설명하는 글을 썼다. 심지어 내가 그 문서들을 어떻게 입수했는지도 썼는데, 아플 정도로 이를 바득바득 갈면서, 내 최고의 강적을 해킹했던 익명의 장난꾸러기 녀석들이 나를 해킹했었다고 시인했다.

졸루의 말이 맞았다. 나는 너무 오랫동안 겁에 질리고 '음매에' 울어대는 양처럼 존스톤이 나를 마음대로 몰고 가게 놔뒀다. 공포에 질려 도망 다니는 대신, 이 사냥을 내가 이끌기 시작할 때가 됐다.

나는 그 글을 블로그에 올리지 않았다. 거의 그럴 뻔했지만, 그러지 않았다.

대신 나는 그 글을 다크넷 주소와 함께 이메일로 옮겨서, ⟨pr@zyzglobal.com⟩, ⟨carrie.johnstone@zyzglobal.com⟩, ⟨press@zyzglobal.com⟩에 보내고, 추가로 ⟨webmaster@zyzglobal.com⟩에도 보냈다. 사실 요즘 웹마스터의 메일 주소는 스팸을 끌어들이는 자석이나 마찬가지라서 아무도 읽지 않는다. 그래도 철저히 해놓는 게 좋을 것 같았다.

내가 전송 버튼을 막 누르고 넋을 놓기 시작했을 때 앤지의 전화가 왔다. "무슨 일이야? 수업이 있었어."

"나 해고됐어. 캐리 존스톤이 조셉 노스의 경쟁 후보에게 내가 다크넷의 배후에 있는 사람이라고 말했고, 그 사람이 FBI에 연락했어. 조셉이 협상을 해서 내 자유를 보장해주는 대신에 날 내다 버리기로 했대. 그래서 집에 와서, 캐리 존스톤에게 메일로 그녀의 개인정보 파일의 복사본을 보냈어. 그리고 조금 전에 너의 튀니지 해적당 이메일로 다크넷 사이트 주소를 보냈어. 혹시 내가 사라지면 그걸 뿌려. 알겠지?"

"마커스?"

"응?"

"방금 뭐라고 한 거야?"

내가 반복해서 말해줬다.

"내가 제대로 들었던 거네." 그리고 한동안 침묵이 이어졌다.

"여보세요?"

"안 끊었어."

"난 사과하지 않을래. 이건 내 삶이야. 나는 도망가는 데에 지쳤어. 멍청한 이상주의자로 사는 것도 지겨워. 이제 주도권을 행사할 때가 됐어. 뭔가를 해야 할 때가 됐어. 너한테 미리 말해주지 않아서 미안해. 그렇지만…."

"난 너한테 사과해달라고 하지 않았어. 네가 나한테 설명을 해줘야 할 의무는 없어. 너는 나한테 아무것도 빚진 게 없어. 걱정하지 마. 다크넷 주소를 받아서 안전하게 지키고 있다가 네가 사라지면 모든 사람에게 확실하게 알릴게." 지금 앤지의 말투는 그 전에 한 번도 들어본 적이 없어서, 화난 건지 겁을 먹은 건지, 아니면 혹시… 자랑스러워하는 건지 알 수 없었다.

"아, 그래." 내가 말했다.

"음, 난 가봐야 할 것 같아." 앤지는 그렇게 말하고 전화를 끊었다. 그렇다면 자랑스러워하는 건 아니었네.

*

다른 때와 달리 부모님이 두 분 다 외출한 상태였다. 아빠는 식료품을 사러 나갔고, 엄마는 고객과 약속이 있었다. 집이 텅 빈 것 같았다. 공허하고, 으스스한 느낌이었다. 삐걱거리고 쿵 하는 소리가 들릴 때마다 Zyz의 용병부대가 문을 부수고 들어와 나를 납치할 것 같았다.

내가 버튼 위에 손가락을 올리고 있으니, 그들이 지금 당장 그렇게 할 수 없으리라는 사실은 알고 있지만, 얼마 지나지 않아 끌려갈 거라고 확신했다. 부모님을 잡아갈지도 모른다. 아니면 앤지나. 졸루의 다른 제안 중에 내가 할 수 있는 게 또 뭐가 있었지? 알바니아로 이사를 한다. 나한테는 사용할 수 있는 여권도 없었다. 영국에 있는 외가에 가려고 여권을 만들었는데, 2년 전에 만료되었다. 이 자료들을 바바라 스트랫포드 기자에게 모두 넘겨줄 수 있다. 그래, 왜 안 되겠는가? 바바라 기자는 지난번에도 도움을 줬다.

나는 차고에서 자전거를 꺼내 〈샌프란시스코 베이 가디언〉 사무실을 향해 출발했다. 거의 도착했을 때 내 휴대폰이 울렸다. 발신자 번호가 찍혀 있지 않았다. 전화를 받았다.

"여보세요?"

"넌 정말 가는 곳마다 문제를 끌어들이는 자식이야, 그렇지 않아?"

그 목소리가 누군지 떠올리는 데에는 시간이 걸렸다. 아마도 내가 마음속으로 다시는 그 목소리를 듣지 못할 거라 생각했기 때문일 것이다.

"마샤?"

"바빠?"

"뭐라고?"

"보아하니, 넌 엠바르카데로 부두 근처에 있네. 네가 움직이는 속도로 볼 때, 정거장마다 서는 버스를 타고 있거나 자전거를 타고 있겠구나. 그리고 보니까, 조셉 노스의 선거운동본부 홈페이지에 있는 과학기술책임자 명단에서 네 이름이 사라졌네. 그렇다면 아주 바쁘지는 않겠군. 휴대폰을 끄고 배터리를 빼고, 멍청이 같은 네학교 친구가 나한테 덤비려고 했던 곳에서 만나자. 거기가 어디인지 알겠어?"

처음 마샤가 지하로 사라지던 날, 마샤는 나를 데리고 가려 했었다. 그런데 차베스 고등학교에서 침이나 질질 흘리고 다니는 고릴라 녀석 찰스 워커에게 미행당했다. 녀석은 나를 국토안보부에 밀고하고 싶어서 환장한 자식이었다. 마샤는 녀석의 엉덩이를 걷어차고 국토안보부 신분증을 내보이며 체포하겠다고 위협했다. 거기는 잭슨 가에서 놉힐로 올라가는 도중에 있는 골목 중 하나였다. 거기가 어디였는지는 정확히 기억나지 않았지만, 다시 보면 알아볼 수 있을 것 같았다.

"어딘지 알아."

전화가 끊겼다. 요새 나한테 전화한 사람들은 계속 툭 끊어버린다. 그다지 즐거운 경험은 아니었다. 시내를 향해 자전거 페달을 밟으면서, 나는 더 이상 즐거운 경험을 원하지 않는다는 사실을 깨달았다. 나를 행복하게 해줄 삶을 만들기 위해 최선을 다해 노력하던 시절은 끝났다. 이제부터 나는 순간순간의 일에 최선을 다할 것이다. 행복은 과대평가되었다.

15

나는 틀린 골목길로 들어왔다고 거의 확신했다. 나는 10분을 기다리고, 5분을 더 기다렸다. 그리고 그 골목에서 나왔다. 나는 블록의 끝까지 갔다가 다시 돌아서 걸어가다가 그 골목을 다시 내려다봤다. 사실 거긴 골목길이라고 하기도 힘들었다. 두 건물 사이에 화재용 비상구와 쓰레기통들이 놓여 있는 좁은 틈에 불과했다. 아까 그 골목에 서서 15분을 보낸 덕분에 벽에 오래된 소변 자국부터 쓰레기통의 움푹 들어간 자국까지 잡동사니 하나하나를 다 기억할 수 있었다. 그런데 뭔가 달라진 게 보였다. 저 쓰레기통은 저쪽에 있지 않았던가? 그랬다. 나는 골목길로 조심스럽게 발을 내디뎠다. 손바닥이 땀으로 미끈거렸다. 거기에 누군가 있는 게 틀림없었기 때문이다. 나는 한 발 더 내디뎠다.

"이 뒤에 있어." 쓰레기통 뒤에서 목소리가 들렸다. 나는 쓰레기통 너머를 힐끗 보려 했지만 잘 보이지 않았다. 그래서 좀 더 안으로 들어가서 쓰레기통을 돌아갔다.

마샤가 벽에 등을 기대고 앉아 있었다. 마샤는 운동하러 나온 사람처럼 운동복 바지와 헐렁한 티셔츠를 입고 분홍색 머리띠로 머리를 묶었다. 그리고 운동 가방이 옆에 있었다. 마샤의 머릿결은 칙칙한 갈색이었고, 커다란 짝퉁 선글라스를 쓰고 있다. 마샤는 부자처럼 보이기도 하고, 가난한 사람처럼 보이기도 했다. 또 십 대처럼 보이기도 하고, 이십 대 후반처럼 보이기도 했다. 내가 지하철에서 마샤 옆에 앉았더라도 두 번 쳐다보지는 않았을 것이다. 마샤가 선글라스를 아래로 내리고 나를 노려보기 전까지는, 이 사람이 정말로 마샤인지조차 확신이 들지 않았다.

"앉아." 마샤가 쓰레기통 뒤의 자기 옆자리를 가리키며 말했다. 마샤가 거기에 새 마분지를 깔았는데, 익숙한 손놀림을 보니 이렇게 해본 게 처음은 아닌 모양이었다. 나는 책상다리를 하고 앉았다.

"만나서 반가워. 조금 뜻밖이었어." 내가 말했다.

"그래. 접하고 며칠 전에 거기서 빠져나왔는데, 좀 바빴어."

"거기서 빠져나왔어?"

"그 Zyz 인간들 말이야. 대개는 국토안보부에 들어갈 실력이 안 되는 머저리들이야. 그래서 사설 분야로 가서 월급을 세 배나 받으면서 자신들만의 시스템을 구축했어. 놈들은 자기네 시스템을 엄청나게 신뢰해. 이런 거지, 판매업자가 CCTV가 안전하다고 말해주면, 놈들은 그걸 믿어. 전자자물쇠나 추적용 발찌나 주변 감지기도 마찬가지야."

"아." 내가 말했다. 나는 항상 마샤가 나보다 백만 배는 뛰어난 사람이라는 사실을 알고 있었으면서도, 마샤를 구해내는 일을 생각할 때는 어쩐지 도움이 필요한 여자애처럼 여기고 말았다. "멀리서 온 거야?"

"어디에 잡혀 있었는지 묻는 거야?"

내가 어깨를 으쓱했다.

"그게 정말 알고 싶어?"

내가 다시 어깨를 으쓱했다. "아마 아닐 것 같아. 사실대로 말하자면, 난 이 첩보 어쩌고 하는 것들이 다 무지하게 싫어. 젭은 괜찮아?"

"젭은 예상했던 것만큼 괜찮아. 더 낫지. 젭은 당분간 자기가 할 일을 하며 지낼 거야."

나는 속으로 이 말을 '우리는 크게 싸워서 헤어졌어'로 해석했다. "아."

"그래서 감사 인사를 하고 싶었어. 너는 해야 할 일을 한 거지만, 나와 젭을 위해서 그 일을 해줬고, 빌어먹게 잘 해줬어. 심지어 '첩보 어쩌고'가 네 일이 아니었는데도 말이야."

"그래, 뭐, 도움이 되었다니 나도 기뻐. 마지막엔 내 도움이 필요 없었겠지만 말이야."

"아, 필요했어. Zyz는 우리를 잡은 직후부터 완전히 공황상태에 빠져들었어. 난 그 뒤에 네가 있다는 사실을 아주 빨리 알아챘지. 놈들은 어떤 자료가 나갔는지, 다른 자료는 또 뭐가 나올지, 그리고 어떻게 해야 막을 수 있을지 알고 싶어서 아주 난리였어. 나한테 정말로 '진지한' 질문을 많이 했어. 하지만 정말 괜찮은 오락거리였어. 그리고 너한테 말해줄 수 있는 건, 나한테 자료를 줬던 사람들이 그 자료들이 배포된 방법에 대해 만족한다는 사실이야. 내가 다시 인터넷에 접속했더니 나를 기다리는 자료가 더 많이 쌓여 있었어.

덕분에 난 아주 오랫동안 바쁠 것 같아." 마샤는 슈퍼우먼 같은 존재였지만, 뭔가 문제가 있는 듯한 모습이 보이기 시작했다. 마샤가 운동 가방을 뒤지더니 물병을 꺼내 한 모금 마셨다. 그때 마샤의 허리와 목에 커다랗고 흉측한 멍, 아니 채찍 자국이 보였다. 나는 마른침을 꿀꺽 삼켰다.

"그래, 도움이 되었다니 기뻐. 내가 미리 알았더라면 좋았을 텐데, 내가 어쩌다 보니 최근에 더 많은 '자료'를 얻었거든." 나는 마샤에게 캐리 존스톤의 개인정보 파일과 그 출처에 대해 말해줬다.

"그랬구나." 마샤가 차분한 말투로 말했다. "그래서 지금 그 파일들은 어디에 있어?"

"내가 이메일로 Zyz의 본사에 보냈어." 내가 말했다.

내 말이 끝나자 이어진 침묵에 대해 살짝 자부심이 느껴졌다는 사실을 인정해야겠다. 마샤는 제임스 본드에 스파이더맨을 합쳐놓은 사람이긴 하지만, 내가 미친 바보처럼 용감한 뭔가를 영웅적으로 해냈다는 사실을 마샤의 침묵에서 느낄 수 있었다. 하지만 그 침묵이 계속되었다. 계속되고, 또 계속됐다. 나는 선글라스를 쳐다보면서, 혹시 마샤가 잠든 게 아닌지 보려고 했다.

"음?"

"쉿, 상황을 계산해보려는 거야." 마샤가 말했다.

"아."

마샤가 잠시 고개를 숙이더니, 혼잣말하는 소리가 들렸다. 목 뒤로 묶였던 자국이 보였는데, 그 자국은 턱밑까지 이어졌다.

"그래서, 내가 이걸 그대로 받아들이면, 네가 그 파일들을 전부 다 Zyz와 존스톤에게 개인적으로 보내줬어. 너는 주저하지 않고 그 자료를 배포할 준비가 되어 있다는 암시를 줬어. 하지만 놈들이 아는 한, 네가 그 자료를 배포하기 위해서 실제로 한 일은 전혀 없어. 맞지?"

"거의 그렇지. 자정까지 내 블로그를 올린 서버를 여섯 가지 방식으로 잠가놨어. 놈들은 자기네가 가진 모든 걸 이용해서 그걸 추적할 게 뻔하니까. 나는 놈들이 서버만 아니라 나를 다시 쫓아올 거라는 사실도 반쯤 확신하고 있어. 하지만 그거야 언제나 그랬지. 놈들은 지금까지 나를 두 번이나 납치하려고 했었어. 나로서는 세 번째 다시 납치하러 오는 걸 막을 방법이 전혀 없어."

마샤가 나를 따라 고개를 끄덕이더니, 내가 말을 마치자 손을 올리며 말했다. "내가 놈들을 그만두게 하면 어떨까?"

"그게 무슨 말이야?"

"내가 놈들하고 협상해볼 수 있을 것 같아. 놈들은 너를 건들지 않겠다고 명확하게 약속하고, 넌 존스톤의 개인정보 파일을 건들지 않겠다고 합의하는 거지. 어때?"

"이 상황을 잠시만 정리해볼게. 너는 이 깡패 녀석들이 운영하는 비밀감옥에서 방금 도망쳐 나왔어. 그런데 이제 네가 그놈들하고 내 안전을 위해 협상을 하겠다는 거야? 그런 걸 전문용어로 개소리라고 해."

"아. 마커스, 이것 봐. 난 네 안전을 위해 협상하려는 게 아니야. 내 안전을 위해 협상하려는 거야."

홍. "그래. 그렇겠지. 그리고 젭의 안전도." 내가 말했다.

"젭과 너, 나, 네 여자친구. 모두의 안전이 달렸어. Zyz는 멍청하고 사악해. 하지만 이건 사업이야. 돈이면 다 되고, 말은 아무 쓸모도 없는 동네야. 네가 자료를 뿌려버리면, 놈들은 엄청난 대가를 치러야 해. 우리가 Zyz에게 손실을 막을 기회를 주면, 놈들은 그 제안을 받을 거야."

"존스톤은 어떡하고? 그 여자가 해고된 나음에 니를 잡으러 오지 않을까?"

"Zyz는 존스톤을 해고하지 않을 거야. 놈들이 존스톤을 해고해야 할 이유가 뭐든 간에, 존스톤은 Zyz가 자신을 해고해서는 안 되는 이유가 담긴 문서들을 두툼하게 모아놨을 거야. 그 여자는 바퀴벌레 수준의 생존본능을 가지고 있어. 존스톤은 자기가 나갈 준비가 되었을 때만 나갈 거야. 미군은 존스톤이 해고될 준비를 마친 후에야 해고했어. 존스톤이 Zyz와 협상을 마친 후에 미군에게 해고할 수 있도록 허락해줬기 때문이야."

"넌 꼭 존스톤을 존경이라도 하는 것처럼 말한다?"

"내가 캐리 존스톤에서 오줌을 갈기지 않을 날은, 그 여자한테 불이 붙었을 때뿐일 거야." 마샤가 주저하지 않고 표정도 바꾸지 않은 채 말했다. "하지만 삶이 주는 교훈에서 무언가 배울 자세를 갖지 않으면, 언제까지나 무지한 인간으로 남게 돼. 난 존스톤이 내게 가르쳐준 모든 교훈에 수업료를 충분히 지급했어. 이제 나도 본전을 뽑아야지."

마샤와 함께 앉아 있으니 마치 면도날 위에 앉은 기분이었다. 한쪽에는 옛날의 내 생활이 있다. 체제 내에 살며, 일자리를 구하러 다니고, 사소한 전자기기들을 제작하면서 안전한 삶을 보내던, 안전하고 어린 마커스. 내가 마샤를 따라가면 내게 주어질 다른 삶이 있다. 폭력과 은둔, 빈곤…. 하지만 힘과 능력, 모험도 있다. 나는 세상에서 사라져 유령이 되고 전설이 될 수 있을 것이다. 나에게 요구되는 체제가 아니라, 내가 용인할 수 있는 체제만 따르는 도망자가 될 것이다.

아무튼, 체제가 문제 아니었던가? 우리가 누구에게 투표하든, 항상 정부가 이기는 것 같다. 익명의 돈 봉투와 암호화된 속삭임, 비밀 벙커와 은밀한 거래를 이용하며 비밀스러운 싸움을 통해 진짜 행동이 이루어지고 있는데, 민주적 변화와 정의에 대한 내 유치한 환상을 실행하는 게 무슨 소용이 있겠는가?

마샤가 자리에서 일어섰다. 나는 마샤가 얼마나 천천히 고통스럽게 몸을 움직이는지 보면서 겁이 났다. 마샤가 힘에 겨운 듯 벽에 기대는 모습을 보니 더 겁이 났다. "조금만 도와줘." 마샤가 말했다.

나는 서둘러 일어나 마샤 옆에 서서, 팔을 내 어깨에 두르고 내게 체중을 싣도록 했다. 마샤의 머리카락이 내 뺨을 간질였다. 염색 냄새가 아직도 느껴졌다. 학교 다닐 때 매주 머리의 색을 바꾸던 아이들에게서 나던 냄새가 떠올랐다. 당시 나는, 내가 누구인지 내 머리카락이 어땠으면 좋을지 마음껏 표현할 수 있다고 생각했었다.

"자, 놈들이 검은 헬리콥터로 돌진해서 네 엉덩이를 날려버리기 전에 너희 네트워크를 이용해서 협상을 좀 해보자."

"나는 그 거래에 동의한 적 없어." 내가 말했다. 이때 나는 거의 들다시피 해서 마샤를 똑바로 세워줬는데, 몸무게가 너무 가볍고, 체육복 안에 거의 입은 옷이 없어서 놀랐다.

"그래. 그러면 다른 건 뭘 할 건데? 굼벵이 자식아."

"알았어. 그래. 내 자전거 가지러 가자."

"그딴 건 엿 먹으라고 해. 잠가놨으면 나중에 가져가면 되고, 안 잠가놨으면 다른 놈이 가져갈 거야. 그러니까 자전거는 걱정하지 마. 택시 타자. 나 돈 있어."

　엄마와 아빠는 회계사와 약속이 있어서 나간다며, 저녁은 집에 와서 먹을 거라는 메모를 남겼다. 마샤가 샤워를 하고 내 방에 자리를 잡는 동안, 나는 마샤를 위해 냉장고를 뒤졌다. 그리고 침대 끝에 앉아서, 마샤가 치즈 덩어리와 쿠키를 먹으며 자판 위에서 손가락을 바쁘게 오가는 모습을 지켜봤다. 마샤는 한참 후에 타자를 멈추고 내 의자 위에서 빙글빙글 돌았다. 젖은 머리카락이 어깨에 부딪히며 티셔츠에 물 자국을 남겼다. "좋았어. 이제 기다리면 돼. 내가 놈들에게 한 시간을 줬으니까, 적어도 두 시간 내로는 대답이 올 거야."

　"난 캐리 존스톤이 벌을 받지 않고 교묘히 빠져나갈 거라는 사실이 별로 마음에 안 들어." 내가 말했다.

　마샤가 나를 멍청한 놈이라는 듯 쳐다봤다. 난 그 눈길이 싫었다. "캐리 존스톤 같은 인간들은 누군가 그들에게 총을 쏘거나, 아무도 잡을 수 없는 먼 곳의 독재국가로 은퇴하기 전까지 항상 이렇게 빠져나가. 존스톤은 재판을 받지 않을 거야. 앞으로도 절대 재판을 받지 않을 거고. 아무도 존스톤을 체포하지 않아. 존스톤을 체포할 수 있는 사람은 아무도 없어. 넌 정의에 대한 낭만적인 생각을 떨쳐버리고, 어떤 것들은 그냥 그런 거라는 사실을 깨달을 필요가 있어."

　"난 그런 게 싫어. 책임지는 사람은 아무도 없고, 그냥 그렇게 되었다는 거잖아. 그건 극단적인 책임 회피야. 체제가 그랬다. 회사가 그랬다. 정부가 그랬다. 그럼 방아쇠를 당긴 인간은 뭔데?"

"그래. 뭐, 그거야 아름다운 동화지. 혹시 설탕을 첨가한 주스나 탄산음료 같은 거 있어? 여기 오니까 졸리네. 커피도 좀 부탁해."

나는 근사한 커피를 만들어줬다. 내가 닌자 비밀요원은 아닐지 몰라도, 이거 하나만은 확실히 잘했다. 마샤는 감탄에 가까운 독특한 소리를 내며 커피를 마시더니, 한 잔 더 달라고 해서 또 마시고 나서 말했다. "좋았어. 그럭저럭 괜찮네." 하지만 마샤가 저렇게 말하는 건, 마샤식으로 "우와, 씨발, 이거 진짜 끝내주는 커피다!"라는 뜻이다.

그리고 마샤는 타자로 뭔가를 더 입력하고 또 입력했다. 그리고 뭔가 안 좋은 냄새가 나는 듯한 표정을 짓더니, 각성제에 취해 해롱거리는 곡예사 10명이 작은 트램펄린 위에서 뛰어다니듯이 자판을 두들겼다. 그리고 좀 더 입력하며 짐승처럼 이를 드러냈다. 나는 마샤의 어깨너머로 훔쳐보려고 했지만, 마샤가 쳐다보지도 않고 나를 옆으로 쳐냈다. 내 노트북엔 보안용 편광 필터를 씌워놨기 때문에, 정면으로 보지 않으면 화면이 전혀 보이지 않는다.

"그래, 그거면 되겠네." 마샤가 말했다. 그리고 매끄러운 동작으로 노트북의 전원과 배터리를 연이어 뽑았다. 그렇게 해서 작업하던 가상머신을 완벽하게 파괴하고, 지금까지 입력했던 비번까지 모두 지워버렸다. 나는 반대할 생각조차 없었다. 특별히 기분이 나쁘지도 않았다.

"그러면 되겠다고, 응?"

"넌 파일들의 복사본을 모조리 파괴해. 네가 Zyz에게 알려줬던 다크넷 사이트부터 시작해. 그러고 나면 Zyz와 캐리 존스톤을 평생 잊어버려도 돼. 나는 예방조치로 내 이메일 주소에 문서 전체를 보내놨어. 이제 그걸로 끝이야. Zyz가 너한테 옛날 휴대폰을 돌려받고 싶은지 묻더라."

"응?"

"통신회사에서 네 휴대폰의 위치를 파악해서 이집트게 여자애 집을 털었대."

"제기랄. 누굴 다치게 한 건 아니겠지?"

"그에 대해선 말이 없었어. 그러니 아마 괜찮을 거야. 놈들은 조금 치밀하게 처리할 줄 알거든. 아무튼 너한테 시간 여유가 조금 있는 것 같아. 휴대폰을 돌려받을래? 물론 놈들은 인간에게 알려진 온갖 도청 프로그램과 악성 프로그램을 가득 채워놨을 거야."

"때려치워." 내가 말했다.

"기특한 녀석." 마샤가 말했다.

"그래, 음, 내가 고마워해야겠지?" 뭔가 엄청나게 좋은 일과 따분한 일이 동시에 터진 듯한 느낌이 들었다. 다시 한 번, 다른 사람이 내 문제를 대신 해결해줬다. 사람들은 마이키를 일종의 액션 영웅처럼 생각하지만, 나는 그저 다른 사람이 만들어놓은 이야기의 등장인물일 뿐이었다.

마샤가 고통스럽게 몸을 일으켜서 나를 바라봤다. "마커스, 넌 대단히 잘 해줬어. 난 너한테 쓰레기를 잔뜩 줬는데, 너는 멋지게 해냈어. 난 네가 필요했어. 그래서 널 곤란한 상황에 빠트렸지. 내가 벌여놨던 난잡한 일들을 깨끗이 치워버릴 수 있어서, 그리고 내 목숨도 지킬 수 있어서 기뻐." 마샤가 살짝 비틀거리다, 중심을 잡으려고 팔을 뻗어서 내 어깨를 꽉 움켜잡았지만 나는 그걸 느낄 틈이 없었다. 마샤가 물기를 머금은 커다란 갈색 눈으로 나를 뚫어지게 쳐다보고 있었기 때문이다.

그런 순간이었다. 그 '남자와 여자'의 순간 말이다. 서로의 호흡이 오가고, 시선이 멈추고, 안팎으로 모든 신경의 말단이 추락하는 느낌이 드는 순간. 나는 그 순간이 나와 마샤를 함께 움직이도록 놔뒀다. 그리고 우리 안에 기다리고 있던 입맞춤이 모습을 드러내도록 했다. 입맞춤은 오래오래 계속됐다. 마샤는 세상에서 자신을 세워줄 수 있는 사람이 나밖에 없다는 듯 나를 움켜쥐었다. 마침내 우리는 깊은숨을 들이쉬었다. 나를 계속 붙잡고 있던 마샤는 내 가슴에 얼굴을 묻었다. 마샤의 머릿결에서는 축축한 느낌이 났다. 하지만 등이 살짝 떨리는 게 느껴지며, 마샤가 울고 있는 게 가슴으로 전해졌다. 하, 나도 울었다.

마샤가 코를 훌쩍이더니 내 티셔츠에 볼에 흐른 눈물을 닦고는, 나를 놔줬다. "이거 참." 마샤가 슬픈 미소를 지으며 말했다. "다시 만나서 반가웠어, 마커스. 다음에 또 보자. 나도 근처에 살 거야."

"그래. 좋지." 내가 말했다.

아래층에 문이 열리고 부모님의 목소리가 환기구를 통해 들려왔다. 돈 걱정과 저녁에 뭘 먹을지에 관한 이야기였다. 우리는 일어나서 눈을 맞추고, 부모님이 부엌으로 갈 때까지 기다렸다가 조용히 계단을 내려갔다. 내가 현관문을 열어주자 마샤가 거리로 살그머니 빠져나갔다. 마샤는 운동 가방을 어깨에 걸치고 포트레로 힐을 힘없이 내려갔다. 나는 마샤가 24번 가에서 방향을 틀 때까지 지켜봤지만, 마샤는 한 번도 뒤돌아보지 않았다.

그리고 난 안으로 들어가 부모님께 일자리를 잃었다고 말했다.

✳

내가 전화를 하자마자 앤지는 곧 무슨 일이 일어났다는 사실을 알아차렸다. 앤지의 목소리에서 그게 느껴졌다. 노이즈브릿지에 가까운 부리토 가게에서 앤지를 만났다. 앤지는 곧장 탁자로 와서 포옹이나 키스, 의례적인 인사도 없이 반대편에 앉았다.

"마샤를 만났어. 마샤가 캐리 존스톤의 패거리와 이야기를 나눴고, 놈들이 이제 끝난다고 했어."

"끝났다고." 앤지가 단조롭게 말했다.

"이제 우리는 놈들과 아무런 관계가 없고, 놈들은 우리와 아무 관계가 없어. 끝났어."

"아." 앤지가 입술을 깨물었다. 앤지가 깊은 생각을 할 때마다 나타나는 버릇이었다. "끝났다…. 넌 마샤의 말을 믿는 거네."

"응. 믿어." 내가 말했다.

"아."

나는 그다음에 할 말을 천 번은 생각했었다. 내가 할 수 있는 모든 방식으로 연습해봤지만 다 마음에 들지 않았다. 하지만 아무튼 그걸 해야만 한다.

"앤지." 내가 말했다.

내가 다른 말을 꺼내기 전에 앤지가 울기 시작했다. 아마도 내 목소리가, 오직 우리의 몸과 무의식이 알아차릴 수 있는 암호적 방식으로 앤지에게 비밀스러운 메시지를 전달한 모양이었다.

"이제 어떻게 될까?" 나는 목소리를 평범하게 유지하려고 애쓰며 말했다. 내가 일부러 식당 구석에 자리를 잡았는데도 식당 안의 다른 사람들이 우리를 쳐다봤다.

"그게 무슨 말이야?" 앤지가 탁자에 있는 통에서 냅킨을 꺼내 눈물을 닦으며 말했다.

"무슨 말이냐면, 우리가 영원히 연애만 계속할까? 우리가 결혼할까?"

"너….." 앤지가 눈을 깜빡이며 말했다. "결혼하고 싶어?"

"아니, 너는?" 내가 말했다.

"싫어."

"영원히?"

"글쎄, 잘 모르겠어. 어쩌면 그럴 수도 있고."

"하지만 나하고 결혼하진 않겠지."

"난 그렇게 말하지 않았어, 마커스. 제기랄, 왜 이렇게 이상하게 굴어? 지금 나랑 헤어지려는 거야?"

나는 앤지의 화난 눈초리에 꽁무니를 빼지 않으려고 마음을 다졌다. "난 우리가 스스로에게 물어야 하는 시점에 왔다고 느껴. 이런 상태가 영원히 계속될 수 있을까? 우리가 긴 안목으로 보면서 이러고 있는 걸까, 아니면 그저 지금 하는 일일 뿐일까?"

"내가 들어본 말 중에 가장 멍청한 소리야. 이건 2진법이 아니야. 우리는 남편이나 부인이 아니어도 남자친구와 여자친구일 수 있어. 우리는 어리잖아. 대체 왜 이러는 거야?"

나는 버네사와의 이상한 침묵, 마샤와 입맞춤, 앤지의 곁에서 잠에서 깨어 얼굴의 모든 곡선을 사랑스럽게 쳐다보며 숨 쉬는 모습을 지켜보던 일이 떠올랐다. "난….." 난 세상이 시키는 대로 하는 사람이 아니라 스스로 뭔가를 하는 사람에 대해 생각했다. 체제에 대해, 그리고 그 체제가 얼마나 엉망인지 생각했다. "있잖아, 요즘에 아주 힘들었어. 이제 내가 어떤 기분인지도 모르겠어. 더 이상 아무것도 모르겠어."

"그거야? 아무것도 모르겠다고? 언제는 뭐라도 아는 게 있었어? 내 말 들어, 이 멍청아. 넌 아무것도 모르겠다고 했지. 내가 없을 때보다 나랑 함께 있을 때가 더 행복한 건 알겠니? 항상 행복하진 않았지만, 모든 걸 고려하면 대체로 행복하지 않았어?"

앤지가 질문의 틀을 짜는 방식은 정말 이상했다. 하지만 그 질문에 대해 생각해봤다. "그래. 맞아. 그건 알겠어. 그렇지만 앤지….."

앤지가 냅킨을 똘똘 뭉치더니 탁자 위에 놓았다. "그건 나도 알수 있어. 하지만 넌 말도 안 되는 정신적 지랄을 겪고 있는 게 틀림없어. 네가 그걸 해결해야겠다고 느낀다면 해결해야지. 네 문제가 정리되면 전화해. 내가 근처에 있을지도 모르니까."

앤지가 부리토 가게를 떠날 때 쫓아가지 않으려 온 힘을 짜내야 했다. 나는 문에서 고개를 돌려 내 앞에서 식어가는 부리토를 응시하며 자리에 앉아 있었다. 나는 앤지가 미션 가에서 멀어질 때까지 기다리다가, 음식은 손도 대지 않은 채 그 자리를 떠났다.

나는 조셉 노스의 선거운동본부 사무실의 길 건너에서 운동복 바지에 후드가 달린 스웨터를 입고 운동 가방을 들고 어슬렁거렸다. 마샤가 이렇게 차려입었을 때 눈에 띄지 않았듯이 나도 그럴 거라 생각했다. 가을이 내려앉고 있었다. 태양이 일찍 저물어 나는 미션가 북쪽 거리에서 주머니에 손을 넣고 서 있는 특색 없고 살짝 위협적인 놈이 되었다. 하지만 난 코카인이 아니라, USB 메모리를 손에 들고 있었다.

이 일에 대해서는 아무하고도 이야기를 나눌 수 없었다. 대릴에게 이야기하는 건 버네사에게 이야기하는 것이나 다름없다. 그건 이론적으로 독신인 사람이, 이론적으로 상호적이었는지 아니었는지는 모르지만, 아무튼 이론적으로 사귈 뻔했던 자신의 이론적인 '절친'의 여자친구에게 말하는 것이나 마찬가지였다. 졸루는 카일리와 바빴다. 나는 처참하게 실패했던 일이 졸루에게는 아주 잘 풀렸기 때문이다. 그리고 물론 이제 앤지에게는 아무 말도 하지 않는다. 아마 다시는 그럴 일이 없을 것이다.

리엄이 사무실에서 나왔다. 그리고 연설문 작가와 내가 이름을 잊어버린 연구자들이 이어 퇴근했다. 자원봉사자 몇 명과 플로르가 그 뒤를 따랐다. 나는 조셉이 사무실 안에 있는 걸 봤다고 확신했는데, 플로르가 문을 잠갔다. 아마도 내가 조셉을 놓쳤는지도 모르겠다. 하지만 플로르가 문을 닫을 때 사무실 안에 켜진 전등불이 슬쩍보였다. 그래서 난 그 자리에서 그대로 기다렸다. 20분 후 조셉이 나왔다. 선거운동본부의 유니폼을 입고, 차가운 밤기운 때문에 카디건의 단추를 위에까지 채우고 있었다.

나는 길을 건너서 조셉의 걸음을 따라잡았다. 조셉이 나를 보더니, 놀란 눈으로 다시 한 번 쳐다봤다.

"안녕, 마커스." 그의 목소리는 부드럽고 차분했다. 정치인들처럼.

나는 꽉 쥔 주먹을 앞으로 내밀었다. "이거 받으세요." 내가 말했다.

조셉이 손을 내밀어서 내가 USB 메모리를 그에게 건넸다. 조셉은 손으로 만지작거리더니 주머니 안으로 집어넣었다.

"이게 뭔지 내가 알아야 할까?"

"아뇨. 하지만 FBI에 있는 당신의 친구는 알고 싶어 할 거예요."
내가 말했다.

"아하." 조셉이 말하며 주머니를 손으로 만졌다. "음, 고민해볼게."

우리는 몇 걸음 더 걸었다.

"마커스, 이게 나를 곤란하게 만들까?"

"아뇨."

"이게 너를 곤란하게 만들까?"

"모르겠어요. 선거에 이길 거 같으세요?" 내가 물었다.

"그럴 것 같아. 네가 제안했던 유권자 찾기 아이디어 덕분이야.
와우. 하지만 정치에서 확실한 건 아무것도 없어."

"알아요. 저도 그 네트워크 회원이에요. 제가 주소록에서 16명
이나 가입시켰죠. 아마 제가 피자와 맥주 파티에 초대될지도 모르
겠어요."

그가 살짝 슬픈 미소를 지었다. "마커스, 넌 언제든지 환영이야,
피자는 내가 살게."

"음, 좋네요. 그 약속 지키세요. 알았죠?"

"확실히 지키도록 노력할게."

"그리고 정직한 정치인이 되세요."

"그래, 네가 충분히 믿을 수 있을 만큼 노력하마."

나는 떠났다.

밤길을 걸어 집으로 돌아오면서, 나는 어깨를 짓누르던 큰 짐을
덜어낸 기분이 들었다. 재미있는 일이었다. 나는 캐리 존스톤의 개
인정보 파일들을 FBI 요원의 손에 넘겨주고 나면 걱정에 휩싸여서

아무것도 못 할 거라 짐작했었다. 존스톤이 나를 잡으러 올까? Zyz가 나를 잡으러 올까? 그들로서는 내가 그 개인정보 파일들을 FBI에게 넘겨줄 거라고 짐작할 이유가 전혀 없었다. 하지만 넘겨주지 않을 이유도 없었다. 젠장, 어쩌면 FBI는 아무런 조치도 취하지 않을지 모른다. 조셉이 뭐라고 했더라? "본부에 있는 가장 어리석고 악질적인 FBI조차도 나름의 자긍심이 있어서, 중간 선거 때 더 많은 득표를 원하는 교활한 정치인을 위해 게임판의 말이 되겠다는 따위의 생각은 하지 않을 거야." FBI는 USB 메모리를 그냥 분쇄기에 넣어버릴지도 모른다.

하지만 어쨌든, 나 자신의 소리임이 틀림없는 작은 목소리, 그 작은 목소리가 내가 실패했던 일들에 대해 떠들어댔다. 다른 사람이 하고 싶은 대로 내뒀던 일, 내 삶을 이리저리 맘대로 하게 내버려뒀던 일, 그 작은 목소리는 내가 뭔가를 하자 즉시 멈췄다. 그냥 뭔가가 아니었다. 내가 옳다고 생각하는 바로 그 일이었다. 체제가 망가졌다면, 캐리 존스톤이 자신의 행동 결과에 대한 대가를 치르지 않게 된다면, 그건 그 '체제'가 존스톤을 잡는 걸 실패한 게 아니라, 나 같은 사람이 할 수 있을 때 행동하지 않았기 때문이다. 체제는 결국 사람이다. 그리고 나도 체제의 일부이고, 문제의 일부이다. 그래서 나는 이제부터 체제의 문제를 해결하는 일부가 되려 한다.

에필로그

8개월 동안 비밀 프로젝트 X-1을 고쳤다. 심지어 한여름에 모하브 사막까지 여행을 가기도 했다. 거긴 플라야의 석고 모래와 거의 비슷했다. 나는 X-1이 태양빛을 빨아들여 레이저 빔으로 변화시켜서 고운 하얀 가루를 3D 모양으로 빚어내는 모습을 지켜보며 큰 기쁨과 자부심을 느꼈다. 처음엔 작은 해골 반지였다. 그 뒤엔 장난감 자동차, 그 뒤엔 작은 쇠사슬을 엮어 만든 갑옷, 쇠사슬 고리는 형성되면서 이어졌다. 3D 프린트가 제공할 수 있는 가장 멋진 기술이었다. 언젠가 저녁에 노이즈브릿지에서 내가 진행 상황을 발표했던 적이 있다. 덕분에 받은 칭찬으로 내 얼굴이 달아올랐던 모습은 스파이 드론으로 찍은 영상으로도 볼 수 있다.

하지만 지금 여기 진짜 플라야에서, 이 빌어먹을 기계가 또 작동되지 않았다. 레미는 가까운 곳에 있는 자신의 긴 의자에 앉아 물통에 든 전해질 음료를 홀짝거리며 도움이 될 만한 조언을 해줬다. 전혀 도움이 안 되는 조언도 많았다. 버닝맨 참가자들이 지나가다 멈취 서서 내게 뭘 하는 거냐고 물었다. 나는 이 극악무도하고 고집 센 기계에 집중하기 위해 레미에게 설명을 부탁했다.

하던 작업에 헤드램프가 만족스러운 빛을 뿌려주지 못하는 상황을 깨닫고서야, 나는 손길을 멈췄다. 몸을 쭉 펴서 온몸의 통증을 몰아내고 냉침 커피 한 통을 쭉 들이켰다. 그리고 빼빼 마른 엉덩이를 쳐들고, 플라야를 가로질러 어슬렁거리며 미친 듯이 덥스텝을 쾅쾅거리는 거대한 예술차를 쫓아다니며 45분 동안 내리 춤을 췄다. 나는 영감이 천둥처럼 몰아쳤을 때 춤을 멈추고 천막까지 곧장 달려와서 레미의 차를 열고 실내등을 켰다. 그리고 떠오른 생각을 확인했다. 그래, 동력장치에서 중요한 부품을 거꾸로 끼웠던 것이다. 내가 그 부품을 돌려서 홈에 끼우자, 익숙한 부팅 소리가 나면서 태양광 패널로 저장해두었던 동력이 3D 프린터를 살려냈다.

아무튼 내가 구제불능의 바보는 아니었던 모양이다.

전날 밤 춤을 많이 추긴 했지만, 그게 문제가 아니었다. 여명이 비치자마자 자리에서 일어나 X-1을 작동시켰다. 프린트할 게 많았다. 레이저의 푸른빛이 프린터 안에서 빛을 발하며 분홍빛 새벽을 랜턴처럼 비추는 동안 나는 주변에서 빈둥거렸다.

사람들이 발길을 멈추고, 내게 뭘 하는 거냐고 물었다. 나는 작은 장신구와 뼈처럼 하얀 해골 반지, 완벽한 매듭, 수학적 입방체, 이상한 유령 같은 피규어를 그들에게 나눠줬다. 나는 올해 사막에서 진짜로 작동하는 3D 프린터를 돌릴 수 있다는 생각이 들자, 싱기버스에서 3D 형태 자료실을 통째로 다운받아 두었었다. 소문이 퍼져나갔다. 그리고 레미가 침대에서 나왔을 즈음엔 엄청난 군중이 우리 천막 주변으로 모여들었다. 밤새 춤을 춘 춤꾼들의 눈이 접시만 해졌다. 요가용 매트를 든 아침형 인간들, 어쩌다 버닝맨에 오게 된 대학생들. 그리고 탄띠를 가슴께에 둘러서 가슴이 두드러져 보이는, 익숙한 자와인 의상을 한 사람이 있었다.

"안녕, 앤지." 나는 기계를 레미에게 맡겨두고, 냉침 커피통을 챙겨 앤지와 길을 나섰다. 앤지가 마스크를 내렸다. 태양이 앤지의 코와 뺨 주변에 있는 주근깨들을 노릇노릇하게 익혔다. 나는 앤지에게 커피를 먼저 권했다. 그리고 나도 마셨다. 그리고 우리는 포옹을 했는데, 어색했다.

그래도 아주 좋았다.

"마커스. 기계를 작동시킨 거 축하해."

"응." 내가 원하는 건 앤지와 다시 포옹하는 것뿐이었다.

"그래." 내가 말했다.

"그래." 앤지가 말했다.

"내가 바보야." 내가 말했다.

"응." 앤지가 말했다.

"보고 싶었어."

"응." 앤지가 다시 말했다. "나도 보고 싶었어. 불처럼. 내 몸의 일부가 잘려나간 것 같았어."

내가 목소리를 낮췄다. "존스톤의 개인정보 파일을 FBI한테 줬어."

앤지가 눈을 깜빡였다. "언제?"

"작년 10월에."

"그런데 넌 아직도 살아있네, 응?"

"그러게. 아마 FBI가 아무것도 안 했다는 뜻일 거야."

"아니면 FBI가 뭔가를 했다는 의미일 수도 있지."

내 입이 쩍 벌어졌다. "있잖아. 난 그런 가능성은 한 번도 생각 못 했어."

"그래. 넌 상황의 나쁜 면만 보는 경향이 있어."

"내가 좀 그런가 봐."

우리는 한동안 아무 말 없이 커피만 마셨다.

"혹시 멋있는 것들 좀 봤니?"

"아니, 난 도착하는 순간부터 그 빌어먹을 기계만 고치고 있었어."

"나도 아직 성전에 못 가봤어." 앤지가 말했다.

나는 그 말이 무슨 뜻인지 알아챘다. "당분간 레미가 프린터를 잘 봐줄 거야."

"그럴까?"

"응. 가자."

"시위에 자주 나갔어?" 앤지가 물었다.

"매일 갔어. 우리가 노이즈브릿지에서 만든 기술을 사용해서 사람들을 체포당하지 않도록 도울 수 있을지 알아내려고 낑낑댔지. 경찰의 '주전자'를 깨는 더 나은 도구나 HERF 방어막, 최루가스와 경찰이 요즘 사용하는 눈부신 레이저 빛과 소리 대포를 효과적으로 처리하는 방법 같은 거 말이야. 몇 번 체포되기도 했어. 그래도 다시 시위대로 돌아갔어."

"정말 대단하다. 진심으로 하는 말이야. 네가 자랑스러워."

"고마워. 나한테는 의미가 큰 칭찬이야." 정말로 그랬다. 나는 앤지의 손을 잡지 않았다. 하지만, 아, 얼마나 그러고 싶었는지 모른다.

"넌 어떻게 지냈어?"

"대학, 대학, 대학, 대학. 최대한 빨리 졸업하려고 수업을 두 배로 들었어. 그리고 내 학자금대출은, 젠장, 가라앉고 있는 섬나라의 국가 부채 수준이야."

"아직 중퇴할 기회는 있어." 내가 말했다.

"그래. 하지만 우리가 모두 전문적인 혁명가가 될 수는 없잖아."

'네가 학자금대출에 질식당하지만 않는다면'이라고 말하지는 않았다. 앤지와 싸우고 싶지 않았기 때문이다. 앤지와의 말다툼은 어떤 일보다 피하고 싶었다.

성전이 눈에 들어왔다. 성전은 작년보다 더 멋졌다. 그리고 주변은 예술 자전거와 자신들의 추억을 놓거나 읽거나 만드는 사람들로 바글거렸다. 우리는 조용히 성전으로 걸어갔다.

우리는 묵언의 동의하에 서로의 손을 잡았다.

중앙실로 들어가 앉았을 때, 깊은 옴소리가 우리를 뚫고 지나가자 눈물이 흐르기 시작했다. 앤지가 엉엉 울었다. 나도 울었다. 우리의 손가락이 포개지며 너무 꽉 움켜잡아서 내 손마디가 삐걱거렸다. 하지만 옴소리는 계속 다가왔다. 그리고 평화가 함께 찾아왔다. 작년 한 해 동안 내게는 평화가 거의 없었다. 그래서 평화를 간신히 알아보자마자, 나는 그 속으로 잠겨 들어갔다.

난 눈을 감고 있었는데, 내 옆에 누군가 자리를 잡는 게 느껴졌다. 눈을 떴다. 나는 눈을 채 뜨기 전에도 그 사람이 누구인지 알았다.

마샤의 머리카락은 다시 핑크색이었다. 그리고 마지막으로 봤을 때보다는 건강해 보였지만, 나이가 들어 보이기도 했다. 입과 눈 주

위에 깊은 걱정의 주름살이 있었다. 어쨌든 마샤에게 잘 어울렸다. 마샤의 눈은 내가 기억하던 그대로였다.

마샤와 나는 서로의 눈을 한참 동안 들여다봤다. 내가 앤지의 손을 꽉 쥐자, 앤지도 마샤를 봤다. 우리 셋이 서로를 응시했다. 세 쌍의 눈, 세 두뇌, 세 쌍의 손, 군중 속의 세 사람이 이 행성의 지표면에, 블랙록시티에, 성전 안에 앉아 있었다.

그때 마샤가 일어나서 우리에게 키스를 날리며, 꼭 열 살짜리 소녀 같은 미소를 지었다. 나는 성스러운 여성에게 축복을 받는 느낌이었다. 나는 앤지를 끌어안았다. 처음엔 딱딱하고 어색하던 포옹이 곧 세상에서 가장 익숙한 느낌으로 변했다.

덧붙인 글 · 1

제이컵 아펠바움[*]

"유토피아는 불가능하다. 하지만 유토피아를 꿈꾸지 않는 사람
은 바보다."

코리 닥터로우가 새로운 세대에게 글을 쓰고, 고무시켜줄 이야
기를 해달라고 누군가에게 요청했다. 새로운 세대에게 용기를 줄
수 있는 글을 쓰는 일은 세상을 보다 낫게 만든다. 그게 바로 당신
이거나, 당신이 사랑하는 사람이다. 이 책을 다 읽고 나면, 이 책을
가장 필요로 하는 사람에게 건네주기 바란다.

세상에 존재하는 좋은 것들은 모두 우리보다 먼저 이 세상에 왔
던 사람들의 노력으로 이루어졌다. 어리석은 폭력으로 지배되지 않
는 사회에서 우리가 누릴 수 있는 매 순간은 좀 더 나은 세상을 만
들기 위해 자신의 삶을 헌신했던 사람들의 고생으로 우리에게 주어

---

[*] 해커이자 예술가이며, 저널리스트로 활동하고 있다. 토르의 핵심 개발자이자 대변인
이었고, 위키리크스 대변인을 지냈다.

477

진 순간이다. 우리와 마주치는 모든 사람은 각자 자신의 짐을 이고 있다. 모든 사람은 제각각 자신만의 우주의 중심이다. 아직도 할 일이 아주 많이 남았다. 올바르게 세워야 할 불의가 너무 많고, 해소해야 할 고통이 너무 많고, 살아가야 할 아름다운 순간이 너무 많고, 알아내야 할 지식이 끝도 없이 쌓여 있다. 우주의 수많은 비밀이 밝혀지길 기다리고 있다.

우리에게 주어진 카드는 불리한 패가 아니다. 우리는 정의롭고 모든 사람에게 합리적인 연민을 베푸는 사회 구조를 만들 수 있다. 우리 삶의 특질을 바꿀 수 있다. 우리는 카드 한 벌의 디자인을 통째로 바꿀 수 있다. 카드의 그림과 숫자를 바꾸고 규칙을 새로 만들어 다른 결과를 만들어낼 수 있다.

우리는 감시의 황금기에 살고 있다. 모든 전화기는 도청이 가능하도록 설계되었고, 인터넷은 너무도 광범위하고 기묘해서 우리로서는 그 범위조차 알기 힘든 정보기관의 감시 장비를 통과한다. 기업은 우리의 데이터와 우리가 사랑하는 사람의 데이터를 넘겨주도록 강요받는다. 물론 일부 기업은 자발적으로 넘겨준다. 우리의 삶은 네트워크의 지배를 받지만, 네트워크는 우리의 동의와 무관하게 지배받는다. 이런 네트워크가 우리를 끊임없이 연결시켜 주지만, 우리가 계속 서로 연결되려면 대가를 지급해야 한다. 이 네트워크를 움직이는 기업과 정부, 개인들은 감시와 밀고, 침묵을 장려한다. 바로 이 체제의 구조가 이런 결과를 만들어냈다.

이것은 독재 체제다.

우리의 체제와 네트워크의 구조는 자연의 산물이 아니라 불완전한 인간이 만든 생산물이다. 그중에 몇몇은 선의로 만들었다. 이 부자연스러운 체제 안에서 자연스럽게 살아갈 수 있도록 맞춰서 태어난 사람은 없다. 일부 운이 좋은 사람들과 적응한 사람들이 있을 뿐이다.

당신에게 보내는 이 편지는 고도를 알 수 없이 까마득히 높은 하늘 위에서 대양 위를 날아가며, 우간다 아이들을 돕고 싶어 하는 어떤 사람이 자원 활동으로 만든 자유 소프트웨어로 썼다. 이 프로그램은 국경과 인종, 섹스와 젠더를 넘어 수십 명의 사람이 만든 커널을 바탕으로 사회적, 정치적으로 정체를 알 수 없는 기술자가 만들었다. 그리고 프로그램은 상호 지원을 통해 연대하는 수많은 자원 활동가가 구축한 다양한 익명 네트워크를 통해 목적에 맞게 배포한 프로그래머에게서 받았다.

이 많은 사람이 공유하는 목표는 무엇일까? 우리의 노력을 하나로 모으면 각자의 합보다 커지기 때문이다. 이렇게 하면 여유 시간을 만들어낼 수 있다. 다른 이들에게 숨 쉴 여유를 주면, 그들은 지식과 이성과 햇빛과 진실을 말할 수 있는 빛을 볼 수 있을지도 모른다. 그리고 다음 단계로 나아갈 것이다. 그게 어디로 우리를 이끌어갈지는 모르겠지만 말이다.

드론을 이용한 살해와 무장한 경찰이 없는 사회가 존재했던 때가 있었다. 평화가 가능할 뿐 아니라, 실제로 안정된 상태로 존재하던 때가 있었다. 대중 감시가 기술적으로, 사회적으로 불가능하던 때가 있었다. 편파적이지 않은 배심원들에 의한 공평하고 공명정대한 재판이 모든 사람에게 가능하던 때가 있었다. 신원 조사와 체포의 공포가 일상이 아니라 예외적인 때가 있었다. 그런 시대에서 한 세대도 채 지나지 않았다. 한 세대를 넘어오는 동안 우리는 너무 많은 것들을 잃었다.

우리의 행성을 그렇게 되돌려 놓는 일은 여러분에게 달렸다. 협력과 인터넷, 암호 기술, 의지 정도만으로도 그걸 이뤄낼 수 있다. 혼자 할 수도 있고 집단 속에 들어가서 할 수도 있다. 혼자의 힘으로 기여할 수도 있고, 여러 사람 중 하나가 되어 이바지할 수도 있다. 자유 소프트웨어를 만들면, 우리의 삶을 채우고 있는 기계를 통제할 수 있는 권한을 모두에게 예외 없이 부여한다. 자유롭고 개방적인 하드웨어를 만들면, 기계의 통제 대신에 우리를 노예 상태에서 벗어나게 해 줄 '새로운 기계'를 구축할 권한을 모두에게 예외 없이 부여한다. 자유롭고 개방된 시스템을 사용하면, 우리는 다시 한번 시스템을 전체적으로 이해할 수 있게 해줄 새로운 토대를 구축할 수 있게 된다. 우리가 통제하는 시스템이기 때문이다.

우리는 자치권을 되찾기 직전이다. 총체적인 국가 감시를 끝내기 직전이다. 사전 동의도 없이 우리의 이름으로 범죄를 저지르는 사람들을 폭로하고 책임을 묻기 직전이다. 독단적이고 부당한 제약이 사라진 자유로운 여행을 다시 시작하기 직전이다. 단 한 사람의 예외도 없이 모든 사람이 읽을 권리와 말할 권리를 찾기 직전이다.

우리는 매일 직면하는 어려운 문제들을 바라보며 절망하기 쉽다. 한 명의 개인이 어떻게 자신보다 훨씬 큰 문제에 효과적으로 저항할 수 있겠는가? 일단 혼자 행동하기를 멈추면, 우리에겐 긍정적인 변화를 만들 기회가 있다. 시위는 멈춰서 반대한다고 말하는 일이며, 저항은 다른 사람들이 생각하지 않고 계속 가는 걸 막는 일이고, 대안을 세우는 건 모든 사람에게 새로운 선택권을 주는 일이다.

어떤 일을 하지 않음으로써 일으키는 잘못인 태만과, 어떤 일을 함으로써 일으킨 잘못인 과실은 인간 행위의 음과 양이다.

여러분이 과거로 돌아갈 수 있어서, 펜타곤 문서를 유출하는 대니얼 엘즈버그를 도와줄 수 있다면 어떻게 하겠는가? 필요한 행동을 해서, 전쟁을 끝내기 위해 여러분의 목숨을 걸겠는가? 많은 사람이, 당시 역사적 결과를 모른 상태에서 진행되었던 현실적인 투쟁과 실질적인 위험성이나 불확실성에 대해서는 전혀 생각해보지 않은 상태에서 쉽게 그럴 거라고 대답한다. 다른 사람들의 경우 자신외에는 전혀 생각하지 않고 쉽게 아니라고 대답한다. 하지만 굳이 과거로 돌아갈 필요가 없다면 어떨까?

새로운 펜타곤 문서가 유출되기를 기다리고 있다. 끝낼 수 있는 새로운 전쟁, 올바르게 만들 수 있는 부정행위, 성공이 불가능해 보이는 새로운 불확실성, 구축해야 할 새로운 대안, 그리고 자신의 이익을 위해 법률을 왜곡하는 권력자들에 맞서서 보존해야 할 오래된 가치와 정의 개념이 있다.

이 세상에서 보고 싶은 '문제적 인간'이 되어, 민족주의와 국가주의를 넘고, 소위 애국심이라는 것도 넘고 공포를 넘어서 이 행성을 더 나은 곳으로 만들어라. 합법과 불법은 선과 악의 동의어가 아니다. 올바른 일을 하고 절대로 싸움을 포기하지 말라.

이건 우리를 둘러싸고 있는 독재 체제로부터 우리의 행성을 자유롭게 할 여러분과 친구들에게 도움을 줄 수 있는 많은 생각 중 하나이다. 이제 당신에게 달렸다. 가서 아름다운 뭔가를 만들고, 같은 일을 하는 다른 이들을 도와라.

행복한 해킹되시길.

어나니머스
000000/002012/00/00/00:00:00:00

덧붙인 글 · 2

애런 슈워츠*

안녕, 난 애런이야.

혹시 내가 소설 속 등장인물이라 생각하고 내가 하는 말을 믿지 않을지 몰라서 이야기하자면, 난 피와 살이 있는 인간이다. 그래서 이 책의 말미에 작은 공간을 얻었다. 이건 모두 사실이다.

마커스나 앤지라는 이름을 가진 사람은 실제로 존재하지 않는다. 적어도 내가 아는 사람은 없다. 하지만 그 애들과 똑같은 진짜 사람

---

* 천재 프로그래머이자 활동가. 14살 때 블로그의 기초가 되는 RSS 1.0의 제작에 참여했으며, 레딧(www.reddit.com)이라는 토론 사이트의 공동 창립자였다. 평소 정부와 기업의 정보 독점에 반대하던 애런은, 학술저널이 유료라는 사실이 불합리하다고 판단하고 학술저널 사이트를 해킹해서 자료를 찾는 학생들이 마음대로 받아서 공부할 수 있도록 했다가, 미국 정부에 의해 기소되어 35년 형과 1천만 달러의 벌금을 선고받기 직전 2013년 26살의 나이로 스스로 목숨을 끊었다. 애런의 죽음은 세계적으로 이슈가 되었는데, 그를 기리는 다큐멘터리 〈누가 애런 슈워츠를 죽였는가(The Internet's Own Boy: The Story of Aaron Swartz, 2014)〉가 제작되어 2014년 북미 최대의 다큐영화제 HotDocs 개막작으로 상영되었고, EBS국제다큐영화제에도 초청되어 우리나라에서 방영되었다. 코리 닥터로우는 애런 슈워츠의 친구이자 동료 활동가로서, 주요 인터뷰이로 다큐멘터리에 참여했다.

들은 안다. 여러분이 내킨다면, 샌프란시스코에 가서 그런 사람들을 만날 수 있다. 그리고 샌프란시스코에 머무는 동안 존 길모어와 롤플레잉을 할 수도 있고, 노이즈브릿지에 가서 로켓을 만들거나, 히피들과 버닝맨을 위한 예술 프로젝트를 진행할 수도 있다.

이 책에 나오는 음모적인 일들이 너무 무모해 보여서 사실처럼 생각되지 않는다면 블랙워터(Blackwater)*와 블루코트(Bluecoat)**를 검색해보라. (참고로, 나는 정보공개법을 통해 소설에 등장하는 '정체성 관리 소프트웨어'에 대한 정보를 요구했는데, 연방 정부에서는 관련된 문서를 모두 수정하려면 3년이 더 필요하다고 했다.)

나는 여러분이 밤새도록 이렇게 찾은 자료를 재미있게 읽기 바라지만, 다음에 할 이야기가 더 중요하다. 그러니 집중해서 읽기 바란다. 지금 진행되고 있는 상황은 여러분이 집에 앉아서 볼 수 있는 리얼리티 TV쇼가 아니다. 이것은 여러분의 삶이고, 나라다. 그리고 삶과 이 나라를 안전하게 지키고 싶으면, 여러분이 개입해야만 한다.

여러분이 힘이 없다고 느끼기 쉽다는 사실은 나도 안다. 이 '체제'를 늦추거나 멈추게 하기 위해 할 수 있는 일이 아무것도 없는 것처럼 느껴질 것이다. 마치 모든 판단이 여러분의 통제력을 멀리 벗어난 곳에서 만들어지는 것처럼 느껴질 것이다. 나도 종종 그렇게 느낀다. 하지만 그건 사실이 아니다.

1년 전쯤 한 친구가 내게 전화해서 '온라인 침해 및 위조 방지법(COICA)'이라는 세상에 알려지지 않은 법안에 대해 말해줬다. 법

---

* 민간인 학살 등을 저질렀던 악명 높은 사설용병업체. 이 업체는 Xe로 이름을 바꿨다가 최근 다시 '아카데미(Academy)'라는 이름으로 바꿨다.
** 온라인 보안회사. 인터넷 검열 기술 개발로 악명 높다.

안을 읽어봤더니 슬슬 걱정이 되기 시작했다. 그 법안의 조항에 따르면 정부는 재판 같은 절차를 거치지 않고도 싫어하는 웹사이트를 검열할 수 있었다. 시민의 네트워크 접속을 검열할 수 있는 권력을 정부에 부여한 건 처음이었다.

당시 그 법은 의회에 제출된 지 겨우 하루나 이틀밖에 지나지 않았는데, 벌써 20여 명의 상원의원이 공동 발의자로 나선 상태였다. 그리고 토론이 전혀 없었는데도 벌써 이틀 내로 표결에 부칠 계획이 잡혀 있었다. 아무도 그 법안에 대해 보도하지 않았다. 그게 바로 핵심이다. 그들은 사람들이 알아채기 전에 그 법을 밀어붙이고 싶었던 것이었다.

다행히 내 친구가 알아챘다. 우리는 주말 내내 밤을 새우며 그 법안이 뭘 하려는 건지 설명하는 웹사이트를 열고, 법안에 대한 반대 청원에 서명하면 지역 의원의 전화번호가 뜨도록 했다. 우리가 몇몇 친구들에게 이 법에 관해 이야기하자, 그 친구들이 다시 친구들에게 말했다. 그래서 이틀 만에 20만 명이 넘는 사람들이 우리의 청원에 참여했다. 믿기 힘든 일이었다.

그렇지만, 이 법안을 추진하는 사람들은 멈추지 않았다. 그들은 법안을 통과시키기 위해 말 그대로 수천만 달러를 투자해서 로비를 진행했다. 주요 언론의 수장들이 워싱턴으로 날아가서 대통령 수석 보좌관을 만나고, 대통령 선거운동 기간에 자신들이 수백만 달러를 후원했다는 사실을 정중하게 되새겨주었다. 그리고 그 법안이 통과되는 걸 자신들이 얼마나 원하는지와 자신들이 원하는 건 그것뿐이라는 사실을 설명했다.

하지만 대중의 압력이 계속 높아졌다. 그들은 사람들을 떨쳐내려고 법안의 이름을 계속 바꿨다. 본래 COICA였던 이름을 PIPA와 SOPA로 바꾸더니, 심지어 E-기생충법(E-Parasites Act)이라는 이름까지 지어냈다. 하지만 그들이 그 법안을 뭐라고 부르든 상관없이, 점점 더 많은 사람이 법안에 대해 친구들에게 말했고, 점점 더 많은 사람이 반대했다. 얼마 지나지 않아 우리의 청원에 서명한 사람들의 숫자가 수백만 명으로 늘었다.

우리가 다양한 전술을 이용해 법안을 1년 넘게 지체시키자, 그들은 더 시간을 끌다가는 절대로 이 법안을 통과시키지 못하리라는 사실을 깨달았다. 그래서 그들은 겨울 휴가가 끝나면 돌아가서 가장 먼저 그 법안을 표결하기로 일정을 잡았다.

하지만 의원들은 겨울 휴가로 쉬는 동안 지역으로 돌아가 마을회관을 잡고 공청회를 진행했다. 사람들이 의원들을 방문하기 시작했다. 전국 곳곳에서 의원들은 유권자들로부터 왜 그런 못된 인터넷 검열법안을 지지하는지 질문을 받았다. 의원들이 겁을 먹기 시작했다. 몇몇 의원은 겁에 질려서 나를 공격하는 반응을 보이기도 했다.

그러나 더 이상 내가 문제가 아니었다. 나에 대한 일이 아니었기 때문이다. 시민들은 처음부터 그 사안을 자신의 문제로 받아들였다. 유튜브 동영상을 만들고, 그 법안에 반대하는 노래를 만들고, 법안의 공동 발의자들이 그 법안을 밀어붙이는 업체들로부터 얼마나 많은 돈을 받았는지를 보여주는 그래프를 만들고, 그 법안을 지지하는 기업들에 압력을 행사하기 위해 불매운동을 조직했다.

그 운동이 효과가 있었다. 정치적으로 하찮은 문제로 취급당해서 만장일치로 통과시킬 준비가 되어 있던 그 법안이 아무도 건드리려고 하지 않는 유독한 논란거리로 변했다. 심지어 그 법안의 공동 발의자들조차 반대하는 발언을 쏟아내기 시작했다! 이런, 언론계 거물들이 열 받았다….

본래 체제는 이런 식으로 작동되지 않는다. 워싱턴에서 가장 강력한 권력을 어중이떠중이 어린애들이 그저 노트북에 타자 몇 자 입력하는 걸로 막을 수는 없는 거다!

그렇지만 그런 일이 일어났다. 그리고 여러분도 이런 일을 다시 일으킬 수 있다.

체제가 바뀌고 있다. 인터넷 덕분에 모든 사람이 문제에 대해 알 수 있고, 조직할 수 있게 되었다. 심지어 이 체제가 그 문제를 묵살하기로 결정했더라도 말이다. 우리가 항상 이길 수는 없을 것이다. 아무튼, 현실에서의 삶이란 게 그런 거니까. 그렇지만 우리는 마침내 기회를 얻게 되었다.

그러나 이 모든 것들은 여러분이 참여했을 때에만 가능하다. 이제 여러분은 이 책을 읽고 어떻게 하는지 배웠으니, 그런 일을 다시 일으킬 수 있는 준비가 되었다. 그래, 이제 이 체제를 바꾸는 건 여러분의 몫이다.

애런 슈워츠

참고문헌

내가 어렸을 때는 정보를 얻는 일이 힘들었다. 공중전화를 해킹하는 방법을 알아내려면, 그 방법을 아는 누군가를 찾아내서 그 사람에게 배워야만 했다. 아니면 공중전화 운용설명서를 구해서 스스로 방법을 알아낼 때까지 파고들어야 했다. 이런 해결 방식이 잘못되었다는 이야긴 아니다. 다만 느리고 지루할 수 있다.

오늘날에는 정보를 쉽게 구할 수 있다. 지금 2012년 초에 이 글을 쓰고 있는데, 구글에서 '공중전화 해킹 방법'을 검색하면, 공중전화를 마음대로 춤추게 만들 방법에 대한 환상적이고 실질적인 조언이 상세하게 담긴 유튜브 동영상이 모니터를 가득 채운다. 그래서 가능한 방법을 알고 있거나 그 방법이 가능한지 의심될 경우, 다른 사람이 그 방법을 해냈는지 그리고 어떻게 했는지 쉽게 알아낼 수 있다. 아서 C. 클라크의 첫 번째 법칙을 마음속에 새겨두라. "저명하지만 나이 많은 과학자가 무언가 가능하다고 말하면, 그의 말이 틀림없이 맞을 것이다. 하지만 그 과학자가 무언가 불가능하다고 말하면 틀렸을 가능성이 높다." 인터넷에서 다들 불가능하다고 단언하는 어떤 일을 시도해보려고 할 경우, 그들이 상상해보지 못했던 어떤 아이디어를 생각해낼 수 있다면 여전히 시도해볼 만한 가치가 있다.

나는 《홈랜드》와 《리틀 브라더》에서 어떤 일이 가능한지에 대한 독자 여러분의 생각의 폭을 넓힐 수 있도록 시나리오와 주제어를 짜고, 여러분이 스스로 공부할 때 필요한 검색 용어들을 제공해서 멋진 일들을 시도해볼 수 있게 했다. 예를 들자면, 여러분이 '해커스페이스(hackerspace)'를 검색해보면 노이즈브릿지 같은 장소가 실제로 존재하며 전 세계 곳곳에 설치되어 있다는 사실을 알게 될 것이다. 노이즈브릿지 그 자체도 진짜로 존재한다! 여러분은 동네에 있는 해커스페이스에 참가할 수 있다. 혹시 아직 없다면 여러분이 시작해볼 수 있다. 인터넷에서 "해커스페이스를 시작하려면 어떻게 해야 하나?"를 검색해보라. 그리고 더불어 '드론'과 '토르 프로젝트', '합법적 감청'에 대해서도 검색해보라. 여러분이 찾은 정보 때문에 놀라고, 겁을 먹고, 기운을 얻고, 힘을 받게 될 것이다.

위키피디아는 조사를 진행하기에 놀라운 사이트이긴 하지만, 사용하는 방법을 제대로 알아야 한다. 선생님들은 아마도 위키피디아에서는 배울 게 없다고 말할지도 모른다. 하지만 유감스럽게도 나는 이런 관점이 게으르고 어리석은 접근법이라고 생각한다. 위키피디아에서 멋지게 조사를 하는 두 가지 비법이 있다.

1. 항목의 내용이 아니라 출처를 확인하라.

이상적인 세상이라면, 위키피디아에 있는 모든 주장에는 본문 아래에 인용 출처가 달려 있어야 한다. 그러나 위키피디아가 아직은 이렇게 이상적인 수준까지 올라가지 못했다. {{출처}}([citation needed])라고 달린 항목에는 출처가 달려 있지 않다. 그렇더라도 위키피디아에는 놀라울 정도로 많은 항목에 출처가 달려 있다. 여러분이 항목을 읽을 때는 바로 그 출처를 조사해야 한다. 위키피디아는 조사를 끝내는 곳이 아니라 시작하는 곳이다.

2. '토론(Talk)' 링크를 확인하라.

모든 위키피디아 항목에는 '토론' 링크가 달려 있는데, 거기로 가면 그 항목에 관심을 가진 사람들이 현재 상태에 대해 논의한 페이지가 나온다. 어떤 주제에 대해 이상한 생각을 가진 사람이 인터넷 어딘가에서 그 생각을 지지하는 출처를 찾아 위키피디아의 항목에 그 생각을 집어넣을 수 있다. 하지만 그 출처가 '신뢰할 수 있는지', 그리고 그 정보가 백과사전에 적절한지에 대한 뜨거운 논쟁이 '토론' 페이지에서 불꽃을 튀길 가능성이 크다.

원래의 출처와 그 출처들이 좋은 것인지에 대한 세련된 토론을 바탕으로 위키피디아를 사용하면 놀라운 교육을 받을 수 있다.

위키피디아를 넘어서, 이 책에 나오는 자료들에 대해 더 많이 알고 싶다면 꼭 찾아봐야 할 사이트들이 있다. 먼저 가볼 곳이 코드카데미(Codecademy, www.codecademy.com)이다. 여기에서는 프로그램에 대해 아무것도 모르는 상태에서도 한 단계씩 배워나갈 수 있다. 이메일을 통해 한 번에 한 페이지씩 배울 수도 있다.* 프로그램을 차근차근 배워나가는 동안 '토르 프로젝트(www.torproject.org)'

를 확인해보라. 그리고 자신만의 다크넷을 운영할 방법을 알아보라. 혹시 컴퓨터를 바닥부터 완벽하게 통제할 수 있는 운영체제를 이용하고 싶은 생각이 있다면 'GNU/리눅스'가 적당하다. 나는 우분투(Ubuntu) 리눅스를 가장 좋아한다(www.ubuntu.com). 우분투는 모든 컴퓨터에서 작동되고, 처음 시작하기에도 아주 쉽다. 그리고 혹시 안드로이드 휴대폰을 가지고 있다면, 탈옥해! 사이애노젠 모드(CyanogenMod, www.cyanogenmod.com)는 안드로이드 운영체제의 무료/개방된 버전이며, 여러분의 사생활을 보호하는 데에 도움이 되는 몇 가지 기술을 포함해서 끝내주는 다양한 특성이 있다.

이 모든 자료는 괜찮고 좋다. 하지만 인터넷이 자유롭고 개방적으로 유지될 때에만 가능하다. 혹시 여러분의 나라가 중국이나 중동의 독재 정권들처럼 검열하고 감시한다면, 이런 자료를 구하고 그걸 이용해 배우기 힘들다. 인터넷의 자유를 위협하는 것들이 아주 많다. 그래도 모든 나라에는 그런 검열과 감시를 막으려는 단체들이 있다. 미국과 캐나다에는 전자프론티어재단(www.eff.org)이 있는데, 나도 예전에 이곳에서 일했었다. 영국에는 오픈라이츠그룹(www.openrightsgroup.org)이 있는데, 내가 설립을 도왔다. 오스트레일리아에는 오스트레일리아전자프론티어재단(www.efa.org.au)이 있고, 뉴질랜드에는 창조적자유재단(creativefreedom.org.nz)이 있다.** 그리고 크리에이티브 커먼즈(www.creativecommons.org) 같은

---

* 구글에서 '코드카데미'로 검색하면 한국어로 HTML과 파이썬 등을 배울 수 있는 주소가 검색된다.

** 한국에는 진보네트워크센터(www.jinbo.net)가 있다. 역자도 설립을 도왔다.

국제단체도 있다.* 그리고 해적당(www.pp-international.net) 같은 국제단체의 지역 가입 단체들도 많다.

이런 문제들에 대해서는 내가 몹시 존경하는 사상가들이 많다. 십 대 문제와 사생활, 네트워크 소통에 대해 알고 싶다면 다나 보이드의 블로그를 보라(https://www.zephoria.org/thoughts). 어나니머스와 4chan과 /b/에 대해 더 알고 싶다면 가브리엘라 콜맨의 사이트에 가보라(https://www.gabriellacoleman.org). 뉴스와 신문의 미래에 대해 알고 싶다면 댄 길모어를 읽어라(http://dangillmor.com). 특히 그가 최근에 발간한 끝내주는 책《메디액티브(Mediactive)》(https://www.mediactive.com)를 읽어라. 유출과 뉴스의 관계에 대해서는 헤더 브룩의 홈페이지를 보라(www.heatherbrooke.org). 그리고 위키리크스의 역사를 다룬 그녀의 책《혁명은 디지털화될 것이다(The Revolution Will Be Digitised)》를 읽어라. 인터넷이 세상을 어떻게 바꾸는지 이해하려면 클레이 서키의 글을 읽어보라(https//www.shirky.com). 그리고 그가 최근에 멋지게 쓴《끌리고 쏠리고 들끓다》(갤리온)를 읽어보라. 미국의 선거를 권력과 자본의 과도한 간섭에서 벗어나 자유롭고 공정하게 만들기 위해 싸우고 싶다면 로런스 레시그(https://www.twitter.com/lessig)를 읽어보라. 그리고 바로 그런 일을 하는 활동가들이 모여 있는 루트스트라이커스(https://www.rootstrikers.org)에 가입하라.

마지막으로 무작위와 정보 이론, 수학의 중심에 있는 이상한 세

---

* 한국의 '크리에이티브 커먼즈 코리아'는 '사단법인 코드(www.cckorea.org)'로 이름으로 바뀌었다.

계에 대해 알고 싶다면, 빨리 달려가서 제임스 글릭의 《인포메이션》
(동아시아)을 구해서 읽어보라. 나는 괴델과 차이틴에 대한 모든 이
야기를 그 책에서 배웠다.

더 많은 이야기들이 있다. 한 권의 책 안에 다 욱여넣기엔 너무
많아서 인터넷이 필요하다. 나는 보잉보잉(https://www.boingboing.
net)이라는 사이트에 글을 쓰고 있는데, 거기에 최신 자료를 꾸준히
올리고 있다. 여러분과 거기서 만나길 바란다.

코리 닥터로우

옮긴이 **최세진**

《홈랜드》, 《리틀 브라더》의 작가 코리 닥터로우는 한국어판 번역을 맡은 최세진을 '이 책의 가장 이상적인 번역자'로 꼽았다. 이유는 코리 닥터로우와 비슷한 그의 이력 때문이다. 최세진은 PC통신과 인터넷이 막 보급되기 시작한 1990년대 국내에 태동한 정보통신운동의 1세대 활동가로서, 1996년부터 10년간 민주노총 정보통신정책부장을 지냈으며, 정보통신 문제를 전문적으로 다루는 진보네트워크센터의 시작을 함께 했다.

현재는 SF 전문번역자로 활동 중이다. 옮긴 책으로 《크로스토크》, 《우주복 있음, 출장 가능》, 《화재감시원》(공역), 《여왕마저도》(공역), 《리틀 브라더》, 《계단의 집》, 《마일즈 보르코시건: 바라야 내전》, 《마일즈 보르코시건: 남자의 나라 아토스》, 《SF 명예의 전당 2: 화성의 오디세이》(공역), 《SF 명예의 전당 3: 유니버스》(공역), 《제대로 된 시체답게 행동해!》(공역) 등이 있으며, 지은 책으로 《내가 춤출 수 없다면 혁명이 아니다》가 있다.

홈 랜 드

초판 1쇄 인쇄 2017년 4월 15일
초판 1쇄 발행 2017년 4월 20일

지은이 코리 닥터로우
옮긴이 최세진
펴낸이 박은주
기획 김창규, 최세진
디자인 김선예, 장혜지
마케팅 박동준, 정준호

발행처 아작
등록 2015년 9월 9일(제300-2015-140호)
주소 03174 서울시 종로구 사직로 8길 24 1618호
     (내수동, 경희궁의 아침 2단지 오피스텔)
대표전화 02.324.3945   **팩스** 02.324.3947
이메일 decomma@gmail.com
홈페이지 www.arzak.co.kr

ISBN 979-11-87206-50-7 03840

책 값은 표지 뒤쪽에 있습니다.

아작은 디자인콤마의 문학 브랜드입니다.

이 도서의 국립중앙도서관 출판예정도서목록(CIP)은 서지정보유통지원시스템 홈페이지 (http://seoji.nl.go.kr)와 국가자료공동목록시스템(http://www.nl.go.kr/kolisnet)에서 이용하실 수 있습니다. (CIP제어번호: CIP2017008947)